U0108049

Los cinco soles de México

Memoria de un milenio

墨西哥的五個太陽

千禧年的回憶錄

Carlos Fuentes

卡洛斯・富安蒂斯 / 著　　張偉劼　谷佳維 / 譯

紀念費爾南多・拜尼特茲

（1912-2000）

台灣版前言

　　前西班牙時期的古墨西哥文化以五十年為一個紀元。偉大的喬羅拉（Cholola）金字塔事實上由五座金字塔組成，先前的一座被後來的一座封閉，每一座象徵著一個紀元的結束，以及新紀元的誕生與重生的再確認。誕生、死亡和新來臨的傳承深植在墨西哥的精神，在死者之日，甚至在「聖週」（la Semana Santa）不間斷的慶典之中；聖週不止被視為基督的復活，更是創造的諸神——任何跟起源有關的神祇——的復活。

　　這本書包含的故事都被這個想法主宰。對古代墨西哥來說，第一個太陽是水；第二個是土地；第三個是火；第四個是風。而第五個是我們，它註定要消失，但時候未到，這讓我能將時鐘調回到雨神查克莫的古遠過去，回到歐洲文化的征服與原始文明的毀滅的時代，也就是「新」的源起，「混種」的印歐時代，印第安的與西班牙的血源混合。然後，接續而來的是對「新」的立即反叛（征服者科爾特斯的兩個兒子希望從西班牙獨立出來）。是對「新」的接受（西班牙語、西班牙與印第安的混血社會）。是「新」的創造（如殖民詩人索爾·胡安娜Sor Juana，一位修女）。是與過去的斷裂（1810年的獨立革命）。是十九世紀的無政府主義與暴政。

是1857年華雷斯（Juárez）的自由主義共和。是波菲利奧・迪亞斯
（Porfirio Díaz）的獨裁（1872-1880，1884-1911）。是1910年到1940
年的大革命，它讓墨西哥的真實面貌，殘忍、勇敢、奸詐、混雜、
創造性，在藝術、文學與政治的革命中顯現出來；這也是迪亞哥・
里維拉（Rivera）和芙烈達・卡蘿的年代，阿蘇埃拉(Azuela)與魯佛
(Rulfo)的年代，更是終結過去暴力、獻身不連任法則、分配土地、
開放工業化與今天矛盾民主的門檻的偉大總統拉薩洛・卡德納斯
(Lázaro Cárdenas)的時代。

墨西哥的新地平線不能超越過往的墨西哥經驗。在墨西哥
市中心索卡羅廣場（Zócalo）底下，存活著舊都特諾奇提特蘭
（Tenochtitlán）[1]一座人口三十萬的湖心城市——的廢墟。1325年
流浪的原住民納霍阿斯族人（Nahuas）在鷹與蛇的基座建立這座城
市，而今天的大都會則象徵著一個指向不可與過去記憶分離的未來
的驅動力。墨西哥對現代化勇敢的努力未能成功，是因為沒有將過
去列入考慮。當我們記得我們曾經為何，我們才能創造一個不會讓
自己迷失的未來。

這就是我們的時代，就是當下。一個屬於墨西哥第五個太陽的
關鍵時刻。

卡洛斯・富安蒂斯　二○一二年二月於墨西哥市
（尉任之 譯／註）

1　傳說是這樣說的：阿茲特克人的祖先根據太陽神指示（另一說是羽蛇神的指示）
南遷阿納霍艾克谷地的特斯科科湖(Texcoco)；在湖心的島嶼上，他們看到一隻
叼著蛇的老鷹停在仙人掌上，特諾奇提特蘭因為這個意像與諭示被建立起來，成
為一座面積約十三平方公里的人工島。阿茲提克人在此統治墨西哥直到15199年
的西班牙大征服。特諾奇提特蘭在今天墨西哥市市中心索卡羅廣場底下。

〈導讀〉
千面英雄
——從「新西班牙」到「新／墨西哥」

張淑英，台大外文系教授

　　攤開殖民史和後殖民研究的議題，殖民史最長、殖民地幅員最廣的莫過於西班牙往昔的日不落帝國（拉丁美洲、亞洲、北非），不過當今西語國家國勢式微，讓相關研究在國際論述上成為邊緣，不及英、法強國曾統治過的區域研究來的興盛。所幸，拉丁美洲的知識分子不曾缺席，他們反思自己的歷史，抒發自己的聲音，書寫自己的身分與文化認同。在三大古文明所在的地理疆域中（阿茲特克／馬雅文明的墨西哥，馬雅文明重心與發源地的瓜地馬拉和印加帝國的祕魯）相關的歷史文化的書寫、研究和反省也堪稱花團錦簇，尤其墨西哥思想家、文人輩出，更是可圈可點。

　　富安蒂斯（Carlos Fuentes, 1928-）在 2000 年出版《墨西哥的五個太陽》（*Los cinco soles de México*）時，特別以副標題「千禧年的回憶錄」和獻詞「紀念費爾南多‧拜尼特茲」（Fernando Benítez, 1912-2000）標示出版本書的宗旨。從這兩個副標看來，讀者一方面需要認識費爾南多‧拜尼特茲這位聞人，一方面要知道千禧年前的富安蒂斯的寫作人生。

費爾南多・拜尼特茲身兼多重身分，他是作家、報人、出版者、人類學家、歷史學家和民族學家。他曾任墨西哥《國家報》（El Nacional）社長和社論主筆。任職《新聞報》（Novedades）時，將當時每周日特刊改成文化議題的報導與分析，並命名為「文化墨西哥」周報（"México en la Cultura"）；之後他也擔任幾份報紙的文化周報主編，例如《永遠》（Siempre）；《一加一》（Unomásuno）、《每日報》（La Jornada）……等等，提供園地，鼓勵作家健筆腦力激盪，振筆疾書，文藝界稱他為墨西哥文化的推手和作家的伯樂。他任教墨西哥自治大學社科院時，全心專注在歷史和人類學研究。拜尼特茲也熱愛旅行和田野調查，他研究特殊植物仙人掌科烏羽玉（peyote），尋訪墨西哥部落族群，完成畢生最重要的著作《墨西哥的印地安人》（Los indios de México），他揭櫫墨西哥不是單一的墨西哥，而是好幾個墨西哥組成，尤其需將原住民文化融入現代墨西哥文化，才是真正完整的墨西哥面貌。拜尼特茲在近九秩高齡西歸，富安蒂斯以《墨西哥的五個太陽》緬懷致意，象徵墨西哥多元文化的歷史與蛻變，以及拜尼特茲讓墨西哥文化發光發熱的貢獻。

太陽，是人類文明共通的神祇與神話。希臘神話太陽神阿波羅是光明之神；中國神話「金烏—三足鳥」是日之精，也是權力的象徵；薩拉馬戈在《修道院紀事》虛構了一位無名英雄「七個太陽」巴達薩；中國古代還有后羿射下九個太陽的傳說；《賽德克・巴萊》上集《太陽旗》則是日本殖民統治台灣的象徵。富安蒂斯則從墨西哥的五個太陽的神話（水、土、火、風和太陽）掀開序曲。傳說中天神兄弟間時有紛爭，幾個太陽輪番被創造又相繼毀滅，爾後衍生的以人祭祀太陽的儀式也是為了不讓天神憤怒，讓大地免於黑暗的信仰緣由。

《墨西哥的五個太陽》猶如資深歌手的暢銷曲精選集，宛若得終身成就獎的畢生重要事蹟回顧，像「歷史上的今天」銘刻過往的

記憶和紀事，這本二十五個篇章的作品匯集了富安蒂斯從 26 歲（1954年）寫到 71 歲（1999年）其中 16 部作品的節選，包括經典小說如《最明淨的地區》、《阿爾特米奧‧克魯斯之死》、《與蘿拉‧迪亞茲共度的歲月》；短篇敘事如《柑橘樹》、《玻璃邊境》；散文如《戴面具的日子》、《埋掉的鏡子》、《新的墨西哥時代》和戲劇《所有的貓都是混血兒》等文類。16 部作品的若干篇章和題名重新排列組合，編織出墨西哥的千年史。

　　千年歷史三部曲（殖民前、殖民期、後殖民）在另一個千禧年的開始跳躍式的回顧與前瞻，展讀墨西哥歷史命運的生息幻滅和大事紀／世紀：馬雅「社群公約書」《波波爾‧烏》（*Popol Vuh*）揭示的世界的創造、阿茲特克文明的起源與興衰；西班牙征服者科爾特斯（Hernán Cortés）1519 年入侵後「新西班牙」（墨西哥）近三百年的殖民史與文化衝擊（宗教、語言、族群）；十九世紀初1810 年宣布獨立之後至 1910 一百年間，旋即進入「獨裁者的天堂，人民的煉獄」時空，革命、內戰、鎮壓交替輪迴；1968 年奧運盛會和特拉特洛爾科廣場的學運同時上演的運動嘉年華和血腥鎮壓；一九八○年代蹣跚步入民主，二十世紀末「與狼共舞」——和美國、加拿大簽訂「北美自由貿易協定」，1994 年正式生效當兒，卻爆發恰巴斯省農民起義的怒吼（「我們還在這兒！不要忘記我們！」），原住民意識覺醒，力爭自身權益和自治權；邁入新世紀的墨西哥如何盱衡展望，用阿茲特克建立特諾奇蘭（墨西哥城）的精神，避免第五個太陽消滅的危機，以便勾勒新墨西哥未來的藍圖。

　　然而，穿越墨西哥的歷史軸線時，追本溯源，尋找墨西哥悲情的母親——瑪琳切（La Malinche, 1502-1527）[1]——是所有知識分子

---

1 若干資料記載瑪琳切於 1529 年逝世。此處依據富安蒂斯在《墨西哥的五個太陽》的書寫為準。

的課題。何塞・巴斯孔塞洛斯（José Vasconcelos）、雷耶斯（Alfonso Reyes）、魯佛（Juan Rulfo）、帕斯（Octavio Paz）、富安蒂斯……都是瑪琳切的孩子，是《柑橘樹》裡「長子」變老二的私生子馬丁，是帕斯《孤寂的迷宮》裡〈瑪琳切的子孫〉尋覓質疑「我是誰」的大哉問。帕斯點出了墨西哥人的情結：「墨西哥的歷史是找尋祖先、尋找根源的歷史。……我們的孤寂是……孤雛的心情，一種被全部掏光，被根除一切的黑洞的意識，卻又有一種熾烈追尋的渴望：逃離和回歸」。這一切，都因瑪琳切。

1519 年，瑪琳切成為征服者科爾特斯的情婦，又擔任他的傳譯，成就了科爾特斯的殖民大業，但科爾特斯光榮凱旋返回西班牙時，卻拋棄瑪琳切母子，將瑪琳切當成「禮物」送給下屬哈拉米約（Juan Jaramillo）。瑪琳切遭族人唾棄，譴責她背叛原住民，協助敵人統治自己的族人，為人喉舌，卻將自己消音，當殖民者的傳聲筒。幾世紀後，當新／墨西哥摸索新西班牙的軌跡時，看到了母親裡外不是人的傷痛，他們致力為母親抹去塵埃，還原母親最初的素顏。時下一般常引用所謂的「義大利諺語」說「譯者，叛者也」（traduttore, traditore），殊不知墨西哥征服史裡瑪琳切的遭遇提供了「譯者、叛者」最貼切的歷史根源與脈絡。

大航海殖民時代，西班牙最著名的征服者莫過於哥倫布和科爾特斯，兩人都寫下了航海日記、旅行見聞和殖民紀事。哥倫布的《日記》裡重複誇飾的「奇觀」（maravilla）呈現給後人拉丁美洲「魔幻現實」的憑藉；科爾特斯的《書信報告》（Cartas de relación）則印證了班納迪克・安德森（Benedict Anderson）所謂的「想像的共同體」。科爾特斯在他呈遞給西班牙國王卡洛斯一世的第一和第三封書信中提到他所在之處「是一塊物質豐饒之地，和西班牙沒有什麼兩樣，有豐富的資源，千百種珍禽奇鳥，水果萬種風情，彌望林木蓊鬱，綠意盎然，懇請國王陛下允許將該地命名為『新西班牙』」。科爾特斯帶著歐洲的菁英觀點在墨西哥複製西班牙，再現

西班牙景致的分身。但是，科爾特斯同時開啟了史學者撻伐西班牙殖民者不仁的控訴，而西班牙將它稱為「污衊」的「黑色傳說」。科爾特斯因囚禁阿茲特克大王蒙特祖馬二世致死，造成金字塔大殿和丘魯拉（Cholula）區五小時五千人的大屠殺⋯⋯，這些「黑色傳說」成了幾世紀以來歐洲和拉丁美洲歷史論述拉鋸的戰場，孰文明孰野蠻像五個太陽一樣輪迴消長。但誠如尤薩在諾貝爾得獎演說〈閱讀和虛構的禮讚〉裡所言：「征服美洲是殘暴和劇烈的事實⋯⋯兩百年前我們脫離西班牙獨立之後，承接舊殖民地政權的人，沒有解救印地安人，也沒有因往昔的傷害替他們伸張正義，反而與征服者一樣，繼續如此貪婪且殘酷地剝削他們⋯⋯這依然是整個拉丁美洲尚未解決的課題。」

　　因此，《墨西哥的五個太陽》沒有沈溺在歷史的漩渦裡，西班牙黃金世紀文藝復興和巴洛克的文化光華沒有厚實拓印在它的殖民地上，這大陸獨立後尚未站穩又很快地跛腳。除了 1910 年推翻迪亞茲的獨裁革命、1968 年的學運、1994 年恰巴斯農運這些改革運動的反省外，1992 年的發現新大陸五百週年是一個跨越歷史地理的全球性的議題。下一輪太平盛世或春秋戰事，新的墨西哥面臨的是邊境的問題和「北方」美國的政經霸權。當「新西班牙」逐漸脫離了「舊／西班牙」黑色傳說的陰霾時，原以為是生命共同體的「我們的美洲」的「佬美」卻早已虎視眈眈。墨西哥人的另一個情結是──離上帝如此遠，離美國如此近──那邊界像「望山跑死馬」那般弔詭，像玻璃那樣明淨卻脆弱，像富安蒂斯的小說《克里斯托瓦爾‧諾納托》（Cristóbal Nonato）那樣的諷喻，[1] 原意是「哥倫布非天

1　小説 1987 年出版，敍述墨西哥政府為獎勵於 1992 年 10 月 12 日哥倫布發現新大陸紀念日，也是「族群融合日」出生的嬰兒，將頒發優渥獎金給第一個新生兒父母。小説裡，貧困的夫妻試圖以生小孩得獎金來解決生活困境，他們的嬰兒克里斯托瓦爾‧諾納托自敍在娘胎裡九個月的生活和自己因族群融合日的名義來到世界的身分省思。

生」，言下之意，天時地利人和因素錯綜複雜，墨西哥未來的太陽非天生自然。

　　神話學大師坎伯（Joseph Campbell）在《千面英雄》中探索全世界的神話淵源，他點出英雄的形塑及其原型，都是經歷啟程、啟蒙和回歸的轉化過程，真正的試煉是如何戒慎恐懼，避免昨日的英雄成為明日的暴君。《墨西哥的五個太陽》所挖掘的過去的墨西哥、當下的墨西哥和期待的未來的墨西哥是一個「千面英雄」的圖騰。富安蒂斯筆下永遠有墨西哥人尊敬的革命英雄潘喬·維亞（Pancho Villa）和埃米利亞諾·薩帕塔（Emiliano Zapata）；有深切懷念的原住民總統貝尼托·華雷斯（Benito Juárez, 1806-1872）；有費爾南多·拜尼特茲這位文化千面英雄。富安蒂斯從《墨西哥時代》寫到《新的墨西哥時代》，無非希望她從「新西班牙」到「新／墨西哥」有一個嶄新的啟蒙和轉化過程。西下的太陽是否依舊升起是個未竟的任務。

概說：墨西哥大事紀

　　墨西哥合眾國位於北美洲，北部與美國接壤，東南與瓜地馬拉及貝里斯相鄰，西邊是太平洋，東臨墨西哥灣與加勒比海。首都是墨西哥城。

　　墨西哥是馬雅、托爾特卡和阿茲特克等文明的發源地。西元1518 年，西班牙的埃爾南·科爾特斯（Hernán Cortés），率領一支探險隊到美洲尋找黃金，結果在墨西哥登陸，並於 1521 年摧毀阿茲特克帝國，墨西哥從此成為西班牙的殖民地，稱為「新西班牙」，由科爾特斯擔任第一任總督。

　　墨西哥經歷西班牙近三百年的殖民統治，終於在 1810 年宣布獨立，並與殖民者展開獨立戰爭。1821 年獲得承認，成立第一帝國，但不久即被推翻，另建立墨西哥合眾國。

　　1836 年，東北部的德克薩斯宣布脫離墨西哥獨立。1833-1854年間，桑塔安納（Antonio López de Santa Anna）實行獨裁統治，共擔任 11 次總統，並與美國多次交戰，結果屢戰屢敗，被迫將北部大片土地廉價售予美國，因而失去半壁江山。

　　一八六〇年代，主張政治改革的自由派領導人華雷斯（Benito Pablo Juárez García），在戰場上擊敗長期享有特權的保守黨人，保守黨人轉而尋求法國協助。拿破崙三世此時也想利用墨西哥，在美洲與正處於內戰分裂狀態的美國抗衡，於是發動軍事佔領墨西哥，並扶植奧地利大公馬克西米連（Joseph Ferdinand Maximilian）的傀儡政權建立墨西哥第二帝國。不久，在華雷斯的領導下，墨西哥人團結一致，趕走侵略者。

　　華雷斯在民間廣受推崇，並曾兩度擔任總統，但他在 1872 年逝世後，不久墨西哥又出現一位獨裁者波菲利奧·迪亞斯（Porfirio Diaz），他分別於 1876、1878-1880、1884-1911 年三次擔任總統，統治墨西哥長達 30 年，長期累積的民怨，終於在 1910 年爆發墨西

哥革命。武裝革命雖然迫使波菲利奧・迪亞斯下台，但隨即發生內鬥，讓墨西哥陷入內戰達 20 年。

戰爭結束後，墨西哥革命制度黨獲得政權，統治墨西哥直到二十世紀末。

2006 年 7 月 2 日，墨西哥進行總統和國會選舉，由墨西哥國家行動黨的總統候選人費利佩・卡爾德龍（Felipe de Jesús Calderón Hinojosa）當選總統，任期從 2006 年 12 月 1 日至 2012 年 11 月 30 日。

目　錄

■ 序

墨西哥的五個太陽

前不久，有位記者問我們幾個墨西哥人：「墨西哥的歷史是什麼時候開始的？」

我倒有點茫然，便和一個阿根廷朋友商量怎樣回答才好。在拉丁美洲，阿根廷是與墨西哥相對的另一極，無論是在地理上，還是在文化上。

這時候我的朋友、小說家馬丁・卡帕羅斯先用一個有名的笑話回答了我：「墨西哥人是從阿茲特克人過來的。阿根廷人是從船上過來的。」

他說的沒錯——阿根廷近代移民文化的特徵與墨西哥歷史古老久遠的特點形成了鮮明的對比。

卡帕羅斯又說：「真正的區別在於，阿根廷有一個開始，而墨西哥有一個起源。」

要說什麼是何時開始的，並不難。但要弄清楚什麼是何時起源的，要難得多。

我多希望自己能擁有必要的信心，或是慧眼，能斷定墨西哥的

起源，能準確地說出我的國家起源於哪一天，但一想起這問題我總會碰到諸多疑問，這些疑問在我成了難題：

是不是當墨西哥大地上長起第一株玉米苗時，「墨西哥」的歷史就開始了？

抑或眾神群集在特奧蒂瓦坎[1]、決定創造世界的那個夜晚，才是「墨西哥」歷史的開始？

我們的歷史是從農業開始的，還是從神話開始的？

是從第一個說話的人開始的，還是從人說出的第一個詞開始的？

在墨西哥，誰說出了第一個詞？

真有那第一個詞嗎？還是只消聽到那斷斷續續的聲響，聽到狗的叫聲、鳥的歌唱、受苦者的哀鳴，就能斷定一個世界的誕生？

還有：墨西哥是獨自誕生、與世隔絕的，還是從一開始就成了一浪一浪的移民的起點和終點，是靠著眾多行路人的腳，與世界連接起來的？

我們的土地有著種種可能的起源。它如此廣袤，如此古老又如此神秘，它的過去與未來被開發得少之又少。我審視墨西哥的視角總被困在朝霞和晚霞的謎團之間，事實上我對兩者是辨別不清的——每個夜晚不都包含著剛過去的白日，每個早晨又不都包含著它所源出的夜晚的記憶嗎？

那麼，就請允許我想像一下，首先，一切皆為虛空。

然後，夜裡，在黑暗中，眾神群集在特奧蒂瓦坎，創造了人類。

「要有光，」《波波爾·烏》[2]呼喊道，「讓霞光照亮天與地。人類出現，諸神方得享受榮耀。」

---

1 特奧蒂瓦坎，墨西哥古都名。——譯者注，下同。

2 《波波爾·烏》是馬雅人關於創世神話的聖書。

在猶加敦[1]，在人們保存至今的記憶中，世界是由兩個神創造的，一位叫天之心，另一位叫地之心。

天與地會合，給萬物以營養，給萬物命名。

他們給土命名，於是有了土。

創造物被賦予名字後，解散開，然後大量繁衍。

山有了名字，於是升離海底。

山谷、雲和樹有了名字，於是魔幻般各具其形。

神劃分水域，讓鳥獸誕生，因而感到欣喜。

它們為語言所創造，然而它們中沒哪個具有與語言一樣的本領。

霧、土、松、水，都沉默無語。

於是神決定造出一種生靈，唯有這種生靈才有能力說話並且給所有為神的語言造出來的東西命名。

於是人類誕生了。人類的出現，是為了用語言，那造出了地與天以及充盈其間的萬物的語言，把神的創造一天天地維護下去。

人類和語言成為了神的榮耀。

然而，所有關於創造的神話都包含著有關毀滅的警告。

這是因為創造發生在時間之中：它用時間的代價換取它的存在。古代墨西哥人把人類的時間及其語言記錄在交替出現的太陽的歷史裡：五個太陽。

第一個是水的太陽，是溺水而亡的。

第二個叫土的太陽，為一個無光的長夜如猛獸一般一口吞沒。

第三個叫火的太陽，是被一場火焰之雨摧毀的。

第四個是風的太陽，是被一陣狂風捲走的。

第五個太陽就是我們的太陽，我們在它的照耀下生活，而它終有一天也要消失，要被吞沒，就像被水，被土，被火，被風吞沒一

1　墨西哥東南部的猶加敦半島是古馬雅文化的搖籃之一。

樣，它會被另一種可怕的物質——運動所吞沒。

　　第五個太陽，這最後一個太陽，包含著這個恐怖的警告：運動會把我們統統殺死。

　　在這些古老的墨西哥創世預言中，我們難道沒有看到一面鏡子嗎？這面鏡子正照出了我們今天這個時代，照出了我們在生的希望和死的必然之間，在先進的人文、科學、倫理意識對於毀滅、沉默和死亡的政治無意識之間固有的嚴重分歧。創造，這生的歡愉，在誕生時陪伴其側的總有毀滅，這死的預告。我們這些自稱為「現代」人的生靈——未來的人會怎樣稱呼我們呢？——對此裝聾作啞，充耳不聞。而先民們明白，創造與災難總是並肩而行的。

　　正如荷爾德林所詮釋的伊底帕斯（Oedipus）那樣，他們明白，早在歷史的最初，人們就害怕被大自然和時間吞噬，也同樣害怕被大自然和時間逐走。

　　害怕受父母的緊抱窒息而死。

　　或是害怕被趕出自己的家園，成為無家可歸的孤兒。

　　我在這種感覺裏看到了墨西哥生命的起源。在所有的文化裏都存在著這種感覺，但唯獨在我們的文化裏留存至今。但從源頭上也冒出了一個政治問題：誰以眾人之名行使權力？

　　創造與死亡、起源時間與歷史性的末日相距如此之近。這賦予一些人以巨大的權力。他們如一首馬雅人的詩歌所説，「擁有計算時日的能力。」只有他們，如這首詩所説，「有權力與眾神交談。」掌握此權的人——君主、神父、武士和文官向百姓作出保證：時間會繼續下去，天災——火、土、水、風不會再次把我們毀滅……。

　　古代墨西哥的農民為了調和創造與時間的矛盾，對於森林和脆弱的平原所蘊藏的財富，進行儘量謹慎而有效的開發。

　　但當統治階層把權力的重要性凌駕於生命的重要性之上時，土地就承擔不起，更來不及應付國王、教士、武士和官員們的種種需

求了。

於是，在古馬雅帝國，先是發生了戰爭，人們拋棄了土地，逃往城市，接著他們又拋棄了城市。

土地已經無力維繫權力了。

權力倒下了。

土地繼續存在。

男人們和女人們也繼續存在，僅有耕作土地的權力。

讓我們在墨西哥歷史的這些鏡子裏看看自己吧。

無論是昨天還是今天，當鏡子變得模糊而不能照見生命的時候，我們應當對這樣的時刻格外關注。鏡子破裂，宣告厄運年代的到來。厄運最終降臨在墨西哥印第安人的國度。

墨西哥古代宇宙起源說中最受敬仰的神叫魁扎爾科亞特爾，就是「羽蛇」，創造了農業、教育、詩歌、藝術和行業的神。

眾小魔都對他心懷嫉妒。在夜神特斯卡特利波卡（這個名字意為「冒煙的鏡子」）的帶領下，它們來到魁扎爾科亞特爾的宮殿，送給他一個用棉花包裹的禮物。

這是什麼？這為人類造福的神問道。

是一面鏡子。魁扎爾科亞特爾把禮物打開，第一次看到了自己的面孔的投影。

他是神，本以為自己是沒有面孔的，是永恆的。

現在，他在鏡面上的投影裏看到了自己的像人那樣的臉龐。他開始擔心自己也會具有一個像人那樣的命運，也就是說，歷史的命運，也就是說，短暫的、必死的命運。那天晚上，他喝得酩酊大醉，並和他的妹妹犯下亂倫之罪。

次日，他乘著一條用蛇編成的筏子離開了墨西哥，向東方遠去了。他許下諾言，他終有一天會回來，看看男人們和女人們是否履行了耕作土地的責任。

他許諾會在第五個太陽的年代裏的一個確定的日期回來：塞・

阿卡特爾，意思是蘆竹元年，而在歐洲人的日曆上，正是基督紀元第一千五百一十九年。

正是在這一年的復活節，西班牙上尉埃爾南·科爾特斯[1]率領由五百零八人、十六匹馬和十一條船組成的部隊，在韋拉克魯斯海岸登陸，開始了對北美洲最大的土著人王國——蒙特祖馬統治的阿茲特克帝國的征服行動。帝國的首都墨西哥城也就是特諾奇蒂特蘭無論在過去還是今天都是西半球人口最多的城市。

這座阿茲特克人的城市由一個移民部族建在一個湖上，因為他們在那裏找到了傳說中的那隻吞食著一條蛇的鷹。這座城市應驗了魁扎爾科亞特爾關於文化的諾言——生活即是創造、祥和，但同時也服從戰神威奇洛波奇特里的要求，也就是說，擴張領土，征服弱小部族，強制徵稅，以及恐怖的活人獻祭。

以撒·伯林[2]說，所有國家的誕生，就像是一次對社會的戕傷的回應。

是對一種結合、一種身分的找尋：家庭，部落，階層，氏族，民族。

如果對於離開母腹的人來說，出生是一次受傷，那麼活在人世，則是對這個傷口的治癒。

阿茲特克人的世界死去了，死得可怕，這個傷口難以癒合，卻迫使我們墨西哥人用墨西哥民族的軀體上被西班牙長矛扎出的鮮血，建立起某種全新的而又適合我們自己的東西。

蒙特祖馬，墨西哥的大特拉托阿尼，也即大音之主，話語的絕對主宰，其威力被科爾特斯和一個女人的聯盟剝奪。此聯盟，前者

---

1 埃爾南·科爾特斯（Hernán Cortés，1485-1547），出生於西班牙貧窮的貴族家庭，1518 年率領一支探險隊到美洲大陸尋找黃金，結果在墨西哥摧毀阿茲特克帝國，並在其首都舊址建立墨西哥城。1522 年，他擔任「新西班牙」（即：墨西哥）的總督。

2 以撒·伯林（Isaiah Berlin，1909-1997），英國哲學家。

是一個文藝復興時期的歐洲人，一位走在其時代之前的馬基雅維利；後者那位女性則給征服者翻譯土著語言，給被征服者翻譯西班牙語。她便是瑪麗娜，又名「瑪琳切」，是科爾特斯的女奴、翻譯和情人，從象徵意義上說，她又是第一個墨西哥混血兒、第一個融合了印第安和歐洲血統的孩童的母親。

蒙特祖馬徘徊不決。要麼服從正在發生的命運——如預言所指之日，魁扎爾科亞特爾的回歸，要麼與這些騎著四蹄怪獸、裝備著能發出火與雷的武器、滿臉鬍鬚的白人決一死戰。他的遲疑讓他喪了命：他已不再是時間和話語的主宰了。他的人民用石塊將他砸死。

阿茲特克國，這個把墨西哥各民族聚合在一起的中心，為了它的留存，末代皇帝夸特莫克與西班牙人開戰了。

但為時太晚了。

科爾特斯，這個馬基雅維利主義的政治家發現了阿茲特克帝國的軟肋——被蒙特祖馬征服的部族對帝國懷恨在心。他們與西班牙人聯合起來向中央集權的君主開戰。他們由此「失去」了阿茲特克的專制統治，卻「贏得」了西班牙的專制統治。

他們還贏得了另外一些東西。征服者的血液流向一個新的國家，這個國家是印第安人的也是歐洲人的，但並不僅僅是西班牙人的，而且因為西班牙，也帶上了地中海、古希臘、古羅馬以及阿拉伯和猶太文化的特色。預言得到應驗——第五個太陽為運動所滅，神話為史詩所滅，與世隔絕為文化流動所滅。

第一個墨西哥，藏在深山裡、被大洋隔開、忠於其祖先的神話的墨西哥，將要走進擴張中的世界，地理發現、移民如潮、重商主義和殖民活動的世界，加入到史詩般的運動裡。

構成墨西哥的種種傳統陡然倍增又分化成多種形式。我們不再是排斥的中心，而是變成了包容的中心。

第五個太陽熄滅在火藥和火焰裡。

阿茲特克國滅亡了。

但是新的太陽，初升的、未完成的太陽，瞬間出現在天際，魁扎爾科亞特爾便是從那裏回來的。

舊的族盟、舊的族名消失了，新的聯盟、新的身分建立了，為了營造那我們所稱的「墨西哥」。

一五二〇年八月二十七日至九月二日間，在布魯塞爾王宮，亞勒伯列希特・杜勒[1]成為第一個見識到征服者科爾特斯寄給卡洛斯一世[2]皇帝的阿茲特克藝術品的歐洲藝術家。「我見到了從太陽照耀下的新大陸寄給國王的物品，」杜勒寫道，「我一生中從未看到過能如此愉悅我心的東西，我從中看到了真正的藝術作品，這些奇異土地上的民族所具有的靈巧才智讓我驚歎不已。」

杜勒一下子把古代墨西哥人的藝術提到世界水準上來，使它成為他的歐洲藝術的兄弟。

但是杜勒所看到的不止於此。他看到了這些藝術品所蘊含的深意，而不僅僅止於其外在的美。他把它們看作是創造時間的符號——在一本題為「時間如何顯現」的書裡，他在第一頁上臨摹下了月亮和太陽的象徵符號。

法蘭德斯把這個與人類共同的時間相關的禮物還給了墨西哥，儘管並不知道關於它所有的故事，卻借著藝術的敏感看懂了它。

杜勒的慧眼迅即解釋了征服的重要後果之一：墨西哥從與世隔絕中走了出來，發現了世界，也為世界所發現。

雖然我們對母親的懷念讓我們一次又一次地轉過身去背對世

---

1 杜勒（Albrecht Durer，1471-1528），文藝復興時期，德國最偉大的畫家及版畫家。

2 原書稱卡洛斯五世，應為卡洛斯一世或查理五世之誤。案：卡洛斯一世（Carlos I，1500-1558）是十六世紀初，全歐洲最有權勢的統治者。他從父母及祖父那裡繼承廣大領地，不僅成為西班牙國王（稱為卡洛斯一世），也從祖父那裡繼承神聖羅馬帝國的王銜，稱為查理五世。

界，但我們對父親的詛咒——如果稱得上是詛咒的話——卻促使我們放眼世界，身處其中，見到他者，並且明白對於他者來說，我們亦是他者。

第五個太陽，正如預言所說，被運動毀滅了。

第六個太陽——性愛的太陽，太陽神經叢，是不斷運動的太陽，它陪伴我們創造這永動不歇的人類時間——歷史。

杜勒在法蘭德斯的發現也向我們昭示，墨西哥的一個新的時代開始了。

不僅是征服的時代，也是反征服的時代。因為每有一根西班牙長矛插在墨西哥的土地上，也就有一根墨西哥的長矛插在了西班牙的土地上。

征服，是的，但也有反征服。

舊的神被趕走了，他們的廟宇被摧毀了，獻祭被禁止了。

取而代之的是基督教，具有雙重基因——來自父親的與來自母親的。

有來自父親的，因為被釘在十字架上的基督像讓印第安人驚異並且臣服，因為新的神並不要求我們為祂犧牲，而祂反而為我們犧牲。

有來自母親的，因為一個令人稱奇的政治同化手段迅速地去除了被征服後身為遺孤的感覺。上帝之母聖母瑪麗亞出現在最卑微的印第安農民面前，給他們送來冬日的花朵。這位生著深色皮膚、名字源自阿拉伯語的聖母成了新的墨西哥的聖潔之母：「聖瑪麗亞·德·瓜達盧佩」。

在宗教改革和反宗教改革的歐洲，為遭到禁止的肉慾提供庇護的巴洛克藝術，卻把墨西哥從一個更大的深淵裏解救了出來。

一面是歐洲對新世界的烏托邦式的憧憬——湯瑪斯·摩爾（Thomas More）的想法；一面是同樣由歐洲實施的殖民活動的恐

怖現實──尼可羅‧馬基維利的想法，墨西哥巴洛克填補了兩者之間的空間。鹿特丹的伊拉斯謨斯（Desiderius Erasmus）在摩爾和馬基雅維利之間開闢出人文主義的廣闊視野，在這種沉穩的熱情裡，一切都是相對的，信仰和理性都不是絕對的。在西班牙語世界，沒有哪位近代思想家的影響能夠超越這位鹿特丹學者。

由此，巴洛克讓這個被征服的民族可以把它的古老信仰掩藏起來，築起有著黑皮膚的天使和白皮膚的魔鬼的祭壇，用其豐富的形式和色彩把這信仰表現出來。

然而，印歐混血人和土生白人組成的新的民族，起源墨西哥和西班牙的民族自問道：

在這個世界上，我們的位置在哪裡？

我們該忠於誰？

忠於我們的西班牙父親？

還是我們的阿茲特克和馬雅母親？

我們現在該向誰祈禱？舊的神，還是新的神？

我們現在該講哪種語言？被征服者的語言，還是征服者的語言？

墨西哥巴洛克為所有這些問題開闢了一個天地。要表達這種種的模稜兩可，沒有比巴洛克這種矛盾的藝術更好的了。「巴洛克」，一種珍珠──也就是說，一種被放大了的刺激──的名字，這種藝術因需要而生，卻表現豐繁性；這種藝術表現基於不確定性的繁雜；這種藝術生於貧賤卻資產豐厚：托南欽特拉女神像、瓦哈卡的聖多明我教堂、帕布拉的羅薩里奧禮拜堂、索爾‧胡安娜‧伊內斯‧德拉克魯斯的詩歌。

巴洛克迅速地填補了征服過後我們的群體歷史和個人歷史的空白，凡是觸手可及的全用上了，無論是白銀還是灰燼，無論是黃金還是糞便。

這是一個處於永遠的運動之中的藝術，就好像一面千變萬化的

魔鏡，我們從中看到了我們變換不息的身分的面孔。

這是一個調和了我們神秘而巍然不動的起源的光輝與史詩般的變化進程中的意外事件的藝術。

這個藝術是一個新的太陽，混血的性愛的太陽，情感的太陽神經叢。

在巴洛克的穹頂下，新的美洲血脈生長起來。在新的血脈裡，沉默者獲得了發言的權利，無名者——印第安人、混血人和黑人有了自己的名字。

所有這些，讓我們墨西哥人成為了我們的死亡和迅即重生這一恐怖事件的目擊證人。

我們都看到了孕育我們的事件。

我們這些目睹自身被創造過程的永恆的證人，我們這些西班牙人和墨西哥土著的後代，知道征服是殘忍、血腥、有罪的。這是個災難之舉。但並非什麼也沒留下。

偉大的安達盧西亞[1]思想家瑪麗亞‧桑布拉諾常說，一場災難，唯有從中不能生出某種能拯救它、超越它的東西，它才真正是災難。

需要時間。需要把經驗轉化成知識，然後假若有幸，把知識轉化成命運的時間。

我們沒有停留在浩劫裡，因為我們從中而生。

從殖民征服的災難中，誕生了我們墨西哥人。

我們立即成了混血兒。

我們大多講西班牙語。

不管信神與否，我們在天主教文化中創造自己。這是一個調和而成的天主教，摘下它的印第安面具，它就不可理解。

如墨西哥詩人拉蒙‧洛佩茲‧韋拉爾德所說，我們是一個畫上

---

1 安達盧西亞，西班牙南方地區名。

了摩爾人和阿茲特克人條紋的西方的臉龐，我還要補上：猶太人和非洲人，古羅馬人和古希臘人。

我們沒有停留在浩劫裡，因為我們從中而生。

這樣從一開始我們就自問我們的身分。

我們是誰？

這條河現在叫什麼名字？

這座山過去叫什麼名字？

誰是我們的父親，誰又是我們的母親？

我們能認出我們的兄弟姐妹來嗎？

我們記住了什麼？

我們渴望什麼？

我們也自問關於公平正義的問題：

這些土地以及土地上出産的果實在法律上是屬於什麼人的？

為什麼這麼少的人擁有的這麼多，而這麼多的人所擁有的卻這麼少？

我們從十六世紀起就提出了這些問題，這讓我們墨西哥人成了二十一世紀最古老的公民。

因為，關於混血的墨西哥如何建立的問題，也就是我們今天這個矛盾重重的移民社會的問題。

今天的這個社會夾在傳統身分與現代革新之間，夾在本土村和全球村之間，夾在經濟上的相互依賴和政治上的四分五裂之間。

五百年前起，墨西哥就帶著我們今天這樣的現代特色立於世界了。

我們迫切地拉近彼此之間的距離。請大家從中看到吸取教訓的願望，更看到將舊世界與新世界的文化有力地連結起來的努力，因為今天，無論是歐洲人還是美洲人，我們都經歷著城市生活的巨大危機，都在排除異己的小氣和相容並包的大氣之間爭來爭去。

這些問題的解答是從巴洛克式城市的營建開始的——墨西哥、

秘魯、委內瑞拉、阿根廷、智利這些新國家的政治、文化和經貿中心，在西班牙帝國的庇護下，延續著其移植到美洲來的傳統發育成長。

這些傳統是：源於古希臘、阿拉伯和猶太文明的思想；源自古羅馬的法律、語言和宗教；經院哲學的、中世紀的政治文化──聖奧古斯丁和阿奎那的聖湯瑪斯，是墨西哥乃至伊比利亞美洲[1]的政治思想之父。

在這一西班牙的穹頂下，孕育起一個帶有自身文化特色的新世界，一個混血人種的、印第安人的和土生白人的世界，有著新的節奏、新的話音、新的顏色。殖民地上的拉丁美洲人，既不是歐洲人，也不是印第安人，偶爾是個不錯的野蠻人，更多的時候是莊園和礦井裏的勞動者，在等級森嚴的社會中艱難生存，勉強可算受著某些機構的保護。這些機構亟欲在權威和公正之間、在憧憬和清醒之間、在舊的神和新的神之間、在偏僻的村落和遙遠的帝都之間、在信誓旦旦和不公正之間求得平衡。殖民地上的拉丁美洲人讓巴洛克式城市成為了墨西哥和西班牙語美洲新世界的中心。而在我們這短暫的一九一四年始於塞拉耶佛一九九四年亦終於塞拉耶佛[2]的二十世紀的末尾，現代城市與之相仿，面臨著與之相似的矛盾。

借助印第安人和黑人的臂膀，西班牙在美洲建起無與倫比的一連串城市，它們是新世界的真正的大都會：從美國加利福尼亞的聖法蘭西斯科[3]到另一端的智利的聖地牙哥，從佛羅里達的聖奧古斯丁到拉普拉塔河地區的布宜諾斯艾利斯，還有海岸地區和海島上的

---

1 伊比利（半島）古時指西班牙，伊比利亞美洲意指拉丁美洲。

2 此處的「1914 年始於塞拉耶佛」，指的是在塞拉耶佛點燃的二十世紀第一場大規模戰爭，即「第一次世界大戰」。「1994 年亦終於塞拉耶佛」，指的是同樣在塞拉耶佛爆發的「波赫內戰」，南斯拉夫境內的塞爾維亞、克羅埃西亞與穆斯林族人，因種族與信仰的不同而造成分裂，進而引發內戰，是二次大戰以來規模最大、最慘烈的一次地區衝突。

3 即舊金山（San francisco）。

要塞之城：哈瓦那、波多黎各的聖胡安、卡塔赫納，還有蜿蜒在高山之上的礦城：瓜納華托、塔斯科、波多西，以及偉大的都城：利馬、墨西哥城、基多、聖菲波哥大。

沒有誰像西班牙在美洲這樣，在這麼廣袤的土地上，在這麼短的時間裡，用這麼大的精力建起了這麼多的城市。城市裏有印刷廠、大學、畫家和詩人，而這些要一個世紀以後才在英語美洲出現；同時城市裏也充斥著不公正的現象，它們是帶著巴洛克的符號——力量、對比和無所不包的想像——生長的城市。

無所不包的文化：坐落在瓦哈卡的拉索蕾達教堂，將科林斯、愛奧尼克和多立克三種古典柱式瞬間同時典範性地展示出來，沒有時代上的間隔，也沒有對時代發展的讓步。巴洛克是匆忙的，不安的：坐落在帕布拉的赫拉爾潘教堂，把《舊約全書》和《新約全書》條的一下子全用巴洛克的手法表現在它的門廳裡，似乎氣也沒來得及喘一口。

按著其藝術的模式，一個充滿活力、躁動不安、缺乏公正、雄心勃勃、富於想像、兼有混血人種和土生白人的社會開始有了自己的夢想，開始呼喚自己的權利了。

脫離了帝國、黃金和權力的世界，遠離歐洲的大大小小的宗教和王朝戰爭，一個新的世界終於在美洲形成了，它是用美洲人的聲音和美洲人的手建成的。

從一八一○年開始的反對西班牙的獨立革命運動是對已經取得的國家身分的一個肯定，這些國家當中有墨西哥、智利、阿根廷和委內瑞拉。

同樣，這些運動也是針對如袖珍共和國、考迪略頭子[1]這些離心勢力的鬥爭。他們妄圖趁著西班牙帝國的分崩離析——如同今天蘇維埃帝國的分裂一樣——劃分出一個個小邦；國家成了帝國主義

---

1 指中南美洲特有的寡頭政治。

和分裂主義之間達成的妥協。因此必須在昔日的殖民地上建立起團結的基礎：只有對國家和其文化的認同才可以為之。

然而獨立革命運動追求現代化的滿腔熱忱，最終不幸把我們的印第安人的歷史和黑人的歷史，連同西班牙人的歷史全抹去了，前兩者被認為是野蠻人的，後者則被認為是蒙昧主義的。

墨西哥和拉丁美洲創建了一個提倡法治、鼓吹現代化的外殼，把一個貧窮落後、缺乏公正的內裏掩蓋起來。

宣佈了自由，卻忘記了平等。

在一陣政治上的衝動的驅使下，我們亟欲變為速成的民主國家：只消把法國、英國和美國的法律照抄過來，就可以成為像它們那樣的有路可循的國家，進步的社會……雀巢咖啡式共和國[1]。

法治的國家掩蓋了真實的國家。

而在我們的身體上又開裂出一道新的傷口：我們失去了西班牙帝國的家長式統治。哈布斯堡王朝的西班牙，對我們是威嚴的，遙遠的，而波旁王朝的西班牙，對我們是干涉過多的，距離太近的。

我們成了孤兒。

我們要嘛墜入無政府狀態，要嘛落入獨裁統治的陰影裡。

用歷史學家恩里克·岡薩雷斯·佩德雷羅的話說，墨西哥成了為一個人——安東尼奧·洛佩茲·德·桑塔安納[2]將軍所擁有的國家，就像巴拉圭成了弗朗西亞博士[3]一個人的，阿根廷成了胡安·曼努埃爾·德·羅薩斯[4]一個人的。

獨裁者的矛盾在於，為了把我們從無政府的混亂狀態中拯救出

1　指像雀巢即溶咖啡般速成的共和國。

2　桑塔安納（Antonio López de Santa Anna，1795-1876），曾多次擔任墨西哥總統。詳見 P.200 內文及註 1。

3　巴拉圭獨裁者。詳見 P.199 小標「獨裁者們：忠貞的或媚外的」之內文。

4　胡安·德·羅薩斯（Juan de Rosas，1793-1877），阿根廷獨裁者。詳見 P.198 內文及註 2。

來，這專制的暴君製造了新的混亂。

墨西哥渙散一團，沒有方向，成了任外國侵略勢力縱橫馳騁的天地。

我們在一場由美利堅合眾國為了實現它的「天定命運」而挑起的非正義戰爭中失去了一半的領土。

但我們也拒絕了由拿破崙三世的法國強加給我們的一個帝國，連同兩個懦弱的人物：奧地利大公馬克西米連[1]和比利時公主卡洛塔·阿馬利亞[2]。

我們差一點就失去了獨立的國家。

自由主義總統貝尼托·華雷斯[3]擊敗了保守黨，推翻了馬克西米連的帝國，趕跑了法國的干涉勢力，讓國家恢復了其本義，並打下了國家政權的基礎。他是薩波特卡印第安人，十二歲時才開始學習西班牙語。為了打敗法國人，他做了一個比法國人還法國的律師。

然而，這進步的自由主義政府，統領著恢復了的共和國，並沒有照顧到墨西哥的文化多樣性，印第安的、神話傳說的、西班牙的、天主教的、調和而成的、巴洛克的……多種多樣的文化。

十九世紀的自由主義把法律和經濟發展置於文化之上。

經驗並非唯我們獨享。

在整個拉丁美洲，進步主義的、提倡法治的、浪漫主義的歐洲文明壓倒了農耕的、印第安人的、黑人的、伊比利亞的野蠻。文明佔據了統領地位。

從一八七六年到一九一○年，波菲利奧·迪亞斯[4]漫長的獨裁統治試圖給我們帶來缺乏自由的進步。迪亞斯把華雷斯的自由主義

1　墨西哥皇帝。詳見 P.203 註 1 及 P.203～P.207 內文。

2　墨西哥皇后。詳見 P.158 註 3 及 P.203～P.207 內文。

3　詳見 P.202 內文及註 1。

4　波菲利奧·迪亞斯（Porfirio Diaz，1830-1915），曾分別於 1876 年、1878-1880 年、1884-1911年，三次擔任墨西哥總統。

共和國變成了一個獨裁專制、只求發展的國家。

對印第安人，農民，以及新生的工人階級，他給予的是更多的野蠻行徑：鎮壓和奴役。

而自由主義方程式中的經濟因素卻受到保護並發展壯大：進步，沒有自由，沒有民主，沒有法律。國家最終否定了這種方程式，也否定了把文明等同於歐洲、白種人和實證主義的文化歧視。

隨後而來的墨西哥革命是一次嘗試——這是我們歷史上最偉大的一次嘗試。嘗試承認一個由多種文化構成的墨西哥，其任何一部分都不可以拿來作犧牲。

潘喬・維亞帶領著他的雄壯馬隊，埃米利亞諾・薩帕塔[1]率領游擊隊，一北一南相互呼應，為第五個太陽之死復仇。正是第五個太陽的運動毀滅了印第安人的世界。

現在，所有的墨西哥人在舉國上下發起的革命運動中創造了一個新的太陽，在它的照耀下，我們互相承認，我們接受所有的過去，對墨西哥這置身於一個日益多元化、多樣化的世界裏的多文化國家做出的所有的每一個貢獻，我們都予以肯定。

讓我們看清事實：墨西哥革命是一次真正的革命，對於我國的命運來說是深刻的，決定性的，正如法國革命、蘇維埃革命和中國革命，或是兩個階段的美國革命（十八世紀是華盛頓，十九世紀是林肯）之於各自的國家一樣。

用歷史學家恩里克・弗洛雷斯卡諾的話說，墨西哥革命「不是一個意識形態上的幻想，而是一次真正的對國家的變革，它將盤踞在統治地位上的寡頭階級有力地趕下了台，推動新的政治人物登臺亮相，並且建立了一個新的時代——革命的時代……」

這個革命的時代是帶著一個新的傷口誕生的：一百萬人死於十年間慘烈的鬥爭中；不計其數的財富遭到損毀……

1　薩帕塔（Emiliano Zapata），二十世紀初，墨西哥大革命的農民領袖。

這些傷口中，有許多還是癒合了，這要感謝革命的成果：開始民族認同的進程，還發現了歷經磨難而得以保存的文化延續性，這種延續性尚未在國家的政治和經濟歷史中得到充分的反映。

革命是借助文化來體現的：思想、繪畫、文學、音樂、電影……因為革命要是壓制了創造和批評的聲音，就是死亡的革命。

墨西哥革命儘管有諸多的缺憾，卻沒有讓藝術家沉默。墨西哥明白，批評是一種愛的行為，而沉默是一種死刑。

感謝革命年代的自我發現，我們做成了我們自己。

感謝何塞·巴斯孔塞洛斯的哲學，感謝阿方索·雷耶斯的散文，感謝馬里亞諾·阿蘇艾拉的小說，感謝拉蒙·洛佩茲·韋拉爾德的詩歌，感謝卡洛斯·查維斯的音樂，感謝奧羅斯科、西凱羅斯、迪亞哥·里維拉[1]和芙烈達·卡蘿[2]的繪畫……

我們再也不能隱藏我們的面孔了，無論是印第安人的，混血人的還是歐洲人的——都是我們的。

魁扎爾科亞特爾的鏡子裏滿是面孔——我們的面孔。

而革命的時代定下了一個不容爭辯的契約，一份國家民族的合同。

從本質上說，其內容是這樣的：讓我們把飽受混亂和戰爭摧殘的國家組織起來。讓我們建起各級機構，讓我們創造財富，讓我們創造進步、教育、衛生以及起碼的一點社會公正。

而作為經院哲學派的好學生，我們應當保持團結，防備內部的反動派，抵擋美國施加的壓力，達到革命的目標：在奧古斯丁式的階層的幫助下，實現湯瑪斯式的共同富裕。神的恩賜——也就是說，民主，不是信徒——也就是說，公民——僅僅靠自己獲得的。

---

1 迪亞哥·里維拉（Diego Rivera，1886-1957），墨西哥最有名的畫家之一，尤以絢麗的巨幅大型壁畫著稱。

2 芙烈達·卡蘿（Frida Kalho，1907-1954），墨西哥女畫家，也是迪亞哥·里維拉的妻子，其故事曾拍成電影《揮灑烈愛》。

讓我們避免軍事獨裁，不要讓權力過久地停留在一個人手裡，消除拉丁美洲的不安定因素。讓軍隊制度化，總統之職也同樣如此：總統擁有所有的權力，但執政時間只能是六年，不能更多；不要像一九一〇年革命爆發時馬德羅[1]那樣要求重新選舉。

但馬德羅也要求選舉有效。就是這樣的選舉，完整的、透明的、可信的選舉，我們要通過鬥爭去取得。為了達到這一目標我們正在努力鬥爭。我們不會屈服，直至最終達到目標。

革命推行醫療、教育和經濟發展政策，創造了新的勤勞、年輕的中産階級。

好幾代墨西哥人在公正、自由、進步、民主的理念下接受教育。現在，革命的子女們希望得到革命的最終果實：政治民主、社會公正條件下的經濟發展。

他們並不孤獨。整個拉丁美洲都在呼求民主、發展和公正這三個因素的結合，不要無休止的拖延，不要無法忍受的詭辯：民主、發展和公正。

只有這樣，我們偉大的未曾中斷的文化才會給我們的政治制度、給我們依然脆弱的體制帶來活力和穩定。

瑪麗亞·桑布拉諾説，一場革命，就是一次預告。它之所以重要，不僅是因為它所取得的，也是因為它所許諾的。它的效力可以用它的失敗來衡量，同樣也可以用它再次站起、重啓征程的能力來衡量。

墨西哥政治穩固的自滿情緒從一九六八年起開始瓦解。那場學生運動篤信在課堂裏傳授的墨西哥革命許下的諾言，走到大街上要求一場新的革命。對於政治上的需求，政府沒有採用政治家式的回應，而是動用了武力，最終以特拉特洛爾科的屠殺收尾。

---

1 馬德羅（Francusco I Madero，1873-1913），二十世紀初墨西哥大革命的領袖，迫使波菲利奧·迪亞斯下台，並曾擔任總統。

一九九四年一月起發生在恰帕斯州的一系列事件就是一個有力的提示，提醒我們墨西哥革命尚未完成的任務：潘喬‧維亞的馬蹄從未到達過恰帕斯，而埃米利亞諾‧薩帕塔用了八十年才抵達那裡。

恰帕斯迫使我們所有人都不能忘記：我們曾經是誰，而我們還必須怎麼樣，還必須做些什麼。

恰帕斯讓我們想起所有我們已經忘卻了的東西，以及我們究竟遺忘了多少東西，提醒我們，如果我們把恰帕斯排除在墨西哥之外，或是讓墨西哥遭受自身的分裂，讓一個相對繁榮的北方與一個不幸被遺棄的南方之間的裂痕持續存在，我們就會是不完整的、殘廢的。

但是，如果沒有在恰帕斯乃至在墨西哥全境施行的民主，恰帕斯還是享受不到經濟發展的好處。

這便是薩帕塔運動留下的寶貴教訓：光有經濟改革還不夠。還要推行民主改革。否則，經濟建設取得的成果永遠不能為大多數人享有。

墨西哥不僅僅只有一種專制的政治文化；墨西哥還擁有一種不但與其文化的自由性緊密相連，而且與其人民持久的社會鬥爭緊密相連的民主文化。

我們令人稱奇地讓兩種東西保持延續：文化和社會鬥爭，同時在身上帶有兩處可以彌補的傷口：政治上的專制主義和經濟上的不平等。民主便是連接文化和政治、社會和平等的橋樑。

我們已經獲得的，是我們一起爭取來的，並非無償的贈與。

我們要爭取得到的，也會是社會需求和文化需求的結果。

從二○○○年起，墨西哥有了一個緊要的日程表，這是一個社會和政治改革的日程表，要求各派政黨和社會大眾積極、及時地為之貢獻力量。

一個新的太陽似乎已經誕生，升起在冷戰過後墨西哥和世界的

地平線上。

　　摧毀了阿茲特克人的第五個太陽的，是征服的運動；一九一〇年再次出現的，是革命的運動；今天，滿載著希望和危險的，是各個民族的運動，各種文化的運動，各個經濟體的運動。

　　墨西哥、美國和加拿大之間達成的自由貿易協定，除去其利弊不說——利弊皆多，意味著一次儘管矛盾重重卻不可避免的開放。

　　墨西哥，這個多年與世隔絕的國家，敞開懷抱，在經歷了五十年僵硬的兩極格局的世界上，在新的國際關係體系中尋找自己的位置。

　　而美國，這個開放的國家，卻把自己封閉起來。或許是領導了世界有半個世紀，它感到疲倦了。或許是面對長時間拖延不決、以反共為名隱藏起來的諸多內部矛盾，它感到茫然了。

　　但是太陽仍在運動之中，它提醒美洲大陸上的所有居民，在美洲我們都是移民，我們都來自另一個地方，從三萬或是七萬年前自亞洲穿越白令海峽的第一個人，到昨天深夜穿越蒂華納（Tijuana）[1]和聖地牙哥（San Diego）之間的美墨邊界的最後一個勞工，我們也不要忘記那批沒有簽證也沒有工作許可的傑出移民，那批一六二〇年在普利茅斯岩登陸的英國清教徒。

　　五百年來，西方都在我們今天稱之為「第三世界」的地域上信步來去，把它的政治、經濟和文化上的價值觀未經許可地強加於人。

　　今天，第三世界返回到第一世界，讓西方人，無論是歐洲人還是美國人接受檢驗，看看他們接受他人、從他人身上認識自己的能力究竟如何，看看他們能否讓那令二十世紀的人類文明蒙羞的大屠殺不再重演。

　　墨西哥是拉丁美洲的一部分。和南方的兄弟們一起，我們正在

1　蒂華納是墨西哥北方的一座城市，與美國加州的聖地牙哥相鄰。

經歷一場深刻的變革：

在經濟上，尋找能與公平發展相適應的模式；

在政治上，尋找文化與各個公共機構間的認同；

在社會管理方面，苦苦地希望能解決我們日益增長的人口中存在的不平等和不公正問題。我們拉丁美洲人已經有四億五千萬之多，一半的人口還在十八歲以下，一半的人口生活在貧困之中。

在二○○○年，拉丁美洲的人口將兩倍於美國的人口數。

冷戰過後，我們拉丁美洲人渴望與世界聯繫得越來越緊密。而世界的運動向我們所有人大聲發話。

讓我們學會與他或她共處，他和她，不似你和我。

也許，這才會是將要到來的世紀的最重大的挑戰。

我們中的每一個——無論是個人還是國家——與他者對於彼此都會越來越重要。

再不是出於源自冷戰思維的戰略考慮，而是出於具體的、法律的、經濟的、文化的、人性的思考，這是一個新的世界獨有的。在這新的世界，一下子出現了許多個中心，而不僅僅是兩個；一下子出現了許多種文化，而不僅僅是一種。

我們生活在時間之中，時間就是歷史，而在歷史之中，我們永遠都不孤獨。

讓–保羅・沙特[1]說過一句名言：他人即地獄。

但是除了我們能和我們的兄弟姐妹一起建造的天堂，還有另外的天堂嗎？

我們需要他人。誰也不能單靠自己看到一個完整的現實。我們需要他人來使我們自己完整。如果我拒絕另一個人——無論是千里之外的，還是站在我身後的，還是就在我面前的，我就削減了我自己的完整性：正是因為有另一個人，與我們不同，佔據著另一個時

---

1 沙特（Jean-Paul Sartre，1905-1980），法國存在主義哲學家和作家。

間和另一個空間，我們每一個人才是唯一的。理解了世界的相對性，也就理解了世界的未完成性。世界沒有完結，世界仍在成長之中，我們正在不停地完善著自己，但沒有丟棄我們的過去，沒有拋下我們自己已經創造的文化。

讓我們保存好我們的民族和地域身分，同時也讓它接受檢驗，讓我們接受來自他人的挑戰。他人定義了「我」。離群索居者總是短命的。只有相互交流的文化才能生命長久並且興盛發達。

我們生活在世界上，與其他人生活在一起，我們生活在歷史中，我們應當以生命延續之名向歷史作答。

但我們只有對自己的國家負責，才能為世界做出貢獻。

我們所有人都有責任把我們的家園收拾妥當。

墨西哥是一個靈活的國家，不會耽於僵化的思想觀念。墨西哥清楚自己的文化遺產，擁有豐富的自然資源，但尤其擁有豐富的人才。

我們是一萬萬墨西哥人。

我們正從人口概念迅速地過渡到公民概念。

我們正把我們的文化、我們的激情、我們的歷史、我們的愛——我在這裏提及的一切，都移植到文明社會的各種組織裡，移植到人權團體和生態保護組織裡，移植到工會和農業合作社裡，移植到大學和報章，移植到工商組織和社區居民協會裡。

我們在為我們自己勞動，也在為世界勞動。

日甚一日地，那些將我們連在一起的東西超越了那些將我們分開的東西。

日甚一日地，南方與北方，東方與西方，我們共同面對著城市文明的危機所帶來的巨大問題：犯罪、暴力、毒品、無家可歸者、輟學兒童、種族歧視、排外情緒、難以控制的瘟疫、婦女權益、老年人的權益以及少數民族的權益……在波士頓，在伯明罕，在波哥大都有沿街乞討者。在里約熱內盧，在洛杉磯，在芝加哥，都有孩

童當街慘遭兇殺。

在第三世界裡，有獨享特權的第一世界。

而在第一世界裡，也有充斥著不公和貧窮的第三世界。

瑞典政治家皮埃爾・朔里問我們：民主能夠承擔多少貧民？全球的安全可以承受多少個尚未發達國家？他問得有理。

墨西哥的博大文化，磅礴活力，仰仗著想像、多元種族、多樣文化、國際的使命以及創造的激情，用它們的聲音給出了答案。

我們就這樣完成了一個輪迴，回到了墨西哥的源頭上來：只消感受一下我們人民的脈搏，只消看看一座火山的山口，只消徒步走出一條路來登上一座金字塔，或是沐浴在一條蜿蜒曲折的小溪裡，或是跪倒在一個巴洛克式的祭壇前，就能發現，墨西哥擁有一張宣示著創造尚未完成的臉龐。

這是因為在墨西哥，國家的創造與世界的創造、人類的創造以及語言的創造同時發生。

現在，我們大家生活在人類的共同家園裡。

讓我們大家都知道肯定歷史的最高價值，保證生命的延續。

寫作此書的目的，是想在新的千年開始之際，回顧墨西哥剛剛經歷的這不平凡的一千年。小說、散文、戲劇：在書中能聽到的聲音，儘管調性各不相同，卻都是出自於一個困惑，這也是本書的中心。那就是，個人和歷史是在何時、何地、如何相交的，個人的道路和群體的道路是在何時、何地、如何交叉在一起的。

但願這本選集可以有助於激起我們的回憶、我們的想像和我們關於自身的疑問。這本墨西哥記事簿大概可以刻上這樣的銘文：想像過去。牢記未來。

墨西哥的偉大之處在於其過去依然是鮮活的。它不是一個累贅，不是一個重負，只有最固執的現代主義者才會把它當作是負擔。記憶有拯救之用，有挑揀之用，有過濾之用，但絕無殺傷之

害。記憶和欲望都明白，沒有活著的過去，也就沒有活著的現在，而若是兩者皆無，更沒有未來。今天，在這裡，我們回憶。在這裡，今天，我們想望。墨西哥現時存在著，它的現在之所以是現在，因為它沒有忘記它的財富——鮮活的過去、未埋葬的記憶。它的起點也是今天，因為它熱烈的欲望的力量還沒有衰退。

是的，我們比日曆更加長久。我們不囿於其中。我們知道任何東西都沒有絕對的始和終。我有時候想，墨西哥總是持有一種文藝復興式的眼光，無論是理性的專制統治還是信仰的專制統治——我們的兩個極端——概不接受，卻不倦地歡慶著生命的延續。這種生命是多元的，帶著由我們創造的過去，創造由我們想像的未來。

我們永遠不要把自己束縛在一條教義，或是一種本質，或是一個排他的目標上。讓我們與世界一道再造出一個包容的現代社會，能夠擁抱多樣的種族、多樣的文化、多樣的渴望。

讓我們擁抱符號的解放，擁抱人類進步的階梯，擁抱包容，擁抱另一個人的夢想。

卡洛斯・富安蒂斯　二○○○年二月於墨西哥城

永劫回歸

查克莫[1]

　　不久前，費里貝托在亞卡普爾科溺水身亡。此事發生在聖周期間。儘管已被解職不在部裏辦公了，費里貝托做慣了官，還是抵不住誘惑，來到多年來常去的那家德國人開的小客棧，享用因了熱帶風味更加甜美的泡捲心菜，在聖禮拜六去拉奎布拉達區跳舞，在日落時分的奧爾諾斯海灘上的無名之輩中體會一下做「名人」的感覺。當然，眾所周知，他在年輕時游泳很棒，但是現在，他年屆四十，已顯衰態，居然要在半夜裏游過那麼長的一段距離！穆勒太太不同意在客棧裏給這個老主顧守靈。相反，她卻在那晚搞了場舞會，就在那個狹窄的小露臺上。而費里貝托則臉色慘白，躺在棺木裡，等著早晨的班車從終點站發出。伴著木條筐和衣物堆，他度過了新生的第一夜。我早早地趕到，來監督把棺材搬運上車的工作，只見費里貝托給埋在墳頭一般的椰子堆下。司機讓我們趕緊把棺材在車頂的遮陽篷上安置好，蓋上帆布，以免嚇著了乘客，也不要給

他的旅途平添晦氣。

我們離開亞卡普爾科時，仍是涼風習習。開到鐵拉科羅拉達時，天剛亮，溫度上來了。我一邊吃著當早餐的雞蛋和香腸，一邊翻開費里貝托的公事包。這是我前一天在穆勒夫婦的客棧裏連同他其他的一些私人物品一起取回來的。兩百披索[1]；一份已在墨西哥被禁了的報紙；幾張彩券；一張單程車票——沒有回程票嗎？還有那本廉價的記事簿，方格紙頁，仿大理石花紋的封面。

我壯著膽子開始翻閱這本記事簿，儘管汽車不時地轉彎，儘管得忍受車上嘔吐物的味道，儘管對於我亡友的私人生活，我自然還是帶有些尊敬的。我會想起我們在辦公室裏的日常工作——是的，就是以此開始的；也許我會找到他每況愈下、怠忽職守，發出沒有意義、沒有編號、沒有「有效選票」的公文的原因。總之，也許我會曉得他是為什麼被解職，丟了按其資歷本應拿到的養老金的。

　　今天去辦了退休金的事情。辦事的那位大學生非常和氣。出來時，我愉快的很，就打算去一家咖啡館，花上五個披索。這家咖啡館，我們年輕的時候常去，現在我絕少去了，因為記得我二十歲的時候它給的東西要比我現在四十歲的時候多得多。那時候我們都身處同樣的社會地位，我們會激烈地反對任何貶損我們的同學的看法——要是在家裏有人對他們出身卑賤或是缺乏風度評頭論足，我們會真的不惜為他們與家人翻臉。那時我知道有許多人（也許就是最寒酸的）將來會平步青雲，而在這裡，在學校裡，我們會鍛造持久的友誼，將來攜手一道出沒兇險的大海。不過，事實並非如此。沒有固定的規律。許多寒酸的同學依舊寒酸，也有許多人爬到了比我們在那些熱烈、親切的閒談中所預料的更高的位置。還有一些人，比如

1　披索，墨西哥貨幣單位。

我，就好像早已承諾過一樣，半途而廢，在一次課外的考試中
了結了學業。好像有一道看不見的壕溝把我們隔開，一邊是功
成名就者，一邊是一事無成者。總之，今天我又坐在了這些已
經現代化了的椅子上——這街壘一般的咖啡館也給現代化了，
打算看一堆公文。我看到很多人，變了模樣，患了遺忘症，在
霓虹燈的照耀下滿臉放光。和這個我已幾乎認不出來的咖啡館
以及這個城市一道，他們以跟我不一樣的節奏塑造著自己。他
們已經認不出我來了，或者他們不想認出我來。最多——一個
兩個——一隻胖手飛快地拍拍我的肩膀。再見，老夥計，你還
好嗎？在他們和我之間，是鄉村俱樂部的十八個高爾夫球洞。
我把頭藏進公文堆中。偉大幻想的年代過去了，開心預測以及
所有導致它們破滅的失誤的年代都過去了。我哀歎不能把手指
伸進過去的歲月裡，把某張丟棄了的七巧圖的殘片貼起來；但
那個擺放玩具的大箱子還是漸遭遺棄，到了最後，也不知那些
鉛士兵、頭盔和木劍都到哪裏去了。那些可愛的面具，也不過
如此。然而，還是有過堅定的意志，紀律，對責任的熱愛。還
不夠？或是過多了？我總是時不時地會想起里爾克。對青春冒
險的巨額補償，應當是死亡；年輕人，我們應該帶著我們所有
的秘密踏上征程。今天，我不用回頭看那些鹽之城。五個披索
嗎？兩個當小費。

佩佩除了熱衷於研究貿易法以外，還喜歡炮製理論。他等
著我出了教堂，然後我們一道往帕拉希奧區走去。他不信神，
這還不說：每走五十米他就要造一個理論。如果我不是墨西哥
人，我才不會信基督呢，而且——不，你瞧，這顯而易見。西
班牙人來了，讓你朝拜一個神，這個神被釘死在一個十字架
上，身體一側受了傷，帶著血塊。犧牲了自己。獻出了自己。
接受一種跟你所有的儀式、所有的生命如此接近的情感，這是

多自然的事啊！……你想啊，要是墨西哥換成是給佛教徒或是穆斯林征服的呢？讓我們的印第安人去崇拜一個死於消化不良的傢伙，這太不可思議啦。但這個神呢，不僅要人們為他犧牲，還要求把人的心臟挖出來，媽的，讓威奇洛波奇特里完蛋吧！基督教，在它的狂熱和血腥的意義上，有犧牲，有禮拜儀式，自然而然成了印第安人宗教的新的延續。而基督教教義裏的慈悲、仁愛、「另半邊臉」之類的，都被拒斥了。在墨西哥就是這樣：要想相信一個人，就得殺了他。

佩佩知道，我從年輕時起就對墨西哥土著藝術的一些表現形式特別著迷。我喜歡收集小雕像和盆盆罐罐之類的東西。我的週末都是在特拉斯卡拉或是特奧蒂瓦坎度過的。也許就因為這個，他才喜歡把他編造的所有理論跟這些話題聯繫起來以作談資。對了，我有好些時日都在尋找一件查克莫神像的複製品，要價格公道的，今天佩佩告訴我一個地方，在拉臘古尼亞，那裏就有一件，石雕的，好像不貴。我打算在星期天去看看。

有個搗蛋鬼把辦公室的飲水缸裏的水全染成了紅色，這就把工作擾亂了。我把他告到頭兒那裏去，頭兒只是哈哈一笑。這小子有恃無恐，笑話了我一整天，都跟水有關。唉……！

今天是星期天，我得以去拉臘古尼亞轉轉。我在佩佩告訴我的那個小店裏找到了查克莫像。這是一件精緻的藝術品，真人大小，而儘管店老闆堅持聲稱這是真貨，我不相信。這石頭很一般，不過它身姿的優美和質地的密實並不因此而有所減損。店老闆狡猾的很，在石像的肚子上抹點番茄醬，好讓遊客們相信石像真的會流血。

把石像運回家的花費倒比買下它的費用高。不過它終於在

這裏了，暫時先擱在地下室，我要收拾一下擺放藏品的房間，好給它騰出個地方來。這種雕像需要曬到太陽，得是直射的，火熱的；陽光是它們的元素和本質。在地下室的漆黑一團裡，它會失色許多，成為垂死的石像，而它的表情似乎在斥責我讓它見不到光。那個店老闆給石像垂直地打了一道強光，削去了所有的稜角，這樣我的查克莫就顯得更可愛了。我應該學學他。

今早醒來的時候，發現水管壞了。我大意了，水在廚房裏流個不停，漫了出來，淌過地板，灌進了地下室，而我毫無知覺。查克莫倒是能抗潮，我的幾個箱子卻遭了殃。而今天我還得上班，無奈我遲到了。

水管終於給修好了。箱子全都變形了。查克莫的底座上沾滿了淤泥。

一點鐘的時候，我醒了過來：我聽到一陣可怕的呻吟聲。我想會不會是賊。盡是瞎想。

半夜裏又聽見了呻吟聲。我不知道是什麼聲音，我緊張得很。更要命的是，水管又壞了，雨水滲進屋來，淹了地下室。

修理工遲遲不來，我絕望了。市政廳的那幫人，還是不提他們的好。這是頭一回雨水跑出下水道流入我家的地下室。呻吟聲倒是暫停了：真是一事替一事。

總算把地下室弄乾了。查克莫渾身蓋滿了淤泥，這讓它看上去奇醜無比，像是患了丹毒，一身青色，只有眼睛無恙，還

是石頭的模樣。我打算利用星期天把這些苔蘚全部刮去。佩佩建議我搬到一個公寓去住，住到頂樓去，免得再遭水禍。但我還是不能離開這間老房子，對於我一個人來說它確實是夠大的，波菲利奧[1]時代的建築，是我的父母留給我唯一的遺產和記憶。要是住進一座地下層是聒噪著自動唱片機的咖啡館、底樓是裝潢材料店的樓房，我不知會怎樣。

我用一把抹刀刮去了查克莫身上的淤泥。苔蘚已然像是成了石像的一部分。我幹了有一個多小時，直到下午六點才幹完。因為在黑暗裏沒辦法看清楚，完工後，我摸了摸石像的輪廓。每次重新摸過同一個地方，都感覺質地變軟了。我不敢相信，這石像已差不多成了塊大麵團了。拉臘古尼亞的那個販子把我給坑了。這哥倫布前時代的雕像原來淨是用石膏做的，肯定會因為受潮整體塌掉。我只好在它身上蓋上幾塊抹布，打算明天就把它搬到上面的房間去，要不然它就全毀了。

那幾塊抹布散落在地上。難以置信。我再一次撫摸查克莫。它變硬了，但沒有恢復成石頭的質地。我寫不出來：在它的軀幹上，有著某種像肉一樣的東西，按上去像是橡膠，感覺像是有什麼東西在這尊斜臥著的雕像裏流動……晚上我又下去看了一次。毫無疑問：查克莫的手臂上竟長出了汗毛。

我從沒有遇到過這樣的事情。上班時我老是犯糊塗。我開出了一張未經批准的付款通知單，於是頭兒不得不讓我提起注意。也許我在同事們面前變得粗魯了。我得去看醫生，看看我是不是在瞎想，還是神經錯亂，還是怎麼了，讓我擺脫掉這個

---

1 參見 P.32 註 4。

該死的查克莫。

到此為止，費里貝托的字跡還是原來那樣，寬寬的，近於橢圓的，如同我好多次在記事本和表格裏看到的那個樣子。而從八月二十五日起，文字就像是另一個人所書的了。有時候看上去像小孩子的字，費力地分開一個個字母；另外一些時候，又顯得很緊張，以至於漫漶不清。有三天是空著的，不過故事還在繼續：

　　一切都是相當自然的；然後我們就相信真實的東西……但這確實是真實的，比我所相信的還要真實。飲水缸是真實的，要是有個愛開玩笑的傢伙把水染成紅色，它就更加真實，因為這樣我們就更能意識到它的存在……轉瞬即逝的一口煙是真實的，哈哈鏡裏的幻象是真實的，一切的死者、生者和被遺忘的人，不也是真實的嗎？……如果有個人在夢裏穿過天堂，有人給他一朵花，作為他曾去過天堂的證明，那麼要是他醒來時發現手上就拿著這朵花……那麼，會怎樣？……真實：有一天它碎為萬段，頭落在了那裡，尾巴掉在了這裡，而我們所認識的，只是它巨大身軀散落各處的碎塊中的一塊。自由、縹緲的海洋，只有被囚禁在一個海螺殼裡，它才是真實的。直到三天以前，我的真實都是在今天已化為烏有的：連續的運動、慣例、報告、信件。然後，就像是大地會在某一天顫動一下以讓我們不忘它的威力，或像是死神會突然降臨，責備我生前遺忘了它的存在，另一種真實出現了。我們早知道，它就在那裡，又笨又重，會狠狠地敲擊我們以變得鮮活起來。我又一次認為我是在瞎想：一夜之間，通體鬆軟、身形瀟灑的查克莫變了顏色；黃色，幾乎是金黃，它似乎在告訴我，它是神，但現在沒過去那麼嚴屬了，雙膝也沒過去那麼緊張了，笑得更加和藹了。昨天，我終於突然驚醒，懷著恐懼，確信在這黑夜裡，同

時有兩個呼吸的聲音，黑暗中不止有我的脈搏在跳動。是的，樓梯上傳來了腳步聲。夢魘。再次入睡……不知道過了多久才終於睡著。再次睜開雙眼時，天還沒亮。房間裏散發著恐懼的味道，聞著像熏香和血。我黑著眼睛環視了一下，最終停留在兩個閃著光的小洞裏，兩面殘忍的、黃顏色的小旗子上。

我幾乎是氣也沒出一口地開了燈。

查克莫就筆直地站在那裡，臉上掛著微笑，渾身黃褐色，而肚子是肉色的。它的兩個小眼睛幾乎是斜著長的，緊挨著三角形的鼻子。它們讓我嚇得喘不上氣。它的下排牙齒頂開了上半片嘴唇，卻並不在動。只有它碩大無比的頭上那頂方帽的閃光才顯示出它是有生命的。查克莫向我的床靠來；此時開始下雨了。

我記得八月底的時候，費里貝托被部裏解聘了。他被頭兒公開批評，另外還有傳言說他發了瘋甚至偷盜東西。這些我倒不相信。我確實看到了他的一些怪異的舉動，他曾問辦公室主任水會不會散發氣味，他曾向水力資源部部長提出申請，要去沙漠裏搞降雨。我不知道他是怎麼了；我想，準是今年夏天這大得出奇的雨，讓他發瘋了，或是在那幢有一半的房間常年緊鎖而滿是灰塵、沒有傭人、沒有家庭氣氛的古宅裏的生活，讓他患上了某種心理抑鬱。下面的筆記是九月底寫的：

查克莫想變得和善的時候，還是可以顯得和善的……，令人迷醉的水汩汩作響……它知道關於季風、赤道雨和沙漠的懲罰的奇妙故事；每種植物都帶有它的神秘的種子：柳樹是它的誤入歧途的女兒；荷花是為它寵愛的孩子；仙人掌是它的岳母。我不能忍受的是那股氣味，非人的，來自這不是肉身的身上，來自那古老的閃閃發光的鞋子。查克莫一邊發出刺耳的笑

聲，一邊告訴我它是怎樣被勒普朗根發現，又是怎樣跟使用其他符號的人群發生接觸的。它的精神曾困居在陶罐裏和自然界的暴風雨裡；而它的石身被拖入暗無天日的地方，這是人為的，也是殘酷的。我相信，查克莫永遠也不會原諒這件事。它知道美是要展現給人看的。

　　我給了它肥皂，讓它洗去肚子上的番茄醬，那是賣主故意抹上去的，他只當它是阿茲特克人造的呢。我問起它和特拉洛克[1]的親屬關係，這似乎讓它不大高興。它要生起氣來，那副本就令人厭惡的牙齒就會顯得鋒利閃亮。開始幾天，它還下到地下室去睡；從昨天起，就睡在我床上了。

　　旱季開始了。昨天，就在我睡的客廳裡，我又聽到了先前那低沉的哀怨聲，隨後是一陣可怕的響動。我上樓微微打開房間門：查克莫正在猛砸燈和家具；它揮動兩隻傷手，朝門口撲過來，我趕忙關上門，衝到浴室裏躲起來……然後它氣喘吁吁地下來要水喝；一整天它都讓水龍頭開著，屋裏沒有一處是乾的。我得蓋上好多條被子才能睡覺，我還請求它不要讓客廳進更多的水了。[2]

　　今天查克莫把客廳全淹了。我火了，說要把它送回拉臘古尼亞去。它揚起胳膊，那上面掛滿了沉沉的手鐲，然後搧了我一個耳光，這一擊與它的異於人和動物的怪笑一樣駭人。我得承認這樣的事實：我成了它的俘虜。我起初的想法可不是這樣：我本想支配它，就像支配一個玩具一樣；這大概是我孩童時期的自信心的一種延續；但是童年——誰講的哩？——是被

1　特拉洛克，阿茲特克神話中的雨神名。

2　費里貝托沒有交代他跟查克莫是用什麼語言交流的。——作者注

永劫回歸

51

歲月吞噬掉的果實，我還一直沒有意識到⋯⋯它拿走了我的衣服。當它的身上開始冒出綠色的苔蘚時，它穿上我的睡衣。查克莫已經習慣了被人聽從；而我向來沒幹過發號施令的事，只能乖乖屈服。不下雨的時候──它的法力哪去了？──它就變得狂躁易怒。

今天我發現，查克莫會在晚上出門去。天黑時，它總會高歌一曲，那調子十分古怪，比它的歌聲還要古老。然後歌聲停了。我敲了好幾下它房間的門，沒有回應，我就壯著膽子進去了。從石像試圖襲擊我的那天起，我就再也沒進去過。現在這個房間已經一片狼藉，充斥著整棟房子的熏香和血的氣味，在這裏最為強烈。而在門背後，是一堆骨頭：狗的、老鼠的和貓的。查克莫晚上出去劫掠來填飽肚子的就是這些。難怪每天早上會聽到那些駭人的叫聲。

二月，天氣乾燥。查克莫步步盯緊了我。它讓我給一家飯館打電話，要每天送雞肉飯來。但我的工資很快就會花完的。隨後發生的事情是無法避免的：從一號開始，因為欠費，水和電都停了。但查克莫早已發現，離這裏兩百多米遠有一處公共噴泉；於是我每天要出去取水，跑十到十二趟，它就在屋頂平臺上監視我。它說我要是企圖逃跑它就劈死我；它還是閃電之神呢。它不知道的是，我曉得它每天晚上的獵捕活動⋯⋯沒了電，我八點鐘就上床睡覺了。我得習慣與查克莫共處的生活，但就在剛才，在一團漆黑裡，我跟它在樓梯上撞到了，我觸到它冰冷的手臂，觸到它新生的皮膚上長出的鱗片，我當時直想大叫。

要是不能很快下雨，查克莫又會變回成石頭了。我注意到

它最近移動起來很吃力；有時候，它一連幾小時斜躺著，一動不動，好像又成了一尊偶像。但這樣的休憩只會讓它積蓄新的力量，它重又折磨我，在我的身上抓來搔去，彷彿要從我的肉裏抽出汁來。它不再會暫時停止對我的折磨，友善地跟我講述古老的故事了；我覺察到一種強烈的怨恨。另外的一些事情讓我開始思考：它快把我酒窖裏的酒喝光了；它常常撫摸絲綢做的睡衣；它要我帶一個女傭到家裏來；它要我教它怎樣使用肥皂和清潔劑。我覺得查克莫受了人世的引誘，正在一步步墮落，它的臉上出現了某種老舊的東西，先前看上去是永恆的。也許我會因此得救了：如果查克莫成了人，那麼它千百年的生命可能會在一瞬間聚集在一起然後消亡於無。但這也意味著我的死亡：查克莫不會希望我看著它毀滅的，有可能，它想殺了我。

我要趁今晚查克莫出去活動的時候逃掉。我要去亞卡普爾科；看看能不能找到一份差事，同時等待著查克莫死去；是的，快了；它已經白髮蒼蒼，渾身腫脹。我需要曬曬太陽，游游泳，恢復體力。我還有四百披索。去穆勒客棧吧，那地方又便宜又舒服。讓查克莫在這兒統領一切吧：我再不去給它挑水了，看它能支撐多久。

費里貝托的日記至此結束。我不願再想他的故事了；我一直睡到了庫埃納瓦卡。從那裏到墨西哥城的路上，我試圖把他的這些文字理順，把他的記敘與超時的工作或是某種心理動機聯繫起來。直到晚上九點我們到達終點站的時候，我還是沒能想明白我的朋友的發瘋究竟是怎麼一回事。我僱了輛小卡車把棺材運到費里貝托家裏去，並在那裏安排他的葬禮。

我還沒把鑰匙插進鎖孔裏去，門就開了。出現在我面前的是一

個黃皮膚的印第安人，穿著睡衣，戴著圍巾。他的樣子極其令人厭惡；身上散發著廉價清潔劑的味道；他的臉上敷著粉，似是要蓋住皺紋；他的嘴上滿是胡亂塗抹的口紅，頭髮像是給染過了一樣。

「對不起……您可能不知道費里貝托已經……」

「沒關係；我什麼都知道了。請讓他們把屍體抬到地下室去。」

《戴面具的日子》

古老的聲音

我是專門回憶過去的

「你回來了，兄弟。你回到你的家裏了。給自己找塊地盤吧。命運的時間有多長，你就有多長的天數來實現自己的命運。眾神多慷慨啊。他們從太陽的時間裏抹去了五個日子，就像我用手能做到的那樣。那五個日子是戴著面具的。那五個日子沒有臉龐，既不屬於眾神，也不屬於人類。你可以從眾神的手中贏得這些日子，要不然他們就會從你身上把它們搶走，留給他們自己享用。這全靠你的生命了。你要為自己贏得這些日子，儲存起來，不讓它們匯入你死亡的日子裏去。待到你感覺死期臨近的時候，就跟死神說：停下，別碰我，我可攢了一天呢。讓我過掉它吧。等等。在你的餘生裡，你可以這麼幹五次。」

——要是我贏得了這些日子，先生，它們對於我會是幸福的日子嗎？

——不會。這五天會是貧乏、沒有幸運的五天。但不幸總比死亡要好。這是與死神辯駁時你唯一的論據。

老人一邊講著這些奇怪的話，一邊用手比劃來比劃去，好讓我

理解他的意思，但我還是時不時地分神，試圖給這些話找出秩序，往往就沉入了現實的思索裡，權當是在老人的瘋言魔語中的一點補償。他講了好多，微微抬起手臂在空中劃著圈子。

「先生，我是誰？」

老人第一次笑了。

「我們是誰，兄弟？我們是三兄弟中的兩個。黑色的兄弟在創造的火焰中死去了。他的犧牲彌補了他暗黑醜陋的外貌。他再生為白熾的光芒。而你和我沒有勇氣投入火焰之中，就存活了下來。我們背上了沉重的責任，即維護生命和記憶，來補償我們的怯懦。你和我。我是那個紅色的。你是那個白色的。」

「我⋯⋯」我小聲說道，「我⋯⋯」

「你住在教人生活的女神的身上，在她的背上，鼻子上，頭髮上。你栽植，你收穫，你織布，你刷漆，你雕琢，你教授。你說過，勞動和愛情足以用來報答眾神賜予我們的生命。他們嘲笑你，把火和水降到大地上。每回太陽死去，你都哭著逃向海邊。待到太陽重生，你就會回來宣揚生命。謝謝你，兄弟。你從東方回來了，在那裏誕生一切的生命。而我們黑色的兄弟的歸程卻要艱難的多，因為如果在白天他可以熠熠生輝，在夜晚他卻要墮入西方的深淵裡，淌過冥界的黑流，受到醉酒和遺忘之魔的圍困，因為在地獄是吞吃一切記憶的惡獸的王國。他要比你耽擱更長的時間來與我團聚，因為在白天他顯示活力，召喚死亡，在夜晚卻懼怕死亡，召喚生命。我的白色兄弟啊，你是另一個創始之神。你抗拒死亡，宣揚生命。」

「那麼你呢，先生？」

「我是專門回憶過去的。這是我的使命。我保管著命運之書。在生與死之間，唯一的命運就是記憶。回憶編織著世界的命運。人總會死去。太陽總會更替。城市總會消亡。權力總會易手。君主們會和築成他們的宮殿的石頭一道被埋葬，這些石頭都會爛掉，這些

宮殿都會被丟棄在熊熊怒火、暴風雨和雜草叢裏。一個時代終結，另一個時代又開始了。只有記憶讓已逝的東西保持鮮活，將逝的人都懂得這一點。記憶的終結才是世界的真正的終結。黑色的死，是我們的兄弟；白色的生，是你；紅色的記憶，便是我。」

「那麼我們三個會如你所願團聚在一起嗎？」

「生、死和記憶：是一體。統領我們至今、給我們輪流吃飯和挨餓的殘酷女神的主人。你、我還有他：母神王國之後的最先一批人，我們的一切都拜母神所賜，而她要奪走我們的一切：生，死和回憶。」

他久久地望著我，睜著他憂愁的眼睛，像雨林那樣黝黑、深邃，像廟宇那樣堅固、精美，像黃金那樣閃亮、豐盈的眼睛。

《我們的土地》

■ 西班牙的征服

就如行星在自己的軌道上運行，思想的世界也是趨向圓環。

阿摩斯‧奧茲，《遲來的愛》

有多少的王國是我們所不知道的呢！

巴斯卡，《思想錄》

兩岸

十

我看到了這一切。在銅鼓的擂動聲中，在刀劍與燧石的撞擊中，在卡斯蒂利亞的炮火中，這座阿茲特克宏偉城池的傾圮。我看到燃著火的湖水，那湖面上坐落著特諾奇蒂特蘭大城，它比科爾多瓦還要大上兩倍。

神廟坍塌了，旗幟傾倒了，碑銘墜落了。就連眾神也轟然倒地。在戰敗的第二天，我們就用那些印第安神廟的石塊，開始建起基督教的教堂來。若是在墨西哥大教堂的柱礎上發現了夜之神的魔咒，或是特斯卡特利波卡神那氤氳的形象，會有人覺得好奇吧，或

者這實在是愚蠢。這些為了唯一的神明所造的華廈建在為眾多的神靈所造的神廟的廢墟之上，它們又能存在多久呢？也許會同這些東西的名字一樣久吧：雨，水，風，火，塵。

事實上我不知道。我剛剛死於腹膜炎。這是一種殘忍的、痛楚的、無可挽救的死亡。這個病是我那些本地的土著弟兄贈予我的，用以回饋我們西班牙人給他們帶來的惡疾。我驚異地看到，一夜之間，這座墨西哥的城市佈滿了刻上麻點的印痕斑斑的臉孔，如同這陷落的城市的道路一樣殘破不堪。湖水沸騰地翻攪著，城牆害了醫不好的麻瘋病。人們的臉龐永遠地喪失了那晦暗的美麗，那完美的輪廓。歐洲在這塊新大陸的臉上抓出了一道永不消退的疤痕，而這張臉仔細打量，是要比那張歐洲的臉龐更加蒼老的。儘管從這一片賦予我死亡的堂皇景致中，我確確實實見到了所發生的一切，見到了這兩個都有著千年歷史的古老世界的交鋒，因為我們在這裏找到的石塊卻同埃及的石塊一樣的陳舊，而一切帝國的命運也都已被永久地書寫在了伯沙撒王盛宴的牆壁之上[1]。

我看到了一切。我想把一切講出來。然而我在歷史上露面的機會被嚴厲地限定在了提到我的那幾次上。編年史家貝爾納爾·迪亞斯·德爾·卡斯蒂略[2]有五十二次在他的《征服新西班牙信史》中提到了我。關於我最後的消息，是當我們的長官埃爾南·科爾特斯[3]在一五二四年十月去宏都拉斯開始他那倒楣的遠征時，我已經是死了的。編年史家是這樣寫的，那以後他便即刻將我忘在了腦後。然而我又出現了，這是事實。貝爾納爾·迪亞斯——列舉征服

---

1 據《舊約·但以理書》記載，巴比倫國王伯沙撒在王宮中舉行盛宴時，突然顯出一隻手指，在宮牆上寫下預示著其國運終結的神秘文字。

2 卡斯蒂略（Bernal Diaz del Castillo，1492-1584），原是西班牙士兵，曾參與埃爾南·科爾特斯的探險隊，征服墨西哥的阿茲特克帝國，他將其親身經歷的征戰過程及阿茲特克的政經文化、風土民情用文字加以敘述，寫下《征服新西班牙信史》一書。

3 參見 P.22 註 1。

戰爭中那些人的結局時，我就在死去亡靈的最後一行。這位作者有著驚人的記憶力，他記得所有的名字，連一匹戰馬、連是誰騎了它都沒有忘掉。或許是除了回憶，他沒有別的東西能讓他自己倖免於死亡。亦或許更壞：幻滅和悲傷。我們不要自欺欺人了。沒有誰能夠在這發現征服的大業中得以倖免。那些戰敗者不能，他們看到了自己的世界的毀滅，而那些得勝者同樣不能，他們的雄心壯志從沒有被完全滿足過，而在此之前卻已經遭遇了不公和終極的醒悟。雙方應當從兩敗俱傷開始，去創建一個新的世界。我知道該是這樣，因為我已經死了。然而當那位梅迪納‧德爾‧坎波的編年史家寫作他的傳說故事時，他知道的卻並不清楚。書中他的記性太好，想像力又太壞了。

在他的名單裡，參加征服美洲的人一個也沒有少。不過絕大多數都只是用了一句簡短的碑銘作結：「死亡」。確實也有些人是與眾不同的，因為他們死在了「印第安人手中」。那些命運不同尋常的人是最讓人感興趣的，而這種命運又往往是關乎暴力的。

我得補充一句，在這次征服美洲的遠行中，光榮與卑劣都同樣地得以彰顯。佩德羅‧埃斯庫德羅和胡安‧塞爾梅尼奧被科爾特斯下令絞死，因為他們妄圖乘船逃到古巴去。而對他們的領航員貢薩洛‧德‧翁布里亞，科爾特斯只是令人斬斷了他的腳趾。可就因為這樣，這位翁布里亞壯起了膽子跑到國王面前去訴苦，於是得到了定期收入的黃金和幾座印第安人的村莊。科爾特斯一定在後悔當初沒有把他一併絞死。讀者們，軍法官們，懺悔的人們，或是不拘哪位走近我墓地的人啊，你們且看一看，在時光的催逼下，在歷史的呼嘯中，世事是怎樣抉擇的吧。同編年史上的記載恰恰相反的事情總是在發生，總是。

其次我想告訴你們，這次的事業是包羅萬有的。從某位叫做莫羅的偉大音樂家的個人情趣，或是一位頭髮通紅的偉大歌手波拉斯，或是奧爾蒂斯，偉大的吉他手，兼教人跳舞的——從他們的個

人情趣，到一位名叫恩里克的帕倫西亞人的倒楣事——他讓疲勞、讓武器的重壓和熱度給弄斷了氣。

　　某些人的命運是相映成趣的：一個叫阿方索・德・格拉多的人被科爾特斯安排同堂娜伊莎貝爾[1]成婚，新娘是阿茲特克皇帝蒙特祖馬的女兒。可又有這麼一位胡阿雷斯，被稱作「老頭子」的，最後卻用一塊碾玉米的石頭殺死了自己的老婆。在一場征服戰爭中，贏的是什麼人，輸的又是什麼人呢？胡安・塞德尼奧來到此處的時候，他的財產就只有一條船，一匹母馬，一個服侍他的黑人，一大堆的鹹豬肉和木薯麵包。在這裏他賺到了更多。而一個名叫布林吉約斯的也發了財，還擁有了許多印第安人，後來他放棄了全部跑去當方濟會的修士。不過，大多數的人返回祖國或是留在墨西哥的時候，卻是一個子兒都沒賺下的。

　　既然如此，在這光榮與苦難的休止符上，我一個人的命運又算得了什麼呢？我只想說，關於命運這東西，在我看來，我們當中知道得最多的莫過於人稱「門後的索利斯」的這一位了。他在自己的家中踱著步子，從門後看著其他人在街上經過，既不去干涉旁人，也不為旁人所擾。如今我們死了，我想就都同索利斯一樣了吧。我們在門後看著，卻不被人見到，如此這般地讀著倖存者們書寫的編年史上提及自己的文字。

　　而關於我，最後的記載是這樣的：

　　　　又一個士兵過去了。他名叫赫羅尼莫・德・阿吉拉爾。這個阿吉拉爾我之所以在此提及，是因為他是我們在卡托切角找

1　關於本書人名之翻譯，Don 放在名字前面，原是對男性之尊稱，Donna 則是對女性之尊稱，但中譯習慣採用音譯，如 Don Juan 譯為堂璜，Don Quijote 譯為堂吉珂德。本書亦採音譯，如堂法蘭西斯科・皮薩羅、堂娜瑪麗娜，堂（Don）、堂娜（Donna）皆用音譯，前者相當於英語的 Mr. 或 Sir，後者相當於 Lady 與 Madam。特此說明。

到的。當時他同印第安人在一起，後來成了我們的翻譯。他身染腹股溝腺炎癱瘓而死。

九

關於征服墨西哥的偉業那最後的印象，我有著許許多多。在那一場征服中，不到六百個西班牙勇士佔領了一個比自己的國家領土大九倍、人口多三倍的帝國。更不要提那些不計其數的財寶了。我們在這裏發現財寶，再將它們運回加地斯和塞維爾去。它們不僅僅是西班牙的財富，更成為了整個歐洲的財富，一個世紀又一個世紀，一直到今天。

我，赫羅尼莫·德·阿吉拉爾，在永遠地闔上雙眼之前，我看了看這新世界。我最後凝望的，是韋拉克魯斯海岸，還有那裏滿載著墨西哥的寶藏起錨的航船。給船隻做導引的是所有羅盤中最精準的一只：金色的太陽與銀色的月亮同時掛在黑藍的天空，天空的高處狂風暴雨，而與水面相接的地方卻仿似血染一般。

我願意用這深深印在眼底的權力與財富的影像同這世界作別──那是五艘裝備精良的船隻：眾多的士兵，大批的馬匹、炮彈、火槍和弩弓，還有各種武器堆上了桅檣。貨物則直裝到了底艙去：八萬披索的金銀，無數珠寶，墨西哥最後兩位國王蒙特祖馬與瓜特穆斯[1]的整個衣飾間。若是用一位效命於君王的英勇軍官帶給卡洛斯一世國王陛下的財富來判斷，這真是一次乾淨俐落的征服行動。

可我並沒能安心地閉上眼睛。首先我就想到，將墨西哥的金銀送回西班牙時，伴隨的保護措施竟有那麼多，又是武器，又是人又是馬的。而當科爾特斯一行人在對一項豐功偉業毫無把握、第一次從古巴來到這裏的時候，他們卻是保障匱乏、人丁單薄。這是多麼

---

1 也作「夸特莫克」。

強烈的反差呢。可你們看，這就是歷史的諷刺啊。

基尼昂內斯是科爾特斯衛隊的指揮官。科爾特斯是派他去保護財寶的。他穿過了巴哈馬，卻帶著在墨西哥奪來的戰利品留在了特塞拉島上。他在那兒愛上了一個女人。就因為這樣，他被砍死了。與此同時，遠征前線的阿隆索・德・達烏拉遇上了法國海盜讓・弗勒里（按我們熟悉的叫法是胡安・弗洛林）。他的金銀被海盜洗劫，自己還在法國被關進了牢獄。法國國王法蘭西斯一世[1]一遍又一遍地下令：「請你們把那條將世界的一半賜給西班牙國王的亞當遺言找來給我看。」而他的海盜們便在唱詩時答道：「當上帝創造了大海，他就把它給了我們所有的人，毫無例外。」那麼好吧，看看教訓是什麼：這位弗洛林或弗勒里在公海被比斯開人逮著了（巴利亞多利德，布林戈斯，比斯開：新大陸的發現和征服最終會團結並帶動整個西班牙！），又在皮科港被絞死。

不過事情並沒有就此終止。有個名叫卡德納斯的人是來自特里阿納的領航員，也是我們遠征的一員。他在卡斯提爾告發了科爾特斯，說他從沒見過有哪片領土是像新西班牙這樣有兩個君王的，是科爾特斯自不量力地把自己也算成了其中一個。由於他觀見了陛下並且在陛下面前陳情，國王賞賜給他一千個披索的年金，還有一塊印第安封地。

糟糕的是他這麼做有理。我們全都見證了我們的指揮官是如何扮演了雄獅的角色，跟我們這些士兵允諾打完仗後的獎賞。你們讓我相信了那麼久！結果呢，我們咬過牙拚過命，連一個小小錢袋都沒得到。科爾特斯被審判，被削了權，他的那些跟班丟了性命，沒了自由，更慘的是財產給沒收了。這些財產在歐洲的四個角落被揮霍盡了……

---

1 法蘭西斯一世（Francis I，1497-1547），於 1515-1547 年擔任法國國王，在身邊集合許多中世紀騎士和文藝復興巨匠，由於勢力與神聖羅馬帝國皇帝查理五世（也是西班牙國王卡洛斯一世）相當，雙方曾發生多次戰爭。

今時今日我問自己，所有這一切是有公道的嗎？我們讓阿茲特克人的金子免於毫無用處的境地，將它傳播、分配，賦予它不同於以往做裝飾、做聖器的經濟意義，使它得以周轉，將它冶煉以便流傳，我們所做的不過是為這些金子找到了更好的歸宿而已嗎？

八

我試圖從自己的墓穴中平心靜氣地判斷。然而一個影像卻一次又一次地擾亂了我的思緒。我看到面前有一個年輕的男子，約莫二十二歲，淺棕色的皮膚，身材面貌都瀟灑俊逸。

他同蒙特祖馬的一個姪女成了婚。他的名字叫做瓜特穆斯或是瓜提莫松。特別的是，他的眼睛裏是有一道血痕的。當他感到視線被污濁時，他垂下了眼簾，於是我看到了他的眼皮：一片是金的，一片是銀的。他的叔叔蒙特祖馬剛被信仰破滅的民眾用亂石打死，他便成為了阿茲特克的最後一代皇帝。我們西班牙人扼殺了比印第安人的權力更多的東西：我們扼殺了環繞在他們身邊的魔法。蒙特祖馬沒有抵抗。瓜特穆斯則做出了英雄般的抗爭，為此向他致敬。

他和他的軍官們一道被俘，被帶到了科爾特斯面前。那是一個八月十三號，一五二一年的聖伊波利托日的前夕。瓜特穆斯說道，他為了保衛他的人民和臣子已經做了自尊心驅使他所做的一切，當然（他又補充說）還有激情、力量與信念的驅使。「結果我被用暴力強行帶來，」他對科爾特斯說：「帶到你的人手和兵力面前。拔出你腰間的短劍，用它殺死我吧。」

於是這個年輕而勇敢的印第安人，這個阿茲特克最後的皇帝哭了起來。而科爾特斯卻回答他說，因為他是如此的英勇，他可以平安回到那座陷落的城市，還可以在墨西哥和其他的領地繼續統治，就跟從前一樣。

這些我全都知道。因為科爾特斯與瓜特穆斯之間沒法溝通，而我就是他們那次會面的翻譯。我翻譯得隨心所欲，並沒有照直將科

爾特斯對戰敗的君王所説的話譯給他，而是讓我們的首領口中吐出了一串威逼的話語：「你即將成為我的俘虜，從今天開始我就要折磨你，像對付你那些同伴一樣，把你的兩腳放在火上燒，直到你招出你叔叔蒙特祖馬餘下的那些財寶的下落來（就是沒落到法國海盜手上的那一部分）。」

我愚弄著科爾特斯，隨心所欲地補充道：「你以後再也不能走路了，不過呢，在我日後的征戰中你得拖著兩隻殘腳，哭哭啼啼地陪在我身邊，給我的大業作個象徵，好讓我師出有名。我的大業那高高飄揚的旗幟是金子和名譽，是權力和信仰。」

我翻譯，我背叛，我捏造。在這一幕裏，瓜特穆斯的淚水流乾了，而代替眼淚的，是他一邊的面頰上滾下了一串金，另一邊則是一串銀。它們刀一般地在他的臉上劃過，在那裏永遠地留下了傷痕。也許死亡會令它癒合吧。

我從自己的角度回憶著那個聖伊波利托日的前夕。在貝爾納爾·迪亞斯筆下，那是一個整夜下著雨打著閃電的晚上。在後世面前，在死亡面前，我作為一個説謊者、一個背叛我長官科爾特斯的叛徒而原形畢露。我沒有給那個失敗的君王和平的允諾，而是給予他對待戰敗者的殘忍、無休止的壓迫、毫無同情和永恆的羞恥。

可事實上，事情的確是這樣發生的，我的謊話變成了事實。我翻譯了與長官所説相反的話，用自己的謊言將真相告訴給那個阿茲特克人，這有什麼不對嗎？抑或我的話語竟純粹只是一次偷換，把謊言變成真實的並不是我，而是一種宿命的中介（即翻譯）和手段？

在那個聖伊波利托日之夜，當我在征服者與戰敗者之間扮演翻譯的角色之時，我所能確認的僅僅是話語的力量。就像這一次，當話語被字裏行間確實存在的那些敵意的猜想與含蓄的忠告，還有我從我的長官心底深處所獲得的瞭解所驅動的時候。我的長官埃爾南·科爾特斯是個叫人迷惑的矛盾體：理性與空想，決心與脆弱，

懷疑主義與過分天真，鴻運當頭和命途多舛，瀟灑和愚魯，美德與惡行，所有這些都是這個埃斯特馬杜拉[1]人，都是這個墨西哥的征服者。從猶加敦到蒙特祖馬的宮廷，我一直都陪伴在他的左右。

然而，這些就是當猜測與嘲弄，當惡事與好運無從協調，而依賴於話語得以生存時所產生的能量。這位最後的君王的故事結局並不是科爾特斯所應允的權力的坦途，也不是印第安人投誠後的榮譽，而是一場殘酷的鬧劇——由我編造的，又讓我的謊言變成命中註定的現實的那一場鬧劇。年輕的皇帝成了笑柄。他沒了兩隻腳，被勝利者的一輛華麗的大馬車拖著，頭戴仙人掌冠冕，腦後掛著一棵神聖的木棉樹的枝條，活像一隻捕來的野獸。我用來騙人而胡亂說出的事情，分毫不差地發生了。

所有的這一切讓我無法安眠。那些未盡的可能，那些自由自在的抉擇，奪去了我的睡眠。

而罪魁禍首是一個女人。

七

在我的長官埃爾南·科爾特斯給印第安人留下深刻印象的所有新鮮玩意兒裏頭——像火繩槍啦，鐵劍啦，玻璃珠子啦，沒一樣比得上征服戰爭中的那些馬。一桿火槍發出的爆炸會消散成為煙霧；一柄鐵劍會敗在印第安的雙劍手裡；玻璃是用來唬人的，不過綠寶石也一樣。而馬則不同。馬就在那兒，有它自己的生命，會動，有完整的神經能力，身上有光澤、有肌肉，唇上流著口水，它的蹄子像是大地的同盟，是轟鳴聲的發條，是鋼的雙生兒。它那被催眠了的眼睛。騎士在上下馬之間，為它添加了這副永不改變的形態，令它變成今天看到的這種牲畜，這是以往從來沒人設想過的，不只是

---

1 埃斯特馬杜拉 Extremadura（or Estremadura），位於西班牙西部鄰葡萄牙邊界的自治區。

印第安人，甚至連任何一個神都沒有想過。

「馬兒會不會是一位神靈的夢境呢？他從未把這隱秘的夢魘告訴給我們？」

一個印第安人永遠也沒法找到一個能夠打敗全副武裝的卡斯提爾（Castile）[1]騎士的方法。這是征服戰爭中神秘的事實，而不是什麼夢境或預言。科爾特斯讓他那軟弱的騎兵隊發揮到了極致，不僅是在襲擊中或是在野戰時的奔跑中，還有專門用在海灘上的馬隊。在那兒似乎是戰馬們掀起了海浪，以至於連我們自己，我們西班牙人都覺得，這片海岸上若是沒有戰馬，就會平靜得像是一面水做的鏡子了。

我們懷著驚歎注視著海洋的泡沫與動物口唇上的泡沫之間那從未曾設想過的手足之情。

而在塔巴斯科，當科爾特斯長官想要震懾蒙特祖馬大王的來使時，他讓一頭種驢和一匹發情的母馬交配，把它們藏在暗處，教我在適當的時候把它們弄得叫出聲來。國王的使者從沒有聽過這種聲音，他們驚恐萬狀，屈服在特烏爾神的威力之下，或者說是西班牙上帝的威力也行，他們從那時候起就是這樣稱呼科爾特斯的。

事實上，我從沒有，任何人也都沒有聽到過從靜寂中傳來的、從身體內部剝落出的那一種嘶鳴。它以一種粗暴的力量揭示了動物的渴求，野獸的慾望。長官的演技超越了他自己，給我們這些西班牙本國人都留下了印象，讓我們所有人都有一點兒覺得自己就像是野獸……

然而除此而外，蒙特祖馬大王的使者們還看到了他們法師的預言中，一位金髮大鬍子的神靈的歸來，還有這一年所有的神蹟。我們那些絕妙的東西——馬啦，大炮啦，僅僅是堅定了他們眼中所看到的這些：

---

1 西班牙中部地區，古時為一王國，是奠定現代西班牙國家的基礎。

正午時分的彗星，火焰裏的水，傾斜的塔，流浪女夜半的叫喊，被風劫持而去的孩童……

我在此記錄下，在這美妙的一刻，堂埃爾南・科爾特斯降臨了。他如格雷多斯山脈的冬天一般潔白，如麥德林與特魯希略的大地一般堅實，還有一叢比自己更年長的鬍髯。他們期待著神靈的歸來，結果卻碰到了這樣的人──駝子羅德里格・哈拉，還有胡安・佩雷斯，他殺死了自己的老婆，那個被稱作「牧牛人之女」的人。還有佩德羅・貝隆・德・托萊多，那個血統混亂的傢伙，還有一個來自卡斯特洛莫喬的伊斯基耶多。這些是什麼神靈啊，哪怕在墳墓裡，我一想起來也只會付之一笑罷了。

一個影像切斷了我的笑容。那是一匹馬。

就連胖子巴利亞多利德騎在馬上也會看上去不錯，我是說，會引發敬意與讚歎。人類的固有一死因馬兒的長生不死獲得了救贖。從一開始，科爾特斯便頭頭是道地對我們說：「我們要在夜間暗中掩埋死者。這樣敵人就會相信我們是不死的。」

騎士會倒下，然而戰馬永遠不會。永遠，科爾特斯的栗色馬不會，阿隆索・埃爾南德斯那匹很能跑的淺灰色母馬不會，蒙特霍的棗紅馬不會，被莫蘭打上手印的桃紅馬也不會。這樣一來，我們就不僅僅是一群在一五二○年的十一月三日進入特諾奇蒂特蘭大城的人了，我們是半人半馬的怪物：是神話般的生靈，仗著兩個頭、六隻腳，用雷鳴般的聲音武裝著，身上披上了一層岩石。不僅如此，還因為曆書上的巧合，被同歸來的羽蛇神魁扎爾科亞特爾混為一談。

在勾連谷地與湖中的城市的大路中段，蒙特祖馬一本正經地迎接了我們。他站立著，說道：

「歡迎。諸位已經到家了。現在休息吧。」

在我們中間，沒有一個人曾經見過比蒙特祖馬的這座都城更加輝煌的城市了，不管是在舊大陸，還是在新大陸。那些水渠，小

舟，塔，寬闊的廣場，商品豐足的市集，還有它所呈現出的那些我們從未得見，《聖經》中也從未提及的新鮮事物：番茄和火雞，辣椒和巧克力，玉米和馬鈴薯，菸草跟蘆薈酒，綠寶石，玉石，大批的黃金與白銀，加工過的羽毛，還有溫柔而悽楚的讚歌。

美麗的女子，打掃得乾淨整潔的臥房，落滿小鳥的院子，關著美洲豹的籠子，花園，服侍我們的那些身患白化病的矮人。就像亞歷山大在卡普阿一樣，勝利的賞心樂事正降臨到我們身上。我們的努力得到了報償。馬匹給照料得十分周到。

直到那一個上午。蒙特祖馬大王十分好客地在他的城池、他的宮殿中招待我們。在一間皇室的寢宮中，他被我們所有人圍在中間。於是某些事情發生了，我們征服大業的軌跡改變了。

佩德羅・德・阿爾瓦拉多是科爾特斯的代理人，他膽大而風流，殘暴又不顧廉恥。他鬚髮皆為紅色，因此印第安人叫他「埃爾托納迪奧」，意思是「太陽」。埃爾托納迪奧厚著臉皮，親熱地同蒙特祖馬國王玩一種擲骰子的遊戲作消遣——對於印第安人來講這又是一種新鮮玩意——而當時國王顯得心不在焉，沒法估出下一次拋擲後的情形來，儘管他同不可一世的阿爾瓦拉多一樣設了陷阱。國王很是惱火，因為他習慣了每天更衣數次，可這一回他的侍女們給耽擱了，他在袍子裏已經發臭發癢，您想想看啊。

我在此記下，在那個時候，四個印第安搬運工或是裝卸工進了房間，後面還有我們當地保安的吵嚷聲。他們不動聲色地把一顆砍下來的馬頭拋在了科爾特斯與皇帝的面前。

就在那一刻，征服者的第二個翻譯，身為奴隸的塔巴斯科公主、受洗後人稱堂娜瑪麗娜，綽號「瑪琳切」的，飛快地為海邊來的傳信者做了翻譯。他們帶來了消息，韋拉克魯斯的墨西哥人展開了一場針對科爾特斯留在當地駐軍的起義。阿茲特克軍隊殺死了港口的主官胡安・德・埃斯卡蘭特，還有另外六名西班牙人。

尤其是，他們殺死了馬匹。這裏就是證據。

我留意到阿爾瓦拉多攥滿了骰子的手停在了半空，他注視著那匹馬半睜著的、無神的眼睛，似乎是從中認出了他自己，似乎在那用硬物憤而砍斷的馬頸上，這位被怒氣漲紅了臉的軍官覺察到了他自己的結局。

蒙特祖馬沒了玩遊戲的興致。他微微聳了聳肩，定睛看了看那個馬首級。然而他那意味深長的目光，無聲地對我們這些西班牙人說道：「你們特烏爾就是這副樣子？那好，看看你們的威力完蛋了吧。諸位是神不是？會死不會？我說的哪一樣是對的呢？我看到了一顆被砍掉的馬頭，於是我跟自己說，事實上我才是那個對你們掌握生殺大權的人。」

而科爾特斯定定地看著蒙特祖馬，臉上寫著背信棄義。我在那裏只讀得出我們的長官想在國王的臉上看到的東西。

我從來都沒有發覺，有如許多的東西是不必發聲便能說出來的。蒙特祖馬用一種虔敬得近乎卑微的態度走到馬頭跟前，沒講一句話，卻又說道，既然馬死了，若照他的意思，西班牙人也會死。如果外國人不太太平平地撤走的話，他就要這樣決斷了。預言應驗，神靈們也要回去了。現在他們應該撤離，好讓王國靠著頌揚神明的嶄新意念獨立地統治下去。

科爾特斯則無聲地警告國王，發動一場將以摧毀他本人和他的城市收場的戰爭是不明智的。而佩德羅‧德‧阿爾瓦拉多則不懂得揣摩微妙的弦外之音，他猛地將手中的骰子摔在了房間正中那位叫做「衣蛇裙者」的女神的臉上。趁他還沒來得及開口，科爾特斯走上前去，命國王離開他的宮殿，到西班牙人的住處去。從蒙特祖馬的臉上，從他的舉手投足間，我們的長官讀出了威脅同時又猶疑的意味。

「如果殿下搗鬼或是出聲，就會被我的軍官們殺掉。」科爾特斯語調平淡，而對蒙特祖馬來講，這卻比阿爾瓦拉多的張牙舞爪更具威懾。然而，最初的驚懼與沮喪過後，國王取下了胳膊與手腕上

戰神烏伊奇羅沃斯的標誌作為應答，似乎是要下令對我們展開屠殺。可他卻只是致歉說：

「我絕不會下令在韋拉克魯斯發動進攻的。若我的軍官這麼幹，我會懲治他們。」

侍女們把新衣服拿進來了。她們似乎被這廉價客棧般的氣氛給嚇著了。蒙特祖馬恢復了端莊的儀態，說他是不會離開皇宮的。於是阿爾瓦拉多對著科爾特斯頂撞道：

「你說那麼多幹什麼？要嘛把他關起來，要嘛捅了他。」

又一次地，是堂娜瑪麗娜給這場爭論下了裁決。她胸有成竹地勸告國王說：「蒙特祖馬老爺，我給陛下的忠告是請陛下稍後不聲不響地跟他們到住處去。我清楚的，他們是會給陛下面子的，是會把您當成尊貴的老爺的。否則您就要死在這兒了。」

諸位看明白了，這個女人對皇帝所說的話是出於她自己的意思，她並沒有在翻譯科爾特斯的話，而是連續地講著蒙特祖馬的墨西哥話。國王彷彿是牢籠中的困獸，不同之處僅僅在於，野獸用四蹄打轉，而他則是兩腳亂動。他將兒子們交出作了人質。他一遍遍地重覆這樣的話：「別讓我丟這個人。要是我的臣民看到我成了階下囚，他們會怎麼說啊？這種臉不能丟。」

如此膽小卑怯，這還是那個令從哈利斯科到尼加拉瓜的所有部落都聞風喪膽的大王嗎？這還是那個某天下令殺掉那些夢見了王國末日的人，說是做夢者死了，夢境便也會消亡的暴君嗎？蒙特祖馬在西班牙人面前令人費解的軟弱只能用話語的釋義來理解。人稱特拉托阿尼或「大音之主」的蒙特祖馬，正一點點地喪失著對話語的控制，這更基於喪失對人的控制。這一點正是令他慌亂的新狀況。而堂娜瑪麗娜則面對面地向他證明、同他爭辯，告訴他國王的言辭已不復至高無上。於是，他本人便也不復至高無上了。而另一些人，那些外國人還有她這個塔巴斯科叛徒，則是一種蒙特祖馬所不瞭解的語言的主人。話語的威力究竟可以延伸到多大？

在這話語、行為以及二者無從料想的產物之間第二次的契機中，我看到了我的話語的力量。那一晚，在一派寂靜之中，我用墨西哥話跟國王交談，偷偷地告訴他危機正在暗中窺伺著西班牙人。蒙特祖馬是否知道古巴總督已經派了一支遠征隊來抓科爾特斯？他被當成了謀反叛亂的卑鄙小人，既無權威又無尊嚴。他自己都快給關進大牢了，還憑什麼抓像蒙特祖馬這樣高貴的大人當囚犯呢。只有堂卡洛斯國王才能同蒙特祖馬的高貴相媲美，他可是科爾特斯極力想要代表的，卻連委任狀都沒搞到呢。

我一再講著這些話，像是一口氣說完，中間既沒有停頓，也沒有感情色彩和難以捉摸的暗示。連我自己都憎惡自己的背叛，然而令我更加憎惡的，卻是我那拙劣的語言藝術，那遮掩、作假和停頓的藝術。在這方面我的對手科爾特斯與瑪琳切遠勝過我。

像開始一樣，我的結語毫無鋪陳，就是所謂的開門見山：

「這次對付科爾特斯的遠征首領是潘菲羅・德・納瓦埃茲，他同科爾特斯一樣勇猛，所不同的只是他多帶了五倍的人手。」

「他們也是基督徒？」蒙特祖馬問。

我告訴他是的，他們是代表卡洛斯國王的，科爾特斯躲著的人。

蒙特祖馬撫著我的手，給了我一隻鸚鵡綠的戒指。我將它還了回去，對他說我對這個民族的熱愛已足夠報償了。國王不解地望著我，就好像他從來都不瞭解他是在率領著一眾人民似的。那一刻我問自己，到現在我仍然問自己，在蒙特祖馬看來，他所擁有的權力是哪一種呢？又是對何人行使的呢？或許他只是在眾神的面前扮演了一個默劇演員的角色，精疲力竭地聆聽他們，讓自己聽到他們。而那裏交換到的，並不是珠寶或者寵愛，而是話語，話語能給蒙特祖馬以力量，比西班牙人全部的馬匹和火繩槍更強大的力量。不過，這位阿茲特克國王決心把這些講給他的臣屬，他的人民聽，而不是講給神靈聽。那是他的墓地。

我將科爾特斯的弱點這個秘密告訴給了國王，就像堂娜瑪麗娜曾對科爾特斯講了阿茲特克人弱點的秘密一樣：兄弟間的分裂、傾軋、嫉恨與衝突，這些東西損害了西班牙，也損害了墨西哥——國家的一半因為另一半而永遠地消亡了。

六

我用這種方式寄望於土著人的勝利。我所有的行為都已被你們猜中了，而裹在不容冒犯的屍布中，我可以告訴你們，這些行為都是為了一個目的：印第安人戰勝西班牙人。然而蒙特祖馬又一次錯失良機。他擺出一副對大事早有預料的樣子，向科爾特斯吹噓說，自己知道他正受著納瓦埃茲的威脅。他本該火速去同納瓦埃茲達成對付科爾特斯的約定，將這個埃斯特馬杜拉人打倒，之後再集結阿茲特克族人一舉進攻納瓦埃茲的疲憊之師的。如果這樣的話，墨西哥或可倖免於難了。

到了這步田地，我得說在蒙特祖馬的身上，浮誇永遠多過精明，而更勝於浮誇的，則是一種認為凡事都是註定的心理。這樣一來，國王只需扮演宗教與政治儀式設定好的角色便成了。在這位國王的心靈中，對儀式的忠誠便是給他自己的報償。一直就是這樣，不對嗎？

我沒法說不，沒法同他爭辯。或許是我的墨西哥話辭彙還不夠豐富，我還不懂得阿茲特克人的哲學與道德、論證中最為微妙的方法。我想做的是打破宿命的安排（假若它存在的話），用我的話語、想像與謊話。然而，當話語、想像同謊話糾纏不清時，它們的產物卻是真實⋯⋯

阿茲特克國王盼著古巴總督的討伐軍打倒科爾特斯，卻絲毫沒有為促成我們這位長官的失敗而做些什麼。他的胸有成竹是可以理解的。既然科爾特斯帶著僅僅五百名手下都能戰勝塔巴斯科和森波阿拉的酋長，還有兇猛的特拉斯卡拉人，那麼他又怎麼會不為兩千

多個也用火器與戰馬武裝了的西班牙人所勝呢？

可是，這位無比能幹的科爾特斯，卻在他那些新印第安人盟友的陪同下打敗了瓦納埃茲的隊伍，還擒住了首領本人。看看這件事有多諷刺啊：如今我們手上有兩名要犯，一個是阿茲特克人，另一個則是西班牙人，蒙特祖馬與納瓦埃茲。我們的勝利是無止境的？

蒙特祖馬王雖被囚禁，卻仍由漂亮侍女伺候著舒舒服服地在沐浴。「說實話我不明白你們。」他對我們這樣說。

而我們又明白他嗎？

這個問題，讀者啊，迫使我停下來好好地想了想，免得那些事情又一次匆匆地發生。它們總是快過敘述者的羽毛筆，儘管在這種情況下，是從死亡中寫就的。

蒙特祖馬。對他來說，爾虞我詐的政治手腕是陌生的，相反地，西班牙人無法侵入的宗教世界中那種親密的關係則是熟悉的。對此我們瞭解到了何種程度？我們無法侵入是緣於我們的遺忘：我們同上帝的交流以及上帝最初的賜予早在許久之前便已然丟棄。在這一點上，蒙特祖馬同他的人民的確是一樣的，儘管他與他們都沒有覺察：那就是他們還保有造物時的泥土的潤濕，還接近著他們的神靈。

我們能明白嗎？他躲了起來，就像是身處另一個時間，身處最初的時光中一樣，對於他，那便是此刻、是當下、是庇護、是詭異的威脅。

我將他同野獸相比。與其這樣倒不如說，當死亡讓我們平等時，這個人中極品在我看來，不僅僅是我們初到墨西哥時所認識的那個一絲不苟、極盡禮節的人物，而是第一個、而總是第一個為了這世界的存在，還有每一天光線的移動直至消失在每一夜的殘酷中而憂慮不安的人。他的職責便是永遠做那第一個人，以所有人的名義來問：

「黎明還會再來嗎？」

對蒙特祖馬和阿茲特克人來説，這是一個最為緊要的問題，這比知道是納瓦埃茲打敗科爾特斯，還是科爾特斯打敗納瓦埃茲，或是特拉斯卡拉人打敗科爾特斯，抑或是蒙特祖馬慘死在他們所有人面前都更為緊要，只需他不是慘死在神靈面前就行了。

雨還會再下嗎？玉米還會再長嗎？河水還會奔流嗎？野獸還會咆哮嗎？

蒙特祖馬那一切的權威、優雅、距離感，都不過是一個剛剛到達曙光之地的人的偽裝。他見證了第一聲驚叫和第一抹恐懼。在他那由羽飾、項鏈、侍女、勇猛的紳士和浴血的僧侶撐起的排場後面，是敬畏與感激相糾結的感覺。

一個同他一樣是土著的女人，瑪麗娜，是真正在他的土地上將他擊敗的人，儘管她使用了兩種語言。是她向科爾特斯揭穿了阿茲特克帝國的四分五裂，告訴他蒙特祖馬手下的臣民忌恨他，而他們之間也是互相仇恨，西班牙人大可在這翻騰的河流中撈上大魚來。是她弄清了連結我們這兩塊大陸的秘密，那就是手足相殘和派系之爭。我已經說過了，兩個國家，每一個都在另一半的手上消亡……

不過，當我告訴蒙特祖馬，西班牙帝國同它正在征討的墨西哥帝國一般地好勇鬥狠，而科爾特斯正在為它所憎惡、所煩擾的時候，已經是太遲了。

我忘記了兩件事。

科爾特斯聽瑪麗娜説話，不僅當她是翻譯，更當她是情人。既然是當作翻譯和情人，他就會對這片大地上的人類的聲音多加留意。而蒙特祖馬卻只聽上帝的話。我又不是上帝，因此他對我的留意只不過是出於禮貌，或者更多的是一種表示。這像一塊綠寶石般貴重，卻也同鸚鵡的説話一樣輕飄。

我，一個同樣操著歐洲與美洲兩種語言的人，被打敗了。我也有兩個祖國，而這與其説是我的優勢，倒不如説是我的弱點。瑪麗娜，瑪琳切，她身背深深的痛楚與怨恨，卻也懷揣著對國家的希

望。她必須押上全副身家以求活命和保有後裔。她的武器與我的一樣：是語言。但是，我把西班牙和新大陸分得清清楚楚，我認得那兩岸。

而瑪麗娜則不。她可以為新大陸全情投入。不是為它那被征服的、確定的過去，而是為一個有著雙重屬性的、不確定的未來。也正因如此，這未來是不可戰勝的。也許我本就該失敗。就算我將一個秘密、一個事實、一次不忠講給了他，我仍沒法挽救這個可憐的國王，這個我認領的祖國，墨西哥的國王。

後來，我講過的那次失敗就降臨了。

五

堂娜瑪麗娜與我之間的較量，是在喬盧拉那次事件中真正展開的。我不是一開始就會講墨西哥話。起初，我的優勢在於講西班牙語和馬雅語，那是在猶加敦時跟印第安人度過了很長一段日子之後學會的。而堂娜瑪麗娜，也就是瑪琳切，在作為奴隸被獻給科爾特斯的時候，只會説馬雅語和墨西哥語。因而有一陣子，我是唯一一個能翻譯卡斯提爾語的人。海邊的馬雅人把話傳給我，我再譯作西班牙語。他們也可以跟瑪琳切講，可她還是要靠我才能讓科爾特斯聽懂。或者這樣也行，墨西哥人把事情説給這個女子聽，她用馬雅語轉述給我，再由我譯成西班牙語。雖説對於她，這已經是一個有利的情況，因為在將納華語轉述成馬雅語的時候，她可以捏造些東西，可我卻仍舊是語言的主人。傳到征服者耳內的卡斯提爾譯文，一直都是我的版本。

於是我們來到了喬盧拉。這片海灘幾經變遷，經歷了韋拉克魯斯的建立和攻佔森波阿拉。這裏的大酋長在他的肩輿上呼哧呼哧地向我們表示，臣服的民眾都會加入反抗蒙特祖馬。我們是同傲慢的特拉斯卡拉人打了一仗之後來的，他們雖説是蒙特祖馬的死敵，卻也不樂意讓墨西哥的權力被西班牙人的壓迫所取代。

人們會在未來的幾百年中，把全部的罪過歸於特拉斯卡拉人。驕傲與背叛可以做一對忠誠的夥伴，二者互為遮掩。事實上，當科爾特斯和我們這支西班牙人小隊由特拉斯卡拉幾個營的凶蠻士兵陪伴著出現在喬盧拉的城門之前時，我們被幾處聖地的僧侶們給攔截了下來。喬盧拉是這片大地上一切神明的墓地，同羅馬一樣，它將眾神不事區別地供奉在同一所巨大的公共神廟裡。為此，喬盧拉人建起了一座巨大的金字塔，它像一座蜂巢，七間蜂房環環相套，彼此間有幽深的迷宮相通連，迷宮內反射著紅色與黃色的光芒。

我已然明白，統治這一方土地的，是星辰，是太陽與月亮，是早晨與黃昏雙生子般出現的金星，還有那精確地告知農耕的一年的曆法。一年有三百六十個繁盛的日子，加上五個不祥的日子：面具之日。

其中一個面具之日，該是我們西班牙人來到那兒的那天。我們命特拉斯卡拉人的軍隊走在前面，結果遇到了一群教士的阻攔。他們穿著黑衣，黑色的外罩，黑色頭髮，深褐的皮膚，一身的黑暗就好像當地的夜狼一般，只有頭髮、眼睛和長袍上閃耀著一星光亮，那是血的光亮，就像一道黏乎乎又泛著光的汗漬，是他們這個行當所特有的。

這些教士提高嗓門大聲說著，不准氣勢洶洶的特拉斯卡拉人進入。科爾特斯是應承了特拉斯卡拉人的，交換條件是喬盧拉人必須立即摒棄他們的偶像。

「你們還沒進來就讓我們背叛神靈了！」教士們大叫著，語調難以形容，介乎悲痛與挑釁，歎息與憤懣，大限將至與樂天知命之間，似乎已經準備好了為他們的眾神赴死，而同時又聽任眾神受到損害一般。

瑪琳切把所有這些譯成西班牙語，而我，赫羅尼莫·德·阿吉拉爾，這個一眾翻譯的首席，卻在等候輪到我翻譯卡斯提爾語時頭昏腦脹起來。我被難忍的惡臭熏得昏昏沉沉，這股臭味來自汗血、

熏人的硬樹膠、安達盧西亞戰馬的糞便、卡塞雷斯人過剩的汗液、辣椒與鹹豬肉、大蒜與火雞烹調的非同尋常的食物。這食物與從金字塔上散發熱氣與讚美詩樂曲的聖餐難以相互區別。被所有這些味道熏過，我想說，我發覺赫羅尼莫・德・阿吉拉爾已經沒有用處了，這個魔鬼般的女人已然翻譯好了一切，這個婊子養的瑪麗娜，她自己也是個婊子，她已經學會了西班牙語，她這個惡婆娘，女騙子，撒謊精，征服者的小老婆，她奪走了我職業上的唯一性，我在使用語言上無可替代的功用，我對卡斯提爾語的壟斷……瑪琳切是從科爾特斯的性器中攫取了西班牙語。這門語言被吸吮，被閹割，而科爾特斯卻毫無知覺，將殘損與快感混為一談。

這種語言，已經不只是我的了。現在它是屬於她的，而在這個夜晚，我的孤獨躲藏在喬盧拉的喧囂之中，這兒的人們擠在大街上、屋頂平臺上，看著我們經過，我們騎著馬、拿著火槍、戴著頭盔、留著大鬍子。我在自己的孤獨中忍受著折磨，想像著那個埃斯特馬杜拉人同他的情婦做愛的一夜夜，想像著她的身體，汗毛稀少，肉桂色的皮膚，還有那女人用來發動攻勢的、激起人情欲的鮮花。在她那寬闊的髖骨間藏著狹窄的、深深的性器，汗毛稀薄，汁液豐盛。習慣了我們的西班牙母親那被搾乾了水分，被時間、過去與疼痛的硬痂洗刷的雙腿，我想像著印第安女人大腿間無與倫比的光滑。女人的光潔，我在孤獨中想像著，那隱蔽的小窟地，我的長官埃爾南・科爾特斯從那裏伸進了他的手指、舌頭和陰莖。在社交晚會上他手上套著指環，在打仗時則套上金屬護手：這雙征服者的手，金屬的指甲，血的指肚，火的掌紋：財富、愛情、智慧的火焰，首次引向印第安女人散發香氣的歐查果。滿漲的性器貼上陰毛，那裏該同埃斯特馬杜拉一般植被稀少。還有一對睪丸，我想該是緊繃的、硬梆梆的，就好像我們火槍子彈一般。

不過，科爾特斯的性器比不上他的嘴巴和鬍子性感。對於一個三十四歲的男人來講，他的鬍子顯得年頭太久了，彷彿是繼承自維

里亞托的時代。為了抗擊羅馬人的侵略燒毀了樹林：是繼承自被包圍的努曼西亞城的時代，他的長矛純粹用阿斯圖里亞斯的海霧鑄成：那是一叢比它所生長的下頜的主人年紀更長的鬍髯。也許墨西哥人說得有理，是沒有鬍子的科爾特斯長了羽蛇神魁扎爾科亞特爾的長鬍子。當地人把他當成這位神靈了。

然而，最為可怖、最為醜惡的不是科爾特斯的性器，而是從樹林深處、從喪服、從海霧中浮出的舌頭，那才是這位征服者真正的性器。他把舌頭鐫刻在印第安女人的口中，用更大的氣力，更多的胚胎、更多次的懷孕。我的上帝啊，我在胡言亂語！我好痛苦，上帝！他用了比性器本身更強的生殖力。鞭子般抽動著的、軟硬兼具的舌頭：可憐的我啊，赫羅尼莫・德・阿吉拉爾，在這一刻我已全然死去，我的舌頭斷為兩截，就像那條長著羽毛的蛇。我是誰呢，我又有什麼用處？

四

喬盧拉人說，若是不帶同特拉斯卡拉人，我們就可以進去。至於偶像，他們是不會放棄的。不過他們願意服從西班牙國王。這話是通過瑪琳切傳達的，她把墨西哥話翻譯成西班牙語，而我則像個大權在握的呆頭鵝，一直在想著若要挽回我那受損的尊嚴，下一步該是怎麼走法。（我變得殘缺不全：語言不僅僅意味著尊嚴，它還是權力；它又不僅僅是權力，它就是生命本身，激勵著我的志願，鼓舞著發現新大陸中我自己的那份事業，獨一無二，出人意表，不可複製……）

可因為我沒法跟科爾特斯睡覺，我最好還是將這包袱與魅力交還給魔鬼，下定決心在這一次，死亡不為斷頭所嚇。

在頭幾天裡，喬盧拉人為我們提供的食物和草料十分充裕。可後來便開始短少口糧，人也變得魯莽兼反叛起來。我懷疑地望著堂娜瑪麗娜，她卻倚仗著同我們長官肉體上的親密關係，無動於衷地

看著我。

　　一片雲朵移近了聖城，久久不散。雲煙變得那樣濃厚，叫我們看不清神廟的頂尖，也看不清街上的、眼前的景況。喬盧拉的頂同底都消失在霧中，就像來到此地時我所說的那樣，這霧讓人無從知曉它是來自何處，是來自金字塔的階梯，是戰馬的雙臀間，還是來自山中。令人感到詭異的是，喬盧拉建在平原上，但此時這平原卻空無一物，一切看起來都是深不可測，崎嶇陡峭。

　　你們這樣看看吧，看看話語是如何把景致都改變了的。喬盧拉新的地貌不是別的什麼，而正是話語那彎彎曲曲的映射。它時而如峽谷般幽深，時而又如山峰般陡峭；它潺潺靜悄如大河，又波濤洶湧似海洋捲起碎石：為潮水所傷的美人魚發出了一聲尖叫。

　　我對教士們說：「我在猶加敦住了八年。在那兒我擁有真正的朋友。我離開了他們去跟隨這些白皮膚的神靈，去查探他們的秘密。事實上，他們並不是來和睦相處的，他們是來征服這片土地、來打碎你們的神靈的。」

　　「你們好好聽我說，」我對著教士們道：「這些外國人的確是神靈。但他們是與你們的神靈為敵的。」

　　我告訴科爾特斯：「沒危險。他們相信了我們是神，於是崇敬我們。」

　　科爾特斯問：「那他們又為什麼不給我們糧食跟草料？」

　　瑪麗娜對科爾特斯說：「這座城裏佈滿了無比尖利的長釘，假若你驅馬前進，長釘就會把馬弄死。你可要提防啊主人。屋頂平臺上堆滿了石塊和磚垛，街上的蓄水池裡儲滿了大木塊。」

　　我同教士們說道：「他們是惡的神靈，但到底是神靈啊。他們不需要吃東西。」

　　教士們反問：「怎麼可能不吃東西呢？這究竟是何方神聖？特烏爾神可是吃飯的，他們要求祭祀呢。」

　　我堅持說：「這是不一樣的特烏爾神，他們不要祭祀。」

我說著說著便沉默了。我在自己的言詞中看到了對基督教不經意間的擁護。教士們面面相覷。我打了個寒噤。他們留意到了。那些阿茲特克的神靈要求人類為他們獻祭，而基督教的神靈卻釘在十字架上，奉上了他自己。教士們注視著西班牙人佔據的房屋入口處那豎起的耶穌蒙難像，感到自己的正義轟然倒塌。而在那一刻，我情願與十字架上的耶穌調換位置去承受他的苦難，好阻止這兒的人民在一種要求人類獻祭的宗教和另一種做出神聖奉獻的宗教之間發生不可逆轉的改變。

「沒有危險。」我對科爾特斯說，而我明知是有的。

「有危險。」瑪麗娜對科爾特斯說，而她明知是沒有的。

我想讓這個征服者失敗，讓他永遠沒法到達特諾奇蒂特蘭大城的城門：喬盧拉就是他的葬身之地，就是他那勇猛征途的終結。

瑪麗娜則想對喬盧拉施以懲戒，以免其背叛之後患。於是她須得編造出情況危險。她利用一名老婦及其兒子的謊言做證據，這兩人一口咬定，印第安人為了對付西班牙人已經設下了大陷阱，還備好了鍋灶，裏面放了鹽、大蒜和番茄，要將我們的肉煮來飽餐一頓。這是真的？還是堂娜瑪麗娜同我一樣，也在胡謅？

「沒有危險。」我對科爾特斯和瑪麗娜說。

「有危險。」瑪麗娜對科爾特斯說，對所有人說。

那一夜以火槍為號，西班牙人的屠戮從這座聖城上空降臨。人們不是洞穿在我們的劍底，便是被我們的火繩槍擊碎，剩下的則被活活燒死。進城的時候，特拉斯卡拉人像一股兇殘的瘟疫般，一邊跑一邊搶掠姦淫，我們沒法阻止他們。

在喬盧拉，沒有剩下一尊屹立的偶像，沒有留下一方完好的祭壇。三百六十五尊印第安神像被抹上石灰用來驅除神怪，以獻身給我們聖徒列傳中永遠侍奉著上帝的三百六十五位聖人、聖女和殉道者。

對喬盧拉迅捷的懲戒傳遍了墨西哥所有的省。在猶疑中，西班

牙人選擇了武力。

我那少有人知的失敗，今天就記錄於此。

我明白了，在猶疑的時刻，科爾特斯會相信的人是瑪琳切，他的女人，而不是我，他的同胞。

三

並不是從來就這樣。在塔巴斯科的海灘上，我是唯一的翻譯。回想我們在錢波通的那次登岸可真開心。那時候科爾特斯全心全意地依賴著我。我們的木筏穿過河流，對面就是在岸上排成行的印第安騎兵隊。科爾特斯用西班牙語宣稱我們是為了和平而來，就像是兄弟一般。而我則把這翻譯成馬雅語，又偷偷地說：

「他撒謊！他是來佔領我們的，反抗啊，別相信他……」

我幹得可真無法無天！當我身處這比背叛更加幽暗的永恆的地層中回想的時候，我是多麼快活呢！

「我們是兄弟！」

「我們是敵人！」

「我們是為和平而來！」

「我們是為戰爭而來！」

沒有人。在塔巴斯科的叢林裡，河流中，雨林中，在它那永遠深埋在黑暗中的根基，只有長尾鸚鵡能得到陽光的碰觸。造物伊始之日的塔巴斯科，被鳥兒的尖啼打破的寂靜的搖籃，初升的黎明的回音，我說，在那兒沒有人會知道，為征服者翻譯時我撒了謊，不料卻說出了事實。

埃爾南·科爾特斯那些被我譯成戰爭口令的和平言論引來印第安人的一陣箭雨。驚慌失措間，長官看到了被羽箭劃破的天空，決定用戰鬥玷污這片河岸……一上岸他的一隻麻鞋便掉進了淤泥，我為了替他拾鞋子，自己大腿上還挨了一箭。十四個西班牙人受了傷，這主要歸因於我，可印第安人卻死了十八名……那一晚我們就

睡在那裡，在這並非我初衷的勝利之後，在這潮濕的土地上，我難以入眠，徹夜警醒。我的睡夢頗不能平靜，為了那些被我推上戰場的印第安人之戰敗；我的睡夢同時也是愉快的，為了我操縱和平與戰爭的權力得到了證實，這全憑我擁有話語的力量。

我是多麼愚蠢呢：我活在虛假的天堂裡，在這兒有一瞬間，語言和權力相逢在一處，給了我好運。然而當我在猶加敦加入西班牙人的隊伍時，前任的翻譯，一個名叫梅爾喬雷赫的斜眼印第安人咬著耳朵對我說：

「他們是不可戰勝的。他們能跟動物對話。」

第二天早上，這個梅爾喬雷赫便消失了。他把西班牙式的衣服丟下，掛在了一棵木棉樹上。同一棵樹上有三道刀痕，那是科爾特斯為了申明西班牙人的所有權而刻在上面的。

有人看到之前那位翻譯乘著獨木舟一絲不掛地逃走了。我思量起他的話來。所有人都說，西班牙人是神，他們同神對話。只有梅爾喬雷赫猜到，他們的力量來自與馬的對話。他沒猜錯，不是嗎？

過了幾日，當地戰敗的印第安酋長給我們送來了二十個女人，作為西班牙人的奴隸。其中一個吸引了我的注意，不僅是因她美貌，更是因了她那凌駕於其他女奴之上，甚至凌駕於眾酋長之上的高傲。我的意思是，她擁有那種叫做高高在上的東西，不容置疑地行使著統治權。

我們目光交匯，我無聲地對她說，做我的女人，我講你的馬雅語，我愛你的人民，我不知道該如何反抗這降臨的厄運，我無法阻止。但說不定，你同我、印第安人同西班牙人一起，我們可以拯救些什麼，假如我們一拍即合的話，特別是，假如我們有點愛上對方的話……

「想讓我教你講卡斯提爾語嗎？」我問她。

在她身邊我熱血上湧。僅僅是看一眼都會激起我的快樂與興奮。這快樂與興奮似乎愈發強烈了，因為很長時間以來我頭一回再

度穿起了西班牙長褲。這之前我一直是穿著肥大的襯衫，下身一絲不掛，聽憑熱氣和微風肆無忌憚地散播著我睪丸的氣味。而今，衣料在我身上摩挲著，皮革箍著我的身體，我的目光直勾勾地盯著那個女人。我把她視為我理想的伴侶，想讓她去面對所發生的一切。我想像著，我們一起或可改變事情發展的軌跡。

她的名字叫瑪琳辛，是「懺悔」的意思。

就在那一天，施恩會教士奧爾梅多為她取了教名「瑪麗娜」，將她變成新西班牙[1]第一個基督徒[2]。

而她的族人卻叫她做「瑪琳切」，叛徒。

我同她說話。她半句也沒有回答。她丟下我，我卻在愛慕她：「想讓我教你講……」

在這個一五一九年三月的下午，她當著我的面脫光了衣服。她置身沼澤之中，置身於金蜂鳥、蜻蜓、響尾蛇、蜥蜴和沒毛的狗齊聲的合唱中，露出了赤裸的身子。在這一刻，這個印第安女俘苗條而豐腴，實在而虛飄，集合了獸性與人性，癲狂與理智。她是所有的這一切，彷彿不僅無法同這包圍著她的大地分離，甚至成了這大地的縮影與象徵了。她又彷彿在對我說，這一夜我所見的將永不得再見。她脫光是為了拒絕。

一整夜裡，我在夢中喚著她的名字，瑪麗娜，瑪琳辛。我夢見我們共同的兒子，夢見了我們兩個一起，瑪麗娜與赫羅尼莫，語言的主人，也成為了這片大地的主人。我們是一對不可戰勝的伴侶，因為我們掌握了墨西哥的兩種語言，人類的語言，還有神靈的語言。

我想像著她在我的床單上打著滾。

第二天，科爾特斯挑上她做他的情婦和翻譯。

---

1 新西班牙（New Spain），殖民時期西班牙佔領墨西哥，在此設置「新西班牙」總督區。

2 此處指以羅馬教皇為首的天主教徒。

　　我已變成了這位西班牙首領的第二翻譯了。第一翻譯，我做不成了。

　　「你講西班牙語和馬雅語，」她用猶加敦話對我說：「我講馬雅語同墨西哥語。你教我西班牙語。」

　　「你的主人會教你。」我帶著怨恨說道。

　　在墳墓中我可以跟你們肯定，我們將怨恨視為生命中最徒勞無益的一種東西。怨恨，還有嫉妒，是對旁人的好事產生的不忿。而這不忿朝向惱恨發展著，它傷害我們自己更甚於傷害我們忌恨的人。而發情則不同。它是產生自美好的熱望和無可比擬的激情。空虛也不同，它是種無從逃避的法則，它令眾生平等，叫窮人與富人，強大者與弱小者沒了分別。由此看來，它與殘忍相類，是這世界最好的分配者。但怨恨與嫉妒呢——我要怎麼做才能打敗這讓我怨恨和嫉妒的兩個人呢，他跟她，征服戰爭的一對，科爾特斯和瑪麗娜呢。這對伴侶明明可以是她同我的。可憐的瑪麗娜，她最終為科爾特斯所棄，拖著一個沒有父親的孩子過活，還被族人冠上叛徒的譚名打上了烙印。然而縱然如此，她成為了一個新的民族的母親和源頭，這個民族也許只有在同拋棄、私生與背叛的重壓相抗爭時，才得以產生，得以壯大。

　　瑪琳切是貧乏的，同時又是豐饒的。她跟她的男人一道譜寫了歷史。而假若她是同我這個死於腹股溝腺炎而非死於印第安人手中的可憐士兵一道，她便無法逃脫默默無聞的命運：這種命運環繞著做了情婦的印第安女人，就像阿維拉人法蘭西斯科‧德‧巴爾科的情婦，還有弗雷赫納爾人胡安‧阿爾瓦雷斯‧齊克的情婦……

　　我是否太過看清了自己？死亡令我得以這樣說，對於當初的羞恥和挫敗感，我已然覺得微不足道。我失去了我渴望的女人，便轉而想要得到話語的權力。可你們也看到了，在蛆蟲將我永遠地吞噬之前，瑪琳切就連這也從我手中奪走了。

　　科爾特斯殘忍非常。他命我去做這件事——因為她跟我可以講

印第安人的語言，我要負責將我們那神聖宗教的真實與謊言說給她聽。從沒有一個傳道者是這樣不幸的。

二

我說我是講西班牙語的。是時候該承認，我也須得重新學習這種語言。因為八年來在印第安人中間的生活已經讓我將它遺忘得差不多了。如今有了科爾特斯的部隊，我重又找回了我自己的語言，那從我卡斯提爾母親的乳房湧入我雙唇間的語言。為了能同阿茲特克人交談，我又很快學了墨西哥話。而瑪琳切總是趕在我前面。

問題接連不斷，不過是又一個：回歸了西班牙人的團體和語言，我有否重新找回了我自己？

當我身處猶加敦的印第安人中間時，我認為自己也是名印第安人。

在旁人眼中我是這副樣子：膚色黝黑，頭髮參差不齊，肩上扛著船槳，穿著破舊得不能再破舊的鞋子，一件醜陋的馬衣，還繫著一塊遮羞布。

在旁人眼中我是這副樣子，看吧：被陽光曬得黑黑的，頭髮蓬亂糾結，鬍子是用箭割過，性器在遮羞布下是佈滿褶皺的模糊一團，鞋子破舊，語言也忘記了。

習慣性地，科爾特斯為了掃清疑慮與障礙下了幾道精準的命令。他命我穿上上衣、背心、褲管肥大的褲子，戴上風帽穿上麻鞋，又命我說出是如何來到此地的。我用盡可能簡單的話回答了他。

「我是埃西哈人。八年前，在從達連到聖多明哥島的途上，我們十五個男人和兩名婦女迷了路。我們從巴拿馬把一萬披索的黃金帶到了伊斯帕尼奧拉島，長官們因財失義打了起來，船在阿拉克蘭觸了礁。這些長官身手笨拙，又不可靠，我和同伴們於是拋下了他們，上了這艘撞毀的船附帶的小艇。本來我們是取道古巴方向的，

可巨大的水流卻讓我們離得那兒遠了，駛向了這塊叫做猶加敦的土地。」

在那個時刻，我的目光無法從一個人的身上移開。他有著一張與眾不同的臉，打了耳洞，唇下生著汗毛，在他身邊傍著一個女子和三個小孩子。他的目光對我求懇著，我已明瞭他懇求的是什麼。我再度迎上科爾特斯的目光，我見到，他把一切都看在了眼裡。

「我們有十個人來到了此地。九個人被殺了，只有我活了下來。他們為什麼留下我的性命？我到死也不明白。有些神秘的事情還是不要問的好。這也是其中的一件……你們想想看，一個失事船隻上差點送命的人，赤條條地被拋上一片石灰那麼硬的沙灘上，那兒有一座孤零零的棚屋，裏面有只狗，見了我都沒有叫。也許是它救了我的命吧。我躲在棚子裏時，它跑出去對著我的夥伴們狂吠，就這樣引得印第安人拉起了警報，還發動了攻擊。當他們找到我時，我藏在茅屋裡，那隻狗還舔著我的手。他們笑了起來，興致勃勃地說了些什麼。狗兒樂顛顛地搖起了尾巴，我則被帶了回去，不是畢恭畢敬地，而是像對待同伴一般，帶回了他們的聚居地——一片簡陋的茅屋，緊挨著的是宏偉的金字塔群，不過如今已被草木覆蓋了……」

「從那時起我開始有用了。我幫人蓋房子。幫他們耕種他們那些品種少得可憐的農作物。不過我自己卻撒下了柑橘樹種，這些種子同一袋小麥、一小桶紅葡萄酒一起，來自那艘將我們拋上這片海岸的小艇。」

科爾特斯向我詢問其他同伴的情況，他定睛注視著那個長著一張與眾不同的臉，有一個女子和三個孩子伴在身邊的印第安人。

「你還沒告訴我你的同伴們怎麼樣了。」

為了將科爾特斯專注的視線移開，儘管不情願，我還是繼續了我的故事，被迫說了下面這些話。

「這一帶的印第安酋長們將我們拆散了。」

「有十個人。我卻只見到你。」

我再度落入了圈套⋯⋯

「大部分給偶像作了祭品。」

「那兩個女人呢？」

「也死了，因為受到虐待，忍受不了在太陽底下跪著。」

「那你呢？」

「我做了奴隸。我沒別的事兒，就是搬搬柴火，把柴塞到玉米堆裡。」

「想來跟我們嗎？」

科爾特斯問了我這個問題，又一次看向那個相貌與眾不同的印第安人。

「赫羅尼莫・德・阿吉拉爾，埃西哈人，」我匆忙應道，想要轉移長官的注意力。

科爾特斯走到那個臉孔與眾不同的印第安人近旁，衝他笑了笑，撫摸著其中一個孩子的頭。那孩子儘管是深膚色黑眼睛，卻有著一頭金色的鬈髮。

「兇殘、奴役、愚昧的習俗，」科爾特斯一邊撫著孩子的頭一邊說道：「你們想繼續這樣下去嗎？」

我努力想打他的岔，想要吸引他的注意。僥倖在我的舊馬衣裏裝著幾隻柑橘，那是格雷羅與我種在此地的柑橘樹結出的果實。我將柑橘亮了出來，在那一分鐘裡，我彷彿就是金子的國主：太陽就在我的手心。一個吃柑橘的西班牙人，還有比這更好的身分證明嗎？我笑顏逐開地咬著苦澀的果皮，直至無遮攔的牙齒觸到了柑橘裏隱藏的果肉。柑橘，女人–果實，果實–女人。汁水順著我的下頷流了下來。我笑了，像是在對科爾特斯說：「你還想要更好的證明，來肯定我是西班牙人嗎？」

這位長官並沒有回答我，但他對此地生長柑橘表示了讚許。他問我，是不是「我們」將柑橘帶來了這裡。他的注意力已集中在了

尚未暴露身分的格雷羅身上，我為了打岔回答說是的，但在這片土地生長的柑橘個頭更大，顏色淡些，味道酸些，幾乎像只柚子了。我叫馬雅人給這位西班牙軍官找一袋柑橘種子，然而他並沒有放棄他那固執的問題，依然兩眼注視著鎮定的格雷羅：

「你們想繼續這樣下去嗎？」他這些話是對著那長著與眾不同的臉的人說的，但我卻趕著回答說不，我不再與異教徒一起生活，我歡歡喜喜地加入西班牙軍隊，為了清除一切可憎的習俗與信仰，為了在此地建立我們的聖教……科爾特斯笑了笑，不再繼續撫摸孩子的頭了。他轉而對我說，既然我講當地人的語言，西班牙語很爛但好歹還聽得懂，我便會作為翻譯加入他的隊伍，把西班牙語譯成馬雅語，同時將馬雅語譯為卡斯提爾語。他轉身背對了那容貌與眾不同的印第安人。

我曾應承了我的朋友貢薩洛・格雷羅——另一名遇難船隻的倖存者，不將他的身分揭破。但無論如何這都是件困難的事。那張與眾不同的臉，那對穿了耳洞的耳朵。印第安老婆。三個混血孩子。科爾特斯撫摸著他們，抑制著強烈的好奇盯著他們看。

「阿吉拉爾兄弟，」西班牙人到來時，格雷羅對我說：「我結過婚了，我有三個孩子。人們讓我當這兒的首長，打仗時還要當指揮官。您滾吧；可我這張臉與眾不同，耳朵還穿了洞。若是西班牙人這樣見了我，會說我些什麼？您也看見了，我的三個孩子多棒啊，我那娘們兒也挺好……」

他的妻子也氣呼呼地跑來罵我，叫我快點跟著西班牙人滾蛋，給她丈夫留個清靜。

我並沒有其他打算。為了我自己發現和征服新大陸的偉業得以實現，貢薩洛・格雷羅留在此地勢在必行。事實上自從八年前我們來到這裡，貢薩洛和我便以觀看夜幕下雄偉的馬雅塔樓為樂。其時，它們彷彿擁有了生命，在月華之下顯露出箴言中的巧奪天工。用帕洛斯人格雷羅的話說，這彷彿是在阿拉伯人的清真寺，甚至是

最近收復的格瑞納達之中所見的。然而到了白天，太陽明晃晃的，簡直就要將那些龐然大物變為虛幻。於是生活貫注在了火焰的細碎裡，樹脂中，染坊中，洗衣場中，孩子的哭聲中和未燒熟的大獵物噴香的滋味裡：這坐落於幽靈廟宇邊上的村莊的生活啊。

我們自然而然地融入了這種生活。固然是因為我們別無選擇，但更為重要的是，這兒的人們那份溫和與尊嚴打動了我們。他們擁有的很少，卻從不想要求更多。他們從不和我們談起那些在輝煌的城市居住的人的事情。這些城市就像《聖經》中對巴比倫的描述那樣，崗哨一般監視著村上的生活瑣事。我們感覺到，這是一種類似於對待死者的尊重。

只是漸漸地，隨著學說抓到我們的人的語言，將到處散落的故事拼接起來，我們發現這裏曾有過強大的政權。它同其餘政權一樣，是由於這個民族的弱小。為了證實自己的力量，他們需要去同其他強大的民族作戰。我們推測，那些印第安部族會互相毀滅，而相反，這弱小的民族卻得以倖存，比強者更加強。權力的強大淪陷了，人類的渺小倖存了。這是為什麼呢？我們還有時間去弄懂它。

貢薩洛·格雷羅，我已經說過，他同一位印第安女子結了婚，有了三個孩子。他是個水上人，曾在帕洛斯的船廠做事。因此，在科爾特斯到來的前一年，當法蘭西斯科·埃爾南德斯·德·科爾多瓦的遠征隊登上這片土地時，格雷羅曾組織印第安人發動反擊，擊潰了遠征隊。因為這件事他被推舉為酋長和指揮官，成了印第安人自衛組織的一員。也是因為這件事，當我隨同科爾特斯離開那兒的時候，他決定了留下。

既然科爾特斯已經——他的一切舉止都這樣顯示——看出了格雷羅是什麼人，又怎會聽憑他留了下來呢？我隨後想了想，大概是因為他不願把一個叛徒放在身邊吧。雖說可以即刻將他除掉，可這樣一來，便無法同卡托切的馬雅人和平相處，表現善意了。也許他是認為，最妙的還是將格雷羅丟給無計可施的命運：慘絕人寰的屠

戮戰爭。的確，科爾特斯中意將復仇推延，好再玩味多時。

　　而他將我帶走了，不曾疑心我才是真正的叛徒。實際上，我跟著科爾特斯走，格雷羅留在猶加敦，這是我們共同商定的。我守著外國人，格雷羅守著本地人，我們想要以此確保印第安世界戰勝西班牙世界。我將用我僅餘的一口氣簡略地告訴你們，為什麼。

　　當我生活在馬雅人中間時，我保持了單身，彷彿在等待一個女人，她同我在性格、激情與溫情方面完美地互補。我愛上了我新結識的人民，愛上了他們在處理生活中各樣事務上的簡單，他們對日常的所需順其自然，又不忽略關鍵事務的重要。特別是，人們看顧著他們的土地，空氣，稀少而珍貴的水。水蘊藏在深井之中，猶加敦平原沒有地上河，有的只是一眼眼的地下泉。

　　照料土地，這是他們的根本事業。他們是土地的侍者，是為此來到世上的。他們那些奇幻的故事，他們的儀式、禱告，我發覺，目的僅僅是保持土地的生機和豐饒，還有頌揚他們的祖先。反之，祖先們則曾經保管並繼承了土地，又隨即將這揮霍過的、硬梆梆的、但卻是生機勃勃的土地留傳給了後代。

　　無法終結的義務。這漫長的一脈相承從最初開始便令人們好似螞蟻般進行著宿命的、反覆的勞作，直至發覺，做這些事便是對他們自己的報償。這是一份日常的饋贈，當印第安人侍奉大自然時，便是在完成著他們自己。活著是為了生存，這沒錯，但活著同樣也是為了讓世界在他們死後繼續餵養他們的子孫。死亡之於他們，是令子孫獲取生命的報酬。

　　因此，出生同死亡對於這些當地人來講是一樣的慶典，是一樣值得感到喜悅與榮耀的事情。我常常憶起我們參加的第一個葬禮，在那兒我們看到的是一場對於一切事物的出生與延續的歡慶，同我們慶祝出生時一樣。那些臉孔，那些表情，那些音樂的節拍都在說，死亡是生命的源頭，死亡是第一次的出生。我們從死亡中來，假若先前沒有人因我們而死，為我們而死，我們便不會出生。

他們不佔有任何東西，所有的都是大家的。不過也存在戰爭同敵對，這是我們無法理解的，似乎我們的純真使得我們只應得到和平的良善，而不是戰爭的殘酷。格雷羅受了妻子的鼓勵，決心加入兩族間的戰團，他承認自己不懂戰爭。然而他為了抗擊埃爾南德斯・德・科爾多瓦的遠征隊，甫一顯露造船者的才能，他的志願與我的志願——裝備船隻的藝術與組織語言的藝術便結合在了一起，因各自的智慧與明確的目標默默立下了約誓。

一

漸漸地——八年的光陰讓我們明瞭——貢薩洛與我，赫羅尼莫・德・阿吉拉爾，我們積攢了足夠的知識可以推測——但永遠都無從確信——那些馬雅百姓的命運。權勢瀕臨傾圮，卑微得以倖存。為何破滅的是前者，又為何倖存的是後者？

八年中我們看到了這片土地的脆弱，作為卡斯提爾與安達盧西亞農人的後代，我們自問，在這如此貧瘠的土地上，在這如此難以深入的雨林之上腐化墮落的大城市又是怎樣維持生命的。答案就在我們自己的祖輩那裡：少量開採豐饒的雨林，多多開發貧弱的平原，看顧這兩種東西。這是農民們古老的習俗。當猶加敦與王朝同在時，它生存。當這些王朝將權力的威嚴置於生命的威嚴之上，那乾瘠的土壤與濃密的雨林便不足以供養國王與教士、武士和官員如此龐大、如此急迫的苛求。於是接踵而來的，是戰爭，是拋棄土地，是先向著城市逃亡，再從城市逃離。人們僅僅保有土地的權力了。

語言也存留了下來。

在他們的公眾儀式上，還有私下的禱告中，不斷地重覆著以下的故事：

世界是由兩位神靈創造的，一位叫做天之心，一位叫做地之心。兩位神靈一起，在為事物命名時給它們賦予能量。他們為大地

命名，於是大地成為了大地。天地萬物隨著被賦予名字而消解，而成倍增長，就有了霧靄、雲朵和揚塵。被命名之後，山峰從海底隆起，神奇的峽谷生成，谷中長出了松柏。

神靈們滿帶著喜悅把水分隔，令動物來到世上。然而，這中間沒有任何東西擁有創造他們的那種物質，這便是語言。海霧、石虎和水，都是啞的。於是，神決定造出唯一有能力說話，有能力為一切由神的語言創造出的事物命名的生靈。

就這樣，人誕生了，為的是用造出了大地與天空以及充盈其間的萬物的東西——語言，日復一日去維繫神的創造。在悟出這些之後，格雷羅和我懂得了，這個民族真正的權威不在它燦爛的神廟中，也不在它光輝的戰績裡，而在於那最為卑微的才能——它於每一分鐘、於生活的一切行為裏重覆著最為偉大、最具史詩感的東西，那便是上帝創造世界本身。

自那時起，我們便堅持要鞏固這項使命，堅持將我們在印第安人中間尋到的時間、美麗、純潔與仁愛交還給我們的故土西班牙……一句到尾，將神靈與人類共同擁有的權力交還給她。我們知道，帝國的衰亡將語言與人類從一種不合理的束縛中解救了出來。這些馬雅人貧窮而潔淨，他們是自己語言的主人，他們可以重塑自己的人生，重塑海那邊的整個世界……

就是在那個名叫惡鬥海灣的地方，貢薩洛·格雷羅的學識使得印第安人打敗了西班牙人。森林被砍伐，木板被鋸開，造好了工具，豎起了架子，為了我們的印第安艦隊……

我從墨西哥我自己的墳墓中鼓勵著我的夥伴，另一個西班牙海難倖存者。我鼓勵他用征服去對抗征服。我自己想讓科爾特斯失敗的努力失敗了，而你，貢薩洛，你不可以失敗，做你向我保證過的事情吧，你看，我在古老的特諾奇蒂特蘭湖底，在我的小床上注視著你。我，這個被五十八次提及的赫羅尼莫·德·阿吉拉爾，我曾在短暫的時光中做過話語的主人，又在與一個女人不公平的較量中

失去了它⋯⋯

零

我看到了這一切。在銅鼓的擂動聲中，在刀劍與火石的撞擊中，在馬雅人的火器中，這座安達盧西亞大城的傾圮。我看到燃著火的瓜達爾基維爾河，看到了黃金塔[1]被付之一炬。

從加地斯（Cádiz）到塞維爾（Seville），神廟坍塌了，旗幟傾倒了，塔樓損毀了，碑銘墜落了。在失陷的第二天，我們便用拉希拉爾達塔[2]上的石塊開始建起了四種宗教的神廟，銘刻上基督、穆罕默德、亞伯拉罕和魁扎爾科亞特爾的言辭。在神廟中，一切想像與話語的權力都將無一例外地被收容進來，也許會同眾神的名字一樣地延續。眾神的世界因為同一切被遺忘、被禁忌與被刪節的事物相遇，意外地獲得了鼓舞⋯⋯

有些人犯了罪，這是事實。對於那些宗教法庭的成員，我們就送一杯他們自己的巧克力飲，在從洛格羅尼奧到巴塞隆納，從奧維耶多到科爾多瓦的公共廣場上將他們燒死⋯⋯他們的檔案我們也會燒毀，同那些規定血統純潔的法令和古老的基督教法令一道。老猶太教徒、老穆斯林，現在又有老馬雅教徒，他們擁抱了新老基督徒。而倘若他們的寺院與產業被人闖入，那麼最終的結果則是出現更多的混血人種，印第安人同西班牙人，但也有阿拉伯人同猶太人。混血兒在短短幾年間越過庇里牛斯山，散佈在整個歐洲⋯⋯舊大陸的色調即刻變得更深了，就好像現在的西班牙東南地區和阿拉伯地區一樣。

我們廢止了驅逐猶太人和摩爾人的法令。他們回來了，帶上遺

---

1 黃金塔位於西班牙塞維爾，曾用來儲藏從美洲運到西班牙的金銀財寶，現為航海博物館。

2 拉希拉爾達塔位於西班牙塞維爾，本為摩爾人修建的清真寺，基督徒們在原建築之上加蓋了鐘樓，使之成為塞維爾城的地標。

棄在托雷多（Toledo）和塞維爾的家園那冰冷的鑰匙，來重新開啓那一扇扇木門，再度用熾熱的雙手在衣櫥上鑴刻那支表達了對西班牙的熱愛的老歌。西班牙，這位殘忍的母親驅逐了他們，可對於母親，儘管遭遇了重重暴行，這些來自以色列的兒女卻從未停止對她的愛……摩爾人的歸來令空氣中滿溢了歌聲，時而深沉如一聲性感的幽歎，時而高亢有如穆安津那虔誠崇拜的嗓音。馬雅人甜美的歌聲和上了普羅旺斯吟遊詩人的吟唱，長笛和著吉他，十孔笛伴著曼陀林，從聖瑪麗亞港近海處浮出了色彩斑斕的美人魚，她們自加勒比海的島嶼一直陪伴我們到了此地……我們在印第安人征服西班牙中出了力，立刻感受到了一個嶄新的、同時又是復興的世界，它自不同文化的融合中誕生，挫敗了天主教雙王淨化血統[1]的險惡圖謀。

可你們不會相信，馬雅印第安人發現西班牙，這是一首田園詩。我們沒法阻止我們的某些長官在宗教上的隔代遺傳。但儘管如此，事實上那些犧牲在從巴利亞多利德到布林戈斯的祭壇上，從卡塞雷斯到哈恩的廣場上的西班牙人，與因西班牙街頭日常巷鬥而死（這也是可能發生的）由此進入一個宗教儀式還是有所區別的。或者用更加美食學的比喻來說，與因為對肉豆菜消化不良而死是有區別的。但其實，這個道理西班牙的人文學者、詩人、哲學家和伊拉斯謨斯派理解得很差勁。起先他們歡慶我們的到來，把這當作是一種解放，而現在，他們又在自問，假使沒有改變，假使天主教雙王的壓迫沒有簡簡單單地被嗜血的印第安教士和酋長的壓迫所取代……

不過你們會向我提問，問我，赫羅尼莫・德・阿吉拉爾，埃西

---

1 伊莎貝拉一世（Isabella I，1451-1504），卡斯提爾女王（1474-1504 年在位），人稱天主教女王伊莎貝拉。她於 1469 年與亞拉岡國王費爾南多五世結婚，自 1479 年起兩人聯合統治。兩人在位期間建立異端裁判所，收復摩爾人統治的格拉納達，驅逐猶太人與信仰伊斯蘭的摩爾人，自此奠定了西班牙的基礎，並支持哥倫布的海上探險。

哈人，在特諾奇蒂特蘭大城陷落時死於腹股溝腺炎，而今像一顆遙遠的星子般陪伴著我的朋友和戰友，帕洛斯人貢薩洛·格雷羅：在對西班牙的攻佔中，我們最重要的武器是什麼？

雖然首先要提及的是一支從猶加敦惡戰之灣出發的兩萬人的馬雅軍隊，配備加勒比水手組成的艦隊，他們是格雷羅在古巴、波林昆、凱科斯以及大阿巴科徵募並訓練出來的。下面則要說說另一個緣由：

我們是完完全全出其不意地登陸加地斯的，我們得到的回應（你們已經估到了），同印第安人在墨西哥所作出的一樣，就是驚奇。

只是在墨西哥時，西班牙人，也就是白皮膚、大鬍子、金頭髮的神，他們是被盼望著的。而在此地則不然，沒有任何人盼望著任何人。這驚奇是完完全全的，因為一切的神靈都已經在西班牙，只不過被遺忘了而已。印第安人喚醒了西班牙人自己的神靈，喚醒了今天我同諸位、同這卷手抄本的讀者們分享的巨大的恐慌。這是我們兩個被遺棄的西班牙海難倖存者八年來在猶加敦的海岸上一同策劃的。現在，你們是在用科爾特斯所講、瑪琳切須得學習的西班牙文在讀著這部回憶錄，而不是用瑪麗娜該忘掉的馬雅文，或是我為了同那塊頭很大、但卻沒有志氣的蒙特祖馬暗地聯繫而學習的墨西哥文來讀的。

道理很明晰。早先，西班牙語已經學習過了腓尼基語、希臘語、拉丁文、阿拉伯語和希伯來文，而今，它做好了吸收馬雅語和阿茲特克語的準備，好讓自己變得更加豐富。同時它也豐富了這兩種語言，賦予它們靈活性、想像力、表達力同書寫，將所有這些變成有活力的語言，不是帝國的語言，而是人類的語言，還有人類的衝突、感染、夢想與夢魘的語言。

或許埃爾南·科爾特斯也明白這一點，因而在發現格雷羅和我的那天，他才偽裝了自己。我們生活在馬雅人中間，皮膚變得很

黑，頭髮凌亂，我肩上扛著支船槳，踩著一隻舊鞋，另一隻則繫在腰上，一件醜陋的馬衣，一條破疝氣帶；格雷羅則是一張與眾不同的臉，加上一對穿過洞的耳朵……或者是依稀猜到了自己的命運，這位西班牙軍官聽憑格雷羅留在了印第安人中間，讓他在某一天發起反對自己的事業，帶著與他征服墨西哥相同的志願去征服西班牙，這志願便是將另一種文明帶給這個美妙的，卻因處處胡作非為而有了汙跡的文明：獻祭、火刑、剝削、鎮壓，人類總要為了強者的權利，以神靈為託辭而犧牲……埃爾南·科爾特斯自己也是政治野心這遊戲的犧牲品。當他的雄心被消除殆盡時，他的權力被迫縮至極小，這樣才不會讓一個征服者生出凌駕於王權之上的妄想。庸人對他低眉弓腰，他給官僚作風吞沒，得到了金錢和幾個頭銜當作補償。埃爾南·科爾特斯會不會擁有這樣敏銳的直覺，曉得放過了貢薩洛，他會帶上馬雅和加勒比的武裝跑到自己的國土上尋仇呢？

我不清楚，因為埃爾南·科爾特斯雖然有著滿腹的壞點子，卻一向缺乏神奇的想像力。這想像力一方面是印第安世界的弱點，而另一方面，在某一天則會是一種優勢：它對未來的貢獻，復興……

我說這些是因為，我的靈魂陪伴貢薩洛從巴哈馬到了加地斯，而我自己則為了可以旅行變成了一顆星星。我那古老的光線（一切閃亮的星星，我如今知道了，都是已死掉了的），只不過是這些問題的閃光：

假如發生的事情沒有發生，會怎麼樣？

假如沒發生的事情發生了，會怎麼樣？

自我死後我便這樣說，這樣問。因為我猜我的朋友，另一個海難倖存者貢薩洛·格雷羅，他太過忙於打仗和攻掠，他沒有時間來講述。不僅如此，他還拒絕講述。他必須要去行動、決斷、組織、懲辦……而相反，自我死後，我便擁有世界上全部的時間能夠用來講述，甚至可以講一講（主要是講一講）我的朋友格雷羅在這次征服西班牙的偉業中那些英勇事蹟。

我為他擔憂，為了他那已取得了碩果的戰鬥擔憂。我疑心某件事情不是故事，懷疑它是不是發生在現實中。一件事假若不是編造出來的，就只能是記載下來的。另外，一場禍患（一切戰爭都是禍患）只有當被講述出來時才會惹起爭議。敘述超越災難。敘述擾亂事物的秩序。靜默則明確這些秩序。

　　因而正在講述的我不得不自問，所有這一切的秩序、倫理與規律都在何處。

　　我不知道。我的兄弟格雷羅也不知道，因為他感染到了我那憂傷的夢。他在一處新的所在睡下，那兒是塞維爾的阿爾卡薩爾宮，他夜夜不得安寧。阿茲特克最後的國王瓜特穆斯那憂傷的眼光在夜裏穿行，一片血霧籠罩著他的眼睛。當他感到目光被污濁時，他便垂下眼皮。一片是金的，一片是銀的。

　　當他為了阿茲特克民族的命運哭泣著醒來時，他發覺自己不是在流淚，而在一邊的臉頰滾落了一道金，另一邊滾落了一道銀。它們在他臉上刀傷般劃出印記，永遠地留下傷痕。也許有一日，死亡會將它癒合。

　　而現在我明白了，這是沒有把握的事。我唯一能夠確信的，這你們也看到了，便是話語和言辭在兩岸獲勝了。我清楚這一點。因為這篇敘述的形式——這是一個倒敘的故事，已經太多次地被致命的情感爆發、為某個爭奪者所勝的記憶以及可怕的事件打上了烙印。今天我想採用這種方式，從十開始一直到零，為的是訴說那些永不完結的故事那永恆不滅的新起始。然而，這只有當故事受到話語的支配時才會發生，就好像馬雅人關於天空之神與大地之神的神話那般。

　　或許，它就是那顆穿越大海、聯結兩岸的真正的星。我須得及時說明的是，起初西班牙人並沒有弄懂這一點，當我乘著我那顆話語之星來到塞維爾，我將它瞬間的光芒誤認為一隻可怖的鳥，一群在最幽深的黑暗中飛翔的猛禽。不過比起「著陸」來，它們的飛翔

並不算可怕。它們能夠貼著地面爬行，留下一道有毒的水銀：山頂的兀鷲，地面上的蛇。這神話中的生靈飛過塞維爾，爬過埃斯特馬杜拉，弄瞎了西班牙的聖人，引誘了這裏的魔鬼，用自己的新奇令所有人驚怕，就好像西班牙的戰馬在墨西哥一樣，是無法戰勝的。

這種野獸變形為鬼怪，然而，它僅僅是話語而已。話語在鱗片的天空中舒展，在羽毛的大地上舒展，就像是一個獨一無二的問題：

還差多少，現在才會到來？

上帝的雙生子，人類的雙生子：在墨西哥的小湖上，也許在塞維爾的河流中，同一時間，太陽和月亮張開了眼簾。我們的面孔被火焰劃出痕跡，同一時間，我們的語言被記憶與渴望劃出痕跡。話語長留在兩岸。不會癒合。

《柑橘樹》

混血

瑪琳切[1]

　　出來吧，我的兒子呀，出來吧，出來吧，從我的兩腿間出來吧……出來吧，背叛的兒子……出來吧，婊子兒……出來吧，臭小子……我親愛的兒子，出來吧……落地吧，這土地已經不是我的，也不是你父親的了，它是你的了……出來吧，兩股敵對之血的兒子……出來吧，我的兒子呀，來收回你可惡的土地，它的下面是長久的罪惡和飄忽的夢想……我的兒子呀，生得又白又黑，來看看你能不能恢復你的土地，恢復你的夢想；來看看你能不能把金字塔上的血跡洗掉，把刀劍上的血跡洗掉，把那些血跡斑斑、彷彿你的土地伸出的可怕、貪婪的手指的十字架洗乾淨……到你的土地上去吧，黎明之子，滿懷仇恨和恐懼，滿懷嘲笑和欺騙還有虛假的恭順，出來吧……出來吧，我的兒子呀，出來恨你的爹，咒你的娘……說話時要溫和，我的兒，就像奴隸應該做的那樣；你要俯下

1　瑪琳切（La Malinche），又名瑪琳辛或瑪麗娜，生卒年月不詳，墨西哥土著酋長之女，做過西班牙征服者科爾特斯的情人兼翻譯並與之育有一子，其生平頗富傳奇色彩。

身子，任勞任怨，逆來順受，要為你復仇的那一天藏起一個不可告人的仇恨；到了那一天，你就從你繼承下來的貧瘠而富饒的土地深處出來，就像現在從我的肚子裏出來一樣，有力地發話，有力地踩實這銀與灰的土地，放歌，我的兒，騎上你爹的駿馬；燒了你爹的房子，就像他燒毀你外公外婆的房子那樣，把你爹釘在墨西哥的巨壁上，就像他把他的神釘在十字架上那樣，殺了你爹，就用他自己的武器：殺，殺，殺，婊子兒，為了他們不會反過來殺掉你；世界上有太多的白人，他們所有人想要的都一樣：被太陽曬黑了皮膚的人的血，還有他們的勞動和他們的屁股；會有一浪接一浪的白人過來統領我們的土地；你要和他們鬥爭，雖然你的鬥爭會是可悲的，因為你在與你身上流淌著的血液的一部分搏擊。你爹不會認你的，小黑孩兒；他不會把你當兒子，只會把你當奴隸；背著孤兒的身分，你要讓別人承認你，你能依靠的只有你婊子娘給你的這雙帶刺的手。醉酒吧，悲傷的兒子，盡情跟女人睡覺吧，唱吧，跳吧，穿戴上土地的各種顏色吧，土地的小孤兒，好讓土地在你饑餓的泥身上復甦：把我們的土地變成一個盛大的、秘密的、隱藏起來的、看不見的狂歡會……狂歡會：在你的孤獨、你的貧窮、你的沉默裡，唯一的同盟、唯一的財富、唯一的聲音來自死亡與夢想，來自暴動和愛情；夢想、愛情、暴動和死亡，對你而言是一回事；你反叛，為了去愛，你愛，為了去夢想，你夢想，為了去死。死，對你來說很容易；稍難一點的，是夢想；再難一點的，是反叛；難上加難的，是愛。你要保護好自己，我的孩子；你要用泥土抹遍全身，直到泥土成為了你的面具，那些老爺就不能看清楚面具背後你的夢想、你的愛情、你的反叛和你的死亡了；用塵土蓋住你自己，我的兒，這樣即使你死去，你也還像活著一樣，這樣，無論是流氓、小偷、醉鬼、強姦犯，還是帶著炮仗和尖刀、大叫大嚷、一臉凶相的叛徒或是沉默寡言、冷酷無情的威脅者，都會對你有所畏懼了。你會知道等待，就和我們的祖先一樣，等待羽蛇神的到來。他曾被自

己的臉嚇跑了，為的是你，我的兒，你自己的駭人的臉，有一天帶著霧和玉的輪廓，戴著塵土和哭泣的面具顯現。我的兒子呀，總有一天，你的等待會得到補償，在遼闊的墨西哥高原上空的幻景裡，善與福之神會重新出現在一座教堂或是一座金字塔的後面；但要他回來的話，只有從現在開始，我的婊子兒，你自己就準備著讓他重生；你得成為羽蛇，插上翅膀的土地，泥做的鳥兒，墨西哥和西班牙的狡詐而憤怒的兒子：你是我唯一的遺產，我是女神瑪琳辛，婊子瑪麗娜，母親瑪琳切……

《所有的貓都是混血兒》

殖民地

假若我們看看這些就會發覺，自我們得到了新西班牙，便沒有一樣東西是幸運的。據說，這是我們所下的詛咒。

貝爾納爾·迪亞斯·德爾·卡斯蒂略[1]
《征服新西班牙信史》

兩個馬丁

馬丁第二

我的父親有十二個孩子。他是墨西哥的征服者，埃爾南·科爾特斯。從最小的到最大的，有三個女兒是他的最後一任老婆、西班牙人胡安娜·德·蘇尼加所生：瑪麗亞、卡塔利娜和胡安娜。她們是一群漂亮的墨西哥女孩兒，因為出生得晚，於是無須去承擔父親的罪惡，只需分享他光榮的回憶。我的兄弟馬丁·科爾特斯也是蘇尼加所生，他取了同我一樣的名字，而我與他共用的不僅僅是名字，還有命運。另外兩個小孩一出生就死了，他們是路易士和卡塔

---

1 參見P.60註2。

利娜。

我們的父親肉慾旺盛，多得好比他攻佔的土地。他從戰敗的國王蒙特祖馬那兒強奪了他鍾愛的女兒伊卡霍琪特爾，「棉之花」，還同她生了一個女孩，萊昂諾爾·科爾特斯。他還跟一位不知名的阿茲特克公主生下了另一個女兒，這個女兒生來畸形，取名瑪麗亞。同另一位不知名的女子，父親有了一個被稱作「小心肝兒」的兒子。他對我們說他很愛他，隨後卻又忘了他，這個兒子在墨西哥死去或是被拋棄了。還有一個兒子更不走運，那是路易士·阿爾塔米拉諾，一五二九年由埃爾薇拉（又或許是安東尼雅）·埃克西約所生。我們那位慷慨、精明的父親臨死時在遺囑中剝奪了他的繼承權。然而，沒有人會比大女兒更加不幸，她便是卡塔利娜·皮薩羅，一五一四年生在古巴，母親名叫萊昂諾爾·皮薩羅。

我們的父親很寵愛她，而寡婦蘇尼加卻迫害她，奪取了她的財產，還不顧她的意願，讓她一生關在修道院中度過。

我是第一個馬丁，父親與堂娜瑪麗娜的私生子。我的印第安母親人稱瑪琳切，她是一名翻譯，沒有她科爾特斯什麼都得不到。墨西哥陷落時，父親拋棄了我們。母親對征服戰爭已經沒有用處了，先前還妨礙了他的統治。我在離父親很遠的地方長大，母親則被交給了軍人胡安·哈拉米約。我看著母親在一五二七年死於天花。一五二九年，父親承認了我的身分。我是長子，但卻不是繼承人。我本該是馬丁第一，結果卻只能是馬丁第二。

馬丁第一

三個卡塔利娜，兩個瑪麗亞，兩個萊昂諾爾，兩個路易士還有兩個馬丁：我們的父親在給孩子取名這方面沒有多少想像力，而這有時會造成極大的混淆。另一個馬丁，我的大哥，那個印第安女人的兒子，會拿我們在敘述中遇到的困難當作消遣。我則寧願去回憶那些美好的時光，而最美好的莫過於我回到了墨西哥。那是我的父

親為國王攻佔的土地。不過讓我們慢慢說。一五三二年，我出生在庫埃納瓦卡。我是父親一五二八年西班牙那次動盪之旅的產物。那次是征服戰爭後父親第一次回國，為的是結婚，還有爭取他的權利。殖民政府憑藉那些嫉妒他的人妄下的判決，想要否認他的權利。於是西班牙在我的記憶中，首先是個嫉妒的國家。而西印度，我越來越肯定，在這方面是勝過她的主母[1]的。那好：在貝哈爾，埃爾南·科爾特斯再婚，迎娶我的母親胡安娜·德·蘇尼加。國王肯定了我父親應得的賞賜與榮譽：頭銜、土地和僕從。然而在一五三〇年的三月，甫一回到墨西哥，我的父母便由於對父親的判決被截停在了特斯科科。次年一月之前，父親不得進入墨西哥城。於是他們在庫埃納瓦卡安置了下來，我已經說過，在那裏我出生了。從那時候起，父親在徒勞的訴訟和遠征中耗盡了精力，一直到我八歲那年，我攙著他的手回到了西班牙。他又一次開戰了，不過這一回不是同印第安人，而是同官員和律師。

一五四〇年，八歲的我跟著父親，從墨西哥來到了西班牙。我們要爭取我們的權利，駁回對我們的指控。陰謀、糾紛和痛苦消耗著父親的生命：他打了那麼多仗，九死一生，為國王贏得了九倍於西班牙的領土，就是為了以奔走求告、以欠裁縫和僕人的債、以成為宮廷中嘲弄與厭棄的對象而收場嗎？他去世時我同他在一起。一名方濟會教士，和我。我們兩人都無法將他從痢疾那恐怖的損耗中解救出來。不過，父親的糞便的味道已經無法掩蓋柑橘樹的清香了。這顆柑橘樹長到了窗子那麼高，幾個月來都花開燦爛。

死在塞維爾附近的卡斯蒂耶哈德拉庫埃斯達之前，他說了一些叫人聽不懂的話。若是在塞維爾，不論債主、流氓還是圍著他打轉的大麻蠅，都是不會任由他平靜地死去的。然而，身為顯貴同時又是國王最好朋友的梅迪納·西多尼亞公爵，卻在塞維爾的聖方濟修

---

1 此處指西班牙。

道院為他舉行了堂皇的追悼儀式。他在教堂中堆滿了黑松，插滿點燃的大蠟燭，掛滿國旗和印著侯爵兵器的旗幟。我的父親，他是顯貴的，瓦哈卡谷地侯爵，新西班牙總指揮官，墨西哥的征服者，這些頭銜是妒忌他的人永遠都無法奪去的，而它們也應該是我的，因為在遺囑中，我被宣佈為接班人、繼承人，擁有長子繼承權。然而，父親命我釋放我們在墨西哥的領地上的奴隸，將土地歸還給我們所佔領的城鎮的當地居民。這些條款我卻並沒有遵從。那是老人家的懺悔罷了，我對自己說。假若我照辦了，我便會一無所有。我會請求他的原諒嗎？當然。我不是個壞人。我褻瀆了他最後的意願。但如果我能夠眼看著我們在塞維爾的家中那些財物的命運而不感覺到躊躇的話，我便滿足了。

銅製的罈罈罐罐，廚房的酒杯，行李箱，破桌布，床單，褥子，許久前最後一次出戰的舊兵器：所有這些都在父親過世的時候，在塞維爾大教堂的臺階上用極糟的價錢賣掉了。征服墨西哥最終的成果只是一次舊褥子和舊平底鍋的大拍賣麼？我決心回到墨西哥去追討我的遺產。而在此之前，我打開了躺著我們的父親埃爾南·科爾特斯的匣子，想要最後看他一眼。我嚇壞了，尖叫聲衝破了我的齒間。死去的父親臉上，戴著一張玉石和羽毛做成的，蒙塵的面具。

馬丁第二

我不會為父親哭泣。但作為好的基督徒，而我又的確是，我只能同情他的命運。諸位只需看一看，在特諾奇蒂特蘭大城陷落後，在阿茲特克帝國被攻佔後，是什麼發生在了他的身上。他沒有待在城中鞏固自己的權力，相反卻一頭扎進了狂妄而轟動的冒險。那次冒險令他在宏都拉斯的雨林中迷了路，垮掉了。這個男人，我們的父親有什麼毛病？他沒辦法平平安安地守著已經到手的財富與榮耀，而總是要去尋找更多的冒險、更多的戰鬥，儘管這會賠上他的

財富和榮耀。就彷彿他感覺到，若是沒有戰鬥，他會重新變成他出生時的那個麥德林中產磨坊主的兒子；就彷彿戰鬥令他向戰鬥本身致敬。他沒辦法停下來看看已經做過的事，他一定要拿一切去冒險，這樣才能得到一切。或許在基督教的神靈（這是我們的神，毫無疑問）之外，他的內心還參與進了一位異教徒原始的、世俗的神靈，讓他用戰鬥去成為一切，成為一切：甚至化為烏有。在他身體裏存在著兩個人。一個得到財富、愛情與榮譽的恩賜，另一個則迷失在空虛、奢侈和慈悲之中。我把自己的老爹說得多奇怪啊。空虛同慈悲是結合在一起的：他的其中一部分需要得到認可、得到財富，將任性當作規則；而另一部分則因為我們——他新結識的墨西哥人民的乞求，需要同情與法律。他最終與我們，與我們的土地心心相印了吧，這也許是事實。我從母親那兒得知，埃爾南·科爾特斯同方濟會的教士們鬥爭。教士們要求將神廟夷平，而父親則請求保存下這些偶像的居所以作紀念。至於他在遺囑裏吩咐的，釋放印第安人，歸還他們的土地，我的弟弟馬丁已經講過了。瞎話。純屬瞎話。不過各位看到了，我肯定我們這位領袖的美德。但作為我媽媽的兒子，今天我講的是我內心最為真實和清晰的想法，這不會再有第二次了。我得承認，父親的不幸讓我感到快樂，在我靈魂深處，他所取得的榮譽和他被否決的權力之間的反差引我發笑。當媽媽和我成為他政治與婚姻企圖上的絆腳石時，他拋棄了我們。那我們又怎會不在他倒楣時偷偷稱快？假若他沒有為了去宏都拉斯攻克新的領地而放棄管理墨西哥城，他的敵人就不會奪權，不會將他的財富強佔了去。儘管隨即父親的朋友們把敵人關進了牢籠，但當我們的老爹從宏都拉斯回來的時候，他遭遇了來自西班牙的法官，他們要審判他，剝奪他的統治權。我那印第安人的心靈顫慄、驚怕。父親在宏都拉斯對阿茲特克的末代皇帝瓜特穆斯嚴刑拷打，最後絞死了他，為的是他拒絕告知蒙特祖馬的寶藏之所在。而便在同時，在墨西哥城，他的擁護者被人拷打著逼問科爾特斯的財寶的下落，

接著給絞死。光榮煙消雲散。訴訟、公文、字跡，這些東西完全淹沒了他，也淹沒了我們。當父親回到墨西哥時，他被控以下所有罪名：不法斂財，維護印第安人，用有毒的奶酪給對手下毒，不畏上帝，這我怎麼知道⋯⋯我頓住了，在唯一使我激動與震驚的一處頓住了：我們這位首領的性生活，他強暴，誘姦，姘居。指控中寫道，他有著無數女人，一些是本地的，另一些則是卡斯提爾的，他同這些女人都發生性關係，儘管她們中有的已為人妻。他將丈夫們支到城外去，以便同他們的妻子為所欲為。他至少同四十個印第安女子發生過肉體關係。而他的合法妻子，卡塔利娜·胡亞雷斯，人稱「瑪卡伊達」的，則直接地說成是為他所殺。翻譯員赫羅尼莫·德·阿吉拉爾是父親在猶加敦收留的海難倖存者。他控告他為了獲取土地並於其上施以統治犯下了無數罪行，而且極度腐化，思想反叛。而控告他在肉體關係上胡作非為的，則是六名未曾受過教育的老侍女。在那個叛變的翻譯和搬弄是非的女僕中間，我，馬丁·科爾特斯，私生子，忠誠的翻譯堂娜瑪麗娜的兒子，也被牽扯了進來，原因是他和她們，阿吉拉爾和那些侍女認為，是我的出生令那個不能生育的卡塔利娜·胡亞雷斯妒忌得發了瘋。她同父親在古巴結婚，帝國滅亡後就被帶到了墨西哥，她是父親的女人當中唯一從沒為他生過孩子的。她有病，總是病懨懨地歪在會客室裡，毫無用處又牢騷滿腹。因為我的關係，一天夜裏這個女人同父親發生了爭吵，據女僕們說，是關於任用印第安人的事。「瑪卡伊達」要求趕走我和母親，而父親則回答她說，假若是她的東西，包括印第安奴隸在內，沒一樣他會在乎，他在乎的完完全全是他自己的東西，包括母親和我。「瑪卡伊達」羞憤難當，哭泣著退回了臥房。第二天早上，侍女們發現她死在那裡，頸上有淤痕，床上也有污跡。科爾特斯的擁護者對女僕們說，這個女人是死於經期大出血。這位「瑪卡伊達」的子宮一向都很有問題。她的姐妹，萊昂諾爾和弗朗西絲卡都是因月事中不正常的大量出血而死。我的目光被鮮血遮蔽了。

血流成河。經血，戰爭的血，祭壇上祭品的血，淹沒了我們所有人。除了我的母親，瑪琳切。她的月事中止了，戰爭結束了，獻祭的匕首停在了半空，鮮血乾涸了。在瑪琳切的腹中，我被孕育著，在鮮血與死亡的間隙，如同身處一片豐饒的荒野裡。我是死去的穀粒的孩子。我僅僅是這樣。然而，與其淹沒在文件中，陰謀中，訴訟中，我寧願淹沒在鮮血裡。我情願淹沒在鮮血中，而不願淹沒在那些我們為之操勞直至乾涸，直至失去它們也失掉自己的東西裡。至少，我的弟弟是認同這一點的。另一個馬丁，他可以接受我們的父親享受的是功績，而我們，他的孩子們，得到的僅僅是訴訟嗎？去做荒地和棚屋的繼承人！

馬丁第一

埃爾南·科爾特斯一向鍾愛優雅、奢華和美麗的東西。真的，為了得到這些他不擇手段。貝爾納爾·迪亞斯[1]曾經寫過在古巴時，在遠征墨西哥之前，我的父親是如何用羽飾、勳章、金鏈子和點綴了金蝴蝶結的天鵝絨衣裳著手打扮的。然而，在那個負債累累的貧困時期，他沒法再去維持奢侈的排場，卻仍然盡其所有滿足自己，還花錢在妻子的首飾上。這一切令我對父親有好感。他是一個可愛的人，他可以承認，為了給自己的墨西哥艦隊搜羅裝備，他像大海盜一樣跑遍古巴的海岸線，連搶帶奪，從這富饒海島的居民手上捲來母雞、木薯餅、武器和金錢。在我父親這個蠻橫無理的埃斯特馬杜拉人面前，居民們著實吃了一驚。作為磨坊主的兒子，參加過對抗摩爾人的士兵的兒子，父親繼承了強悍，卻並沒繼承順從。他自己創造了自己的命運，還毫不吝惜地創造了兩次：一次級級上升，一次節節敗退。二者都令人稱奇。

他將對事物的喜好遺傳給了我。國王否決了父親在他所攻佔的

1　即《征服新西班牙信史》的作者卡斯蒂略。參見 P.60 註 2。

墨西哥大地上的權力。他要求墨西哥的統治權，但沒有得到，因為沒有一個征服者該覺得這是己所應得。同樣的事情國王卡洛斯一世的外祖父、天主教國王費爾南多[1]也做過，他不准哥倫布統治由他發現的西印度。不過，父親被塞滿了榮譽和頭銜，這我自小就學會了享受。新西班牙總指揮官，瓦哈卡谷地侯爵，國王賞給父親兩萬三千名臣僕，另有從特斯科科到特萬特佩克，從柯約亞崗到庫埃納瓦卡的二十二座村鎮：塔庫巴亞、托盧卡、哈拉帕、迪坡斯特蘭……為了前去接收這些冊封，也為了叫他的敵人消停下來，一五三○年，父親回到了西班牙。從沒見過哪位西印度的軍官攜著如此的榮耀回到故國。而負擔這一切的是他自己，不是國王。父親從帕洛斯港出發，前往當時設在托雷多的王廷，同行的有一隊從墨西哥帶來的八十人的隨員，再加上自願參加征服軍護衛隊的西班牙人、印第安貴族、馬戲班子、侏儒，白化病患者和許多僕人，另有金蜂鳥、長尾鸚鵡、格查爾鳥、兀鷲、火雞、沙漠植物、小美洲豹，玉器和插圖古抄本。父親用兩艘船將以上這些運來，雇了母騾和大馬車從安達盧西亞上行到卡斯提爾，途中經過了他的故鄉麥德林，在他的父親、我的祖父墳前行了禮。我的名字就是為了紀念祖父而取的。他親吻了寡母的手。卡塔利娜·皮薩羅，這是一位征服者的母親，又是另一位征服者、同為埃斯特馬杜拉人的堂法蘭西斯科·皮薩羅[2]的舅母。二人的區別在於，我的父親能讀會寫，而皮薩羅則不行。這一次科爾特斯與皮薩羅在途中相遇，一個已然名聲顯赫，另一個卻還默默無聞。而當這另一位埃斯特馬杜拉人眼看著我的父親為了博取讚許而廣發禮物，看著他將鑲滿金銀珠寶的綠色羽飾贈給婦人們，看他命人拿來香膠與香脂為那些同他在宮廷和皇宮別墅碰面的女士們做香薰，又如此這般前往托雷多的宮廷，在宴

1　即亞拉岡國王費爾南多五世。另參見 P.96 註 1。

2　法蘭西斯科·皮薩羅（Francisco Pizarro，1474-1541），為西班牙征服秘魯，導致印加帝國衰亡。

會和節慶中用隆重的名望與無比的奢華給所有人留下深刻印象的時候，大家都在他的注視中發現了一星妒忌成狂的亮光。

父親到了王宮，在做彌撒時姍姍來遲。在嫉妒與指摘的竊竊私語聲中，他從西班牙最負盛名的顯貴前頭走過，去到國王堂卡洛斯一世身邊坐下。沒有任何東西能夠阻擋我的父親！他將一切都慷慨揮霍，唯獨對那五塊曾屬於蒙特祖馬的精美無匹的綠寶石，一直自己細心收藏。在我看來，這好比是他那些豐功偉績的明證。其中一塊綠寶石被雕成一朵玫瑰，另一塊是一隻號角，還有一塊是有一對黃金眼睛的魚。第四塊像是一隻鈴鐺，用一顆貴重的珍珠做鈴舌，再用金子鑲嵌出一句銘文：「賜福於將你哺育之人」；最後一塊是一隻小杯子，金子做的杯腳，另有四條用來持杯的鏈子，繞在一顆紐扣般的長形珍珠上。父親對他的珠寶大肆誇耀，以至於王后得知了這幾塊綠寶石就提出要觀賞一番，又想自己留下，還說卡洛斯一世國王肯出十萬杜卡多[1]來買。然而，我父親對這幾塊寶石是如此的珍視，他不惜連王后都拒絕，還說寶石是他留給我的母親胡安娜・德・蘇尼加的，他們正打算結婚……後來的事情是：他帶著她回了墨西哥。如果說，他在奢華中離開古巴去征服墨西哥，又在奢華中從墨西哥回去征服西班牙，那麼此時，他則是以無與倫比的豪奢又一次回到了這片臣服於他的土地。

然而卻被他的敵人，被一向嫉恨他的人攔截在了墨西哥城外的特斯科科。他們一面叫他忍饑挨餓，一面在他未有出庭的情況下將對他的指控做出了判決。他們不給他麵包吃，也不給我祖母堂娜卡塔利娜・皮薩羅麵包吃。父親帶祖母來墨西哥，是為了讓她見一見自己的兒子為西班牙、為國王爭得的土地。堂娜卡塔利娜，我那新寡的祖母，她是被自己的兒子引誘來的：「離開麥德林吧，在這裏你曾是一個強悍的婦人，是個教徒，可卻生活得儉省。來墨西哥做

---

1 杜卡多：古金幣名。

貴婦人吧。」然而，我的祖母卻在特斯科科餓死了。是餓死的，先生們，卡塔利娜‧皮薩羅，我的祖母是餓死的⋯⋯她是餓死的，儘管各位不相信，但她是餓死的！為什麼在這個家庭裡，幸福與不幸，勝利同失敗之間連一絲絲的喘息都沒有呢？為什麼？

馬丁第二

我弟弟所講的是關於財富，關於珠寶與僕從，飾物和名銜，權力與土地的，儘管也有關於饑餓的⋯⋯我則來講講紙張。你所提及的每一樣東西，馬丁弟弟，都失去了厚重的實體而變身為紙張，大堆大堆的紙張，亂七八糟的紙張，沒完沒了的訴訟與審判搞出來的紙張，彷彿父親奪來的每一樣東西最後都只得一個下場：新舊兩個西班牙法庭上的一疊公文紙。那是一次無限期拖延的審判的受害者，在審判中終於證實，有形的物質與靈魂之中收藏了一張折起來的紙，可以燃著，也可以浸濕。這張紙被抹去了字跡，而它的火與水也抹去了所有的那些東西。看看吧，我的弟弟。埃爾南‧科爾特斯同馬丁恩、德爾加迪略等人的官司是關於查普爾特佩克和塔古巴公路間的土地與果園的。而另一起訴訟則在一個月之後，對象仍是這些人，起因是威荷欽哥的一場關於印第安人的租稅與服役的紛爭。寫給王室、出言冒犯的信件。呈給西印度最高法院的請願書。八十、一百、一千個反反覆覆的問題的清單。書記官、抄寫員還有信使的開銷。再加上王室的兩百個與父親有關的便箋，便箋中駁回了他冒犯的言語，拖延著他的要求，用冷冰冰的險惡用心去回贈他在征服戰爭中立下的赫赫戰功。滿世界都是墨西哥移民律師，是該當遵守卻從未執行的法令，是染了墨蹟的手，是金字塔般的紙張，是為了書寫數以千計的文件而被拔掉了羽毛的鳥兒。墨水瓶中的羽毛筆比海濱沼澤上的鵝還要多！在墨西哥針對你我父親的那場無休無止的審問和盤查，理由是什麼已經說過了：腐化墮落、胡作非為、淫亂、反動、謀殺。你知道的：這場針對我們的首領的審判永

遠沒有得到裁決。只是記錄在了兩千個本子裡，從墨西哥送到了塞維爾的西印度最高法庭。成千上萬的紙頁，成百上千的文件。墨水亂濺。羽毛筆在勾劃。大堆的羊皮紙永遠埋沒在卷宗裡，那些卷宗便是歷史死後的命運。別再自欺了，馬丁弟弟，同我一道講真話吧：兩千本的法律文件被永遠埋葬在塞維爾，目的就是使這個審判不予裁決。那柄達摩克利斯之劍[1]就懸在父親的頭頂上，也懸在他孩子們的頭頂上。我的傻瓜弟弟啊，他為父親對名聲的不擅經營、為他的極盡奢華所累，卻又缺乏那種起碼一直陪伴在父親命途中的精明狡猾。他沒有父親的榮耀，也不曾有他的潰敗：這兩者都很重要嗎？我不知道。真實的歷史，而不是那些塵封的卷宗，有朝一日會解答吧。記憶與渴望中那鮮活的歷史，弟弟啊，總是發生在此時此刻，而不是昨天，亦非明日。但是，我該說自己什麼好呢？我是如此的瞭解你，都不曉得是瞧不起你還是怕你，可我竟聽憑自己為你那瘋狂的冒險所吸引。我怎麼會相信你呢？

馬丁第一

我並不像你所想的那麼笨，馬丁第二。第二，是的，儘管你難過，但你是老二。我傷害你不過是為了傷害我自己，向你證明我也會把發生的事情看得通透。你別以為我是對命運一無所知的瞎子，或是個印第安版伊底帕斯，不是的。我愛父親，我尊敬他。他死在我的懷裡，而不是你的。我懂得你所說的。埃爾南·科爾特斯有兩條路可走。為什麼他不逃離那無休無止的訴訟，逃離那坐定不動的審判團，而一頭扎進一個又一個瘋狂的冒險呢？那是因為他年少時就將埃斯特馬杜拉拋在了身後，自己去發現新大陸；因為他放棄了古巴，放棄了他平靜的生活去征戰墨西哥；就這樣，他丟棄了緊跟

1　達摩克利斯（Damocles），約生於西元前 4 世紀，是僭主大狄奧尼西奧斯的朝臣。他在宴席上頌揚僭主洪福齊天，抬頭卻見一把利劍用一根馬尾懸掛在自己頭頂上，僭主意在表示身為僭主隨時可能被取代而性命不保。

著征服戰爭的那個充滿陰謀詭計和繁文縟節的世界，先是衝向宏都拉斯，隨後又去尋找世上最荒僻的地方。在南海長長的海岸上，他沒能找到那或許是發夢見到的黃金七城之國，也沒能尋到那位名叫卡拉菲亞的亞馬遜女王的愛情，只見到了沙與海。當他自加利福尼亞返回時，殘忍而狠毒的努尼奧·德·古茲曼不准他從哈利斯科的土地經過，這叫他如何不感到羞恥？

父親臨死時，用一種少有的嘲諷口氣同我講，或許只有兩件事情令他的那次遠征有了些意義。頭一件是發現了一片新的海域，一片幽深的、謎一樣的海灣，那兒的水是如此的清澈，若不是有一大群銀色、藍色、綠色、黑色和黃色的游魚在士兵與水手們膝蓋那麼高的水面上飛快地穿梭，人在沙灘時簡直就要以為是浮游於空氣中了。找到這片樂園令士兵與水手們欣喜非常。這是一座海島嗎？還是座半島？它確實通往卡拉菲亞女王的領地，通向希伯拉和黃金國[1]嗎？不重要了，他對我說，在那一瞬間真的不重要了。沙漠與海的交會，大片大片的仙人掌，透明的海水，圓圓的太陽好似一隻柑橘……這是他的另外一個喜好。他記得到達猶加敦的時候，一株柑橘樹令他看得呆了。這棵樹的種子是被兩名不忠的海難倖存者，阿吉拉爾和格雷羅帶去那兒的。此時此刻我的父親正被哈利斯科的暴君，殺人犯努尼奧·德·古茲曼凌辱，他必須在聖誕沙上船，航行至亞卡普爾科灣，在那兒上岸再取道墨西哥。他有了一個想法。他問船上的水手要了些柑橘樹種，將一把種子帶在口袋裡，到達亞卡普爾科海岸的時候便找了一塊面朝大海的陰涼地，挖了個深深的坑將種子種下了。

「你要過五年再結果，」他對柑橘樹種說道：「不過在寒冷的氣候裏你才會長得好，就像在我們那兒，那裏的霜凍能叫你睡上一

---

1 希伯拉和黃金國都是西班牙殖民者根據印第安人的傳說造出來的美洲的地名，希伯拉即前文提到的黃金七城之國，傳說這兩個地方盛產珠寶黃金。

整個冬天。就讓咱們瞧瞧吧，這片土地芳香而熾熱，看看在這兒你是不是也能結出果來。依我看呢，不管怎麼樣最重要的還是把洞挖得深深的好能保護你啊，柑橘樹。」

而今，他垂死的日子裡，柑橘樹花朵的清香從窗子飄了進來。這是他在破產和屈辱中死去時唯一的禮物……

馬丁第二

且慢。你的廢話叫我有多難受。你把一切都視作尊嚴的喪失、恥辱，還有貴族地位的淪喪。土生白人孳種！你相信我們的父親不是人家說得那樣詭計多端。在一個如此狡猾的人身上出現那不可思議的單純是多麼的偽善！你就承認了吧，像我給你講的那樣，馬丁弟弟。只有詭計才會同詭計聯姻。之後它們離了婚，一個失去了伴侶，另一個則又同天真新婚燕爾。十足老練，但也十足怯懦。你為什麼不承認呢？是害怕自己用孝心照亮的火光會熄滅？你害怕自己的父親傳給你的，不是勝利而是失敗？你逃離他命運中該死的和輕浮的那一部分，害怕這命運是屬於你的？你不喜歡我的坦白？他像皇帝一般回到西班牙，帶著他自己的朝廷又揮金如土，這就堅定了國王的懷疑：這個軍人想要在墨西哥自立為王了。你不知道嗎？他送給女士們的禮物太過火了，激怒了她們的丈夫。在彌撒上他未經許可便從大人物們前頭走過，又去坐在國王身邊，如此的傲慢；他沒有將綠寶石獻給王后，甚至連賣都不賣，如此的蔑視，你不覺得所有這一切搞僵了他同國王與宮廷的關係，激得他們大發雷霆才來針對我們的父親嗎？那些名貴的綠寶石是留給你母親的？嘿，倒不如扔給豬了。你別這樣看著我。

馬丁第一

我躲開你，哥哥。我重新贈你第三人稱的稱呼，甚至連第二人稱都不用，你不配。我就是有這種不要臉的坦白，你這個說我母親

壞話的傢伙休想奪走。你講紙張是吧？財富、對象、遺產？國王陛下將印第安奴僕和城鎮賞賜給父親不過是為了在隨後一點點地裁減，從這兒奪走他一個亞卡普爾科，再從那兒奪他一個特萬特佩克[1]，這我都可以接受。但是我的母親，她卻要搶走她自己孩子的東西。我是誠實的，我承認，我違背了父親的遺囑，為的是不讓他以那種我搞不清楚的、老人家無理取鬧的人道主義為名，好端端地放棄印第安奴隸與領地。可那時候我還不知道，我自己的母親，胡安娜·德·蘇尼加，會在父親死後變成一個對自己的兒女冷酷無情的斂財者。母親為人專橫而傲慢，在西班牙時，她被父親的熱切與心神不寧（尋找他的權利，卻只找到了死亡）所吞噬，為了他起初的拋棄與後來的死亡而蒙受羞恥。她深知丈夫的淫逸放蕩，經年同六名子女孤單地生活在庫埃納瓦卡這樣一個印第安鎮子上。父親總輕易欠債，為了負擔他那瘋狂的遠征，為了持家、找女人、付律師費，還為了還大筆的錢給塞維爾銀行家和義大利放債人（面對征服了「金座椅上的蒙特祖馬」的人，有誰會拒絕貸款給他呢？），對此母親十分惱火。父親在遺囑中吩咐，將母親的嫁妝兩千杜卡多歸還給她，這使她受了侮辱。僅此而已。我該懷疑這點。父親同萊昂諾爾·皮薩羅有一個私生女兒，是他早年間在古巴的戀愛產物，就取名卡塔利娜·皮薩羅。父親對她寵愛有加，撫育精心。我的母親，堂娜胡安娜的第一個逞兇對象就是她。她讓兇狠的律師幫忙欺騙她，迫使她簽署文件將財產讓予了我的母親，又得到梅迪納·西多尼亞這個在塞維爾對父親極盡阿諛之能事的偽君子從旁協助，將她強行關進了多明我會的聖母修道院。修道院在桑盧卡爾附近，這位財物盡失的可憐女子在那裏痛苦而惶惑，一直到了生命的盡頭。從這一切中我該預料到了我自己的命運。其時我的母親，埃爾南·科爾特斯的寡妻拒絕遺囑執行人進入我們在庫埃納瓦卡的房子，她

1　特萬特佩克是墨西哥的一個州，盛產咖啡。

差僕人去告訴律師說，她拒絕清點財產，更加不會將本該屬於我的財產轉讓給我。她同我打起了官司，為了贍養費，為了她的女兒們——我兩個姐姐卡塔利娜和胡安娜，她們早就同兩個西班牙男人結婚了——的嫁妝，還為了越來越零星、越來越縮減的侯爵領地。她起訴了我，要求贍養費；要我負擔嫁妝；要求侯爵名下的財產——她假定我已非法將其據為己有；還要一筆終身撫恤金，說是我理當付給她的一個什麼兄弟的。她聲稱我該為我的姐妹胡安娜和瑪麗亞所支付的開銷已經遲了十年，她們倆是父親那一支墨西哥女兒中的兩個。而對待我那不幸的姐姐，埃爾南·科爾特斯的長女卡塔利娜，母親卻掠奪了她在庫埃納瓦卡的田地，並且我已經說過了，命人將她永遠關進了修道院中。母親的愛與孩子的財產，價值相同，兩兩等價。決不否認，她不相信我的慷慨大方。她不明白我需要把家中所有的財富聚斂在自己手中，好在父親死後重返墨西哥時給人以強者的印象，在政治權力的基礎上重建我們的財富。母親的貪婪與野心將她變作了雕像。石頭做的母親永遠是跪著的，假裝在向上帝祈禱。她跪在塞維爾的彼拉多宮，掩在一條面紗之下，用凸起的兩眼貪心地望著世界，小嘴緊閉，下頷前伸。兩手沒有戴首飾，交錯著，極度虛偽地祈禱著。然而直到有一天，就像是譴責一般，在她石頭做的頭頂上傳來了一隻獵鷹的拍翼聲。獵鷹是父親去世時她祈禱的唯一一樣東西：「聖母啊，讓我的獵鷹『阿爾瓦拉多』變成肉乾，我是多麼愛您，我願把它獻給您。」獵鷹什麼時候會落下來啄正在祈禱的母親的頭啊？它會在她身上撞碎的，小可憐兒。這良善的婦人有顆石頭做的頭顱。物件與紙張、厚重的實物。紙張被點燃，被太平洋的海水洗去了字跡，多麼傷感啊……你說的有理，瑪琳切的兒子馬丁。世界是石頭做成的，有什麼能夠跟它對抗，紙張不可以，水不可以，火也不可以。

馬丁第二

我儘量來巴結你一下，馬丁弟弟。我承認出於不同的動機，但最終是相同的因由，我們兩個有些事情是可以一起做的。依我說，最好還是帶著善意把它給做了吧，就像好兄弟那樣。至於你不再用「你」來稱呼我，而改用第三人稱，我倒並不在意。你瞧，為了取悅你，就讓我自己來講講你回到墨西哥時的情形吧。那是一五六二年，你三十歲的時候，那些征服者的子女已經是這兒的第二代人了。你是在他們的喜悅當中回來的。從你身上他們看到，自己在墨西哥擁有財產是理所當然的，否則就有權去追討。我們所有人都聚集在墨西哥城最大的廣場上，迎接征服者的土生白人兒子。大家都穿戴上體面的衣服，因為墨西哥是一座富裕至極的城市，此地沒有貧窮的西班牙人。銀子是那麼多，就連當乞丐都能致富——最少的施捨也有四個雷阿爾（古銀幣名）。如今都知道在墨西哥發財容易了，可在征服戰爭之後的那幾年，貧窮的西班牙人就只是靠行乞以便在短時間裏賺得一筆給長子繼承的財產，而未曾想過這些乞丐的子孫如今已然變身成貴族。你也知道在這個國家，錢是結在樹上的，因為印第安人的通貨便是可可豆。可可樹是一種灌木，有柑橘樹那麼大，果實大小如杏仁，一百顆價值一個雷阿爾。只要到市集上去，躺在蓆子上賣可可豆，就能像阿隆索·德·比亞塞卡老爺那樣賺到一百萬披索的財產。講這些都是為了說明，當我的弟弟馬丁從西班牙來到這裡，走進墨西哥最大的廣場之時，迎接他的究竟是何種盛況。廣場上擠滿了三百多名騎士：他們騎在華麗的馬上，挽著精緻的馬具，身穿絲綢制服和金線織物，扮成出征的樣子向征服者的兒子致敬。隨後又有兩千名身披黑色斗篷的騎士進場引發了人們的激情。用珠寶與華蓋裝扮起來的夫人們（還有些算不上夫人的女子）從屋裏跑出來。總督路易士·德·貝拉斯科也親自出宮抱住我的弟弟來歡迎他。然而，如果說總督在廣場上看到的東西都只不

過是暫借給他用的，那麼我弟弟所看到的則是屬於他自己的：在這座蒙特祖馬的都城的中心，我們的父親買下了阿哈雅卡特爾的宮殿用以興建他自己的房子，又在蒙特祖馬的宮殿之上建起了新宅，當天總督便是從這座宮殿中出來迎接你的，馬丁弟弟。這一切我都看在眼裡，是從當時開始興建的墨西哥大教堂那兒，在石柱與屏帷之間看到的。我同跟我擠在一處的泥水匠和搬運工毫無分別，他們距離環繞在你身邊的奢華是那麼的遙遠，他們沒有銀子，沒有長子繼承的財產，甚至連可可豆也沒有，有的只是留下天花搔痕的臉和流涕的鼻子，因為他們對那惡劣的西班牙傷風尚未適應。而我呢，弟弟啊，我則看著你被榮耀包圍著，走進了這座我們的父親攻佔的城市。弟弟啊，我立在那座頭骨鑄成的阿茲特克宽闊城牆的廢墟上，在那上面，教堂已漸漸豎立起來。我不再去看騎士和馬匹了，我看向周圍這些骯髒的人，他們身著馬衣，赤著雙腳，身前緊緊地綁著細繩，背上背著大口袋。我在想，上帝啊，有一天多少基督徒會來到這座教堂祈禱，而他們不會想到的是，在這座天主教堂的每一根柱礎上都銘刻著一顆阿茲特克神靈的徽章。然而承蒙各位應允，過去被遺忘了，王室也將一部分父親的財產歸還給了我的弟弟。這筆財產雖然還是不比當初，但已經是墨西哥最大的一筆財富了。

馬丁第一

這是我所願意回憶的！你們想想看，在墨西哥這座偉大的城市，沒有人識得祝酒。於是便輪到我把這西班牙習俗介紹到晚宴同社交舞會上去。在墨西哥竟然沒有一個人知道這是個什麼玩意兒！是我讓祝酒風行了起來。從那以後，這片屬地上的貴族、征服者後代和小官員們的聚會上，歡樂、飲醉於混亂中間，沒有哪一場是不玩祝酒的。來看看誰更能死撐吧，看看誰講的俏皮話最有趣，誰最不敢搏到盡！祝酒變成了一切聚會的中心內容，若是有人拒不參加，我們就會揭下他的帽子，當著眾人的面在上頭劃上幾道。隨後

我們大夥就會跑到墨西哥的大街上開始假面聚會。這是我從西班牙帶來的又一個風俗。我們百來個人戴著面具騎在馬上，經過一扇又一扇窗子的時候就同女人們搭話，跑進紳士和有錢商人的家裏去同她們搭話。我們的所作所為惹惱了這些老實男人，他們關起了門窗，卻沒料到我們有本事憑藉在頂端繫上花朵的吹箭筒，甚至是憑藉女人們的放蕩攀到她們的陽臺上去。這些女人把父命與夫命置於不顧，從透明的窗簾中探身出來，凝望著跑來獻殷勤的我們。此時此刻，我在這座新西班牙都城的生活是縱情歡樂。無數的快樂、瀟灑、榮耀與美色。誰不是在我身上看到了父親復生，此刻正在享用征服戰爭的成果？誰人不羨慕我？誰人不妒忌我？這新都會中的漂亮雅致女人兒，不論男女，有誰不接近我，誘惑我？我就知道你會說什麼。你，馬丁·科爾特斯老二，你這混血種，黑暗的兒子。若是沒有你，我在這片土地上什麼也做不成。我需要你，瑪琳切的兒子，為了在墨西哥掌握我的命運。多麼不幸啊，不幸的哥哥，我竟然需要你，所有男人中最缺乏誘惑力的一個！

馬丁第二

然而，沒有人會比阿隆索·德·阿維拉更具誘惑。他的那些奢侈品是連在歐洲的各國宮廷都找不到的，因為彼處的奢華之中，添加了一個金銀之國的天然財富。而在這些墨西哥金屬之上，還有另一種成色加入進來，那是一雙在男人身上所能見到的最潔白的腳正在走來走去：唯有那些膚色最為白皙的女人才白得過阿隆索·德·阿維拉，而在這片褐色的土地上，他似乎顯得更加白皙了。看得到的是他那一雙令人目眩的手，揮動著，指點著，還不時以空氣般的輕盈敲擊著，把空氣本身都顯得沉重了。哎，阿隆索·德·阿維拉是多麼的輕盈啊。他需得在這片土地上行走僅僅是因為，他的那些奢侈品精美而珍貴：錦緞、幼虎皮、金項鏈、帶飾物盒的黃褐色披肩。所有的這些，我已經同各位講過了，都因他帽子上的羽毛和他

臉上像翅膀一樣翹起的小鬍子而變得輕盈。馬丁同阿隆索很是親近。他們一道發起祝酒和化裝舞會，一道享受其中；他們還互相傾慕，有時當這兩位年輕而富有的紳士偶然間遇到（連我都在暗中撞見了不止一次），他們互相之間的讚美更勝於對女人獻殷勤。他們競相去贏取美人的歡心，只不過是為了想像這位美女在另一個人懷中的情形；他們同淫蕩的男子歡愛，也都是想像著對方。如此這般，阿隆索‧德‧阿維拉與馬丁‧科爾特斯幾乎合二為一了。有什麼出奇呢，奢華與節慶，放鬆與作樂，一面面的鏡子，香氣，互相稱賞。在這樣的氛圍之下，馬丁和阿隆索，阿隆索與馬丁。這個征服者的兒子與繼承人、埃爾南‧科爾特斯這揮霍無度的兒子，擁抱著征服戰爭中另一位為人稱道的軍官的姪子。阿維拉大人是個中間人，是覬覦蒙特祖馬金法衣的無恥之徒（這是我母親親眼所見後告訴我的）。阿隆索‧德‧阿維拉又是希爾‧岡薩雷斯的兒子，這人是專從真正的征服者手中盤剝土地的代理人和投機商，是個匆匆斂財的中間人和蛇頭。可他的兒子們，阿隆索和希爾，便只知道把財物拿來誇耀和消費，沉浸在快樂的漩渦中。我的弟弟馬丁連同這個阿維拉，他們用一次非凡的慶典將快樂推向了頂峰。就讓馬丁來說說吧。

馬丁第一

上帝作證墨西哥殖民地的節慶與喧鬧不是我虛構出來的，聖母作證我是來到了一座鍾愛奢華與節慶的都市，在這裡，查普爾特佩克奔跑著勇猛的鬥牛，林間是跑馬的響鈴聲——比武、穿環、格鬥遊戲：用總督堂路易士‧德‧貝拉斯科的話說，既然國王沒收了土生白人的村鎮和田產，那麼他這個總督就要負責讓大街上響起鈴聲來慰藉他們。於是當總督過世時，所有人都很傷感，大大小小都戴了孝。即將出征菲律賓的軍隊也在葬禮上全副武裝，打起黑色旗幟和哀悼的徽章，槍膛放空、長矛拖地。新總督被任命以後，一個疲

弱、陰鬱、了無生趣的檢察團控制了政府。不過阿隆索和我，我們是征服者的兒子，因而是新西班牙真正的繼承人，我們對死去的、還有即將到來的總督彬彬有禮，可不包括對這蹩腳的檢察團。我們決定要在這片父輩攻佔的土地上保留歡樂的生機和繼承的權利。

總督死了，不是第一個，也不是最後一個。總督會更改，不變的是征服戰爭的繼承人。總督死了，但我添了一對雙胞胎兒子。我感到這是個尋歡作樂的契機，可以丟開對總督的哀悼，也讓檢察團看看誰才是新西班牙真正的主人。我的哥哥想讓我講講這件事：我就滿足他這個願望。環顧大廣場，這裏一半的房屋都是我們的。我命人在從我家到教堂的路面上用木頭鋪設了一條通道，好好裝飾了一番。隊列從上面走過，我帶著兒子們一直來到了免罪之門，向眾人宣佈，現在，埃爾南·科爾特斯有了兩個孫子了。他們是我們王朝的繼任者。我用盡力氣大聲地宣佈。大炮，鋪板上的馬蹄，歡慶。所有人都被邀請了，有西班牙人也有印第安人。烤牛肉、雞肉、野味和大桶的紅葡萄酒是給西班牙人的。為印第安人準備的則是一籠關起來的家兔、野兔和鹿，按照傳統，還有許許多多的鳥。籠子一被打開，它們就或跑或飛地衝了出來，隨後被人射死，分送給那些興高采烈、感恩戴德的小老百姓。格鬥遊戲，篝火，裝滿糖果的陶罐……八天的歡慶，圍在一起的人們，祝酒，化裝舞會。最後，為了將慶祝活動推上高潮，在我真正的兄弟阿隆索·德·阿維拉的家中舉行了盛大的晚宴和社交舞會。我們叫所有人怎樣大吃了一驚啊！親戚和家屬，還有懷恨在心的檢察團。那一桌妒忌的、肩墨水的官員和小律師，與此相對的則是一桌富有的紳士子弟。如果我們肩出什麼的話，那一定只能是黃金！我帶著孩子氣的微笑繼續施行著俏皮朋友阿維拉的提議。在眾賓客的驚羨聲中，我們將我父親埃爾南·科爾特斯同皇帝蒙特祖馬的會面搬上了舞臺。那時我父親是第一個——最早最早的一個，各位聽到我說了嗎——見識到特諾奇蒂特蘭大城的恢宏的人。自然，我飾演的是我父親。阿隆索·

德‧阿維拉則裝扮成蒙特祖馬，把一串花和珠寶替我戴在脖子上，高聲對我說，我不僅僅崇拜你，敬重你，我還服從你，我是你的臣民（湊近時他又咬著耳朵說了一句，我像愛兄弟一般愛你）。全體都為這齣笑劇快樂地拍掌，而我卻感覺到，另一種興奮正令這快樂都偃旗息鼓——此時阿隆索‧德‧阿維拉出人意料地將一頂桂冠戴在了我的頭上，他微笑著，靜候賓客們的歡呼：「噢！王冠戴在大人頭上是多麼相稱啊！」

馬丁第二

　　我沒有被邀請去參加慶典。但是我遠遠地看著。什麼呀，我是在近處，在很近很近的地方朝他們擲玻璃瓶。人群中，烤肉架上，龍舌蘭酒館裡，挨著那些加工椅子的人，做玉米麵餅的人，搬水缸的人，挨著齷齪的處所還有點心鋪，能夠聽到一種秘密的、嶄新的、在納華語和西班牙語之間鍛造而成的語言。母親秘密的話語。一個昨日的教士，今朝卻成了滿臉麻子的老乞丐。一個阿茲特克王子的兒子，就像我和弟弟是西班牙征服者的兒子一樣，如今卻在挨家挨戶搬運一袋袋的柴火。這些人秘密的歎息。我的弟弟在大教堂為他的雙胞胎兒子施洗禮，而夸特莫克的兒孫們則雙膝跪地進入同一間教堂，低垂了頭，身上佩戴的神符好似鐐銬一般，被基督教三聖那只看不見的手牽拉著。父親，兒子，聖靈，首領，少年，化身女人引誘男子的惡魔，同我一樣既是印第安人又是卡斯提爾人的新墨西哥人哪，你會留下哪一樣呢？是教皇，是小孩，還是魔鬼？在我弟弟為自己的後代舉行的慶典上，我見到了它們。我看到一種顏色、一種語言、一個以三代替了千的神靈被創造了出來。哪一種語言？是埃斯古因格來[1]還是小孩，是小孩還是小青年，是瓜赫洛特[2]

1　Escuincle，源自印第安土語，意為「小孩」。
2　Guajolote，源自印第安土語，意為「火雞」。

還是火雞，是古奧納華克[1]還是庫埃納瓦卡——我弟弟出生的地方，是瑪古埃[2]還是龍舌蘭，是弗利荷[3]還是菜豆，是四季豆還是刀豆？哪一位上帝？是「煙之鏡」還是聖靈，是有羽毛的蛇還是十字架上的基督，是向我索求死亡的神靈還是為我奉送自己的死亡的神靈，是主持祭祀的神父還是被獻祭的神父，是燧石還是十字架？是哪一位聖母，托南欽還是瓜達盧佩？若是西班牙語，卻又算是何種語言：瓜達盧佩，瓜達爾基維爾，瓜達拉馬，水池，屋頂平臺，水渠，臥房，枕頭，蓮蓬頭，檸檬，橙，但願[4]？若是納華語，卻是何種語言：塞里，皮馬，托托納卡，薩波特卡，馬雅，惠喬爾？我在夜裏踱著步子。為了給我淫亂而貪婪的父親的土生西班牙後代慶祝，火把點了起來。在火光中我問自己，我的血統、我的祖先，還有我的後代，是哪一個？我看著那深色的皮膚，那無神的眼睛，那低垂的頭，那扛著東西的肩膊，那生滿老繭的手，那起了硬皮的腳，那懷著孕的肚子，那凹陷的乳頭，這些是屬於我的印第安和混血兄弟姐妹們的。我想著他們。不到四十年前，他們據守在自己的領地上，獨享著自己的財富，他們率性而為，開展祭祀、徵收捐稅。頭頂拂上了太陽的金光，他們便從眼底射出目光，去鬥敗這輪太陽，鬥敗這輪金光。這同我弟弟馬丁、還有他的夥伴阿維拉和那對孿生小崽子現在所做的一樣。這天，他們倆以神的名義接受洗禮，也就是這位神靈，僅用一句不顧廉恥的宣言便收伏了我的母親：現在你無需為我而死了，你瞧，我已經為了你死去。無恥之徒耶穌，牛郎國王，你征服了我母親的民族，用你那生殖器損傷產生的惡毒快感，你發酸的精液，刺痛你的長矛和流出的液體。怎樣從你那裏收復失地呢？我會如何給下一個時代命名呢？收復，反攻，

1　Cuauhnáhuac，印第安土語，地名，即庫埃納瓦卡。

2　Magucy，源自印第安土語，意為「龍舌蘭」。

3　Frijol，源自印第安土語，意為「菜豆」。

4　西班牙語中的這些辭彙皆來自於阿拉伯語。

反征服，還原征服，夸特莫克征服，前征服，狗屎征服？我又能為這件事做些什麼，同誰做，以誰的名義，為了誰？我的母親瑪琳切？沒有她父親什麼都別想得手。亦或是我的這位父親？他被從自己的征服大業中開除出局，蒙受恥辱，他被拖上法庭，在陳腐的訴訟與繁文縟節中精疲力盡。他被指控了上千次，僅僅是一場無休止拖延下去的審判便已經是對他的懲罰了。達摩克利斯之劍，夸特莫克的燧石，阿斯圖里亞斯短劍，這些都懸在我們頭頂上，我弟弟馬丁是知道的。他享樂，他同阿隆索·德·阿維拉一道忘乎所以，全然沒有留意檢察團是如何看著他的。就像是城市的主人。檢察團的人還沒有醒悟到自己拿他是毫無辦法的：組成這個管理委員會的盡是些平庸的懦夫，他們在這缺乏決斷的組織裏沉默，權力微弱。他們看到了謀反在策劃，危險在逼近，可他們害怕馬丁，我的弟弟，他們怕他……而他卻並不知道。他也不曉得，之所以歸還父親的財產是為了要安撫他，以免他受到政治權力的誘惑。我將這些告訴了他，可他卻險些拋棄我，還說我是出於妒嫉。婊子養的，作為一個隨心所欲的人，他的錢得來全不費功夫。他衝著我叫嚷著，而我則用一向憂愁、一貫殷切、因為憂鬱而變得尖利的嗓音說道，那麼就拿出證明來啊，做他們最害怕的事……

兩個馬丁

我的哥哥來同我講些什麼？在新西班牙沒有比我本人更大的權威？而我只想要享受財富，將財富顯示給別人看，就像我在祝酒時、假面集會時、社交舞會上、洗禮中、遊行中和歡呼中所做的那樣？他是來提醒我，我作為長子繼承了一位父親，我是一位父親的長子繼承人，而相對於我來說父親是屈辱的，因為我做成了他想做卻又不能做的事情？我，比我的父親更了不起？我，還在埃爾南·科爾特斯，在這位墨西哥的征服者之上？我，有能力去做我父親未竟的事情？吞併？吞併土地？造反？造國王的反？我的哥哥馬丁

說，他去了他的母親，那個印第安女人的墳上。那是一方被流經的伊塔帕拉帕河淹沒的墓穴，很潮濕，但卻有浮動的花朵與漂浮的小塊土地環繞著。他去了那座墳墓，對他的母親瑪琳切說道，多虧了她父親才能夠征服這片土地。他又來問我，我是不是及不上他的印第安母親。他羞辱我，刺激我，就像他說的那樣，抹黑我。他講起了一種語言，這種語言我無法辨識，可他卻講得很好，這充滿惡意與誘惑，因為他能夠同自己的母親對話，而我卻不能。堂娜胡安娜·德·蘇尼加，她在庫埃納瓦卡的宮殿中被團團圍住，周遭是障礙、法吏與獵犬，她不准我接近我的遺產——好吧，是我遺產的一部分。與此相反，我的哥哥卻可以直接同他的母親談天。他告訴我，他對她這樣說道：「瑪琳切媽媽，我是多麼想成為這片大地的國王啊。可你看看我吧，深褐色的皮膚，佝僂的腰，你能想到我是這樣的一個爛人麼？但我的弟弟就不同了，他美得就像太陽一樣，他是無所不能的侯爵，他被財富寵愛著。可儘管如此他還是沒有膽量，沒有膽量。他不敢去侵吞土地。土地。昨天我帶他（我的混血哥哥帶我）登上了查普爾特佩克的高處，在那兒我指給他看（他指給我看）這片墨西哥谷地是多麼的美麗。那是在早上，早晨的清新預示了炎熱的一天。他同我都知道，黎明會散發帶露玫瑰的清芬，還有成熟瓜果的香甜。木瓜，番荔枝，刺番荔枝，果實綻開，汁水就要溢了出來。這片谷地的秀美就在於，它是一座能夠感知的海市蜃樓。距離因為山脈與平原造成的假象而改變。遙遠的似乎很近，而近旁的卻彷彿很遠。幾片小湖乾涸了，蒸發了，卻仍像鏡子一般映著岸上新生的樹木。印第安桂樹，胡椒樹，還有柳樹。龍舌蘭在爭取著祖上傳下來的對塵土的權利。山巒帶著青色，火山圍著白色的一圈，小丘上生著密實的樹林，空氣在流動，太陽火爐般吐出氣息，黃昏準時下起暴雨。某天早上繼而下午，我們兄弟倆凝望著這一切，他同我說，他所講的是對這片土地的權力，而不是對這些東西、對這份擊碎了父親的夢想如今又威脅要從你，弟弟，從你手上

扣押的財產的權力：房屋、家具、珠寶、臣僕、村鎮。你要小心了：你見到過父親那座房子的塞維爾式屋頂，見過對墨西哥的征服消解成了舊平底鍋和床墊的大拍賣。你小心。抓住土地，忘掉那些東西。做父親沒有做到的事。看看這片土地回想一下。見到它第一面的不是只有埃爾南‧科爾特斯一個。同他一起的還有好多人，有士兵，有軍官，一些是罪犯，另一些是貴族子弟。埃斯特馬杜拉與卡斯提爾那夥人中的一大部分。他不是一個人。他勝利了，因為他讓自己的耳朵緊貼在這片大地上，傾聽大地的說話。你不要像蒙特祖馬那樣只知道等候神靈的聲音。神靈再也不會同他講話，因為他們早已拔腿跑掉了。做一個父親那樣的人。傾聽大地的說話。

在墨西哥谷地這大自然的魔力之下，一切的理性都失去了價值。同一時間裡，谷地中包含著各樣的氣候：夏與春，秋和冬在一瞬間結合，彷彿是永恆在透明的空氣中約定。這意料之外的純淨令我們驚奇不已。我們一起顫慄著，傾聽即將到來的城市的轟響，傾聽那無休無止的木鈴聲，那一眾老虎的噑叫聲，餓狼的悲啼聲。蛇在蛻皮過後露出了一幅金屬骨架，多麼恐怖。山谷中充盈著七彩繽紛的光線。白的像是一柄箭上的純銀，它直指世界的眉心；紅的則彷彿是從地獄中呼出的一口氣息。然而，全部的光芒都被一陣難聞的霧靄、一團凝結的氣體給遮蔽了，彷彿這山谷是一個得了腸胃脹氣的肚子。在一次為時過早的屍體解剖中，它被一把刀毫不留情地剖了開來。我們兩個馬丁把手伸進打開的腹腔之中，血一直染到了手肘上。我們攪動著墨西哥城的腸子和內臟，不懂得去將珠寶與污穢、將綠寶石和腎結石、將紅寶石同腸潰瘍相分離。

於是在不期然間，從小湖的湖底升起了一陣唱詩聲。那歌聲起初叫兄弟兩個無從辨識……一首歌是用納霍阿斯語唱的，而另一首則是卡斯提爾語。但最終卻合而為一：一曲是綠咬鵑花兒一般展開羽翼，一曲是塞維爾的楊樹在風裏搖曳；一句祈願是求花兒不要凋零，在他們手中長存，另一句則是讓受傷的、多情的蒼鷹不要死

去……這些聲音熔為一爐，一同歌唱瞬息而過的生命，追問著我們的未來是否是一場徒勞。我們走過這片土地：觸摸到花朵，觸摸到果實，然而一聲高亢而哀傷的喊叫卻加入了和聲，它提醒道：在花園中我將死去；在玫瑰叢中，瑪塔安，這些言語同這片印第安大地的悼亡經融成一處，沒有人，沒有人，事實上沒有人是生活在這片土地上的，我們不過是來發夢而已。山谷的遠處，言語在流淌，流向一片遙遠的大海，靜默的生命之河將在彼處止息。我們必須，這個納霍阿斯語的聲音説道：必須去往那個神秘的所在……就這樣，一縷風吹散了帶著惡臭的煙霧，熄滅了血染的亮光，平復了刺耳的轟鳴聲。像是讓這縷風兒攜著，一陣歌聲留下嫋嫋的餘音。

> 我的花兒莫凋謝，
> 我的歌兒莫止歇，
> 我高聲唱著，
> 我不過是一位歌者……

馬丁第一

您想讓我忘記我的存在，我的榮譽，我的快樂。可您知不知道，這些已經讓我滿足了。我並沒有統治這片土地的企圖。就讓別人去統治它好了，他們再昏庸、再妒忌我，又有什麼關係？您以為我讀不懂您的那些道理。可其實，生活在這兒的任何一個人都是明白的。您想替自己的母親報仇。您引誘我，勸我說我該去為自己的父親報仇。可復仇是不會把我們聯結在一起的，您說得太遠了。您想提醒我，父親最終熱愛墨西哥更勝於熱愛西班牙，他將墨西哥當成了自己的土地，想要在臨死時回到這裡。西班牙，時間，文件，政府的惡行，這些東西拒絕他實現這個願望。我的哥哥解釋説，也許這一切是出於對父親現身墨西哥這種情況的畏懼。冗長的法律程序實際上是一次流放。埃爾南‧科爾特斯想要保住印第安神廟，可

方濟會教士阻止他這麼做。他想要廢除對印第安村莊的託管，終止印第安人的臣屬地位，可監護人們卻不准他如此。國王在父親的人道主義之中看到了最令他畏懼的東西：征服者們毫無章法的統治。隨心所欲。目空一切。為了大家的好處，國王需得將這些征服者制伏，好讓他們不要以為有了功績就有統治的權利。

難道在秘魯，法蘭西斯科·皮薩羅[1]沒有起兵反抗國王嗎？難道叛徒洛佩·德·阿吉雷沒有深入亞馬遜建立反對西班牙國王的新國家嗎？最好是將征服者們罷黜，包圍他們，剝奪他們，叫他們淹死在墨水和紙堆裡，再不然就死於自相殘殺中。佩德羅·德·門多薩因饑餓和嚴重的梅毒死在拉普拉塔河畔；法蘭西斯科·皮薩羅被他的對手迪亞哥·德·阿爾馬格羅的擁護者所殺；佩德羅·德·阿爾瓦拉多是被馬壓死的，而我們的父親埃爾南·科爾特斯則是在憤怒與絕望之中死去。我的哥哥，印第安女人的兒子是想在這些名字之中再添上我的名字嗎？該死，我的怨恨同他的不是一回事兒。我的秘密他也並不知道。我清楚，父親想要解放這片土地，解放這兒的臣民。我違背了父親的遺囑。他的榮耀和他那人道主義想法就讓旁人去歌頌好了，就像莫托里尼亞神父[2]那樣：「在這片新大陸上，有誰像科爾特斯這樣熱愛著印第安人，保衛著印第安人？」我所值得驕傲的，就是我的節制。我沒有去實現父親給這片土地以自由的遺願。如今我還有什麼臉面再去訴求這自由？特別是，既然我將這自由耗費在了祝酒、假面聚會、洗禮儀式，耗費在了渴望與財富之中。

我可憐的弟弟。糊塗。受人蒙蔽。妄自尊大。他對這片土地擁有無限的權力，卻不懂得去加以利用。他是父親那豐功偉績的一面倒影。頗為像樣的一面倒影。相反地，我卻……他：四萬披索的年

---

1 參見 P.112 註 2。

2 莫托里尼亞神父（Padre Motolinia，1482-1569），原名托里維奧·德·貝納文特，方濟會修士，主張維護印第安人的權利。

金。受過教育，舉止文雅。我看看他。看看我自己。我是一個走了樣的倒影。在這片殖民地上，沒有比他更具權勢的人物。一切本應屬於父親、但卻拒絕給予父親的，全都給了他。他已經不再像父親一樣代表著政治危機了。耕地、房基、貢賦、什一稅、實物稅——所有這些都給了他，就是為了告訴他：你老實些。我們給你全部的榮譽，全部的財富。但我們拒絕給你權力，像對待你的父親一樣。我對他說：把土地也抓在手裡。——可他不願意，他已經心滿意足，這是他性格使然。然而，發動起義贏得墨西哥的獨立這個想法，既不是萌生於我的怨恨（如他所說），也不是誕生自他的虛榮（如我所說）。沒有我們，這些仍會發生。在我們背後發生。擁有自己的財富、自己的律法，墨西哥已不復是特諾奇蒂特蘭。而她也不是西班牙。墨西哥是一個嶄新的國家，一個與別國不同的國家，沒法在遠處操縱，在觸手難及的地方遙控，就好像有人不願意要她一樣。我們是西班牙王室另外的子女。我的父親清楚這一點。可他仍舊沒有將墨西哥當成自己的祖國，儘管他是愛她的。他愛她。我愛他。他的兒子們，我們，不僅僅是擁有一個新的國家。「我們」就是這個新國家。我聽到了她的聲音，我對弟弟說：別作聲。安靜。輕輕地講話。忍耐些。——墨西哥是這樣的一個國家，她帶著傷出生，被怨恨的乳汁餵養著，被黑夜的催眠曲撫育著。同她溫柔地聊聊吧，寵愛她，將她放在一邊，悄悄做你該做的事吧。別把你對墨西哥的愛告訴給任何人。曝光會令黑暗的孩子受到傷害。你切記小心謹慎，在親近你的人面前也需偽裝。應承所有人的所有要求吧，然後分給他們一丁點兒，不必再多（在這裡，沒有人從不期望任何事，而一點點就會讓他們覺得是許多，因而興高采烈）。利用政治機遇吧。總督死了。留下三個檢察官等待著下一任總督。他們繼續處理著每天的事務，了無生氣。政府的事務長期以來一直便是那一件：劃定王室的權利以及征服者的權利。征服者的子弟們向檢察團遞交了請願書。檢察團虛弱地拖延著。子弟們在此事上看到了

一種傲慢的冒犯，於是便用更加傲慢的行為予以回敬：「人們說『什麼都想要的人就會什麼都失去』，可這是不會發生在國王身上的。」高傲的阿隆索・德・阿維拉這樣說，所有鼓動我弟弟的人也都這樣說。

　　兩個派系形成了，這全是起因於手套。土生白人們把兩萬杜卡多交給了一位堂迪亞哥・德・科爾多瓦，藉口是請他在西班牙幫忙買手套，因為此地不出產。如此一來，這位堂迪亞哥便可以在宮廷為土生白人的權利斡旋，同時又能避免露出行賄的跡象。而結果，堂迪亞哥失信私吞了金幣，手套沒能戴在土生白人們高貴的手上。於是這夥人分裂了，一部分向我弟弟靠攏，叫他利用檢察團的軟弱擔當起義的首領。而另一些人則徑直來到這疲軟的檢察團面前告發了我的弟弟和阿維拉，還有他們的擁護者。檢察團畏懼我弟弟的權勢，於是猶豫不決。我弟弟則畏懼王權，同樣猶豫不決。而在二者身後，那些毫不猶豫的人行動了起來。

　　親近我弟弟的人以他的名義起事。他們利用了一個紀念日：一五六五年的八月十三日。這一天是埃爾南・科爾特斯佔領墨西哥特諾奇蒂特蘭的週年紀念。就是人們說的「軍旗節」。謀反者們決定趁著慶祝活動上人山人海，又有假扮戰鬥場面的傳統，在此時發起行動。他們開來一艘載著大炮的帶輪戰船，又在對面令人玩味地安置了一座可以轉動的炮塔，同樣裝上了火槍，配備了士兵。而統帥則會手持軍旗從二者之間穿過，此時，武裝好的人們便可以從兩條隱蔽的通道衝出來，逮捕檢察團成員，奪取軍旗，宣佈堂馬丁・科爾特斯成為墨西哥的國王與領主。

　　唉⋯⋯我最擔心的事情發生了：弟弟，你喪失了主動權。

　　你被人搶佔了先機。

馬丁第一

　　所有這一切都是背著我發生的，我發誓。為富裕的貴族們買手

套！多虧想得出……是真的，他們來見我，來拖我下水，對我訴苦，說的就是土生白人從沒變過的老一套。什麼他們的確不受尊重啊，被西班牙派來的蠢貨統治得很糟糕啊，檢察官和管理人欺侮他們，妨礙他們做生意啊，他們不能像自己的父輩，像那些征服者那樣擁有統治的權力而無需去請示任何人啊。我聽憑他們講下去。不給他們潑冷水。但是我提醒他們：「確實有指望得上的人嗎？」很多，他們回答我說，還任命了其中一個叫做巴爾塔薩爾·德·阿吉拉爾的人做了營部的主官。「可不要到頭來一事無成，」我告誡他們，「咱們還都搞丟了身家性命。」我又對自己說（現在我重複著它，像是再一次檢驗我那從不掩飾的真誠）：「他們若是沒有進展，我就按兵不動。可他們要是發達了，我就自己上國王面前去檢舉他們：陛下，我的父親曾把這片土地獻給了您。現在，我再將它交還給您。」然而，在這一切發生之前，被謀反者們任命為營部主官的巴爾塔薩爾·德·阿吉拉爾已經搶在我們所有人前頭去向檢察團揭發了他所知道的關於起義的全部。我是怎樣被推舉為國王的，還有他自己是如何當上了眾多造反者的營部主官。我什麼都不知道。當時我正同一位女士打得火熱，因為她的緣故，又給了她家人一些好處。他們都以為是我把從蒙特祖馬那兒得來的戰利品藏了起來，而寶藏總有一天會在我情人的裙下現形。結果當這些親屬發覺連寶藏的影子都看不見時，他們就火了。他們將那女人關了起來，開始張貼詆毀我的文字，在街上經過我面前時也拒絕脫帽。各位說說看，這種時候我還哪裏有空想著去當國王呢。為了從這些丟臉的事情中緩過勁來，我為另一個兒子的誕生舉行了慶典，想要將上一年雙胞胎出生時的節目重新來過：凱旋的拱門，木質通道，音樂，盛大的排場，最後是歡快的假面聚會，接下來還有我的兄弟阿隆索·德·阿吉拉爾準備的無與倫比的晚餐。阿隆索是高替特蘭的領主，又是製造陶罐的能手，他在陶罐上刻了這樣的圖案：一個

ERRE[1]，上面是一頂王冠，下面則是一個S，意思是 REINARÁS[2]。宴會被一支手持武器的隊伍打斷了。隊列前面是一個我從沒見過的人。這人有顆碩大的頭顱，身材健壯，衣服穿得很糟糕，稀疏的頭髮好似曼德拉草，一張粗糙的臉像是用泡沫岩洗過一般。他那身粗魯的穿戴同阿隆索與我在這個盛裝之夜上一模一樣的裝扮是多麼強烈的反差啊。仲夏之夜——一五六五年的六月——我們倆身穿織錦長衣，外罩黑色短披風，束著佩劍。結果佩劍被這個男人收了去。他的臉是石頭做的，方正得好似一只骰子，被一副雖說正義但卻吝嗇的性情塗成了橙紅色：「請閣下把劍給我。閣下被國王陛下囚禁了。」「為什麼？」阿隆索和我異口同聲。「稍後再告知兩位。」「是誰抓我們？」又一次不約而同。「穆尼奧斯·卡里略律師，新任檢察官，也正是在下。」這是個多肉的幽靈，因而可以去做鬼了。他說著，拿起高替特蘭的罐子，用力摔在了地下。我們是陶土做成的，而他呢，則是石頭做的。

馬丁第二

他被控多項陳腔濫調的罪名。四處留情。給情人的親戚好處。藏匿蒙特祖馬的財寶。這些都純屬小兒科。真正的罪狀是侵佔土地，也就是說，反對國王。倒楣的是，這項指控把我都牽扯了進去。我被從暗處揪了出來。那天夜裡，街道和廣場的出口處都被或騎馬、或徒步的人控制了。大夥兒都十分不安，我的弟弟則很是傷心。他被塞進了政府的那棟皇室建築中一個守備森嚴的房間裡。那裏衛兵很多，卻也有一扇窗子，正對著小廣場上那施工中的大教堂的側面。那裏正飛快地搭建著一座斷頭臺。他們奪去了他的佩劍，卻留下了他的夏緞衣裳；他們沒有碰他的身體。而對於我，因為是

---

1 ERRE：字母 R 的拼讀。

2 REINARÁS：意為「你將成為國王」。

印第安人，他們讓我臥在一隻公驢身上，給我扒光了衣服，折磨到精疲力盡之後扔進了同一間牢房。我的弟弟也在這裡。他們要看看，我的怨恨是否會膨脹，他的憐憫是否會侮辱到我。

　　一路之上，我赤條條地俯臥在公驢背上，屁股暴露在空氣中。城裏的下三爛們在我背後極盡搧風點火之能事，說著怎麼會有這樣的事兒呀，一頭公驢馱著另一頭公驢，到底哪一頭才是真正的公驢呢。他們不停地將我那短小的生殖器同驢子那話兒相比，真不要臉。如果長的能叫你變長，小的能令你變小，如果你樂意那樣，你或去或來，或進入或離開，或拿起或放低，我走了，我走了，我趴在那兒看著從鬢角、從眼底湧出的鮮血，冰涼的睪丸因為恐懼而空置著，收縮著。我注視著這座城市的垃圾，發覺一直以來，我都是努力向上看的。看那些興建中的宮殿，看我弟弟和他的朋友們那拴著花的吹箭筒射向的陽臺，看聖人的壁龕（石城正陷入淤泥之中：水隨著神靈們一道走掉了）。現在的這副姿勢迫使我去看看那些充斥著垃圾的水渠，留著蹄印與車轍的街道，步子踏在塵土上的足跡。分不清是狗的爪印還是人的腳印。我忍著脖子上的疼痛，努力抬高視線去看興建中的大教堂。一股並未觸摸到我的力量逼得我重新垂下了頭。我發覺，一切我所確信的事物都在令我垂下頭去。我看著墨西哥的地面，發現它在不停地變化著，而令它改變的，是季節，是厄運，是哭泣，是足印，是沮喪，是水與塵之間、天國和地獄之間那座佈滿了孔隙的、塌陷的、模糊不清的樓房的瓦解。驢子停了下來，一個身材畸形、裹著黑色面紗的小個子女人湊到我近前。她摸了摸我的手，打了我一記耳光。從她那因為沒有牙齒而凹陷的雙唇中，從她那肥胖的、侏儒般的身軀中，從她那沒法好好抑止口水、濡濕的舌頭中，湧出了一句話。這是我所期盼的一句話，如同埃爾南·科爾特斯所有後代頭頂上的那柄延期審判的達摩克利斯之劍一般高懸在我生命中的一句話。那畸形的小個子女人粗暴地支起我的頭，揪住我的頭髮對我說：「你是那個衰女人的兒子。你

是我的弟弟。」

馬丁第一

　　我的哥哥另一個馬丁也給投進了我的這座監牢裡。父親真是太沒有想像力。總是一樣的名字。馬丁，萊昂諾爾，卡塔利娜，瑪麗亞，阿瑪多爾希科。他該是什麼樣子的？那個畸形的瑪麗亞又該是什麼樣子？我向著廣場上搭起的斷頭臺望去，向一座大型建築的側面望去。有一天它會成為大教堂。我讓我那可憐的哥哥、那個印第安女人的兒子站起身，過來看看黎明，就像我們那天在查普爾特佩克時一樣。可另外一個馬丁背痛。他被帶來的時候給剝光了衣服，被人打過，又髒又臭。不要緊的。在這種情況下，我們比任何時候都更加要做一個好的基督徒。信仰即得救。你看，我對哥哥說：一大早就下雨了。多奇怪啊。有時候是這樣的——他忍著痛應道——只是你從來不早起。我笑了：可我睡得晚嘛。我會聽到雨滴聲的，我的聽覺很敏銳。那就試著辨別一下雨滴聲跟催促死亡的鼓聲吧，我遭受著疼痛的哥哥說道。我把頭探出窗外。小廣場被人擠得滿滿的，騎兵在控制秩序。阿維拉兄弟倆——阿隆索和希爾從兩列武裝人員之間穿過。我的兄弟阿隆索，他穿著極精緻的長襪，綢緞坎肩，一件加了幼虎皮襯裏的緞子外衣，頭戴一頂鑲了金片和羽毛的帽子，脖子上還有一條金項鏈。我看得分明，在他手上有一串念珠，是由柑橘樹木製成的白色小珠子穿成的。一位修女將這個送給他，說會幫他度過苦痛的日子，可他卻笑著對我說，他永遠都不會碰它。走在兩兄弟身邊的是聖多明我會的修道士。我對他的兄弟希爾全沒留意。他衣著樸素，穿著毛料呢絨還有靴子，被抓的時候該是正從哪個村子回來。阿維拉兄弟倆上了斷頭臺。先是希爾伸著脖子臥下，可我的雙眼卻只盯著阿隆索，我的朋友，我的夥伴，我看到他在那裡，帽子拿在手上，雨打濕了他的頭髮，那小心翼翼弄捲，又在額前留下一縷令他愈發顯得俊美的頭髮。我看著他，聽著

劊子手劈砍的聲音，直至終於在眾人的尖叫和哭泣聲中極拙劣地砍下了希爾的頭。阿隆索望著他那沒了頭的兄弟，發出了一聲深深的歎息。那樣深，深得連我在監房中都聽到了。我看到他跪了下來，抬起他潔白的手開始習慣性地整理鬍子。這時候，後來成為菲律賓主教的修道士多明戈·德·薩拉薩爾走過來幫助他安樂地死去。他告訴他，現在不是整理鬍子的時候，而是同上帝好好交流的時候。一個聲音領唱起了彌撒曲，修道士對眾人說道：「先生們，替這些紳士向上帝祝禱吧，他們說自己是冤死的。」阿隆索對教士示意了一下，於是他走到這個跪著的人跟前，秘密地聽他說了些什麼。他被蒙上了眼睛。劊子手砍了三下，活像在砍綿羊的頭。我咬著手指問自己，我們還有什麼沒有做啊，阿隆索，我們還有什麼沒有說，沒有做？我們是不是有些該做的事情，還沒來得及做就要離開了？再親近一點，再多說一點，再相愛一點？你對那個修道士說了什麼悄悄話？你臨死時有沒有想起我？或者只是我在想著你？在死去的一刻，你是否背叛了我們的友誼？親愛的阿隆索，你丟下我獨自死了？你是在懲罰我，讓我沒有你而獨活嗎？讓我渴望著你，為了所有未能發生的事情追悔著？

馬丁第二

我對自己的城市很瞭解。有些東西正在改變著她。我聽到了匆匆。我看到了醜惡。我不需要任何人來告訴我，有些東西正在改變著墨西哥城的形態，改變著她的容顏，就如同一夜之間，在我們的窗前豎起了斷頭臺。不僅僅是馬約爾廣場上掛在長槍上的阿維拉兄弟的頭顱。它們那樣掛著，我和弟弟想一刻見不著都難。檢察官穆尼奧斯·卡里略不必帶著他那張總是才刷過的臉來見我們，告訴我們這間房子只是臨時的，因為他已經下令在十五天內建起一座監獄來，好容納為數頗多的挑戰王權的陰謀家。他說，一旦完工兩位就會被帶去那裡，帶到一座連一隻鳥兒飛過都休想逃過我眼睛的監獄

裏去。他看著我們，提醒我們説，被判刑的人是在半夜服罪，好讓他們沒空去通知旁人，甚至連告訴自己都不行。毫無懸念，一到天亮官員便會出現在我們門口，帶來兩頭驢子給我們騎，還有兩尊耶穌蒙難像叫我們拿在手上。會聽到教會的鈴聲。劊子手和告示官會陪同我們走向刑場。告示官會高聲地説：「這是由國王陛下下令、由墨西哥皇家檢察團代表執行的，對這些背叛皇權者處以的死刑。」Etcétera.[1]我對檢察官説：「Etcétera.」這是母親教給我的一個拉丁文單詞。在她剛剛做了基督徒的時候，有件事便激發了她的熱情：這種宗教的語言與國家使用的語言是不相同的。她曾經喜歡做的是翻譯，後來都仍然是，因此這對她產生了誘惑。她的日常用語中開始到處出現了aleluya[2]，oremus[3]，dominus[4]，paternostro[5]，特別是etcétera，她告訴我，這個詞意味著「所有其他的東西，許多許多，手抄古籍。來：códice[6]」。然而，檢察官一聽我説完便大怒，狠狠給了我兩個大耳光。這時候，我的弟弟馬丁做了一件出人意料的事：他給蠻橫無理的檢察官回贈了一記耳光。他在保護我。我的弟弟為了我而涉險。我注視著他，帶著熱愛，這種愛將我、將他從那一切使我們分隔的或尖鋭、或愚蠢的分歧中拯救了出來。在這一刻，我已跟隨他死去了。若是各位允許，若是這樣做沒有什麼不方便的話，我想再重複一遍好説得清楚些。我沒有因他而死。但我卻跟隨他死去了。

馬丁第一

---

1 Etcétera：源自拉丁文，意為「等等」，作用同省略號。

2 aleluya：拉丁文，「哈利路亞」。

3 oremus：拉丁文，意為「我們祈禱」。

4 dominus：拉丁文，意為「主」。

5 paternostro：拉丁文，意為「我們的父」。

6 códice：源自拉丁文，意為「手抄古籍」。

　　我搞不清楚為什麼我們既沒有受審也沒有被殺。整個城市就是一座監獄，是一座刑訊台。這一點是看得出，想得明，嗅得到的，人們也是這樣同我們講的。在我們對面，斷頭臺已經搭好，就要用來砍掉我們的腦袋，一如對待阿維拉兄弟那般。怎麼還不動手？這算是檢察官的折磨嗎，為了他曾被刮過的耳光？然而就在我們的眼前，克薩達兄弟經過了，他們手持耶穌蒙難像，仍在為了判決得如此之快而困惑不解，直至最後一分鐘都還相信自己是不會死的；克里斯多夫‧德‧奧尼阿特被人分了屍；而在巴爾塔薩爾‧德‧索特洛身上並沒有找出謀反的罪證，他卻仍舊給砍了腦袋，理由是他在秘魯時曾參與過法蘭西斯科‧皮薩羅反抗國王的起義：因受牽連而獲罪；在我們面前走過了貝爾納爾迪諾‧德‧博卡內格拉，他的前頭是耶穌和告示官，後面則跟著他的母親、妻子和親眷，她們全都赤著雙腳，沒有戴帽子，披頭散髮一如馬格達萊納，斗篷拖在地下，哭泣著祈求赦免那位紳士。這是唯一的一次，可怖的穆尼奧斯‧卡里略表現出了同情。他命他散盡家財，在縱帆船上為國王效力二十年，而做完這些之後，將會被從堂腓力二世[1]陛下的一切王國與領地中永久驅逐。因而我和哥哥不曉得我們即將承受的會是什麼。是掉腦袋，是被流放，還是挨著苦度過餘生。穆尼奧斯‧卡里略詭計多端，鈴聲在我們門口響起之前，他把我們全然蒙在鼓裡，彷彿黎明已經來臨，輪到了我們去赴那場最後的約會。他命人在我們對面抬出了耶穌蒙難像，又將驢子趕到我們窗前。但為何什麼都沒有發生？我們看到那些被處決者掛在長槍上的人頭從廣場上、從政府大樓前消失了。市政官員們提出了抗議。那些陳列著的人頭是背叛的標誌，可這座城市卻並沒有背信棄義。然而，大肆處決犯人卻仍在繼續著。每當一顆人頭落地，檢察官、偽君子穆尼奧斯‧卡

1　腓力二世（Philip II, 1527-1598），西班牙國王（1556-1598）和葡萄牙國王（稱腓力一世，1580-1598），他是西班牙國王卡洛斯一世（暨神聖羅馬帝國皇帝查理五世）與葡萄牙的伊莎貝拉的兒子，因而同時繼承兩國的王位。

里略都會唱起這種調調：「他獎賞了他自己，因為他是去侍奉上帝，因為他是作為一個好的基督徒而死去。多為他彌撒，多為他祈禱。」我對我的哥哥馬丁、瑪琳切的兒子說道：「檢察官這麼幹是為了叫國王陛下受用，反過來多多地獎賞他。」哥哥比我精明，他在所有這一切當中看出了穆尼奧斯‧卡里略權力萎縮的跡象。於是他也說：「你講得有理。他是在跟國王套近乎。卑鄙無恥的馬屁精。滾得遠遠的，搞衰他老母。」這種說法我從沒聽過，我猜是瑪琳切教給我這半個哥哥的許多句中的一句。不過這話叫我喜歡。我想要用它來形容巴爾塔薩爾‧德‧阿吉拉爾，那個告發我們的人。其時，新總督終於到達了墨西哥。這人是堂加斯頓‧德‧佩拉爾塔，法爾塞斯侯爵，他在城中掀起了反抗檢察官穆尼奧斯‧卡里略的暗流。新總督上任的第一件事便是阻止將我和哥哥即刻遣返西班牙，理由是墨西哥檢察團有失公允，連公正地聽取我們的訴訟都做不到。而這也是國王腓力二世本人在處理一個為西班牙帶來無上光榮的人，他的兒子們的問題時的意願。總督同我們十分和氣，他制止了巴爾塔薩爾‧德‧阿吉拉爾這個告發我們的無賴，力圖推翻他的控訴來同我們搞好關係。我想在那個時候，也只有在那個時候，我的身上燃燒起了神聖的正義之火。我請求同那個衰仔會面——我現在說話已經同我哥哥一個樣了，而穆尼奧斯‧卡里略也決定到場。我譴責這個叛徒的所作所為，他悔恨不已，跪在我面前求我饒恕。我對他說，我最親愛的兄弟阿隆索‧德‧阿維拉是由於他而死的，這無論如何都不能饒恕。阿吉拉爾茫然不知所措，而那位已經數算著自己有限的幾個掌權日子的檢察官卻並不如此。阿隆索‧德‧阿維拉為什麼不為他自己辯護？檢察官問我。我不知道該說些什麼。粗鄙人穆尼奧斯‧卡里略用長滿老繭的手在自己的臉上揉搓著，他的嗓音低沉，內裏既無縱情歡笑，也無懊惱怨憤。他用這副嗓子對我們說：「在他的財物中發現了大批的情書，都是這座城市裏最高貴的婦人所寫。」「他死是因為不想連累她們。」我滿是欽佩地說道。「不。他死是因為，在情書當中，堂阿隆索對這次謀反

極盡吹噓，講得頭頭是道，還承諾說一旦他同閣下、堂馬丁先生統治了墨西哥，就會賞給她們財寶還有無限的特權。」

判決是公正的。我是個徹頭徹尾的膽小鬼。

馬丁第二

經歷了如此多的不平之事，我認為唯一給我們帶來些許補償的便是總督加斯頓・德・佩拉爾塔那與生俱來的正義之心。他為這一起侵吞土地、從西班牙國王手上搶奪對墨西哥佔有權的案件下了定論，宣佈君主同意如下意見：最早出來檢舉的人將獲得賞賜。一聽到這，阿吉拉爾高興得叫出聲來。不過，第二批出來檢舉的人，就只是不予追究罷了。阿吉拉爾臉上色變。而那些第三批出來檢舉的人，則會被槍斃。阿吉拉爾支撐住自己的身子，哀求著。「那要是我們後悔了，我們改過了呢？」這個萬分狼狽的人說道。

我想說，當一切過去，所有事情都自有公理。那個卑鄙小人巴爾塔薩爾・德・阿吉拉爾被判處十年的划船苦役，丟掉了全部財產和名下的村鎮，還被永久驅逐出西印度的海域和陸地。檢察官穆尼奧斯・卡里略乘縱帆船回到西班牙後，在讀一封信的時候中了風。那封信上國王腓力二世將他革職，對他採取了比原本的強硬更加強硬的態度：「派你們到新西班牙是去統治的，不是去搞破壞的。」他喪失了語言能力，為了醫治他，人們用棍子撬開他的嘴巴給他灌藥水。這個有著一張打磨過的臉孔、頭上生著曼德拉草的人死了。人們都知道在草叢底下會生出小矮人來。頂著一頭可以亂真的草叢的檢察官穆尼奧斯為了不讓小矮人把他扔進海裡，剖開他的身子拽出他的腸子再用鹽醃了他的肉，臨死前終於說出話來：「我希望被葬在埃爾費羅。」暴風雨肆虐，水手中間爆發了騷亂。把一具死屍留在船上是會帶來厄運的。於是他們將他用沾滿瀝青的骯髒蓆子裹得嚴嚴實實，捆好了扔進了大海。而我的弟弟堂馬丁呢，這個本該成為墨西哥國王的人，被下令返回西班牙。為什麼？他的敵人們興

高采烈，他們知道，在那兒他將會更加淒慘，國王會讓他為了自己的過失嚐到厲害。他的朋友也同樣高興，他們在這個決定之中看到了一種保護馬丁、拖延審判的方法。而我，我明知徒勞還是勸弟弟說，留在墨西哥吧，你是會有危險，但可以催促快些判決。你不知道倘若回了西班牙，父親的一切就會在你身上重演嗎？你的審判永遠不會終結，它將沒完沒了地繼續下去。懸掛在我們頭頂上那把劍的繩子已經斷啦。如果你回了西班牙，你就會同父親一樣束手待斃。這就是西班牙和所有地方處理事情的秘訣：把它拖延到所有人都不記得了為止。然而，弟弟只是淡淡地對我說：「無論是我還是他們，都不希望再在這裏看到我了。留在這裏即將等待我的事情，無論是他們還是我都不願意發生。鬥爭，也許還有犧牲。我不想要這些。」

一五四五年，卡洛斯一世[1]集結了一支龐大的海軍去攻打統治阿爾及利亞的閹人阿加．阿桑。一萬二千名水手，兩萬四千名士兵，六十五艘划槳帆船加上另外五百隻船艦聚集在巴厘阿裏群島。大軍由皇帝統領。我的父親僅僅靠著十一艘船和五百名手下就攻下了蒙特祖馬的帝國，可現在，連一艘划槳帆船的指揮權都沒有給他。然而他還是上船了。那年我九歲，父親作為志願者入伍，他牽著我的手成為了希望號的主人。沒有人比他更懂得打仗，連皇帝也不行。他指出天氣太惡劣。他指出遠征隊人數太少。那麼等天氣好了帶上小股部隊偷襲不就行了。沒有人理會他。遠征隊在暴風雨和混亂中戰敗了。父親走到哪兒都帶著他那五顆綠寶石。在阿爾及爾之役中，因為害怕丟掉，他將它們紮在了手帕裡。可還是在游水逃生的時候不見了。現在，我願在我們的海[2]中沉下，直至找到它們為止。一顆被雕成一朵玫瑰花，另一顆像一隻號角，還有一顆是鑲

1　西班牙國王卡洛斯一世（Carlos I），暨神聖羅馬帝國皇帝查理五世（Charles V）。

2　我們的海：即地中海。

殖民地

著金眼睛的魚，一個鈴鐺，一隻金底座的小杯子。然而這些便是他真正的財富嗎？於是我想起了父親的死。在安達盧西亞，那顆柑橘樹花朵的清香從視窗飄了進來。我想像著，在父親的口袋裡，從他那天在亞卡普爾科登岸，一直到他在那裏播種，父親保管著這些種子。它們沒有丟失，沒有沉入海底，它們令美洲與歐洲這兩顆雙生的果實得以生長，得以繁榮，幸運的話，得以在某天消除敵意相逢在一起。那些被遺忘得乾乾淨淨的事情，會在遭遇傷害的時候再度出現。我的詛咒應驗在了傷害我們的第四代人身上。

母親：只有同你一起父親才能打勝仗。只有在你的身邊他才有向上的運氣。只有跟你一道他的命數中才不至出現權力、名望、情感和財富的裂痕。我感謝你，我的媽媽。謝謝你給了我棕色的皮膚，純淨的眼睛，同父親一樣馬鬃般的頭髮，稀少的汗毛，矮小的身材，愛唱歌的嗓子，我的沉默寡言，我的渺小和我的出名，我那比生命更長的睡夢，我憂慮的記憶，我偽裝出來的甘心順從，我對信仰的嚮往，我對父子之情的渴望，我的身影消失在同我一樣艱辛的、受奴役的人潮中：我就是大多數。

我不想當烈士。我寧要一個騙局，也不要一場永不終結的、讓我和我的法官都精疲力盡的訴訟。我遵命離開了墨西哥。他們想讓我消停下來。沒問題。我走了，將我的財產託付給我的大哥，那個印第安女人的兒子。我的案件在西班牙繼續審理，我被判處流放、罰款和查封財產。這是一五六七年的事。到了一五七四年，除了罰款之外，其他的刑罰都被撤銷了。那年我四十四歲。他們歸還了我的財產，但要我提供給王國一筆五萬杜卡多的貸款用作打仗。幹得漂亮。王室吞併了我的特萬特佩克和瓦哈卡，我在墨西哥的領地四分五裂。主啊！我將不再是我，儘管我還能給後代留下些什麼。到了最後，相比權力，錢會多些。一向如此。在墨西哥沒有誰的權勢是歷久不變的。這個國家拒絕霸主。它太過中意自己對自己施以暴政，日復一日，怨恨復怨恨，不公復不公，妒忌復妒忌，屈服復屈

服，自下而上。我再也沒有回到墨西哥。我將在六十歲時死去，那是一五八九年的八月十三日，又一個父親攻佔特諾奇蒂特蘭的週年紀念，也是一次失敗的殖民地獨立策動的週年紀念。我把財產留給了孩子們，自己一死去就沉入了阿爾及利亞的海域尋找父親丟失的那五顆綠寶石。就是蒙特祖馬贈給他的綠寶石。就是我那傲慢的、盲目的父親不肯獻上、甚至不肯賣給西班牙王后的綠寶石。

馬丁第二

在墨西哥我被嚴刑拷打，驅逐出了西班牙的領地。我死在這個世紀末尾。七十，還是八十歲？我不會計數了。事實上到了最後，我只有八歲而已。我蜷縮在母親的懷抱中，那個印第安女子瑪麗娜，瑪琳切。我們每晚都相擁著，只有這樣才能驅趕恐懼。我們聽到了馬蹄聲。這便是恐懼，這便是新鮮事。馬兒疾馳，鳥兒飛翔，蒼蠅嗡嗡響。我和母親抱在一起，害怕得發抖。我們知道，不應該害怕父親帶到西班牙來的馬，該怕的是我們的靈魂世界裏無休止的騷動。我憶起了母親那衰老的、帶病的皮膚。我想和父親去世時抱著他的弟弟馬丁一樣，看看我的老父：他的皮膚。現在我看到了自己的皮膚，那麼蒼老，我想起和弟弟一同度過的那個凝望墨西哥谷地的早上。我的皮膚是一片田野。我的皺紋與靜脈是犁過的田地，是土地的高低起伏。我的骨骼是石頭。我的掌紋是皮革、原野和紙張。寫下字跡的大地，皮革般痛楚而敏感的大地，如同古抄本一樣燃得著的大地。夜裡，母親和我相擁著，可憐的我們抵禦著這片大地的睡夢。在噩夢中我們看到了死亡的景象。父親同殯葬的隊伍一道來了。他死了。多少人死在他的前面？多少人同他一道死去？多少人能在我們之後倖存？我說著這些話，驚歎著這世界。有時候我不希望我在這世上存在過。我們在自己無比渴望的東西中感受到了幻滅。我渴求著死亡的景象。我不知道一個國家的誕生意味著什麼。

《柑橘樹》

■ 君主統治

埃斯科里亞爾[1]的女囚[2]

——你是誰？我這是在哪裡？

可憐可憐我吧，夫人答道。接著，她坐在床沿上講了下面的故事：

還是個小女孩的時候，我就被帶出我的故鄉英格蘭，送進我叔叔的城堡裡。我叔叔[3]是西班牙的一個大人物。我是歡歡喜喜地來的。躺在搖籃裏的時候，我就聽說了那塊陽光之地的故事，那裏甜

1　埃斯科里亞爾，此處指西班牙王宮。

2　此處的女囚應是指英格蘭女王瑪麗一世（Mary I，1516-1558），她是西班牙雙王統治時代的費爾南多與伊莎貝拉的外孫女，即英王亨利八世之女。亨利八世在位期間改奉新教，而瑪麗一世和她的母親凱薩琳一樣，都是虔誠的天主教徒，為了支持天主教並排斥新教，他和西班牙國王腓力二世結婚，在國內引起反彈。

3　此處的"叔叔"應是"表哥"之誤，指的是西班牙國王卡洛斯一世（也是神聖羅馬帝國的皇帝查理五世），因為卡洛斯一世的母親與瑪麗一世的母親是姊妹。為了宗教信仰與政治利益，卡洛斯一世與瑪麗一世曾有婚約，但後來卻是由其子腓力二世（1527-1598）與瑪麗一世結婚。因此下文提到的"表哥"腓力王子，應是"姪兒"之誤。

橙樹競相開花，在我們國家常見的大霧，在那裏是看不到的。但我很快發現，在這個地方，似乎太陽是一個禍患，而它在身體上造成的愉悅竟成了一種罪過，它的光受到拒斥，被打入幽深的地牢等待死亡，被花崗岩築就的城牆攔截在外，肉體上的樸素享受屈從予以齋戒、鞭刑和禮儀來表現的悔罪。我終於懷念起吵鬧、粗俗的英格蘭人來；在英格蘭，醉酒、跳舞、咒罵、暴食和肉身之娛補償了連綿冷雨的壞天氣。我父母建在河邊的大宅子裡，每天晚上都燃起火堆，大開酒席。後來我的父親死於霍亂，母親死於難產。我就來到了西班牙；當時我是一個享有有限繼承權的貴族，拖著長長的髮鬈，穿著僵硬的印花布襯裙。親愛的，我做了好長時間的小女孩，那時唯一的娛樂就是給布娃娃穿衣服，收集桃核，叫醒懶僕人，以及把我的女僕們裝扮成小時候我爸爸帶我去倫敦看到的滑稽戲演員的模樣。

　　我的童年的結束，我想是在去禮拜堂領聖餐的那天早上，當時我還在經期；聖餅剛剛放在我舌頭上，就變成了一條蛇；主教當眾訓斥了我，把我逐出了禮拜堂。聽我說，親愛的；我到現在也不明白這可怕的行為究竟引發了多大的罪惡；我還是不明白。也許我叔父[1]大人的兒子、我的表哥[2]早就偷偷喜歡我了；他告訴過我，那天早上，在禮拜堂裏舉行聖餐儀式的時候，他遠遠地望著我，愛慕著我；我並不曉得。我只聽懂了從他父親口中說出來的一道敕令，那是幾星期以後了，在恐懼和罪惡之中，在王宮中一間堆滿屍體的大廳裡。衛兵們正抓住屍體的雙腳，一具具地拖往一團駭人的火堆。一連好幾天，整個宮殿裏都充滿了由這火堆散發出來的令人作嘔的氣味。我只知道，年輕的腓力王子設下圈套，把反叛者、暴動者、異端創立者、摩爾人和猶太人誘騙進去，大肆屠殺，向父親證明：

1　應是"表哥"之誤，指卡洛斯一世。參見 P.147 註 3。

2　應是"姪兒"之誤，指腓力二世。參見 P.147 註 2、註 3。

他有資格得到王位，以及我。

我明白了，只得服從。我將成為王位繼承人的妻子，我們的婚禮會在鮮血流淌的祭壇上舉行。婚禮如期舉行；從那一刻起，我就不能玩我的遊戲了。從我不潔的舌頭裏探出頭來的那條蛇，現在堵住了我的喉嚨，纏住了我的手和腳，讓我窒息，讓我受傷。我成了這些蛇的奴隸：女僕和宮廷侍女們奪走了我的布娃娃，藏起了我的面具，搜出了我藏匿桃子的地方，強制我遵照一個嚴格而無盡的作息時間表上課：怎樣說話，怎樣走路，怎樣進食——以一個西班牙貴婦應有的方式。

我被迫屈從於繁文縟禮。我被囚入絕對正確的對稱裡。十年間，在不同的場合要講不同的套話，學會了挺直身板走路，步伐刻板，袖口上停一隻鷹（絕對正確的對稱：我和我的鷹，就好比村婦們去打水時要在頭上頂一隻水罐），吃飯時要昂起頭，用挺直的手指取食，只吃很少的幾口。十年後，我還是那樣的單純，那樣的愛回想過去：但我的雙手再也不能玩弄布娃娃了，我的雙腿再也不能繞著化了妝的女僕們瘋跑了，我的雙膝再也不能跪下來，把桃核埋進花園的土裏了。我屈服了。花費很多時間，讓一個動作臻於完美，這就是傳統的意義，從生活的諸多可能性裏選取一種，保持它，撫弄它，訓練它，把一切可能有辱於它或傷害到它的東西剔除掉：在這個態度上，我們貴族和平民是相似的，我們都做了多年的貴族或平民，不想年年更換禮節。傳統，貴族，平民：這個道理是我的好朋友胡利安修士講給我聽的，他是這個宮廷的細密畫家。

現在我的生活已經浸染在禮節之中了（我的身體正在逐漸忘掉所有自然而然學來的東西）。有一天，我終於明白了禮節的極致。那天我去宮外的花果園散步，然後坐在一張抬椅上回宮。當時我的夫君正在外打仗，跟那些敵對的親王和異教徒的保護人作戰。下抬椅的時候，我一腳踩空，仰身摔倒在庭院的細磚地上。我只得喊人幫忙。我是沒法自己起來的，因為我仰面朝天倒在地上，身上穿著

鐵製的裙撐和鼓鼓的裙子。可是，雖則在我的周圍聚起的侍從、小官、聞訊趕來的女僕、一大夥修女和教士、神父、馬伕和衛兵多達百來人，誰也沒伸出一隻胳膊來扶我起身。

他們圍成一圈，痛苦而惶恐地望著我；小官中的那個頭頭說道：「誰也不能碰她。她要不能自己起來，誰也不能扶她起來。她是大人的夫人，只有大人的手才能碰她。」

我才不管這些道理，衝著侍女們吼道：你們不是每天都給我穿衣服卸衣服嗎？你們不是每天都給我梳頭在我的頭髮裏挑蝨子嗎？為什麼現在就不能碰我？她們可憐巴巴地望著我，她們怯生生的眼神告訴我：

「夫人，在房間裏做的是一回事，當著所有人的面做的——禮儀，是另外一回事。」

親愛的，我又懷念起我的故鄉，歡樂英格蘭土地上的灑脫生活了。我想，我的命運會比那些去朝聖的英格蘭女人還要淒慘。她們中的大部分人迷了路，只有少數幾人一身貞潔到達終點，而在倫巴第和法蘭西，沒有哪幾個城市是見不著英格蘭裔的妓女或是放蕩女人的。這些朝聖者留下了不好的名聲，聖伯尼法西奧[1]因此禁止女人去朝聖。可我要告訴你，我的命運要慘上一百倍：我是迷失在禮節和貞操裏的朝聖者，這兩樣東西壓在我心頭，像是在施以酷刑。

下午過去了；夜幕降臨了，只剩下最忠誠的侍女和最粗魯的兵士還守在我身旁。在我的重壓下，我衣服裏的鐵架子咯吱作響；我看見星星的經過，有些比平常動得更快；我看見新日的升起，出來得比記憶中要慢些。第二天，就連侍女們也扔下我不管了，只有衛兵們還留在我身邊，雖然有時候他們會忘了我是誰，或者甚至於忘了我的存在，儘管在庭院裏吃飯、撒尿、宣誓。我成了石頭了，我

---

1 聖伯尼法西奧（San Bonifacio，675-754），英國聖徒，曾任日爾曼地區大主教。

沮喪地想；我正在變成一塊石頭。我不再計算時間。我給黑夜抹上一千種幻想出來的白色；又把白天染成黑色。可是，太陽還是曬掉了我臉上的皮，讓我的手上冒出黑色的腫塊；然後下了連續一夜一天的雨，把我臉上的妝給沖走了，我的頭髮和裙子全都濕透了。女僕們已給禮儀生活中這突如其來的事件弄得張皇失措。她們呆望了許久，才開始輪流在我的臉頰上方撐傘，用黑色的大陽傘。太陽重新出來的時候，我忘了羞恥，忙不迭把胸衣帶子解開，讓我的雙乳曬曬乾。有一天夜裡，老鼠鑽進了我敞開的襯裙，在這寬敞的洞穴裏尋找過夜的地方；我不能大喊大叫，由著它們在我的大腿上抓抓蹭蹭。我對它們中間最大膽的那個說：「小耗子，你比我夫君到得還遠哪。」

只有我丈夫的胳膊才有權把我抬起來。我現在的這個姿勢，起初是意外的，然後是荒唐的，最後是悲慘的。可這雙胳膊還從來沒有主動碰過我哪，從來沒有！在那一刻，我向誰去傾訴呢？親愛的，我不是在說謊話：我向最忠誠的那一隻老鼠傾訴。它終於在我的裙撐形成的洞穴內安了家。在我看來，比起那些稀裏糊塗的女僕、徒有虛表的官吏和呆頭呆腦的衛兵來，它自然是更好的話伴兒。我想起後來成為我冷酷、憂鬱的丈夫的那個人來，那張憂鬱的臉，他第一次含情脈脈地看我，在那個遙遠的早晨，在禮拜堂裡，當時我被主教逐了出去。可是我，小耗子呀，對於愛情，我知道些什麼呢？盡是些粗俗不堪的東西：就在那天早晨，有一條母狗在我的閨房裏產仔了；我來過月經；我的女僕「百合花」生活在一條貞操帶的束縛之下。我知道些什麼呢？我曾偷著看過安德雷阿·卡佩亞努斯描寫堅貞不渝的愛人的書，那裏面說：真正的愛情應當是自由的，相互的，高尚的；不是平常人，村夫之類，能夠給予或接收的。但尤其應當是秘密的；在公眾場合，情人之間要假裝彼此不認識，只能用表情來暗示；情人應當少吃，少飲；愛情與婚姻是不能相容的；所有人都知道，夫妻之間從來就沒有愛情的。小耗子啊，

我的夫君從來就沒有碰過我；這是不是真的說明了，在不曾同過房的夫妻之間，是沒有愛情的呢？還是說明了，我的丈夫正是真正的愛人，他秘密地、默默地愛著我，就像你，小耗子，就像你，胡安這樣呢？我把這些苦衷講給老鼠聽，以及這個想法：我的夫君大人的母親，就是我的婆婆，對男人的事情只瞭解一點點，因為我的西班牙叔父大人只是為傳宗接代才需要她；而我，連這都談不上；我仍是處女之身，就和我從故鄉英格蘭抵達這裏時一樣。在這荒唐的處境裡，我每次只能吃一點點，喝一點點；秘密地、默默地出現的愛人，真正的、堅貞不渝的愛人，只有那每晚都會出現的老鼠，每晚都來看望我，啃咬我，瞭解我……

我就這樣度過了三十三天半，親愛的：宮闈生活重新披上了它的法衣；女僕們用大湯勺給我餵飯；她們得預先把食物搗碎，否則我沒法吞咽下去；我用表面最為粗糙的水袋喝水，其他的水袋都不能在下巴上放穩；女僕們先要大叫大嚷把那些猥瑣的衛兵趕到一邊去，才會把便盆塞到我這邊來，雖然我常常沒等到她們過來就憋不住了。她們總在固定的時刻來，並不管我有多急，也不管我的性子。每天夜裡，那隻精靈古怪的老鼠都會來拜訪我，鑽進我的裙撐的洞口，在我的處女之穴裏又多咬一口。在這樣的酷刑裡，它才是我真正的夥伴。

一天下午，當時我已經不再數時日，不再想像我的臉扭曲成了什麼樣子，不再去看那褪了色的裙子，我的丈夫率領著凱旋的軍隊進到庭院裏來。他已經在路上得知了我遭遇不幸的消息。可他進了院子，就逕直往禮拜堂去向主致謝，竟沒有停下來看我一眼。我是發過誓不會斥責他半句的；我設想過，也許他戰死沙場，那麼我在餘生裏只能等待死亡了，沒有了那可以抱我起來的臂膀，躺在院子裡，受著風雨的威脅，只有一隻老鼠作伴，或早或晚，或年老或年輕，總會變成那些中間的一個：露天裏的一堆屍骨。只有我的夫君大人的胳膊才有資格抱我起來；他要是死了，我也就死了；他要是

死了，只有一個生命可以陪伴我到死亡的那一刻：那隻小小的、睿智的、滑溜的、牙尖的老鼠。我怎麼不會委身於它，向它妥協，讓它有求必應呢？對不起，胡安，對不起；我不知道我會夢到你的，夢到你，就會和你在一起了⋯⋯

過了些時，我的丈夫向我走過來；身後跟著兩個僕役，架著一面有真人大小的鏡子。我丈夫讓他們把鏡子挪到我的面前；看到這張已經不是我的臉龐時，我嚇得大叫起來，就在這一刻，我那三十三天半的荒誕苦刑全都凝聚在了一起，外加夫君大人揣著那因為不朽而必亡、因為必亡而不朽的意圖，對我的凌辱：在這一刻，我覺得自己還是處女之身，卻永遠失去了天真。

我看了看夫君，立刻明白他怎麼樣了；他已經老了，當然，是逐漸變老的；但在此時，再一次凱旋而歸，時間的流逝變得明瞭起來；原先我並不知道：夫君大人剛打完他的最後一仗；我覺察到他開始進入衰老、放棄、轉而踏上回憶和死亡的征程的時間裡；我試圖回憶他過去的那雙眼睛，禮拜堂裏那個英俊少年的含著夢的眼睛，或是罪惡之廳裏那個因為罪惡才覺得自己有資格得到我的男人的冷酷的眼睛，這次只是徒勞；現在與我對望著的這雙眼睛，已經是一個筋疲力竭的老者的眼睛。他讓我看我自己的形象，讓這個形象陪伴他提前進入老年。我已經脫掉了一層皮，渾身髒兮兮的，沒了眉毛，沒了睫毛；我的鼻子變得尖尖的，顫抖著，好似饑餓的母狼；我的頭髮沒了顏色，成了一團灰毛，就像造訪我的那些老鼠身上的毛一樣。我閉上眼睛，想像著，在遙遠的法蘭德斯的戰場上，我的夫君大人在魔鬼的幫助下，安排了這起荒誕的事故，讓我摔倒在庭院的細磚地上，這是下流的惡魔所為，為的是在我們重逢時，我們的衰態能趨於一致。但我的夫君大人的所為並不是魔鬼的所為，而是出於基督徒的狂熱；如果他是選擇了上帝作為盟友讓我受此磨難的，那麼我就要選擇魔鬼作為盟友來回應他。

直到此時，讓我在這渾濁、可怕的鏡面裏看到自己後，夫君大

人才向我伸出手來，但我已沒有力氣抓住他的手起身了。他只得跪下來，第一次把我擁在懷裡，把我帶往我的寢室去。在那裡，侍女們已經自覺地備好了一個灌滿熱水的浴缸，儘管夫君大人還是挑剔地表示了一下不滿。在他看來，盆浴是最好的療法。他給我脫去衣服，把我牽進浴缸裡，第一次看見我赤裸的身體。熾熱的水溫，我感覺不到；我已經渾身麻木，沒有知覺了。他跟我說，我們會搬出他父母的舊宮，在高原上會建起一座新的宮殿，既作王室的陵堂，又作聖體教堂。他還說，這樣就可以紀念那一場場勝仗，也能⋯⋯他一個勁地說下去。然後他跪下身來，一隻手擋住眼睛，對我說：

「依莎貝拉，你永遠不會知道我有多愛你，更不會知道我是怎樣地愛著你⋯⋯」

我求他告訴我；我帶著輕蔑，帶著傲慢，尤其是帶著忿恨，求他告訴我。他答道：

「從在禮拜堂裏看到你吐出蛇來的那個早晨起，我就愛你愛得以至於永遠不能碰你了；我對你的激情是靠著欲望來維持的；我永遠不能也不應滿足這個欲望，因為要是我滿足了，就不會再喜歡你了。這個理想，是我受教育得來的；這是真正的基督教騎士的理想，我必須終生忠於這個理想。別的騎士可能忠於另外的理想，並且為它去死，要造出一個沒有權力、沒有疾病、沒有死亡的世界，讓人們或是得到感官上的極大滿足，或是充滿神性。我，只能做自己，只能忠於一個懸空的欲望的夢，永遠保持這個欲望，但永遠不讓它實現；嗯，這跟信仰是類似的。」

我笑了；我告訴他，他的父親就曾千百次地享用過初夜權，滿足自己的欲望；他說，他低頭承認他也幹過這樣的惡事，但跟平民女子睡覺是一回事，碰自己的夫人、理想中的女人，則是另一回事；我憤憤地告訴他，他的父親就曾跟他的母親睡過覺，為了得到一個王位繼承人，雖然是悄悄地、沒有興致地幹的；那麼他會怎樣解決這個問題呢？打算立一個無頭的王儲嗎？他嘴裏喃喃了幾句

「雜種」。雖然剛才說了那麼一番話，他卻當著我的面，在水氣氤氳的浴室裡，第一次也是最後一次，脫得一絲不掛，這與他的話形成了奇怪的反差。現在彷彿我也把那個惱人的鏡子拿給他看，看到的不是因為長期暴露在外我的身上留下的暫時的創傷，而是遺傳在他身上的永久的疵點，膿腫，明顯的潰瘍，一些部分過早的衰竭。熱水將讓我泡爛，讓我的雙腿和背上佈滿水泡；最後我感覺到那個東西，便大叫起來，求他離開。他求我，只是一瞬，但也是最漫長的一段時間；我不想再讓我的夫君闖入我寢宮裏的這神聖之地了；我知道，對於我夢寐以求的孤獨來說，此時的羞怯是最好的門閂；這羞怯在夫君大人離去時拋下那句話的時候達到了頂點：

「從我們的結合裏會生出什麼東西來呢，依莎貝拉？」

腓力離開時的神情，比起他關於理想愛情的言論和他佈滿醜陋疵點的身體所形成的巨大對比，更富有意味；他的沉默是在請求我聯想，推斷，原諒。我沒有力氣顧得上這些了。我出了浴室；我裏著浴巾，信步在王宮寬敞的走廊裡。迷蒙中看見我的女僕們魚貫而過，全都背對著我。她們的身形顯現在背光的陰影裡；她們把看不清的臉投向封著白色鉛條的窗戶，把修女式長袍蓋住的背和黑色髮網包住的頭留給我。我走上前去，問她們每一個人：

「你們把我的布娃娃怎樣了？我的桃核到哪裏去了？」

《我們的土地》

■ 獨立

韋拉克魯斯，一八一九年

一

　　子彈射來之時，瓜達盧佩聖母[1]已經來不及張開雙臂，做出她在十字架上的兒子那樣的姿勢了。

　　她一直在雙手合十做著祈禱，低垂的目光裏充滿柔情，任由子彈洞穿了她的眼睛和嘴，隨後是藍袍，接著是溫熱的充滿母性的雙腳。

　　聖胡安・德・烏魯阿要塞司令再次下令：「瞄準，開火」，好像這獨立運動的聖母之像只給槍斃一次還不夠，這為窮人和暴民供奉、被他們扛在披肩上、印在暴亂的旗幟上的聖像，每天至少該處決兩次。

　　先是瓜納華托出了伊達爾戈神父，然後是米卻肯的莫雷羅斯神父，現在在這裡，韋拉克魯斯，有了金塔納神父：所有人都高舉著瓜達盧佩聖母之旗，加入到這場暴動中來。雖然他們最終還是一個

1　參見 P.25 的內文，新的墨西哥的聖潔之母名稱之由來。

個被抓獲歸案、砍了腦袋——不過這個混蛋的金塔納還沒有落網。在沒有造反者的腦袋可以砍的時候，聖母聊可拿來用槍打著玩。

巴爾塔薩爾‧布斯托斯剛從馬拉凱博[1]來到韋拉克魯斯，就目睹了這一槍決聖母的儀式。他想，他準是來到了美洲最奇怪的國家。

十年革命已近尾聲，在南美洲，聖馬丁和玻利瓦爾，蘇克雷和奧希金斯把西班牙人打得無力還手，而在墨西哥，可憐的教區神父們領導了獨一無二的一場手持木棒和長矛的印第安人的、農民的起義。他們作出的犧牲，讓獨立運動的命運為一個軍人之間的協定所擺佈：一方是西班牙軍隊疲憊不堪的軍官們，他們代表的是維也納會議結束之後，有史以來最愚蠢、最保守的費南多七世回到王位之後得以復辟的反動勢力。另一方，則是以阿古斯丁‧德‧伊圖爾維德為首的克里奧約[2]軍官集團，他們既緊張又疲憊，沒辦法向人民甚至是自己提供王朝的面具或是卡洛塔公主[3]式的藉口，來求得我們繼續對西班牙王室效忠。但克里奧約軍官們許諾他們會保護上流階層的利益，防止印第安人、黑人、桑博人[4]、穆拉托人[5]、坎布霍人[6]、夸爾特隆人[7]和滕特內萊雷人[8]這些邪惡種族篡奪權力。

於是，在巴爾塔薩爾‧布斯托斯抵達韋拉克魯斯的這個早晨，瓜達盧佩聖母又被槍斃了一次。鉛灰色的熱帶陽光，照進上帝之母

1　馬拉凱博，委內瑞拉地名。

2　克里奧約（Creole），指拉丁美洲的土生白人，即西班牙人的後裔，墨西哥的地主階級。

3　墨西哥皇帝馬克西米連的妻子，也是比利時國王利奧波德之女。另參見本書 P.203～P.207 的內文。

4　指黑人和印第安人所生子女。

5　指黑白混血人。

6　指桑博人和中國人所生子女。

7　指有四分之一非白人血統的人。

8　指夸爾特隆人和穆拉托人所生子女。

被子彈洞穿了的雙眼。巴爾塔薩爾·布斯托斯來到了墨西哥：現在已是他軍事上和愛情上的征戰裏的最後階段；自從在布宜諾斯艾利斯把那個白人孩子拿出、把那個黑孩子放進去以來，已有十年；而剛剛兩個月前，路特西雅，阿勒金妓院的「夫人」，那個原本叫露絲·瑪麗亞的秘魯女人，把這個極為簡明、落款處寫著韋拉克魯斯的便條遞給他：「來吧。奧菲利雅。」巴爾塔薩爾從馬拉凱博帶來的不止這張便條：他是帶著一個西班牙軍官的證件進入墨西哥的。這個軍官長得瘦瘦的，總是神情緊張，像一條獵狗似的。在馬拉凱博醫院，他被打爛了臉，死在巴爾塔薩爾懷裡。

他來到韋拉克魯斯，按照路特西雅的指示，首先要找的是金塔納神父。來到韋拉克魯斯，就等於是鑽進一個熊熊燃燒的大火爐裡。巴爾塔薩爾剛把寫著「科瓦東加聖母第五擲彈兵團卡洛斯·薩烏拉上尉」的證件交給港口司令，就把保王黨軍官的上衣脫下來，蓋在阿杜阿納街一個死去的窮人身上。圍在死屍旁的一群窮苦人說，沒錢埋他。

「誰也不肯免費埋他們，不管是神父還是政府。」

二

「你找金塔納神父嗎？那麼你倒是把他給找出來啊！」那個牙齒掉光了的奧里薩巴人笑著說。此時，巴爾塔薩爾·布斯托斯剛剛見到這座火山邊上的多雨的城市。安塞爾莫·金塔納神父率領的起義軍佔領著這座城市，無非是想——韋拉克魯斯港有人往壞的方面說——把西班牙人的菸草倉庫毀掉或者——也有人往好的方面說——給他的部隊穿上奧里薩巴出產的上等布料做成的制服或者——那些犬儒主義者說——因為那些有錢的西班牙移民把他們的財產藏在修道院裡，而這個神父，大家都知道，對修女們是不敬的，他肯定跟這個那個修女生過這個還是那個雜種，他生了一大堆雜種，他起事的目的無非就是把西班牙人嚇跑，然後闖進最富裕、

最幽靜的城市裡，搶劫一通，然後帶著戰利品揚長而去，組織下一場征戰……

「上帝啊，什麼時候才能和平啊！」那些克里奧約貴婦在港口教堂前搧著扇子議論著。「我們所有的信仰都寄託在伊圖爾維德和克里奧約保王黨軍官的身上了。」她們中有人對巴爾塔薩爾·布斯托斯說。

「讓戰爭結束吧，哪怕西班牙人全走掉。但是，看在上帝分上，可不能讓那些印第安人和黑人把一切都霸佔了啊，就像這個金塔納神父，他是被開除了教籍的，是個異端分子，如今佔據著奧里薩巴城。所有的正派人士都跑到港口這邊來了，免得碰上那個混蛋神父胡作非為，」在馬車站的門廳，一個從森波阿拉來辦出口許可的姓孟恰卡的咖啡園主說，「這裏的人都說，實際上是印第安人征服了墨西哥，因為要是沒有他們，阿茲特克人是能把科爾特斯和他的五百個西班牙人打敗的。現在輪到我們克里奧約人來爭取獨立了，復仇的大功是不能讓印第安人拿的。」

「那麼那個金塔納神父究竟是什麼人？」在臨著一汪靜海的碼頭邊上的小飯館裏打著檯球、抽著菸的幾個紳士告訴巴爾塔薩爾：「是個危險人物。好色之徒。有一大堆子女。宗教裁判所把他開除的時候，他竟然拿著宗教裁判所的法令哈哈大笑。他本是這裏的教區神父，就住在拉安提瓜廢墟旁邊。要不然我們也不會認識他。他喜歡跟他的教徒們在恰恰拉卡河裏脫光了衣服洗澡。不仁不義的傢伙。還喜歡賭鬥雞。薩烏拉上尉先生，您知道他為什麼造反嗎？就因為一八〇四年波旁鞏固法把低級教士的特權給撤了。他們沒有了特權，特別是不受民法制裁的權利。就是這樣。現在他們享用起在路上只要見到莊園就把它洗劫一空的特權了。跟伊達爾戈、莫雷羅斯和馬塔莫羅斯一個樣。這地方專門出愛造反的神父，他們利用宗教來欺騙傻蛋，他們幹的就是跟海盜一樣的勾當。」

「這傢伙好排場。總是穿著豪華上裝。頭上蓋頂小紅帽，就跟

紅衣主教似的。」

「他是伊達爾戈和莫雷羅斯的接班人！」一個年輕的律師用戴著手套的手一拳砸在他臉上，牌戲中斷了，多米諾骨牌散落在門廳的地面上，「這是我們最後的希望了，像上尉先生您這樣和你們的國王那樣的罪犯、不勞而食的東西，不能再剝削墨西哥了。伊圖爾維德去死！克里奧約人去死！金塔納神父萬歲！種族平等萬歲！」

巴爾塔薩爾·布斯托斯只得跟這個韋拉克魯斯的小律師約定決鬥，次日早晨六點，在去往河口的路上。不過，當天晚上他就離開了這裡，策馬上山，往奧里薩巴去了。兩天後，他終於看了這座霧氣氤氳的城市，北回歸線在此地掛上了一個永恆的封齋節的面紗。他精神抖擻地進到被那著名的金塔納神父佔領著的城市裡。所有的人都說，金塔納神父是北美洲一場爭取平等的革命最後的守衛者，而也有少數人說，這場革命很快就會遭到伊圖爾維德和克里奧約軍官集團的背叛。

這場革命要成功並不容易，說它是最後一場革命是有道理的，後來巴爾塔薩爾在寫給我們、他在布宜諾斯艾利斯的朋友們的信中這樣說，他實在是毫不謹慎，任一戶居民家的小孩兒都可以騎著馬闖進金塔納大將軍的兵營問他在不在，沒有一個衛兵來攔他，他也不要來者報什麼暗號。為什麼呢？

「因為金塔納神父親口說過，要是有人想讓他早點死，那麼就連教皇都保不了他的命。」

跟他說起這個的牙齒掉光了的奧里薩巴人看了看巴爾塔薩爾——藍布褲，不列塔尼襯衫，印第安尼亞上裝，瓜亞基爾帽，以及他的馬，這是前文提及的那位姓孟恰卡的咖啡園主純粹出於好感贈送給他的——好像是要讓他明白，像他這樣的克里奧約小富翁，什麼都有，還戴著金絲眼鏡，不是能把金塔納神父嚇唬住的料。一旦落進了狼的嘴巴裡，這個鼻樑挺拔、鬢角凌亂、一頭黃色鬈髮的小紳士要想耍什麼惡作劇，還能活多久呢？「我們全軍都是靠著

黑夜和大山來保護自己，他們才是我們真正的暗號，金塔納神父就說：『誰想找我，準找得著。』您試試看吧，年輕人。」奧里薩巴人鼓勵巴爾塔薩爾說，「您自個兒把安塞爾莫·金塔納找著吧，這裏有規定，別抬起手來指他。」夏季韋拉克魯斯的路變得無法通行。雨下個沒完，但所有的水好像都源自奧里薩巴，並且也把那裏浸個稀巴爛。路消失在泥潭底下，巴爾塔薩爾得涉水而行。每天上路之前，他會吃些鳳梨和給曬得仍然保留著點熱度的芒果當早飯。到了奧里薩巴，他只能聞到濕土的味道，而那裏的水果——柳丁、草莓、榅桲、山楂，全給放在巨大的鍋裏煮爛了做果醬。

看過了何塞·德·聖馬丁在瓦爾帕萊索的軍隊的裝備，在馬拉凱博看過進口的兵器，這裏所見的軍隊的裝備就算不上壯觀了。能看見一些步槍，好多的長矛，還有原始的彈弓。少得可憐的是火器，多得有餘的卻是文件……在軍營駐紮的菸草倉庫門口，紙張堆成了山；紙張，更多的紙張，都可以和奧里薩巴峰比高了，印第安人管此峰叫希特拉爾特佩特爾，星辰之山。像老鼠一樣繞著這些稿紙壘成的大奶酪轉來轉去的，是各式各樣的書記員和律師、公文撰寫人、代辦人和宣傳員，乍看上去，他們的規模比起義軍還要龐大。

巴爾塔薩爾·布斯托斯在西屬美洲革命中見多識廣，不用人家指點，就認出了他們是幹什麼的。他們在那裏忙著給戰績寫證明，讓不相信的人相信，揭穿壞人的謊言，制訂法律，研究憲法。他們的法律之山的星辰，便是詞語，簡單、豐富、莊嚴、誘人兼而有之：修辭的火山。這些獨立運動的律師，要說他們野心勃勃，他們可絕不是犬儒主義者。多雷戈和我，巴雷拉，在布宜諾斯艾利斯不停地組裝鐘錶，有時候我們談論說，帕斯卡關於上帝是否存在打的那個賭，放在獨立革命裏就行不通了：賭相信上帝，絕不會錯。如果上帝存在，我贏了。如果上帝不存在，也不要緊。

在我們這幾場革命裡（特別是金塔納神父在墨西哥灣海岸搞的

這一場，這樣的脆弱，這樣的窘迫），如果獨立失敗，起義者都會被槍斃。當我和多雷戈在他新買下的位於聖伊西德羅郊外的莊園裡，欣賞他剛買下的一套鐘錶時，哈威爾‧多雷戈跟我說，得有像另一個安塞爾莫，也就是聖徒安塞爾莫，那樣的信仰才行。這位聖徒曾力辯說，如果上帝是可以想像出來的最偉大的東西，那麼上帝的不存在就是不可能的了，因為我們只要否定上帝，那麼就該由一個可以想像出來的最偉大的東西佔據他的位子；最偉大的，也還是上帝。可是我，要比我們的朋友多雷戈來得更激進一點，我就更喜歡德爾圖良[1]作為信仰上帝的基礎的假設：因為是荒誕的，所以是正確的。

　　這兩種論證——安塞爾莫的和德爾圖良的——對於我們繼續相信獨立的好處，都是必要的……一八二〇年我們在混亂的阿根廷這樣說。我們想像著我們的馬爾科斯咖啡館的第三個公民，巴爾塔薩爾‧布斯托斯小弟會遭遇不幸。他一心要去墨西哥，去這最後一場革命的最前線玩命（或者說是玩信仰？），按照吉卜賽人的最惡毒的詛咒，他被律師、制訂法律的神學家、初生的國家的神父們……團團圍住。他們搖來晃去，似乎要靠著紙張才能在戰爭中獲勝，似乎在我們的新國家裡，只有寫在紙上的東西才能成為真實，而所謂真實者，不過是海市蜃樓而已，既然和寫在紙上的理想並不相符，那就一點價值也沒有。

　　「法律是可以想像出來的最偉大的東西。」

　　「沒錯，因為它是荒誕的。」

　　討厭鬼，公務員，陰謀家，在這些人裏面，能找出像我這副模樣的人，我，曼努埃爾‧巴雷拉，頑固不化的印刷廠廠主，堅信可以用詞語來改變世界，也能找出像哈威爾‧多雷戈這樣的人，富裕的克里奧約人，堅信一個受了啓蒙的精英階層可以以理性為導引，

1　德爾圖良（Tertuliano，160-220），早期基督教神學家。

獨
立

163

拯救祖國。這些可憐的祖國，先是毀在專制者的手裡，接著毀在無政府主義者的手裡，永遠遭到那些頭腦簡單、粗暴無知的大多數人的破壞……可是，我們這些人不也都是貧乏的外省文化的承載者嗎？我們是看著禁書自學的。這些禁書正是那些卑微的、不用繳納關稅也不會成為搜查對象的教士藏在法衣和聖杯裏帶到美洲來的。這是為鼓吹現代化的波旁法律嚴令禁止的。

我們——巴爾塔、多雷戈和我，巴雷拉，已不在人世的艾恰圭和阿利亞斯，還有里奧斯神父和教拉丁語的羅德里格斯——不正是一群在耐心地為一個文明揉著麵團的麵包師傅嗎？而這個文明還沒有成為麵包，還沒有把麵包分發出去。

這些思想就像一座橋，把在拉普拉塔河的我們與在墨西哥灣的小兄弟連在了一起。

但是，在我們中間，在和我們相似的人中間，巴爾塔薩爾是找不到他要找的人的。

隨軍的女人們頭頂著裝滿乾淨衣服的籃子來來去去，她們用巨大的攪拌棒在大鍋裏搗著巧克力，她們跪在地上洗衣服，她們在石碾盤前，姿勢又像奴僕又像母親，生出一個又一個煎餅，她們中間最活躍的那一個，好像什麼都管，什麼人都照顧，散著頭髮，光著腳板，不時地擦一擦因為討厭的感冒而淌著鼻涕的鼻子。

穿著襯衣、繫著頭巾的軍隊；拿刀劍作戰的軍隊，士兵們坐在彈藥箱上，他們體格健壯，像古代的僱傭軍士兵，他們士氣高昂，頸子上繫著綢巾，戰靴閃閃發亮，岩羚羊皮做的外套上鑲著銀製的徽記，褲子大得像兩口鐘，鑲著金箔，繡著金線。不坐彈藥箱的人坐在幾張籐椅上。這些籐椅雖然已老舊不堪，卻還像是用金子做的。可是，這些人裏面哪一個也不會是金塔納。巴爾塔薩爾·布斯托斯的眼光既緊張又迅速，但不算尖銳，並沒把他們的頭兒給辨出來，無疑也因為這個頭兒和其他人沒兩樣。

也許是因為看到了籐椅和金箔的緣故，他忽的轉過臉去看到一

頭長長的金髮迅速地藏到了菸草倉庫的一個破房子裡，消失在藏在那裏的一群孩童的笑聲裡。他們正在玩瞎眼母雞的遊戲，那個金髮小男孩在眼睛上蒙著條比他土布衣褲上的油污更白一點的手帕，出來的時候撞到了巴爾塔薩爾身上，然後在小夥伴們一陣高過一陣的笑聲中飛快地跑回倉庫去了。

這支軍隊以及隨軍的婦女兒童的平靜讓他吃驚。這些女人和小孩，跟著士兵們從一處轉移到另一處，在這個大陸上走過漫漫長路，這一切只是因為戰爭，也許他們會把對戰爭的想法和結束幾百年與世隔絕的生活的願望聯繫起來，以運動的名義，以與別的男人、女人、兒童相會的名義，給死亡、傷痛、失敗賦予意義。

平靜，還是不幸？他們回答巴爾塔薩爾的問題時，頭都不轉過來一下，用語也很短，跟銘文似的。只有一個問題沒有答案：金塔納在哪裡？你們中間誰是神父？

他們好像在說，這個年輕人既然能來到這裏，就是我們的人，如果不是的話，我們就別讓這小子活著出去⋯⋯那麼，何必緊張呢？

「在做神父以前，他是種地的，還跑跑腳伕；他可比任何一個克里奧約或是西班牙軍官都更熟悉這裏的土地，要是說他還沒打贏，事實上他從沒讓我們的敵人贏過⋯⋯」

「他一直很窮，現在還是很窮。他就是那種人稱只有『彌撒和鍋』的神父。別的神父收租，領補貼。他沒有。他只有他的教士特權，可就連這個都被西班牙國王奪了去，這國王手握大權，狡猾的很哪。」

「喂，埃爾梅內希爾多，你可別讓這位先生以為金塔納神父是因為被剝奪了特權才造反的⋯⋯」

「不，我覺得，他反抗的是他在這個世界上的孤獨。你看他，就坐在那裡。」

「小心，埃爾梅內希爾多，別作聲，我們有命令的⋯⋯」

「抱歉，阿塔納西奧。我腦袋發昏了。」

「看您能不能把他找出來吧。」那個叫阿塔納西奧的對巴爾塔薩爾說，「您別相信我的眼睛。我的視力連蝙蝠都不如哪。」

「你還說『孤獨』？誰曉得。住在村子裏的時候，他喜歡鬥雞，賭錢。他就在人堆裏混。誰曉得他是不是為了戒賭才開始造反的。」「或者是為了戰爭結束後能再去賭錢。」一個樂呵呵的大胖子走過這裡，哈哈大笑。可這也不是金塔納，巴爾塔薩爾心裏想。他仔細地看著這些黝黑的面孔，有一些桑博人，一些穆拉托人，很少的印第安人，大部分是梅斯蒂索人[1]。

「我看見過幾個長著金髮的小孩在一邊玩。他們從哪兒來的？」

「就是這裏的。您沒瞧見嘛，凡是外國人，從埃爾南・科爾特斯開始，肯定要經過韋拉克魯斯，在這裏有好多藍眼睛金頭髮的小孩子……」

「都是男女亂睡覺生下來的！」

「不，我們的頭兒可會玩兒捉迷藏啦。有一次在瓜納華托，聽我講啊，他從西班牙人手裏逃了出來，那時候我們還沒有武器哪，最後他成了一個著名律師的妻子的情人，那律師是效忠王室的。他就跟我們擠擠眼睛說：『到了這個夫人的床上，準不會有人想到去那裏找我了。』」

「找金塔納神父？要是他已經死了，我們又不想讓任何人知道，怎麼辦呢？」

「啊，先生，您別這麼想，那些以為安塞爾莫大叔死了的人，待看到他再次出現的時候，會嚇得要死的……」

「他們以為已經打敗了他，以為他已經餓死了，以為他住在山洞裡，以為他變成了膽小鬼。可是金塔納又活過來了，跑回來重新

---

1 梅斯蒂索人，指印歐混血人。

開始。所以，我們就跟著他，不管去什麼地方。他從來不認輸。」

「那是因為他沒什麼好輸掉的。只有彌撒和鍋的神父啊！我跟你說，教士特權可是新西班牙最窮困的神父們唯一的財富啊。」

「他都全身心地來打仗了，他能擁有什麼啊，他可是堅持說教士不應該擁有財產的，因為羅馬法是禁止這個的……」

「噢噢，他可的確是喜歡穿好看的制服的，這個我們都知道……」

「誰不喜歡呢？為什麼要讓那些把我們當成破爛乞丐的西班牙人笑話咱們呢？男人是需要時不時地有一幅好模樣的，特別是列隊行進的時候，打仗的時候和下葬的時候，是不是啊？」

「先生，最可貴的是，他還為我們能穿上像樣的制服這樣的事操心。」

「要是不能給他至少一把劍、一桿槍，他就不能接受任何人入伍。」

「我想著的是堂安塞爾莫‧金塔納神父大將軍先生的可憐的裁縫們。要是西班牙人撈到了幾件他的上裝，他們就會跑去殺掉做這些上裝的可憐裁縫了……」

「他們可恨死他了！」

「別犯傻。正因為這樣，將軍的上裝是一個標記也不帶的。」

「期票也不保留，在記事本上也不會提。」一個捧著好多卷紙的律師經過那裏時說。他停下來，那個得了感冒的女人就遞給他一杯熱咖啡，然後把他的那堆文件帶給下一個律師。律師把文件給了她，看了看巴爾塔薩爾：「你找金塔納嗎？他們已經給了你暗號啦。可不是嗎？你能找到他的，如果你願意，或者，你有能耐的話。」

「他在這裏嗎？」

「這我也不能告訴你。你是什麼人？」

「我不說。咱倆扯平。」

獨立

167

「你講話不像墨西哥人。不過也不像西班牙人。」

「因為這個大陸實在太大了。要大家互相瞭解，很難。」

「請允許我提醒你一下。大將軍看上去是很慷慨大方的，但他也是隻不講情面的老虎。你得兩腳帶鉛，小心走路。別耍他。」

「你的意思是？」

「你什麼時候開始膽敢跟我用『你』字了？」

「您可是用『你』來稱呼我的。」

「我是米卻肯州皇家巴雅多利德尼古拉大學的法學碩士。」

「很好，那麼先生您是什麼意思呢？」

「我想告訴你一個像你這樣的在瓦哈卡戰役裏加入我們的人的故事。有個克里奧約小軍官，跟你年紀差不多，違反了金塔納將軍先生的紀律。他不聽命令，跑去見一個女人，卻看見她躺在駐守要塞的西班牙軍司令的懷抱裡。那個司令身上只穿了一點點，覺得好難為情，感到自己被打敗了。一個克里奧約或者西班牙軍官要是不穿制服，那算什麼東西？啥都不是！我們的年輕軍官就逼他把軍事機密統統說了出來。然後他就跑去彙報，卻發現我們的兵營裏一個人也沒有了，於是他就自己想了個主意，要擅自從敵人後方發起進攻。那批西班牙軍隊駐在索霍蒂特蘭，就在通往瓦哈卡的路上。這次行動讓我們得以拿下安特蓋拉，……怎麼稱呼先生你呢？」

「很好。您好奇心很重，還很自負。」

「洞察事實，秉公守誠，我們學法的人常這麼說……」

「我是巴爾塔薩爾・布斯托斯上尉，我最近的一次任務是安第斯戰役，陪伴在何塞・德・聖馬丁將軍身邊……」

「上尉先生……請您多多原諒。您看上去可太……」

「太年輕了。很好。我對您講的故事很有興趣。接著講吧。」

「非常樂意。您聽我說吧。您坐這裡，坐到這個彈藥箱上來吧。這裏的條件實在不算好。」

「您就說吧。金塔納就遇到一個兩難的境地了，這個軍官，到

底該不該罰呢？」

「一點不錯，上尉先生。您的洞察力真是令人欽佩。」

「不遜您的精明，碩士先生。」

「您過獎了，上尉先生。就是這樣子。要嘛罰他。要嘛就讓違紀和任性的風氣抬頭。那些公告驅他出教會，他還給罵作是異端分子，金塔納神父先生對付這些已經夠頭疼的了。」

「他給開除教籍，是不是還要加上違法亂紀的罪行？」

「他不允許克里奧約貴族——對不起我可能對您有所冒犯了，上尉先生——凌駕於法律之上……」

「就是您所代表的法律，碩士先生……」

「是的……不允許他們隨心所欲。」

「所以他把他槍斃了。」

「正是。對於來到這裏聲稱自己是拋棄了原來的階級加入我們的人，瞭解下這件事情是不錯的。」

「您看看我們的皮膚吧，上尉先生。」一個敞著白襯衫的士兵說。他坐在一個彈藥箱上，目光對著面前的兩瓶葡萄酒掃來掃去，一面捲著手中的紙。「您的皮膚是白的，我的皮膚黑的很。您的自由，要是不能容納你我的平等，那與我有何干呢？」

「您在做什麼？」巴爾塔薩爾問他。這個士兵的臉看上去又軟又糙，就像個小酒囊似的，上面長滿了肉贅，厚厚的嘴唇半張著。

「我想從這兩瓶酒裏面挑出一瓶來。」

「為什麼呢？」

「一瓶是不懷好意的酒，一瓶是心地善良的酒。我就看這些瓶子，心想：哪一個是哪一個呢？」

「我還真不知道呢。那麼您拿這些紙做什麼？」

「把神聖宗教裁判所宣佈開除我們的頭兒金塔納神父的公告變成紙卷兒。」

「可您就是金塔納神父啊。」巴爾塔薩爾說。

「您怎麼知道呢？」那士兵抬起他長滿肉贅的黑面孔。

「因為在整個營地裡，您是唯一一個對兩樣東西、哪怕是兩瓶酒都猶豫不決的人。還有，我看到您的頭上什麼也不戴，可是所有人的頭上都蓋著東西。您不想讓我通過您常戴的小帽把您認出來。您的帽子會暴露身分。可您要是摘下帽子來，就更加暴露您的身分了。」

「不，」金塔納並沒有顯出吃驚的樣子。他一邊說著，一邊拿起一頂獅子皮色的小帽蓋在長著黑色鬈髮的頭上，帽沿上垂下長長的穗子，伸到了耳朵上，「我擔心的不是酒，是聖餅。現在我們做聖餅，用的是玉米、甘薯，所有能找到的東西。這個地方沒有小麥。我得考慮聖餐不僅僅是在耶穌身上，而且是在我身上的效果，你明白我的意思嗎？」

他緊緊盯著巴爾塔薩爾明亮的眼睛，手上仍在捲著紙卷，然後又說，這個小伙子要是想加入他們的話，馬上就會知道，每個禮拜四——明天就是禮拜四——就要忍受沒有主的痛苦，一個禮拜就這麼一次，從禮拜四到禮拜五，每個禮拜都不例外，要接受聖餅和酒，分別象徵著不僅是基督，而且是領聖體的所有人，金塔納、布斯托斯……還有那個沒牙齒的人，這個得了感冒的女人，那些玩著瞎眼母雞遊戲的小孩子，所有人的身體和血，您也別去搞清楚那些小孩子裏面哪些是我生的，整天打仗，我自己也數不清了，就連這些拉不出屎來拿著一張張的草案和法律填滿我的腦袋的律師也搞不清楚。金塔納故意把嗓門提高了些，好讓有意聽他講話的人也能聽見。因為他們打算讓這場革命按著他們的方式來進行，有條不紊，有法律支撐，可要是沒有了我，他們就連他們的岳母大人都打不過：

「所有的人，我的布斯托斯上尉，所有的人，從禮拜四到禮拜五，我們都要失去主，因為我們的基督死在了十字架上，我們只能讓他在聖餅上復活；從禮拜四到禮拜五，我們所有人都得感受這種

痛苦，這種希望，而且我們不能繼續稱自己是基督徒；但是只有我，我的上尉，只有我樂得把聖餅和酒放在嘴裏攪在一起，用口水和酒精解放兩個軀體：我的軀體和基督的軀體。就因為基督曾向聖瑪爾嘉麗塔・瑪麗亞[1]做過那個可笑的承諾，單單在每個月第一個星期五領聖體是不夠的！這不是享受至福和恩惠，這是忍受苦痛和苛求：至少每個禮拜都要做，如果說為什麼不是天天做，唯一的理由是不想嚇著誰……」

安塞爾莫・金塔納神父深吸了一口氣，看了看周圍，他的眼神獨到地把傲慢、幽默、譏諷和對他的人的忠誠混合在了一起，最後說：「所以，我要選好做彌撒時要喝的那瓶酒。您也看到了，他們開除我的教籍，我就拿他們的公告做紙卷，然後再把紙卷跟炮仗似的還給那些西班牙人。您現在就過來吃點東西，說說話吧，您一定累壞啦。」

他站了起來。

「噢，請允許我和曾與何塞・德・聖馬丁並肩戰鬥過的人握握手，不過我們先抽支雪茄再說。」

三

在這個星期三的早晨，奧里薩巴的空氣裏充斥著暴風雨的味道，已經沒有時間抽口菸了，因為關於那個剛來到營地的人的謎團剛剛解開，律師們和寫手們就像群蜜蜂一樣嗡嗡叫著朝金塔納神父撲過去，提出建議、勸告、申請、報告，文件已經裝了十多車啦，「我們拿它們怎麼辦」，「全燒了吧」，金塔納說。「不過到時候就沒有什麼能為我們所做的事情作證明了；您的戰鬥，將軍先生，是偉大的，因為您不僅在戰場上打勝仗，而且頒佈法律，解放土

---

1 聖瑪爾嘉麗塔・瑪麗亞（Santa Margarita Maria，1647-1690），法國修女，據傳曾親眼見到耶穌向她展示自己的心臟，耶穌要求她每個月的第一個星期五領聖體。

地，解放耕作土地的人，您制定了憲法和聯邦協定，即使今天用不上，將來肯定會用得上的」，「那麼你們想怎樣呢？一張張看過來，燒掉一些，留下另一些？你們的文案讓我發瘋，這些東西你們想怎麼樣就怎麼樣吧，就給我留兩樣，因為這兩樣我倒真的想保存下來，永遠記著」，「是哪兩樣呢，將軍先生？」

神父本要帶巴爾塔薩爾去菸草倉庫，這會兒停了下來，從襯衫口袋裏抽出雪茄，卻並沒有放到嘴裏點燃。他把雪茄拿在手裏像一個刷子、一根鞭子或是一根棍子似的盤來盤去，對著那些律師和寫手說：

「先生們，一個是我當神父的第一張洗禮證書。那時候的習慣是隱瞞小孩兒的種族出身，因為所有人都想給當成西班牙人，誰都不想背上黑人或是混血兒的惡名。所以呢，我理所當然給我施洗的第一個小孩兒寫上『西班牙裔』。你們給我保存好這張紙，另外一點原因是，我給抹上聖油的第一個小孩兒，就是我自己的兒子。另外一張紙是我在科爾多瓦大會上給你們宣讀的一道法令，上面說，從今往後，再沒有黑人，沒有印第安人也沒有西班牙人了，大家都是純粹的墨西哥人。你們給我保存好這道法令，別的法律是說自由的，但是這個是講平等的，沒有平等，什麼權利都是做夢。所以別的法律，就全燒了吧，別再來煩我了。」

可是他們沒有這麼做；他們迅速圍住了金塔納和巴爾塔薩爾，叢林裏散發出的濕漉漉的氣味和倉庫裏菸草散發的越來越濃的香味互相較著勁（這些菸草聞著像肥沃的土地和女人的大腿，像飄動的長髮，像曼德拉草，野驢，守靈儀式和蘑菇，全都混在一起，金塔納嘴裏喃喃著說）。「我們得想辦法啊，卡耶哈·德爾·雷[1]說了，他做夢都想著在保王黨軍隊不可避免的失敗到來之前活捉住

---

1 卡耶哈·德爾·雷（Calleja del Rey，1755-1828），西班牙軍人，卡爾德隆伯爵，曾任新西班牙總督。

您。將軍先生，現在他們越來越頻繁地在槍斃人，抓人質，獎勵拒絕給我們提供幫助的村鎮，掃蕩給我們提供幫助的村鎮……更糟糕的是，最想害您的是墨西哥克里奧約軍官，待到他們成功綁架了獨立運動的時候，他們是不想看到您出現在政治舞臺上的。」

「那麼你們建議我做什麼呢？」這一回，金塔納望著他們，左眼皮跳得厲害。

「妥協，將軍先生，您要拯救些人，特別是拯救您自己。」

「你聽聽吧，巴爾塔薩爾，革命就是這樣失敗見了鬼的……」

「妥協吧，將軍先生……」

「只差一步，我現在的敵人西班牙就要輸了，而我的下一個敵人，竟是克里奧約軍官集團嗎？我在十年裏都沒有向西班牙國王妥協過，他至少還是天主教女王堂娜伊莎貝拉[1]的後人呢，今天我為什麼要向一個像堂阿古斯丁·德·伊圖爾維德這樣的克里奧約人妥協？你們把我當成什麼人了，先生們？十年裏你們什麼也沒學到嗎？」

「那麼，您會怎麼辦呢？」律師們問金塔納，更像是在他們之間互問。

「和我們當初一樣。我們那時候沒有裝備，我們就靠著人數和勇猛來做彌補。我們開始打仗的時候就在找武器。我們結束這場征戰的時候也一樣。我們出發的時候是二十五個人，四把獵槍，二十根長矛。到頭來也一樣。他們要是圍困我們，我們就吃樹皮，吃肥皂，吃野獸，我們在庫奧特拉加入莫雷羅斯的隊伍時就是這麼幹的。要是他們把我們抓住，要處決我們，我們就把靈魂託付給上帝了……」

不要這麼認命嘛，想想他們嘛，去和伊圖爾維德談談嘛，而他本人，安塞爾莫·金塔納，憑著他在人民之中的威望，可以自封為

---

1 參見 P.96 註 1。

高級貴族，可以和他的參謀們組建一個王國的貴族公會……

「我只知道兩條河的公會，我只知道一座山有多高貴。墨西哥會成為共和國，而不是王國。誰要不高興，那就捲起鋪蓋走人吧。有好多條路可以選。你們已經知道跟著我是往哪裏走了。沒有我，你們什麼地方也到不了。你們去投奔西班牙人啊，他們會把你們一個個槍斃掉。他們再也不會寬恕你們了。你們去投奔伊圖爾維德啊，他會好好羞辱你們。哦，請原諒我的無禮，我知道這是個嚴重的罪過。」

金塔納抓住一個律師的手，就是先前和巴爾塔薩爾說話的那位，他吻了吻這隻手，然後，仍舊抓著它，在他面前跪了下來，低垂著頭，請他們原諒他狂妄的發作，他是尊敬他們的，他是個無知的神父，對受過教育的人是懷有敬意的；他尊敬他們勝過一切，因為他們所做的會留存於世，而他所做的只會被風帶走，只會給人當成一坨鳥糞；「沒有比一本書更大的榮耀，」他低著頭說，「沒有比一場軍事勝利更大的惡行；請原諒我，你們要知道，要是沒有革命，我的人生會是一團黑暗，最大的事件也不過是和一些不知道名字的女人搞些風流韻事。你們是不需要我的。」

他站了起來，直視他們的眼睛，一個一個看過來。

「請原諒我，說真的，但是只要這場戰打下去，這裏就沒有比我的肚子更大的人……」

他又哈哈大笑了一陣，然後轉過身去，他們則茫然地待在原地，為他快速、粗魯、充滿敵意又時而靈光一現卻總還是荒誕不經的話弄得有點不知所措。律師們紛紛議論著，轉過身去，走回他們坐落在紙山之間的臨時辦公室；他跟他們如此一番，已經不是第一回了，他們還是跟著他，為什麼？因為十年的時間完全是一個人生了，這是個奇蹟，比四十年還長，因為神父說得有理：到了今天，我們就好比是他的兒女，他的女人，或者說，他的父母，我們要是換了陣營，誰也不會相信我們的。但是，帕斯卡式的打賭不會奏效

了，因為要是保王黨贏不了，就是克里奧約人打贏。誰也不會相信我們的……

「不會的，」一個律師說，他即使在打仗的時候也不摘下他的黑色禮帽和充滿晦氣的長禮服，他得不斷地蹙一蹙鼻子，以防眼鏡滑落，「在新西班牙，沒有比背叛更安全的出路了。科爾特斯背叛了蒙特祖馬，特拉斯卡拉人背叛了阿茲特克人，奧爾達茲和阿爾瓦拉多背叛了科爾特斯……你們看吧，叛逆者終究會勝利，金塔納會輸掉的。」

但是這些人，再怎樣的可惡，無論如何，他們想得更多的是將來，而不是眼前的利益；所以，無論如何，他們還是跟著金塔納，而金塔納儘管時不時開開玩笑，還是對他們保持尊敬。如果他們想在歷史上得到一個光榮的席位，只能這樣，跟神父幹。如果取得榮耀，是靠著制訂一連串宏偉的法律，取消奴隸制度，把土地還給人民，確立個人的保障，那麼即使是落得面對槍決行刑隊的下場，他們也願意賭一把。

金塔納知道這一點，所以儘管他每天都要把他們臭罵一頓，但在他的宗教性質的聖餐之外，每個月還要舉行一次世俗性聖餐儀式：

「在墨西哥的歷史上，過去不曾有，將來也不會有一批比你們更愛國、更正直的人。我為能結識你們而感到光榮。誰知道將來會有什麼樣的榮譽等著你們呢。你們，起義者，將永遠留存住國家的榮耀。」

他們不投身戰鬥。他們編寫法律。他們可以為他們的所想和所寫獻出生命。「他們是有道理的，」巴爾塔薩爾在給多雷戈和我，巴雷拉的信中寫道，法律不正是現實嗎？文字將它們的作者團團圍住，他們為他們的偉大創造俘獲了：寫出來的便是真實的，我們是它們的作者。

對於一個西屬美洲的律師來說，還有比這更大的榮耀、更有力

的肯定嗎？

「從阿根廷到墨西哥，巴雷拉，」多雷戈一邊讀著這封信一邊笑著對我說，「誰的心目中不存在有一個總是想著逃之夭夭、發表一通演說的律師形象呢？」

可是金塔納要比他的牧人們更為狡猾。當他們終於在菸草倉庫入口的一個門廊裏點起雪茄的時候，他對巴爾塔薩爾說：

「有可能他們會跑掉。也有可能不會。可是所有人都明白，他們的地位是我給的。雖然只要他們一高興，就會把我送回到我那個鎮上的教區裏去。」

「人性的種種矛盾，不斷地讓我驚訝不已。」我讀著這幾行字的時候，多雷戈歎了口氣：他對著一塊蓋著橢圓形玻璃罩子的馬車用時鐘，非要讓它重新走起來不可。

四

在菸草公司的廚房裏單獨和巴爾塔薩爾進餐的時候，金塔納又說了些關於他的過去的事情。其時女人們搖著扇子搧著爐灶，爐灶裏升起濃濃的煙，那個巴爾塔薩爾剛來時就注意到的那個患著感冒的侍女，把用香蕉樹葉子裹著的海岸風味的玉米粽子、混合著牡蠣肉和酒的杯子、浸過檸檬汁的大蝦和鮮貝和散發著番紅花和辣椒香味、黃色的瓦哈卡風味辣燒漸次放在他們面前的金屬盤子裡。

他也說，他不應該被當成是僅僅為了教士特權問題才起事的叛亂者，雖然他承認，特權問題是他起義的最初緣由。然而，這場起義看起來像是一次報復，而這樣的報復很像是怨恨，而怨恨是結不出什麼好果子來的。巴爾塔薩爾也想到，波旁王室的改革是想遵從法律的。完全符合法律。在這樣的情況下，任何人，即使是教皇，也沒有權利擁有超過維持其個人體面的需要之外的東西。教士成為土地、珍寶和豪宅的擁有者，這是無法令人接受的，這是為正統教規明令禁止的。

獨立革命到來了，他，金塔納，開始思考所有這些問題，開始尋找比怨恨更好的理由來打游擊戰。這總歸不是容易的事情，尤其是要堅持十年，離開寧靜的教區去出生入死。

　　「我是不是該待在那裡，什麼都不做？我本可以那樣。這是可能的。我為什麼投身革命？如果我再跟你說，這並不是因為西班牙國王剝奪了我們這些窮光蛋神父的特權，而我的特權就是我唯一的財富，你就會煩我了，你就不會再相信我了。如果我跟你說，我就多走了一步，自己心裏卻想，遵守法律，就得沉入底層，你不會相信我的，我得跟你說更重要的一些東西，這就是，為了離開這樣的寧靜，為了不留在我的教區裏爛成一個傻蛋，光看著別人拉幫結夥，我得相信，我所做的事情是重要的，不僅僅是對於我，也不僅僅是對於國家的獨立，對於我的信仰，我的宗教，我的精神更加重要……這裏麻煩就來了，因為我要說服你相信，我在政治上的叛變是和我在精神上的叛變分不開的。我明白，因為我知道你是什麼人，巴爾塔薩爾，因為我看著你的臉，就知道像你這樣的年輕人知道些什麼，看過多少書，什麼都知道，對於你來說，不能既有自由又有宗教，既有獨立又有教會，既有理性又有信仰。」

　　他歎了口氣，往嘴裏塞了一塊玉米粽子，發出很大的聲響。那粽子塗了辣椒，紅得像一個傷口。

　　「可是要說這些呢，我們需要時間，需要機會。現在我們談話的時間和機會都不多。」

　　他抓住巴爾塔薩爾不安的手腕。

　　「我知道你來是為了別的原因，不是來聽我嘮叨的。」

　　「您想錯了。我是尊敬您的。」

　　「要有耐心。一件事導向另一件事。你知道嗎，從前在我的鎮上有一個瞎眼乞丐，處處不離他的狗。有一天那狗跑了，瞎子就能看見東西了。」

　　巴爾塔薩爾直直地盯著神父，他繼續大聲地、開心地吃著飯，

連他的黃色辣燒的最後一粒米，都精心品味一番。

最後他終於下定決心問他說：「為什麼您這麼信任我，神父？」

金塔納擦擦嘴，望著眼前的這個阿根廷青年，眼神裏帶著一絲純樸、溫暖的狡黠。

「我們為同樣的事業奮鬥了同樣長的時間。你覺得這樣的理由還不夠嗎？」

「這只是客觀事實。這樣的回答不能讓我滿意。」

「那你想想看，我看到的你，比你所看到的自己要更全、更好吧。我覺得你在內心裏對自己所做的一切是有點不滿意的。」

「是的。我有過錯，我有激情，可是我沒有崇高的精神。我都笑話自己。」

「你別為崇高發愁。你要關心你的靈魂。」

「我得告訴您，我不相信教會，也不信上帝，也不相信您自認為擁有的絕對寬恕權。」

「那最好。今天你好好休息，明天中午我們在廠子的禮拜堂見。你要記著，明天是禮拜四，我會變得很強大，很超凡，每個禮拜四都會這樣。準備好和我一起戰鬥吧。那樣你就會得到補償，一切迎刃而解。我認為，你十年的鬥爭沒有白費。」

巴爾塔薩爾不想讓談話到此結束。他覺得──後來他在給我們的信裏寫道──神父說的對，現在是他為愛情和正義所作的長久的征戰最後的時刻了。

「您從我身上看到了什麼，神父？您這樣尊敬我……或者您這樣對我感興趣，我斗膽問您……？」

金塔納本要狠狠地直視他的眼睛……不過他還是拿起塊玉米煎餅捲起剩下的辣燒。

「你對一些人的生命負有責任。」

「可是我……」

「我們所有人都犯過罪。你要不要我跟你講一點？你想知道我犯過哪些罪嗎？」

「神父，我曾以正義之名把搖籃裏一個富人的小孩換成了窮人的小孩。那個窮人的小孩因為我的過錯死掉了。那個富人的小孩，是我從他的母親那裏奪走的，我也不知道等待他的是什麼樣的命運。可儘管如此，我還是膽敢愛上了那位母親，荒唐地追著她跑遍了半個美洲。十年啊，神父，沒有任何收穫，沒有任何補償，就像您說的，像個傻蛋……這就叫做正義嗎？這值得尊敬嗎？我僅以我的激情為名，眼睛眨也不眨就拋棄了我的妹妹，不管她的死活，這樣的做法值得尊敬嗎？我沒有讓父親看到希望，感到溫暖。我在恰卡布科戰役中活了下來，我的同伴們卻戰死了，我值得同情嗎？我在卡布拉侯爵躺在床上快死的時候把殘酷的事實大聲告訴他，我難道還有一點憐憫之心嗎？金塔納神父……我在一場戰鬥中殺過一個人。」

「這是正常的事情。」

「我不是把他當士兵殺了的。我殺了一個人，殺了一個兄弟。我殺了他，因為他是印第安人。我殺了他，因為他比我弱。我一個人殺了他，完全不顧他姓甚名誰，我也記不得他的臉長什麼樣了……」金塔納有力地勸住他，讓他不要再說下去了。這股力量來自完全的信任。

「你別逼我對你說出我自己的罪。」

「不就是喜歡玩女人，賭鬥雞，到處留種，喜歡豪華衣裳嗎？這些就是您的大過嗎，神父？」

「明天我在你面前懺悔，」神父說，他忽然覺得很疲倦，「明天。我向你發誓。你不相信寬恕的權力的，我就在你面前懺悔。我在你面前懺悔，我的小弟，在馬拉凱博你為墮落的女人和受傷的敵人攬起責任。明天。明天，禮拜四，我坐在教堂高椅上跟我的兄弟說。」

獨立

這天晚上，巴爾塔薩爾躺到一張吊床上，睡著了。助他酣然入夢的，與其說是吊床，不如說是疲倦，不只是這天的疲倦，是整整十年的疲倦。他夢到的是某種快要結束的東西；一個預示著什麼快要到來的夢，對他說：「你我已經走到了這裡；現在你必須作改變，現在你得像金塔納神父身邊的這些出納員和書記員一樣，把賬算清楚了。」金塔納會是巴爾塔薩爾‧布斯托斯生平經歷的真正的公證人嗎？明天就是禮拜四，他們會見面，神父約他中午十二點在禮拜堂見……他們之間還有什麼話要說的？巴爾塔薩爾心想，今天下午，他已經在神父面前懺悔過了，而神父的罪過正是韋拉克魯斯人閒聊的談資……他們之間還會說什麼呢？這個頭上罩著一圈黑色的忘我精神的光環、因之高傲又非凡的人，究竟要讓他參加怎樣的一個儀式呢？他跟巴爾塔薩爾說，在他眼裡，他是個為別人擔負責任的青年。那個小丑家裏的女人們、「公爵夫人」、那個瘦得難看的軍官……跟巴爾塔薩爾為金塔納列出的債務欄比一比，這些是少得可憐的。可是現在，在晃悠悠的吊床上睡去的時候（誰在搖這吊床呢？空氣裏沒有一絲微風，奧里薩巴的天空像是在默哀，卻又不掉下淚來，他一動不動地滑入夢裡），巴爾塔薩爾只是為一個更大的不誠實責怪自己，那就是，他沒有告訴這個叛逆的神父，他所做的一切，不管是好是壞，都是帶著情欲、性愛、風流（如神父喜歡說的那樣）的意圖的，那就是找到奧菲利雅‧薩拉曼卡，摸到她，十年來帶著浪漫激情他跑遍了整個大陸，這激情出沒在內容相似的悲情故事和笑話故事裡，唱響在寇里多、奎卡和森巴舞曲裡。

為了到她身邊，他保持著一如既往的、專一的激情，犧牲了嘉布里艾拉‧科奧那個漂亮的智利女人對他的愛，因為對奧菲利雅‧薩拉曼卡不忠，即使她不知道，也就是對可人的嘉布里艾拉不忠……

看著她的眼睛。說：「我愛你。」說：「原諒我。」說：「我原諒你。」他是在跟她們中的哪一個說？他是不是用對她們中一個

人的愛去滋補對另一個人的愛？他對兩個女子的愛難道不是為同一個源泉、那就是思念之人的缺失所滋潤的嗎？他這樣的愛她們，只是因為他沒有擁有她們嗎？

他睜開了眼。吊床不再晃動了。他又合上眼，為他的臆想所苦惱。他要原諒奧菲利雅‧薩拉曼卡什麼呢？事實上，除了流言蜚語和那些有時為了押韻就改編事實的歌謠，關於奧菲利雅他知道些什麼呢？他怎麼敢呢？在智利的聖地牙哥，嘉布里艾拉不是跟他說過嗎：行動是不真實的，是飛逝的，它的存在所留下來的印跡，是比不過文字的。

於是，他又從他清醒的意識的頂峰下落到愉悅的無意識裡，為經歷十年大起大落後即將到來的平靜和安逸而陶醉不已……在夢的深處，他總是回到了黃金國。他拉著西蒙‧羅德里格斯[1]的手，回到了這千仞巨淵，回到了這幽谷深山，回到了這克丘亞人之山的心臟地帶，回到了夢的中心，在那裡，他懷著憤怒，懷著悲痛，懷著錯失良機的可怕的感覺譴責自己，埋怨自己沒有停下來片刻，在城市居民明亮的眼睛裏看夢的疾馳，在城市裡，一切都在光亮裏運動著，一切都生於斯，歸於斯……

他對夢是不屑的。從一個不屬於自己的夢裏瞭解一切，對於這樣的可能，他是不予理睬的。理性的夢，堅信物質生活進步的夢，堅信人類必定可以被改造的夢，幸福和歷史、主體和客體最終會得以統一的美夢……他一個都不迷信。

另一種歷史、忠告但也是可能的出路，也許就藏在黃金國的居民的眼睛裡，在那個地方，光亮是必不可少的，因為一切都是那麼黑暗，所以他們閉著眼睛也能看見東西，所以他們能在他們的眼簾上揭示自己的夢，告訴他，告訴巴爾塔薩爾‧布斯托斯，每一個理

1　西蒙‧羅德里格斯（Simón Rodríguez，1771-1854），委內瑞拉哲學家，西蒙‧玻利瓦爾省導師。

性都伴隨著一個非理性，要是沒有非理性，理性就不再是合理的
了：這是個在否定理性的同時又肯定理性的夢。每一條法律都伴隨
著一個例外，例外讓法律變得有所偏袒，變得可以忍受……可是，
當他離開黃金國的時候，他最明晰的感受，並不是萬物互補圓滿的
感覺，而是另外一種，極端的，一種否定的感覺：

惡只是我們的理性蒙蔽了的、拒絕思考的東西。

罪過就是把感知的世界和精神的世界截然分開。

於是，在他的夢裡，奧菲利雅‧薩拉曼卡不再是映射在一個印
第安人的岩洞的歡騰的牆壁上的投影了，那個投影可見而不可捉
摸，在此地從另一個時間裏跟他說著話，現在她變成了可以觸摸的
軀體，如此的曼妙迷人，正如在那個遙遠的五月的夜晚，她的兩隻
眸子在布宜諾斯艾利斯的一個陽臺上所暗示的那樣……

現在，他要觸摸著她（她成了一條柔滑的絲綢做成的蛇），要
聽著她（她成了沙漠裏的彌撒儀式，一個先於意識的聲音容不得他
回答地對他說：「你愛我！」「你不愛我！」），要聞著她（她成
了最怡人的香味，與愛情共生的氣味，一棵被玷污了的三葉草發出
的香氣），要看著她：奧菲利雅‧薩拉曼卡的兩個乳頭緊盯著他，
帶著忿恨，帶著嬌媚，帶著輕蔑，帶著譏諷，直逼得他不由得猛然
驚醒……

吊床不再搖晃了。奧菲利雅‧薩拉曼卡主宰了整個世界。

六

安塞爾莫‧金塔納面對祭壇肅立著。巴爾塔薩爾‧布斯托斯的
影子的輪廓出現在禮拜堂的入口處，神父等著鞋跟敲擊在薄脆的地
磚上的響聲止住。在這多雨的地方，地磚格外地光滑。待到巴爾塔
薩爾走近，神父把手搭在他肩上說：

「昨天你沒讓我懺悔，今天你要進懺悔室，坐在我的位子上，
我會跪在你旁邊，隔著那張小鐵絲網，悄悄地跟你講……我知道你

不相信這種聖事。那麼我們在哪裏談，於你來說也無關緊要了。而我確實很看重跪在地上跟你談話。今天是禮拜四，從現在起到禮拜五，耶穌基督會為我們再死一次，每個禮拜都一樣。很多人已經忘了這個；但我沒有。我所做的事情最重要的一點，就是讓想聽我說話的人知道，我們在這裡，活得好好的，是因為耶穌犧牲了自己，給了我們塵世間的生命。巴爾塔薩爾，你要記著，我接下來要告訴你的一番話，是為信仰的最高級儀式，也就是聖餐儀式所進行的準備。聖餐禮和基督的犧牲是不可分的。雖然耶穌受難本已足夠，每次我喝下基督的血，吃下基督的身體時，我就讓他的犧牲更加偉大，我的行為是以所有生者和死者之名的。一切都匯集在十字架上：犧牲，生命和死亡。耶穌受難本身已經足夠，神學院裏是這麼教我們的。但是對於我來說，聖餐禮是對這個足夠的犧牲的接近。我沒有比聖餐禮更可靠的通往基督的路了……」

金塔納的話不容反駁，而他拉著巴爾塔薩爾往懺悔室去的力量擋也擋不住。

巴爾塔薩爾一屁股坐在了懺悔師的位子上，被一種沉重的感覺牢牢釘在了那裡，好像坐在一間令人厭惡的牢房裏一樣，這懺悔室就像一具棺材，從它陳舊的天鵝絨裏散發出貓的氣味……

安塞爾莫·金塔納貼著巴爾塔薩爾並不用心聽著的耳朵，跪在了外面。

「昨天你沒讓我懺悔。」神父說。

「我告訴過您了，我不相信您的赦免權。」

「問題是你想像著我要說你的罪過，所以你對我關上了大門。可是對你的罪過，我不感興趣。我感興趣的是你的命運。而我要跟你懺悔的，也是我命運的一部分。我就開始吧：我坦白，兄弟，我曾下令殺死了一百個給關在牢裏的甚至是躺在醫院裏的西班牙士兵，為我的大兒子報仇，他是死在保王黨軍隊的手裏的。我下令砍掉了他們的腦袋。當時我的腦子裏沒有閃過一絲請求原諒的念頭。

當時我是盲目的。告訴我，要是我是你父親，你是我死去的兒子，你會不會原諒我。」

巴爾塔薩爾什麼也沒說。一種越發強烈的難為情的感覺整個地佔據了他，對這個人他感到既尊敬又同情。這個人的聲音變得越發的黑暗、粗啞，從喉嚨越來越深的地方發出，回到了舊有的非洲之根，這聲音簡直像讚美詩，巴爾塔薩爾不想打斷它，直至終了，這聲音也許就和這能讓信徒重新體驗耶穌的受難卻又對其毫無減損的善事是一樣的。

他打算不加辯駁，聽他講完，聽他跪在那裡，帶著副跟一只被踢壞了的老皮球似的臉，跟他說：「我理解你的沉默，巴爾塔薩爾。我理解你的一言不發，可是你也要理解我；我和你一樣擔心我們的軟肋，我和你一樣擔心哪句秘密的話被某個偷聽我們講話的人帶了去，然後就消失在大眾之中，要是哪天出於失望或是需要，他跟其他人透露了我們的秘密，我們就只能認命了；如果你不相信我，不相信我當神父的資格，不相信我赦免罪過的權力，我還是要告訴你，我瞭解你，所以，我也不求你跟我來一個正式的懺悔，而是要你接受我在你面前的這一跪，向我證明，你就是把我的秘密帶了去的人，既然你不相信這樣的儀式，你會把我的秘密告訴給世人；我給你做了榜樣，我就在你的面前懺悔，巴爾塔薩爾，因為昨天你跟我講了些事情，這樣的事情我也是要負起責任的，我覺得，我們的關係剛剛開始的，也許不會持續多久，現在它所有的重擔都壓在我一個人身上，這是不公平的：總有一天，我們要拯救不僅是我們自己，而且是每一個我們跟他說過話、也聽他講過話的人；我請求你接受，別想著昨天只是你講，把你的內心傾倒出來，今天我也就幹這個：今天你我共同的責任，是拯救所有好心聽我們講話的人；你知道嗎？我把我對待那些戰俘的罪行講給你聽，你得明白，就和你犯罪的時候一樣，我違犯了普世的道德，聖保羅跟我們說，罪過是對鐫刻在每一個人的意識裏的自然法律的侵犯；而對於我個

人來說，這也是對我的神父職位的誓願的侵犯，這些誓願包括贖罪、憐憫和對上帝的意志的尊敬，只有上帝才擁有給予和剝奪生命的能力；所以，在我為我可憐的兒子復仇的那一天，我真的害怕在地獄裏遭到懲罰。我的兒子，才二十歲的孩子，投身爭取獨立的鬥爭，這個帥小伙兒，頭上繫著紅巾，所以處死他的時候，都見不著他的血。殺他的那個可怕的西班牙軍官洛倫索·加羅特從我手底下溜走了，讓我終生痛苦……可是，巴爾塔薩爾，我也注意到，我害怕的不是一個一般的地獄，不是燃燒著烈火、讓人受盡肉身上的折磨的地獄，而是我自己想像出來的地獄，這個地獄，是一個沒有人講話的地方：在這個地方，籠罩著永恆的、完全的寂靜；沒有一丁點兒人聲；聽不到一句話語；所以我跪在你面前，請求你聽我說話，好讓這寂靜的地獄遲點到來，即使你不和我說話，即使從你狡猾的沉默裡，冒出一絲不屑，沒有關係，我的小老弟，話語是不要緊的，只要我們不讓我們的話語死去；那麼，你聽我說：我承認，我是因為失去了特權心裏不滿所以造的反，可是現在，我的反叛比這要走得更遠；我的反叛讓我得到一個接一個的好處：這就是我想告訴你的，這就是你得明白的，我既得到了理性的信仰，又沒失去宗教信仰：我本可以簡簡單單說，我是個反叛的神父，那些把我開除出教會的人是有道理的，我要投身獨立運動，投身光明，投身對進步的信仰，讓宗教信仰見鬼去：一切都站在一起反對我的信仰：當我被宣佈為異端分子和褻瀆神靈者時我的勇氣，當我被拒絕領聖餅時我的恐懼，當我的兒子被害時我的憤怒，我想僅僅做一個理性主義叛逆者的誘惑：這是我最可怕的鬥爭，比任何一場軍事鬥爭都更可惡，比流淌的鮮血和處決的任務都更可惡：不在我的諸位法官面前投降，不讓他們有理由、有興致去說，看，我們是有道理的吧，他本就是個異端分子，是個無神論者，他實在應該被開除教籍。他們要我悔過；他們不知道，這就等於讓我下地獄；這就等於讓我承認自己身上的絕對的惡：只有理性，沒有信仰；因為我可以

失去把我開除的教會，卻不能失去上帝；讓我悔過就等於是這個，回到教會，卻失去了上帝；理性可以和教會並存，而上帝可以離開教會和理性單獨存在。」

金塔納垂下腦袋，巴爾塔薩爾只能見到他那頂著名的帽子了。這帽子蓋住了神父鬈曲的黑髮。巴爾塔薩爾剛來的時候，神父就露著這頭鬈髮，以便不在營地裏顯得與眾不同，這倒比他要是大叫大嚷暴露自己更明顯地透露出來：只有金塔納才在戴著禮帽的律師和紮著紅頭巾的士兵中間戴著這樣的帽子；那麼安塞爾莫·金塔納就是這個摘下帽子來偽裝自己的人了，但他既不戴上禮帽，也不繫上頭巾，而是緊緊地盯著兩個酒瓶，要在好酒和壞酒之間做選擇，就好像可以在理性和教會之間作選擇一樣，可是上帝是不能被選擇的，不管有沒有教會，不管有沒有理性，不管有沒有信徒，上帝還是上帝：「……這才是我真正的背叛，」安塞爾莫神父說，「我跟你說，巴爾塔薩爾，你就好像是這個世界的小兄弟，你也背叛這個世界的法律，但是你敞開懷抱接受新的勸誡：我真正的背叛，就是承受失去我的教會的痛苦，但是我並沒有失去我的上帝……你想想看，十年前，當我為失去特權而大怒，在海灣岸邊發動武裝起義的時候，我的內心是怎樣的。我愚昧，盲目，渾身充滿淫慾，喜歡賭博，喜歡女人，一個混蛋神父，到處都有我留的種，勾引那些跑來跪倒在我身邊的女人，她們以為要贖罪就得獻身於我，有時候我就不讓她們失望……我發動了武裝起義，小伙子，就是像我這樣的傢伙，而且我還被開除教籍，有一大堆的詞給用來形容我：神聖天主教的叛徒，放縱，蠱惑人心，革命者，分裂分子，基督教和國家的頑敵，自然神論者，唯物主義者，無神論者，有損神和人的尊嚴的罪犯，好色之徒，惡棍，淫魔，虛偽，國王和祖國的叛徒：他們用盡了筆墨的能事，巴爾塔薩爾；神聖宗教裁判所沒有忘記我每一樁罪行，他們把我所有的罪行都傾倒在我可憐的頭上，每當有一項指控讓我的兩眼生疼，我就說：他們是有道理的，他們應該有道理，

是的，我罪有應得，我可憐的、混蛋的造反的理由讓其他一切的惡行都算在了我頭上，那也沒錯……可是我相信，巴爾塔薩爾兄弟，宗教裁判所做得過分了，它向來是這樣；他們指控我的罪行太多了，有些確有其事，另外一些全是瞎掰，我那時就心想：上帝可不會像這些法官一樣這樣不公正地看待我。在上帝的辭彙表裏應該沒有多少適用於我的詞兒，但是肯定有一本耶穌基督和他的僕人安塞爾莫·金塔納共用的字典；他們把那麼多的詞兒砸在我身上，但還不至於多到讓你，我主耶穌基督，不能和你最淫邪、最好色的僕人在每個禮拜從週四到週五說說話的程度……當一切都變得無用、虛假、恐怖的時候，唯有話語，才能把我們聯結在一起。話語是基督最後的真實，是他在我們中間的存在，讓我們可以平心靜氣地說：我和他一樣……」

金塔納說這話的時候提高了嗓門，好像他所有的信仰都可以歸結為這寥寥數語，巴爾塔薩爾坐在昏暗的懺悔室裡，透過門簾所看到的不再是安塞爾莫·金塔納神父的帽子上搖擺不停的穗子，而是嘉布里艾拉·科奧披著紗巾、綴著野草的頭髮了。他不得不丟開這美妙的幻覺，因為神父的聲音還在繼續，現在更低，卻更堅定了：「……打那以後，我就只和他說話，可結果他比所有的法官加一塊兒還要嚴肅，因為誰也騙不了他，跟他玩把戲是沒有用的，上帝是至高無上的，什麼都知道，連我們對他有什麼想法都知道，他總是趕在我們前面，首先對我們有想法；如果我們總是認為，信不信他，全由我們自己來決定，他還是趕在我們前面，想辦法告訴我們，無論發生什麼事，他都會繼續相信我們，哪怕我們將他拋棄，哪怕我們背叛他：這就是我在被教會開除我的通告和要我悔過的命令弄得心裏一片大亂的夜晚聽到的話，是基督的聲音，告訴我說，我會繼續相信你，安塞爾莫·金塔納，儘管你好色，淫邪，放縱，虛偽，這才是你嘛，你要不這樣那你是什麼東西，可是，我子安塞爾莫，叛教者不是你，異端分子不是你，無神論者、祖國的叛徒不

是你，你確實不是……你聽好，你的上帝跟你説：這樣的謊話，我不會讓它起任何作用的。」

他抬起眼跟巴爾塔薩爾説，上帝講的這些道理，足夠讓他堅持十年的鬥爭。「……不放棄為了祖國的鬥爭，也不放棄為了對我的創造者的愛和信仰的鬥爭：你想想看，離開了這其中的任何一個，對我會是什麼樣子；既離不開祖國，也離不開上帝；這的確是我的苦惱，他們也知道這一點，所以才把我當異端分子，把我驅逐出教會，讓我懺悔，回到正途上來；可是耶穌對我説：安塞爾莫我子，不要當個安逸的基督徒，讓教會和國王吃吃苦頭吧，他們是欣賞安靜的天主教徒的。可是我就欣賞像你這樣的暴怒的基督徒；你要是當個從不惹是生非的天主教徒，一個簡簡單單的信徒，一個只有信仰卻從沒發覺信仰是荒誕的所以才是信仰而不是理性的人，你什麼也得不到的；理性不能是不合邏輯的，信仰是不合邏輯的，而且必須這樣，因為不管什麼事實道理，我必須得到信奉，我如果是符合邏輯的，我就不是上帝了，我就不會犧牲自己了，我就會在沙漠中接受所有的誘惑，我就成了——你在聽我説嗎，我子安塞爾莫？你在聽著我嗎，巴爾塔薩爾兄弟？我就成了那個瞎説什麼『我思故我在』[1]的不要臉的魔鬼了……他真是妄想！我的思想也不是我的，我的存在也不是我自己的。我不是一個人在思考，也不是一個人存在著的。每一句話，我都和上帝，和你，巴爾塔薩爾共同擁有，我們的每一擊心跳也是一樣。那麼我又明白了一件事情，這就是，以這個世界上的老實人為名，我的任務就是讓自己變得複雜，你也拿這個問題問問你自己，就現在，這會兒我看著你，聽著你，覺得你既然信仰理性和進步，你就是老實的，你就和那些在教堂裏一輩子掃地點蠟燭一年年變老的修女一樣的虔誠。就是説，我求你，巴爾塔薩爾，請你永遠成為一個問題，對於你的盧梭，你的孟德斯鳩，

---

1 法國哲學家笛卡兒（Rene Descartes，1596-1650）的名言。

你所有的哲學家，永遠成為一個問題，別讓他們不交精神關稅就通過你的靈魂；你要把信仰放在哪個軍事或經濟強權上的話，就不要丟開你的煩擾，你的複雜，你的特例，你歪曲一切真相的邪惡的想像力……嘿！」金塔納神父帶著自嘲地喊道，「是不是假使我丟掉了信仰，就不會有這一切的煩惱了？不是的，因為要是那樣的話，我就不是為獨立而鬥爭了。就這麼簡單。我就會在第一時間內被打敗了。對一個我所希望看到的國家的信仰，自由，沒有奴隸，不用去殘害成千上萬的又無知又餓得要死的人，要是沒有了對上帝的信仰，巴爾塔薩爾，所有這些對於我來説都不會是可能的了。你有你的藥方。而這是我的藥方。我不要求你具有跟我一樣的信仰，我還不至於這麼傻。我要求你的是，讓你自己的世俗信仰複雜化。你從很遠的地方來，這塊大陸大得很。可是，我們有兩點是一樣的。我們都講西班牙語，互相聽得懂。另外，不管我們喜歡不喜歡，我們經歷了三百年的基督天主教文化，這裏面有美洲基督教的標誌、價值觀、愚蠢、罪行和夢想。我瞭解像你這樣的男孩子：他們這會兒都在這裡，你也看見了，在我的部隊裏做著律師、公證員、法律和文告的起草人……雖然他們受的折磨比你還要多一點。十年裏面我一直在和你們磨嘴皮子。你們讓我接受了我因為運氣不好不曾有過的教育。我是海邊腳伕的兒子。年輕的時候，我上過宗教的神學院，現在呢，我老了，來上你們的世俗神學院。可是，我不是在預言什麼啊，我就在經歷這些事情，不管我的鼻子有多扁，被打得有多厲害。你們都想結束這個在你們看來不平等的、荒誕的過去，想把它忘掉。是呀，假使我們的過去是孟德斯鳩而不是托爾奎馬達[1]創立的，那該多好哇。可是從沒有過。現在我們想做歐洲人，做現代人，做有錢的人嗎？為法的精神和人的普遍權利的精神所統治

---

1 湯瑪斯·德·托爾奎馬達（Thomas de Torquemada，1420-1498），西班牙宗教法庭庭長，以製造宗教迫害聞名。

嗎？那麼我告訴你，如果我們不肩負起已經死去的過去，這一切就沒有可能。我現在要求你的是，我的孩子，不要犧牲掉任何東西，不要丟掉印第安人的法術，也不要丟掉基督徒的神學，也不要丟掉跟我們同時代的歐洲人的理性；我們不如把我們的一切慢慢地復原，繼續做我們自己，成為更好的自己。你不要讓自己單為一個觀念就昏了腦袋孤立起來，巴爾塔薩爾。把你所有的想法都放在天平的一隻托盤上，然後在另一隻托盤上放上所有跟它們對立的想法，那樣你就能走得離真理更近了。你要逆著你的世俗信仰行事，兄弟，在它的旁邊放上我的神的信仰，就當是壓艙石，當成你的世俗信仰的對立面或是其中一部分，我就是這樣子，我有我自己的信仰，也有你的……想想我吧，之前，更早的我，認真想想，我不單是加入了革命，而且是鬥爭到了革命的最後，為的是歷史不把教會，我的教會丟下來。你看，我也沒有把你的反教士的浪漫哲學家的教會給拋在後頭啊。我可不想看到，十年之間，你成為又一個因為烏托邦泡了湯、理想遭到背叛而變得病懨懨的人……說了你可能都不相信，我感謝你們所有人的懷疑主義，這些大學生是我的良友。可是，我也有你們所缺乏的，請原諒我的不謙虛。我得夜裏不睡覺睜著眼睛讀湯瑪斯‧阿奎納[1]、大阿爾伯特[2]、聖波拿文都拉[3]和鄧斯‧司各特[4]。盧梭和伏爾泰我拿來當矯正藥，甚至是誘導劑。可是對於你們，現代的孩子們，什麼東西能拿來當你們學過的東西的矯正藥呢？無疑，是經驗。可是沒有思想的經驗不能變成命運，

1　湯瑪斯‧阿奎納（Tomás de Aquino，1225-1274），義大利神學家，中世紀經院哲學的代表人物。

2　大阿爾伯特（Alberto Magno，1200-1280），中世紀德意志經院哲學家、神學家。

3　聖波拿文都拉（San Buenaventura，1217-1274），中世紀義大利經院哲學家、神學家。

4　鄧斯‧司各特（Duns Escoto，1266-1308），中世紀蘇格蘭經院哲學家、神學家。

變成靈魂……那麼什麼是靈魂呢？聖湯瑪斯就問自己，不就是肉身的形式嗎？你想想看，你會明白：靈魂是肉身的形式，這不是個悖論。沒有靈魂，肉身就不能長久，馬上就開始發臭，分解……把靈魂賦予你的肉身吧，巴爾塔薩爾，但願我們十年內能再相見……咳，也許明天我就會被逮到了，那麼今天我是非跟你說會兒話不可了。我希望你在得知我完蛋了的時候，還能想起我。我希望你能負責保管我的記憶。」

　　神父沉默了好長一會兒。不久以後，巴爾塔薩爾·布斯托斯最終也會發現自己的懦弱，會譴責自己。這種懦弱為他性格中最壞的幾個方面作了證明，侃侃而談缺乏高尚，嫉妒不屬於自己的東西，欺凌弱小，老想侮辱他看來低等的人……他不再欺騙自己，這是後來的事了。可是這會兒，當金塔納停下話頭時，他覺得他正是像神甫要求他那樣的去做的，神父剛剛把自己的靈魂交給了他，而巴爾塔薩爾·布斯托斯覺得他只是給他上了一堂課而已……

　　「我一直在想，就在聽您說話的時候，您的身上是什麼最讓我不舒服，是孤獨、純潔的神父，還是亂搞女人、兒女一大堆的神父……」

　　金塔納想把那道隔開他倆的鐵絲網望穿，好讓巴爾塔薩爾覺察到，神父的眼神是受了傷的，與其說是為了疲倦，不如說是為了一個突然的驚異而沉默了。

　　「你想跟我打架嗎？」

　　「是您要讓我變得好鬥的。我只是想像，哪一天教皇撤銷了您的驅逐令，您就想到您所做的一切都是徒勞，是一個失敗……」

　　「對不起，我不是很懂你的意思……」

　　「我的意思是，當教會原諒了您，說『我錯了』的時候，但願您已經不在了。」

　　「爭取美好事物的功勞，不用別人去證明。」

　　「儘管會失敗？」

「看在上帝分上，巴爾塔薩爾，你不要誤入歧途。我唯一想告訴你的是，你我是相似的。我們兩人都為靈魂奮鬥，儘管你把靈魂和物質混淆。不要緊。也許你有理。靈魂是肉身的形式。可是你和我……接下來的就是那些為金錢和權力奮鬥的人了。這就是我擔心的，這就是國家的失敗。到那個時候你和我，只要我們還在這個世界上，就得幫助那些小偷、那些野心家去恢復他們的靈魂。這就是我給那些兩百年內會原諒我的人的解答。」

「可是您，在某種意義上，跟他們是一致的，」巴爾塔薩爾努力想猜透金塔納那張飽經風霜的、被懺悔室的鐵絲網劃成數個方格而因之更加難看的臉，「您也曾是淫蕩的，虛偽的，好色的……」

「你知道『魔鬼』這個詞是什麼意思嗎？」神父低垂著眼睛，眉毛仍保持嚴肅狀，說道，「我的問題在於沒能倖免肉身的誘惑。你的問題，在於沒能倖免靈魂的誘惑。『魔鬼』的意思是『誣陷者』。」

「您看，您審判我的那認真勁兒，就和審判您的那些人一樣……」

「噢，也有『控訴者』的意思。我希望你能知道他們會怎樣審判我，巴爾塔薩爾。他們會踢倒我，讓我跪在主教面前。他們會把革除教籍的文告再宣讀一遍，再把我罵一通。然後他們就把我交給政府處置了。他們會讓我轉過背去槍斃了我，我還會是跪著的。我的頭會被砍下來，小老弟。他們會把我的腦袋放在韋拉克魯斯廣場上的一個鐵籠子裡，讓那些受到造反的誘惑的人看……」

他沒把話講完，巴爾塔薩爾已經從懺悔室裏出來了。他在神父的位子上坐了有一個鐘頭，現在抱住了他，求他原諒，求他告訴自己為什麼要為他做這些，感受到汪洋大海的力量。憑著這股力量，神父壓制著自己的情緒，就像在狂風暴雨中巋然不動的冰封了的大海，讓風，而不是水，做著暴風雨的主角。

而神父也抱緊了巴爾塔薩爾，他親了親他的頭，向他表示歡

迎，巴爾塔薩爾於是明白，安塞爾莫神父為他擔負起責任，為的是最終他自己，巴爾塔薩爾，能為這裏正期待著他的東西擔負起責任……

七

靠著一身腳伕的、久經沙場的鬥士的力氣，安塞爾莫‧金塔納神父再一次挪動了他的小兄弟、來自布宜諾斯艾利斯的巴爾塔薩爾‧布斯托斯上尉抽搐著的身體，讓他往禮拜堂入口看過去。

就在他一小時前站過的那個光亮的方口，現出了兩個清晰的黑影，一個婦女，一個男童，他們的衣著相差無幾。

「來，進來吧……」

兩個人走近了，並不發出聲音。和巴爾塔薩爾不同，他們光著腳，靜靜地走著。而他還沒有把軍靴的敲擊聲止住。他在他的兩種個性之間擺動，胖胖的、近視眼的年輕人和瘦瘦高高、粗毛叢生的戰鬥者；布宜諾斯艾利斯陽臺上的那一位和上秘魯的游擊戰中的那一位；利馬沙龍裏的那一位和馬拉凱博熱鬧的妓院裏的那一位……

現在，到了三十五歲，巴爾塔薩爾終於取得了平衡，眼睛仍然近視卻充滿機警，身體壯實而靈活，小鬍子枯萎無光，卻使他又小又腫脹的嘴唇顯得堅定牢靠。他的長頭髮是桀驁不馴的；他似乎有自己的生活，充實的生活，在布宜諾斯艾利斯，在我們，多雷戈和我，巴雷拉所稱的浪漫時代，這個時候開始有新的消息，有拜倫、雪萊……的詩歌到達新世界。巴爾塔薩爾的羅馬人似的漂亮鼻子賦予他一種高貴、堅韌、冷靜的氣質。他的金絲眼鏡不大舒服地靠在鼻樑上。

而他們，這正在走近的兩個人，並不能一眼就被認出來，儘管那個男童就是昨天那個玩瞎眼母雞遊戲的那個。這是個金頭髮的小男孩，大約十歲的樣子，隔著亂蓬蓬的髒頭髮和土布製的襯衫褲子，他的清秀還是明朗可見。

　　而那個女人，猜不出有多少歲，頭髮朝後梳著，拖著一個給髮卡歪歪地別著的髮髻。在她佈滿皺紋的額頭上，垂下幾縷頭髮；歲月的痕跡，在她失色的嘴唇上，在她嘴角和下巴上醒目的線條裏顯露無疑。她跟那個小男孩一樣地赤著腳，緊抱著雙臂，縮在一件幾乎不存在的窄披肩裡，她顫抖著的身體讓人感到奧里薩巴地處熱帶只是一個假象，這座城市持久的潮濕和雨水才是真實的。她得了很嚴重的感冒，正在轉變成咳嗽。

　　「奧菲利雅，」神父用他最親切的嗓音說，「我已經跟上尉說過了，你同意讓小孩兒跟他回阿根廷。」

　　巴爾塔薩爾已經一動不動地僵在那裡，陷入他最隱秘的哀傷之中。他看著她的臉，看到了她全部的生活，而她都沒看他一眼，只顧著擤鼻涕。金塔納望著巴爾塔薩爾，告訴他說，這個小孩十年前生在布宜諾斯艾利斯，隨後神秘地遭到綁架，然後被幾個黑人保姆從一場大火中救了出來，他的媽媽給了她們索要的錢，才把他要了回來。她把他送到韋拉克魯斯，托由金塔納神父看管，等著有人能來把他接走，把他養大……

　　「因為我昨天就跟你說啦，兄弟。你的運命是為那些需要你的人擔起責任。你的祖國會需要你，需要這個男孩的。讓他跟你走吧。我們在這裏活得下去的。我們已經很老了。你們阿根廷人是美洲的小孩子，是這個古老大陸的小弟。讓這個小孩跟你走吧，和你最好的朋友一起把世界上最好的東西教給他。你們會得到和平和繁榮。我們不會。」

　　「她呢？」巴爾塔薩爾好不容易才幽幽地說道。

　　「奧菲利雅・薩拉曼卡是美洲獨立革命中最忠誠的聯絡員。」金塔納緊緊盯著那個似乎身在異處、並不在聽他說話的女人，說道，「在這個大陸，我們互通音信是這麼困難，可是就是靠著她的聯絡，我們的鬥爭才得以繼續下去。我和聖馬丁還有玻利瓦爾一直保持聯繫，就是靠的她。靠著她，我們才及時知道是哪些西班牙援

軍從卡亞俄[1]開往亞卡普爾科，或是從馬拉凱博開往韋拉克魯斯。她是英雄，巴爾塔薩爾，一個我們應當最最尊敬的女人，她犧牲自己的名譽獲取情報，讓那些表面上裝成起義者實際上是在給西班牙國王賣命的叛徒鮮血流淌。總有一天會有人把她的故事寫進書裏去的。她有幾回表現得多機智哪！她把她和一個布宜諾斯艾利斯的克里奧約小軍官的真真假假的戀愛故事編成歌曲給我們傳遞消息，這些歌曲連成一張網傳遍美洲，跑得比閃電還要快哪。」

「神父，我就是這個軍官啊，那些歌曲唱的就是我的名字，您別騙我了……」

「一個字也別再說了，巴爾塔薩爾。她把另一個獨立英雄叫來這裡，他和她一樣想辦法加入保王黨軍隊，好套到情報再傳出去……她想讓這個英雄，就是你，照管她的孩子……所以她寫信給她在馬拉凱博的朋友璐絲・瑪麗雅，讓你過來。」

金塔納把一隻胳膊伸出去，停在了奧菲利雅的肩上：「現在她身體很糟，不能照顧孩子，也不能再為我們工作了。她同意讓她的孩子跟你回阿根廷。我想，你……」

「是的，」巴爾塔薩爾簡短地說，「我也同意。」

來自布宜諾斯艾利斯的上尉朝奧菲利雅・薩拉曼卡走過去，這時候金塔納神父也放開了她，她就失去平衡了。巴爾塔薩爾趕忙上去扶她站好。這是他第一次碰她。她用微弱的嗓音跟他說：

「謝謝。」

他們很快就分開了。她不曾看他一眼。他也不想在他如此想念的這雙眼睛裏看到那會令他痛苦欲絕的悲傷。他反而伸出手去挽住那個男童的肩膀，跟他說：「你得好好洗個澡啦，你會看到的，你會喜歡草原上的生活的，從今以後，你就是我的小弟……」大概就是這樣的話。

---

1 卡亞俄，秘魯港口城市名。

　　巴爾塔薩爾的手裏還緊攥著一條紅絲帶。某一個五月的夜晚，它就曾在奧菲利雅‧薩拉曼卡的頸子上閃光。這條紅絲帶，是他在利馬一天夜裏從卡布拉侯爵那裏偷來的。那是又一個死亡之夜。

　　現在，他很想把這條紅絲帶還給奧菲利雅，重新繫在她胸前；然而，她恍如身在別處的目光讓他停下手來。

《征戰》

■ 在混亂和獨裁之間

「十五趾」桑塔安納

　　一下子沒有了統治我們長達三百年的西班牙王室的庇護，我們西語美洲人開始急切地尋找發展模式，作參考的都是那些和現代化是同義詞的國家：法國、英國和美國。我們對自己的傳統不予理睬。西班牙的傳統，看來是殖民地時代的、保守反動的了。而印第安人的傳統和黑人的傳統，則看來是野蠻愚昧的。我們掉進了加布利埃爾·塔爾德[1]所稱的「超邏輯模仿律」裡。那些模式，與我們的現實是鮮有聯繫或毫不相干的。法治的國家與現實中的國家毫無關係。「哥倫比亞憲法是寫給天使的，不是寫給人類的。」維克多·雨果[2]這樣寫道。可是歐洲人也別要求我們西語美洲人只用十

1　塔爾德（Gabriel Tarde，1843-1904），法國社會心理學家，著有《模仿的法則》。

2　雨果（Victor Marie Hugo，1802-1885），法國文學家，最知名的作品有《巴黎聖母院》（又譯《鐘樓怪人》）及《悲慘世界》。

年就做成他們花費了一千年才做成的事情嘛，西蒙・玻利瓦爾[1]這樣抱怨說。

我們便隨波逐流，在無政府的混亂狀態和獨裁統治之間擺來擺去。旦夕之間，就冒出一個獨裁者，要把我們從混亂之中拯救出來，結果造成的只是更多的混亂，而新的混亂又製造出新的獨裁王朝。和所有的獨裁統治一樣，我們的獨裁統治也是靠恐怖來維持的。在阿根廷，稱霸一方的獨裁者法昆多・基羅加活脫脫就是野蠻的畫像，此人已經被寫進我們的十九世紀最重要的那本書（多明戈・福斯蒂諾・薩米恩托的《法昆多：文明還是野蠻》）而得以名垂千古了。他臉上的黑鬍子一直爬到了顴骨處，額前瀉下長長的鬈曲的黑髮，「就像是美杜莎（Medusa）頭上的群蛇」。據薩米恩托的描述，法昆多能把一個人活活踢死。有一回他掄起把斧頭把他兒子的腦袋劈開了，僅僅是因為孩子哭個不停。還有一回，他的父母拒絕借錢給他，他就一把火燒掉了他們住著的房子。

伴隨著地區級獨裁者出現的，是國家級的獨裁者。在阿根廷，這個角色由胡安・曼努埃爾・德・羅薩斯[2]扮演了二十五年：他集多重矛盾於一身，自稱是聯邦主義者、自治論者和地區主義者，卻施行中央集權統治。羅薩斯把權力交給中央集權主義勢力（包括布宜諾斯艾利斯海關，首都、牧場和大屠宰場的領導權，他還沒收政敵財產以便收買盟友）。而盟友們則會對他大加吹捧以作酬謝：羅薩斯，他的一個馬屁精這樣寫道，是「政治家、英雄、戰士和偉大

---

1 西蒙・玻利瓦爾（Simon Bolivar，1783-1830），南美洲知名的解放者。出生於委內瑞拉的貴族家庭，並在西班牙的馬德里大學修習法律。他曾領導南美洲居民組成軍隊，反抗西班牙的殖民統治，先後解放了委內瑞拉、哥倫比亞、厄瓜多爾及秘魯等地區。為了紀念其功蹟，上秘魯於 1825 年獨立時，特以「玻利維亞」（Bolivia）為國名。

2 胡安・德・羅薩斯（Juan de Rosas，1793-1877）於 1835 年成為阿根廷的統治者，象徵其所代表的克里奧約地主階級（Creole，西班牙人的後裔），已從當地人手中奪取更多土地，掌控一切權勢與利益。

公民的最完美的典範」。為確保統治地位，羅薩斯組建了「玉米棒子黨」，意圖讓與他作對的人閉上嘴，這可能是拉丁美洲最早的行兇隊。在科爾多瓦，玉米棒子黨的當地頭目，一個叫巴爾瑟納的傢伙，曾經闖入一場舞會，把三個年輕人的頭顱拋到舞池裡，而這三個年輕人的家人正在現場，驚恐萬分。羅薩斯曾讓一群女子拉他的馬車，命令各個教堂在他的畫像前焚香，以此來褒獎自己。他把他的政治戲劇導得像模像樣。這個名義上的聯邦主義者、實際中的中央集權主義者，利用兩派勢力的敵對，將他的反對者斬盡殺絕，把權力集中在他一個人的身上。

獨裁者們：忠貞的或媚外的

在作為阿根廷與巴拉圭界河的巴拉那河的另一邊，也有一個國家級的考迪略，作為「終身獨裁」在一八一四至一八四○年間統治著巴拉圭。加斯帕爾·羅德里格斯·德·弗朗西亞博士將巴拉圭民族主義為己所用。同樣是被夾在野心勃勃的巴西和阿根廷之間，和小小的烏拉圭共和國不同，他可不想讓巴拉圭只成為南美洲巨人間的緩衝國而已。弗朗西亞博士定下的前提是，巴拉圭不能擺脫了西班牙的統治，接著又受巴西或阿根廷控制，結果他讓他的國家斷絕了一切的對外聯繫。

巴拉圭獨處於南美洲心臟地帶，沒有海岸線，長期以來是耶穌會教士的居留地，現在則身處野心勃勃的鄰國的包圍之中。弗朗西亞博士把巴拉圭的孤立轉化成他的民族大義，以免遭吞併為藉口，行閉關鎖國之實。他自封為「至高無上者」，禁止貿易和出國，就連他的堡壘之國與外部世界的郵件往來，也給一併禁止。就像在伊芙琳·沃[1]的一本小說中所描寫的那樣，哪個外國人要是進了巴拉圭國內，就得永遠待在那裏了。

1　伊芙琳·沃（Evelyn Waugh，1903-1966），英國作家，擅寫諷刺小說。

　　弗朗西亞博士給他的鐵腕沙文主義罩上了一層民粹主義的外衣。出於必需，他的內向的共和國是閉關自守的；他創建了一套自給自足的經濟制度；他對他統領之下的蠢惑大眾的政府給足好處。他攻擊教會，削弱其權力。跟在阿根廷發生的情況一樣，這個獨裁者最終保護和鞏固了舊有的和新生的寡頭集團的利益。弗朗西亞博士的超長統治表明了一個往往被忽視的事實，即拉美民族主義起源於右派勢力，並且明證了這樣的觀念，即專制民粹主義只是把獨裁者有意造成的社會的癱瘓掩蓋起來，給人的印象是一切都在動，卻什麼都沒變。忠貞於祖國的弗朗西亞博士的「至高無上的獨裁」在一八四○年壽終正寢，這一年獨裁者終老於七十四歲。他沒能把他的新國家從不幸和無止的衝突中拯救出來。一八六五至一八七○年間，巴拉圭與巴西、阿根廷對抗作戰，結果這個小國的大部分男性人口都戰死沙場。後來這個國家又和玻利維亞在查科叢林連年交戰。直到今天，巴拉圭仍被踩在獨裁者的皮靴之下。

「十五趾」

　　跟羅薩斯和弗朗西亞同時期在墨西哥做獨裁者的，是安東尼奧·洛佩茲·德·桑塔安納[1]將軍。比起前兩者來，他的運氣可要差很多。弗朗西亞成了奧古斯托·羅亞·巴斯托斯的一部傑作中的主人翁[2]，桑塔安納卻不一樣。沒有人能真正在文學中給他作一個評判。文學創作似乎逮不著他，因為他的人生比任何一種小說式的想像都要虛幻的多。若是給桑塔安納立傳，史實是勝於虛構的。他出現在迪亞哥·里維拉的當代壁畫中，看上去就像出現在歌頌他的

1　桑塔安納（Antonio López de Santa Anna，1795-1876），墨西哥將軍，曾多次擔任總統。因與美國交戰屢戰屢敗，割地賠款，受到國人譴責而流亡海外。晚年返回墨西哥後，在貧困中去世。

2　指巴拉圭作家奧古斯托·羅亞·巴斯托斯（Augusto Roa Bastos，1917-2005）的小說《我，至高無上者》。

幽默連環畫裡。但這對於桑塔安納正合適，他是演出滑稽戲的拉美獨裁者的典型代表。他集狡詐和媚骨於一身，傲慢的很，也無恥的很，在一八三三至一八五四年間，當了十一回墨西哥總統。他形容粗鄙，愛玩鬥雞，也好女色，還曾癡心妄想要發動針對自己的政變。

　　一八三八年，桑塔安納在與法國的糕點戰爭中丟掉了一條腿。之所以叫「糕點戰爭」，是因為在墨西哥城的一場騷亂中，一個法國麵包師的糕點店遭到洗劫，於是他要求賠償。法軍艦隊給他撐腰，炮轟了韋拉克魯斯。桑塔安納在墨西哥大教堂埋葬了他的斷腿，擺了很大的排場，還有大主教給他祝福。每當桑塔安納下臺的時候，這條腿就會被憤怒的群眾挖出來拖在地上遊街，而等這獨裁者重回寶座時，這條腿會再次被埋起來，仍是擺很大的排場，並有大主教的祝福。我倒想問：弄來弄去的就是這條腿，還是後來人們就拿了條當道具用的假腿取而代之了？不管怎麼說，打那以後，他就被冠上「十五趾」的綽號了。如果說弗朗西亞博士是個忠貞於祖國的、苦行僧式的獨裁者的話，那麼桑塔安納就是個諂媚外國的、笑話百出的獨裁者。不過，當他先丟掉了德克薩斯州，接著是整個墨西哥領土的北翼，包括亞利桑那、新墨西哥、科羅拉多、內華達、加利福尼亞和猶他的幾個部分的時候，誰也笑不起來了。感謝他的無能，日益擴張的年輕巨人美利堅合眾國為了實現它的「天定命運」，得以在進軍太平洋的宏圖偉業中昂首闊步。這場戰爭被批評者們稱為「波爾克[1]的戰爭」。在美國國會，一個孤獨的議員痛陳這場戰爭的醜惡，他的名字叫亞伯拉罕・林肯。作家亨利・大衛・梭羅拒絕為這場戰爭繳納稅款，艾德蒙・威爾遜在越戰期間也是這麼做的。然而，到了一八四八年，墨西哥還是失掉了一半的國土，在布拉沃河上劃出的新疆界，對許多墨西哥人來說，成了一道癒合不上的傷口。

1　指時任美國第十一任總統的詹姆斯・波爾克（James Knox Polk，1795-1849）。

桑塔安納還白送給美國一個美式民俗。一八三六年，在聖哈新托之戰中，他在一棵聖櫟樹下睡午覺時被活捉，卻沒被德克薩斯人槍斃，因為對於他們來說，他作為俘虜要比作為死屍更有用些。他給銬上腳鐐，送上火車，一路押到華盛頓。在華盛頓等候安德魯·傑克遜接見的時候，他鎮靜地咀嚼著一塊產自他在韋拉克魯斯的莊園芒加德柯拉沃的橡膠。此時美國內政部長亞當斯先生進來了，問他在幹嘛。桑塔安納就給了他一塊香口膠。於是亞當斯發了大財。亞當斯牌口香糖。

桑塔安納留下了一塊可以咀嚼的橡膠，卻丟掉了墨西哥的半壁江山。

自由黨人的反擊：貝尼托·華雷斯

一八五四年，桑塔安納穿上一身白鼬皮披風，自封為「尊貴的陛下」，還從國庫裏調了好大一筆錢，從巴黎進口了若干套黃緯緞制服供宮中的衛兵使用。自由黨率領不滿的人民進行反擊，維護國家尊嚴。在自由黨人中，有一個人物和這個胸前掛滿勳章的強人截然相反。貝尼托·華雷斯[1]是一個勤儉的律師，瓦哈卡人，來自印第安薩波特卡族。他自小是一個牧童，不識字，不懂西班牙語。十二歲的時候，他被在一個開明的教區神父家裏做女傭的姐姐帶到瓦哈卡城。在那裡，華雷斯學會了讀寫西班牙語。他腦子靈，也胸懷大志。他總是稱他的保護人、方濟會修士薩拉努埃瓦為「我的教父」。薩拉努埃瓦本希望他能努力學習，將來當個神父，不過華雷斯志不在此。一八二八年，這個二十二歲的印第安裔青年走出神父的家門，開始他的律師生涯，最終成為十九世紀墨西哥最偉大的改革家和自由派總統。

1　華雷斯（Benito Pablo Juárez García，1806-1872），墨西哥總統。出生在印第安人家庭。領導自由派取得了政治改革戰爭的勝利，制定了廢除教士與軍官特權的《華雷斯法》，並兩度擔任總統。在墨西哥民眾中享有盛譽。

他的第一個舉措是政教分離。改革法宣佈沒收教會龐大而無用的財產，將它們放入市場流通。改革法讓軍人和貴族不再享有各自的特殊法庭。公民權和適用於所有公民的諸項法律被放在首要的地位。不久，保守黨人就開始攻擊這一整套法律了。而華雷斯和自由黨人已經很清楚地選擇了這樣的方案：將軍隊和教會約束在國家的管轄之下，緊接著將包括國家政府在內的一切約束在法律的控制之下。

保守黨人發動戰爭對抗華雷斯和他發起的改革，戰爭持續了三年。當華雷斯最終於一八六○年在戰場上把他們打敗時，他們便把目光投向國外，得到了法國拿破崙三世宮廷的支持。拿破崙三世剛剛征服了印度支那，現在則夢想著把法蘭西帝國的勢力擴張到美洲了。這是歐亨尼雅‧德‧蒙狄荷皇后這個西班牙女人的夢想。在她的幻想裡，一個矗立在美洲的拉丁帝國將有能力與影響日增的強大的美國相抗衡。而這會兒美國正因為內戰處於分裂狀態。拿破崙三世看到了超越他的伯父拿破崙大帝所創造的偉業的機會。

得到小拿破崙支持的墨西哥保守黨人前往亞得里亞海上的觀海堡朝聖去了。在那裡，哈布斯堡王朝的馬克西米連[1]大公代表他的哥哥、奧地利皇帝弗蘭茨‧約瑟夫擔任特里埃斯特（今義大利東北部與斯洛伐尼亞交界的亞得里亞海城市，在十九世紀據航運的樞紐位置）的總督。就在那裡，保守黨人把墨西哥皇冠給了他。年輕的馬克西米連生得魁梧迷人，一頭金髮，滿臉鬍鬚，卻是個意志力薄弱的男人。他的妻子、比利時國王利奧波德之女卡洛塔公主倒是野心勃勃，在政治上機敏得很。她一心敦促馬克西米連接受加冕。

馬克西米連和弗蘭茨‧約瑟夫這兩兄弟的政治理想是不同的。在維也納的弗蘭茨‧約瑟夫鎮壓過一八四八年的自由民族主義起義

1　馬克西米連（Joseph Ferdinand Maximilian，1832-1867），原是奧地利大公，在法國的拿破崙三世支持下，及妻子卡洛塔的敦促下，登上墨西哥帝位。

在混亂和獨裁之間

後，用哈布斯堡家族特有的專制手段進行統治。在的里雅斯特，之前是在倫巴底，馬克西米連卻截然相反，他對自由主義改革抱有好感，支持教會和帝國的現代化。而一八六二年出現在觀海堡的那幫墨西哥保守黨人卻對這些細緻之處視而不見。墨西哥需要馬克西米連來恢復秩序，對抗那些野蠻的、亂糟糟的革命者。墨西哥人民請求他接受帝位。盤踞在墨西哥領土上的法國軍隊現在也需要馬克西米連帶來和平。於是法國人操縱了一場有利於馬克西米連和君主制的、欺騙大眾的全民公決。馬克西米連和卡洛塔夫婦是沒有機會在維也納做皇帝和皇后的。他們打算在墨西哥創建一個現代化的、開明的君主國，讓奧皇弗蘭茨·約瑟夫相形見絀。兄弟間的暗中較勁，就這樣見證於在特里埃斯特、維也納、布魯塞爾最後是墨西哥之間往來的書信裡。卡洛塔讓馬克西米連相信，要是他們讓去墨西哥稱帝的機會溜走了，他們就再也不會統治哪個王國了，只會服務於某個王國。

可是，如果説野心和讓父親的政治教育在自己的身上得到體現的真誠願望蒙蔽了卡洛塔的雙眼的話，那麼當「諾瓦拉」號在韋拉克魯斯靠岸時，她應當把眼睛睜開了。眼前出現的，是從海岸通往京城的崎嶇道路，沒有印第安人捧著鮮花在凱旋門下恭候大駕。三百五十年以前，科爾特斯徒步穿行的也是這條路，而查理五世皇帝本人卻未曾巡幸這新大陸。馬克西米連和卡洛塔可不是科爾特斯，更不是查理五世。他們配有巨大車輪的鍍金御駕艱難地攀爬在墨西哥的鄉間土路上，災難連連，要嘛是車壞了，要嘛是陷進泥裏前行不了了，甚至是車子翻了個底朝天。

這帝國的傳奇一開始就連續上演滑稽事件。抵達墨西哥城後，帝后二人住進了國民宮裏原是桑塔安納的住所。他們給臭蟲趕下了床，只好睡撞球桌。不過沒過多久，他們就搬進了舒適的查普爾特佩克堡，那個地方不久前還是墨西哥軍校，就在那裡，曾有六名年輕的士官生不肯向美國侵略軍投降，身裹國旗跳崖自盡。

無論懷有哪種傾向，所有的墨西哥人都在抵抗外國干涉的激情的感召下團結起來，只有純粹的、頑固的保守黨人除外。有了馬克西米連，他們期待著能收回被自由黨人征去的土地。在他們中間，理所當然有教會階級。可馬克西米連倒想試驗一下他的理想主義，給國家事務打上他的個人印記，決定維持貝尼托‧華雷斯的改革法。從哈利斯科的莊園到聖佩德羅的豪宅，響起了憤怒的呼聲。馬克西米連難道不明白，他被送到墨西哥來，是來為他們維護特權而不是來廢除特權的嗎？馬克西米連邀請華雷斯出任他的帝國首相。但華雷斯拒絕了：如果馬克西米連想要得到一個民主國家的話，那就去奧地利想辦法搞吧，去把他哥哥弗蘭茨‧約瑟夫的臣民們解放出來。墨西哥會繼續戰鬥下去。

　　法軍司令阿西爾‧巴贊觀察了墨西哥反抗力量的實力和範圍後告訴馬克西米連，並且一定要讓他相信，只要華雷斯的勢力和他的共和國的支持者們不被打敗，就不會有和平。巴贊強迫皇帝簽署一道法令，墨西哥人中凡有被發現攜帶武器者，一律就地處決。馬克西米連在一八六五年十月二日簽署這道後被稱為「黑色法令」的敕令時，也簽署了自己的死刑判決書。

　　今天，在查普爾特佩克堡，在馬克西米連的鍍金馬車旁邊，擺放著貝尼托‧華雷斯簡樸的黑色馬車。當年，墨西哥總統就是坐在這輛車裡，帶著大堆的文書，在北方的茫茫荒漠中行進，與法國人展開游擊戰。

　　在他的架在輪子上的辦公室裡，華雷斯成了印第安宿命觀、羅馬法和西班牙禁欲主義的化身。他要把西蒙‧玻利瓦爾和何塞‧德‧聖馬丁的夢想變為現實：強有力的制度，而不是強有力的人：公民當家作主，任何人不能凌駕於法律之上。可是，我們還是再來想想這個人的感受吧，他原是個印第安牧童，轉而成了用法蘭西的文明理念培養出來的律師，而此刻這個文明，卻突然轉過身來反對他，並且拒絕給予墨西哥獨立的權利。我們再想想華雷斯的大志，

他坐在僅是一輛破車而已的辦公室裡，不惜一切代價捍衛墨西哥，力圖定下哪一個強國都無權左右一個拉美國家政府的原則。

在一個幽靈宮廷裏做著皇帝和皇后的馬克西米連和卡洛塔實際上什麼都幹不了，也不能靠什麼去打敗華雷斯。馬克西米連時時發作的想要獨立自主的熱情顯得頗為可笑。這位皇帝並不是獨立自主的，他只不過是法軍刺刀擁護下的拿破崙三世的傀儡而已。一八六七年，當法國皇帝決定拋棄馬克西米連時，這位墨西哥皇帝的倒臺就變得無法避免了。小拿破崙，就像他的敵人維克多·雨果所稱呼的那樣，得把精力放到另外一些更緊急的事務上去了。美國內戰已告結束。拿破崙原先支持的是美國南方，美國南方也支持拿破崙：雙方都希望看到一個附加在蓄奴和封建莊園制度之下的墨西哥。可是現在，林肯領導的美國北方勝利了，同時在法國的東面，俾斯麥已成功地將德國統一在普魯士的軍事強權之下，並且將眼光投向西方，期待著更大的勝利和征服。墨西哥的游擊戰士們，白天務農，晚上就成了兵，偽裝一下就消失在茫茫原野裡，動起來飛快，不愧為抗擊羅馬人的名將維里亞托所建立的傳統的繼承人。他們不甘被馬克西米連和法國人打敗。而在法國國內，民眾紛紛大造輿論，上街遊行，反對墨西哥戰爭，要求停止在墨西哥繼續流血，為成千上萬躺在棺材裏回到祖國的法國青年大聲抗議。在拿破崙的小眼睛裡，閃耀著的帝國之星只有一顆了。他征服了東南亞，從北部灣直到湄公河三角洲。百年後，印度支那[1]的華雷斯發起了同樣的戰爭。他的名字叫胡志明。

當法國撤出軍隊時，卡洛塔急赴巴黎，在杜勒麗宮怒斥拿破崙三世的背信棄義。但這沒有用。一八六七年五月十五日，在克雷塔羅，馬克西米連投降了，陪伴他的只有一群忠心的墨西哥官員。他被槍斃在附近一帶的康帕納斯山上。面對請求釋放馬克西米連一條

---

1 Indo-China，即中南半島，由越南、緬甸、泰國、柬埔寨和寮國等組成。

生路的所謂國際人士，華雷斯沒有讓步。在他和寬容之間站著的，是數千個慘死在「黑色法令」之下的冤魂。

卡洛塔還在歐洲繼續她的征戰。在一次聽證會期間，她在教皇庇護九世面前為她丈夫的事業作辯護，重病不起，不得不在梵蒂岡過夜——從官方意義上講，她是第一個在梵蒂岡過夜的女人。年輕的皇后發了瘋。二十七歲的時候，她被關進了她的故土比利時的布魯日堡裡。在那裡，她繼續給她深愛著的馬克西米連寫信。她從不曉得，他已經死了。她只吃核桃，喝泉水，因為她認定了拿破崙三世要毒死她。她很少出現在公眾場合，只在舉行葬禮和慶典時出來一下，縮著身子，變得越來越小，越來越遠離世間。當她的表弟德皇威廉二世於一九一五年進犯比利時的時候，他還給城堡派了衛兵，保護「墨西哥皇后陛下」。

卡洛塔最終在一九二七年離世，終年八十七歲。有一張照片，是她躺在棺材裏的樣子，束著黑色的髮網，佈滿老年斑的兩手上纏繞著一長串念珠，屍體的輪廓奇妙地將貪婪與純潔混合在了一起。這位老太太與出自畫家溫特哈爾特之手的那幅漂亮的皇后像相距多麼遙遠啊！在那幅畫中，皇后穿著塔夫綢做的華服，罩著紗巾，散發著光澤的皮膚，烏黑的頭髮，其傲慢並不顯得過分，眼神裏閃耀著聰明和俏皮的光芒。

馬克西米連也永遠地躺在維也納哈布斯堡家族的墓穴裏了。墨西哥槍決行刑隊打飛了他的一隻眼睛。遺體化妝師在克雷塔羅全城找不到一隻藍色的假眼珠，最終只好把一個當地少女的黑眼珠嵌進了這被槍決的皇帝的眼眶裡。在卡布奇諾墓穴的深處，馬克西米連用一隻奧地利藍眼睛和一隻印第安黑眼睛望著死神。曾於一五二一年征服了墨西哥的哈布斯堡家族總算還是踏上了蒙特祖馬的古老帝國的土地。馬克西米連該會不止一次地想過，由他代表查理五世（卡洛斯一世）和腓力二世是多麼可笑吧。見證了久遠的西班牙國王的史詩的墨西哥，成了上演他們的後裔馬克西米連的悲劇的舞

臺。他的皇冠，正如墨西哥劇作家羅多爾夫‧烏西格利所說，是一頂影子皇冠。

而「尊貴的陛下」桑塔安納的白鼬皮披風很快就被蟲子咬爛了。一八五四年，桑塔安納被自由黨人趕下臺，乘坐輪船逃往哥倫比亞的圖巴科港。在那裡，他還夢想著能回到墨西哥，重新掌權。法軍入侵，他認為他的機會來了。他回到韋拉克魯斯，聽命於「尊貴的馬克西米連親王」。法軍司令巴贊二話沒說就把他趕出了墨西哥。於是桑塔安納跑到美國尋求幫助，要以門羅主義之名跟法國人開戰。美國佬把他笑話了一頓。桑塔安納沒死心：他把他的佩劍送給華雷斯，並在信中宣稱準備為墨西哥「流盡我的最後一滴鮮血」。

沒必要了。法國人撤離了墨西哥，華雷斯槍決了馬克西米連。桑塔安納來到韋拉克魯斯，結果被關進聖胡安‧德‧烏魯阿島的一個地牢裡。獲得自由後，他流亡在安地列斯群島諸國間跳來跳去，直到一八七四年，才獲准回到墨西哥，此時華雷斯已經作古。尊貴的陛下已經是個駝著背、走路一瘸一拐的老人了。自由黨政府出於同情接納了他，給了他一筆不算高的養老金。他的妻子拿這筆錢從街頭雇來幾個乞丐，讓他們做桑塔安納總統先生的接待員，接受民眾求助。有幾個小混混還試圖向他出售他那條名腿上的幾塊骨頭。但他的雙眼已經為白內障遮蔽住了。他靠他的幾個女婿接濟為生。他把他最後的四個披索交給妻子，在一八七六年八十二歲的時候死在睡夢中。

桑塔安納死了一年後，又一個獨裁者奉著「少講政治，多加管理」和「立即處死」的信條統治墨西哥長達三十年之久。這一個比較能幹，有毅力，也很狡猾。他的名字是：波菲利奧‧迪亞斯[1]。他的目標是：要進步，不要自由。

《埋掉的鏡子》（增補版）

---

1 參見 P.32 註 4。

共和國的抵抗

貝尼托・華雷斯

里戈維托・帕洛馬爺爺「哎咿哎咿」叫著醒了過來：是場噩夢。沒事，躺在他一側的蘇珊娜・倫特里亞奶奶安慰他道，你是在做夢呢。是叛亂？堂里戈維托驚慌地說。不是，外面有人在起哄而已啦。她笑了。哎，你這傻丫頭，我的曾祖父帕洛馬將軍對他的妻子、我的曾祖母說，你記得什麼嗎，蘇茜？他叫她丫頭，因為她有六十五歲，他有九十一歲了。

「別告訴我你夢到我了，里戈。」

她微微一笑，停了會兒，摸了摸丈夫白得像絲的小鬍子，然後說，「別忘了，你自己說的嘛，是場噩夢。」

他伏到她身上，吻她的頭髮，她的臉蛋，她的嘴，他身上棕黃兩色條子相間的睡衣霎時裂了道口子，一條袖管在肩膀處開了線。兩個人都笑了。她讓他把睡衣脫下來，坐到床沿上開始縫補。她在半空中晃著腿，就像坐在鞦韆架上似的。她的腿很短，都踩不到地面，她的腳是完美的。

堂里戈維托，這個瘦瘦的老人，也坐到床沿上，兩手抱胸。她

歎了口氣説，里戈，跟我講講你夢見了什麼吧。

你聽著吧，傻丫頭。那時候我有二十來歲吧，跟在華雷斯先生的衛隊裡，在共和國的北方，法國人和與他們一夥的墨西哥叛徒在後面緊追。兩年的苦旅啊，蘇，你想想看那是什麼樣子吧，我們坐在快散架的敞篷馬車和牛車裡，背著國務檔案，華雷斯總統先生呢，帶著張輕便書桌，坐在他那輛黑色的馬車裏辦公。

想想看吧，純潔的女孩兒啊，從馬皮米到納薩斯，然後是聖培德羅德爾加約，然後拉薩爾卡，然後塞羅戈多，然後奇瓦瓦，再穿過那裏的沙漠正朝著北方走。我們的人越來越少，水也越來越少，吃的也越來越少。他什麼都扛下來了。我們啓程的時候，他跟我們説過這麼一句話：「這樣的機會，在我們的歷史上不會再有了。」我們累了的時候，蘇珊娜，或是我們自問我們推著滿載故紙堆的木輪大車在泥潭和石山上行進有什麼意義的時候，我們就想起他的話，並且理解得非常透徹。我們擁有的機會，就是把墨西哥從一場外國侵略和一個用槍炮維持的帝國中拯救出來。

我們擁有的機會，就是捍衛法制，這法制暫時只是幾堆舊檔案以及一張架在輪子上的書桌。

我想，我們的國家，從沒有像那時那樣地貧窮過，也從沒有像那時那樣受墨西哥人熱愛過。親愛的，你已經看到了吧，我們國家是怎樣因為財富和驕傲而變難看的？它在你眼裏本可以是美麗的呀，如果你在我的夢裏見到它的話。

我那時候能説什麼呢，小姑娘？什麼也不説：那時候我是個面容堅定的長矛手，騎在馬上，保護著總統先生。他曾在某一天決定把教會的財產拿出來流通，讓人的法律得到尊重，以便更好地遵守上帝的法律，以及奪去軍隊和貴族的特權，讓上帝即基督的法律帶著天堂和地獄的怒火降臨在他們頭上。他打敗了保守黨；可保守黨卻留給他一千五百萬披索的外債，就是法國商人買下的那些債券的價格，換來的是從墨西哥身上割下來的一磅肉。債券是不算數的。

可法國討要的債卻是算數的。華雷斯宣佈中止支付所欠債款。於是拿破崙三世用一場入侵和一個帝國來答覆他。我只是看著先生，他是那麼嚴肅，那麼可敬，那麼……怎麼跟你說呢蘇珊妮達，他對自己在歷史上扮演的角色是那麼的自信。他從沒懷疑過，不管遭遇多少苦難，墨西哥終會成為獨立和民主的國家，所以他也堅信，他扮演的這個角色，正該屬於他。我那時候很想問他，啊，堂貝尼托，要是沒有您，這個國家就會墮落，就不會起來鬥爭，或者還會怎樣？我不知道要是我問了，他會怎麼跟我說。很多人都說他們知道答案：他認為自己是不可或缺的。他英勇，貧窮，講原則，也沒有誰跟他爭論這個。還有：他是完美的丈夫，完美的父親。他保護好自己的家人；他把他們送去美國，好讓他們安全；他按時給他的妻子和兒女寫信，信裏充滿愛意。原諒我，蘇茜，我開始激動起來了：我看到他坐在他的馬車裡，沉思默想著，像一尊神像，渾身上下都穿戴成黑色，黑的斗篷，還有長禮服和褲子，還有禮帽，都是黑色的，這是尊薩波特卡人供奉的神像，可他穿戴著的是什麼呢？

　　我看他看了那麼久，聽我說，親愛的，最後我心想，這個男人靠著一種他又愛又怕的東西偽裝著自己。為什麼他會這麼特別呢？有時候，在談話時，他會不經意流露一點；在十二歲之前，他還只是個印第安小童，在瓦哈卡放羊，不識字，不懂西班牙語；從十二歲到二十二歲，想想看吧我的小鴿子，這個農家小孩，一個神秘、古老而垂死的文化的繼承人，被剝奪了自己的文化，蘇珊娜，這個小孩迷失在一種神奇的純樸的光芒裡，學會了把他的過去看作是一個非理性的夜，你能想像嗎小姑娘？必須把墨西哥從這種恐懼裏解救出來：在十年的時間裡，他學會了講西班牙語，學會了讀書和寫字，成了一個自由派律師，嚮往歐洲的革命、美國的民主和提倡法治的法國資產階級，並且和一個資產階級的白種女人結了婚，穿戴成西方紳士的樣子，可當他用西方文明的所有知識和法律武裝起來的時候，我的蘇茜呀，這個他如此嚮往的世界忽地站到了他的對

立面，拒絕他將墨西哥現代化的權利，拒絕讓墨西哥獨立。我為貝尼托‧華雷斯哭了，親愛的，因為我終於明白，這個男人很悲傷，很矛盾，他的巨大矛盾是他的面具，而這矛盾往後將成為我們的，我們所有墨西哥人的：為我們的過去感到不適，但更為我們的現在感到不適。永遠和我們的現代化鬥爭。這現代化只會讓我們感到片刻的幸福，最終給我們帶來的卻是不幸。華雷斯先生是怎樣悲傷地望著這些在他身後疾馳而去的沙漠的啊，這棵金合歡不是他的，那些絲蘭也不是。

我想對您說什麼呢，您儘管行路吧，堂貝尼托，不要這麼壓抑，我是您最煩人的長矛手，我跟您說這個因為我想讓您好過，我在路上透過您的馬車的小窗望著您，我隨著我的馬的刺耳而饑餓的節奏望著您，而您隨著您的馬車的虛弱而激烈的節奏搖晃著；您的墨水灑了出來，總統先生，紙張都沾上了墨水，您的禮帽歪到了一邊，但是您無動於衷，彷彿您是在普瓦捷主持著一個法庭，而您只是在這裡，和我們在一起，周圍是牧豆樹和阿帕奇人的羽毛；您就朝外面看看吧，看看杜蘭戈是什麼樣子，看看科阿韋拉……哎，姑娘啊。

我第一次見他那麼憔悴的時候，當時常識告訴他，哦，您不能繼續帶著共和國的這麼多文件走了，從瓜達魯佩‧維多利亞任總統時期的一直到現在的，跟一堆情書似的：這是成噸成噸的紙啊，堂貝尼托，儘管您，就像所有恪守我們羅馬法神聖傳統的神聖訟師一樣，認為事實是由紙來創造的，總還有一道底限吧：這些紙會把我們淹死的，我們會不會輸掉這場紙的戰爭，就像在一八三八年的糕點戰爭中輸給這些法國佬一樣？這句話讓他撕破了一點面具，他終於捨得在科阿韋拉菸草山的一個洞穴裏丟下了這些文件，把它們藏好。他跟這些文件告別，就像是跟自己的兒女告別一樣：就好像他埋葬了這些每一張對他來說都有靈魂的紙頁一樣。

他是從不把門掩上的。這是他的一個原則：門總是敞開著，好

讓想見他的人進來。也好讓人們一直看到，他沒有什麼好隱瞞的。

他是純淨的。有時候，他會奢侈一下，背靠著破屋的門坐下來寫字。這些破屋已經坍塌得不成形了，是過去的傳教士在這條路上留下的。這條路，在我們看來是流亡之路——他不這麼看，他認為只是流沙之路而已，流沙之路跟流亡之路不是一碼事。問題是，對於一個負責保護他的長矛手來說，他的可以讓他被立為豐碑的勇氣讓我的生活變得十分艱難。

有一次，在奇瓦瓦的沙漠裡，他寫了一晚上，睏了，就望著正在看門的我。門朝著沙漠開著，因為快天亮了，我半睡半醒的，但還是緊靠住這在堅硬的土地上扎實了的長矛。他笑了笑說，在我們四周散佈著的這些灰色的灌木，可比人還要聰明呢。他讓我在這個早晨看那點綴著灌木的山崗，說那些灌木分佈有序，形成了一種合乎章法的對稱，就像一部民法一樣。他問我知不知道為什麼會如此。我不知道。他說，那些灌木彼此之間保持距離，是因為它們的根毒性很強。它們會殺死任何一株長在身旁的植物。保持距離，我們才能相互尊敬，共生共存。這就是和平的條件，他說道，然後他急急地走開又坐了下來，開始書寫那又快又短、肯定會被刻上石碑的東西。

不，我當時本想跟他說，堂貝尼托，並不是我想看您上廁所，清潔身體，或是放個屁，或是擤個鼻涕，總統先生，不是這樣的，是既不有損您的尊嚴也不傷我自尊的事情，這倒是真的，我想看您刷牙，華雷斯先生，或是看您給您的短靴上油，您可別說您不幹這個，現在我們穿行在仙人掌和仙人球之間，您不像馬克西米連那樣有宮廷內閣的幫助，卻穿著比一個奧地利大公還要油亮的鞋子：怎麼樣？您要是讓人看見自己擦鞋的樣子，您的尊嚴會因此稍稍有損嗎，先生？

一八六四年十月十二日，我們在奇瓦瓦城慶祝了種族日。華雷斯總統看了一天的過期英文報紙。這些報紙來自紐奧良，誰也不知

道是怎麼給送到這裏的，他還記得這個路易西安那州的港口城市。他曾被獨裁者桑塔安納流放到那裡，在一家捲菸廠包雪茄維持生計（啊哈，現在他那些心疼的紙張都包好了放在菸草山哪，他帶著點兒自嘲地想），同時還學了英語，現在他的兒女們也在紐約的學校裏學英語呢。

有一條新聞引起了他的注意：有個叫E.L.德雷克的美國佬在賓夕法尼亞州西部打了幾個二十米深的井，發現了一種新物質。那新聞說，從井裏提出來的這種物質來自很深很深的沉積岩礦層。這種物質呈液態或氣態，華雷斯先生還讀到，據德雷克先生講，不管是呈什麼態，這種物質大可以取代日益稀缺的鯨魚油，給現代城市提供又壯觀又便宜的照明。華雷斯先生頓了頓他那黑黑的腦袋，他興許是想到了在北方的窮苦村落裏供他夜間寫字用的那些蠟燭頭。

他把這新鮮事兒跟在奇瓦瓦的克雷埃爾先生家住著的其他人說了，有個工程師說，當然，用來照明是很重要的，但更重要的是這大名鼎鼎的叫做石油的東西在其他方面的用途，用在運輸上，用在蒸汽機上，用在火車上，用在工業生產上。在那一刻，蘇珊妮塔，我看到貝尼托·華雷斯那幾乎從來不可穿透的眼神裏現出了一絲夢幻的光芒，他似乎是在想像著自己在共和國千瘡百孔的土地上飛快地穿行，擺脫了地形和氣候的多變，我的姑娘，這兩樣東西都是那樣的可惡，那樣的跟人過不去。

他搖了搖頭；他把夢趕到一邊去了。當下要緊的事情，正是要把我們熱愛著的、處在貧困之中的共和國的土地慢慢地、一點一點地收復回來。興許堂貝尼托·華雷斯會想像到自己，誰說得清呢，乘著飛機從墨西哥飛往德克薩斯的埃爾帕索，中途在奇瓦瓦停留；但到了那個時候，他可能已經失去這個國家了：要緊的是向世人證明，這個國家是屬於我們的，我們就在這裡，就像那引火松一樣，我們的根紮得很深，枝上佈滿了刺：看吧，誰來把我們從這裏拔走；看吧，誰來跟我們一起受苦，而不是享福。這就是他所看到的

絕無僅有的機會：「這樣的機會，在我們的歷史上不會再有了。」不是指石油，蘇珊妮塔，而是指尊嚴。你能想像嗎，蘇茜，堂貝尼托‧華雷斯揣著在七〇年代石油產業全盛時期得來的大錢，乘著架格魯曼飛機遠走高飛到巴黎，花天酒地去了，中途還在拉斯維加斯停了一停，在什麼沙漠飯店睡上一宿？得啦，得啦。

我們還是回頭說我的夢吧。我的夢裏老是死人。你看吧。他先是得知，他最喜愛的孩子小貝貝得了病。所有的直覺，所有的遺傳而來的感覺，或者說所有的不祥的預感，一齊湧上這穿著成法國律師式樣的薩波特卡人的心頭。我的傻蘇茜呀，印第安人的宿命論告訴他，小貝貝已經死了，而他們向他瞞著這事兒，為的是不讓他痛苦，為的是能向這雕像一般的人物保持尊敬。你怎麼說呢？你大概可以想見那時他在奇瓦瓦的樣子，小女孩兒，為他的小孩子擔驚受怕，他說過這個孩子是他的「歡樂，我的驕傲，我的希望」。他崩潰了；他說他失去理智了，他把信箋塗得一片狼藉。過了些時，他重新振作起來；可在我看來，他自認為已經永遠拋棄了印第安人的能預見命運的感覺，卻因此而受害。他為他的意志所統領了。他又恢復了一貫的那個樣子。他的家裏不給他來信。這是郵政的問題；動亂時代，老出事故的。

當他的預感得到證實後，我的蘇珊娜呀，他只是在克雷埃爾的大宅子的走廊裏踱來踱去，跟幽靈似的，重複著幾句話：

「我可愛的兒子死了……我可愛的兒子死了……沒有法子啊！」

我感覺到，貝貝的死加速了一個又一個災難的來臨；沒過多久，華雷斯先生也是在那裏收到了林肯總統的死訊，接著，七月間，法國人向北部的共和國抵抗力量發起總攻，到了八月，我們不得不離開奇瓦瓦往邊境去了──但不能再往邊境的那一邊去了。可以在墨西哥被捕，可以在墨西哥被困，但決不能出墨西哥，他說，決不能做將來會被指責成是拋棄祖國的流亡者：

「堂路易士（我聽他對他的朋友、克雷埃爾州長這麼說，克雷埃爾是堅持要他越境避難的），您是最瞭解這個州的人了。請您給我找到這個州最難攀登、最高、最荒的那座山，我就爬上去，餓死渴死在那裡，身上裹著共和國的旗幟，但決不離開共和國半步。」

我們又顛簸著上路了，坐著馬車，趕著大車，行進在金合歡和仙人球間，我的蘇珊妮塔啊，在那些地方，沒有鳳梨汁，先生，只有杏仁露……我跟你說什麼呢。有一天晚上，在奇瓦瓦沙漠中的一個村落裡，我靠著一堵破土牆站崗，他把門關上了。今天他要早點睡，我暗自想。可一會兒我就聽到他的哭聲。我不敢打擾他；第二天，我一直關注著他，輪到我拿著那根彎了一半的長矛站崗的時候，蘇茜，我暗自想，如果他這回不哭的話，就算了。塔亞林曾對拿破崙三世說，就連當看門人的我也不會朝門裏看這麼多回；那就算了。可老頭兒要是再次哭起來的話……

「您怎麼啦，總統先生？」

「沒什麼，里戈。沒什麼事。」

「那麼先請您原諒，總統先生。」

「怎麼，里戈？」

「您知道，不歸我管的事，我是不插足的……」

「嗯。」

「可是，您不能把門開一點點嗎？」

他不是個聖人，他沒有理由做聖人，做一個英雄就夠了，而英雄有好多，好多英雄我們並不認識，也沒有被誰拿來給一條街命名，或是給造一座雕像：做個聖人，何必呢？那天晚上，他跟我講起了他的情史，講起了他跟別的女人所生的兒女，講到了特雷索，生的醜，卻很勇敢，在抗擊侵略者的鬥爭中和他父親一樣地英勇作戰；講到了可憐的、痛苦的蘇珊娜——跟你一樣，親愛的，你瞧，一樣的名字，你原先曉得嗎？——她是他在瓦哈卡的女兒，身患殘疾，不幸的少女，得靠麻醉藥來減緩疼痛，我講起了我的大女兒，

什麼呢？遙遠的、痛苦的、奇怪的女兒，在一個虛假的夢裏被抓住的：蘇珊娜⋯⋯

我讓那個農家女進來，讓她別拘謹，這很好，她知道的，華雷斯先生也知道；您就看著她，就像我，共和國第二長矛隊的里戈維托・帕洛馬看著她一樣，就這樣；我們都在行軍打仗，可不能因為這個不要了生活；看她吧，蘋果一樣的臉蛋，櫻桃一樣的眼睛，長到腰間的大辮子，新瓷一樣的腰身；她有名字的，叫甜名兒，就這麼叫的，她漿過的襯衣窸窣作響，為了不發出響動她是光著腳進來的，她會在某一天死去的，因為她的雙手預示著喪禮，我本要自己享用的，華雷斯先生，可現在我把她獻給您，您需要她，這是我們的需要，您需要這個又羞澀又多情的姑娘，您需要一個激情之夜，雖然有違法律，卻是可口的，溫柔的，甜蜜得像桂皮黑糖，激烈得像生命之鼓的鼓點，您在接受她獻身的那一瞬，也許會覺得這激情像是死神的回答：進入她吧，華雷斯先生，和她做愛，扔掉悲傷，打個大勝仗，光復這個國家，愛這個姑娘，就像愛您死去的兒子、您身患殘疾的女兒一樣：這和關起門來上廁所，或是打開門來接見朋友是一樣值得去做的：您不要變成雕像，華雷斯先生，對於我們來說，您還沒有死哪。

我在他們身後把門關上了，蘇珊娜，雖然有挨處罰的危險，我還是離開了我的哨位。你看，傻姑娘，我不想聽見什麼。那個夜晚是屬於他的；他比任何人都更值得擁有它。我希望他開心，不想讓他在盡情享受的時候還要想著什麼。於是我開始想悲傷而不可能的事情了，蘇珊妮塔。你想想看，要是華雷斯先生贏了會怎樣。共和國會比過去任何時候更加窮困。他怎麼去償還保守黨、帝國和戰爭積下的那許多債呢？他怎樣重建國家呢？哎，我閉上眼睛這樣想著，在這沙漠的夜裡，這沙漠冷得就像一個造在海底的臥室：要是華雷斯先生得到了那個叫德雷克的美國佬在賓夕法尼亞發現的、可以像火炭一樣用來照亮世界上所有城市的寶貝，那該多好哇！哎，

要是堂貝尼托・華雷斯不會欠法國人一千五百萬披索，而是靠出口那些液態化石每年賺個一百五十億美元，那多美啊！所以我大叫起來了，蘇珊娜。我做了這樣可怕的一個噩夢。

「別愁了，里戈維托。你的夢會有好結果的。」

《克里斯托瓦爾・諾納托》

■ 影子皇冠

法蘭德斯花園的特拉托卡欽[1]

　　九月十九日念過大學的布拉姆比拉可真是個有點子的人哪！現在他剛買下了阿爾瓦拉多大街的那棟老宅子。房子是法國武裝干涉的年代建的，很氣派，不過不能用了。我當初想，自然，這是布拉姆比拉的又一個豪舉，他的打算，應該跟先前的一次一樣，便是把房子拆了，將地皮賣個好價錢，或者無論如何在那裏造一座樓，供辦公、開店之用。我當時確實是這麼想的。所以當他告訴我他真正的用意時，我可吃驚不小：那房子，多美的地板，多亮的華燈啊，他竟要用來開聚會，給他的美國同事們提供臨時的住宿——讓歷史、狂歡和優雅融合在一起。我得去那座宅子裏住上些時日，因為布拉姆比拉覺得，雖然這房子什麼都非常好，就是房間裏少了點人的溫暖。實際上，從一九一〇年原來的那家人逃去法國以後，那些房間就沒人住了。房子一直給一對在屋頂平臺住著的佣人夫婦看管，保持得又乾淨又亮堂——雖然僅有的家具，是一架在客廳裏放

1　特拉托卡欽，墨西哥土著語言，指墨西哥皇帝。

了四十年的漂亮的普萊耶爾鋼琴。布拉姆比拉説，房子裏面能聞到一股很特別的寒氣，跟大街上的冷空氣比起來，明顯要厲害的多。

「您看，我的金毛哥，您可以把您的朋友們請過來玩，聊天啦，喝酒啦。您儘管在房子裏安上您需要的東西。您可以在裏面看書啦，寫字啦，過您正常的生活。」

然後布拉姆比拉就飛往華盛頓了。他對我的造暖能力如此信任，令我感動不已。

九月十九日

今天下午，我帶著個大箱子搬到阿爾瓦拉多街來了。這大宅子的確漂亮，雖然房子正面不算好看，愛奧尼克式的柱頭和第二帝國時代的女神柱用得過濫了。在大廳裏能看到街景，腳下的地板散發著香味和光澤，四面的牆上，若隱若現著幾個大方框，那是從前掛畫的地方，牆的顏色是一種柔和的藍，這種藍停留在古老卻算不上陳舊的時光裡。拱頂上的組畫（佐貝尼加，約翰和保羅的碼頭，聖瑪麗亞[1]）是法蘭西斯科·瓜爾迪[2]的弟子們畫的。臥室裏貼著藍色的天鵝絨，走廊就是木製的隧道，用的是榆木、烏檀木和黃楊木，既光滑，又精美，有的地方是法伊特·施托斯[3]的法蘭德斯風格，還有的地方跟貝魯蓋特[4]的風格更為接近，像是出自比薩城諸位大師的精雕細琢。我尤其喜歡坐落在房屋背後的藏書室。只有它的窗子是望著花園的。花園不大，方形，裏面植著千日紅，三面圍牆都為藤蔓所覆蓋了。只有翻過窗戶才能進到花園裡，可我沒找著窗戶的插銷在哪裡。要能在裏面看看書，抽抽菸，我在這爿古老的孤島上的人氣化工作就算開始啦。紅白兩色的千日紅在雨裏光彩奪目；

---

1 此指義大利威尼斯的聖瑪麗亞教堂。

2 法蘭西斯科·瓜爾迪（Francesco Guardi，1712-1793），義大利畫家。

3 法伊特·施托斯（Veit Stoss，1447-1533），德國雕刻家。

4 貝魯蓋特（Berruguete，1488-1561），西班牙文藝復興時期畫家、雕刻家。

花園裏有張長椅，風格比較老，上面的綠色鐵飾捲成樹葉的模樣，地上的牧草嫩嫩的，濕濕的，顯得既溫柔，又堅強。現在我寫著字，花園的聯想讓我憶起了，無疑的，是羅登巴赫的詩句……光線消退，夜晚的地平線上……蕩漾起短暫而靜謐的霧……似薄紗輕籠著灩灩秋波；望霧氣飄散，心頭湧上悲天羈旅之思……[1]

九月二十日

在這裏可以遠離墨西哥城的「寄生蟲之害」。在這些牆壁之間，時間的感覺，時間的流逝，是異域才有的。在這裏的還不到二十四個鐘頭的時間，讓我休憩在一個澄明的境界裡，使我能感覺到即將發生的事情；每一刻，我都越發敏銳地感覺到某幾種香氣，是我的新房間特有的，是某些記憶的幻影，先前只是在幾個閃電般的瞬間覺察到的，今天，它們擴散了，歡欣而緩慢地流著，像一條河。在城市的一顆顆鉚釘之間，我何曾感覺到過季節的變換呢？在墨西哥城，我們感覺不到這個；一個季節無需變換腳步，就溶解在下一個季節裏了，「不死的春天和它的痕跡」[2]；季節應是常更常新的，它們是指示牌，帶著感懷和謀劃相接之處所特有的節奏、儀式和聲音，它們的記號讓人的意識豐富和飽滿起來，可在墨西哥城，季節失去了所有的這些特性。明天是秋分。今天，就在這裡，我的確重新體驗到了秋的來臨，是帶著點北風的味道的。寫字的時候，我抬起頭看花園，籠罩在它上方的一層灰霧已經消散了；一夜之間，藤蔓架上掉下來好多樹葉，漲滿了草坪；沒落的葉子開始變黃，雨下個不停，似乎是在把綠洗刷下來，帶到土地裏去。秋煙繚繞，把花園乃至圍牆都籠罩了，似乎能聽到很慢的腳步聲，帶著沉重的呼吸，從落葉間傳來。

---

1 此幾句詩原文為法文。

2 這是曾在新大陸生活多年的西班牙詩人貝納多·德·巴爾烏埃納（1562-1627）的詩句。

九月二十一日

我終於想辦法弄開了藏書室的窗子，來到花園裡。這小雨還在下，輕微得幾乎感覺不到，也不見停止。如果說在屋裏面，我接觸到的是另一個世界的皮膚，那麼在這個花園，我就好像接觸到了它的神經。昨天察覺到的記憶和將來之事的幻影，在花園裏抽搐著；千日紅也不復是原先看到的那些千日紅了：它們被一股變得苦痛的香氣所滲透，好像剛從一個墓穴裏給採摘過來，先前已在塵土和大理石間湮沒了多年。而雨水正沿著牧草，把其他的我想插進城市、插進窗戶的色彩挪走；我站在花園的中央，閉上眼……爪哇的菸，濕漉漉的人行道……大西洋鯡魚……啤酒的香味，森林的水氣，聖櫟樹的軀幹……我旋轉著身子，想一下子留住這個方形花園的印象。花園的光亮是模糊不清的，雖是在露天，也像是從黃色的玻璃窗透進來的，像是在爐灶中跳躍的光，在成為光之前就變為了憂傷……藤蔓的綠，不是從高原紅土裏出來的植物的那種常見的綠；這種綠帶著另一種柔色調，在這種色調裡，遠方的樹冠是藍色的，石頭給覆上了一層怪誕的爛泥……勉林[1]！我在他的一幅畫中就見過這樣的景色，在一個少女的兩眸和銅器的反光之間！這是一個虛幻的、杜撰的景色。這個花園不在墨西哥！……還有這雨……我衝進屋裡，穿過走廊，進到大廳裡，把鼻子貼緊在窗玻璃上：在阿爾瓦拉多大街上，咆哮著的是自動唱片機，有軌電車，還有太陽，單調的太陽。在其光芒裏沒有色彩、沒有雕像的太陽神，靜止不動的太陽石，短暫的千年的太陽。我回到藏書室：花園裏的雨，陳舊的，陰陰的雨，仍在下個不歇。

九月二十一日

我一直站在那裏望著花園，呼出的氣模糊了眼前的玻璃窗。也

1　勉林（Memling，1435-1494），法蘭德斯畫家。

許站了有幾小時，盯著這狹窄的一方天地。盯著這每一刻都積起更多樹葉的草坪。然後我聽到那悶響聲，像是從什麼東西的內部發出的嗡嗡聲，我就抬起臉來。在花園裡，另一張臉，幾乎就在我的對面，微微有些側過去，正望著我的眼睛。我猛然一驚，本能地向後一跳。那張臉沒有變換它從那眼窩陰影的深處發出來的，無法傳遞的目光。它背過身去，我只能看見這團小小的人影，黑黑的，駝著背，我趕忙用手指擋住了眼睛。

九月二十二日

房子裏沒有電話，不過我完全可以出去到大街上，叫上我的朋友，去羅奇俱樂部……我是生活在我的城市裡，跟我熟悉的人生活在一起啊！為什麼我不能逃離這座房子，確切地說，逃離自己安在這對著花園的窗前的位子呢？

九月二十二日

我沒給嚇壞，肯定是什麼人翻過圍牆進到花園裏來了。我準備等一個下午，抓住那入侵者……可這雨還在下！沒日沒夜的！躺在窗戶對面的椅子上打瞌睡時，一陣濃郁的千日紅的香味把我驚醒了。我毫不遲疑地就往花園望去──就在那裡。採著花……在那小小的黃黃的手裏攢起一小把來……是個小老太婆……她少說也有八十歲了吧，她怎麼敢進來的呢？從哪裏進來的？就在她摘著花的當兒，我細細打量她：又乾又瘦，全身穿著黑色。長裙拖地，一路沾上了露水和三葉草，整塊布料因為重力作用耷拉下來，輕輕地耷拉下來，其質地像是卡拉瓦喬的畫；黑色的上衣，扣子一直繫到頸部，身子彎著，顯得很僵硬的樣子。黑紗髮網把她的臉蒙在陰影裡，也把凌亂的白髮包藏起來。唯一能看清的是她的嘴唇，毫無血色。她微笑起來，那嘴唇就與她慘白的皮肉渾然一色，翻進咧成弓形的扁平的嘴裡。她的笑毫無來頭，是最輕微、最凄涼、最持久的

笑。她抬起眼來；她的眼裏沒有眼睛……彷彿有一條道路、一個夜
景從她那皺巴巴的眼皮出發，向裏面的深處、向著一個每秒鐘都感
覺無盡的旅程開去。老太太彎下腰摘了一個紅色的花骨朵；她那鷹
隼一般的臉，她那凹陷下去的臉頰的輪廓顫動著，彎曲的身體像一
把鈸刀。現在她走著路，往哪兒去呢？……不，她並沒有翻過藤
蔓，越過圍牆，然後消失，或是鑽到地下，或是升到天上；花園裏
似乎開出一道小徑來，很自然地，我第一眼並沒意識到它的出現，
然後沿著這條小徑，她……我知道的，這聲音我聽到過……她緩慢
地走著，帶著沉重的呼吸聲，不知去往何方，在雨幕裏遠去了。

九月二十三日

我把自己關在了臥室裡；我把手頭能找來的東西全都拿來擋門
了。也許這一點用也沒有；不過我想，這至少能讓我生出睡個安穩
覺的幻想。這緩慢的、總是踩在乾枯樹葉上的腳步聲，我覺得每時
每刻都能聽見；我知道這都是幻覺，我甚至能感覺到門外最細小的
響動，以及從門縫裏傳來的「嗖」的一聲。我打開燈：天鵝絨地面
上現出了一角信封。我把信紙捏在手裡，過了一分鐘才去看它；信
紙很舊，卻不失華美，盾籽木做的紙。信是用一種形似蜘蛛的字體
寫的，字寫得很高大，只有一個詞：

特拉托卡欽

九月二十三日

她應該會來，跟昨天、前天一樣，在日落的時候。今天我要跟
她說話；這回她跑不了了，我會跟住她，順著那條隱藏在藤蔓中的
小路……

九月二十三日

鐘敲六點的時候，我聽到從大廳裏傳來樂聲；就是那架大名鼎鼎的普萊耶爾，彈奏著華爾滋舞曲。我走過去，聲音便漸止了。我回到藏書室：她出現在花園裡；這會兒她正一蹦一蹦地，似乎在模仿著什麼動作……就像一個小女孩玩她的玩具圈圈一樣。我把窗戶打開，翻了過去。我真的不知道發生了什麼；我感覺天空，還有空氣，放了一級臺階下來，降在了花園裡；空氣變得單調、深沉了，所有的聲音都靜止了。老太太朝我看了看，她笑起來總是那個樣子，她的眼神迷離在世界的深處；她張開嘴，動起嘴唇：從那蒼白的嘴皮裏沒出來任何聲音；花園像一塊海綿似的猛地收緊了，彷彿有冰冷的手指插進了我的肉裡……

九月二十四日

她在下午又出現了一次。之後，我在藏書室的椅子上坐了會兒，恢復了神志；窗子關著；花園顯得孤零零的。整座房子裏都繚繞著千日紅的香味；在臥室裡，這香味尤其濃郁。我在那裏等著又一封信，這是老太太的又一個標記。她的話語，雖沒有聲音，卻是要告訴我什麼的……夜裏十一點鐘的時候，我終於感覺到花園裏那暗淡的光離我近了。門口又出現了又長又硬的裙子的磨擦聲；信就放在門口：

> 我的愛：
>
> 　　月亮剛剛探出了身子，我還聽她唱歌呢；一切都是那麼的美，美得無法形容。

我穿上衣服，下到藏書室；老太太坐在花園的長椅上，籠罩在輕紗一般的光裡。在熊蜂的嗡嗡聲中，我走近她身邊；還是這樣的空氣，把她整個地包裹住了，蜂鳴消逝在空氣裡。白色的亮光拂動

我的頭髮，老太太抓住我的雙手，吻了吻；她的皮膚緊貼在我的皮膚上。這個我知道，我親眼所見，我的眼睛揭示了我的觸覺不能證實的東西：我握著她的手，觸到的只是沉重而陰冷的風，我猜想在這身軀的骨架裏面，一定是密不透光的冰。這身軀現在跪了下來，她的嘴唇翕動著，節奏是斷斷續續的。沒有風，千日紅都自發地顫動起來。它們散發出棺材的氣味。它們來自那裡，所有的千日紅，都來自一個墓穴；它們在那裏發芽生長，它們每天下午都被一個幽靈老太採走……那聲響又回來了，雨裏充滿了擴音器，那像血一樣凝結了的聲音，是倒在地上流淌著和土地交合的鮮血的回聲。那聲音叫道：

Kapuzinergruft! Kapuzinergruft！[1]

我掙脫了她的手，向大宅子的門衝過去——她聲音的怪響，像是發自一個有溺水鬼出沒的峽谷的萬千個洞穴，一直追隨我到那裡，我發著抖倒在門前，抓住門把手，可推不動它。

怎麼試都沒用；沒辦法開。

門被一層厚厚的紅漆封住了。在門的中央，一面族徽閃耀在夜色裡，徽上的皇冠之鷹，其輪廓正和老太太的身形一樣，發出一種絕對的幽居生活才有的強烈的寒光。

暗夜裡，我聽到背後有裙子與地面相摩擦的聲音——我原不知道我會老是聽到這聲音的；她帶著新的迷離的歡愉走來，她重複著同樣的動作，顯示出她的喜悅。獄卒的喜悅，陪伴的喜悅，永遠監禁的喜悅。共同承受孤獨的喜悅。又是她的聲音，越發近了，她的嘴唇靠在我耳邊，她呼出的氣是泡沫，是墓地裏的土：

1　德文，意為卡布奇諾墓穴，在奧地利維也納，墨西哥皇帝馬克西米連葬於此。

……而且還不讓我們玩圈圈，馬克呀，還不讓我們玩這個；我們在布魯塞爾的花園裏散步的時候，只好把圈圈帶在手上……不過這個我已經跟你在一封信裏講過啦，那封信裏我還寫到了布喬，你還記得嗎？不過從現在起，就不用寫信啦，我們永遠待在一起了，我們倆，在這個城堡裡……我們永遠都不出去了；我們永遠別讓任何人進來……哦，馬克，你說句話呀，這些千日紅，我每天下午都帶到卡布奇諾給你的千日紅，聞起來不新鮮嗎？和我們剛來時他們給你獻上的千日紅是一樣的呀，你，特拉托卡欽……Nis tiquimopielia inin maxochtzintl[1]……

我看到族徽上的銘文是：CHARLOTTE, KAISERIN VON MEXIKO[2]

《戴面具的日子》

---

1 墨西哥土著語言，意為「我們把這些花獻給您」。

2 德文：夏爾洛特，墨西哥皇后。

獨裁

生命線

三月的一天晚上，空氣裏散發著塵土的味道，斑駁的月光灑滿了山谷，聯邦區總督恩里克·塞佩達來到貝侖監獄。車上下來三十個帶著槍的男子，他們有的抬起袖口擦著鼻子，有的點起小小的細絲捲菸，有的用褲子把皮靴蹭亮。光頭伊斯拉斯朝著獄卒吼道：「區總督來了！」然後塞佩達搖搖晃晃地走近出來迎接的第一個官員面前，打了個嗝，說道：「我是區總督……」

加烏列爾·埃爾南德斯正在一間逼仄的牢房內酣睡。一隻黑色的皮靴忽的踢上來，他油汪汪的眼睛猛然睜開，黝黑的臉孔隨之一驚。

「起來！穿上衣服……」

埃爾南德斯抬起他蒙古人般的矮小身軀，他從眼睛的餘光裏看到守在牢房外的衛隊。

「到院子裏去！」副監獄長命令道。

貝侖監獄，紫色的空氣，灰色的圍牆。高大的圍牆上佈滿槍眼，盛開著火藥的花朵。塞佩達、伊斯拉斯和卡薩·埃基亞互相敬

著菸，心照不宣地哈哈笑著，與此同時，衛隊把造反者加烏列爾‧埃爾南德斯押在中間，朝著行刑牆緩緩走去。

「要是我有把槍，你們就殺不了我了。」

塞佩達抬起胖手搧了埃爾南德斯一巴掌。

五名槍手將他的身體洞穿，總督的笑聲迴蕩在空氣裡。打到最後一槍的時候，笑聲止住了。塞佩達伸手摸了摸土地說：「點一堆火吧，就在這裡⋯⋯」然後他一頭靠在牆上。

就在大火漸漸吞噬著埃爾南德斯的遺體，焦肉的味道將塞佩達的臉熏黑的同時，赫爾瓦希奧‧卜拉以及其他三個犯人藏在一輛垃圾收集車裡，逃離了貝侖監獄。

在從貝侖開往垃圾場的路上，卜拉想，死人們所感受到的，應該就是這樣的感覺，很想大喊，很想告訴埋他們的人，他們實際上還活著，還沒死掉，只是給一股無聲的臭味，一種無法扭動身軀的短暫的痛苦壓得喘不過氣來，不要給釘進棺材裡，不要往他們的身上撒土。這四個人臉朝下給埋在垃圾堆底，在一呼一吸中匯集起他們所有的恐懼。他們伏在汽車的地板上，把鼻子湊近木板間有縫隙的地方，吸著街上揚起的塵土。逃亡者中有人發出沉悶的喘息聲，漸漸地與他的啜泣聲混在了一起；卜拉真想把這浪費掉的空氣搶過來。他的肺裏塞滿了爛草和糞便的氣味。此時車停了。赫爾瓦希奧‧卜拉用胳膊肘碰碰他身邊的同伴，大家就一起等待著車門被打開，夜風帶著月光吹進這狹窄的棺材，垃圾清理工的鐵鍬開始往這荒地上撒滿垃圾的那一刻。

他們站在平地上了，準備往聖巴爾托洛去。那兩個垃圾清理工沒有還手；現在他們給捆在車轂轆上動彈不得了。灰色的垃圾堆成的小山，軟軟的，頂上爬滿蒼蠅，從路邊綿延到最近的一個山丘的腳下。赫爾瓦希奧‧卜拉看清了他三個同伴滿是泥土的臉，濕漉漉的身子，頹喪的情緒襲上心頭。

「從這裏走到明天，我們得走到第一個薩帕塔的營地。」有人

說。

卜拉打量了一番他赤著的雙腳。然後，他垂著目光，掃過第二個人瘦弱的光腿，和第三個人被腳鐐磨出傷口並且淌出膿水的腳踝。月光滑過，他們的指甲閃著光，像是土裏的珠寶。山間的風開始把垃圾堆吹散。他們必須下定決心踏上征途了——逃亡路上會滿是亂石和荊棘的。

赫爾瓦希奧·卜拉第一個上路，朝著那座小山丘走去。另外的人，就跟往常一樣，排成一隊跟在他後面。在這裡，在平原上，兩腿是常常陷進草下的爛泥裏的；在那裡，從上坡開始，皮肉就開始撕扯得更厲害，森林裏鋒利的枝葉會在身上扎出血來。赫爾瓦希奧在山腳下停下來鬆鬆腿。乾燥的風在金合歡間尖叫著。

「我們只能分開走了，」他喃喃道，並沒有把眼睛抬起來，「我們現在一道出發，直到特雷斯瑪麗亞斯。之後我和佩德羅走另外一條路，那條路好走，但是得避開聯邦軍隊的兵營。你對去莫雷洛斯的路更熟，你就跟辛杜爾夫走，上左邊那條路。如果天黑前我們還找不到營地，我們就再分開，到時候就各自單獨行動了，然後就潛伏起來等到天亮。要不我們就等薩帕塔的隊伍路過跟他們會合。要是不成功，我們就只能在貝侖再會了。」

「可問題是辛杜爾夫的腳壞了，他受不了的。」弗勞朗·雷耶羅說，「左邊那條路更好走。赫爾瓦希奧，最好讓辛杜爾夫跟你走，佩德羅就跟我一起。」

「最好還是一同走吧，不管怎樣。」辛杜爾夫，那個腳上化膿的插嘴道。

卜拉抬起臉來：「你們都聽我說過了。至少能讓一個人保命吧。寧可只有一個人活下來，也比四個人都死了的好。就按原定計劃走。」

此時，寒意襲來，抽打在他們的胸膛上，預示著山間半夜的結束，早晨的開始。赫爾瓦希奧走上了那條在蟬鳴聲聲的陡坡上分成

幾岔的小路。

　　有時候，巨大並不會反襯出渺小。赫爾瓦希奧感到，他和他的同伴們組成了一個英勇的方陣，被山路拖曳著前行的腳步，聽上去像是很多人的，如同金屬製的馬蹄作響，超越了山巒的巍峨，讓山在他們的腳下屈服。初升的太陽把光芒撒落在松間，這四個人在向上攀登著。卜拉想看看乾旱的山谷；四面都是遠至天邊的空曠。沒有人講話；他們慢慢地向上攀登著。

　　　　你看弗勞朗，誰跟你說的，說在這裡，在山裡，你會感覺比在監獄裏更不自由，更孤獨？在那裡，是什麼把我害慘了的？現在我想起第一次聽到嗥叫的那個夜晚。這麼多的第一個夜晚，這麼多的第一個早晨。都一模一樣，都是新的。聽到嗥叫的第一個夜晚。聽到院子裏的鼓聲和槍聲的第一個早晨。我只是聽到齊整的聲響。但是我知道，每一聲都是不一樣的。所有的都一樣，每一個總是不同。我從來不是第一個，也不是下面一個，也不是再下面一個。從來沒到那一刻，站起身來，跟他們說，一切都準備好了，說我不怕，說沒必要給我蒙上眼睛。總是等著這一刻。我情願他們點起火燒我，好讓他們看看，我是什麼人。他們從來沒給我機會。另外的人，大哭大叫亂跺兩腳死去了，還苦苦哀求對他們仁慈一點。他們不知道，我在那裡，一個人，等待著把他們的仁慈一口啐在他們臉上的時刻。每當有人往行刑牆去，我就只好等著，很想代替他們，把臉抬得高高的，然後回到我的牢房。我把死亡送給了他們；我本可以取代他們每一個人，從牢房向院子走去。他們從來沒批准我這樣。他們害慘了我。

　　佩德羅的腳掌給一塊玻璃劃破了，他抿住了嘴唇。

哪怕所有的東西都把我劃傷。讓我變成灰的血留在山上吧。但是別把我一個人拋下。我們一道忍受。他們把我們一道抓住，又會來抓我們的。他們最終會把我們四個一道槍斃。但是，別把我一個人拋在山上。

　　而辛杜爾夫什麼也不再想，他只是時不時地把胳膊伸下去摸他的腳踝，並不停下腳步。

　　他們在中午的時候歇下腳來。他們已經接近最高的山峰了，在那裏他們就得分開了。不過他們還沒走進霧裡；他們在一棵松樹的樹影裏坐下。

　　「這裏找不著水給辛杜爾夫洗傷口。」弗勞朗・雷耶羅説。

　　「別想著水……」辛杜爾夫低著頭嚷嚷著説。

　　「別想著吃飯……」赫爾瓦希奧笑著説。

　　佩德羅喃喃道：「吃飯……」

　　「別想著吃飯。」赫爾瓦希奧咬了咬牙。

　　「我們就要到特雷斯瑪麗亞斯了。」

　　「是啊，我們就在那裏分開。」

　　「我不行了，赫爾瓦希奧。我不行了。」

　　「你比誰都更熟去莫雷洛斯的路；你別發牢騷。要吃些苦頭的人，是我……」

　　「得有人吃苦，我們四個人才能得救。」弗勞朗咬了咬他唇上乾枯的鬍子説道。

　　「只要有一個人能活下來……」赫爾瓦希奧直直地盯著地上的石頭，説道。

　　「從前在村子裡，有個老頭想一個人死；村裏人都説，他一直就想這樣的。他老早就猜到他要死了；他不會突如其來地死去。當他感覺到死亡近了的時候，他就讓家裏所有人都出去，好讓他一個人迎接死亡，好讓他一個人享受這盼望已久的東西。到了晚上，當

死神朝他走來，他的喉嚨越來越發不出聲音的時候，他就掙扎著撲向門口，睜著眼睛，想告訴其他人死神是什麼樣的。我親眼看見的，因為那天我溜到他的園子裏偷他的柳丁。他眉毛貼在地上，謝謝我別看著他死。」

佩德羅沉默了。

「得找個人把這些事告訴他……哪怕，哪怕就一分鐘。」

「你告訴聯邦軍的人好了。」

「你來不及的。他們發現你就一個人，那就完了。他們要是發現你不是一個人，那麼你倒地之前還能和同伴交換一下目光。」

「還得有人來寬恕你的罪過。」佩德羅説。

赫爾瓦希奧想，禿鷲會寬恕，當他只剩下一顆心臟時土地會寬恕，就連蛔蟲在享用它的盛宴時也會寬恕我們的。他站在一棵松樹下，朝著山谷伸出一隻手去：在這一刻，遠離了他的同伴們的傷痛，遠離了接連不斷的悲傷的土地，遠離了吸滿灰塵的肺，在被帶血的羽冠和無意識的犧牲者的呻吟填沒了的河谷底部更深處的地方，在遭受過乾旱和砍伐的群山之上——在墨西哥遭到漠視的、群眾的世界的另一岸——才有一個像他這樣的人的獲救的希望。他蓬頭垢面，疲憊不堪，不存在於其他的墨西哥人的記憶裡，卻是忠誠的，當他忠於自己時，他才忠於他們。

今天讓我得救，是為了明天能讓其他人得救。他們想要我和他們一道死；他們覺得，大家一起死，才叫痛快。他們認為，我和他們一道死，就算履行了我的責任。他們甚至 希望我先死，好讓他們死的時候能好受些。我準備拯救他們，如果他們願意得救。但只有先救我自己，才能在今天救他們，明天再救其他的人。

「你們從樓上已經瞧見了。」弗勞朗説，「那是加烏列爾・埃

爾南德斯，就是他給槍斃了扔到火裏去的。他是給他們單獨帶走的。要是我們再次給逮著，我們就是那樣的下場。還是在這裏的好，在山上，四個人在一塊兒。」

「我不想一個人死在山上，也不想在牢裏死在敵人手裡。」辛杜爾夫啜泣起來。

卜拉轉過身來，拿著根枯枝條抽辛杜爾夫的背；山谷裏的光減緩了他眼中的憤怒：

「混蛋！你嚷嚷什麼？你不覺得我們帶著你還有你那爛腳，費了多大的力氣？你哭什麼哭，來折磨我們？不許哭！」

「好，好，頭兒……，別打了。」

「別再打他了，赫爾瓦希奧，」弗勞朗拽住他的手，此時，螺旋形的輕煙開始從樹林裏升起，吹來一陣燒焦的葉子和乾松樹枝的味道。

「好，我們走吧。營地裏在生火做飯了：你們看那煙。有一道煙柱子就說明有朋友，或者是敵人。可誰要是光顧著肚子餓，那就徑直往隨便哪道煙柱子去吧……」

在特雷斯瑪麗亞斯附近，他們分開了。弗勞朗抱著辛杜爾夫的腰，攙著他。赫爾瓦希奧低著頭，兩隻臂膀互相搓來搓去，抵禦山間冰冷的霧氣。佩德羅跟在他後面。

在赫爾瓦希奧和佩德羅腳下，土地像屍體一般的寒冷；它佈滿岩石和樅樹的潮濕臉龐，越往上走，越發的腫脹，青紫。要越過橫在他們和第一個薩帕塔的兵營間的聯邦軍的兵營，那裏有凍僵的士兵，散發著炸菜豆味的茅房。黃昏的時候，佩德羅兩手捂住肚子，跪倒在地上。然後他開始嘔吐。在森林的陰暗的草叢之上，晚霞的影子拉得老長，佩德羅的眼睛和嘴抽搐著，等於是在無聲地請求歇一會兒，喘口氣。

「天快黑了，佩德羅。我們得繼續走一段，然後我們就分開。快起來，起來吧。」

「就像加烏列爾‧埃爾南德斯，就像弗勞朗説的，先是槍斃，然後焚屍。我們就是那樣的下場，赫爾瓦希奧。還是待在這裏的好，在山上，就這麼死去，和上帝在一起。我們去哪裏呢？告訴我，赫爾瓦希奧，我們究竟往哪裏去？」

「別説了。把手給我，起來。」

「是的，你是頭兒，最能幹的，你就知道我們該走啊走。你不知道的是往哪裏去。去和薩帕塔會合嗎？然後呢？」

「我們是在戰鬥，佩德羅。現在不應該想，應該戰鬥。」

「戰鬥，什麼也不想，就好像沒有記憶，沒有預感。你認為這樣做結果會怎樣？你認為你我戰鬥著有什麼重要的嗎？現在我們單獨在這裡，差不多迷失在森林裡，我發著燒，你想想看吧。你我獨自在這裡，能做什麼？我們做什麼，説什麼，有什麼用？一切不會自行解決的嗎？我們不是白白又做一場犧牲嗎？我們走吧，赫爾瓦希奧，離開這裡，離開這革命吧。讓風吹過我們的頭頂。什麼也不會變的。」

「你有什麼主意？」

「我們去庫奧特拉，看看能不能搞到些衣物，或者是錢……然後我們各回自己老家……」

「他們會搜捕你，抓住你的，佩德羅。你逃不出去的。你不想讓自己給拖著走。我只能讓自己給拖著走。沒法子想。另外，沒有一個地方是安全的。在墨西哥，已經沒有藏身的地方了。我們所有人都一樣。」

「然後呢？」

「然後每個人各走各的。去他該去的地方。」

「和原先一樣？」

「別問了。投身革命，就不應該問這問那的。我們該履行責任。就這樣。」

「誰會贏，説真的？你從沒想過嗎？」

「我們不知道誰會贏。都會贏，佩德羅。都活著。活下來的就會贏。在這裏大家都活下來了。來吧，起來。」

「我又燒起來啦，赫爾瓦希奧。好像我肚子裏生了蝙蝠一樣。」

「我們走吧。天快黑了。」

佩德羅跪了起來：「得睡在這裡。我不行了。」

當空氣裏充滿了蟬鳴，風開始吹過冰冷的山坡時，佩德羅搓著手臂，牙齒打顫。遼闊的夜忽的就把他們包圍了。

「別扔下我，赫爾瓦希奧，別扔下我……只有你能帶我去該去的地方……別扔下我，看在你媽媽的分上……」

佩德羅伸長了手臂，抓著地上的土：「靠近我，求你了，我很冷……我們兩個人一起取暖。」

他試著把手再伸長點，結果滾到地上，嘴上沾滿了土：「赫爾瓦希奧，跟我說話；跟我說話，別把我埋在這裡……」

他想看看自己的手，以確信自己還活著；夜色濃重，蓋住了山頭。他睜著圓眼睛，掃過黑森林，大喊道：「我只會變成一坏土，可土地有這麼大；拖我走吧，赫爾瓦希奧，遠遠地離開這裡；我們回監獄吧。我害怕這座沒有生氣的山；我害怕摘下腳鐐自個兒走……快給我銬上腳鐐吧，赫爾瓦希奧，赫爾瓦希奧！……」

佩德羅用拳頭在腳踝上砸來砸去，就在這短暫的時刻，他又感覺自己是個自由的犯人了。

我想做人的囚犯，不要做寒冷、疼痛和黑夜的囚犯。給我銬上腳鐐吧，媽媽呀，別再連滾帶爬地走了。我要受管制。我生來就是受管制的。

痛苦哇：「赫爾瓦希奧！別扔下我一個人，看在你媽媽分上……你是頭兒；帶我走吧……，赫爾瓦希奧。」

佩德羅的獨白在巨石間迴蕩。赫爾瓦希奧・卜拉已經朝山下奔去，朝著莫雷洛斯谷中的黃色火光奔去了。

以內斯・亞諾斯將軍在肚子上擦擦手，在帳篷邊上坐下。在他身後，褐色的軍帽和印第安人的眼睛一起在夜色裏閃耀著。

「請慢用，別不好意思。來吧。這麼說，您是從貝侖逃出來的？」

「是的，將軍。我一個人逃出來，爬了一天的山。」赫爾瓦希奧・卜拉在冰冷的兩手間哈著氣，說道，「我一個人活下來了。現在我聽您的命令，去和薩帕塔[1]將軍會合，繼續反抗獨裁者的鬥爭。」

「啊，您可真落後，真傻。」亞諾斯將軍哈哈大笑起來，又從火盆上拿了塊玉米餅，「您不看報紙的是不？真正的阿亞拉計畫是怎麼說的？那上面說，馬德羅[2]不夠堅定，軟弱的很。誰把他踢下去的？是我的比克多里亞諾・烏埃爾塔將軍，現在他是我們的頭……」

「薩帕塔呢？」

「什麼薩帕塔不薩帕塔。現在站在您跟前的是以內斯・亞諾斯，在下忠於合法政府的軍隊，明天您就在返回貝侖的路途上了。現在您還是把這些玉米卷餅吃個夠吧，路可又長又累人呢。」

赫爾瓦希奧・卜拉又一次踏進貝侖的灰色的高牆裡。院子裏的那片焦土，即是埃爾南德斯給焚屍的地方。卜拉踩著火灰經過，他的腿開始發顫。在單人牢房裡，他想睡去；眼皮沉沉時，進來兩個軍官。

瘦瘦的薩摩拉上尉長著金色的頭髮，鬍子上精心地打著蠟。他

1　薩帕塔（Emiliano Zapata）是二十世紀初，墨西哥大革命時的農民起義領袖。

2　參見 P.35 註 1。

對他說：「沒必要通知您了吧，您就直接往行刑牆去吧。」他繼續看著天花板：「不過之前您得告訴我們，逃犯佩德羅・里奧斯、弗勞朗・雷耶羅和辛杜爾夫・馬索特爾往哪個方向走了。」

「你們總歸會抓住他們的……，說了又怎樣。」

「說了有用的，我們想把你們四個人一起結果掉，作懲戒之用。您就說吧，要不明天您就獨自面對行刑隊了。」

牢房的門隨著沉重的聲音關上了，隨後赫爾瓦希奧聽到貝命的長廊的石頭地板上鞋後跟的敲擊聲。一陣被囚禁的風在鐵條間聚集起來。赫爾瓦希奧躺在了地上。

明天我就要獨自面對行刑隊了；明天，總有一個骷髏悄悄遊蕩在清晨的街角……當我踩著加烏列爾・埃爾南德斯的骨灰時，我的兩腿發顫；別的被處決的人，會踩著我們的骨灰過去；佩德羅會踩過我的骨灰，然後是辛杜爾夫踩過佩德羅的骨灰，然後是弗勞朗踩過辛杜爾夫的骨灰。連道別的機會都沒有，只有用鞋子來道別。我一個人面對行刑隊；我會在那軟弱、渺小的時刻走過長廊，試圖忘記我所知道的，憶起我所忘記的……會有時間懺悔嗎？就算讓我重生一次，都來不及把所有事情一件件全懺悔過來；可是，死神啊，要有人覺得你和生命是不同的，你要發多大的脾氣啊！你無所不是，生命侵犯你、傷害你。生命只不過是死亡的一個例外啊。我們經歷了千辛萬苦，人們會把我們說成是英雄，可最後想想，一個鉛頭子彈，然後又一顆，接著又一顆嵌進你的肚子裡，胸膛裡，那是他媽的什麼感覺？你會感覺到你自己的鮮血流淌，看到自己的眼睛像人們說的那樣瞪得跟洋蔥頭似的嗎？你知道什麼時候有一個人過來補上最後一槍，就在後腦上，那時你就不能說話也不能乞求憐憫了？我們已經用盡了憐憫，憐憫，上帝啊，我們已經把憐憫用盡了，我們怎麼來向你求憐憫呢？我怕啊，上

帝，我真的好怕……而你不會和我一起死的；我不想跟不會和我一起死的人談論死亡！我想把它告訴給我的同志們聽，讓我們一起沉默，一起死，一起，一起。還有事情，沒做完的事情……這就是死……

赫爾瓦希奧站起身來向獄卒喊道：「讓那個上尉來吧……！」

（佩德羅留在特雷斯瑪麗亞斯右邊的山上，剛剛過了聯邦軍的兵營。他發著燒。他應該還在那裡。弗勞朗和辛杜爾夫去了左邊那條難走的路。地面很硬，辛杜爾夫走得快散架了；他們應該沒前行多遠。這麼長時間我們也沒有吃什麼，天又這麼冷……）

一個星期天的清晨，在教堂的鐘聲響起之前，赫爾瓦希奧昏沉沉地走在貝侖的空蕩蕩的走廊裏了。他摸著自己的肩膀，臉，肚子，還有睾丸：它們比他更有活著的權利，可要死去的正是它們。他的眼睛腫成了兩道縫。然後他想回憶一切，回顧他整個的一生；他想起一隻在鐵拉卡連特河裏洗翅膀的鳥兒。他想去回憶別的東西，回憶女人，回憶他的父母，回憶他的妻子，回憶他還沒能見上一面的兒子，可他只能看見那濕漉漉的鳥兒。行刑隊停了下來，從另一個牢房裏出來了弗勞朗、佩德羅和辛杜爾夫。他沒看清他們的臉，但他知道是他們，因為他很快不再回憶，意識到他走在被處決犯人的最前頭。他們四個人會一道死去。晨曦塗滿了他的臉頰。他想起在山上時同樣的感覺：他覺得自己很高大。他們走到行刑牆前，轉過身來，面對槍口。

「我們一同得救。」赫爾瓦希奧·卜拉對他的同伴們喃喃道。

「這死沒什麼大不了的，」他身旁的辛杜爾夫舒了口氣說，「只不過讓我們離得稍微遠了一些。」

「我們一起死。」赫爾瓦希奧深吸著氣，說，「把手給我。讓其他人也互相把手拉起來。」

然後他看了看同伴們的眼睛，感覺從他們的眼睛裏看見了死神的模樣，然後他閉上眼，讓生命不提前跑掉。

　　「馬德羅萬歲！」弗勞朗在槍聲響起的那一刻吼道。

　　鳥墜落在鐵拉卡連特河上。上尉走上前去，往那四個在貝侖的灰土上掙扎著的人身上補上最後一槍。

　　「你們什麼時候才能學會只開一槍就能打死一個犯人呢？」他對行刑隊說；然後他走開了，看著手上的紋路。

　　　　　　　　　　　　　　　《最明淨的地區》

革命

英雄歲月

一九一三年

　　他感到那女子汗濕的膝窩緊挨著自己的腰。她總是這樣輕微涼爽地出汗：當他將手臂從雷希娜的腰間鬆開時，他覺得那裏也被液態的晶體沾濕了。他伸手去輕撫她的整個背脊，緩緩地，並且感覺自己已然入睡：他能一直這樣好幾個鐘頭，什麼都不做，只是撫弄雷希娜的後背。當他闔起雙眼，他感覺到與他的身體相擁的這個年輕的身體的無限的愛；他想就算他花上一輩子，也不足以去領略、去發現這副身軀，不足以在這片溫軟柔滑、凸凹有致，帶著黑色與玫紅色起伏的地域上探尋。雷希娜的身體在盼望著，而他則目不視物，沉默著，在床上伸展四肢，指尖與腳尖碰到了床架的鐵欄桿：他觸到床頭床尾兩端了。他們生活在這黑色的玻璃裡：天亮還早著呢。蚊帳毫無重量，將他們與所有留在兩個身體之外的東西分隔開。他張開眼睛。姑娘的臉頰靠近了他的臉，他蓬亂的大鬍子蹭著了雷希娜的肌膚。還不夠暗。雷希娜長長的眼睛半開半閉，閃動著，仿似一道發光的黑色疤痕。他深深地呼吸。雷希娜將雙手在這

男人的後頸交纏起來，兩人的身軀又再貼近。大腿的熱量融化成一
團火焰。他喘了口氣：臥室裏堆著女式襯衫和漿洗過的長裙，切開
的楠桲擱在胡桃木桌上，蠟燭已熄了。近旁是這個潮濕柔軟的女人
的海腥氣。她把指甲在床單裏發出貓的聲響，雙腿又略略舉起，以
便纏住男子的腰。雙唇找尋著脖頸。當他撥開她紛亂的長髮，笑著
將自己的嘴唇靠近時，乳頭便歡快地顫動。如若雷希娜要說話，他
感到了靠近的氣息，就用手遮住她的雙唇。沒有言語，沒有眼睛，
只有被本身的歡樂所控制的沉默的肉體。她明白這一點。於是把男
人的身軀抱得更緊。她的手滑向他下體，而他的手則覆上這姑娘挺
實而近乎光潔的山巒。他記得她赤著身站著，靜止時青澀而生硬，
行動處卻婀娜多姿，溫柔可人——悄悄地洗臉，掀開窗簾，給爐灶
搧風。他們重又睡去了，各自都被對方全身心地佔據。只有手，一
隻手在甜夢中動了一動。

「我要跟著你走。」

「可你住哪兒呢？」

「你們打到哪個鎮子我就先溜進去，好在那兒等你。」

「你什麼都拋下了？」

「我會帶幾件衣裳啊。你給我點錢買水果和吃食，我呢，就等
著你。這樣你一進鎮子我就已經等在那兒了。我就穿一件衣服等
你。」

眼下，這條裙子就攤在座椅上，在這租來的屋子裡。當他醒來
時，他喜歡碰碰它，也碰碰其他的東西：小梳子，黑鞋子，放在桌
上的小耳環。在這些時刻，他想給她比那些分離和難得的相會的日
子更多的東西。曾經有幾次，他要嘛接到某個緊急命令，要嘛得去
追捕敵人，抑或吃了敗仗被迫北撤，於是好幾個星期他倆都無從相
會。可是她就像海鷗一樣，能從成千件鬥爭和命運的事件的上方，
辨認出革命潮汐的活動：如果不在他們約好的那個鎮子，她早晚會
出現在另一個鎮子。她會挨村挨鎮去打聽那一營人的下落，聽留在

家裏的老人和婦女的回答：

「他們約莫十五天前從這兒經過啦。」

「聽說一個活口也沒剩下呢。」

「誰曉得呀。興許還會回來吧，他們有幾門炮忘在這裡。」

「可要當心聯邦軍啊。誰要是幫著起義軍，他們就四處找誰麻煩呢。」

不過他們最終總是會重逢，就像這次一樣。她會將房間收拾妥當，準備好食物跟水果，裙子也除下了扔在椅子上。她就這樣等候著他，彷彿在不相干的小事上浪費一分鐘都不情願。可是沒有任何事是不必要的。——他看著她走來走去，看著她整理床鋪，看著她打散髮辮。他剝光她最後一絲遮蔽，吻遍她全身上下，此時她立著不動，他漸漸伏低，讓雙唇在她身軀上漫遊，賞味她的皮膚、汗毛，她濡濕的髮鬢。這挺直身子的姑娘簌簌地顫抖，他把這些顫動收集在口中，直到她終於忍不住用雙手捧住他的頭，逼他停住，逼他的口唇留在一處別動。姑娘站在那兒任他所為，她摟著這男人的頭顱，斷斷續續地喘著氣，直到他覺得她已然潔淨，將她抱上床去。

「阿爾特米奧，我還能再見你嗎？」

「別再說這個。你就當我們只是一場相識好了。」

她於是再沒問過。她為了曾如此發問而羞慚，她竟曾設想他的愛會有盡頭，或是能跟其他東西一樣度量短長。她不必追憶她是在何地、又是因何故識得的這個二十四歲的年輕人。每回部隊攻下一處要塞，當停下來休養生息，鞏固從獨裁政權手中奪取的領地，並且儲備給養、籌畫下一步的攻勢時，在這短短的日子裡，兩人除了相愛與歡聚，便渾然不理世事。儘管從未說出口，但他們都這樣打定了主意。他們決不會念及戰爭的兇險，也不會為分離的時光掛慮。若是其中一個在下一次的約定中沒能出現，他們無需多言便會繼續各自的道路：他向南行，去往首都；她則朝北走，回錫那羅亞

革命

245

海濱去——她便是在那兒遇見他，在那兒委身於他的。「雷希娜……雷希娜……」

「你還記得那塊像隻石船一樣伸進大海去的岩石嗎？它應該還在那兒呢。」

「我就是在那兒認識了你。你常去那裡？」

「每天下午都去。幾塊岩石之間形成了一個水塘，在白色的池水中照得見自己的樣子。我在那兒照著，有一天，我的臉旁邊出現了你的臉。夜裡，星星映照在海上。白天，看得到燃燒的太陽。」

「那天下午我不知該幹點兒什麼。我們本來一直在打仗，忽然間，敵人垮了，那些禿頭投降了。可我已經過慣那種日子了。於是我開始去回想別的東西，結果發現了你坐在那塊石頭上，兩腿是濕的。」

「我也喜歡那樣呀。你出現在我旁邊，我身邊，影子映在同一片水面上。你沒發覺我也喜歡那樣嗎？」

黎明來得遲了，然而一方灰色的帷幔揭開了兩個四手交纏的身體的睡夢。他先醒了。他凝視著雷希娜的睡態。好似幾世紀的蛛網上最細弱的那一縷線，好似死亡的孿生兄弟般：睡夢啊。她雙腿蜷起，一隻手臂擱在男人的胸前，口唇潤濕。他們喜歡在拂曉時分做愛：把那當作是慶祝新一天來臨的盛典。昏暗的光線甫照出雷希娜的輪廓。不到一個鐘頭，這鎮上的各種聲響便會傳來。而現在，只聽得到這寧靜沉睡的褐膚姑娘的呼吸聲，那是這寂靜世界裏的生氣。唯有一樣東西有權去喚醒她，唯有一種幸福有權去打斷這睡夢中半蓋著被單，蜷曲著、光潔有如淡淡月華的安詳身軀的幸福。有權嗎？他的想像跳出了歡愛之上：他注視著熟睡的她，彷彿她是在為幾秒鐘後喚醒她的下一次歡好而歇息著。何時是最大的幸福？他撫摸著雷希娜的胸部。想像下一次的交合是什麼樣子。那交合本身；回味時帶著疲倦的快樂，被歡愛重又漲滿的欲望，渴望再一次的歡愛：幸福啊。他親吻雷希娜的耳朵，湊近去看她的第一抹微

笑，他挨近她的臉龐，不願漏過她第一個愉快的表情。他感到她的手再一次與他嬉戲。慾望在體內綻放，佈滿豐盈的水滴：雷希娜光滑的雙腿重又去找尋阿爾特米奧的腰際：她手中的鼓脹什麼都明白了：他的勃起從手指間逃脫，又被它們給喚醒：肌肉顫抖著繃開，滿漲著，挺立的部分找到了張開的部分，愛憐地進入，被熱切的搏動包裹著，年輕的睪丸攀上頂峰，與這溫軟肌膚的天地難解難分。一切重歸於世界的相遇，重歸於理性的種子，重歸於靜寂中呼喚名字的那兩個聲音，他們向裏面給一切事物命名：「向裏面」，他想著其他一切事，就是不想這件事。他盤算事情或者什麼都不想，都是為了讓這件事不要結束：他設法讓自己的腦袋塞得滿滿的──大海和沙灘，房屋和牲畜，魚跟種子，就為了讓這件事不要結束：「向裏面」，他緊閉著雙眼仰起臉來，脖子青筋暴起用盡力氣伸長，雷希娜則意亂神迷地任其征服，她用沉重的呼吸、蹙起的眉頭與微笑的嘴唇回答他說好，說別放開她，說再來，是，別停下，好的，直到發覺一切已同時發生，他們沒法看到對方，因為兩個人已合二為一。他們說著相同的話：

「現在我很快活。」

「現在我很快活。」

「我愛你，雷希娜。」

「我愛你，我的男人。」

「我讓你快活不？」

「一刻也沒停。多麼長久啊。你讓我多麼脹滿啊。」此時街上傳來了一桶水潑上塵土的聲音，野鴨沿著河畔嘎嘎叫著經過，一記哨聲預告了誰也擋不住的那些事情：靴子拖出了馬刺的聲響，馬蹄得得聲重又響起，橄欖油與豬油的氣味在家家戶戶奔跑。他伸長手臂，向襯衫夾縫裏摸香菸。她則走到窗前，打開窗子。她停在那兒，踮起腳尖，張開雙臂呼吸著。褐色山巒的輪廓和太陽一起來到到這對情人眼前。鎮上的麵包房騰起了香氣，再遠一些，是破敗的

山谷中與荒草糾結的愛神木的味道。而他只看到了那個裸露的身體，這時正張開雙臂，想要在背後抓住白日，拖他回床上去。

「你想吃早餐嗎？」

「太早了。讓我先抽完這支菸。」雷希娜將頭倚在他肩上。他修長而筋脈盡現的手輕撫著她胯間。兩人微微笑了。

「當我還是個小姑娘時，日子是美好的。有許許多多愉快的時光。放假啦，課間啦，夏天啦，遊戲啦。可不知怎麼搞的，當我長大時，我開始期待別的什麼。小時候不。於是我開始去海灘。我對自己說，最好還是等待吧。我不明白那個夏天我怎麼變了那麼多，怎麼不再是小孩子了。」

「你現在仍是個小女孩，知道不？」

「跟你一起了還是？我們做了那些還是？」

他笑了，吻她。她屈起膝蓋，像一隻收起了翅膀的鳥兒，在他胸前築巢。她纏住這男人的頸子，一面笑一面伴哭道：

「那你呢？」「我記不起來啦。我遇上了你，很愛很愛你。」「告訴我，為什麼當我看到你時，就知道別的東西全都不重要了？你想呀，在那一刻我告訴自己說，到了該下決心的時候了。要是你走遠了，我一輩子就都完了。你不是嗎？」

「是，我也一樣。你沒把我當成一個只是為了找樂子的兵嗎？」

「沒有，沒有。我沒瞧見你的制服。我只見到水面上映出了你的眼睛，結果我自己的影子我都看不到了，除非有你的倒影傍在一旁。」

「美人，我的愛，去看看有沒有咖啡。」

那個早晨同這一對年輕人相愛七個月來的每個早晨一樣。當他們分手時，她問他隊伍會不會即刻就走。他回答說，他也不知道將軍的想法。也許他們得去清剿這個地區殘餘的幾股潰退的聯邦軍，但無論如何兵營會駐紮在這鎮子上。這附近有豐富的水源，還有牲

畜，是個休養一陣子的好地方。從在索諾拉開始，他們就一直很疲勞，是該有個假期了。十一點鐘所有人得去廣場上的指揮部報到。經過每個村鎮時，將軍都要去視察勞動情況，頒佈指令將工作時間縮減到八個鐘頭，還把土地分給農民。假使當地有個莊園，他會下令一把火將日工資商店[1]燒掉。假若有人放債——總有人放債，要是沒跟聯邦軍跑了的話——就宣佈一切債務無效。糟糕的是大部分居民都有武器，又差不多都是農民，所以將軍的指令無人執行。所以說，最好是即刻將各個鎮子上富戶的錢財沒收，等到革命勝利了，才能使土地政策和八小時工作日合法化。為今之計則是要到墨西哥城去，把害死堂潘奇托・馬德羅的兇手，酒鬼韋爾塔從總統位子上撐下去。「兜了幾多個圈呀！」他一邊將咔嘰布襯衫掖進白褲子裡，一遍唸叨著：「兜了幾多個圈呀。」從韋拉克魯斯，從故鄉，到墨西哥城，又從那兒到索諾拉，是塞巴斯蒂安老師讓他去做這些老傢伙已經做不成的事的：到北方去，解放這個國家。他那時還是個毛頭小伙兒，還不滿二十一呢。真的，他連女人都還沒睡過。他怎麼能叫塞巴斯蒂安老師失望呢。老師教給他這三樣事情：讀書，寫字，憎恨教士。

雷希娜將咖啡杯擺上桌時，他止住了話頭。

「好燙！」

天色還早呢。兩個人互相摟著腰上路了。她穿著她漿洗過的裙子，他則戴上氈帽，罩著白衫。他們住的農舍靠近山谷。牽牛花懸空垂吊著，一隻在叢林狼牙齒底下剩了殘骸的兔子腐爛在草葉間。谷底有條小河流淌。雷希娜想去看看那條河，彷彿是在期待再一次尋到她想像中的倒影。他們十指緊扣：通向鎮子的路向上延伸到谷底的邊緣，山間迴蕩著田鷸的啼鳴。不：那是輕淺的馬蹄聲，淹沒

---

1 日工資商店，波菲利奧時代在墨西哥的莊園裏普遍存在的一種商店，通常由莊園主控制，向只能拿日工資支付商品的短工出售質低價高的生活必需品。因為莊園遠離城市，短工們只能在日工資商店購買生活必需品。

在這煙塵之中。

「克魯斯中尉！克魯斯中尉！」

是將軍的副官洛雷托。他的馬發出一陣喑啞的嘶聲，而後停住。汗水與煙塵後面，洛雷托那張總是帶笑的臉龐模糊不清。「快點回去，」他一邊喘著氣，一邊拿手絹擦臉：「有新情況：咱們馬上、馬上就得出發。早飯吃了沒？營地有雞蛋。」

「我吃過了。」他微笑著答道。

雷希娜的擁抱是一個塵土中的擁抱。直到洛雷托的馬跑遠了，大地平息了，這個女人才完整地顯露了出來。她攀著她年輕情人的肩膀。

「在這兒等我。」

「你說，是什麼事兒呢？」

「應該是附近有流竄的敵人。沒什麼大不了的。」

「我在這兒等你？」

「對。別走開。今天晚上，最遲明天一早，我就回來了。」

「阿爾特米奧……有一天我們會回到那裏嗎？」

「誰曉得。誰曉得要拖上多久。別想這些啦。知不知道我很愛你？」

「我也愛你。很愛。永遠都愛。」

在外面，在營地的中庭，在馬廄，接到新行軍命令的軍隊循例無聲地準備著。炮車開成一列，由白毛黑眼圈的母騾推著。載著軍備的前架車順著從庭院連到車站的轍印跟在後面。騎兵們拴上韁繩，卸下一包包飼料，查看馬鞍是否縛牢。他們撫摸著戰馬粗硬的鬃毛，這些戰馬對人是那樣的馴順溫和。它們給炸藥汙糟過、腹部給平原上的扁虱叮咬過。這兩百匹戰馬從營地前緩緩走過，桃色的，有圓斑的，都帶著塵土的黑色。步兵給來福槍上了油，排隊從那個分發彈藥的笑臉兒矮子前面走過。北方的帽子：灰色氈帽，帽沿折著。頸子上繫著三角巾，腰間綁著子彈袋。很少有人穿靴子，

都是混紡褲，不是黃皮鞋就是粗製涼鞋。無領條紋襯衫。這兒和那兒——大街上、院子中、車站裡，都是那樹枝裝飾過的美國帽：樂手們手中拿著笛管，肩上扛著金屬樂器。最後飲用的熱水。爐灶上堆滿了煮豆子。一盤盤的雞蛋。從車站傳來了一陣喧嚷：那是一輛滿載著印第安人的平台車開到了鎮上，他們敲出刺耳的鼓聲，揮舞著彩色的弓和粗陋的箭。

他擠了進去。裏邊，將軍正在那胡亂釘在牆壁上的地圖前頭講解著：「聯邦軍正在我們的背後、在革命的解放區發動反撲。他們企圖從後面截斷我們的退路。今天清早，一個哨兵從山上望見，希梅內斯上校佔領的那幾個鎮子的方向上升起了一股濃煙。他就下山來報告。我的這位上校每到一個鎮子，都會下令收集好些木板和枕木，以便在受到攻擊時點火給我們報信。事情就是這樣。我們得分頭行動。一半人馬回山那邊去支援希梅內斯，另一半趕去痛擊咱們昨天打敗的那幾夥敵軍，免得他們從南部大舉攻來。這個鎮子就留一個旅吧，不過看起來他們很難打到這兒來。加維蘭少校……阿帕里西奧中尉……克魯斯中尉：回北方去。」

快到正午時，當他經過山口的觀察哨，希梅內斯燃起的火堆已漸漸熄滅了。在那邊，下方處，可以看到一列滿是人的火車：載著迫擊炮、大炮、彈藥箱、機關槍，行駛中沒有鳴笛。騎兵隊費力地沿著陡峭的山坡下行，大炮從鐵軌上開火，向那些約莫已給聯邦軍重新佔據的村鎮射擊。

「咱們走快點兒。」

他說：「這場交火會持續兩個鐘頭，之後咱們就進去偵察。」

他絕不會明白，為什麼當他的馬蹄踏上第一塊平整的土地，他便垂下了頭，交托給他的那明確的任務也沒了概念。他手下士兵的形象消散了，連同那達成一項目標的強烈責任感。取而代之的是這一份溫柔，這一聲若有所失、發自肺腑的歎息。彷彿是太陽這燃燒的火球湮滅了近旁騎兵的形象，淹沒了遠方大炮的轟鳴。取代這世

界的是另一個世界，夢中的世界，在那裡，只有他跟他的愛人才有權利生存，才有挽救生命的理由。

「你還記得那塊像艘石船一樣伸進大海去的岩石嗎？」他重又凝視著她，渴望吻她，卻又害怕吵醒她。他堅信這樣凝視著她，就會把她變成他的。「只有一個人是主人，」他想著：「是雷希娜一切私密形象的主人。這個人擁有著她，永不會放棄她。」他看著雷希娜的時候，也是在看他自己。他雙手鬆開了韁繩。所有的一切，他所有的愛，深陷進這女人的肉體中，這肉體包含了兩個人。他想回去……告訴她他有多麼愛她……他零零碎碎的思緒……去讓雷希娜知道……

馬兒發出嘶鳴，後蹄著地立了起來，騎手跌在一塊堅硬的、生著荊棘與帶刺灌木的土地上。聯邦軍的手榴彈雨點般向著騎兵們砸落，而當他站起身時，只能在硝煙中辨認出他的坐騎那赤紅的胸膛，鎧甲般替他擋住了炮火。在那倒下的軀體周圍，五十多匹戰馬茫然地打著圈子。上方沒有光亮：天空的高度往下降了一級。這是一方火藥的天空，高不過人去。他朝著一株矮樹奔跑：那陣陣的煙塵遮蔽了的，不僅僅是光禿禿的枝條。三十米開外，一座低矮但繁茂的樹林出現了，一陣茫無頭緒的喧嚷聲傳入了他的耳朵。他縱身抓住一匹無主戰馬的韁繩，一腿攀住馬屁股：他將自己隱蔽在馬兒身下，一踢馬刺，馬兒飛馳起來。他的頭懸著，眼前滿是自己的亂髮，死命地抓著馬鞍和彎頭。終於，晨光消失了，樹蔭令他得以睜開雙眼，鬆開戰馬滾了下來，直到撞上了一截樹幹。

在那兒他重又有了之前的那種感覺。戰鬥中模糊混雜的聲響包圍著他，然而，在這傳到耳中的聲響與他的身畔之間，卻橫亙著一段不可逾越的距離。他一個人斜倚著樹幹，再一次感受到那甜蜜而寧靜的生命正隨著血液慵懶地流動著：身子是如此安逸，抑止了思維的任何一個不安分的念頭。他的隊伍呢？心臟律動如常，並沒有突跳。他們會不會正在找他呢？他的胳膊和腿感到十分舒適，潔淨

而疲累。沒有他的指揮他們會怎麼樣？他的雙眼覓尋著，在那樹葉
遮蔽而成的天穹間，覓尋著一隻鳥兒悄悄地飛過。他們會不會也跑
到這片天賜的小樹林藏起來？可是靠著兩腳是沒法重新穿過這座山
的。他該在這兒等著。但假如他們把他關起來呢？他已沒法再想
了：一聲呻吟穿過了枝條，出現在中尉的臉孔旁，一個人暈倒在了
他的懷中。那一瞬間他曾把胳膊抽回來，可又立刻伸手將這具身體
接住了。這身體上掛著染紅的破衣，軟軟地垂著，肉從裂縫間露了
出來。傷者將頭靠上了他同伴的肩膀：

「這裏……被……真狠……」

他感覺到那條炸壞的胳膊在他背上汩汩地淌著血，在那兒留下
汗跡。他試著撥開這張被疼痛扭曲了的臉：高聳的顴骨，微張的嘴
巴，雙眼闔著，鬍髯短短的，亂蓬蓬的，就好像他的一樣。若是他
也生著一對綠眼睛，那一定是他的孿生兄弟了……

「有出去的路嗎？咱們敗了？你知不知道騎兵隊什麼消息？他
們撤退了沒有？」

「不……不……他們走了……上前面去了。」

傷者努力想用他那條完好的胳膊去指指另一條手臂，那條被霰
彈炸壞的手臂。他一直是一幅猙獰的表情，似乎那表情會支撐著
他，會讓他的生命延續下去。

「他們前進了？什麼事？」

「水，兄弟……好難受……」

傷員昏了過去，卻仍緊抱著他，以一種不可思議的、充滿著無
聲乞求的力量。中尉扶住這鉛一般的重量，讓他撐在自己的身上。
大炮的轟響重又傳回耳朵。飄忽的風搖動著樹冠。又一次地，寂靜
與安寧被炮彈打碎了。他抓起傷兵那條完好的手臂，將這碩大的身
軀從自己身上卸了下來。他扶著他的頭，讓他半靠著坐在露出虯結
樹根的地上。他擰開軍用水壺，灌了一大口水，然後將水壺湊近傷
兵的嘴唇。水順著熏黑的下巴淌了下來。可心臟卻還在跳。中尉跪

下來挨近傷兵的胸膛，忖度著他的心臟可還能跳得長久。他鬆開他腰間那顆挺有分量的銀搭扣，轉身背對著他。外面那裏會發生什麼事？誰能打勝？他站起身向樹林深處走去，把傷兵遠遠拋棄了。

他摸索著前行，偶爾撥開低矮的樹枝，一路摸索著。他並沒有受傷，無需救助。他在一眼水邊上停下，將行軍壺裝滿。這是一條尚未出生便死去了的小溪。它從這眼水源流出，在林子外面、太陽底下，一點點乾涸了。他脫下外衣，用兩手清洗著胸膛、腋下、乾燥灼熱而脫了皮的肩膀，清洗著胳膊上緊繃的肌肉，和發青的、光滑的、帶著粗硬鱗屑的肌膚。他想在泉眼中看看自己的倒影，可水泡阻止了他。這身體並不是他的：雷希娜賦予了它另一種歸屬——她用每一次的愛撫去訴求對它的佔有。不是他的，不若說是她的。拯救它也是為了她。他們不再是單個的，孤立的，他們已經推翻了將兩人分隔的牆垣，永永遠遠地合二為一。這場革命會消逝，那些村鎮、那些生命會消逝，而這不會。他的生命已經是他們兩人的了。他洗了洗臉，重新向平原上走去。

平原上，革命軍的騎兵隊正向著山林奔來。當他們飛馳著經過他身邊時，迷路的他正朝著起火的村鎮向下走著。他聽到鞭子抽打馬臀的聲音，步槍發出的暗啞的鳴響，接著平原上又只剩下了他一個。他們逃了？他掉轉身，雙手抱住了頭。他不明白。需得懷揣著一個明確的任務從某地出發，決不能把這金色的線頭弄丟了：唯有這樣才能搞清楚發生了什麼。一分鐘的心不在焉便足以讓戰爭的整盤棋局變成一場兒戲——荒謬，費解，儘是些零落的、兇險的、無理的步法。那一片煙塵……那些急速向前的烈馬……那吼叫著、揮動著白光閃閃的兵刃的騎手……那停在遠處的火車……那愈來愈近的喧囂……那一分鐘又一分鐘向著昏昏沉沉的頭腦逼近的太陽……那柄擦過額頭的劍……那馳過他身邊將他掀翻在地的騎兵……

他摸了摸額上的傷口，爬了起來。他必須趕回林子去：那是唯一安全的地方。他身子打著晃。日頭模糊了他的視野，熔化了地平

線，熔化了蕭瑟的草原，熔化了山脈的輪廓。一到樹林他便抓住一截樹幹，將外衣紐扣解開來，扯下了襯衫袖子。他朝上面吐了口唾沫，用它沾濕劃破的前額，又用這條破布把頭纏了起來：他的頭這時又不聽使喚了──近旁的枯枝在陌生人的靴子底下沙沙作響。他傷痛的目光順著身邊這雙腿抬了起來：這個士兵屬於革命軍。他背上還扛了另一個人：一件血污了的、一團糟的上衣，一條僵直的手臂。

「我是在林子的進口發現他的。他當時快要死了。他們炸壞了他的胳膊，我的……我的中尉。」

這個高個兒黝黑的士兵定睛看了看，認出了他的徽章。

他卸下那具軀體，將他半靠在樹上：就跟半個鐘頭、跟十五分鐘前他所做的動作一樣。士兵的臉靠近傷者的嘴邊，他再一次認出了這微張的嘴巴、高聳的顴骨與闔起的雙眼。

「是的。他已經死了。要是我早一點兒到，或許就能把他救活。」

他用寬寬的大手為死者闔上眼睛，並為他扣上銀搭扣，然後垂下頭，從潔白的牙齒間說道：

「唉，中尉。在這個世界上若不是有那些像他一樣勇敢的人，咱們其他這些人會到哪兒去了呢？」

他轉過身，背朝著士兵和死去的人，重又向平原奔去。還是這樣好。儘管他什麼也聽不見，什麼也看不到。儘管在他的身畔，世界像一團破碎的影子一樣掠過。儘管那一切連綿不斷的、或屬於戰爭或屬於和平的聲響──鳥鳴，風聲，遠處的吼聲──全都變成了那單調的、暗啞的鼓聲，它蘊含了所有的聲音，將它們化作同一份悲淒。他腳下絆上了一具死屍。就在一個人的聲音穿越了這由千千萬萬的聲響交織成的鼓聲的前幾分鐘，他不知不覺跪倒在了死屍邊上。

「中尉……克魯斯中尉……」

一隻手扶住中尉的肩頭，他仰起臉來。

「您傷得很重，中尉。跟我們來吧。聯邦軍都跑了。希梅內斯控制了廣場。跟我們回里奧翁多的駐地去吧。騎兵們打了個大勝仗，他們以一當十，真的。來吧。您看起來情況可不妙。」

他抓住這名軍官的肩膀，喃喃地道：

「回駐地去。好啊我們走。」

線索斷了。那條讓他在戰爭的迷宮中不致迷失、得以遊走的線索。不致迷失：不開小差。他沒力氣牽住韁繩。不過他的馬拴在了加維蘭上校的坐騎上，在這緩慢的旅途中，越過了那座將戰鬥過的平原與她等候他的山谷阻隔了的山嶺。在山下那邊，里奧翁多鎮一如往日：這座破瓦頂、帶著玫瑰色與淡紅色的白磚坯牆，周圍種上仙人掌的農舍，便是他這天早上離去的那座。他相信他在峽谷的邊上認出了那棟房子，認出了雷希娜守候他的窗口。

加維蘭在他前頭騎馬小跑。黃昏的暗影將山脈的輪廓投射在了兩個軍人疲憊的身子上。少校的馬停了一會兒，等中尉的馬趕上來。加維蘭給了他一支菸。火絨剛滅，兩匹馬便又重新上路，可他已經看到了，就在點菸的一瞬，看到了少校臉上的傷痛。他低下了頭。他自作自受。他們會知道他在戰鬥中落跑的真相，會扯下他的徽章。不過他們不會知道真相的全部：他們不會瞭解，他想活命是為了回到雷希娜的溫柔鄉裡，就算他解釋，他們也不會懂。他們同樣沒法理解他拋下那個本來能夠救活的傷兵。雷希娜的愛抵得上拋下傷兵的罪。該是這麼回事。他垂著頭，生平第一次感受到了羞恥。羞恥：加維蘭上校那雙清澈而坦誠的眼睛裡，透出的並不是這種神色。這名軍官用空出的那只手捋了捋被塵土和陽光弄得黏糊糊的金色大鬍子：

「多虧你們救了我們的命，中尉。您和您的士兵阻擋了敵人的前進。將軍要把您當作英雄來迎接……阿爾特米奧……我能叫你阿爾特米奧嗎？」

少校努力地微笑了一下。他把空出來的手搭到中尉肩上，掛著僵硬的笑容繼續說道：

　　「咱們一起打仗這麼久了，可您看，咱們都還沒有用『你』互相稱呼呢。」

　　加維蘭少校用眼睛尋求著回應。夜晚降下了她無形的玻璃幕。最後一縷光線從山巒後面透出，山巒遠遠的，藏在黑暗裡，收攏著。駐地上燃著火光，下午時在遠處是看不到的。

　　「他們簡直是狗！」少校忽而用急促的聲音說：「約莫一點鐘左右，他們出人意料闖進了鎮子。當然，他們沒法接近兵營，可卻在附近的居民區報復起來，在那兒幹起他們的勾當。他們揚言要報復所有給咱們幫過忙的村鎮。他們抓了十個人質，叫人傳話來，說若是我們不撤出廣場，就把人質絞死。將軍是用迫擊炮回答了他們的。」

　　街上到處是軍人和群眾，到處是遊蕩的狗，是跟這些狗一樣沒人看顧、在門縫裏哭泣的孩子。有些地方的火還沒有撲滅，婦女們當街坐在搶出來的床墊和籐椅上。

　　「是阿爾特米奧・克魯斯中尉。」加維蘭少校小聲說著，彎下身子讓話傳到士兵們耳朵裡。

　　「是克魯斯中尉。」耳語聲從士兵處傳到了婦女們那兒。

　　人們給兩匹馬讓開了路：少校的栗色馬在擁擠的人群中緊張不安，中尉的黑馬額頭低著，讓前面的馬牽著走。幾雙手伸了過來，那是中尉指揮的騎兵隊士兵們的手，他們拍拍他的腿以示問好。他們對著他額頭上染了血的破布條指點著，輕聲說著慶祝勝利的話語。他們穿過人群，在盡頭，一壁懸崖垂下，夜風中樹木搖曳。他舉目望去：是那座白色的農舍。他尋覓著那扇窗口，所有的窗口都緊閉著。燭光照亮了幾戶人家的門口，幾堆裹在披風裏的黑壓壓的人們，正在各個門口蹲坐著。

　　「別把他們解下來！」阿帕里西奧中尉騎在馬上，一邊叫一邊

讓馬打著旋子，用鞭子趕開那些哀求著舉起的手：「讓大夥兒牢記一切！讓大家清楚我們是在跟誰打仗！他們逼鎮上的人殺死自己的兄弟。好好看看吧。他們就是這樣屠殺雅基部落，為的是雅基人不讓他們強奪土地。他們也是這麼屠殺了里奧布蘭科和卡納內阿的工人們，因為他們不想餓死。要是我們不教訓他們，他們會把所有人都殺光。看看吧。」

年輕的阿帕里西奧中尉用手指掠向山崖近旁那一叢樹木：在那草草編成的龍舌蘭繩索上，還滲著從脖子上流出的血，但這些睜開的眼睛，紫紅的舌頭，了無生氣被山風吹得微微搖擺的身體，已經死了。他的目光——這茫然的、憤恨的，但更是柔和的、不解的、充溢著一種靜靜的哀愁的目光所至之處，只有沾了塵的涼鞋、一個孩子的光腿和一個女人黑色的便鞋。他下了馬。走近。他抱住雷希娜漿洗過的裙子，發出了一聲破碎的、隱忍的哀號：那是他成為男子漢後的第一聲慟哭。

阿帕里西奧和加維蘭帶他來到了姑娘曾經待過的房子。他們強迫他半靠著，給他解開汙糟的布條換上繃帶，為他清洗了傷口。他們走後，他抱住枕頭將臉埋了起來。他想睡，只想睡，他暗暗地想，也許睡夢能令他們在同一個世界重新聚首。他發覺這是不可能的。而此時此刻，在這掛著泛黃的蚊帳的床上，他卻可以比真實存在時更強烈地感受到那潮濕的頭髮、光滑的身子和溫熱的大腿。她就在那兒，比以往的真實更加真實，在這年輕人狂熱的頭腦中，她比從前任何時候都更加生機煥發：現在在他的回憶中，她愈發成為她，愈發屬於他。或許在這短短幾個月的戀愛中，他從不曾以這樣的激情去看看她雙眼的美，從不曾像此刻這般將她的眼睛與那些同樣閃閃發光的東西相比擬：黑色的寶石，太陽下寂靜的海底，在時光中蕩漾的沙灘盡處，熾熱的肉與臟腑之樹上暗紅色的櫻桃。他從未同她說起過這些。沒時間了。沒時間向她訴說這愛情的種種了。永遠沒有時間去講最後一句話了。或者闔上雙眼，她就會整個人回

來，依靠這男人指肚上跳動著的焦灼的愛撫活下去。或者只需想著她，就可以把她永遠地留在身邊。有誰會知道，追憶是否真的能讓事物得以延續，讓他們的腿交纏在一起，推開黎明的窗子，梳梳頭髮，復甦那些氣味、聲響與觸摸。他坐了起來。在黑暗的屋子裏摸索著那瓶龍舌蘭酒。頃刻間，他發現酒並不會令他忘記，就像所有人說的那樣，而是會將那些記憶更快地攫取出來。

　　當白酒在他胃裏燒起火來，他就會回到那片海灘的岩石那兒。會回去。回哪兒去？回到那從沒存在過的、虛構的海灘去？回到那虔誠的姑娘的謊言裏去？回到她那為了讓他在相愛中感到清白無辜、理直氣壯而編造出的謊言裏去嗎？他把酒杯摔在地板上。酒精原來是幹這個的，是用來摧毀謊言的。這是個美麗的謊言吧。

　　「我們是在哪兒認識的？」

　　「你不記得了嗎？」

　　「你說嘛。」

　　「你不記得那片海灘了嗎？我每天下午都去那兒。」

　　「我想起來了。你在自己的倒影旁邊看到了我的倒影。」

　　「你記住了：假如沒有你的倒影在我旁邊，我再也不想看到自己的臉了。」

　　「好。我記住了。」

　　他該相信這美麗的謊言，一直相信，直到最後。那不是真的：他進入錫那羅亞州的那個鎮子時，並沒有像到其他那麼多個鎮子時一樣，在大街上找上第一個路過的懵懂姑娘。那不是真的，那個十八歲的女孩兒沒有被強拉上一匹馬，在軍官們的公共宿舍——那座離海很遠、面朝著荊棘叢生的貧瘠山巒的宿舍裏給無聲地強暴了。那不是真的，並不是坦誠的雷希娜悄悄原諒了他：當抵抗敗給了快感，從未接觸過男人的手臂第一次快樂地碰觸到他的時候，她濕潤的嘴唇微張著，只知道重複著說，就好像昨夜那樣，說著是，是，她喜歡這樣，她喜歡跟他這樣，她還想要更多這曾經令她懼怕

過的快樂。雷希娜那夢一樣的，燃燒著的眼光。她是如何接受了感到快樂的事實，承認她是愛著他的；她又是如何編造了那個關於大海、關於沉睡的水中的倒影的故事，好讓他忘掉那些在以後的歡愛中會令他感到丟臉的事。他生命中的女人，雷希娜，味道十足的小母馬，奇蹟中純潔的仙女，一個不會推三阻四、不會用話語為自己辯解的女人。她從沒有厭倦過，從沒有用痛楚的呻吟聲叫他發過愁。她永遠都會在那兒，在一個或另一個鎮子上。或許很快，這吊在繩索上、毫無生氣的軀體的幻影就會消失，而她呢，她會出現在另一個鎮子上。她只是趕在前頭了。對，就像往常一樣。她不聲不響地出發去了南方。她穿過聯邦軍的封鎖線，在下一個村鎮找到一間小房子。沒錯，誰叫她沒了他就活不成呢，他沒了她也是一樣。是這麼回事兒。所有的一切不過就是出發、牽上馬、緊握手槍，繼續進攻然後在下一次休息時遇見她的問題。

他在黑暗中摸著外套。他把子彈帶交叉掛在胸前。在外面，那匹黑馬，那安靜的牲畜，正拴在樁子上。人們還沒從絞死的人那兒散開，不過他現在已經不朝那邊看了。他騎馬向兵營馳去。

「那些婊子養的跑哪兒去了？」他向著營中一名守衛的士兵喝問。

「去了山谷另一頭，長官。聽說他們在橋邊上挖了壕溝，在等援兵呢。他們許是要再來攻打這個鎮子。您進來吃點東西吧。」

他下了馬，不慌不忙地向著院子裏的篝火走去。在交叉著搭起的柴火上，幾口陶鍋搖晃著，婦人們用手拍打麵團的聲音在響著。他把大勺伸進滾燙的雜碎湯，拈了點兒洋蔥、辣椒麵，還有牛至[1]。他嚼著北方又硬又鮮的玉米餅，嚼著豬蹄子。他還活著。

他把用來給軍營入口處照明的火把從生鏽的鐵環中拔了出來。他將靴刺插進黑馬肚子裡：那些仍在街上行走的人閃到了一旁，受

---

1 牛至又名滇香薷，俗稱披薩草，是一種植物性香料。

驚的馬兒想要抬起前腿，可他卻再一次刺了進去，直到終於感覺到馬兒明白了他的意思。現在，它已經不再是那個受了傷、在下午渾渾噩噩穿越山嶺的人的馬了。它是另一匹馬：它懂得的。它抖起鬃毛讓他明白，它是一匹戰馬，同它的騎士一樣，那麼憤怒，那麼迅猛。而騎士則舉起火把照亮城鎮邊上的田野，就要衝上架在山崖上的那座橋去。

橋頭也燃著一堆火。禿賊們的法國軍帽映出泛紅的灰白色。然而黑馬的四蹄牽動了大地的全部力量，席捲起野草、塵土與荊棘，讓主人手中的火把灑下一串火花。馬主人向橋上的據點撲了過去，躍過火堆，開槍射向那些慌亂的眼睛，射向黑漆漆的後腦勺，射向那些不明就裏、把炮往後撤的人，他們在黑夜中看不清這個要往南方，要往下一個鎮上去，那裏有人在等他的騎手的孤獨……

「讓開，婊子養的混蛋禿驢！」他那幾千條喉嚨叫嚷著。

那痛苦與渴望的聲音，那槍聲，那條將火把移近彈藥箱、引爆了大炮、讓無主的戰馬四散奔逃的手臂，混合在了由馬嘶聲、由火焰和爆炸組成的混亂中。現在這一切有了遙遠的迴響──鎮子上幾不可聞的喊聲，教堂泛紅的塔樓上應和的鐘鳴，革命軍騎兵隊的馬蹄對大地的撼動。此時騎兵隊過了橋，看到毀的毀、逃的逃，看到火堆熄滅了，卻沒有看到聯邦軍，也沒有看到中尉──他策馬向南，高舉著火把，他的馬兒目光灼灼：向南方去，循著手中的線索，向南方去。

《阿爾特米奧·克魯斯之死》

一九一四年

湯瑪斯·阿羅約將軍雙手叉腰站在老美國佬面前，還沒報上自己的大名，先兜起下唇吐了口氣兒，吹開了擋住他眼睛的一縷銅色頭髮。這時候那老美國佬笑了起來。

「我是湯瑪斯·阿羅約將軍。」這名字本身迸到了跟前，可它

革命

261

的個人標記卻在於軍銜。此刻美國佬明白了，他們會把墨西哥的大男人主義那所有的共性一個接一個地扔進他那一片空白的大腦，看看到哪一步能在他的身上發生作用，來試他一試。對了，還能在他面前找找樂子，就是不給他顯露本來面目。

在那次科爾特左輪手槍的壯舉之後，他們為他歡呼，送了他一頂寬沿帽，還強迫他吃下用加了山辣椒的動物睾丸還有血腸作餡的玉米餅。他們給他亮出瓶底下臥著一隻小蟲的龍舌蘭酒，嚇唬他是鄉巴佬。

「這麼説咱們是跟一個美國將軍一塊兒嘍。」

「製圖軍官，」老人説：「西印度志願軍第九軍團。……北美內戰的時候。」

「北美內戰！可那都是五十年前的事兒啦，那時候我們一直在打法國人呢。」

「玉米餅裏是什麼？」「牛睾丸跟血，西印度將軍。你要是進潘喬‧維亞的軍隊，這兩樣東西可用得著。」

「酒裏又是什麼？」

「別擔心，西印度將軍。那小蟲子不是活的。只是用來讓龍舌蘭保存得久些。」

士兵們把玉米餅遞給他。阿羅約和小伙子們互相看看，一句話也沒説。老美國佬默默地吃起來，把辣椒整個兒囫圇吞下，既沒淌眼淚也沒辣紅了臉。

「美國佬抱怨説，在墨西哥胃會落下毛病。可沒一個墨西哥人在自己的國家是叫吃喝拉死的。就像這瓶東西，」阿羅約説道，「假如這瓶酒或者你一輩子都帶著這隻蟲子，兩邊兒一直到死都會相安無事。有些東西蟲子吃，另一些東西你吃。不過，要是你只吃那些像我在埃爾帕索看到的玩意兒，用紙裹上、連蒼蠅都叮不進去的那些玩意兒，蟲子可就要叫你發作嘍，誰讓你不認識它、它不認識你呢，西印度將軍。」然而，老美國佬決心以他那些早先就對信

仰失去了熱誠、從信仰中解脫出來的新教徒先祖的全部耐性，來等待湯瑪斯·阿羅約將軍展露給他一張不諳世事的臉龐。他們是在這位將軍的私人專列火車裡。老美國佬覺得，這很像是他在新奧爾良時常愛去的那些個妓院裏隨便哪間的內室。他坐在一把深深的、紅天鵝絨的椅子裡，緩緩地撫著金線簾子的流蘇。枝形燭臺在他們頭頂上危險地吊著，火車咆哮著一開動，它們便叮噹作響。年輕的阿羅約將軍把酒杯一擲，老者不發一言，也做了個同樣的動作。然而，當老者打量這台奢華的車廂——這上漆的牆壁、這裱糊的天花板時，阿羅約並沒有漏掉他那挖苦的眼光。這老美國佬一直克制著自己的戲謔和嘲諷，每時每刻都提醒自己：「還不能這樣。」

詭異的是，在這一刻，或者從一開始，他就感覺到自己已經陷入了另一種情感的支配。那就是對阿羅約的，父親般的喜愛。他想約束這兩種感情，可阿羅約偏偏只察覺到（或者他只願意察覺到）那被克制了的嘲笑的眼光。他的眼睛瞇成窄縫，看不到了。列車像是決心這一次要永不停息地跑下去。它緊緊保持著速度，在沙漠裏荒涼的傍晚馳騁著，將山巒拋在後頭。山地間仍在發生著驚天動地的變動。在變動中，一些山脈在另一些山脈中孕育，它們肩膊搭著肩膊，一個一個地互相支撐著。有時候，它們勉力支持著碩大的山尖，那山尖舒展在青綠色廣袤的山巒之上，為黃昏戴上金紅的冠冕。此刻，靜寂的沙漠之海就在他們的腳下，老者從舷窗中能辨認出那棵恣肆生長的樹木，能夠叫出它的名字：在英文中它被稱作煙之樹。

阿羅約說，這輛車曾經是屬於一個非常富有的家族的，他們擁有齊瓦瓦州的一半，杜蘭戈和科阿韋拉幾個州也有他們一份。美國佬曾經注意過這支接收他的軍隊嗎？比方說去注意一隻狹長的綠眼睛，注意一個下賤的妓女。他總一定留意過那個把他帶到他們面前的孩子吧？後來收下了那枚火燙的硬幣和那缺了頭的老鷹徽章的孩子？好吧，起碼現在這輛車是他們的。阿羅約現出一種乖戾的神

氣，説他懂得如此這般去得到一輛車子的必要，因為他曾花過兩天一夜去穿越米蘭達家族佔有的領地。

「那麼主人呢？」老者問，神色是凝重的。

「你試試看！」阿羅約衝他吼道。

老者聳了聳肩：「您剛剛才説過的。那些是他們佔有的領地。」

「可那並不是他們的財產啊。」

有一種情況是佔有一樣東西，不理那東西並不是我們的，就好像米蘭達家族佔據北方的畜牧用地那樣。那牧場給一片荒漠包圍著，他們看中它貧瘠、堅硬，正好拿來作防禦，用這堵太陽跟牧豆樹築起的圍牆來劃定他們竊取的土地。阿羅約這樣説道。而另一種情況呢，是真正地成為一樣東西的主人，因為我們為了擁有它而工作過。他把手從金線簾子上放下來，叫老人數數那上頭的老繭。這位將軍從前當過米蘭達家莊園的僱工，而今在原先主人這華而不實的私家車裏踱踱步子，不過是為了報仇雪恨。老人對此表示認同。難道不是這麼回事兒嗎？

「你不明白，美國佬，」阿羅約將軍粗聲粗氣地表示不信：「説真的你啥都不明白。我們的證件比他們的還早呢。」

他走到一只好好地藏在一堆柔軟的靠墊與錦緞背後的箱子跟前，將它掀開，取出了一只長長的、平整的盒子。那是用綠色的舊天鵝絨和番荔枝木小片做成的。他在老人面前打開了它。

將軍與美國佬看著那幾張好像古老的絲綢般易碎的文件。

將軍與美國佬對望著，在一座懸崖對峙的兩峰之間無聲地交談著：目光便是他們的語言，而從他們各自背後的舷窗中飛跑過的大地，則一邊講述著這些檔案文件的歷史，也就是阿羅約的歷史，一邊又講述著書中記載的歷史——這個美國佬的歷史（老人思索著，帶著一絲苦澀的微笑：最後總歸是文件吧，然而解讀它、忽略它、保存它的方式又是多麼的不同呢：這片荒漠的檔案會一直流傳下

去，會傳到誰的手上這我不知道——老人接受了這個事實——但我知道我希望的是什麼樣）。他從阿羅約的眼睛裏讀到，他正在自己講著另外的一些話。奇瓦瓦的大地在經過，這是一個缺席者帶著悲劇色彩的動作。他從這經過裏看出了什麼：沒有阿羅約能夠講給他的那麼多，但多過他自己所知道的：這個美國佬不會踏上一塊他不清楚其歷史的土地；這個美國佬將去認識這片挑選出來的土地，直到最後，為了用他七十一年的骨頭與皮囊向她獻禮：就好像歷史將不停地奔流，和著列車的節奏，也和著阿羅約的節奏（美國佬知道阿羅約在回憶，然而他只能看出，這個墨西哥人撫摸那些文件一如撫摸一位母親的面頰或是一位情人的腰身）。兩個人注視著對方眼底的進攻、逃亡或調遣：避開西班牙人，避開印第安人，避開分封領地的制度不談，卻揪住那些牧區的大莊園不放，將其作為最輕微的惡行；又像保護珍貴的荒島一般守衛著西班牙主權在新比斯開佔據了土地與水源的那幾個少得可憐的轄區。他們迴避了強制勞動和其他一些事情：要求尊重國王認可的共有財產，拒絕再當盜馬賊、奴隸、造反者和採石工，然而最終他們這些人，這些最強壯、最高尚、最卑賤同時又是最驕傲的人，仍會屈服於不幸的命運之下：奴隸或者盜馬賊，除非造反永遠成不了自由的人。這個美洲圖書館裏的老書蟲明白，那便是這片土地的歷史。他凝視阿羅約的眼睛，想要確認這位將軍也同樣明白：奴隸或盜馬賊，永遠成不了自由人，卻擁有某種令他們得以自由的權利：造反。

「看見沒有，美國將軍？看見這寫的沒？看到這筆跡啦？這好看的紅戳子？這些地一直就是我們的，是勤儉的莊稼人從封地制度底下、從採石的印第安人的進攻底下護住的。連西班牙國王都這麼說。連他都承認。就在這兒呢。他手寫的，他的筆跡。這兒是他的簽名。這些文件我保存著，它們證明其他任何人都沒有權利擁有這些土地。」

「您可以讀一下嗎，親愛的將軍？」

美國佬說道，眼裏帶著笑影。龍舌蘭酒正燒得厲害，引誘了惡作劇的心情，不過也同時誘發了那父親般的情懷。結果阿羅約狠狠捉起了他的手，雖說並沒帶上威脅的意味。他幾乎是撫摸著它的，而這撫摸從老人溫和的玩笑中猛然攫出的，竟是一種親昵的情感，逼得他忽地有了一陣酸楚的失神，想念起他的兩個孩子來了。將軍叫他趁太陽下山前向外看，看看他們把大地多麼迅速地拋在了後頭，看看那些雕塑般曲曲彎彎、缺水的植物為了儲水而掙扎著，除了外表看起來，它們並沒有死去。

「你以為仙人掌會讀而我卻不會嗎？你是個傻瓜，美國佬。我是不識字，可我也記得。我不會讀這些為了我的人們保存的文件，可弗魯托斯・加西亞上校幫我做到了。不過我可比那些會唸這文件上面的字的人更清楚文件的意思。你明白嗎？」

老人只是回答，財產是會易手的，因為市場規律就是這麼運行的。沒有什麼財富是從不參加流通的財產中產生的。他靠在窗邊，感到臉頰上一陣火紅。有那麼一分鐘，他覺得這熱度就是太陽體內的感覺，他在每一個黃昏以一陣怕人的光芒棄我們而去。他的與我的：他直視著湯瑪斯・阿羅約桀驁不馴的黃色眼睛。這位將軍一遍遍拿手指點著太陽穴：所有歷史都在我腦袋裏呢，一整座的圖書館；我的人民的歷史，我的村莊，我們的苦難：在這兒，我腦子裡，老頭兒。你可知道我是誰啊，老頭兒。你知道嗎你？」

讓窗邊的老美國佬臉頰發燙的，並不是已經消失了的太陽。而是平原上的火。太陽已經落了。火代替了太陽的位子。

「應該是那幫小伙子。」阿羅約將軍帶著一種驕傲吐出這句話。他跑到車尾的平臺去，老人盡可能一步不離地跟著。

「應該是那幫小伙子。他們趕在我頭裏了。」

他朝大火那邊一指，說道：「看啊老頭兒，米蘭達家的榮耀化成灰燼嘍。我叫那些小子傍晚到，他們提前了，不過並沒掃了興致。到的時候莊園正著著火，他們曉得這就有樂子。」

「很棒的計算，美國佬。」

「很糟的工作，將軍。」

當列車開進米蘭達莊園站時，樂隊奏起了〈薩卡特卡斯進行曲〉。美國佬分不清燒焦的莊園同燒焦的玉米餅在味道上有什麼差別。一場灰色的濃霧籠罩了男人和女人、孩子和臨時搭建的廚房，無主的馬匹與牲畜，被人丟棄的火車與大車。弗魯托斯・加西亞上校和伊諾森西奧・曼薩爾沃上校高呼命令的聲音傳進耳朵，在另一種下意識的、甚至本能的混亂之上：

「衛隊，停下！」

「將軍那匹馬的玉米料呢？」

「警衛旅！」

「咱們去把搗亂的人攆走！」

阿羅約將軍下了車，戴上他那枝葉裝飾的帽子，好像是戴著戰爭的桂冠。這時候狗叫了起來。將軍抬眼看了看美國佬。這是第一次，老人顯出了害怕。狗向著美國佬狂吠，叫他不敢步下第二級臺階下地來。

「喂，」他命令伊諾森西奧・曼薩爾沃：「把狗從美國將軍這兒趕開。」之後衝他笑道：「好一個勇敢的美國佬啊。聯邦軍可比這裏隨便哪條病狗都凶呦。」

當老美國佬跟在他身後時，阿羅約的臉上並沒有愉快的表情。比起他那相對矮小的、年輕的、肌肉發達而又激昂振奮的步姿，老美國佬顯得高高大大、笨手拙腳。將軍穿過車站那邊煙塵滾滾的平原，走向大火中巨大的農莊，一路上留下馬刺、腰帶、手槍跟彈夾快速收起時發出的金屬聲，還有荒漠上的晚風吹動唯一那幾片樹葉的沙沙聲：那是將軍帽子上的葉子。

一眾聲音在眾人頭頂響起。老美國佬一見之下，打了個哆嗦。電線桿上是幾行吊死的人，嘴巴張著，舌頭伸在外面。風從通向起火的莊園的那條林蔭道上吹來，在這沙漠溫軟的風中，他們搖晃

著，沙沙作響。

幾抹暗暗的微笑，一記刺耳的小號聲。接下來是突然間的靜寂。

「他們看我們呢。」哈利特小聲說著，往老人胸前靠了靠。

他們對望了一眼。

米蘭達家的舞廳是一座微型的凡爾賽宮。牆壁上裝著兩行長長的鏡子，從天花板直垂到地面上：這是一道鏡子的長廊，在一輪永恆的快樂中，複製著一對對舞伴優雅的步子與旋轉，他們從奇瓦瓦、從埃爾帕索和其他那些莊園來，到米蘭達先生下令從法國搬來的這座華麗的宮殿裏跳華爾滋與四步舞。

阿羅約部隊上的男男女女在看他們自己。他們被自己的形象，被人類那有形有質的影子，被自己那整個兒的身體給弄愣了。他們緩緩地轉動身子，像是要證實這不過是錯覺而已。他們被這鏡子的迷宮給俘虜了。老人意識到，打從進門起，他同哈里特小姐就一直沒去理過那些鏡子。不消說，他們都是有條件去舞廳的。他在舊金山去過那些地震後建起來的大而現代化的酒店，她則是應男友大方的邀請，在華盛頓參加過軍隊的舞會。

老人甩了甩頭：他之所以打從進門就沒去看鏡子，是因為他的兩眼一直盯著哈里特小姐。

阿羅約的一名士兵把手臂向鏡子伸去。

「看呀，是你。」

同伴指著他的影像說。

「是我。」

「是我們。」

這些話傳了一圈。是我們，是我們。一把吉他奏響了，一個歌聲與另一個歌聲相應和。騎兵隊的人也來了。在這座米蘭達家的莊園裡，歡慶、舞蹈與說笑又重現了。美國人的存在被視而不見，可一支北方的波爾卡舞曲卻奏了起來，伴著手風琴，伴著騎兵們的馬

刺隨著舞蹈拖在地板上，將精美的鑲拼地板劃破、磨出碎屑的聲
音。老人制止了躍躍欲試的哈里特小姐：

「這是他們的舞會，」他對她說：「您不該參加。」

《老美國佬》

一九一五年

　　他將自己裹進藍色的斗篷。這個時刻的冷風攜著一陣草莛子搖
動的沙沙聲，已將白天直射時的熱度給驅散了。他們已在這片空曠
的田野裏餓著肚子過了一整夜。距此地兩千米不到的地方，是幾座
矗立的玄武岩山峰，山脈便紮根在這苦澀的荒漠中。從三天前開
始，這支偵察隊便放棄了循著方向與蹤跡前行，而是靠上尉的嗅覺
作嚮導。法蘭西斯科·維亞那七零八落的部隊此時正在逃竄，上尉
相信他清楚他們那點詭計，知道他們往哪兒逃。在六十公里之外，
部隊正焦急地守在那裡，只等偵察隊報訊便會撲向維亞的餘孽，阻
止他們跟奇瓦瓦的生力軍會合。可是，這傢伙的殘兵敗將會在哪兒
呢？他想他知道的：在山中某個崎嶇的高地，正走著最難走的一條
路。第四天——也就是這一天——偵察隊需得進山去了，而那些忠
於卡朗薩的隊伍則會向著他們黎明時分離開的地方前進。裝著烤玉
米的包袱打從昨天起就耗光了。傍晚時分，士官長帶著全隊的行軍
壺騎馬去找那條沿著石縫間流淌、卻甫入沙漠便乾涸了的小溪，可
是沒能找到。只看得到那座帶著泛紅的礦脈、乾淨而有褶皺的空空
河床。兩年前他們曾經來過這裡，可那是在雨季。而現在，只有一
顆圓圓的星子在士兵們冒了煙的頭頂上搖晃著，從清晨到黃昏。他
們紮營時沒有點火。一來是怕被山上的崗哨發現，二來也用不著。
他們沒東西可煮，在這廣漠無垠的荒地裡，一個孤零零的火堆又是
沒法給任何人取暖的。他裹在斗篷裡，撫摸著自己消瘦的臉頰。這
幾天，上頜的捲鬍子都跟下頜的大鬍子連成一片了。嘴唇邊、眉毛
裏和鼻樑上都嵌進了灰塵。組成隊伍的十八個士兵就在距首領幾米

遠的地方：他總是一個人睡、一個人站崗，總是隔著一段距離跟他的士兵分開。近處，馬兒的鬃毛被風吹動，黃色大地的表面現出了他們縮短了的黑色側影。他想往高處去：小溪的源頭在山裡，岩石間形成了這股孤單的小小清流。他想往高處去：敵人走不遠的。這天晚上他的身體感到緊繃繃的。顆粒未進、滴水未沾讓他那雙眼睛，那雙目光漠然與冷淡的綠色眼睛陷下去，睜大了。

這張塵土織就的面具紋絲不動，警醒著。他在等待黎明的第一縷光線，好出發上路：按照約定好的，第四天。幾乎沒人睡覺。他們都遠遠地看著，看著他屈起腿坐著，裹在斗篷裡，動也不動。那些想要闔眼的人在跟乾渴、饑餓與疲乏爭鬥著。沒去看上尉的人們則看著那一列額髮彎曲的戰馬。馬韁繩拴在一棵粗壯的牧豆樹上，這棵樹好像一截斷指從土裏冒出頭來。疲倦的戰馬望著地面。太陽將出現在山的那一邊。是時候了。

所有人都在等待首領坐起身子，扯掉藍斗篷，露出綁著子彈袋的胸膛、軍官外套上閃閃發光的搭扣和豬皮護腿的那一刻。無需言語，這支隊伍便會起身走向坐騎。上尉做得有理：扇形的光線已出現在了最低矮的那幾座山峰之後，一道光弧射出，遠方的鳥兒歡唱起來。你看不見它們，但它們卻主宰著這被遺棄的大地那廣闊的沉寂。他同雅基人托比亞斯打了個手勢，用他的語言說道：「你留在後面，一旦我們發現了敵人，你好飛跑去報訊。」

雅基人領了命，把扁扁的禮帽戴在頭上。帽筒是圓的，用一根紅色羽毛插進緞帶裝飾著。上尉躍上馬鞍，一隊人馬輕步馳向山口：一座上有赭石色隧道的峽谷。

峽谷的切口處飛旋著三道飛簷般的小徑。這支隊伍向著第二道攀去：它的寬度最小，但容得下馬匹排成一行通過，也正是它通往那眼泉水。喝乾的行軍壺空空地拍打在人們的大腿上，石塊縱橫的斜坡在馬掌下重複著這空洞而沉重的聲響。它沒有回音便消失了，只留下唯一一記乾澀的敲擊聲，擊在這順著峽谷延伸的長長的鼓面

上。從隘道高處下望，這支短短的隊伍正低著頭摸索地前行，唯有他還在注視著山峰，眼睛迎著太陽眨動著，任馬兒去應付地上的崎嶇。他走在隊伍前頭，既不恐懼也不驕傲。恐懼給拋了後頭，不是丟在了最初的那幾仗裡，而是消磨在了一次又一次的危急關頭中，成了家常便飯，令他處變不驚。正因如此，這峽谷的寂靜無聲倒讓他悄悄地警覺起來。他握牢韁繩，不知不覺收緊了臂上與手上的肌肉，轉瞬間就能拔出槍來。他從不盲目自信。從前是害怕，後來是習慣，都讓他不致妄動。早先，當子彈從他耳邊呼嘯而過，而他卻命硬得叫它們每次都落空時，他沒有自鳴得意，而只會詫異於他的身體這不明所以的智慧：靈巧地躲閃、起立或彎身、將臉藏到大樹後去。這具身體為了保護自己，動作快得搶在了思考前面。每當念及這種韌性，他感到的是驚詫與沒什麼了不起。到後來，當他已對這一直相伴的呼嘯聲見怪不怪、聽也不聽時，他也沒因此自以為是過。此刻，出人意料的寂靜包圍著他，他只感到一種深深的、說不清楚的憂慮。他伸長下頷，現出疑惑的神色。

在他背後，一名士兵長長的口哨聲向他證實了這趟峽谷之行的危險。哨音被一陣突然間的掃射聲與一片熟悉的嘶喊聲給打斷了：維亞部隊的戰馬叫騎手勒住嘴巴驅趕著，沿著兇險的斜坡從山谷頂上筆直地衝了下來。與此同時，步槍從第三道峭壁的掩體後面射擊，偵察隊的士兵給射傷了，流著血的戰馬騰起前蹄，在炮火的轟響中滾到了佈滿尖利岩石的谷底。他回過頭，只能看到托比亞斯學著維亞的士兵們沿著陡峭的斜坡往懸崖下衝，徒勞地想去執行命令：可這個雅基人的戰馬失了前蹄飛了起來，一秒鐘後撞死在隘道底端，將主人壓在了自己的重量之下。嘶喊聲伴著密集的槍擊越來越響。他從左邊滑下馬背，一邊翻跟頭一邊靠支撐物控制著，向谷底滾了下去。在破碎的視野中，他看到高處那些前蹄騰起的戰馬肚子抽搐著，被偷襲的士兵在射擊，那同樣是徒勞——他們擠在狹窄的岩縫裡，既沒處躲藏也沒法牽引馬匹。他向下滾落，在斜坡上拖

出一道印子。維亞的士兵們從第二條隧道上撲下來，掀開了肉搏戰。此時此刻，拉扯在一處的身體繼續著野蠻的扭打，狂顛的戰馬繼續翻滾著，而他則用那雙滿是血痕的手觸碰到了峽谷的底端，把槍從套子裏拔了出來。等待他的僅僅是又一次的靜寂。隊伍被消滅了。他挪動著生疼的手腳，向一塊巨大的岩石爬去。「出來，克魯斯上尉。投降吧……」沙啞的喉嚨應道：「出去給你們槍斃？我在這兒撐得住。」可右手痛得不聽使喚，連槍都握不住。一抬胳膊他便感到肚子上一陣錐心的刺痛。他垂著頭開了槍──疼痛叫他沒法抬起眼來。他不停地射擊，直到只剩下了扣動扳機的金屬聲。他把手槍扔到岩石那頭。上面的聲音又再傳來：「出來，把手放在脖子後面。」岩石那邊躺著三十匹戰馬，有的已死了，有的在垂死掙扎。其中幾匹想要抬起頭來，另外幾匹屈蹄撐著，而大多都在額頭、脖子和肚子上開了大紅花。在這些牲畜之上或是之下，兩邊的士兵作著滑稽的姿勢：仰面朝天，彷彿是尋找那條乾涸了的小溪的水流；垂首向地，抱住岩石不放。他們全都死光了，只剩下那個給一匹褐色母馬壓在身下的人還在呻吟著。「讓我把這個人拉出來，」他衝著山頂的部隊喊道，「他或許是你們的人。」怎麼拉？憑這兩隻胳膊？憑這副力氣？他想要勾住托比亞斯的腋下去拖他那動彈不得的身子，可剛一俯身，一顆鋼彈便嗖地飛來，打在了石頭上。他抬眼一看。勝利那方的首領──在山峰的陰影處瞧得見一頂白帽子──揮動雙臂制止了開槍的人。黏糊糊的汗水和著塵土，順著他的手腕淌了下來。他的一隻手幾乎沒法動彈，另一隻則拚盡力氣抓住托比亞斯的胸口。

他聽到維亞兵飛馳的馬蹄聲在背後響起。

他們衝出隊伍跑來抓他。當雅基人的斷腿從牲畜身下出來時，他們已經在他的面前了。維亞兵們伸手奪去了他胸前的子彈袋。

這是早上七點。

當他在下午四點走進佩拉雷斯的監獄時，他幾乎記不起維亞軍

的薩加爾上校是如何逼迫他的士兵與兩個俘虜急行軍的了。在九個小時裡，他們走過了崎嶇的山地，下山到達了奇瓦瓦的這座城鎮。劇烈的疼痛在他頭部纏繞著，他幾乎沒法辨認所走的道路。看起來該是最難走的那條吧。不過對於薩加爾這樣的人，這該算是頂容易的了。他打從早年便跟著潘喬・維亞被東追西趕，二十年來跑遍了這些山溝溝，對這兒的藏身之處、通路、峽谷和捷徑都瞭若指掌。薩加爾的帽子狀如蘑菇，把他的臉遮去了一半，不過他那密實的長牙總是在微笑著，黑黑的鬍鬚像個框子一樣把它們鑲在裏頭。當他被費力地放到馬上，而雅基人受傷的身體給臉朝下橫著擱在同一匹馬的屁股上時，牙齒笑了。當托比亞斯伸長手臂勾住上尉的腰時，牙齒笑了。當隊伍開始行進，順著黑漆漆的洞口進入了一個貨真價實、兩邊開口的山洞時，牙齒又笑了。這個山洞是他跟其餘卡朗薩派的人都不知道的。從這兒經過，明道上四小時的路程一個鐘頭便能走完。不過對於所有的這些，他都只是一知半解。他清楚，派系戰爭的雙方對敵軍的軍官都是立即槍決的，於是他問自己，現在是什麼原因讓薩加爾上校把他引向了一種未知的命運。

　　這氣味叫他犯困。胳膊和腿都在摔下來時給磕傷了，軟綿綿地掛在身上。雅基人的臉紅腫著，仍舊摟住他，呻吟著。一座座嶙峋的山岩連綿不絕，他們被籠罩在陰影裡，在山腳下前行。沿途見到隱蔽的石谷，還有廢棄的河床上深棲的山澗。道路上遍佈的荊棘和叢生的灌木形成一個穹頂，阻礙著隊伍的前行。他想，大概只有潘喬・維亞的人才能穿越過這樣的土地吧，也正因如此，他們早先才能打勝一連串的游擊戰，才能扭斷獨裁的脊樑。他們是搞偷襲、搞包圍、即打即走的能手。這跟他那一派的軍事、跟阿爾瓦羅・奧夫雷貢[1]將軍的那一套恰恰相反。他們打的是正規戰，是在開闊的平

1　阿爾瓦羅・奧夫雷貢（Alvaro Obregón），二十世紀初墨西哥大革命的領袖，曾擔任總統（1920-1924）。

革命

273

地上，是裝備精準、事先偵察過地形的。

「靠攏，排整齊。別給我走散了！」薩加爾上校每次離開隊首向後走都要這麼喊，把塵土吞進肚裡，露出牙齒來：「咱們就要出大山啦，誰知道有啥在等咱呢。都打起精神來，腰彎下，眼睛盯緊了，在這一大片沙塵裏分辨仔細了，大夥兒一起看比我自個兒看要清楚……」

大堆的岩石漸漸分開了。隊伍走上一處平坦的山峰，奇瓦瓦那連綿起伏、帶著斑斑點點的牧豆樹的荒漠在他們腳下展開了。太陽被升高的空氣層截斷：這件輕薄的披肩永遠也觸不到大地那燃燒的邊緣。

「咱們從礦山走，打那兒下去來得快，」薩加爾喊道：「把你的同伴抓住了，克魯斯，這下坡陡得很。」

雅基人用手將阿爾特米奧抱緊了。而在這股力量中，卻包含著比不想摔下來的願望更多的東西：他有話要說。阿爾特米奧低下頭去撫弄馬脖子，接著轉頭側向托比亞斯那張紅腫的臉龐。印第安人用他自己的語言低聲道：咱們要經過一個礦場，廢棄很久了。一旦走到哪個進口邊上，你就滾下馬往裏跑。那裏面全是坑道，他們找你不著……

他撫弄馬鬃的動作沒有停，只是抬起了頭，試著在這通向荒漠的下坡上分辨托比亞斯所說的那個進口。

雅基人悄聲道：「別管我。我的腿斷了。」

十二點？一點？太陽越來越毒了。

幾隻山羊出現在了峭壁上。幾個士兵舉起來福槍對著它們瞄準。有一隻給跑了，另一隻從它立腳的地方圓圓滾了下來。維亞軍的一個兵下了馬，把它扛在背上。

「這是最後一次有人打獵！」薩加爾沙啞著嗓子笑瞇瞇地說：「有一天你會發現子彈不夠用的，巴揚班長。」

隨後他在馬鐙上站直了身子，向著全隊說道：「要明白一件

事，龜兒子們：咱們是在給那群老東西拿蹄子撐著跑哪。你們還以為啥？以為跟以前似的高奏凱歌往南去？不是這麼回事兒。咱們是吃了敗仗往北走，回老家去呢。」

「聽我說上校，」

班長憋著嗓子說：「可咱們現在有口點心吃了。」

「咱們有你媽個毯！」薩加爾吼道。

全隊人都笑了。巴揚班長把死山羊拴在了馬屁股上。「到那下邊之前誰都不准碰水和烤玉米！」薩加爾下令。

然而，克魯斯的思想已經集中在下坡處那崎嶇的高地上了。在那裡，在那個拐角處，便是礦場的開口。

薩加爾座騎的馬蹄鐵與那條從開口處伸出來五米長的窄鐵軌相碰了。此時此刻，克魯斯飛身下馬，被驚動的步槍還沒來得及射擊，他已就著緩坡滾了下去，雙膝著地落在了一片黑暗之中。槍聲響了起來，維亞軍的士兵們一片擾攘。突然間的寒冷叫他的腦袋輕快了些；黑暗則叫他頭暈。向前去：雙腿忘記了疼痛向前奔跑著，直到身子撞到了一塊岩石上。他張開雙臂，將它們向分叉的兩條坑道伸出去。一邊在吹著勁風，另一邊則是一股悶熱。他伸長的兩手在指縫間感受到了這截然相反的溫度。他又跑開了，向著熱的一邊，這邊一定更深些。後面也有人在跑，攜著馬刺叮噹的樂音，那是維亞軍的腳步。一根磷火劃出橙紅的光亮，他失腳順著坑道筆直地摔了下去，感到自己的身體悶悶地撞在了幾道腐壞了的梁木上。在上面，馬刺的聲音並沒有止歇，一陣低語聲迴蕩在礦井的牆壁上。這個被追捕的人吃力地站起身來，想要試探一下他跌落的這個地方有多大，哪裏有出口可以繼續逃。

「最好是在這兒等著……」

上面的動靜越來越大，似乎他們在爭論。過了一會兒，清清楚楚地聽到了薩加爾上校的哈哈大笑聲。那些人聲退了回去。有人遠遠地吹了聲口哨：單獨的一記哨音，粗礪，引人注意。另一些難以

分辨的、沉悶的聲響也傳到了他的藏身處，這持續了幾分鐘。後來便什麼都沒有了。雙眼開始習慣了黑暗。

「看來他們已經走了。但也可能是圈套。最好是在這兒等著。」

在這廢棄坑道的一片悶熱之中，他敲了敲胸口，揉了揉摔痛的肋部。他是身處在一個沒有出口的圓形空間裡：毫無疑問，這裏是開鑿的終點。幾條斷樑散落在地，另外幾條則支撐著脆弱的土頂。他在其中一條上試了試可還結實，然後靠了上去，坐在那兒等待時間流逝。有一截木頭是伸長到他摔下來的那個窟窿的：要想攀上它、重新上到進來時的山洞並不算難。他摸到自己的褲子上破了幾個口子，外衣上也有，上面的金穗子也掉了。疲乏，饑餓，困倦。年輕的身體兩腿舒展，他感覺到大腿上有力的脈搏。他想到了那些他想佔有的女人，她們的身體從他的想像中跑出來。最近的一個是弗蕾妮絲約，花枝招展的一個妓女，當被問到「你從哪兒來」、「怎麼到這兒來做」時會哭的女人之一。他是為了搭話照例問她，因為人人都愛編故事嘛。可她不，就只是哭。還有那永無休止的戰爭。當然，這該是最後幾仗了。他將雙臂交疊在胸前，想讓呼吸平穩些。一等收拾完潘喬·維亞那礙事兒的隊伍，和平就會來了。和平。

「完事了之後我要做點什麼呢？怎麼想起以後了呢？我可從沒想過這些。」

和平大概意味著幹活兒的好機會吧。他在墨西哥的大地上南征北討時，就只是去搞破壞了。可那些給破壞了的田野是能重新播種的呀。曾有那麼一次，他在低地區看到過一片肥美的田野，可以在它旁邊建所房子，有拱門、栽上花的小院兒，還能守著莊稼。瞧著種子是怎樣生長的，看護著它，照管植物的幼苗，收穫果實。那會是多好的日子，多好的日子呀……

他掐了掐大腿。後頸上的肌肉把他的腦袋直往後扯。

上面一點動靜也沒有。可以去查看一下了。他撐住那條向上的樑木，伸腳去摳坑坑窪窪的洞口。健碩的胳膊支持著他一點一點地蕩悠著，摳到了一個坑窪又一個坑窪，終於，他的指甲摳進了上面的平地。他探出頭來。他是在那條悶熱的坑道裏了，可現在這兒似乎比之前更暗、更讓人透不過氣來。他向著分叉口的大地洞走去。他認出這個洞了，因為一條是不通風的坑道，而在它邊上，另一個坑道裏狂風鼓蕩。不過在更遠處，並沒有光線從早先的進口透過來。天黑了嗎？不知不覺時間過去了？

　　他摸著黑，兩手尋找著入口。遮住光亮的原來並不是夜晚，而是沉重的石塊堆成的路障。這是維亞軍的士兵們臨走前擺起來的。他們將他堵死在了這座墳墓裡，堵死在了這採盡的岩礦中。

　　胃部的神經讓他感覺到了一點：他受不了了。他不由自主地張大了鼻孔，就像呼吸需要使力似的。他把手指伸到太陽穴上做按摩。另一條坑道，通風的那條。那兒的空氣是從外面來的，是從大漠上升起、被太陽攆來的。他向著第二條通道跑去。他的鼻子緊貼著那香甜的、暢順的空氣，兩手扶著牆，在一片黑暗中跌跌撞撞。一滴水珠打濕了他的手。他張開嘴巴，湊上牆壁去尋找水源。這幾顆珍珠是從那漆黑的棚頂滴下來的，緩緩地，一顆一顆地滴著。他用舌頭接住了另一顆，又等待著第三顆、第四顆。他收回下巴。坑道似乎到了盡頭。他嗅得出空氣的味道，空氣從底下來，在他的腳踝邊上能感覺得到。他跪在地下用手試探著。就是從那個看不見的出口、就是從那兒冒出來的。這是個狹窄的坑道，因而讓他感到了比現在所處的這個更強的氣流。石頭很鬆散。他著手將它們清開，直到縫隙越來越大、最後障礙倒塌了才作罷：一條新的巷道映著礦層銀色的光暈展現在了崩塌的障礙後方。他鑽了進去，發覺在這條新的通路裏沒法直立著走，它僅僅容得下人肚子貼地匍匐前行。他就這樣爬著，不知道這段爬行會通向何方。灰色的礦層上，軍服上的小穗子反射著金光：只有這點點與眾不同的光線在為他那彷彿纏

在裏屍布裏的緩慢蛇行照亮。眼睛裏映出了黑暗中最黑暗的角落，一道口水順著下巴淌了下來。他感到嘴巴裏滿是羅望子果：或許他不知不覺間想起了這種果子，哪怕是在記憶裏也同樣刺激到了唾液腺；亦或許確確實實傳來了一種氣味，它離開一座遙遠的果園，被沙漠那靜止的空氣帶了來，來到了這條狹窄的通道。警醒的嗅覺發現了別的什麼。一大團的空氣。肺裏吸滿了。一股千真萬確來自附近土壤的氣息：對於一個這麼長時間被禁錮在岩石味道裏的人，這是千真萬確的。低處的巷道是下行的。在這裏路突然斷了，筆直地下降到一處寬敞的空間和一片沙地上。他從高處的巷道走下來，任憑自己掉在了這片白色的沙地上。有些植物的枝幹伸到了這兒。是從哪兒伸進來的呢？

「對，現在再上去。這可是亮光呀！看上去像是沙子的反光，是亮光！」

他挺起胸膛，向著那沐浴在陽光裏的出口跑去。

他奔跑著，顧不上聽，也顧不上看。他沒有聽到那緩緩撥弄吉他的聲音與那伴著吉他的歌聲。那是一個疲倦的士兵的歌聲，閒適而多情：

杜蘭戈的姑娘穿藍戴綠，八點一過就摟你咬你⋯⋯

他沒有看到那一小堆篝火，上面正烤著在山裏獵到的那隻山羊，骨架就在火堆上搖晃。他沒看到那些一小塊一小塊地撕著羊肉的手指頭。

他顧不上聽也顧不上看，就摔在了第一片光照中的土地上。在這下午三點、熔化了的太陽底下，他怎麼看得見那頂被照得像一隻石灰蘑菇似的帽子？帽子的主人笑了，向他伸出了手。

「拜託，上尉，你可害得我們差點兒晚了。看看那雅基人和你又會合了。現在好了，行軍壺能派用場嘍。」

奇瓦瓦的姑娘心兒亂撞，

　　求上帝有個人兒愛她若狂。

　　被俘的人抬起了臉，還沒看到靠在薩加爾上校身邊的那一隊人，眼睛便先定在了這一片乾枯的景致之中：這粗糙的毛石，這帶刺的植物，這一種悠長而緩慢、靜悄而沉寂的景致。後來，他站起身，來到了那座小小的兵營。雅基人目不轉睛地瞧著他。他伸長胳膊從羊背上扯下一塊烤焦的肉，坐下嚼了起來。

　　佩拉雷斯。

　　這是一座磚坯建成的小鎮，與別的鎮子沒什麼分別。只有一條街是拿石頭鋪成的，就是市政官邸前面的那條。餘下的街道上，泥土是叫孩子的光腳丫、街口雄赳赳的火雞的腳掌，還有一群時而在太陽底下睡覺、時而全體狂吠著四處亂竄的狗爪子給踏平的。好房子大概也有那麼一兩所吧，是有大門、鐵板和黃銅管子的。這樣的房子不外乎是投機商和政界頭頭的（當這兩者不是一個人的時候），而今在潘喬‧維亞那大刀闊斧的執法之下都已逃跑了。軍隊佔領了兩處豪宅。它們藏在長長的圍牆之後，臉對著大街，好像堡壘一樣。院子裏擠滿了馬匹，堆滿了稻草、彈藥箱還有工具：那是這來自北方的兵敗的師團在撤回老家的途上留存下來的。小鎮的顏色是灰暗的。唯有市政官邸的正面還帶些玫紅的色調，可一到了側面和院子，這玫紅便即刻湮沒在了與大地一色的淺灰調子中。附近有一處水源，正因為這樣才建起了這座鎮子。鎮上僅有的財富便是幾隻火雞、幾隻母雞，幾塊種在土巷子裏乾巴巴的玉米地，一間煉鐵作坊，一個木器店和一家賣小百貨與家用製品的商店。人們奇蹟般地生活著。默默地生活著。就像在墨西哥大多數的村莊一樣，你很難知道這兒的居民都躲在哪裡。許是早上許是下午，許是下午許是晚上，可能會聽到榔頭的敲擊聲，或是新生兒的啼叫聲，但在這流火的大街上，可是連看見一個活口都難。有時會冒出幾個孩子，

光著腳丫，小得可憐。軍隊也是待在充公的圍牆後面，或是躲在豪宅的院子裡。這一支疲憊的隊伍便正是去向那裡。他們一下馬，一支小分隊便靠上前來。薩加爾上校指了指那個雅基部的印第安人吩咐道：

「把他帶去牢房。您請跟我來，克魯斯。」

此時上校不再笑了。他打開這間刷了石灰的辦公室的門，用衣袖揩了揩前額的汗水，解下腰帶坐了下來。俘虜站著，注視著他。

「拉把椅子來，上尉，咱們好好聊聊。您要不要來根雪茄？」

俘虜把菸接了過來。油燈的火苗叫兩張臉湊近了。

「喏，」薩加爾又笑了起來：「事情簡單得很。您告訴我們那些一直在追我們的人有什麼計畫，而我們呢，放您自由。我不跟您打馬虎眼。我們輸了，這我們清楚，可雖說這樣，我們還想自保。您是個好兵，您知道的。」

「沒錯。正因為如此我不能講。」

「是啊，不過您要給我們講的就只有一點點。您，加上所有那些死在峽谷裏的人，你們是一個偵察隊，這一看就知道。也就是說，大部隊並不遠了。搞不好你們已經猜著我們往北走的路線了。不過你們不熟悉山路，所以肯定要花上幾天的功夫。那現在：你們有多少人，有沒有部隊坐火車趕在頭裏了，估計一下你們有多少彈藥，拉了多少門炮？戰術又是怎麼說的？那幾股一直分頭跟蹤我們的隊伍在哪兒會合？您看看有多容易：你把這些都告訴我，就可以走了，就自由了。咱們一言為定。」

「你這些保證有什麼憑據？」

「哎呀，上尉，我們是怎麼都要敗的了。我跟您不打馬虎眼。我們的兵團四分五裂，散成一夥一夥的，在山裏沒影兒了。部隊越來越是七零八落，因為一路上到了誰的家鄉誰的村子，他們就留下來不走了。我們是打厭了。打仗打了好些年，從起來反對堂波菲利

奧[1]就開始，後來是打馬德羅[2]，之後又打奧羅斯科的紅衫軍，再後來是韋爾塔的聯邦軍，接著又是你們卡朗薩派。這都多少年了。我們已經打厭了。我們的人就好像蜥蜴一樣，變得跟土地一個顏色，從哪間棚屋出來就回到哪兒去，重新穿上小工的衣裳，等著什麼時候再去打仗，雖說這要等上一百年。你們知道，這回我們是輸了，就跟薩帕塔他們在南方一樣。贏的是你們。你們的人打著勝仗，這個時候您幹嘛還要跟我們拚命呢？就讓我們輸也知道怎麼個輸法吧。我只求您這個。叫我們輸得有點面子吧。」

「潘喬·維亞不在這鎮上。」

「不在。他在更前面。我們的人越來越少了。現在沒剩幾個了。」

「你們給我什麼保證？」

「我們把您好端端地留在這兒的監獄裡，您就等著朋友們來救好了。」

「這樣我們打贏了還行。要是打不贏……」

「要是他們叫我們打敗了，我就給您一匹馬讓您開溜。」

「我一跑開你們就可以從背後把我斃了。」

「您說了算……」

「不。我沒什麼可講的。」

「大牢裏關著您的雅基朋友，還有貝納爾律師，一個卡朗薩派來的使者。您就跟他們一起等著槍決令吧。」

薩加爾站了起來。

兩個人全都不動聲色。感情這東西，他們已丟了在了各自的部隊上。它被日復一日的那一切給磨光了，被鋤得死死的、不長眼的戰爭給銼平了。他們的談話是機械式的，不摻感情的。薩加爾索要情

1　參見 P.32 註 4。

2　參見 P.35 註 1。

報，同時提供在自由和槍斃之間做選擇的機會，俘虜則拒絕提供情報。然而，在交談著的不是薩加爾與克魯斯，而是相互對峙的兩台戰爭機器上的齒輪。因此，對於槍決的消息，俘虜全然無動於衷。這恰到好處的無動於衷令他發覺，他是用多麼可怕的鎮靜接受了他自己的死亡。於是他也站了起來，收緊了下巴。

「薩加爾上校，太久以來咱們只顧著服從命令，都沒空去做點兒事情。我怎麼跟您講呢？我是說：這件事兒我是作為阿爾特米奧·克魯斯來幹的。這條命是我自己在賭，不關一個軍隊軍官的事。假使一定要殺了我，就把我當成阿爾特米奧·克魯斯來殺。您已經說了，這一切就要結束了，我們都倦了。現在，我不想作為勝利的事業那最後一個犧牲者而死，就像您也不想作為失敗的事業那最後一個犧牲者而死。當回爺們兒吧，上校，也讓我當回爺們兒。我提議咱倆拿槍決鬥。您在院子裏劃條線，咱倆個帶著槍從兩個對角走出來。要是您能在我過線前打傷我，您就了結了我。要是我過了線您還沒打著，就放我自由。」

「巴揚班長！」薩加爾叫了起來，眼裏有一簇亮光：「把他帶到牢裏去。」

接著他轉臉向著俘虜：「行刑的時間不會通知諸位。所以時刻準備好吧。也許在一個小時以內，也許是明天後天。您只需想想我對您說過的。」

夕陽透過鐵柵射了進去，勾勒出兩個人黃色的輪廓。他們一個站著，一個斜倚著。托比亞斯想要咕噥出一聲問候來，而另一個人起先在不安地踱著步，一聽到牢門的吱嘎聲和守衛班長鑰匙轉動門鎖的聲音，便向他湊了過來。

「您是阿爾特米奧·克魯斯上尉？我是貢薩羅·貝納爾，最高領袖貝努斯蒂亞諾·卡朗薩的使者。」

他穿著老百姓的衣服：一件咖啡色的開司米上裝，後面有一條假腰帶。他打量起他來，就像打量所有時不時走到打仗的人那汗水

四濺的戰團邊上的老百姓一樣：他用一種帶著嘲諷與漠視的眼光迅速一瞥。貝納爾拿手帕在寬闊的前額與金黃的小鬍子上揩著，繼續說：

「這印第安人情況很不妙。他斷了一條腿。」

上尉聳聳肩：「讓他捱著吧。」

「您知道點兒什麼？」貝納爾問道，手絹在唇上停了下來，聲音發出來時也憋悶了。

「他們要把咱們都槍斃。但是不會講時間。咱們是不會死於傷風的了。」

「咱們的人沒有希望先趕來嗎？」

此時換上尉停了下來——他原本在轉圈察看著天花板、牆壁，加了鐵條的窗子和泥地面，本能地尋找著可以逃生的缺口——此時他則在看著一個新的敵人：這安插在牢房中的密探。

他問：「沒有水嗎？」

「被雅基人給喝了。」

印第安人呻吟起來。一張光板石條凳既當床又充椅子，他古銅色的臉就靠在床頭上。克魯斯湊上前去，把臉頰貼到托比亞斯的臉頰邊上。一股力量使得他縮了一縮。第一次地，他感受到了這張臉的存在。那原本不過只是灰暗的一團，是部隊的一個部分。它是同這戰士的身軀那精力充沛、靈敏迅捷的整體相連，而不是同這一種沉靜、這一份痛楚相連的。托比亞斯有他自己的面孔，他看到了。那是許許多多白色的紋路——笑出來的，氣出來的，對著太陽眨眼眨出來的——這些紋路佈滿了眼角，在寬闊的顴骨上打著方格子。他隆起的厚嘴唇溫和地笑著。那對細長的棕色眼睛裡，有著一些東西好似一口水井，裏面泛著朦朧的、謎樣的、柔順的光亮。

「你真的來了。」托比亞斯用自己的語言說。這是上尉平日裏同錫那羅亞山區的兵士打交道時已學會了的。

他緊緊握住了雅基人青筋暴露的手：「是的，托比亞斯。有件

事情你還是知道的好：他們要把咱們槍斃了。」

「是要這樣的。要是你，你也會的。」

「嗯。」

他們靜靜地待著。太陽不見了。這三個人是要一起過夜了。貝納爾在牢房裏緩緩踱著步子，他則忽然站起身，又在泥土地上坐下，在地上劃著道道。外面的走廊上燃著一盞油氣燈。聽得見看守班長嘴巴嚼動的聲音。荒蕪的原野上掀起了一陣冷風。

他重又站了起來，走到牢門跟前：厚厚的木板，是沒打磨的松木，還有這與視線平齊的小口。門的那邊升起一縷煙霧，那是班長點著了一根葉菸。他兩手扳著生銹的鐵條，注視著看守那張扁平的側臉。幾縷黑髮從帆布帽中露了出來，直垂到四四方方、光溜溜的顴骨上。被關在裏面的人搜尋著他的目光。班長用一個迅速的動作無聲地應了一句「您有什麼事」。那是用頭和一隻空手組成的動作，而另一隻手則出於職業習慣，握緊了卡賓槍。

「明天的命令下來了嗎？」

班長用一雙長長的黃眼睛看著他。沒有回答。

「我不是這兒的人。你呢？」

「是那上邊的。」班長說。

「那地方怎麼樣？」

「哪裡？」

「我們要被槍斃的那裡。從那兒能看到些什麼？」

他停了一下，示意班長把燈遞過來。

「能看到些什麼？」

只有在這一刻，他才記起，自從那一夜他穿過了大山，逃出了韋拉克魯斯那片古老的莊園，他便一直是向前看的。從那時起，他再也沒有回頭去看看身後。從那時起，他終於明白自己是一個人的，除了自己的力量誰的也沒有……而現在……他無法壓抑這個問題──那兒怎麼樣，從那兒會看到些什麼──也許他是在用這種方

法去遮掩那追憶的熱望，遮掩通向那一幅圖景的下坡路：繁茂的蕨類，緩緩流淌的河流，茅舍上的喇叭花，一條漿洗過的裙子，一握柔軟的、帶著椴椁樹香的頭髮。

「你們會被帶到後面的院子，」班長慢慢地道，「至於看到的，又是什麼來著？一整片的高牆，都是斑斑點點的，我們在這兒槍斃的人太多了……」

「山呢？看得到山嗎？」

「這個，説真的我想不起來了。」

「你見過好多……」

「唔唔……」

「對於當時的情景，槍斃的人大概比被槍斃的人看得更清楚些吧。」

「難道你沒在刑場上待過嗎？」

（「我有的，可我並沒留意過。我從沒想過那會是個什麼滋味，從沒想過有朝一日這也會發生在我的頭上。正因為這樣，我沒有權利來問你，不是嗎？你跟我一樣，都只是殺過人而已，卻什麼都未曾留意過。倘若可以回來，倘若能夠講講是如何聽到一聲槍響，是如何感覺到它在胸膛上、在臉上。倘若能講出這其中的真味，或許我們便永遠沒有膽量殺人了，亦或許再也沒有人會怕死了……死該是可怕的吧……不過也可能像生一樣的自然……你我又知道什麼呢？」）

「嘿，上尉，這些穗子你現在該是用不著了。把它們給我吧。」

班長把手伸進鐵柵。他拿背去對著他。這個士兵害臊地乾笑了一聲。

這時候，雅基人正用自己的語言喃喃地説著什麼。他拖著兩腿來到那硬梆梆的床頭，伸手去摸著印第安人發燙的前額，聆聽著他的話語。這些話語溫柔而單調地流淌著。

「他説什麼呢？」

「他在講事情。講政府是怎樣強佔了他們祖祖輩輩耕種的土地，要把它交給美國佬。講他們是怎樣為了保衛土地而打起仗來。於是聯邦軍來了，砍斷了男人們的手，在大山裏追趕著他們。講那些雅基人的首領是如何上了炮艇，又從那兒被綁上重物給扔進了大海。」

雅基人閉著眼唸著：「我們這些剩下的人給拴成長長的一行，從那裡，從錫那羅亞，他們趕我們走到另一頭去，一直到了猶加敦。」

「他在講他們是怎麼被迫著走到了猶加敦。部落裏的女人、老人和孩子一個個地死掉了。那些活著走到這兒的人在種龍舌蘭的莊園被賣作了奴隸，丈夫與妻子被拆散了。他在講女人們是如何給逼著同中國人睡覺，好叫她們忘掉自己的語言，生出更多的勞力來……」

雅基人輕輕地笑了。他想小便。他站起身，拉開咔嘰褲的拉鏈，找了個牆角，聽著尿液沖刷泥土的嘩嘩聲。他皺了皺眉，想起那些勇猛的士兵總是習慣敞著門襟，他們死去時，軍裝褲子上都是濕了一片的。這時候，貝納爾雙臂抱在胸前，似乎正從那高高的鐵柵間尋找著一縷月光，來照亮這又冷又暗的晚上。不時地，鎮上的一片砧聲傳到他們耳中，還有狗吠聲。一些若有若無、難以分辨的談話聲也從牆壁透了過來。他彈去外套上的灰塵，走到年輕的律師身旁。

「有菸嗎？」

「嗯……我想有的……放在這兒來著。」

「把它給那雅基人吧。」

「之前我已經給過他了。他不愛抽我的菸。」

「他帶菸了嗎？」

「好像給他抽光了。」

「當兵的大概會帶撲克牌的吧。」

「沒有。我也沒法集中精神。我看我不行⋯⋯」

「你睏了？」

「沒有。」

「有道理。不該睡的。」

「有朝一日你會後悔嗎？」

「什麼？」

「我是說，後悔之前睡著了⋯⋯」

「這可真逗樂。」

「啊，對了。那還是回憶比較好。據說回憶是好事情。」

「我並沒經歷過多少事。」

「怎麼會呢。這也是雅基人的好處。也許正因為這樣他才不愛講話。」

「是的。不，我不懂你說什麼⋯⋯」

「我是說，雅基人的確有很多可回憶的東西。」

「大概是用他的語言回憶起來就不一樣了。」

「從錫那羅亞出發，那一整段的征途。他剛剛才給我們講的。」

「對。」

「⋯⋯」

「雷希娜⋯⋯」

「什麼⋯⋯」

「沒什麼。我只是在唸名字。」

「你多大了？」

「快二十六了。你呢？」

「二十九了。我也沒多少東西可回憶的。何況生活這麼動盪，這麼無常。」

「到了什麼時候才要去回想童年呢？比方說？」

「的確，這很費勁。」

「你知道嗎？現在，就在咱們説話的時候……」

「怎麼？」

「呃，我唸了幾個名字。知道嗎？這些名字我已經想不起來了，它們都沒什麼意義了。」

「天快亮了。」

「別管它。」

「我背上全是汗。」

「把菸給我。你怎麼了？」

「不好意思。拿著吧。也許一點兒感覺都不會有的。」

「聽説是這樣。」

「你聽誰説的，克魯斯？」

「肯定的。殺人的人説的。」

「你很在意嗎？」

「呃……」

「你為什麼不想想……」

「想什麼？想像就算我們給殺了，一切還會照舊嗎？」

「不是的，不要想著前頭，想想後頭。我在想所有那些在革命中死去的人。」

「是啊，我想起了布列、阿帕里西奧、戈麥斯、蒂布爾西奧‧阿馬里亞斯上尉……想起那些個人。」

「我打賭你知道的名字連二十個都沒有。不只是他們。所有那些死去的人，他們都叫什麼名字？不光是這次革命中的死者，那一切的革命中，一切的戰爭中，甚至是那些壽終正寝的人，誰又記得他們？」

「喂，火柴給我。」

「不好意思。」

「現在月亮真的出來了。」

「你想看看嗎？你站在我肩頭就夠得到……」

「不。沒這必要。」

「多虧他們把我的錶搶走了。」

「是啊。」

「我是想說，這樣我就不用數算著時間了。」

「當然，我明白的。」

「這一夜似乎更加……更加漫長了。」

「這撒尿的倒楣地兒。」

「看那雅基人。他睡著了。還好沒人顯出害怕來。」

「現在是關在這兒的又一天了。」

「誰曉得，過一會兒他們就突然進來了。」

「這倒不會。他們愛耍耍花樣。天一亮就槍決的已經太多了。他們要跟咱們玩玩兒呢。」

「不該是很迫不及待的嗎？」

「維亞是，但薩加爾不。」

「克魯斯……是不是顯得很荒謬？」

「什麼？」

「死在其中一個頭頭的手心裡，卻不相信他們中的任何一個。」

「咱們三個是一起去呢，還是給一個一個帶出去？」

「一起更方便吧。不是嗎？你是軍人來著。」「你一點兒辦法也沒有嗎？」

「我給你講個事兒吧？能笑死人。」

「什麼？」

「要不是篤定從這兒出不去了，我才不跟你說呢。卡朗薩把這任務派給我，目的純粹就是讓他們把我給抓了，這樣我的死就是他們的責任了。他腦子裏根深蒂固，就是寧要一個死的英雄，不要一個活的叛徒。」

「你，叛徒？」

革命

289

「這看你怎麼想了。你無非就是成天打仗，只知道服從命令，從沒懷疑過自己的上頭吧。」

「這個自然。都是為了打勝仗。怎麼，你不是奧夫雷貢和卡朗薩一邊的嗎？」

「跟薩帕塔、跟維亞一邊又怎麼樣。他們我一個都不信。」

「那你的意思是？」

「這就是悲劇之所在。除了他們就沒別人了。我不知道你還記不記得當初呢。這才過去沒多久啊，卻好像是很遙遠的事兒了⋯⋯那時候還沒人管什麼領袖不領袖的。那時候咱們起來不是要抬高某一個人，而是為了提高所有人的地位。」

「你是想說咱們這些人的忠誠不好嗎？如果這樣就是革命，那沒別的：就是要對領袖忠誠。」

「沒錯。連那雅基人都是。起先出來打仗是為了保衛土地，現在呢，就只是在替奧夫雷貢將軍打維亞將軍。不，之前是另一回事。在這淪為派系之爭以前。那時候革命所到之處，都廢除了農民的債務，查抄了投機商人，釋放了政治犯，打倒了地方權貴。可你看看吧，相信革命不是為了哄抬領袖而是為了解放人民的那些人，現在都怎麼樣一個個地落到後頭去了。」

「還有時間呢。」

「不，沒有了。一場革命是從戰場上開始，可一旦它變了質，就算還繼續打著勝仗，也一樣是敗了。我們都有責任。我們對那些貪婪者、野心家、庸碌之輩的分裂跟控制聽之任之，而想來一場真正的、徹底的、毫不妥協的革命的人呢，不幸偏又是些無知之人、殘忍之徒。至於文化人想要的，不過是一次似是而非的革命罷了，可不能跟他們獨獨在乎的東西有什麼矛盾：那就是提高地位，過好日子，取代堂波菲利奧[1]的精英階層。墨西哥的悲劇就在於此。你

---

1 參見 P.32 註 4。

看看我，一輩子讀著克魯泡特金[1]、巴枯寧[2]跟老普列漢諾夫[3]，抱著這些從小讀到大的書，爭論又再爭論。結果呢，到了關鍵時刻還不是得投奔卡朗薩，就因為他還像個正派人，不會嚇著我。我害怕那些粗漢，害怕維亞和薩帕塔⋯⋯『我將繼續做個難容於世的人，只要今天這些吃得開的人還在一直吃得開⋯⋯』嘿是呀，怎麼不是呢。」

「你是死到臨頭百無禁忌了⋯⋯」

「『這就是我性格的致命缺點了：熱愛幻想，熱愛前無古人的冒險，熱愛那些展開無窮遠景、無限可能的事業⋯⋯』嘿是呀，怎麼不是呢。」

「這些你在外頭怎麼從來不說呢？」

「我從一三年開始就把這話說給伊圖爾維，說給露西奧・布蘭科，說給布埃爾納，說給所有那些正直的軍人聽。他們從來不圖謀搖身一變當上領袖，可也正因為如此，不懂得去拆穿卡朗薩這老傢伙的把戲。這個人一輩子都在惹是生非挑動分裂，要不然誰不能去搶了他的位子啊，就他那種老昏庸？於是他就提拔庸才，提拔巴勃羅・岡薩雷斯之流，提拔那些不會叫他相形見絀的人。就這麼著，他把革命搞得四分五裂，變成了派系戰爭。」

「就為這個派你來佩拉雷斯？」

「給的任務是勸維亞軍投誠。他們正在敗退呢，惱羞成怒的，對出現在面前的卡朗薩派還不是見一個斃一個。搞得跟誰不知道似的。老頭子不想污了自己的手，他把骯髒勾當都推給敵人去做。阿爾特米奧，阿爾特米奧，這些人對不住他們的人民，配不上他們的革命啊。」

---

1 克魯泡特金（Peter Kropotkin，1842-1921），俄國地理學家和無政府主義者。

2 巴枯寧（Mikhail Alekseyevich Bakunin，1814-1876），俄國無政府主義者。

3 普列漢諾夫（Giorgiy Valentinovich Plekhanov，1856-1918），俄國馬克思主義哲學家、歷史學家和記者。有「俄國馬克思主義之父」之稱。

「你怎麼不投降維亞呢？」

「投向另一個首領？看看能挨上多久，然後再把我推向另一個又一個，直到我重新出現在另一間牢房裏等著下一次的槍決令？」

「但起碼這一次保住性命了……」

「不……你信我，克魯斯，我本來是想活命的，想回帕布拉去，去看看我老婆，我兒子，看看路易莎和班卓林。還有我小妹卡塔利娜，她同我特別親。看看我的父親、我那老堂加馬里埃爾，他是那麼高尚，又是那樣盲目。我想跟他解釋為什麼我捲進了這裏頭。他從來都不明白，有些責任是必須要去履行的，是要明知不可為而為之的。對他來講，那種秩序才是天長地久的：田產，遮遮掩掩的投機買賣，所有這一切……要是我有個人可以託付，託他去見見他們，去告訴他們隨便我的什麼事情，那該有多好呢。可是誰都別想從這兒活著出去了，我知道。不，一切不過是個肅清異己的險惡遊戲。我們在罪犯與侏儒之間生存，因為大首領收小矮人當兒子，這樣就不會有人對他們造成威脅，小頭目則要殺了大首領好向上爬。真是可惜呀，阿爾特米奧。這正發生著的一切是多麼理所當然，而破壞它又是何其的多此一舉。一九一三年當我們發動全民革命的時候，想要的並不是這個啊。那麼你呢，你決定吧。等消滅了薩帕塔跟維亞，可就只剩下兩個頭腦了，就是你現在的那兩個。你打算跟誰啊？」

「我的首領是奧夫雷貢將軍。」

「還好你已經有主意了。那看看你這條命送不送得掉吧，看看是不是……」

「你忘了我們就要被槍斃了。」

貝納爾一驚之下，笑了。

彷彿他曾想起飛，卻被忘卻了的鐐銬的重量給絆住了。他緊緊捉著另一名囚徒的肩頭說道：

「該死的政治狂熱！或者這大概是本能吧。你為什麼不投靠維

亞？」

他沒法好好看清貢薩洛・貝納爾的臉，但在這黑暗中，他感覺得到那一對帶著嘲弄的小眼睛，還有那一副學究的自命瀟灑。這些律師從沒打過仗，便只是會在他們打了勝仗時喋喋不休。他猛地把身體從貝納爾那裏抽了回來。

「怎麼啦？」律師微笑道。

他嘟囔著點燃那支熄滅了的菸。

「話不是這麼説。」

他從牙縫裏擠出一句：「怎麼？要我直説？那好我被那些沒誰叫他開口就説個沒完的傢伙攪得煩透了尤其是在這都快死了的時候。消停點兒吧律師，想説的話就在心裏頭跟自己說說，可讓我死得清靜吧。」

貢薩洛的嗓音蒙上了一層金屬的質地：「嘿，小兄弟，咱們是三個死刑犯啊。雅基人跟咱們講了他的一生⋯⋯」

憤怒是衝著他自己的，因他情不自禁地講起了心裏話，對一個不值得信賴的人敞開了心扉。

「那是一個男人的一生。他有權講。」

「那麼你呢？」

「除了打仗還是打仗，就算有別的，我也不記得。」

「你曾愛過某個女人吧⋯⋯」他攥緊了拳頭。

「你也有父母，嘿我哪裏曉得，或許連兒子都有了。你沒有嗎？我有的。克魯斯⋯⋯我覺得我確實活得還像個男人。我想要自由，去繼續我的生命。你不想嗎？你沒想過此時此刻正在撫摸⋯⋯」

貝納爾的聲音凌亂了，因為他的雙手在黑暗中摸到了他，一聲愁悶的低吼中，他用指甲死扣住這個用思想與情感武裝起來的新敵人那件開司米上衣的翻領，一言不發地把他往牆上撞去。誰叫他只知道訴説他這個上尉、他這個囚徒、他自己那深藏在心的一樣的想

法呢：我們死後會發生什麼？貝納爾依舊唸叨著，渾不顧打在身上的老拳：

「假如我們不是還沒滿三十歲就給殺了，我們的人生會是什麼樣的呢？我有許多的事情想做啊……」

他汗流浹背，臉跟貝納爾的臉挨得很近。連他也絮絮叨叨地說起來：「一切都會照舊的，難道你不明白？太陽要照樣上山，孩子要照樣出生，儘管你我早就給槍斃了，難道你不明白？」

兩個人鬆開了糾纏扭打的手臂。貝納爾軟倒在地，他則向著牢門走去，心中打定了主意：把假計畫講給薩加爾聽，讓他饒了雅基人的性命，叫貝納爾自求多福。

當看守班長哼著歌，將他帶往上校面前的時候，他只感受到了那已丟失了的、關於雷希娜的傷痛。那甜蜜與苦澀的記憶被他藏得那麼深，此刻卻是噴湧而出，叫他活下去，彷彿一個死去了的女人只有靠一個活著的男人的回憶，才能有些別的意義，才能不只是無名的墓穴裡、無名的村莊中一具被蛆蟲吞食的屍骸。

「你想耍我們可難嘞。」薩加爾上校用他那一貫輕笑的聲音說道：「兩個小分隊很快馬上立刻就會出發，去看看您跟我們說的是不是真的。假如不是呢，或者假如是從另一邊兒打過來的，您就會被送上西天。想想看不過是多賺了幾個鐘頭的命而已，可卻把榮譽給賠上嘍。」

薩加爾伸長了腿，赤著雙腳一個個活動著腳趾頭。長筒靴擱在桌上，疲累地垂軟著。

「雅基人呢？」

「這就不在咱們這筆買賣裏頭了。瞧啊，夜晚已經這麼漫長，何必再拿新一天的太陽讓那些小可憐兒抱上什麼幻想？巴揚班長！……咱們要送那兩個囚犯上路了。提他們出牢房，給帶到後頭去。」

「那雅基人走不了路。」班長說道。

「給他大麻嘍，」薩加爾哈哈大笑，「這樣吧，把他拿擔架抬著，再看看怎麼靠牆撐起來。」

托比亞斯和貢薩洛・貝納爾所見到的是什麼呢？跟上尉看到的是一個樣，雖然他的位置比他倆要高。他是站在市政官邸的平臺上，與薩加爾一起的。在那下面，雅基人被用擔架抬著，貝納爾則垂首走著。兩個人被押到牆根底下，兩盞煤油燈的中間。

這樣的一個黑夜，黎明的光線遲遲不來，群山的輪廓無從得見。甚至當步槍帶著顫抖的紅光發出雷鳴般的轟響，貝納爾伸出手去扶著雅基人的肩頭時，仍舊是這幅景象。托比亞斯身前攔著擔架，靠著牆壁定住了。燈光照亮了他那被子彈打穿的血肉模糊的臉。貢薩洛・貝納爾倒下的身軀只有腳踝被光照著，幾行血水從那裏流了出來。

「他們死了。」薩加爾說。

另一陣遙遠而密集的槍炮聲應和了他的話語。頃刻間，喑啞的炮聲加入了進來，炸飛了這座建築的一角。維亞軍驚慌的呼喊聲傳上了這座白色的平臺，薩加爾在上面心神大亂地叫了起來：

「他們來了！他們發現我們了！是卡朗薩的人！」就在這個時候，他將薩加爾打倒了，用手——恢復元氣的、集中了全副力量的手死死地抓住了上校的槍套。他感到了自己手上那屬於武器的、金屬的冰冷。他用槍抵住薩加爾的後背，左臂環住上校的脖子將他一把掀翻放倒在地，堅硬的頷骨碰在地上，口唇間吐出了白沫。從飛簷之上，他看得到行刑的院子裏一片混亂。行刑隊的士兵們跑過時踩到了托比亞斯與貝納爾的屍身，煤油燈也給撞翻了。大片大片的轟炸遍佈佩拉雷斯全鎮，還伴著喊叫、起火、馬兒飛奔與嘶鳴。更多的維亞兵一邊穿衣繫褲一邊往院子裏跑，傾倒在地的煤油燈給每一張側臉、每一條腰帶、每一副鈕扣勾勒出一道金邊。他們伸手去拿槍、取子彈袋。馬廄的門閂被匆匆撥開，戰馬跑進院子，載著騎手從敞開的大門衝了出去。幾個掉隊的士兵也跟在戰馬後面跑走

了。終於，院子空了。貝納爾與雅基人的屍體。兩盞煤油燈。喧嚷聲在遠去，去迎戰敵人的攻擊了。囚徒放開了薩加爾。上校仍舊是兩膝跪地，咳嗽著，揉著適才被卡住的脖子。他的聲音幾乎發不出來了：「不准投降。這裏有我。」

而清晨，千呼萬喚地，在荒漠的上方現出了它藍色的眼簾。

喧囂聲戛然而止。大街上，維亞兵們還在向著交火現場趕去。他們的白襯衫給染上了藍色。院子裏連一聲輕響也無。薩加爾站了起來，扒開淺灰外套的衣襟，袒露胸膛示意任憑處置。上尉手中握著槍，也上前了一步。

「之前應承的事還算數。」他沙聲對上校說道。

「我們到下面去。」薩加爾兩手放了下來。在辦公室，薩加爾從抽屜裏取了一支收藏的科爾特左輪槍。

兩個人手持武器穿過了清冷的走道，來到院子裡。他們估摸著量出四方形的一半。上校拿貝納爾的頭跟腳當一邊的界限，上尉則豎起了兩盞煤油燈。

兩個人各在一角站好。向前進。

薩加爾先開了槍，子彈重又打在了雅基人托比亞斯的身上。上校頓了一頓：一線希望點亮了他那雙黑眼睛——另一個人只是在往前走，卻並沒有開槍。這一動作被當作一種致敬的姿態在進行著。一秒鐘，兩秒鐘，三秒鐘——上校緊緊地抱著一個希望，那就是另一位佩服他的膽量，他們倆會在院子的中央會合，而不會再度開槍。

在院子的中央，兩個人都停住了。

微笑重現在上校的臉上。上尉則跨過了假想中的分界線。薩加爾笑著做出友好的手勢，兩聲連續的槍擊卻射穿了他的肚子。另一個人看著他蜷起身子，倒在了自己的腳下。他把槍丟在上校那浸滿汗水的腦殼上，站在那裡，一動也不動。

荒漠上的風拂上了他前額的鬈髮，掀動了他汗漬斑斑的外套上

撕開的裂口，還有他那豬皮護腿上殘破的搭扣帶。五天沒理的大鬍子直愣愣地翹在下巴上，一雙綠眼睛隱沒在了蒙塵的睫毛與風乾的淚痕之後。他站著，他是這屍橫遍野裏孤獨的英雄。他站著，他是沒有人見證的英雄。他站著，讓被遺棄的感覺包圍著，戰役在鎮子外打響，發出擂鼓般的轟鳴。

他將目光下移。死去的薩加爾上校胳膊伸著，伸向死去的貢薩洛的頭。雅基人是坐著的，身子靠牆，後背在帆布擔架上留下了深深的印痕。他蹲到上校身旁，替他闔上了眼睛。

他猛然間站起身來，呼吸了一口氣，想從中去尋找、去感激、去給他的生命、他的自由命名。然而他是一個人。他沒有見證。他沒有同伴。一聲壓抑的低吼衝出他的喉嚨，在遠方的槍彈齊作下啞然止息：

「我自由了，我自由了。」

他握著拳頭按住肚子，痛得臉都變了形。

他抬起目光終於看到，一個被處決的犯人在黎明時分該看到的景象：那遠山的線條，那泛白的天空，那院子裏的磚坯牆。他聽到了一個被處決的犯人在黎明時分該聽到的聲響：不知藏在哪兒的鳥兒吱吱地叫，嬰兒肚子餓了尖聲地哭喊，還有鎮上某個工匠那奇特的錘打聲，與他背後連續不斷的炮轟與槍擊發出的那一成不變、千篇一律、不可辨識的喧囂毫不相干。這默默無聞的勞作比那場喧囂更加強大，因為它確信，當戰爭、當死亡、當勝利都成為過去時，太陽會再度升起，每天每天……

《阿爾特米奧・克魯斯之死》

後革命時代

費德里科・羅布雷斯

「他們可以大大地指責我們，西恩富戈斯，他們可以認為我們
這幫墨西哥的百萬富翁——至少包括過去的警衛隊人員——是靠著
人民的汗水發財致富的。可要是回想一下那個年代的墨西哥，那麼
看問題的角度就不一樣了。成群結夥的土匪，不斷地惹是生非。國
家經濟生活癱瘓。將軍們擁有私人的軍隊。墨西哥在國際上沒有好
名聲。工業上信心不足。農村不穩定。沒有法制。而我們呢，一面
要維護革命的原則，一面又要讓革命的原則為國家的進步和秩序服
務。要調和這兩件事情，可不是樁容易的差事啊。宣揚革命理想倒
是很容易：分土地，保護工人，您想怎樣就怎樣。可我們得迎難而
上，學會唯一的政治真理，那就是責任。那是革命陷入危機的時
刻。在那會兒，我們必須下定決心去建設，哪怕要玷污我們的思
想。要犧牲一些理想，來取得一些實在的東西。我們就去幹了，幹
得很好，很漂亮。我們有權利得到一切，因為我們過過苦日子。這
個人給警察抓走了，那個人的母親被強姦了，另一個人的土地給搶

走了。對我們所有人，波菲利奧主義[1]沒有給我們開闢道路，反而向我們關上了向上努力的大門。於是我們武裝起來，西恩富戈斯，這是我們的雄心壯志，是的，永遠為國家工作，但不像在舊制度下為國家無償勞動了。」

羅布雷斯站在窗口，指著亂糟糟地延伸著的墨西哥城。西恩富戈斯默不作聲，把煙吐得老長。

「看看外面吧。還有幾百萬的文盲，幾百萬沒有鞋穿的印第安人，幾百萬穿得破破爛爛餓得要死的人，幾百萬只有一塊臨時性的田地，沒有機械，食不果腹的村社社民，幾百萬往美國跑的失業者。可也有幾百萬人得以進入我們革命者為他們建造的學校，對於幾百萬人來說，再也沒有日工資商店了，城市工業建立起來了，幾百萬人在一九一〇年還是短工，現在已經是熟練的工人了，幾百萬人在一九一〇年還是女僕，現在已經是拿著份不錯的薪水的打字員了，幾百萬人在三十年間從平民變成了中產階級，擁有轎車，使用牙膏，每年在特科盧特拉或亞卡普爾科度五天假。對於這幾百萬人，我們的工業給他們提供了工作，我們的商業讓他們安居樂業。我們在墨西哥歷史上第一次創造了一個穩定的中產階級，他們有著微小的經濟利益、個人利益，是防止動亂、騷亂的最好保證。他們不想丟掉工作、轎車、貸款購買的家具，不想為了任何東西失去這些。這些人，就是革命唯一的實實在在的成果，這就是我們的成果，西恩富戈斯。我們打下了墨西哥資本主義的基礎。是卡列斯[2]

1　波菲利奧・迪亞斯（Porfirio Diaz，1830-1915），他於 1862-1867 年參加反法戰爭，1875 年競選總統失利，即起兵奪取政權，此後斷斷續續擔任總統達 30 年之久。他為求振興經濟，對印第安人、農民及工人進行壓搾，試圖以獨裁的統治，為國家帶來缺乏自由的進步。1911 年馬德羅（F. Madero）發動革命，他被迫下台，流亡海外。

2　卡列斯（Plutarco Elias Calles），二十世紀初墨西哥大革命的領袖，曾於 1924-1928 年擔任總統。

打下的。他打敗了那些將軍，修公路，造水壩，整頓金融。說每修一條公路，我們都要私吞一大筆錢？說村社社長要把用於糧食的錢的一半拿走？還有呢？您是不是寧可什麼事也沒有做，也不要這些罪惡？您是不是要選擇一個天使般正直的理想？我再跟您說一遍：我們過過苦日子，我們有權利得到一切。我們是在茅草房子裏長大的，所以我們有權利──沒什麼不好意思的──得到一座屋頂造得高高的、牆面上精雕細琢的、帶花園並且門口停著輛勞斯萊斯的大房子。不然就理解不了革命是什麼東西。革命是有血有肉的人實踐的，不是由聖人實踐的，所有的革命最終都會造出一個新的特權階層。我可以跟您肯定地說，要是我不會利用形勢，還在米卻肯跟我父親一樣地種地的話，我不會抱怨什麼的。可事實是我在這裡，對於墨西哥，我做一個企業家比做一個農民更加有用。而如果我不做，會有別的人冒出來要求得到這些肥缺，坐在我現在坐的位子上，做我正在做的事情。我們也曾是平頭百姓，我們的房子，我們的花園和我們的汽車，從某種意義上說，是平頭百姓的勝利。另外，這是個很快就能入睡的國家，也能很快就醒過來：在那些日子裡，誰會告訴我們，明天會發生什麼？要保護好自己。為了得到所有這些，我們就使壞。現在這種簡單的政治手段，一個都不頂用。首先，需要勇氣，其次，還是勇氣，再次，還是勇氣。要做生意，就得深入到政治環境裏去，心眼兒就得壞。那時候，還沒有美國人參股、能抵禦任何不測的公司。我們就每天使壞。我們就這樣創造了實權，西恩富戈斯，真正的墨西哥的大權，不是靠動用武裝力量來維持的。您現在看到為專制所屈服的墨西哥人的形象是多麼虛假的了。沒必要。三十年，我們沒有任何背叛行動，這就是證明。還要另一樣東西：爬到國家的最高層，讓其他人受害，別讓自己受控制，做偉大的成功人士。那樣就沒有麻煩惹上身，只有別人對你頂禮膜拜。在墨西哥，沒有比成功人士更受崇拜的了。」羅布雷斯在興奮的時候垂下胳臂，他的膚色彷彿黑板色；他又恢復了印第安人

後革命時代

301

本質，只是被精緻的長衫、卹衫、領帶的色調及帶有香水氣味的手帕給偽裝了。

「我們擁有一切的秘密。我們知道國家需要什麼，我們瞭解它的問題。國家只有寬容我們，要麼就倒回到無政府狀態中去，而那會受到中產階級的阻擋的。」

伊克斯卡·西恩富戈斯緩慢地掐滅了菸頭，朝窗口走去。窗玻璃被下午三點的太陽耀得閃亮。

「你狡猾的很哪，西恩富戈斯，您只聽不說。您別以為我信任您，別以為我跟您說話，只是為了能聽見自己的聲音窮開心。您知道的比您說的要多得多，想突然就嚇我一下。為此，我跟您講這些東西，好讓您知道您的腳是踩在什麼地方。如此而已。」

西恩富戈斯不由得笑了笑，誠懇而和善，倒是讓羅布雷斯的冷酷的表情柔和了些許。西恩富戈斯眼帶微笑，凝視著銀行家又緊張又鬆軟的臉，然後，他的嘴唇默默動著，重複著在另一場談話裡，另一個創造了墨西哥實權的人、另一個偉大的成功人士的話：「墨西哥現在擁有了一個中產階級。中產階級是社會的積極因素。在這裡，在所有地方都是如此。富人們過於關心自己的財產和名位，對全民的福利起不到作用。另一方面，貧窮階級一般來說都過於無知，不能發展自己的力量。民主的發展，必將依靠中產階級的力量，他們積極、勤勞、熱愛進步。」

西恩富戈斯臉上仍留著笑，心想羅布雷斯的這對寬闊的鼻翼，這雙蜥蜴的眼睛，這層給精心漂白了的臉皮，像極了波菲利奧·迪亞斯。銀行家抽了最後一口他即將熄滅的雪茄菸：

「我跟您說的都是真的，西恩富戈斯，就是國家的本能。就連最左的政府都朝這樣的資本主義的穩定邁進。墨西哥資本主義應該感謝兩個人：卡列斯和卡德納斯[1]。前一個打下了基礎。後一個有

---

1 卡德納斯（Lázaro Cárdenas），1934-1940 年擔任墨西哥總統。

力地發展了這些基礎，創造了一個廣大的國內市場的可能。他提高工人工資，給工人階級提供所有級別的保障，使得他們感覺受到保護，不再有製造動亂的需要，他確立了政府為公共工程出資的政策，增加貸款，分配土地，並且使停滯的資金在所有部門放開流動。這些是活生生的、會長期存在的事實。至於他蠱惑民心的舉動，我覺得倒在其次。如果卡德納斯不曾給工人運動打上官方的標記，後續的政府就不能平心靜氣地工作，以這樣的速度增長國民生產了。而且，最重要的，是卡德納斯靠他的政策消滅了墨西哥封建主義。在他以後，墨西哥可以自由發展，不再是一個由無用的農村財閥集團統治的大莊園經濟的國家了。財閥集團還可以存在，只要它能創造市場，開闢就業管道，推動墨西哥發展。墨西哥革命是具有遠見的：革命者們很早就明白，一場革命要取得成效，軍事行動必須是短暫的，創造財富卻是長期的。沒有一件大事是隨意裁決的。所有的行動都是經過思考的。每一回，都是必要的人物出任總統。您想像過這個可憐的國家落在巴斯孔塞洛斯、阿爾馬桑或是恩里克斯將軍手裏會是什麼樣嗎？要我直說，我們就會達到純粹了……墨西哥的技術和管理幹部已經成長起來了，不能被暴發戶取而代之。我的故事講完了。」

費德里科‧羅布雷斯深吸著氣，扣好他的格子紋上裝的扣子。西恩富戈斯忽然懷疑，他的胖是虛假的：是出於政治偽裝的需要。

「我夫人等著我們去喝一杯。」羅布雷斯說著，拉上了辦公室的紗布窗簾。

《最明淨的地區》

後革命時代

303

■ 城市

我叫伊克斯卡·西恩富戈斯

　　我叫伊克斯卡·西恩富戈斯。我生在墨西哥城，也住在這裡。這不重要。在墨西哥，沒有悲劇：一切都會變成恥辱。恥辱，我的血液像龍舌蘭的刺一樣將我扎痛。恥辱，我日漸惡化的癱瘓將所有的朝霞都染成凝血的顏色。恥辱，我朝著明天跨出的永恆的致命一跳。遊戲，行動，信仰——日復一日，不光是拿獎或是受罰的日子：我看到我黑色的毛孔，而我知道，在下面，再下面，在谷底的最深處，我曾經被禁止這樣做。阿納霍艾克高地的幽靈，不把葡萄——心臟踩碎；不飲甘醇，這土地的香脂——它的葡萄酒，骨骼的凍膠；不追求肉身的享樂：而是將自己俘虜，沉入碎石和暗玉融化成的黑色液體之中。他頭戴仙人掌花冠，跪倒在地，揚起他自己的手（我們的手）捶打著自己。他的舞（我們的舞）是吊在飾著羽毛的長矛上或是卡車護欄上進行的；在鮮花戰爭[1]中，在酒館的鬥

---

[1] 鮮花戰爭，指古代墨西哥各土著部族之間為爭奪用來獻祭的俘虜而進行的戰爭。因獻祭時俘虜的胸膛被剖開，心臟如花朵般顯現而出，所以這樣的戰爭被稱作收集「鮮花」的戰爭。

殿中死去，在真理顯現的時刻：唯一正點的時刻。沒有同情心的詩人，以折磨人為樂的藝術家，講禮貌的粗人，天真的騙子，我的斷斷續續的祈禱消失了，運氣，喧囂。傷害我，總是比對別人更厲害：哦，我的慘敗，我的失敗，不會告訴任何人，讓我面對眾神。眾神不會給我憐憫，只會讓我用盡自己的憐憫，來瞭解我和我的同類！哦，我這失敗者的面孔，令人難以忍受的面孔，上面有流血的黃金，乾裂的泥土，破碎的音樂，還有渾濁的色彩！虛空中的武士，為人所見的只是用大話做的鎧甲；可是我的眼角在抽泣，並沒有停止對美好事物的找尋：祖國，陰蒂，骷髏糖，刪節的頌歌，模仿籠中的猛獸。封閉自己的生活，害怕面對現實；破碎的身體，碎塊散落四處，在迷狂中呻吟，看不到侵略者的來臨。自由的願望，逃逸在縱橫交錯而沒有主線的大網裡。我們用它的餘存潤濕畫筆，坐在路邊玩顏色的遊戲……你出生的時候，是死了的，你燒毀了你的船，好讓其他人用你的腐肉抒寫史詩；你死去的時候，是活著的，沒有說出那句能把我們聯結在一起的話。你停步在最後一個太陽裡；隨後，駭人的勝利填滿了你空空的、不動的、掛滿頭銜和飾物的肉身。我在穿金戴銀的爬行動物中間，在發動機和自動唱片機的轟鳴聲之中，聽到了鼓聲的迴響。蛇，這古老的動物，在你的骨灰盒裏打著瞌睡。在你的眼睛裡，北回歸線上的那群太陽放著光。在你的身體裡，閃耀著鋒利的籬笆。兄弟，不要退縮！抽出你的皮鞭，磨快你的匕首，不要屈從，不要說話，別去同情別人，別看。拋開你所有的思鄉之情，扔掉你所有懸而未決的問題；每天都從初生開始。在你悄悄地輕撩你的琴的時刻，在街頭的手搖風琴響起的時刻，在你的所有記憶似乎都變得更加明朗、緊縮了的時候，重新燃起火苗吧。一個人燃起它。你的英雄們不會回來幫你。不知不覺中，你來到這埋葬著珠寶的高原，與我相遇。我們住在這裡，在大街上我們的味道交織在一起，汗水和廣藿香的味道，新的磚瓦和地下煤氣的味道，我們的懶惰而繃緊的肉體相碰在一起，而我們的目

光從沒相撞在一起。你我從沒有一起跪下去接受同一個聖餅；我們一起受苦，一起被創造，直到死時才分開。我們在這裏倒下。有什麼辦法呢。忍著吧，兄弟。也許有一天我的手會碰到你的手。來，跟我一起倒在這城市的疤痕裡，這僅有幾根下水道的城市，這有著水蒸汽般的玻璃、覆蓋著金屬霜的城市，這見證了我們所有的遺忘的城市，這有著吞噬人命的懸崖的城市，這疼痛不止的城市，這經歷巨大瞬間的城市，這太陽停滯了的城市，這被長久炙烤著的城市，這文火慢燉著的城市，這水漫到脖子的城市，這恬不知恥地酣睡著的城市，這長著黑色的神經的城市，這生著三個肚臍眼的城市，這帶著木犀草的笑的城市，這彌漫著惡臭的城市，這橫亙在天空與蛔蟲之間的死氣沉沉的城市，這在燈光中盡顯老態的城市，這躺在不祥鳥的巢窠裏的古舊城市，這與飛揚的塵土一道扶搖直上的城市，這坐落在巨大的天穹邊上的城市，這有著深色的漆和寶石的城市，這置於發光的爛泥之下的城市，這帽檐和繩索的城市，這遭到慘敗的城市（不可告人的失敗，我們不能公開地撫慰它），這有著祥和的市集的城市，這大甕裝肉的城市，這映射著憤怒的城市，這遭受過令人沉痛的失敗的城市，這充斥著圓頂建築的城市，這為口乾舌燥的兄弟提供飲水的城市，這在遺忘症中編織起來的城市，這讓童年的記憶恢復了的城市，這重新插上羽毛的城市，這混蛋的城市，這饑腸轆轆的城市，這建有豪宅的城市，這沉埋著痲瘋病和霍亂的城市，這城市。火熱的仙人掌。沒有翅膀的鷹。星辰之蛇。我們就身處這裡。有什麼辦法。在這空氣之中最明淨的地區。

《最明淨的地區》

城市

307

外省

舊道德

「你們這些黑兀鷲！食人鴉！都給我滾開！你們想讓這些菜苗都枯死是不是？走那條路吧，走繞過堂娜卡茜爾達家門口的那條路！你們經過的時候，那老修女準會跪下來的！對一個擁護華雷斯的共和國老公民的房子，你們要保持尊重！你們什麼時候看見我進到過你們那黑漆漆的教堂裏的，你們這些兀鷲？我可從沒讓你們來登門拜訪！滾！滾！」

外公倚在菜園的矮牆上，揮舞著他的手杖。他肯定生下來時就帶著這根手杖。我想，就是在床上睡覺，他也一定不離這根手杖，怕弄丟了。手杖的把兒跟外公長得一個樣兒，只不過那是個長毛獅子，眼睛細細長長的，好像同時看著好多東西，外公呢，也是個長毛老頭，眼睛黃黃的，每當看到神父和修士的隊伍過來時，這雙眼睛就會拉得老長，一直拉到耳邊。他們從神學院去教堂，要走得更快些，就得從菜園一側過去。神學院在莫雷里亞城稍偏郊外的地方，外公一口咬定，他們把神學院建在我們的茅草房子門口的路上，成心就是要氣他。說這話的時候，他用的是另外的字眼。姨媽

們告訴我，外公用的那些字眼都是不合道德的，我可不能跟著說。奇怪的是，那些神父偏偏老是從這裏過，好像他們就喜歡聽外公咆哮一樣，就不肯在堂娜卡茜爾達的茅草房子門口繞一下。有一回他們這麼做了，堂娜卡茜爾達跪下來，讓他們給她施祝福，然後還請他們喝她做的巧克力茶。我不明白他們為什麼偏偏喜歡從這裏過。

「你們這些慌張的神父！[1]總有一天我會受夠你們的！總有一天，我放狗出來咬你們！」

實際上，外公的狗雖然在屋裏叫得厲害，有人從菜園的牆邊經過時，它們反倒變得很乖了。當神父們排成一隊從山崗上下來，開始劃起十字時，那三隻牧羊犬就大吼大叫，好像魔鬼過來了一樣。看到這麼多穿著裙子、面孔給修得這麼乾淨的男子，它們一定會覺得好奇怪，因為它們已經看慣了外公的大鬍子了。外公從來不梳理他的鬍子，而且有時候我覺得他還故意把鬍子攪亂，特別是當姨媽們來看我們的時候。可一到路上，這些狗就變乖了，它們跑上去舔那些神父的鞋子和手，他們就側過頭來看，朝外公微微笑著。外公就滿懷憤恨地拿手杖叩打那堵牆，罵得舌頭都打了結。說實在的，我不知道神父們盯著看的是不是另外的東西。因為外公在等著這些穿裙子的先生經過時，總是緊摟著米凱拉的腰，米凱拉呢，她可比外公年輕多啦，在那些神父經過的時候，就會貼緊了他，然後解開襯衣扣子，然後一邊笑，一邊吃著根多明尼加香蕉，然後再吃一根，然後又一根，她的眼睛跟她的牙齒一樣地閃閃發光。

「見了我的女人不惱嗎，你們這些吸血蟲？」外公大叫著，把米凱拉摟得更緊了，「要不要我給你們講講極樂天國在哪裡？」

他哈哈大笑，掀起了米凱拉的裙子，神父們就像受驚的兔子一樣飛跑起來，就像那些有時候會從菜園附近的森林裏跑出來，等著我扔胡蘿蔔的兔子。外公和米凱拉笑個不停，我也跟他們一樣地

---

1 此處意譯，實為「混賬的神父」，敘述者有意不用髒字眼。

笑，一面抓住外公的手（他眼淚都笑出來啦），說：「看哪，看哪，他們跳起來就跟兔子似的。現在你真的把他們嚇跑啦。他們也許就不會再過來啦。」

外公握了握我的手。他的手上佈滿青筋和黃色的繭子，就像那些堆在菜園深處的地洞裏的木材一樣。狗回了屋，又開始叫了。米凱拉繫好襯衣扣子，撫摸著外公的鬍子。

但平日裏一切都是比較安靜的。在這裏我們都高高興興地幹活。姨媽們說，一個十三歲的男孩兒不去上學光幹活兒，實在是不合道德的，我就不懂她們想說什麼。我喜歡早早地起床，跑到大臥室。米凱拉正在裏面對著鏡子編她的辮子，嘴裏咬著髮卡，外公還在一邊打呼嚕；他要是這樣，準是白日裏跟貓頭鷹似的睡覺，睡不到四個鐘頭，然後就跟他的朋友們打牌打到凌晨兩點。所以，六點鐘的時候，我就溜到這塞滿了家具、有幾張帶小枕頭的搖椅和幾個鑲著可以照出全身的鏡子的大衣櫃的房間裡，笑著爬上床去。外公會裝著假睡一會兒，自認為我沒看出來。我將計就計，然後，他猛地一聲獅吼，吼得燭燈玻璃都顫起來，我就裝作嚇壞了的樣子，一頭躲到床單裡。那床單裏滿是在別的任何地方都聞不到的氣味。對，有時候米凱拉就說：「你不是個小孩子，你就跟這些狗一模一樣，給聞到的味道帶著走。」她說的可是真的，因為我真的眼睛一閉，進了廚房，不用拐彎就能摸到酸乳酪、蜜罐、花形玉米餅、放乳蛋糕的托盤或是米凱拉正在醃製的甜芒果。我不用睜開眼，就能把手指伸進鍋裡，把嘴貼近米凱拉正在一層層疊放熱煎餅的筐子。「外公啊，」有一天我告訴他，「我要一高興的話，就光靠著鼻子探路，去所有的地方，保證不迷路。」在外面是很容易的。太陽還沒完全出來呢，男人們就在鋸木廠裏幹活了，是新鮮的引火松的味道把我帶往那裡的，那兒有一個大棚，工人們就把樹幹樹枝堆在那裡，然後就用鋸子鋸出一塊塊木板來，想要有多厚就有多厚，想要有多寬就有多寬。他們都跟我打招呼，朝我喊：「阿爾維托，幫我

們一把」，因為他們曉得這讓我很得意，也曉得，我知道他們知道
這個。到處是鋸末堆成的小山，到處是彷彿真有個森林在那裏的味
道。木頭在此前和此後聞起來都不一樣，做樹的時候是一種味道，
做家具和房樑的時候就是另一種味道了。有一回，有人在莫雷里亞
城的那家報紙上說外公壞話，叫他「土匪」，外公就帶上他的手杖
去了莫雷里亞，把那個記者砸得頭破血流，之後又得賠償損失：這
也還是這家報紙說的。外公是個捺不住性子的人，這不用説。可誰
曉得，他跟那幫神父和記者是這麼火暴，在屋子後面的溫室裏卻那
麼溫和呢。他在溫室裏可沒種什麼。他養了些小鳥。他的確很愛收
集各種鳥兒，我相信他之所以這麼喜歡我，是因為我繼承了他的愛
好，常常整個下午都在那裏看鳥，餵它們草籽和水，最後等太陽落
山它們睡覺時還給它們罩上套子。

　　養鳥可是件馬虎不得的事，外公說，要把鳥養好，得下工夫研
究。他說得很對。這些可不是平平常常的麻雀。我曾連續幾個鐘頭
地看每個鳥籠上的卡片，上面寫著它們從哪兒來，為什麼這麼珍
貴。環頸雉有兩種模樣：公的羽毛好看，也是最高傲的，母的就瘦
不啦嘰的，沒有好看的顏色。還有亞馬遜鸚鵡，渾身雪白，長著暗
淡的藍眼圈，好像沒睡飽的樣子。還有澳大利亞鳥，身上有紅、
綠、紫、黃四種顏色。還有黑橙兩色的火焰鳥。還有「寡婦王
后」，長著有四個尖的長尾巴，這長尾巴一年只長出來一次，在它
尋找丈夫的時候，然後就沒有了。還有中國銀雉，顏色像鏡面，臉
是紅色的。特別值得一提的是喜鵲，它們喜歡撲到閃光的東西上
面，然後把它掩實了。我知道，我喜歡每天下午看那些最漂亮的鳥
兒，這讓我好開心，一會兒外公來了，跟我說：

　　「所有的鳥兒都知道誰是自己的朋友，誰不是朋友，知道該怎
麼忙著玩兒。就這些。」

　　然後我們三個人就在那磨得半光的長桌上吃晚飯。外公說，這
張桌子是唯一一個他可以接受放在家裏的教會的東西，因為它來自

一個修道院。

「修道院食堂的桌子，」他說著的同時，米凱拉給我們端上菜豆餡的辣椒盒子和乳酪糊，「落到了一個自由黨人的家裡，我看著不難受。華雷斯先生曾經把教堂改成了圖書館，那麼這個可憐的國家越來越糟的最好的證明就是，現在他們把書搬出來，又把洗禮池塞了進去。但願你那幾個姨媽每次去望彌撒的時候能在池子邊把眼屎洗洗。」

「她們是該常洗洗，」米凱拉笑笑，把裝龍舌蘭酒的罐子遞給外公，「這些修女老待在聖器室裡，聞起來就跟沾了尿的舊抹布似的。」

外公摟住她的腰，我們三人都大笑起來，我就在我的本子上畫我不在人世的媽媽的三個姐妹，她們就像是外公收藏的鳥裏鼻子最大、最愛管閒事的鳥兒。我們就又哈哈大笑，笑得肋骨都疼了，笑得連眼淚都出來了，外公的臉笑得就像個大番茄，然後他的朋友們過來打牌，我就上床去睡覺，然後第二天我就早早地溜進外公和米凱拉睡覺的臥室，然後同樣的事情再重複一遍，然後我們都很開心。

可是今天，就在鋸木廠，我聽到狗叫，我就猜想神父們又過來了，我不想失去聽外公罵人的好機會，他罵人的話就像壓扁的番荔枝，可我感到奇怪的是，今天神父們過來得早嘛，然後我聽到汽車喇叭聲，我就知道姨媽們來了。打從耶誕節過後，我就沒見過她們。耶誕節的時候，她們把我強拉到莫雷里亞，然後她們一個彈鋼琴，另一個唱歌，最那邊的那一個給主教倒上一杯又一杯的奶酒。我在那裏覺得沒勁透頂，就像隻孤獨的大牡蠣。我打算裝作什麼也不知道，可這會兒我對這輛老爺車很好奇，就偷偷出去了，吹著口哨，踩著地上的鐵絲和栓皮櫧。大家都進了屋。這台大機器就停在柵欄對面，頂篷上綴滿流蘇，天鵝絨的座椅上放著手工繡的椅墊

INRI，SJ，ACJM[1]。我要跟外公研究一下繡著的這些字母都是什麼意思。等會兒吧。現在他肯定在痛痛快快地訓她們，為了不打擾他，我就踮著腳進了屋，躲在花盆和花草間，可以看到他們所有人，而他們卻看不到我。

外公拄著手杖，兩手放在手杖把上，牙間咬著根雪茄，吐著煙，就像開往華雷斯城的特快列車。米凱拉靠在廚房門口，兩隻胳膊抱在胸前，一直在笑。姨媽們都直挺挺地坐在同一張藤椅上。她們都戴著黑色的禮帽，白色的手套，兩膝併得緊緊的。據說她們裏面有兩個人已婚，中間的那個還是單身，但也沒法弄清楚，因為米拉戈蘿斯‧特黑達‧德‧魯伊斯姨媽只是因為老是眨著一隻眼睛，好像眼裏有灰似的，才顯得與她們不同，安古斯蒂雅絲‧特黑達‧德‧奧特羅姨媽只能是她自己，因為她好像戴了一個老是歪過來歪過去的假髮套，貝內迪塔‧特黑達姨媽，就是還沒嫁人的那個，只是看上去更年輕一點，總是拿著塊有黑色花邊的手絹擦她的鼻尖。不過除去這些，她們三個人都很瘦，很白——幾乎有點發黃，鼻子很尖，穿著也一樣：穿著一輩子服喪用的衣裳。

「你們的媽媽姓特黑達，但你們的爸爸我姓桑塔納，這給我所有的權利！」外公大聲說著，鼻子裏噴出煙來。

「美德來自特黑達家，堂阿古斯丁，」堂娜米拉戈蘿斯眨著她那隻燈籠一樣的眼睛說，「您可別忘了。」

「美德來自我的籃子！」外公又大叫大嚷起來。他喝了杯啤酒，然後朝著姨媽們咕咕噥噥，她們都紛紛捂起了耳朵，「你們這些八哥，我跟你們講這些有什麼用呢。我的口水要留著派上更好的用場呢。」

「女人，」堂娜安古斯蒂雅絲一邊弄著假髮一邊尖叫道，「和您姘居的這個妓女。」「酗酒，」貝內迪塔低垂著眼睛小聲咕噥

1　分別為猶太之王拿撒勒的耶穌、耶穌會、墨西哥天主教青年協會的縮寫。

著，「要是這孩子學會了發酒瘋，我們不會感到奇怪的。」「剝削，」堂娜米拉戈蘿斯抓著臉叫道，「您讓他像個短工似的幹活。」「愚昧，」堂娜安古斯蒂雅絲眨巴著她的小眼睛，「他從沒進過一個教會學校。」「罪過，」貝內迪塔姨媽把兩手叉在一起，「他都滿十三歲了，還沒領過聖餐，從不去望彌撒。」「無禮，」堂娜米拉戈蘿斯伸出一隻指頭指著外公，「對神聖的母親教會和它的信徒無禮，天天用下流話攻擊。」「褻瀆神明的人！」貝內迪塔姨媽用黑手絹擦著眼睛。「異教徒！」堂娜安古斯蒂雅絲搖著頭，假髮就落在了她的眉毛上。「姘夫！」堂娜米拉戈蘿斯的眼皮都快震掉了。「再見吧，卡洛塔大媽！……」米凱拉唱著歌兒，揮著廚房抹布上的灰。

「再見吧，修士和叛徒！」外公高高地揮舞著手杖吼道。姨媽們手拉手閉上了眼睛。「你們這回來看我，待得夠長了。回你們的破車上去，回到你們的念珠和香那兒去，告訴你們的丈夫，別老躲在裙子後面，因為阿古斯丁・桑塔納只有這個窮人家的姓，就在這裏等著他們過來把孩子帶走。願上帝祝你們日日平安，夫人們，因為只有仁慈的上帝才會造出這個奇蹟。走吧！」

可是外公舉起手杖的時候，堂娜安古斯蒂雅絲也亮出了一張大紙片兒：「您不要恐嚇我們。您看看好，這是未成年人法庭的法令。這是張民事證書，堂阿古斯丁。這孩子不能再在這風氣敗壞的環境裏住下去了。今天下午就會來兩個憲兵，把他帶到我們的妹妹貝內迪塔家裏去，她是單身，會樂意把阿爾維托培養成一個懂禮貌、信奉主的小紳士的。姐妹們，我們走。」

貝內迪塔姨媽的家坐落在莫雷里亞城中心。從她家陽臺上望去，能看到一個小廣場，小廣場上擺著鐵製的長椅，種著好多黃花。旁邊有一座教堂。房子很老，城裏所有的大房子都是這樣。家裏有一個門廳，一個院子，傭人們就住在下面，廚房也在那裡，有

外省

315

兩個女的整天在那裏給煤爐搧風。上面是廳堂房間，門窗都朝著那個光禿禿的院子。不用說：米拉戈蘿斯姨媽說得把我的舊衣服全燒掉（我的背帶褲，我的靴子，我的汗衫），得穿著成我現在的這個樣子，藍西服，白襯衫，一身上下筆挺的像個人妖。假期結束之後就開學，在此之前她們讓一個呆頭呆腦的老先生教我講法國話。他要我學會發「u」音，我一遍遍地練，都快長出一隻豬鼻子了。每天早上，我必須跟貝內迪塔姨媽去教堂，坐在堅硬的長椅上，不過這至少跟其他事情不一樣，我倒有點樂在其中了。差不多每次都是我和姨媽兩個人吃飯，有時候其他姨媽會過來吃飯，她們的丈夫也一道前來，他們會摸摸我額前的頭髮，說「小可憐」。然後我就一個人在院子裏溜達一會兒，或者去他們給我的臥室。床很大，有一個蚊帳。床頭有一個十字架，旁邊有一個小澡盆。我覺得沒勁透了，於是就急切盼望開飯的時刻到來，那是最不討厭的。開飯前半小時我就在飯廳門口溜達起來，看看那兩個給煤爐搧風的女人，看看在做什麼好吃的，然後又跑到門口，直到一個女傭人進來，把菜和餐具在兩個位置上擺好，然後貝內迪塔從她的房間裏出來，拉住我的手，我們就進去了。

聽說貝內迪塔姨媽沒結婚是因為她要求太高，沒有一個男人能符合她的要求；另外，她年紀也太大了，都三十四歲了。吃飯的時候，我抬眼看她，想看看她是不是明顯地比我大二十歲，而她只顧著喝湯，也不看我，也不跟我說話。她從不跟我說話，不過既然我們在桌上彼此離得這麼遠，就是扯著嗓子說話我們也聽不清對方說什麼的。我試著拿她和米凱拉作比較，她是唯一一個之前跟我一道生活過的女人，我生下來的時候媽媽就死了，到我四歲的時候，爸爸也死了，打那以後我就跟外公還有他那個姘婦住，姨媽們就這麼叫她的。

貝內迪塔姨媽的毛病是她從來不笑。她要說話，只會說我已經知道的事情，或是給我下命令，而我早已經先她一步正在做她想讓

我做的事了，沒必要讓她跟我說。真沒必要。我不知道每餐飯是不是吃得很久，還是我自己覺得的，總之我試著變著花樣找樂子。比方說，我會把米凱拉的臉安在姨媽的臉上，這很好玩兒，因為我會想像到哈哈大笑聲，往後仰的頭，以及老是在問這是當真還是開玩笑的眼睛——這就是米凱拉——會出自眼前這個被鈕扣封緊的脖子和這黑色的衣裳。再比如，用我自創的一套語言對她說話，讓她把咖啡給我：

「噢耶耶，姨媽媽，把啡咖鬼偶。」

姨媽歎了口氣，不過她還沒傻到那個地步，她還是照做了，然後只是把我教育了一番：

「要說『請』，阿爾維托。」

不過就像我說的，在其他方面我就比她先到一步。當她一本正經地過來敲我房間的門訓斥我睡懶覺的時候，我在院子裏回她的話，已經梳洗得乾乾淨淨了，然後她就藏住火，更加一本正經地對我說，現在該去教堂了，然後我就笑笑，當著她的面把彌撒書拿出來，然後她就不知道說什麼好了。

終於有一天我給她逮著了，大概是跟她住了一個月的時候，全是那多嘴的神父惹的。我正在準備第一次領聖餐，所有上教義要理課的小孩兒見一個大孩子連聖靈是誰都一點也不知道，哄堂大笑。我就是那個大孩子。昨天終於輪到我跟神父單獨談話以準備懺悔了。關於罪過他說了很多，他還說，我對宗教一竅不通，我曾在一個風氣不良的環境裏成長，這些都不是我的錯。他讓我不要難為情，把一切都告訴他，他可從來沒有接收過像我這樣渾身是罪的男孩，對這樣的孩子來說，邪惡是家常便飯，連辨別善惡的能力都沒有。我絞盡腦汁地想我惡劣的罪到底是哪些，因為就我們兩人在那裡，在空蕩蕩的教堂裡，互相望著對方的臉，不知道說什麼好，我就開始回憶看過的電影，然後就扯著沙啞的嗓子說了：我曾搶劫了一個農舍，把錢財悉數捲走，還搶走了些母雞，我曾抓著一個可憐

的老瞎子用鞭子抽，我曾往一個警察的後背上捅了一刀，我曾硬把一個女孩的衣服扒光，然後咬她的臉蛋。神父忙舉起手來劃十字，說他所知道的關於我外公的事原來是那麼少，然後飛奔出去了，好像我就是他們所說的「猶大的皮」一樣。

現在姨媽怒氣衝衝地來到我的臥室，這會兒我還沒醒。我都以為房子著火了呢。她把門一扇扇地打開大聲叫我的名字。我醒過來，看見她雙手叉腰站在那裡。然後她坐到我床邊，跟我說，我嘲弄了神父先生，而更壞的還不是這個。我說這些謊話，是為了隱瞞我真正的罪。我只是看著她，好像她坐在屋頂平臺上，快要失去平衡了似的。「你為什麼不說實話呢？」她抓住我的手說。「什麼呀，姨媽？我不明白。」

於是她就摸摸我的頭，按緊我的手說：

「就是你看到過你外公和那個女人一起做不合適的舉動。」

我一臉天真相肯定沒讓她信服，但我發誓我真的不知道她想說什麼，當她繼續用半噎住的聲音、又哭又叫地說時，我更疑惑了：

「他們一起。造孽。做愛。在床上。」

這下我才明白了。

「當然啦。他們是睡在一起啊。外公說，男人永遠不能一個人睡，要不然他就要憔悴的，女人也是一樣。」

姨媽用手指擋住了我的嘴。她這樣了好久，我都開始窒息了。她看著我，好像我很奇怪似的，然後站起身，一言不發，緩緩地走了。我繼續睡，但是她並沒有來叫我起床一起去望彌撒。她讓我一個人待著，我整個上午就躺在床上，看著天花板，什麼也不想，直到吃午飯的時候。

院子裏有很多壁虎。我知道，有人盯著看時，牠們就會換上石頭或樹的顏色來偽裝自己。但我知道牠們的把戲，牠們逃不過我的。今天我跟了牠們一個鐘頭，我笑話牠們，因為牠們只當我不懂如何盯住牠們像漆過的別針一樣的眼睛呢。訣竅就在於盯住牠們的

眼睛，因為這個牠們偽裝不了，總是一開一閉的，像十字路口一亮一滅的交通燈，我就這樣跟住一個，然後再跟住一個，要是我願意——比如現在——我就下手抓住牠們，感覺牠們在我握緊的手裏跳動。所有的壁虎都是下面光滑，上面皺巴巴，體型很小，但是跟人一樣，有自己的生命的。如果牠們知道我不會傷害它們的話，牠們的肚子就不會跳得這麼厲害了，不過事情就是這樣。沒辦法理解。牠們越怕，我就越開心。我抓牢那隻壁虎，姨媽在樓上的長廊上看我，不知道我在做什麼。我一路跑上樓，到她跟前，氣都喘不上來了。她問我在幹嘛。我變得嚴肅起來，不讓她疑心。天很熱，她正在陰涼處搖著扇子。我把握緊的拳頭伸到她跟前，她試圖笑；看得出來這很費勁。她打開手掌要抓我的手，我就把壁虎放在她手掌上，讓她屈起手指。沒想到她既沒大叫也沒受驚。她沒罵我，也沒把壁虎扔掉。她只是把拳頭握得更實，閉上眼，好像想說話又說不出來，鼻子在顫，然後看著我，從來沒有人這樣看我，好像想哭，很想哭。我跟她說，可憐的壁虎要悶死啦，貝內迪塔姨媽就彎下腰去，還不想鬆手，最後她分開五指，讓壁虎在鋪地細磚上溜走，然後爬上牆壁，不見了。然後她變了張臉，嘴歪了，我看她生氣了，但事實上並不是。我笑著聳聳肩，裝作啥也沒看見，跑回院子去了。

　　整個下午，我都待在房間裡，什麼也沒幹。我感到很累，而且昏昏欲睡，因為一場感冒降臨在我頭上。一定是這黑暗的屋子裏缺乏陽光和自由空氣所致。我開始憎恨這裏的一切。我開始想念鋸木廠，想念米凱拉做的甜點，還有外公養的那些小鳥，還有他在神父們經過時的大叫大嚷，還有吃晚飯時候的哈哈大笑，還有每天早上去他們的臥室胡鬧。我覺得，在莫雷里亞待到現在，一直像是放假一樣，可是我已經待了一個多月了，這日子我已經過厭了。

　　我走出房間去吃晚飯時，已經有點晚了，姨媽已在桌子的一頭坐好，手裏抓著她的黑手絹。我坐在我的位子上，但她並沒有因為

我遲到而責怪我——我這麼做，還是存心的呢。正相反。她好像很想笑，想顯得溫柔。我卻只想發一通脾氣，然後回到外公的大茅屋去。

「我要給你一個驚喜。」

她端給我一個盤子，上面還扣著只盤子。我打開來看。是甜乳酪哇。

「廚娘跟我説，你可喜歡這個了。」

「謝謝姨媽。」我很莊重地對她説。

吃飯時，我們默不作聲，最後到了喝咖啡加牛奶的時候，我對她説，我已經厭倦了在莫雷里亞的生活，希望她能准許我回到外公那兒去，在那裏我才能過得開心。「沒良心的東西，」姨媽用她的手絹擦擦嘴，説道。我沒有還口。她又重複了一遍：「沒良心的東西。」

她竟站了起來，口裏喃喃著這句話，朝我走來，然後拉住我的手，我仍舊很莊重地坐著，然後她抬起她那儘是骨頭的長手，打在我臉上，我強忍著不流眼淚，然後她又打了我一下，然後她驀地停住了，摸了摸我的額頭，又扒開我的眼皮看了看，然後説，我發燒了。

這燒應該是頂糟糕的那種，因為我渾身的勁兒都沒了，感覺膝蓋變得鬆鬆軟軟的。姨媽把我帶到臥室裡，説我應當把衣服脱下來，她趁這當兒去找大夫。可事實上趁著我脱下藍色的上裝，然後是白襯衣，然後是內褲，然後發著抖一下子鑽進被窩裏的時候，她轉過身來一直看著我。

「你不穿睡衣的嗎？」

「不穿的，姨媽；我總是穿汗衫睡的。」

「你在發燒啊！」

她帶著瘋子才有的表情出去了。

我待在床上，渾身顫抖，試圖入睡，嘴裏嘟囔著「發燒真糟

糕」；事實上，我很快就入睡了，然後外公的小鳥全都一齊飛了出來，鬧聲震天，因為它們終於自由了：藍色的天空中佈滿了橙色、紅色和綠色的閃電，可所有這些都只持續了一小會兒；群鳥受了驚嚇，好像要回到籠子裏去；現在出現的是真的閃電，群鳥在暗黑裏變得冰冷、僵硬，不能繼續飛了，然後它們漸漸變黑，掉光了身上的羽毛，不再歌唱，然後當風暴過去，天亮起來時，原來它們竟是穿著教士服排成一隊往教堂去的修士，然後大夫給我把脈，貝内迪塔姨媽看上去很憂傷，然後一片朦朧中大夫走了，然後姨媽說：

「來，轉過身去，我得給你搽藥。」

我感覺到她冰冷的手摸在我發熱的皮膚上。外公揮舞著手杖，朝神父們破口大罵。藥膏的味兒很強烈。他放狗去咬那些神父。有藍桉和樟腦的味道。那些狗一個勁兒地驚叫。她很用勁地抹著，我的後背開始燃燒起來。外公還在嚷嚷著，但他的兩片嘴皮只是動著，並不發出聲音。現在她搓到我的胸口，那味道越發強烈了。那些狗也在叫，但也沒有聲音。我渾身是汗水和藥膏，渾身在燃燒，我想睡，但我知道我在想睡的同時已經睡著了。冰冷的手搓過我的肩膀、兩肋和腋下。那些狗跑了出來，狂怒著，狠咬那些在夜裏就會變成鳥的修士。我的肚子和前胸後背一樣地發燙起來，姨媽只是搓啊揉的想讓我快快康復。修士們露出牙齒獰笑起來，然後張開雙臂，像兀鷲一樣飛走了，笑得快死了。我跟他們一起開心地笑起來，病魔讓我充滿愉快，我不要她停下手來，我就讓她再給我揉揉，我抓住她的手，熱度和藥膏在兩腿上也燃燒了起來，那些狗在原野上撒腿飛奔，像叢林狼一樣嗷嗷叫著。

我醒來的時候，已經過去了一夜加一個上午了，太陽正在西下。透過門簾，我最先看到的是庭院的影子。然後我發覺，她坐在床頭，叫我吃點東西，並且把湯匙送到我嘴邊。我嚐了嚐燕麥糊，然後看了看姨媽，她的頭髮垂在肩上，她的微笑似乎是在感謝我什麼。我由著她一口一口地餵我燕麥糊，好像我還是個小孩子似的，

我告訴她說，我已經感覺好點兒了，感謝她照顧我。她的臉馬上就紅了，然後她說，我終於曉得，在這個家裡，我也是有人愛著的。我在床上待了大概有十天。我先是看了一堆大仲馬[1]的小說，從那時起我就認定，小說總是和支氣管炎連在一起的，就像雨總是和播種的土地聯繫在一起的。可奇怪的是，姨媽出去買小說的時候，總是像去做賊似的，然後偷偷摸摸把它們帶過來，我只是聳聳肩膀，然後就像機器似的一頭讀下去。故事很精彩，那個傢伙裝死人逃出監獄，又被扔到海裡，然後又到了基度山島上。不過我可從沒看過這麼多書，就累了，就厭了，就呆呆地想，看著時間在房間牆壁上來來去去的光影間溜走。誰要看到我這個樣子，準會說我可安靜了，可在內心裡，卻湧動著我不能理解的東西。這全是因為我已經不像從前那麼堅定了。從前，要是讓我選擇是回到大茅屋還是留在這裡，不用說，我會飛奔回去和外公團聚。可現在我不知道。我下不了決心了。這個問題纏繞著我，儘管我想方設法把它藏起來，或是想別的事情分心。肯定的，要是有人問我，我知道我會怎麼回答，我就回大茅屋去。可我內心裏不是這麼想的；我覺察到了這一點，這是我第一次遇到這樣的情況：我在外面想的竟和我在裏面想的不一樣。

　　我不知道這一切跟姨媽有什麼關係。我心想，什麼都沒有。她看上去還是老樣子，卻換了個人。她進來只是親自給我端盤子，量體溫，監督我吃藥。可我歪著眼偷偷打量她，我發現，她看上去越悲傷，實際上就越高興，看上去越高興，實際上就越是想哭，或是越發讓人看出有點什麼，當她坐在搖椅上搧著扇子——這時候她看上去正在無憂無慮地休息——我就越發覺得她想要什麼，當她操勞得越多，說得越多的時候，我就越發覺得她不想要什麼，她巴不得

1　大仲馬（Alexandre Dumas，1802-1870），法國小說家和劇作家。最著名的作品有《基督山恩仇記》、《三劍客》和《黑色鬱金香》。他的兒子也是作家，被稱為小仲馬，代表作是《茶花女》。

離開我的房間，在她自己的房間裏幽閉起來。

　　十天過去了，我已經受不了這一身的汗水污垢和一頭的僵硬頭髮了。於是姨媽說，我已經康復了，可以泡個澡了。我歡歡喜喜地跳下床，可是哎呀呀，忽然一陣眩暈，我差一點跌倒了。姨媽忙跑過來扶住我的手臂，把我帶向澡盆。我坐了下來，還是暈暈的，這會兒她正在往冷水裏加熱水，不斷地用手指攪動攪動，讓澡盆漸漸注滿水。然後她讓我進到水裡，我跟她說讓她出去，她問我為什麼。我說我害臊。

　　「你還是個小孩子哪。你就當我是你媽媽好啦。或者當我是米凱拉。她從沒給你洗過澡嗎？」

　　我跟她承認說是，那時候我還是個小頑童。她說，都一樣。她說，她差不多就是我的媽了，在我生病期間，她就像對待兒子一樣照顧我的。她走上前來，開始解我睡衣的扣子，竟哭了起來，說我讓她的生活得到充實，說有一天她會跟我講講她的生活。我儘量捂著身子，跨進澡盆，差點滑倒了。她給我抹香皂。她開始像那晚上那樣地揉搓我的身子，她知道這讓我很舒服，我就由著她這麼做，她一面對我說，我不曉得孤獨的滋味，她把這話說了好幾遍，然後說，過耶誕節的時候我還是個小孩子，水溫溫的，我渾身愜意，泡在肥皂泡裡，靠著這雙在我的身上摸來摸去的手，洗去生病造成的疲憊。她比我先知道，我快受不了了，她親手把我從浴缸裏抬起來，看著我，摟住了我的腰。

　　現在我住在這裏已經有四個月了。貝內迪塔讓我在其他人面前還是叫她「姨媽」。我在夜間和早上溜過走廊，覺得這挺好玩兒的，不過昨天差點被廚娘發現。有時候我累壞了，特別是貝內迪塔又哭又喊，張開雙臂跪在耶穌受難像前的時候。現在我們再也不去望彌撒，也不去領聖餐了。也再沒有人會提起送我去上學的事了。可無論如何，我還是想念跟外公在一起的生活，我往那兒寫了封信，讓外公來接我回去，我要鋸木廠、小鳥還有那麼愉快的晚餐。

不過我從沒有把信寄出去。沒錯，每天我都加上些內容，還作些有點狡猾的暗示，看看老頭能不能嗅出來。可我不把信寄出去。我沒法描述準確的，是貝內迪塔已經變得有多漂亮了，她是怎樣從當初那個出現在茅屋裏的僵硬、穿著孝服的小姐變成現在的樣子的，我想告訴米凱拉，告訴外公，要是他們能看到的話，貝內迪塔也會變得很溫柔的，她的肉很軟，她的眼睛很特別，很大，閃閃發亮，渾身都很白。唯一不好的地方是她有時候會呻吟，會哭，渾身扭曲。看看哪天我把信寄掉。今天我著實給嚇壞了，都在信紙上落款了，可我仍沒有把信封起來。在客廳裡，貝內迪塔和米拉戈蘿斯姨媽嘀咕了好長一段時間的話，她們就站在那層珠簾後面，有人進出的時候，這珠簾就會發出聲響。然後米拉戈蘿斯姨媽來到我的房間，她的那雙眼睛仍是眨個不住。她摸著我的頭髮，問我想不想在她家過一段時間。我莊重起來。然後我想了半天。問題是我不知道想什麼好。我在寫給外公的信上又添了一段：「來接我吧，求你了。我覺得在大茅屋裏才更講道德。我會跟你講的。」然後我才再次把信裝入信封。不過我還沒有下定決心把它寄出去。

《盲人之歌》

■ 農村

魯文・哈拉米約之死

在孤寂的高空中，就像是秘魯的馬丘比丘[1]，矗立著墨西哥古代托爾特卡人的廟堂。寂靜是聽得見的，包括：日落時蟋蟀的歌唱、從殘垣斷壁間飛奔而下的山羊的腳步聲、麇集在一隻死狗身上的兀鷲的嘎嘎叫聲，但終不能破壞這寂靜。這寂靜遮蓋了一切，與下沉著的太陽一道刻出了廣闊的莫雷洛斯谷。赫奇卡爾科，這座石頭搭成的塔樓，聳立在這幅光影交錯的巨畫的最高處。這幅巨畫包含了綠的所有色調，彷彿就掛在天上一般。天上的黑團團，疾馳的浮雲，永遠處在變幻之中。天與地，一切都被這透明、陡峭，如古代傳說中母狼的乳房一般的群山包圍了起來。魯文・哈拉米約就死在這裡。

魯文・哈拉米約是什麼人？

「魯文・哈拉米約是我們的人裏的一個。他一輩子都為我們戰

---

1 馬丘比丘，美洲印加文明遺址，建在海拔兩千多公尺的山脊上，位於今秘魯境內。

鬥。他戰死了，因為他跟有權力的人作對。你們聽啊，三八年那會兒，哈拉米約是薩卡特佩克蔗糖廠第一屆董事會的主席。蔗糖廠是卡德納斯[1]將軍為我們村社社民建的。哈拉米約那時候打算要除掉惡習。他説呀，求呀，勸農民們別喝酒了，搞得酒販子派了槍手來殺他，他不得不躲起來。別跟他們講哪！我們會永遠記著他，因為他總幫我們，為我們的權益操心，卻從不收一分錢。他甚至還為我們掏錢，雖然他沒什麼錢。他給我們寫訴狀。他陪我們去找當官的。他給我們出主意，把我們組織起來。這都是真的。我們這裏的人都感激他。我是在一九二四年認識魯文・哈拉米約的。不過此前我早已聽説過他的大名了。一九三四年，國民革命黨在克雷塔羅舉行例會，哈拉米約站出來為莫雷洛斯的農民説話。卡德納斯將軍跟他談了話，告訴他，如果人民支持，他會給莫雷洛斯的蔗農建一座糖廠。卡德納斯説話算話，一九三八年，薩卡特佩克糖廠就開始運轉了。開始的時候，一切順利，可沒過多久就壞事兒了。一九四二年，當經理的是塞菲利諾・卡雷拉・佩尼亞，我們農民和工人聚在一起，要他公開帳目。魯文・哈拉米約就是我們的頭兒。後來連州長艾爾皮蒂奧・佩爾多莫都來過問了。他説：『這幫暴民，要給他們點顏色看看。』在他們眼裏我們就是這個，暴民。打那時起，魯文就沒法過安穩日子了。一到晚上，就有政府的人上門嚇唬他、罵他。為了保護自己，他只好帶上我們中的八十、九十個人，逃到山裏去。他逃走是為了自衛，不過當然，政府的人來打我們的時候，我們就給他們顏色看。不過我們不是武裝起義反抗政府。我們只是自衛而已，我們怎麼會跑到城市裏讓自個兒受罪呢！我們也有一個計畫，也就是政府那幫人的計畫，只是他們從來不履行；我們有一個計畫，讓我們不再給當成強盜或是土匪。山裏的所有人都跟我們站在一邊，幫我們，給我們吃的，有軍隊來了就通知我們。

---

1 參見 P.302 註 1。

一九四三年，在跟政府的人的一次遭遇戰中，我被俘虜了。我的一條大腿受了傷。他們把我帶到墨西哥城，帶到阿維拉・卡馬喬[1]總統面前，他跟我說，他要避免傷亡，他要解決莫雷洛斯農民的問題，他要給哈拉米約大赦。我在軍醫院給治好了傷，他們照顧得很好。然後呢，你們聽著啊：哈拉米約來看了我好幾次。他就是化個裝，下了山，到了城裡，一路來到墨西哥城。有一回，我們還給政府軍追擊著呢，哈拉米約和五十個我們的人，連我也在內，還跑到首都去看中心廣場上的九一六閱兵呢，就混在國民宮前站著的士兵裡。哈拉米約有鋼鐵一般的意志，很勇敢，他的女人也一樣。他們只能在暗地裏弄死他。出院的時候，我又跟阿維拉・卡馬喬將軍會了一面，他求我一件事，讓哈拉米約來見他，他說他保證沒有危險。幾個禮拜過後，我們出現在那裡。哈拉米約很有禮貌，但也很堅定，他跟總統說，他不是土匪，他這麼做只是自衛，他只是在為農民鬥爭而已。阿維拉・卡馬喬讓他盡管回去，說他的要求會得到考慮的。我記得總統參謀總長路易士・比尼亞爾斯也參加了對話，他跟哈拉米約說，他得先把武器上繳。阿維拉・卡馬喬總統不同意：『武器還讓他留著，好在面對他的敵人時拿起來保護自己……』哈拉米約不是那種容易屈服的人。那時有個州長的人跟他說，別管那些事了，問他需要多少錢，才可以跟他的家人過上好日子。你們相信嗎？跟哈拉米約說這個？魯文可不一樣。他本可以做那種靠偷搶人民的錢發財致富的人，就像歐黑尼奧・普拉多那種人，他是我們薩卡特佩克蔗糖廠歷任的經理裏最壞的一個。可是他不想那麼做。情況越來越糟糕，哈拉米約繼續鬥爭。連卡斯蒂約・洛佩茲和埃斯科瓦爾・穆尼奧茲這兩個州長也來追捕他了。一九四六年，他當上了獨立州長競選人。沒過多久，政府的人和農

1　阿維拉・卡馬喬（Manuel Avila Camacho）繼卡德納斯之後，擔任墨西哥總統
（1940-1946）。

村衛隊，他們是給地主們服務的，想在一次農民大會上逮著他，不過他成功脫身了。他又躲進了山裡；好些年，從莫雷洛斯到格雷羅州，再到帕布拉州，再到墨西哥州，他一直給農村人民保護著。一九五二年，他支持恩里蓋茲・古斯曼將軍當總統；所以，從那時起，在魯伊斯・科爾蒂內斯和洛佩茲・德・納瓦州長統治期間，哈拉米約受追捕，受威脅，一直是處於守勢的。他們要不惜一切代價除掉他。可他還是堅持走原來的路。我相信，這裏沒有人不喜歡他、尊敬他的。我們中間有誰看到一切還是老樣子，絕望了，哈拉米約就安慰他，跟他説，要對政府的新人有信心……可當官的總是把所有的事情都攤到明天。先是農業部的巴里奧斯先生接見我們的代表；然後，我們就見不著他了。他的助手們把我們攔在外面：説他去給一所學校揭牌了，説他正在跟總統先生共進午餐，説小伙子們你們明天再來吧。我們以為那都是他該做的工作，我們就在那裏等，總在等。可到了最後，我們覺得等夠了。在薩卡特佩克，問題還沒有解決，承諾一大堆，啥都沒幹。最後，哈拉米約要求把米恰帕和埃爾瓜林平原的土地分給無地農民；那是已經説好了的。可這年的二月，政府的人用武力把人們趕走了。這沒有遵守法律，在這裏幾乎從不遵守法律的，特別是那些跟我們相關的法律。我不知道是誰殺了哈拉米約，但我想是所有那些有權力的人幹的，那些人很有錢，什麼都想要，啥也不管，誰也不顧。」

這是特拉基爾特南戈的一個老村社社民坐在他又破又暗的後院裏跟我們講的。連著院子的是一個破茅屋，功能俱全：做飯，吃飯，休息。

「領袖走了」

寂靜是能聽得到的；當手槍和機槍的聲音在廢墟之下，在這石山的隱秘之地響起，打破這寂靜的時候，這寂靜聽上去越發真切了。也許魯文・哈拉米約，他的妻子和他的兒子們早已知道，這樣

的寂靜，終會在一個迷失在通往特克拉馬山的路旁的窪地裏被打破的。他們本來被告知是要給帶往庫埃納瓦卡的，從那鉛灰色的汽車在路口偏離了通往庫埃納瓦卡的道路，轉而駛上往赫奇卡爾科去的路上起，他們就應該感覺到了這令人窒息的、異乎尋常的寂靜。汽車越開越快，哈拉米約想站起來一下；接著他就挨了一記槍托，這是第一下，但他沒有倒下，他的妻子艾庇法妮雅伸手扶住了他；然後他的兒子費雷芒對著這些已經不再掩蓋其罪惡企圖的人怒斥起來。

「閉嘴吧，小東西，要不然我們就割了你的舌頭。」

「我們最好給他嘴裏塞滿泥巴。」

雖然挨了打，很疼，哈拉米約還是沒有閉上眼睛；他要讓眼睛睜著，看那從眼前掠過的熾熱的、在午後的陽光下熠熠生輝的土地，直到最後的時刻。有多少次，當他回到山裡，跨上馬，拿起槍，僅以此來保護自己，也保護信任他的農民們的時候，他曾說，「這一次差點叫他們給逮著了！」現在他們真把他逮著了，捉住了。他們把他有孕在身的妻子和他的兒子們也一併抓走了，因為他們認為，如果把他們斬盡殺絕，就不會再有叫哈拉米約的人能繼續鬥爭了。他們不知道，五個哈拉米約的死，提供了最好的肥料，孕育了五百個、五千個新的哈拉米約的生命和行動。這就是今天當地的一個農民跟我們說的：

「領袖走了。現在我們大家都是哈拉米約。」

哈拉米約為什麼戰鬥不歇？

「請進，請進。要是知道你們要來，我們會準備點兒啥的。好吧，請坐。我想呢，一個農家煎餅，再來個玉米鹹餅，這我們還是拿得出來的。然後我們就說說稻子的事情。哎，娘兒們，給先生們加點辣。別擔心，咱不缺糧。另外，這些女人可能幹著呢，就說這個姑娘吧，她能煎一下午的餅。先生們，沒錯，我很高興能有人來

看我；有人來看我，我興奮得都要開個慶祝會啦。可現在我們很悲痛。領袖走了。可那些問題還在。我們的問題都有年頭啦，我的先生們。這是這塊土地上所有農民的問題。為了得到公正的待遇，在這裏我們鬥爭了很久了。一開始我們還害怕，現在我們都不怕了。我，就像瓦倫蒂娜[1]一樣，不怕他們來殺我，他們想殺我的話，馬上就能把我幹掉；我們擔心的是我們的人民，我們的家室。可跟你們說老實話，現如今情況很糟糕；這些天來，在莫雷洛斯，政府管得很嚴；現在，自打哈拉米約給他們殺害了以後，我們給看得比先前更嚴了，好像一幫可憐的農民個個都是危險人物似的。告訴你們，現在你們在這裡，跟我談稻子和田地的事情；到了晚上，莫雷洛斯州政府派來的大兵和警察就知道這事兒了。我很久以前就認識哈拉米約了，那時候我們剛剛開始跟薩卡特佩克蔗糖廠作鬥爭，現在他已經不在了。後來我們為了土地繼續鬥爭，而且一直在和蔗糖廠鬥。哈拉米約常來這裡；就是這兒，您現在坐著的地方，哈拉米約就坐過；他就坐在那裏跟我說，我們必須做些什麼，要是給了我們公正，我們又要做什麼。最壞的就是歐黑尼奧・普拉多當經理的時候。我們好多農民被殺害，他們從來不把我們在糖廠應得收入的帳單拿給我們看。普拉多現在還在這裡；他有好多地。先生們，要是有誰去找他，就會看到好多大莊園，可在這兒我們農民還是窮的很；我只有半公頃的地，種的是稻子，你們來的時候就看到的。薩帕塔是為這個而戰，薩帕塔是為這個而死的嗎？從普拉多的時代開始，糖廠就跟堂波菲利奧時代的莊園一個樣兒了。我記得，哈拉米約說過，糖廠是拉薩羅・卡德納斯為農民和工人辦的；可在這裏事實不是這樣，事實上我們比過去莊園裏的短工還要苦。哦不，後來新的經理梅里諾・費南多想幫助我們。可他什麼也幹不了，管理層還是老樣子，還是那幫人。董監會的成員從來不是由我們選出來

1　此指墨西哥大革命中的一位女英雄。

的。他們本應當為我們說話的。可他們不是我們的人，他們只聽政府的。他們是給真正管事的人強行安排上去的。現在糖廠和政府裏有人說了，說我們也許是共產黨。有可能吧：如果要求得到土地，要求不要再偷我們的錢，就等於是當共產黨，我們可能真是共產黨呢。因為在糖廠裡，一切都是赤裸裸的偷竊。他們是很會做手腳的。他們在秤上減重。我們知道我們是帶了多少去的；可薩卡特佩克的秤報出來的卻是另外一個數。最近這十年，一噸甘蔗才漲了兩披索。現在不進古巴的糖了，可他們還是不肯給我們更多的錢。我們拿這麼點兒份額，啥也沒賺到。只有管理階層的人才賺了錢。秤重甘蔗的時候，我們中了他們的圈套。他們產糖，產酒，產甘蔗渣，產蔗糖漿，我們又不能控制。薩卡特佩克的化驗員總是下結論說我們的甘蔗沒那麼多糖分，我們知道他在撒謊，可我們要辯的話，門兒也沒有。所有這些都把我們甘蔗的價格給壓下來了，而且這苦日子看來是沒有盡頭的了。我就說，他們是很會做手腳的：我們不知道賬目是什麼樣的，也不知道我們應該拿多少錢。可還有人以為這是個合作社呢。每年他們都會做些事；每個小甘蔗園其實都值很多錢，而因為糖廠說這些甘蔗園都是屬於社會服務機關的，我們農民還得為它們交錢。先生們，這是玩詭計的法律。在這裏沒有民主。許下的承諾，從來不兌現的。沒有為我們的子女設立的獎學金，沒有醫療服務。好幾次他們讓我們推其他的代表去糖廠的董監會，可沒有用。經理在董監會安插的都是些軟蛋；要是來了個稍稍硬氣點兒的，他們就花點小錢讓他軟下來。現在那個叫赫蘇斯·韋加的當著代表；啥用也不頂。就在這場鬥爭中，我們認識了哈拉米約。同時我們也認識了那個何塞·馬丁內斯。我記得普拉多是從那裡，從奇瓦瓦把他帶過來的，然後他就開始發揮才幹了。為了跟普拉多作鬥爭，哈拉米約曾創建了蔗農自衛委員會。他們先是試圖收買我們委員會裏的人，然後就嚇唬我們。那會兒那個何塞·馬丁內斯還只不過是個中尉；我記得有一次我們在薩卡特佩克開會，他就

用槍托砸門進來。他抓住了我，要送我進監獄；我就正朝著他的臉大喊：

『正像比森特・蓋雷羅[1]說的，若為真理所迫，死也無所謂！』

「除了這個，我們還得忍受科爾內赫・布魯姆將軍的威脅：

『你們不要聚在一起，小伙子們，你們要膽敢這麼做，我們就用機槍掃你們。』

「那些天裡，他們殺害了掌秤工奧岡波，他是我們的人，他常跟我們透露糖廠是如何運作的。他們把他殺害了，說是政府的人的槍走火了。我們很艱難，我的朋友們。我是無所謂給帶去見法官的。要是政府說我應該給判坐牢，我就去坐牢。要是說我應該給判死刑，我也就去受死刑。可我不想要他們像對哈拉米約那樣，在暗地裏害了我，連同我的家人。他們要是想這麼做的話，就能找出手槍的法律來。好，先生們，我想我們可以說說稻田的事了，你們不就是為這個而來的嘛。是誰殺害了哈拉米約的？嗯，就是他所從事的為了給農民和工人帶來公正的鬥爭。在那裡，在墨西哥城，那些人老講自由自由。什麼自由！什麼鬼東西啊！」這是一個種著半公頃稻田的農民在他狹小的磚坯房裏靠在爐灶邊跟我們講的。

無所畏懼

誰也沒哭；誰也沒表現出給嚇壞了的樣子。真正給嚇壞了的，也許正是這些罪犯，這些在一支自認為受人民擁護的、革命的軍隊裏任職的軍官，這些聽命於地主、惡霸、奸商的警察，儘管他們正面目扭曲地笑著，想掩飾心中的恐懼。魯文・哈拉米約、他的妻子艾庇法妮雅以及他的三個兒子里卡多、費雷芒和恩里克從來沒有表

---

1 比森特・蓋雷羅（Vicente Guerrero，1782-1831），墨西哥政治家，曾任墨西哥總統。

現出恐懼。在特拉基爾特南戈，在埃里蓋隆，在加雷阿納和薩卡特佩克，跟我們交談過的所有的男人和女人都是這麼跟我們說的。他們會笑，會勞動，就是不會恐懼。

哭鬼兒惡霸

「我們跟著哈拉米約起義的時候，有一次我們抓住了惡霸安赫爾‧阿翁迪茲，這傢伙是專門倒賣稻米的，向大兵告發過我們。他一給抓住就發著顫哭起鼻子來。哈拉米約就看著他，然後說：

『別害怕，堂安赫爾，我們不會要您的命的；我們就是要把您留下來跟我們待一塊兒而已。』

「這惡霸怕得不得了，飯都不想吃了。哈拉米約就看著他，然後說：『我說堂安赫爾呀，您就把這些餅吃了吧。您要再哭，我們就真的要您的命了。』

「後來，下山的時候，我們就把他給放了；扣著他啥用也沒有。現在那個安赫爾還在那裏偷農民的搶農民的東西。」

這是在埃里蓋隆附近的一個茅屋裡，哈拉米約的一個老戰友跟我們講的。

那麼現在，誰來呢？

汽車駛離了柏油路，向右轉，上了通向特克拉馬山的窄路。但汽車忽然停下了，就在那乾涸的窪地旁，四處是蒺藜、粗矮茂盛的樹木、髒兮兮的野蕨、散落在地的碎木和石頭堆。時為下午四點，頂上有廟宇、牆頭和托爾特卡人的球場的大山，開始把它的陰影投射在那隱秘之地的上方。他們被推推搡搡地趕下車。也許，魯文‧哈拉米約的眼神裏流過一道記憶和希望的河。也許他自問：那麼現在，誰來保護他們呢？誰來提出要求，讓米恰帕和埃爾瓜林的土地分給那五千個無地的、有權得到它們的農民，而不是給伊特拉橋、阿馬古薩克、瓦辛克蘭、克阿特蘭德爾利奧、特特卡拉和馬薩特佩

克的惡霸呢？惡霸們會把這些因為建了新的水渠而價值倍增的土地賣給別的老爺，賣給新的外居地主，新的村落領主，他們永遠做著墨西哥農村的主人。誰來阻攔他們呢？誰來為薩卡特佩克的農民和工人能夠有權自由地選出他們的代表而鬥爭呢？誰來為能擁有學校、醫療服務和公益事業一天天、一年年地疾呼呢？誰來呢，如果他們殺害了哈拉米約這個土匪，哈拉米約這個兇手，哈拉米約這個罪犯，哈拉米約這個歹徒，這個從少年時代、從薩帕塔的時代就開始為所有這一切鬥爭的人？也許他就想了一會會兒；也許他否定了這個想法，這想法與哈拉米約真正的信念無關。這是一個他與他的千萬個追隨者們共同擁有的信念：他們團結在一起，去訴求，去阻攔，去鬥爭，去自衛。「領袖走了。現在我們大家都是哈拉米約。」那個所謂的土匪走了。殺害他的人，才是真正的土匪。

哈拉米約為什麼死的？

「艱難的日子是從二月份開始的，就是十五號那天，我們被大兵趕出了米恰帕和埃爾瓜林平原。先前我們去過農業部，他們是要給我們土地的；可事實上他們盡是在兜圈子，我們之前已經做過登記，啥都安排好了；可是沒過多久，那些政客知道這些土地會用新的溝渠灌溉後，就故意拖延時間，卡賓槍槍口對準我們，把我們趕了出去。這些平原有兩萬七千公頃；我們，就五千來號人，只想要一萬四千公頃地，餘下的部分就安排給別的地方的人，跟我們一樣窮困的人，沒有地的貧農。我們都能成為朋友。土地，只要用愛去培養，就能和陌生人交上朋友。我們要土地，為所有的人。」

這是在加雷阿納附近一塊彎彎曲曲的稻田裡，一個年輕的農民跟我們講的。他的腳踝浸沒在田裡。

罪行

他們被推推搡搡地趕下了車。哈拉米約忍無可忍了；這個男

人，生著皺紋道道的臉龐，灰色的小鬍子，閃亮、狡黠的雙眼，戴著草帽，穿著混紡布上衣，是田間的一頭雄獅；他朝那夥兇手猛撲過去；他要保衛他的妻子和孩子，特別是他快要降生的孩子；他們用槍托把他砸倒在地，打瞎了他的一隻眼睛。湯姆遜衝鋒槍開火了。艾庇法妮雅朝兇手們撲去；他們撕碎了她的披巾和長裙；他們將她摔倒在滿是石子的地上。費雷芒朝他們破口大罵；他們再次開槍射擊，費雷芒彎腰倒下了，他身邊就是有孕在身的母親；他還沒有斷氣，他們就把他的嘴扒開，抓起滿手的泥，撬開他的牙，大笑著往他的嘴裏塞滿泥土。然後就快了：里卡多和恩里克也倒下了，身上滿是槍眼；衝鋒槍朝著五個倒地的身體又是一通掃射。兇手們等著他們全部斷氣。他們仍奄奄一息。他們掏出手槍，貼近她和那四個男人的額頭，完成了最後一擊。

寂靜又一次籠罩了赫奇卡爾科。

汽車開動。

兀鷲拍扇著翅膀飛開了，山羊撒腿飛奔。

「我什麼也做不了」

「魯文當時就在那裡，在院子裏鋸一根木頭，要搭個雞窩。然後政府的人來了。他們中的一個用衝鋒槍對準了他。我跑過去，一把抱住那個人。

『您別害怕，』我朝那個人喊道，『我爸爸不會跟你們怎麼樣的。』

「綽號『畫家』、曾是我父親的朋友的埃里貝托・艾斯皮諾薩朝家門口走去，我攔住他，

『如果您沒有一張法院的搜捕令拿給我看，您就不能進來。』

『說得對啊，小姑娘，』他笑笑說，『你應該念過大學吧。』

『您出賣了魯文，』我跟他說，『您比猶大還壞，猶大還沒殺人呢。』

「何塞·西梅內斯上尉在外面吼道，『要是哈拉米約還不出來，我們就朝房子裏掃機關槍了！』

「跟我們一塊兒的鄰居們抗議起來。有一個壯漢，沒戴帽子，穿著黃襯衫，拿著把拉開栓的手槍，跟馬丁內斯説：『裏面有一家子人。您不能開槍。』

「我的弟媳，就是費雷芒的妻子，打開了門，就有一群士兵衝了進去，槍口對準了我的父親。我趁著這幫暴徒不注意，披上頭巾就往市政廳飛奔過去。『啊，大人哪』，我對市長説，『他們把魯文抓走了。得保護他呀。』」「他回答我説：『我什麼也做不了。他們是帶著檢察院的搜捕令的。他們就是把他抓起來而已，半個鐘頭以內他就會回來的。』

「這是星期二下午兩點鐘發生的事情。到了星期四，有人告訴我們，他們被殺害了，於是星期五我就去特特卡拉醫院看他們。我的媽媽和里卡多躺在木板上，其他人都躺在地上。味道很難聞。費雷芒，他可是個勇敢的小伙子啊，被他們打得面目全非，嘴裏滿是泥土。我的母親中了十二槍；有一槍打在額頭上。她的披巾和長裙都被撕碎了，血跡斑斑……聽人説，就連那個還沒出生的小生命也給打了一槍。」

這是在特拉基爾特南戈，艾庇法妮雅的女兒、哈拉米約認養的拉奎爾在她父母的家中跟我們講的。

赫奇卡爾科，祭壇

在山頂上平地的中央，矗立著赫奇卡爾科廟。一條石頭的河流環繞在它四周：那是羽蛇神魁扎爾科亞特爾的雕帶。那流動的羽毛、長長的舌頭、有力的蛇軀，將雕著的人、美洲豹和木棉團團圍住。生命彷彿被神靈囚禁了起來。雕刻在一塊已被蝕爛了的花崗岩上的雄鷹，逃不出盤繞成數圈的蛇身。兔子一碰到那分叉的蛇舌，就倒地身亡。蛇的顎骨大張，吞噬著蝸牛殼狀的太陽。一切的蝸

旋、項鏈、盾牌、羽飾都在這登峰造極的野蠻面前俯首稱臣，幾百年的歲月沒能抹去這長長的、巨大的、全能的死亡象徵身上的黃色顏料。這石砌的祭壇，盛滿犧牲的器皿，和另一個祭壇，那建在路邊的、靠著窪地的、坐落在亂石堆上的祭壇有什麼區別？在那亂石堆上，靜靜地躺著五具屍體。在那亂石堆上，就連樹木上都佈滿了點四五口徑的子彈留下的彈孔。夜幕降臨在我們面前。我們互相望著，並不說話。艾庇法妮雅曾對「畫家」埃里貝托這個出賣了哈拉米約的猶大說：

「您是吸食同類的鮮血的，現在您要來吃我們了。」

另外的食人者是法官、達官貴人、神父；還是一樣的墨西哥式的野蠻，還是一樣的墨西哥式的恐怖，不論是黑夜的，還是白天的。墨西哥式的野蠻和恐怖的新勢力坐在金椅上，主持著舊的血的祭禮。州長。將軍。惡霸。議員。商人。貪官。但他們需要鮮血，並不是為了供奉神靈、太陽或是大自然，也不是為了平息不馴者的怒火。他們需要鮮血，為的是增肥他們的銀行帳戶，偷搶耕作著土地的人的土地，讓數百萬的農民仍然處在饑餓、疾病和愚昧之中。對這數百萬的農民來說，墨西哥革命只是一個現在的謊言，仍是一個將來的承諾。

不，不是眾神的殘忍野蠻，而是人們的並非不可戰勝的不平等殺害了魯文·卡拉米約和他的家人的。

「要是一個土匪死了……」

「我失去了我的女婿魯文，先生，他可是我生活的支柱啊；我失去了我的女兒艾庇法妮雅，還有我的三個外孫，二十二歲的里卡多，十八歲的費雷芒，還有十六歲的恩里克。魯文當時給放在一張桌子上。

「『你們要怎麼帶他走？』我當時問道。

「『向您保證，他不會出任何事的。您別擔心。』那個拿著拉

開栓的手槍的人説。

「『他有保護狀的，他有一張總統令。』我跟他説。

「『哦，保護狀總統令也沒用。』

「我外孫費雷芒就把保護狀拿給他看，那個人一邊把保護狀收到口袋裡，一邊朝魯文喊道：『走吧，混蛋。』

「『你們這些膽小鬼，無恥之徒，你們要去哪裡？』「我們要把所有的老太婆殺光。

「『我無所謂。你們就是一群膽小鬼。』

「魯文的兩隻胳膊被疊著捆在一起，他就像隻被帶往屠宰場的羊羔。我知道這夥人要殺了他們的。我瞭解他們。他們是一幫無恥之徒，先生，他們都是些膽小鬼。魯文的哥哥波菲利奧就是那麼死了的，魯文的好哥們堂佩德羅·洛佩茲就是那樣被抓走的。我知道他們永遠不會回來了，當他們給士兵押著慢慢離開的時候，我就祈禱：聖父啊，我把你的子女的靈魂交在你的聖手裏了。隨你所願吧。魯文常跟我説，跟我説：『甘當拯救者的人，要被釘死在十字架上的。』他們把他殺害了，因為他老給窮人做好事。窮人們一會兒求他給寫個狀子，一會兒求他去首都跑一趟，一會兒求他來保護他們，因為在土地上不停幹活兒的人，卻給搶走了他的土地。有時候，他手頭緊得很，他們就給他五披索或是十披索當路費，或者是打官司的費用。他從來不向農民索取什麼。他靠著自己的田，種他的番茄，種他的玉米，種他的稻子維持生計。孩子們種田，艾庇法妮雅縫衣服，拿出去賣。我們就這樣過日子的。州長常把他叫來，勸他説：

「『我說啊魯文，你就別在土地的問題裏瞎摻合了。你自己有吃的，有自己的田，有自己的房子；你就讓那些暴民給抓走得了。』

「『不，州長，』魯文總是說，『只要我有肉吃，我就希望別人也有肉吃；只要我有一塊田，一間房，我就希望別人也有自己的

田，自己的房子。』

「不久前，有個不算壞的警察跟他説：

「『你快逃吧，我們得到命令要來抓你了。』

「魯文不想過逃亡的生活；他想安安穩穩地過日子，同時保護農民。現在，在墨西哥城，報紙上把他説成是一個土匪，一頭野獸，這又是一樁卑鄙行為。要是一個土匪死了，他就一個人死掉。可魯文給運去下葬的時候，有五千個農民送行。霍胡特拉城的市長簽了一張一千三百披索的支票，讓殯儀館給我們提供五口棺材。魯文的弟弟雷耶斯給了那張支票的錢，但他把魯文的田和田裏收來的稻子據為己有了。他們搶走了我們所有的文件，那些曾給農民説話的人也都給他們殺害了。我的閨女，唉，先生哪！她可是我唯一的女兒。我昨晚是坐著睡的，因為這個病，要是我躺著睡，就起不來了。我大半截身子已經在那一邊了，我啥也不需要，啥也不想要；我的孩子們為了保護窮人獻出了他們的生命，我很自豪，我還有孫子孫女，我要養他們。魯文的土地就是我們的土地。我們會為這土地奮戰。」

這是艾庇法妮雅的母親羅莎・加西亞跟我們講的。這個八十歲的老人因為得了一種能使人變畸形的風濕病而癱瘓了。她坐在魯文・哈拉米約的臥室旁的那張長凳上，就像一個布娃娃。

《墨西哥年代》

在上層的人們

母親節

　　每天早上，爺爺都會使勁地攪一杯即溶咖啡。他緊攢著湯匙的樣子，就像是當年堂娜科羅蒂爾德、我已故的奶奶緊抓攪拌棒的樣子，也像他自己、比森特·韋爾加拉將軍緊握馬鞍頭的樣子，現在這副馬鞍就掛在他臥室的一面牆上。然後他打開龍舌蘭酒瓶，倒了半杯。他並不攪和龍舌蘭酒和雀巢咖啡。讓這白色的烈酒自己沉下去吧。他望著龍舌蘭酒瓶，他準會想，多麼鮮紅的血在流淌，多麼純淨的酒，在那一場場偉大的戰役裡，在奇瓦瓦和多里昂，在塞拉亞和加韋拉內斯山口，這酒讓鮮血沸騰、燃燒起來，那個時候，男人們個個是好漢，酩酊大醉的快意與投身戰鬥的豪情難以區分，是的，恐懼在哪裏藏身呢，既然歡樂就是廝殺，廝殺即是歡樂？

　　這些話他幾乎都是大聲說的，同時他一口口地呷著攪了酒的咖啡。現在已經沒有人會做他喜歡喝的那種聞著有泥土和黑糖味道的煮咖啡了，真的是沒人會做了，就連那對從莫雷洛斯的糖廠過來的佣人夫婦也不會。就連他們都喝雀巢咖啡；這東西是在瑞士造出來的，那是世界上最乾淨、最有秩序的國家。韋爾加拉將軍似乎看到

了白雪皚皚的群山和掛著鈴鐺的乳牛，卻並沒有提高嗓門兒說什麼，因為他還沒有安上假牙。那副假牙泡在水裡，靜靜地躺在他面前那個杯子的杯底。這是他鍾愛的時刻：靜謐，迷夢，記憶，無人點破的魔幻。真奇怪啊，他歎了口氣，他已經活了這麼久，現在找回的記憶，竟像是個甜蜜的謊言。他繼續回想著革命的年代，回想著奠定了現代墨西哥的一場場戰役。然後他把在他的蜥蜴舌頭和堅硬牙床間迴旋往復的那口水嘩的吐了出去。

這天早上我見到我爺爺，比平常要更晚些，遠遠地看到他，像往常一樣趿著鞋子走在客廳的大理石地面上，拿塊大花巾擦著他龍舌蘭顏色的眼睛，把永不絕跡的眼屎和無心湧出的眼淚抹去。我就這樣遠遠地望著他，他就像是沙漠裏的一株植物，只不過是一株能移動的植物。一株綠色的、柔韌的、和北方的平原一樣乾燥的老仙人掌，其外表是不足信的，因為它把一個又一個夏天的稀少的降雨暗暗地儲藏起來，讓雨水在其體內發酵：水從他的眼裏出來，並不足以洗浴從他頭頂掛下來的一綹綹白髮，這些白髮就像枯死的玉米穗子長出的毛。在照片裡，他騎在馬上，看上去很高大。當他趿著鞋子，無所事事、老態龍鍾地走在佩德雷嘉爾區這幢大宅子客廳的大理石地面上時，看上去又小又瘦，就一把骨頭，那身皮似乎為不能與骨骼分離而絕望不已：那骨架也老了，處於緊張的狀態之中，吱嘎作響。但這把骨頭不會屈服於任何人，不會的，誰敢呢。

我又感覺到每天早上都會有的不快，看著韋爾加拉將軍漫無目的地在客廳、起居室、長廊裏蕩來蕩去，我感覺自己像是個縮在角落裏的小老鼠，焦躁不安。尼科美德斯和恩格拉西雅剛剛跪著擦洗過的地面上散發著抹布和肥皂的味道。這夫婦二人不肯用電動工具。他們說「不」的時候，卑微裏顯現出崇高的尊嚴，令人肅然起敬。爺爺支持他們，他就喜歡打了肥皂的抹布散發出的味道，所以尼科美德斯和恩格拉西雅每天早上就一點一點地擦洗大理石地面，大理石是薩卡特卡斯產的，儘管我的父親阿古斯丁·韋爾加拉律師

先生說過，這大理石其實是從卡拉拉[1]進口的，不過不要聲張，別讓誰曉得，這個是違法的，到時候給我來個「從價稅」，那就什麼派對也辦不了啦，你就光彩照人地上報紙吧，你就完了，做人要低調，就算苦幹一輩子讓子女享福，都要因此心存愧怍……

我一路跑出房門，一邊跑一邊套上艾森豪牌夾克衫。我進了車庫，上了那輛紅色「雷鳥」，發動引擎，隨著發動機的轟響，車庫的滑升門自動打開，我就不顧一切地高速衝了出去。我的心裏面有一絲謹慎，提醒我，尼科美德斯也許就在那裡，在車庫和堅實的大門之間的那條路上，正在收澆水管，或是在修剪石縫裏冒出來的人工栽培的草。我想像著他在半空中飛行的樣子，被汽車撞成無數碎片的場景，又加快了車速。雪松木的大門，被夏天的雨水刷去了不少顏色，膨脹了些許，便也吱吱呀呀地自個兒敞開了，雷鳥從安在石頭裏的兩個電眼前疾馳而過，現在好了：我飛速地拐向右邊，輪胎發出尖厲的叫聲，我想我看到了波波卡特佩克火山的皚皚雪峰，這是海市蜃樓，我又加快車速，早上氣溫很低，高原上自然生成的霧氣緩緩上升，與處在一圈山巒和高空寒氣壓力的封堵之中的濁霧層相匯在一起。

我加快車速，一直開到環城高速的入口處，然後我深吸了口氣，加速，不過現在平靜下來了，沒有什麼好擔心的了，我可以繞城跑一圈，兩圈，一百圈，隨我跑多少圈，駛過千萬里程，感覺自己並不在動，感覺自己永遠在起點上，同時又在終點上，一樣的水泥築就的地平線，一樣的看板，將啤酒、尼科美德斯和恩格拉西雅痛恨的電動吸塵器、肥皂、電視機，廣而言之，一樣的低矮的綠色小房子，安著鐵欄的窗戶，鐵窗簾，一樣的油漆店，修理店，門口放著塞滿冰塊和汽水的冰櫃的街頭小店，用打了凹紋的薄板拼成的屋頂，隱沒在成千個貯水塔間的一個又一個殖民地時代教堂的圓

---

1 卡拉拉（Carrara），義大利地名，以出產大理石著名。

在上層的人們

頂，微笑著的著名人物，滿面紅光，星光璀璨，剛剛畫好，隆重登場，耶誕老人，金髮女郎，戴著瓶蓋形王冠的可口可樂的白色幽靈，唐老鴨，下面是千百萬的次要角色，出售氣球、口香糖、彩票的小販，穿著沙灘鞋和短袖襯衫、聚在自動唱片機周圍、嚼著口香糖、吸著菸、開心地講著笑話的年輕人，運送建築材料的卡車，魚貫而過的大眾轎車，塞爾萬多修士大街出口處發生車禍，騎摩托車的警察，交警，賄賂，堵車，車喇叭，罵娘，再一次發動引擎，自由自在，還是一樣，第二圈，一樣的路程，貯水塔，普魯塔克，送氣車，送奶車，急剎車，奶罐翻倒，滾落，撞擊在柏油路面上，撞在高速公路護欄上，撞在紅色雷鳥上，奶潮起落。普魯塔克的車的擋風玻璃一片白。普魯塔克進入霧裡。白茫茫濕漉漉一片擋住了普魯塔克的視線，它也沒長眼睛，看不見，也讓他隱身不見，牛奶浴，惡毒的奶，攪了很多水的奶，你媽的奶，普魯塔克。

　　沒錯，名字是用來開玩笑的，在學校裡，他們就曾跟我說，什麼？什麼？再說一遍？韋爾加[1]，拉拉，阿啦唄哦，阿啦吧嗚，啊啦乒乓吧，韋爾加，韋爾加，拉，拉，拉，點名的時候，總會有個愛開玩笑的傢伙說「韋爾加拉・普魯塔克，到！立正！」或是「到！正在睡覺！」，然後課間休息時就是一通亂拳，我在十五歲的時候迷上了小說，我就發現有個義大利作家好像叫做喬凡尼，不過這個並不會讓國立預科學校裏那幫好搗蛋的小兔崽子覺得怎樣的。我沒有上培養神父的學校，因為首先爺爺說這絕不可以，要不然當年還搞革命幹嘛，然後我的律師爸爸說好啊，老爺子說的對，有很多人儘管在公眾面前臭罵神父，在家裏還是信徒，這樣做有利於維護形象。而我其實更想像我的爺爺堂比森特那樣幹，有一回也有人跟他開那樣的玩笑，他就下令把那傢伙的雞巴給割了。您就是個伸不長的小雞巴，就是個沒用的小小鳥，那個俘虜罵他說，韋爾

1　verga 在西班牙語中有「陰莖」的意思。

加拉將軍就說，割了吧，現在就動手。從那時候起他就被人叫作「睾丸」將軍，小心你的睾丸，笑一笑，別殺我，以及其他這樣的歌詞，在潘喬·維亞的隊伍與聯邦軍進行的偉大戰役中傳唱，當時比森特·韋爾加拉還很年輕，卻已久經沙場，跟在「北方人馬怪」[1]的隊伍裡，後來在塞拉亞一役失利後，又投靠了奧夫雷貢[2]的部隊。

「我知道人家都是怎麼說的。要有人跟你說你爺爺換過外衣，你就讓他說去。」

「可是誰也沒跟我說什麼呀。」

「聽我說孩子，維亞從杜蘭戈的大山裏出來的時候，原本是一無所有的，他一個人把所有對現狀不滿的人都拉了出來，組建了這個北方營，結果了醉鬼韋爾塔的獨裁統治連同他的聯邦軍隊。這是一回事。可他起來反對卡朗薩[3]，反對講法律的人，這就是另外一回事了。他還想繼續打仗，只要有地方打仗，就打，因為他沒法停下來了。奧夫雷貢在塞拉亞把他打敗以後，維亞的軍隊就自行解散了，他的人全都回到他們的玉米地裏，回到他們的林子裏去了。維亞就去挨個兒找他們，勸他們說，要繼續造反，他們說不，看哪大將軍，他們都回到老家裏了，他們又和他們的老婆孩子在一塊兒了。然後那些可憐鬼就聽到幾聲槍響，回頭一看，他們的房子給燒了，家人都給殺掉了。『現在你沒有房子，沒有老婆，沒有孩子了。』維亞跟他們說，『還是跟我走吧。』」

「也許他很愛他的部下呢，爺爺。」

「誰也別說我做過叛徒。」

「誰也不說。沒人記得這些東西啦。」

1　此指潘喬·維亞。

2　參見 P.273 註 1。

3　卡朗薩（Venustiano Carranza），分別於 1914 年、1917-1920 年擔任墨西哥總統。

　　我仔細想著自己剛才說過的話。潘喬‧維亞很愛他的部下，他不能想像他的士兵不是同樣地對待他。在他的臥室裡，韋爾加拉將軍有很多發黃的照片，有一些是從報紙上剪下來的。他跟革命中所有的頭頭都合過影，因為他跟過所有人，為所有人服務過，輪著來。長官換來換去，比森特‧韋爾加拉的衣裳也換來換去，他從淹沒了堂潘奇托‧馬德羅的人群裏露出頭來，那一天是那位小小的、脆弱的、天真的、奇蹟般的革命聖徒著名的進京之日，他把集所有大權於一身的堂波菲利奧趕下臺，靠的只是一本書，而且是在一個遍佈文盲的國家，別跟我說這不是個奇蹟，年輕的比森特‧韋爾加拉就在那裡，戴著他皺巴巴的沒纏絲綢條的氈帽，穿著沒有硬領的襯衫，粗人當中的又一個，爬到卡洛斯四世國王騎馬雕像上，這一天就連大地都顫抖了，就跟我們的主耶穌基督遇難的那天一樣，馬德羅所受到的熱烈讚頌，彷彿成了他的磨難。

　　「除了對聖母的愛和對美國佬的恨，再沒有什麼能像這椿反叛的罪行一樣把我們團結在一起了，就是這樣，全體人民都起來反對維克托里亞諾‧韋爾塔，因為他殺害了堂潘奇托‧馬德羅。」

　　然後是金牌上尉比森特‧韋爾加拉，胸前交叉著兩條子彈帶，戴著草帽，穿著白色短褲，和潘喬‧維亞一塊兒吃著玉米餅，旁邊停著一列火車，接著是護憲軍上校韋爾加拉，戴著德克薩斯出產的禮帽，穿著咔嘰布製的軍裝，年紀輕輕，風度翩翩，緊緊依靠著堂貝努斯蒂亞諾‧卡朗薩[1]威嚴的、拒人於千里之外的身影，他是革命的第一位領袖，一副茶色玻璃眼鏡和一部長及衣服鈕扣的鬍子使他令人捉摸不透，這簡直像一幅家庭照，一個一身正氣而不失嚴屬的父親和一個恭恭敬敬、中規中矩的兒子，這個比森特‧韋爾加拉可不是那個後來在阿瓜普列塔以反對卡朗薩的個人主義起事的擁戴奧夫雷貢的上校，那個擺脫了父親的監護的比森特‧韋爾加拉，這

1　參見 P.345 註 3。

位父親在特拉卡朗通戈村裏一張涼蓆上酣睡時，被一陣亂槍打死。

「他們死的時候，都多年輕喲！馬德羅沒活滿四十歲，維亞活了四十五歲，薩帕塔三十九歲，就連看上去那麼老的卡朗薩也不過活了六十一歲，我的奧夫雷貢將軍活了四十八歲。告訴我，孩子，我是不是個倖存者，全憑運氣，如果我命中註定就該年紀輕輕時死掉，全靠僥倖，我才沒有給埋在那裡，在一塊有兀鷲光臨、長滿萬壽菊的破地方，我要是那時就死掉，也就沒有你了。」

這個韋爾加拉上校，在宴席上，坐在阿爾瓦羅・奧夫雷貢將軍和哲學家何塞・巴斯孔塞洛斯之間，這個韋爾加拉上校，留著德皇式的鬍子，穿著深色高領閱兵服，佩著金綬帶。

「一個狂熱的天主徒殺害了我的奧夫雷貢將軍，孩子。唉。我參加過所有人的葬禮，所有這些你現在見到的人，全都死得慘烈，我就單沒有參加過薩帕塔的葬禮，他是給秘密埋葬的，為的是能夠宣稱他還活著。」

這會兒比森特・韋爾加拉將軍已經一身平民打扮，快要告別自己的青年時代了，穿著很仔細，很考究，淺色的華達呢西服，領帶上鑲著珍珠，莊重肅穆，因為只有這樣他才能跟這個臉如花崗岩、生著雙虎眼的男人握手，這是革命的最高領袖，普魯塔克・埃利亞斯・卡列斯[1]。

「這可是個偉人啊，孩子，從卑微的學校教員做到總統。誰也接不住他的目光，誰也不行，就連那些經受過假槍斃的可怕考驗、覺得自己時辰已到也不眨巴一下眼睛的人，連他們都不行。這是你很小的時候，普魯塔克。他是你的教父，孩子。你看他，你看你躺在他懷裡。你看我們，給你施洗禮的那一天，全國團結日，那一天我的卡列斯將軍結束流亡生涯回來了。」

「為什麼要給我施洗禮呢？難道您還支持教會嗎？」

1　參見 P.300 註 2。

「這兩樣事情有什麼聯繫呢？我們總不能讓你沒有名字啊。」

「不，爺爺，您也說，聖母讓我們墨西哥人團結在一起，是不是？」

「瓜達盧佩聖母是革命的聖母，獨立運動中伊達爾戈的旗幟上出現的那一位和大革命家裡薩帕塔[1]的旗子上的那一位是同一個，大慈大悲的聖母。」

「多虧了您，我才沒有去培養神父的學校。」

「教堂只在兩件事情上發揮作用，好好地生和好好地死。明白嗎？可是在搖籃和墳墓之間，不歸它管的事，它就別來插手，還是老老實實地給小兔崽子們施洗禮，給靈魂作祈禱吧。」

我們這住在佩德雷嘉爾區的大宅子裏的三個男人只在喝下午茶的時候才聚到一塊兒，茶點內容仍然由我的將軍爺爺來安排。清湯、濃羹、炸菜豆、零嘴和巧克力汁。我的父親堂阿古斯丁·韋爾加拉律師先生不喜歡這些鄉下菜，為了施以報復，他就吃很長時間的午飯，從三點吃到五點，要嘛在黑納飯店，要嘛在黎沃里飯店，在那些地方，狄安娜會點份排骨，蘇茜特會點份炸鮮奶。喝下午茶的時候，最讓他忍受不了的是將軍的一個古怪習慣。吃完東西後，老爺子會把他的假牙掏出來，浸到半杯熱水裡。然後加半杯涼水。一分鐘過後，他把這個杯子裏的水倒一半到另一個杯子裡。然後再往第一個杯子裏加熱水，倒一半到第三個杯子裡，再用第二杯的溫水倒滿第一個杯子。肉、菜、玉米餅的殘渣游動在三杯濁水裡。然後他從第一個杯子裏取出假牙，分別在第二個和第三個杯子裏泡過，待到溫度合適，就往嘴裏放上牙，再按按下頜，就好像合上一把鎖似的。

「溫溫的剛好，」他總是說，「獅子的嘴巴，啊哈哈。」

「真是出醜。」這天晚上我爸爸阿古斯丁律師先生說，他用餐

---

1 參見 P.238 註 1。

巾擦了擦嘴，滿帶鄙夷地把餐巾扔在桌子上。

　　我吃驚地望著父親。他從沒說過什麼，爺爺例行這假牙的儀式已經有年頭了。將軍的不緊不慢的魔術，讓阿古斯丁律師先生感覺噁心不已，他還得強忍住。可是在我眼裡，爺爺可真好玩呢。

　　「您真是出醜，真噁心。」律師先生又說了一遍。

　　「嘿！」將軍揶揄地看著他，「從什麼時候起，我在自個兒家裏也不能隨心所欲啦？我自個兒的家，我再說一遍，不是你的，小丁，也不是你的那幫狐朋狗友的……」

　　「我永遠也不能把他們請來這裏玩，除非我事先把您藏到一個衣櫃裡，拿鑰匙鎖上。」

　　「你煩我的假牙，不煩我的錢吧？好，我們走著瞧。」

　　「這樣很不好，很不好，很……」爸爸哀傷地搖著頭說。我們從沒見他這樣哀傷過。他不是一個嚴屬的人，只有一點點愛擺譜，即使是在他最輕浮的時候。然而，他由衷的悲傷很快就煙消雲散了，他望著爺爺，冷冷的眼神中帶著挑釁，臉上現出一絲嘲諷的神色，我們都看不大懂。

　　然後我和爺爺去了他的臥室，我們有意避開這些話題。他的臥室與房子裏其他地方都很不一樣。我爸爸阿古斯丁律師先生請一個職業裝潢設計師打理一切，他就給我的大房子塞滿齊彭代爾式家具，巨大的枝形吊燈，讓人感覺身臨其境的魯本斯的畫。韋爾加拉將軍說，所有這些對他來說都不值一提。大概在二〇年代的時候，他和他已故的堂娜科羅蒂爾德在羅馬區蓋了他們的第一幢房子，那時候他們常用的東西他仍留著，拿來裝點他的臥室，他保留著這個權利。床是鍍金的，儘管有一個現代式樣的衣櫃，將軍還是擺上一個又舊又重、桃花心木的裝著鏡子的衣櫥，就把那衣櫃的門給堵住，似乎有意要給它罪受。他滿懷深情地望著他的老衣櫥。

　　「每回打開它，我都還能聞到我的科羅蒂爾德衣服上的味道，她多賢慧啊，床單都熨得平平整整的，衣服都漿得乾乾淨淨的。」

這個房間裏有好多現在已經沒人用的東西，比如一個大理石檯面的梳妝櫃，陶瓷製洗手盆，還有頎長的裝滿水的水罐。銅痰盂和柳條搖椅。將軍在晚上總要泡個澡，不知為什麼，爸爸讓我陪著他，我們倆就一起去浴室，將軍拿著他的帶有手繪的小鴨和鮮花圖案的水罐還有他的城堡牌肥皂，他不喜歡現在人們常用的那些帶香水味、牌子名字難讀的肥皂，他說他既不是電影明星，也不是人妖。我幫他脫下晨衣、睡衣和厚厚的平底拖鞋。進了貯著溫水的浴缸後，他就給搓澡刷上肥皂，然後就開始有力地搓起身子來。他跟我說，這有利於血液循環。我跟他說，我更想沖個澡，他說，馬才沖澡呢。然後，不用他吩咐，我拿起水罐給他沖去肥皂泡沫，把水澆在他的肩上直至倒完。

「爺爺，我一直在想你跟我說的關於維亞的事情。」

「我也在想你答我的話，普魯塔克。也許是吧。有時候，我們是多麼需要別人啊。所有的人都一個接一個的死了。新的人生出來，又沒有用。跟你一起生活過、戰鬥過的朋友死了，你就一個人了，一下子就孤零零的了。」

「您記得好多有意思的東西，我就喜歡聽您講。」

「你是我的小朋友。不過不一樣。」

「您就設想我跟您一起幹過革命嘛，爺爺。您就假想我……」

我忽然感到一陣胸悶，坐在浴缸裡、身上重新擦了肥皂的爺爺抬起沾滿白色泡沫的眉毛疑惑地看看我。然後他用他滴著水的手掌抓住我的手，狠狠地按了按，然後他飛快地轉換了話題。

「你的老爸在忙些什麼呢，普魯塔克？」

「誰知道呢。他跟我是沒話講的。這您知道的，爺爺。」

「他從來沒跟我頂過嘴。我都喜歡上他在吃晚飯的時候跟我回嘴的樣子了。」

將軍笑了，伸手在水面上狠狠拍了一下。他說我爸爸總是個懶胚，吃現成的，做正經生意，那時候卡德納斯將軍頒給卡列斯派的

榮譽是把他們統統趕出政府。他一邊洗著頭，一邊說，在此之前，他還是靠軍官津貼過活的。卡德納斯逼他不能再靠政府預算過活，要去生意場上謀生路。舊莊園產不了什麼了。農民們一把火把它們統統燒盡然後就跑去造反了。他說，卡德納斯在分田地的同時，生產還是要進行的。阿瓜普列塔的人們就合夥買下沒有被納入莊園制的小地塊，當上了小業主。「我們在莫雷洛斯種甘蔗，在錫那羅亞種番茄，在科阿韋拉種棉花。卡德納斯讓他的村社開始運轉，這個國家的人民就有吃有穿的了，但村社沒有運作起來，因為每個農村人真正想要的是他他自己的一塊地，他他自己名下的一塊地，懂嗎？我讓事情走上正軌，你的爸爸不過是在我一天天變老的時候做做管理工作。我傲慢的時候，他就想想這個吧。不過他的話叫我喜歡。他一定是脊椎都要挺破身子了。他在忙什麼呢？」我聳聳肩，生意和政治，我哪樣都不感興趣，這裏面有什麼大風大浪呢？這能和我爺爺經歷過的大風大浪相比嗎？爺爺的經歷才真正讓我感興趣。跟這麼多爺爺跟頭頭們的合影放在一起，我的奶奶堂娜科羅蒂爾德的照片顯得與眾不同。背景前單就她一個人，旁邊是一張桌子，上面擺著一個滿插雛菊的花瓶。爺爺要是個教徒，就會在上面擺上幾盞小燈了，我心想。相片框是橢圓形的，照片上留有簽名，一九一五年，攝影師古鐵雷斯，瓜納華托州利昂人。這個舊時代的小姐，就是我的奶奶，看上去像個布娃娃。攝影師給相片加了些淡玫瑰色，堂娜科羅蒂爾德只在嘴唇和臉頰上泛著紅，混雜著嬌羞和性感。她真的是這個樣子嗎？

「她是個標緻的美人兒。」將軍跟我說，「她很小就死了娘，她爹因為做過投機倒把的買賣，給維亞抓去槍斃了。維亞每到一地，就免除窮人的債務。可他覺得還不夠。他下令把所有的放債人統統槍斃，以示懲戒。我覺得唯一受了懲戒的人就是我可憐的科羅蒂爾德。要不是我帶走了她，這個小孤女就會接受第一個向她提出保護她的男人的。在那地方，女孩子沒了爹娘，要嘛就淪為軍妓，

要嘛就運氣好點做了流浪藝人，不管怎樣，只要能活下去。然後她就學會深深地愛我了。」

「您一直都愛她嗎？」

爺爺點點頭，他全身都鑽進了被子裡。

「您不就是利用了她的無依無靠嗎？」

這時，他狠狠地瞪了我一眼，然後猛地關上燈。我坐在一團漆黑裡，還在柳條椅上搖著，自覺尷尬的很。一時間只能聽到搖椅發出的聲音。然後我站起身，踮著腳前進，打算不跟將軍道晚安就溜之大吉了。可眼前浮現出的一個苦痛而單薄的幻影讓我停住了腳步。我看到我的爺爺死了。他在黎明時分死去，平平常常的一個早晨，為什麼不會呢？那我就再也不能跟他說我有多愛他，再也不能了。他的身體很快就變得冰冷，我的話語也跟著熱度盡失了。在黑暗中我跑過去抱住了他，對他說：「爺爺，我好愛您。」

「很好，孩子。我也一樣。」

「爺爺，我不想在我的人生一開始時就吃現成的，就像您說的那樣。」

「不會的。一切都出自我的名下。你爸爸只不過是管管我的東西罷了。等我死了，我把所有的東西都留給你。」

「我不想要，爺爺，爺爺，我只想重新開始，就像您當初那樣……」

「時代不同啦，你想做什麼呢？」

我說著都笑出來了：

「我很想割了某人的雞巴，就像您那樣……」

「這樁事兒還有人講嗎？唔，沒錯，就那樣。只不過那個決定不是我一個人作的，懂嗎？」

「是您下的命令，割了他，現在就幹。」

爺爺摸了摸我的頭說，其實誰也不知道那些決定是怎樣作出來的，其實沒有哪個決定是一個人說了算的。他記起有一天晚上，多

里昂戰役打響之前，在戈麥斯帕拉西奧城的郊外，他們燃起篝火。那個辱罵他的人是個俘虜，不過也是個叛徒。

「他原本是我們的人。後來投靠了聯邦軍，告訴他們我們有多少人，我們有些什麼裝備。我的人早就會把他幹掉了，不管用什麼辦法。我只不過先他們一步幹掉了他。這本是他們的願望。然後就變成了我的願望。他罵我，給了我機會。現在有人說起這椿往事的時候，繪聲繪色的，哦我的韋爾加拉將軍你真混蛋，不愧是睪丸將軍，是的沒錯。不是的，講什麼笑話呢。事實上沒那麼簡單。如果他只是個叛徒，他們怎麼樣也要把他幹掉，而且合情合理。可他又是個戰俘。這種所謂軍人榮譽的東西，我就是這麼理解的，孩子。不管這個傢伙有多令人鄙視，他現在畢竟是個戰俘。我讓我的人免去了殺他的責任。我想，要不這樣，他們會名譽掃地。我阻止不了他們。我想，這件事讓我名譽掃地了。我的決定是大家一起作出的，大家的決定成了我的決定。這種事情就是這樣子的。沒法知道你的想法從何說起，你的部下的想法又是從哪裏說起。」

我再一次跟他說：「我要跟您生在同一個時代就好了，那樣我就能陪伴在您身邊了。」

「那場面可不好看，一點也不。那個人一直在流血，血滴在沙土上，一直流到清晨。然後太陽就出來把他給吃了，禿鷲飛來給他守靈。我們就走了，我們心裏都明白，剛才的事情，是我們大家一起幹的。要不然，如果是他們幹的而我沒有參與，我就不能當首領，他們也就不能在戰鬥打響之前保持鎮靜了。在殺掉許多看不清面孔、都不知道眼神是什麼樣的人之前，先盯著一個孤立無援的可憐蟲的眼睛看著他把他殺掉，再沒有比這更難受的事情了。這種事情就是這樣子的。」

「我多想哦，爺爺……」

「別幻想了。在墨西哥，不會再有這樣的一場革命了。來一次就夠了。」

「那我怎麼辦呢，爺爺？」

「小可憐哪，我的孩子，抱緊我，孩子，我明白，我明白你的話……我多想變年輕，能和你一起闖啊！我們能行的，普魯塔克，你我一起，啊哈哈。」

我和我的律師父親話不多。我已經說過了，我們三個人只在喝下午茶的時候才聚到一塊兒，這場合往往是將軍扮主角。我爸爸時不時會把我叫進他的書房，問我學習怎麼樣，我的分數怎麼樣，我想學什麼專業。假使我就跟他說我不知道，說我整天看小說，說我想跑到萬里之外的世界去，去蜜雪兒·斯特羅哥夫[1]的西伯利亞，去達達尼昂[2]的法國，說比起我想做的事情來，我更有興趣去瞭解自己永遠不可能做到的事情，我爸爸也不會訓我，連失望都不會。他僅僅是不會理解我而已。我很瞭解他說著某種與他的智商完全不符的話的時候那不知所措的眼神。這讓我自己比他還要難過。

「我要學法律，爸爸。」

「非常好，很對。不過之後你再學個商務管理專業。你想不想去哈佛商學院啊？要進去不容易，不過我可以想辦法的。」

我索性就裝傻，待在那裡，望著書櫥裏那些裝訂得一模一樣的紅卷本大部頭書。沒哪本書有意思，除了《官方公報》的合集，每一本的開頭都是外國勳章使用許可。中國景星勳章，解放者西蒙·玻利瓦爾勳章，法國榮譽軍團勳章。只有趁父親不在的時候，我才敢溜進他的鋪著木地板和地毯的臥室裡，像個間諜似的。在那裏沒有任何紀念物品，連一張我母親的照片都沒有。她死的時候，我才五歲，所以我記不得她的樣子。每年五月十日，我們三個人都要去一趟法國公墓，我奶奶科羅蒂爾德和我媽媽艾凡荷麗娜一起葬在那裡。我十三歲的時候，在革命中學學習，有一回有個同學給我看一

---

1 蜜雪兒·斯特羅哥夫，法國科幻小說家儒勒·凡爾納（1828-1905）創造的人物之一。

2 達達尼昂，法國小說家大仲馬（1802-1870）名著《三劍客》裏的主人翁。

張照片，上面是一個身著泳裝的女孩子，這是我第一次感到一種突如其來的興奮。就像當時看到照片裏的堂娜科羅蒂爾德一樣，我感到既愉快又羞愧。我的臉一下子紅了，我的同學就狂笑著告訴我說，照片我送你啦，這是你媽咪啊。照片上，一條絲綢綬帶從女孩的肩上掛下來，從胸前穿過，固定在腰際。照片下面的文字說明寫著：「馬薩特蘭狂歡節女王」。

「聽我爸說，你媽可是個大美人兒呢。」我的同學哈哈大笑著說。

「爺爺，我媽媽是什麼樣子的？」

「很漂亮，普魯塔克。太漂亮了。」

「為什麼家裏一張她的照片也沒有？」

「就因為痛苦啊。」

「我不想讓自己站在痛苦外面，爺爺。」

我說這個的時候，將軍很奇怪地望著我；這不同尋常的一晚，我怎麼不會記住他的眼神，我的話語，就在這晚上，我被一陣吵鬧聲驚醒，在這個房子裡，待到我父親吃完晚飯出門後，就不會再有多大的聲響了，他開著他的林肯大陸轎車出去，大早上才回來，大概在六點鐘的時候，回來後洗澡，刮臉，穿上睡衣用早餐，好像就在家裏過了一夜，騙誰呢？他的照片時不時就會出現在報紙的社會版上，總能看到他和某個富豪的遺孀在一起，和他一樣五十多歲的女人，不過他還能拿出來炫耀，我就不可以每週六去找找妓女，一個人，沒有同伴。我想泡上一個真正的女士，成熟的女人，就像我爸爸的情人那樣的，在和我們一樣的富人家辦的聚會裏認識的那些養尊處優的小姐，我是看不上的。我的科羅蒂爾德在哪裏呢？我要拯救她，保護她，教會她愛我，艾凡荷麗娜長什麼樣兒呢？我常夢見她，夢見她穿著白色的傑特森牌緞質泳裝。

正在夢著我母親的時候，一陣打破了家裏正常作息秩序的吵鬧聲把我驚醒了。我從床上坐了起來，下意識地穿上襪子以防下樓時

發出聲音，是的，在夢中我聽見爺爺踱著鞋走路的聲音，那不是夢，那是真的，不是夢，在這個房子裡，我是唯一知道夢即是真實的人，我一邊在心裏念著這個，一邊悄悄地向那個廳走去，聲音是從那裏傳出來的，革命不是真實的，只是我爺爺的一個夢而已，我的媽媽不是真實的，只是我的一個夢而已，而正因如此，這些才是的的確確存在的，只有我的爸爸不做夢，所以他是謊言堆積出來的。

撒謊，撒謊，我在大廳門前停下腳步的時候，爺爺正在一聲聲地吼著，我躲到了那尊真人大小的薩摩屈拉克勝利女神像的背後去，那是裝潢設計師要擺在那裏的，就像我們家的守護女神，守著這個誰也沒進去過的大廳，這是個展覽廳，裏面沒有一個鞋印子，沒有一個菸頭，沒有一塊咖啡漬，此刻上演著爺爺和爸爸在半夜時分展開的一場惡鬥，他們都大喊大叫，我的將軍爺爺的聲音像是在給一個士兵下令，割了他的雞巴，現在就幹，點火燒他，槍斃他，我們先殺了他然後再調查，就是那個睪丸將軍，至於我的律師父親，我從沒聽到他發出這樣的聲音。

我想，儘管爺爺氣得不行，見到他兒子終於敢跟他頂嘴了，他還挺高興呢，他罵著他，就好像對待一個喝醉了酒的小隊長，他手上要是有根鞭子，就會讓我爸爸臉上開花，你這狗娘養的你休想把我趕走，爸爸就罵將軍是老混蛋，爺爺就罵，這個家裏只有一個混蛋，他交給他一筆又穩固又光榮的資產，只不過讓他來管一管，請的是最好的律師，最好的註冊會計師，他只要抬手簽簽字，收收租，這筆錢存銀行，那筆錢用來投資，怎麼會一個子兒也不剩了呢？您就裝聖人吧，老混蛋，您就裝聖人吧，至少我不會去坐牢啊，我沒有在哪個地方簽字，我很精明的，我都讓我的律師和會計代我簽字，我至少可以說，所有這些都是在我不知情的情況下幹的，可我得對債務負責，我也是這貪污罪的受害者，和股東們一樣，狗娘養的，我給你的是一筆穩固安全的資產，土地是唯一保險

的財產，錢如果不以土地為根，就是些廢紙片，沒腦子的東西，純粹是些比林比凱[1]而已，誰讓你建了一個用唾沫造的帝國，幽靈一樣的銀行家，賣掉股票屁用沒有，一億披索完全沒有什麼來支撐，以為債務越多就越安全越牢靠，鳥東西，您別急將軍，我跟您說，吃官司的只會是律師和會計，我也給騙了，這個我是要保留的，我要保留的，你得對土地負責，就是錫那羅亞的財產，番茄田，番茄，番茄，我父親笑了，我從沒聽見他這樣地笑過，啊哈您可真魯莽啊，我的將軍，番茄，您是不是覺得我們是靠種番茄才蓋起這座房子，買了幾部車，過上好日子的？您認為我是拉梅塞菜市場的一個小販嗎？您覺得在錫那羅亞種什麼好呢？番茄還是罌粟花？有什麼了不得的，紅彤彤的一片，從空中看誰也不會說那不是番茄，現在您怎麼不說話了？您想知道全部嗎？我要是拿田地來抵債，屁用沒有，那時候你就快把田燒了，混蛋，毀了它，你說，你倒了大楣了，你還企盼什麼呢？您還相信他們會允許我這麼做嗎？您就是個老笨蛋，就是那些買了我的產品再拿去銷售的美國佬，就是我在加利福尼亞的合作夥伴，在那裏賣海洛因，您認為呢？他們會抱起手來，怎麼不會，現在請您告訴我，我從哪兒搞一億披索來還股東們的錢，您就告訴我，我們就算把房子和汽車賣了也不過能換個一千萬，在瑞士銀行的帳戶上另外還有一千萬，你這魔鬼，從毒品裏你也沒撈到多少好處，美國佬把你當傻蛋呢。

然後將軍不說話了，律師先生的嗓子裏發出一聲失望的歎息。

「你和一個婊子結了婚，只不過敗壞了你自己的名聲，」爺爺最後說，「可是現在，你也敗壞了我的名聲。」

我不想聽見這個，我躲在勝利女神的翅膀下面，求他們不要再吵下去了，這很沒意義，就像墨西哥爛片、就像白癡電視連續劇的一幕場景，我躲到一塊窗簾後面，聽大人們說著事實，這簡直就像

---

1 比林比凱是一九一三年墨西哥憲政革命時期發行的鈔票。

莉貝塔‧拉馬克和阿爾圖羅‧德‧科爾多瓦[1]演對手戲的經典場景，爺爺邁著軍人的步伐出了大廳，我跑上前，拉住他的胳膊，父親在一邊愣愣地看著我們，我對爺爺說：

「您身上帶錢了嗎？」

韋爾加拉將軍直視著我，摸了摸他的皮帶。他的皮帶裏滿藏金幣。

「行。跟我走吧。」

我們就走了，我摟著爺爺，父親留在廳裏朝我們大叫：

「誰也休想打敗我！」

將軍往前廳裏擺著的那個巨大的雕花玻璃花瓶上狠狠推了一把，花瓶倒下來，摔得粉碎。我們在身後留下一地的塑膠花，上了雷鳥轎車飛跑起來。我還穿著睡衣，腳上只穿著襪子，將軍倒是衣裝齊整，穿著他的淺色華達呢西裝，打著棕褐色的領帶，領結下面固定著一個珍珠別針，他不斷地撫摸著他裝滿金幣的皮帶：現在的確是痛快，凌晨一點在環城高速公路上飛馳，路面空空，看不見景色，通往永恆的自由之路，我對爺爺說，您坐穩嘍，我的將軍，我要踩油門啦，時速加到一百二，最烈的馬我也騎過，爺爺笑了，我們來看看您跟誰講述您的回憶，我們來找人聽您講，我們來把我們的金幣花掉，我們重新開始，爺爺，孩子，絕對行，從零開始，再來一次。

在加利波第廣場，凌晨一點一刻，唱主角兒的就是幾個馬里亞契樂隊，孩子，他們跟我們一樣徹夜不眠，你別問他們演奏了有多久了，你就問問他們會不會彈〈瓦倫蒂娜〉和〈瓜納華托之路〉，來吧，孩子們，看看你們吉他調得怎麼樣，爺爺發出了一陣狼嚎，瓦倫蒂娜，瓦倫蒂娜，我想跟你說，和我們一起去特南帕餐廳，我們去喝幾杯龍舌蘭酒，我早飯就喝這個，孩子們，看看誰最能喝，

1　Libertad Lamarque 和 Arturo de Córdova，二者均為墨西哥影壇著名演員。

我就這樣帶著點醉，去參加塞拉亞戰役，我們維亞軍隊的騎兵向奧夫雷貢發起衝鋒，我渾身充滿激情，這就是我為你而擁有的激情，前方只見遼闊的平原，在地勢最低的地方，是敵人的大炮和騎兵，一動不動地守候在那裡，這裏是擺滿啤酒杯的雕花托盤，我們就策馬猛撲過去，抱著必勝的信念，像老虎一樣的兇猛，這時候馬里亞契樂手們抬起他們石頭一樣的眼睛望著我們，好像爺爺和我都不存在一樣，然後從平原上那遠看不見、有野狼出沒的叢林裏就突然冒出了千百根刺刀，孩子們，就在這些洞口裡，埋伏著為奧夫雷貢賣命的雅基族人，小心，別這麼倒啤酒，他們好奇地望著我們，一個嘮叨個沒完的老頭，一個穿著睡衣的毛孩子，在幹嘛呢？他們就把刺刀一根根插到我們戰馬的肚子裡，死死地抓緊刺刀，直到馬腸子給扯了出來，這些雅基人，耳朵上掛著耳墜子，頭上蓋著染滿鮮血的紅頭巾外加馬的腸子和睪丸，又是一輪，肯定的，夜還不深，我們都給嚇壞了，我們怎麼不會給嚇壞呢，誰會想到我的奧夫雷貢將軍會使出這麼嚇人的一招呢，我對他的敬意油然而生，是的，我們幾點鐘唱呢？您不是花錢讓我們為您唱嗎，先生？他們望著我們，說這兩個人連硬幣都沒帶，我們撤退了，我們開炮還擊，但是我們已經被這奇招給打敗了，塞拉亞成了冒著煙、流著血、躺著奄奄一息的戰馬的荒野，德里加多香菸，一個百無聊賴的樂手緊握拳頭給我的爺爺擠了一個抹了鹽的檸檬，我們打飛了奧夫雷貢將軍的一隻胳膊，這可真要命，我在那裏心想，跟這個人是不可以這麼幹的，他聳聳肩，往小號的口子上抹上鹽，開始玩弄小號，吹出幾個悲傷的調調，維亞就是條莽漢，沒有方向的，奧夫雷貢是個有頭腦的漢子，他最有本事了，我下定決心跑回屠宰場一樣的戰場裡，去找奧夫雷貢被我們打飛的那條胳膊，找到後我要交還給他跟他說，將軍，您才是大英雄，這是您的胳膊，請您原諒，啊哈哈，不過你們都知道後來怎樣的，是不是？沒人知道嗎？你們想聽嗎？奧夫雷貢將軍就往空中扔了一枚金幣，就這樣，然後那個斷了的胳膊就從地

上飛起來，還在滴著血呢，在空中一把就把那金幣攥進拳頭裡，就這樣，啊哈哈，你輸給我啦，彈馬里亞契的，現在覺得我講的故事有意思了吧？你輸給我啦，我們也輸給了奧夫雷貢，他就這樣在塞拉亞找回了他的胳膊，要是明天就要殺我，就乾淨俐落地殺了我吧，我要你們愛我，孩子們，沒別的，我要你們忠於我，哪怕就今天這一晚，沒別的。

　　凌晨兩點，在漆成銀色的阿茲特克人俱樂部，絢爛奪目的麗琪・羅拉，恰恰舞女王，請所有人來一杯「自由古巴」，這裏的男孩子都是我的朋友，你們怎麼不坐下呢，您是隻老狐狸，檸檬汁，您看看自己，多黑的眼圈喲，掃樓梯的，閉上你的豬嘴，不然我把它捏扁，説什麼我的孫子穿睡衣不行，他就這麼一件正裝，他就是畫伏夜出的，他要是大白天跟你媽睡覺，他很累了，樂手們怎麼會抗議呢，我的這些樂手也是墨西哥勞工聯合會的，小伙子們你們坐呀，韋爾加拉將軍來幫你下命令，你這傢伙你説什麼呢？我説，遵命，將軍，學著點兒，檸檬臉，你去撒尿吧，燈光是黃色的，粉色的，藍色的，永不凋謝的百合花，動人的波萊羅舞女王，穿上那綴滿鱗片的上裝可不容易啊，她跟她們踢完足球後，用起重機把自己的奶子吊起來，她能一個人完成進球，她的肚臍眼應該有鬥牛場那麼大，她出門前往身上抹了八次彩妝，將軍，您看看這睫毛，跟黑色百葉窗似的，你賣身的嗎？不告訴我？你那哭喪的眼睛值多少錢，肥妹？虛偽，她跟誰唱這些皮條客的歌，小伙子們？來吧，發起衝鋒吧，我的小老虎們，只是個虛偽的人而已，你笑話我，大男人的歌，跳到舞臺上去，揍那個永不凋謝的百合花的屁股，扒了她的衣服，胖女人，哦這叫得真是，對藝人要尊敬，洗個澡吧，滿身是汗的女人，把你的粉臉洗洗，別叫，這是為你好嘛，衝啊我的部隊，歌唱吧我的將軍，我們的墨西哥，二月十六號，威爾遜派了一萬個美國兵來打我們，響起來吧哭泣的吉他琴，響起來吧鹹鹹的小號，坦克，大炮，裝滿炸彈的飛機，尋找維亞，要把他殺掉，您下

來吧小老頭，這些沒用的馬里亞契樂手去屠宰場吧，這個穿睡衣的小混蛋，下來吧，這裏只有工會的樂手才能演出，抹了凡士林的同性戀，歪打領帶，穿著閃閃發光不知熨過多少回的煙裝，我把你們的睪丸砸下來，老東西，上吧我的孩子們，他們威脅我，這不行，看在聖母的份上這不行，割了他們的雞巴，爺爺，現在就幹，往那鼓上踢一腳，用大吉他砸爵士鼓，把鋼琴開膛破肚，就像在塞拉亞對付那些馬一樣，爺爺，小心拿薩克斯風的那個傢伙，往他肚子上狠揍，把那流氓的頭按到鼓裡，普魯塔克，狠狠地打，我的小老虎們，我要看這些王八蛋在舞池裏放血，那個打爵士鼓的戴著假髮，普魯塔克，把他的假髮給扯下來，對，那頭跟雞蛋似的，用水澆一澆，再交給我來收拾，往屁股上踢，普魯塔克，大家快跑，檸檬汁已經叫警察了，把那架豎琴也帶走，孩子們，一個鍵盤也別留下，拿著，將軍，這是那個歌手的睫毛，我的這些金幣就留給你們了，賠償損失。

　　過了三點鐘，我們到了「女強盜」那裡，在那兒很多人都認識我，女老闆親自迎接我們，你的睡衣可真漂亮啊，普魯塔克，見到著名的睪丸將軍她深感榮幸，還帶了馬里亞契樂隊來，多好的想法，來給我們奏一曲〈千里馬〉吧，她會親自演唱，因為就是她作的曲子，千里馬，維亞最寶貝的馬，喝甘蔗酒吧，來吧姑娘們，她們都是剛從瓜達拉哈拉過來的，都年輕的很，您會成為她們生命中難忘的回憶，我的將軍，如果您想要的話，我就給您帶一個女孩子過來，普魯塔克，你想得真好，對，對，坐到將軍的大腿上去朱狄絲，別偷懶，哦，他真像一頭獅子，堂娜切拉，我的爺爺可不老，聽好你這小丫頭，這是我爺爺，給我放尊重點兒，不用保護我，普魯塔克，這隻夜蝴蝶會見識的，比森特・韋爾加拉不像頭獅子，我就是頭獅子，來吧，小朱狄絲，床在哪兒呢，來看看什麼叫真正的男人，我想看的是金幣的顏色，看吧，抓住嘍，拿著吧，金幣，堂娜切拉，聽我説，老爺子帶了很多錢來的，他一聽火車叫，就停下

來喘氣，來吧，小伙子們，爺爺對馬里亞契樂手們說，你們記著，你們是我的老虎軍，別討價還價。

我留在大廳裡，一邊等，一邊聽音樂。爺爺和馬里亞契樂手們把所有的女孩子都佔了。我喝了杯「自由古巴」，開始計時。三十分鐘後，我擔心起來。我爬上樓梯，上到二樓，問朱狄絲在哪個房間。那女的把我帶到房間門口。我敲門，朱狄絲開了門，小女孩光著腳，身上什麼也沒穿。將軍坐在床邊，褲子已經脫掉了，幾條陳舊的紅襪帶箍著他的襪子。他看看我，眼睛裏滿是水，他那老仙人球似的腦袋裏常常不自覺地冒出這種水來。他看著我，面帶憂傷。

「我不行，普魯塔克，我不行。」

我一把揪住朱狄絲的後頸，把她的一隻胳膊扭到背後，那婊子把頭靠到我肩上，尖叫著，這不是我的錯啊，他要我表演的，他要我幹什麼我就幹了什麼，我做我的工作，我滿足了他，我沒偷他的錢，可您別這樣看著我嘛，如果您想的話，我把錢還給您，可您別這樣惡狠狠盯著我，求您了，別傷害我了，放開我吧。

我把她的胳膊扭得更厲害了，我把她的捲髮扯得更緊了，我在鏡子裏看到她那張野貓臉，尖叫著，眼睛緊閉，顴骨突出，嘴唇上抹著銀粉，牙齒很小卻很鋒利，背上濕濕的全是汗。

「爺爺，我的媽媽就是這個樣子的嗎？就是這樣的一個妓女？這就是您想說的？」

我放開了朱狄絲。她往身上裹了條浴巾，飛快地跑出去了。我走過去，坐在爺爺身旁。他沒有答我的話。我幫他穿上衣服。他嘴裏喃喃道：

「也許吧，普魯塔克，也許吧。」

「她跟別的男人亂搞？」

「她拋下你爸爸，像一頭小鹿似的跑了。」

「為什麼呢？」

「他不需要她了，她也不需要他。」

「那麼，她是尋開心去了。這有什麼不好？」

「她對不起你爸爸。」

「肯定是我爸爸滿足不了她。」

「她去拍電影了，沒留在我家裡。」

「那麼說我們還幫了她的大忙了？要是我爸爸能在床上把她留住就好了。」

「我只知道她把你爸爸的名聲搞臭了。」

「迫不得已，爺爺。」

「這時候我就想起我的科羅蒂爾德。」

「我就說，她是迫不得已才這麼做的，跟這個婊子一樣。」

「我也沒有讓她滿足，孩子。是缺乏練習所致。」

「讓我來教您，讓我來更新您的記憶。」

現在我已經過了三十歲，仍能真切地記得我十九歲的那一晚，那是我的解放之夜。我就感覺到這個，當時在馬里亞契樂曲聲中，我在房間裏抓住了朱狄絲，教訓了她一下，駕，駕，潘喬·維亞的馬在狂奔，在伊拉普阿托車站，地平線在歌唱，爺爺坐在一張椅子上，神色哀傷，一言不發，彷彿在看著生命重生，可是這不是也永遠不會是他的生命了，朱狄絲羞紅了臉，她從沒這樣過，這音樂，這一切，她嚇傻了，羞愧不已，裝出的感情，我知道是假的，因為她的身體是死亡之夜的身體，只有我勝利了，勝利只屬於我，不屬於其他任何一個人，所以我無所謂，這不像將軍跟我談起過的所有人做的事情，也許正因如此，爺爺才如此悲傷，那時我自以為得到了自由，卻也體會到如此大的哀傷，直至永遠。

我們大概是在早上六點鐘的時候來到了法國公墓。爺爺從他鼓鼓的皮帶裏又拿出一枚金幣來，交給凍僵了的看門人，他就放我們進去了。我想讓墓裏的堂娜科羅蒂爾德聽一聽小夜曲，馬里亞契樂隊奏起了〈瓜納華托之路〉，用上了他們從夜總會帶過來的豎琴，分文不值的人生，人生分文不值。將軍跟他們一起唱，這是他最喜

愛的歌曲，這讓他想起年輕時的多少往事，瓜納華托之路，經過多少村寨，不留步。

我們向馬里亞契樂手們付過錢，約定我們不久之後再見，我們做一輩子的朋友，然後我們就回家了。雖然這時候路上車不多，我並不想開得太快。我們祖孫二人往家裏趕著，趕回這個建在墨西哥城南面的死氣沉沉的公墓：佩德雷嘉爾區。這死火山監護著的黑色土地，默不作聲地見證了沒有人記錄過的諸多災難，是一座看不見的龐貝城。千萬年前，火山熔岩淹沒了熾熱氣泡之夜；沒有人知道誰死在這裡，誰逃離了此地。有些人，比如說我，就覺得這樣完美的沉寂，就像記載著創造的日曆一樣，是不該受到攪擾的。小時候，當我們還住在羅馬區，我媽媽還在的時候，我經常跑去那裏看科皮爾科金字塔，那是用石頭一塊一塊堆疊起來的。我記得，襯托著這死寂的景色的，是一道獨特的霞光，永遠不為我們的峽谷那時候還顯得明亮的早晨驅趕掉，在觀看這景色的時候，我們所有人都自發地保持沉默，您還記得嗎爺爺？這是我首先記起來的。那時候我們常在白天去田野裡，因為那時候鄉村和城市還離得很近。出去玩的時候，我總是坐在女佣人的膝蓋上，那是我的奶媽嗎？記得她叫曼努艾麗塔。

現在我們回到佩德雷嘉爾區我們的家，爺爺受了辱，醉了酒，我記起大學城的樓房是怎樣蓋起來的，記起火山岩是怎樣被裝飾起來的，佩德雷嘉爾區戴上了綠色玻璃的眼鏡，穿上了水泥長袍，嘴唇上抹上黏土，臉頰上鑲上馬賽克，那煙影的顏色比土地的顏色更黑。沉寂被打破了。在寬廣的大學停車場的另一側，佩德雷嘉爾花園被分成一塊一塊的。一種融合了建築與自然景觀的新住宅區風格由此確立。高高的牆，白色的，深藍色的，橙色的，黃色的。這是墨西哥人節慶時的鮮豔顏色，爺爺，以及西班牙堡壘的傳統，您在聽我說嗎？岩石上栽種著令人驚歎的光禿禿的植物，開著幾朵氣勢洶洶的鮮花，作著唯一的點綴。大門緊閉，就如貞節帶一樣，爺

爺，而那些盛開的花朵就像是生殖器官上的傷口，就像妓女朱狄絲的陰門，現在您幹不了它了，我可以，可那又怎樣呢，爺爺。

　　現在我們離佩德雷嘉爾花園越來越近了，離那些豪宅越來越近了，那些豪宅都是一個樣，隱藏在高牆後面，日本加包豪斯風格，現代化的平房，屋頂不高，巨大的落地窗，游泳池，堆著岩石的花園。爺爺，您還記得嗎？這塊區域曾是被圍牆環繞的，進口處插著橙色籬笆，有警衛守護著的。在我們這樣的一個首都，這樣的想讓城市保持貞操的努力真是令人惋惜，醒醒啊，爺爺，看這夜色下的城市，墨西哥城，自覺地生了癌症的城市，餓壞了似的無序的擴張，所有新風格的嘗試，把民主和私產混淆在一起的城市，把平均主義和粗俗混淆在一起的城市：看著它吧，爺爺，就像我們出去找馬里亞契樂隊和妓女的那一晚看著它一樣，看著它，現在您已經不在人世，我已經過了三十歲，這城市被一道道巨大的貧困帶緊勒著，成群結隊的失業者，農村來的遷徙者，幾百萬即將落地的兒童，爺爺，嚎叫和歎息的聲音交織在一起：我們的城市，爺爺，不會給享受特殊的人提供太多的空間。要維護佩德雷嘉爾花園這一方沙中綠洲，就像是當身體正在壞死的時候還在給它修剪指甲。籬笆倒了，警衛跑了，建築的隨意性將我們這個高檔麻瘋病院的被隔離狀態徹底打破，爺爺的臉一團灰色，就像環城高速公路上看到的混凝土牆一樣。他已經睡著了，到家的時候，我得像抱小孩兒一樣把他扶下車。他可真輕，真瘦，皮膚貼著骨頭，在他滿載記憶的臉上，是多麼奇怪的一個表現著遺忘的神情。我把他安頓到他床上，爸爸站在門口等著我。

　　我的律師父親用眼神示意我跟他穿過大理石地面的前廳去書房。他打開這擺滿了玻璃器皿、鏡子和酒瓶的小房間。他問我要不要來杯白蘭地，我搖搖頭。我求他不要問我我們晚上去了哪裡，幹了些什麼，他要是問了的話，我就得回答他一些他並不能理解的事情，而我已經說過，這讓我比他還要難過。我拒絕了他的白蘭地，

也拒絕了他的提問。這是我的自由之夜，我不能因為接受父親的盤問而失去它。我吃著的是現成的飯，不是嗎？您又要刨根問底，這是何苦，對我來說，何必呢，什麼是愛，做勇敢的人，做自由的人。

「你怨我什麼呢，普魯塔克？」

「你讓我遠離一切，包括痛苦。」

我跟他說這個的時候，父親的樣子讓我同情。他站起來，踱到落地窗邊。落地窗正對著四周都是玻璃窗的小院，中央是一個大理石噴泉。他撥開窗簾，表情做作，此時尼科美德斯正把噴泉打開，好像都已經排練過一樣。我覺得痛心：這都是從電影裏學來的。他所做的一切都是從電影裏學來的。他所做的一切都是學來的，拿來炫耀的。我把爺爺的恣意灑脫拿來對比。父親多年來與美國的百萬富翁和頂著偽造頭銜的侯爵們打交道。他自己的貴族證書，就是報紙上報導熱鬧場面的版面上有他出現的照片。他留著英國式的向上翹起的小鬍子，花白頭髮，穿著合乎禮節的灰色西服，胸前冒出一方惹眼的手帕，就像是佩德雷嘉爾區那些乾燥植物的花。對於他們這一代墨西哥闊佬中的很多人來說，他們的榜樣是溫莎公爵，打著肥大的領帶結，但他們終究沒有找到他們的辛普森夫人。真可憐：跟一個來亞卡普爾科買酒店的德克薩斯土包子攀談，或是跟一個向佛朗哥買來貴族頭銜的西班牙沙丁魚販子套交情。他可是個大忙人呢。

他放下窗簾，對我說，他的講述肯定不會給我造成什麼深刻印象，我的母親從來就沒管過我，她沉迷於社交生活，那是歐洲移民紛至沓來的時代，卡羅爾國王和盧佩斯庫夫人[1]以及他們的隨從，還有北京人，這是墨西哥城第一次感覺自己成為了世界級的大都

---

1 指流亡海外的羅馬尼亞國王卡羅爾二世（Carol，1893-1953）及其情婦（Lupescu）。

會，興奮的城市，不再是印第安人和混血人的小村寨了。艾凡荷麗娜怎不會覺得眼花繚亂，這個來自外省的小美女，他認識她的時候，她還鑲著顆金牙，她們這些來自錫那羅亞海岸的女孩，很快就出落成女人，身材高挑，皮膚白皙，絲質的眼睛，長長的黑髮，她們的身體裏同時包含著白天和黑夜，普魯塔克，在她們的身體裡，白天和黑夜一齊閃耀，滿含慾望，全是慾望，普魯塔克。

他去參加馬薩特蘭狂歡節，同行的幾個朋友，都是和他一樣的年輕律師，而她是女王。女王坐在敞篷花車上，前簇後擁，行進在「高浪」堤上，所有的人都向她大獻殷勤，樂隊演奏著〈初生的小小愛〉，她看中了他，選中了他，跟他一起才開心，要跟他一起生活，他沒有強迫她，他沒有比別人給她更多，就像將軍對我的奶奶科羅蒂爾德，她除了接受一個強大、勇猛的男人保護之外別無選擇。艾凡荷麗娜不一樣。艾凡荷麗娜在一個夜晚，在沙灘上，第一次吻了他，對他說，我喜歡你，你是最溫柔的，你的手真美。我那時是最溫柔的男子，那個時候，普魯塔克，真的，我想愛。大海和她一樣的年輕，他們都剛剛同時誕生，你的母親艾凡荷麗娜和大海，不欠任何人的，不像你奶奶科羅蒂爾德那樣背著那麼多責任。我不必強求她，我不必像你爺爺那樣教她來愛我。將軍在他的心裏是明白這一點的，普魯塔克，他對我媽媽科羅蒂爾德的愛讓我痛苦，他就像人們常說的，從來不輸，輸了就搶回來，我媽媽就是他的戰利品的一部分，不管他怎麼想掩飾，她本不愛他，可最終還是愛上了他，而艾凡荷麗娜是選中了我的，我想愛，爺爺想讓人家愛他，所以他認定艾凡荷麗娜不應當繼續愛我了，跟他的情況相反，你懂嗎？整整一天我都把她和他聖潔的科羅蒂爾德作比較，在我的科羅蒂爾德那個時代，我已故的科羅蒂爾德不會像她那樣做的，我在天堂安息的科羅蒂爾德，她是知道怎樣料理家務的，她是謙遜的，她從來沒朝我大吼大叫過，我的科羅蒂爾德是規規矩矩的，她從來沒有擺出過炫耀大腿的動作，就在你生下來的時候她還是這個

樣子，普魯塔克，我的科羅蒂爾德是典型的一個墨西哥母親，她知道怎樣撫養小孩。

「你為什麼不給普魯塔克餵奶呢？你怕它們受傷嗎？那麼你要它們幹嘛呢？亮給男人們看嗎？狂歡節結束啦，小姐，現在做一個規矩的女士吧。」

我父親最終讓我對我媽媽科羅蒂爾德的回憶心生憎恨，他怎麼不會激怒艾凡荷麗娜呢，你媽媽怎麼不會先受到孤立，然後離開這個家，去看牙醫，去找節慶，去找另一個男人，我的艾凡荷麗娜是多麼單純啊，離開你爸吧，阿古斯丁，我們兩個人一起生活，讓我們像當初那樣相愛，讓將軍想他的老太婆去吧，你要讓他如願以償一次，他就能永遠控制你了，可是在內心深處，他希望她不再愛我，好讓我不得不強迫她來愛我，就跟他一樣，他沒有的優點，我也不要有。好讓沒有人能得到他所缺乏的自由。如果他受到了損失，他要我們也受損失，先是我，然後是你，他就是這樣看待問題的，用他的方式，他給我們擺好了現成的飯，就像他説的，不會再有一場革命來一次性贏得愛情和勇氣了，現在不了，現在我們要去試驗新的領域，為什麼所有的苦要他一個人受，我們卻安然無損？他是我們永遠的堂波菲利奧，你沒發現嗎？看吧，看我們有沒有勇氣向他證明，我們並不需要他，我們可以不要他的記憶，他的財產，他的感情專制，好好生活。他喜歡別人愛他，比森特・韋爾加拉將軍就是我們的父親，我們被迫愛他，模仿他，看吧，他做過的事情，我們是不是也能做，雖然現在更難了。

你和我，普魯塔克，我們會打贏多少場戰鬥，馴服多少個女人，閹割多少個士兵，你聽我説。這是你爺爺發出的可怕挑戰，醒醒吧，不然你會像我一樣地輸掉的，他哈哈大笑著跟我們説這個，看吧，我做過的事情你們是不是也能做，現在不行囉，看吧，你們會不會繼承除了我的錢以外難度更大的東西。

「我的暴行無罪。」

艾凡荷麗娜是那樣的純潔，那樣的引人愛憐，這是最讓我憤怒的，這讓我不能怪罪於她，要是我不能怪罪她我也就沒法原諒她。這的確是爺爺沒有經歷過的事情。只憑著這樣一種情感，我就可以永遠打敗他，在我的內心裏戰勝他，儘管他繼續養著我，嘲笑著我：我做了些他沒做過的事情，一些不一樣的事情。我還不知道。你媽也不知道，她已經為一切感到愧疚，唯獨沒有為我怪罪她的事情感到有罪。

「她的純潔惹人惱。」

父親喝了一晚上的酒。比爺爺和我喝得更多。他走上前打開高保真音響。阿維莉娜・蘭丁唱著「當你的少年頭上冒出銀絲」，父親一屁股坐到一張扶手椅上，就像費南多・索賴爾[1]在《沒有靈魂的女人》中所表演的那樣。現在不管這是不是他學來的，我已經無所謂了。

「醫院的報告說，你媽是因為喉嚨裏噎了一塊肉死的。就這麼簡單。這些事情處理起來很容易的。守靈儀式開始之前，你爺爺和我在她的脖子上繫了一塊很漂亮的綢巾。」

他一口氣喝掉了未盡的白蘭地，把酒杯放在一張擱板上，然後久久地凝視他攤開的手掌，阿維莉娜還在唱「好似藍色湖水中銀月的倒影」。

生意自然都理清了。我爸爸在洛杉磯的朋友還清了一億的債務，錫那羅亞的田地逃過一劫。在我們那一晚的大玩之後，爺爺在床上躺了有一個月，不過到五月十號母親節這天，他已經恢復得很不錯了，這一天，我們這住在佩德雷嘉爾區大房子裏的三個男人一起去法國公墓，年年如此，在合葬著我奶奶科羅蒂爾德和我媽媽艾凡荷麗娜的墓前擺上鮮花。

這座大理石墓就像是我們的大宅子的縮微模型。她們倆在這裏

1 費爾南多・索賴爾（Fernando Soler，1900-1979），墨西哥電影明星。

長眠，將軍低著頭，聲音顫抖著說，他抽泣著，臉埋在手帕裡。我站在爸爸和爺爺之間，抓著他倆的手。爺爺的手是冰冷的，沒有汗，皮膚像蜥蜴一樣。而父親的手燙得像火一樣。爺爺又抽泣了一陣，露出他的臉來。我要是能看清他，就會問自己，他是為誰哭得如此傷心，又為誰哭得更多，是為他的妻子，還是為他的兒媳。可是在此刻，我只想猜出我的未來會怎樣。這一次我們去公墓沒有帶馬里亞契樂隊。要來點音樂就好了。

《燃燒的水》

■ 在底層的人們

馬瑟瓦爾人[1]

啊啊啊……！湖裏浪花朵朵……

「怎麼樣啊，貝托？」

「就這樣啦……」

「生意怎麼樣？」

「一般般啦……」

「這位朋友是？」

「他叫加烏列爾。」

「就是去偷渡打工的那個？」

「怎麼……？」

「特奧杜拉告訴我的。」

「嗯，剛去過。」

---

[1] 馬瑟瓦爾（Maceual），指阿茲特克人社會裏的低級階層。——作者註

啊啊啊……！有的來，有的去……

「喂，加烏列爾，這位先生是寡婦特奧杜拉的朋友。」

「噢。」

「你在那兒過得怎樣？」

「這個嘛，怎麼説呢……」

「你們想喝點什麼嗎？」

「過會兒吧……」

啊啊啊……！有的去薩尤拉……

「龍舌蘭酒？」

「您説了算……」

「在那裡，這東西一定讓你們很懷念。」

「啊？」

「我是説，在美國，你們一定很想念你們的龍舌蘭酒。」

「想念龍舌蘭酒。那是。」

「嗯，加烏列爾，你為什麼要離開墨西哥？」

「囉，誰知道呢。」

「你是在墨西哥找不著工作，還是因為別的？」

「不是的；您知道是怎麼回事，這也不行，那也不行……」

「再喝點？」

「過會兒吧……」

啊啊啊……！還有的去薩波特蘭……

「在墨西哥過日子不容易啊，加烏列爾。」

「您説了算，老闆。」

「什麼老闆！我是你哥們兒，加烏列爾，跟貝托一樣。」

「您説了算⋯⋯」

「你是哪個街道的？」

「那兒⋯⋯這個，往那個方向走⋯⋯在那兒⋯⋯」

「波圖里尼，先生，是波圖里尼的，我們是牙買加區的。」

啊啊啊⋯⋯！我的愛人去了那裡⋯⋯

「咳，我説老兄，別這麼存戒心哪。」

「不，我不存戒心。」

「那麼？」

「事實上⋯⋯」

「説吧，加烏列爾，這位先生請客。」

「事實上，事實上要我一下子説出來，事實上我們來這裏是為了別的事情⋯⋯」

「是什麼呢，加烏列爾？」

「等會兒再説吧。哦，貝托，圖諾呢？」

「他還在晃蕩呢。」

「不錯。」

啊啊啊⋯⋯！抓著根木頭漂水上⋯⋯

「我想在美國，情況⋯⋯」

「哎，圖諾怎麼了？」

「他是隻老鼠，我跟你説。」

「不會吧？」

加烏列爾打了個刺耳的口哨，那個頭髮粗硬、穿著短袖襯衫的年輕人就擠了擠眼睛，從煙霧、馬里亞契樂隊和肥碩的腦袋中間穿

行了過來。

「嗨，boy！」

「這個圖諾！」

「這位先生是……」

「幸會，密斯特[1]。」

「……這位先生請客，圖諾。」

「啊──！到時候別把我供出來就行了……嗨，boy！從艾爾雷來的!」

「從艾爾雷來的，圖諾！他娘的。」

啊啊啊……！這自負的愛人說什麼……

「買單！好，我走啦。」

「走好，先生。」

「謝謝，老闆。」

「再見，密斯特。」

啊啊啊……！你用這來補償我？……

「我走了，我走了，我們在這裏沾了一身的臭味兒香味兒。」

「你別醉，圖諾。他是特奧杜拉的朋友。」

「那又怎樣？」

「他是顧客，他請的客。對嗎，加烏列爾？」

「這傢伙是個十足的小氣鬼。」

「不，他不小氣。」

「純粹是個小氣鬼。你過得好，你過得壞；他總同情你。」

---

1 原文為 mister，即英文 mister，先生。

「不，他是好人。」

「什麼好人壞人的。他覺得這樣就能讓人把心裏話說出來？他懂個啥玩意兒？」

「絕對的，加烏列爾。總不能毫無保留嘛。」

「絕對的。只跟好哥們兒說，就像你和貝托……」

「有時候即使是哥們兒也不。」

「有時候即使是哥們兒也不。」

「絕對的，兄弟。」

「您在找什麼？我正要告訴您點新鮮事兒。」

「還有呢！」

「絕對的。有的事我覺得很好。少嗎？就在那裡，然後，什麼有沒有上過學，什麼識不識字，什麼亂七八糟的……乾杯！」

「與軟[1]！」

「絕對的，加烏列爾。」

「現在你們明白是怎麼回事了；誰會時不時地去回憶？一個人已經夠煩的了……」

「提都不用提，布羅熱[2]。」

「你瞧，兄弟，抱怨的人都沒有。我在那裏從那家理髮店開始幹，不算最壞的，不是嗎？可你總還得闖一闖，找一找。沒辦法，兄弟。」

「誰抱怨呢？」

「另外的人靠運氣，圖諾。然後他們就撞大運。他們要什麼就有什麼了。沒辦法。」

「沒辦法！」

「誰也不說什麼。每個人都由上帝安排，不是嗎？」

---

1 原文為 Yurai，即英文 You're right。

2 原文為 bróder，即發音不標準的英文單詞 brother。

「沒辦法。」

「可是那種混得好的混蛋，誰也不會跟他說什麼的。這是真的；也沒有人跟我說幹這個還是幹那個；可總得念著他們——父母啊！只要他們還在，總期盼著你能幹點事。然後呢，因為你是老大，弟妹們都死了，女人又不頂事，家長一天天的老了，不行了，沒辦法。」

「絕對的。沒辦法。」

「小時候事情就是另一個樣。你只是在街上閒逛，看看能找到什麼。路上有狗竄出來，它們比你更熟悉這一帶，你就給它們帶著走。好像整個街區都是你的，所有人都跟你打招呼，請你玩跳房子遊戲，兄弟。可一旦你長了張成人的臉，他們就沒好臉色給你看了。」

「你不能碰屬於他們的東西……」

「錢，女人，都不要輕信，貝托。一會兒就全沒有了。然後就橫路殺出個痞子來，要來跟你比試比試，那就沒辦法了……」

「是的。你可別害怕。」

「他們是十足的惡棍。走路的時候你要前看看後看看，他們什麼時候就拿著把刀子上來了。他們要一高興就會欺負你，貝托。他們嚇唬人倒是很在行的！你看他們撲過來的樣子，好像什麼都不怕……」

「你別跟他們硬碰！他們一會兒就乘汽車走了，就完了。」

「……是的，他們要是看你不順眼，你就死定了，兄弟。你向他們討饒，可都到這份兒上了，有什麼用？我們有多大能耐？嗨……我在那家夜總會當侍應的時候，那叫快活。可你也會看到那些老侍應，那模樣，兄弟，你就覺得洩氣的很。他們不行了，不能賺錢了，好像給搾乾了一樣。全都垮掉了。還有那些混蛋的馬屁精天天晚上都在那裏鬼混，找抽。不，兄弟……到時候你還有什麼？你去賣冰淇淋，都一樣。不，兄弟……我們豁出去了，我們去

北方找活兒幹。你在那裏掙美元，回到家鄉花掉它們，就沒人欺負你了。説那些金髮佬虐待你？沒辦法，就為這，他們給你好多錢啊。」

「過蛋索諾必吃！[1]」

「婊子養的！貝托，他們還往你身上撒那種東西殺身上的蝨子，還剝光你的衣服，有時候還把你頭上臉上的毛剃光，你都想……」

「抓起根鞭子……」

「一大群人光著身子給塞進一個牛棚裡，貝托，所有人都一絲不掛，聞起來像那個他媽的什麼來著……」

「DDT。」（農藥）

「就是這個。然後就有個兩米高的金髮佬叫叫嚷嚷地給你全身上下查個遍。不過你再也不會見到他，也不會見到其他人了。然後，收了工，你就可以睡上一個舒服的小床，有錢去睡女人、買酒喝。收割的活兒完了，他們就打發你滾了。過邊境線的時候，兄弟，那些土地會給你留下不錯的印象。這裏你只能看到乾裂的土地，髒兮兮的印第安人，兄弟。這兒什麼莊稼也長不了，而在那一邊……」

「菲福跟我説，在索諾拉有好地，加烏列爾，那兒有水庫呢……」

「看吧。在墨西哥，要能好好幹活，掙錢，還用想別的什麼呢。」

「看吧。」

《最明淨的地區》

---

1 原文為 Godn sonobich，即發音不標準的英文粗口 God damned son of a bitch。

■ 失落的城市

安德烈斯·阿巴里希奧之子

「沒有哪座避難所是有屋頂的。」

《卡夫卡情書集》

地點

它沒有名字，也就沒有位置。別的城區都給起了名字。這個區
沒有。就像是出於疏忽。就像是一個小孩沒受洗禮就長大了。更糟
的是：沒有人想給它起名字。這似乎是所有人心照不宣的約定。給
這個區起名字作什麼呢？也許有人說過，也沒怎麼想，說誰也不會
在這裏住太久的。這是個暫時性的場所，就像那些用硬紙板和打了
凹紋的薄板拼起來的破房子一樣。風從勉強咬合著的四面牆之間透
進來；陽光在薄板屋頂上永駐。這些人是這個地方的真正的居民。
人們不知不覺就來了這裡，帶著些許茫然，也不知道因為什麼，因
為無處安身才更糟，因為這塊生著低矮的荊棘叢、茫茫一片灰草的
平地，是一道邊界，而之前的那個街區倒是有名字的。這地方既沒
有名字也沒有排水管，要用電，就從電線桿子上偷過來，把自家電

燈的線接在公用電線上。沒有人給它起名字，因為大家都以為在此地只是暫住。誰「沒有哪座避難所是有屋頂的。」《卡夫卡情書集》也不會長守在自己那塊地盤上。他們是空降部隊，他們之間達成默契，就是要有人來趕他們走，他們不會反抗。他們會開往城市的下一個邊界去。不管怎麼說，在這裏能免繳房租度過一段時光，算是賺了，算是歇歇腳。他們中的很多人都來自更舒適些的城區，都是有名字的，聖拉法埃爾、巴爾烏埃納、北渠，甚至是內薩華爾科約特爾，那裏已經住進了兩百萬人，過得好的差的都有，還有水泥砌的教堂，還有一家接一家的超市。他們來這裡，因為在那些失落的城市裡，生活難以為繼，可他們又不願犧牲自己最後的那麼一點體面，不想淪為撿破爛的，或是洛馬斯區的那些賣沙人。貝爾納維有一個想法。這地方沒有名字，因為這地方就和整個大城市一樣，在這裏有城市裏最好的東西，也有最壞的東西，所以它不能擁有一個特別的名字。他想把這個想法説出來。

他説不出來，因為他説話總是太吃力了。

他母親一直保留著一個古舊的鏡子，常拿出來看自己。貝爾納維問她有沒有看看街區，這失落的城市，在冬天它爛泥結成的疤痕深藏進地下，在春天風夾帶著灰塵在空中盤旋飛舞，到了夏天，雨水造就的爛泥潭終於和糞便的溪流混合在一起，這糞便的溪流終年流淌，找尋著永遠尋不著的出口。媽媽，水是從哪裏來的？爸爸，大便往哪裏去呢？黑色的空氣，沉在冰冷的雲層之下，困在一圈山巒之中，貝爾納維學會了慢慢地呼吸，把它一點一點吞進去。這是被打敗了的空氣，勉強站穩了腳跟，在平地上搖搖晃晃，尋找著敞開的嘴。他沒有跟任何人説過他的想法，因為他從來都説不出話來。所有的話都留在他心裏了。他説話很吃力，因為他母親説的跟事實上發生的從來都不是一回事，因為舅舅們笑啊叫啊好像有義務要讓自己開心，如此每週一次，然後就要回到銀行回到加油站去，可最主要的，還是因為他記不起他父親的聲音了。他們在這裏住了

有十一年了。誰也沒來打擾過他們，誰也沒來趕他們走。他們無需反抗任何人。連那個整天對著電線桿子彈著吉他唱「閃閃的電，亮亮的電」民謠曲的老瞎子都死掉了，他們還住在這裡。為什麼呢，貝爾納維？羅森多舅舅說這很滑稽。他們來不過是臨時住住的，一住就是十一年。既然已經住了十一年，他們會永遠在這裏住下去的。

「只有你爸走的是時候，貝爾納維。」

父親

他們想起他的時候，總是先想起背帶。他一直用背帶，似乎靠它們他才能得到拯救。他們說，他用背帶把生命緊緊鉤住，他要跟他們一樣就好了，他就能放鬆一點了。他們發現，他的衣服穿舊了，背帶卻沒有；它們總是嶄新光亮的，扣子還是鍍金的。背帶和他的風流倜儻一樣，是人所皆知的，老人們說，他們還在使用這樣的詞語。不，李奇舅舅對他說，頑固得跟騾子一樣，心裏面老懷著失望，你父親就是這樣子的。在學校裡，貝爾納維跟一個多嘴的大孩子打起來了，因為他問貝爾納維他爸爸在哪兒，貝爾納維說他死了，那個大孩子就咧嘴笑了，說，所有人都這麼說，事實上沒有誰的爸爸會死掉，只不過你爸爸把你扔下跑了，或者也許你從沒見過他，他睡過你媽以後就把她拋棄了，那時候你還沒給生下來呢。很頑固，不過是個好人，羅森多舅舅說，你注意過沒有？他要是不笑的話，就顯得很老，所以他就每時每刻沒來由地保持微笑，唉，這安帕麗朵的男人真是沒意思，就咧著嘴朝你笑，沒來由地笑，內心裏卻是苦的，剛跟貝爾納維你媽媽結婚，年紀輕輕，就傻傻的給派到格雷羅州的一個小村子裏去當見習農藝師，負責一個合作社。他剛去的時候，那地方一團糟，很多擁護合作社的人被殺，收成全給酋長和車主們搶了去。你父親想上報，他好像要讓中央政府、讓最高法院也動起來呢，儘管他沒這麼說，沒這麼承諾，沒這麼打算。

這是他的第一份工作，有的是雄心壯志。那麼好吧，他們料到會有外面的人來查案子，昭雪冤情，所有人都聯合起來，受害者和劊子手糾合在一起，反對你父親上訴，讓他承擔罪責。好管閒事，滿腦子正義思想的首都人，地獄裏的皇帝，他們極盡能事地說他。他們因為爭執、敵對、慘死之類的陳年舊事結成同盟。一代接一代，總能把事情擺平的。正義在家族裡，在他們的榮譽和自豪裡，不是由一個愛管閒事的小工程師說了算的。聯邦政府的人下來以後，就連死者的兄弟姐妹和遺孀都一口咬定有罪過的是你爸爸。他們笑了；讓聯邦政府的農藝師自個兒去講他聯邦政府的正義吧。經過這次失敗後，他再也沒振作起來，就像有人說的。在機關裡，人們都對他冷眼相待，把他看作是一個理想主義者，覺得他不能幹，他就沉淪了。他找了份坐辦公室的活兒，整天僵在那裡，沒有進步，沒有提升，債上加債，一塌糊塗，因為他內心裏的某種東西崩潰了，他心裏的一盞小燈熄滅了，他就是這麼說的，可他還是不住地微笑，用兩手的大拇指拉著背帶。誰救得了他。正義是可以與愛為敵的，他有時候說，那些人是相愛著的，即使給捲入同一樁案子裡，這要比我承諾的正義還要厲害。這就好比要送他們一尊精美絕倫的希臘女神大理石像，可他們在自己的破茅屋裏已經有了溫柔貼心的小小女神。這是何苦呢？你父親安德烈斯·阿巴里希奧獨自沉思著，在南方的大山裡，在一個被遺忘的村莊裏始終笑著。那裏沒有公路，沒有電話，時間要靠看星星來測算，消息靠記憶來傳遞，唯一確定的事情就是所有人都會給葬在一起，葬在同一塊有粉色的天使和乾燥的萬壽菊守護的田地裡，所有人都知道。村民們聯合在一起把他打敗了，因為激情比正義更能團結人心，你也是，貝爾納維，誰打你了？你的嘴怎麼裂開口子了？你的眼睛怎麼紫了？可貝爾納維不想跟他的舅舅們講學校裏那個多嘴的大孩子跟他說了什麼，也不想說因為他不知道怎麼跟那個大孩子說他的父親安德烈斯·阿巴里希奧是誰所以他們扭在一塊兒打起來了，他只是說不出話來，他第一次

模模糊糊地明白，要是動不了口，那就動手，他也不想搞得特別明白。不過事實上他本想對那個婊子養的壞孩子說，他父親死了，因為他只有這最後的尊嚴了，因為死者在生者面前仍是擁有力量的，儘管是不幸的死。人們是尊敬死者的，難道不是嗎？

母親

她努力堅持使用這一套文明禮貌用語，大概正是在使用的過程中，她形成了感性與冷靜兼具、好夢想又堅強的性格，也只有這樣，她使用的這種在這個失落的街區已經沒人使用的語言才顯得可信。只有一些老年人，就是那些說她的丈夫安德烈斯·阿巴里希奧風流倜儻人所皆知的人，才站在她這邊，而她堅持要往桌上鋪餐布，把刀叉放在指定的位置，她說，大家沒開始吃之前，誰也不許搶先開始，只要她，家裏的這個女人、妻子、夫人不離座，誰也不許擅自離席。她求別人幹什麼總要說「請」，還要其他人不要忘記說「請」。當還有客人來訪，還過生日，還過三聖節甚至是有朝聖者、小蠟燭和大禮包的客店節的時候，她的家永遠是「您的家」，客人的家。可這些都是她丈夫安德烈斯·阿巴里希奧還活著的時候，還在農業廳拿工資的時候的事了；現在沒了收入，生計都難以維持，來訪的只有些老人，跟她說話時用像「精心」和「翔實」，「請原諒」和「請允許我」，「細緻」和「出於疏忽」之類的詞句。可是老人們也一個接一個地去了。他們來的時候是帶著一大家子人的，三代甚至是四代人像玻璃珠似的串在一起，可是不過十年，就只能見著年輕人和小孩，要找出幾個能說漂亮詞句的老人，就好比在草堆裏找針了。她的老人們一個接一個都死掉了，她能說什麼呢？她這樣想著，在鏡子裏看著自己。這鑲著波浪形銀框的鏡子是她媽媽傳給她的，那時候，她一家子人住在瓜地馬拉共和國大街，後來租金起了變化，房東堂菲德里科·席爾瓦絲毫不留情面地漲房租，他們才不得不搬走。房東托人捎來話說什麼這是他母親的

要求，說堂娜菲莉希塔斯又專橫又貪財，她沒法相信這個，因為鄰居堂娜蘿德斯就告訴她說，席爾瓦先生的母親已經死了，可他還是不降房租云云。貝爾納維到了懂事的年齡，就試著把他母親在公眾場合的講究禮貌、雕琢詞句想像成是一種溫柔的表現，可是他想像不起來。當她講起窮困，講起父親的時候，她才變得感傷多情；可也是在說起這些的時候，她比任何時候都更加堅強。貝爾納維不知道他媽媽的這些表演都是什麼意思，但他知道，她暗有所指的話並沒有針對他的地方，好像在行動和話語之間有一道深淵，你是一個守規矩的好孩子，貝爾納維，你永遠不要忘記，別跟你學校裏的那些野孩子混在一起，跟他們保持距離，你要記著，你出身好，你有好習慣，這是你的無價之寶。只有那麼兩回，他媽媽安帕蘿像變了個人似的。有一回，她第一次聽到貝爾納維在大街上對另一個小男孩兒大聲喊操你媽，回到家後，她在梳粧檯上伏下身子，兩隻手攥成拳頭靠在額前，任由鏡子滑落在地，口中說著，貝爾納維，你真讓我失望，你不該這樣，你看看你生在什麼地方住在什麼地方，這有悖常理貝爾納維。鏡子沒有壞。貝爾納維從不跟她爭辯。他明白，每次他媽媽坐在梳粧檯前，手上拿著鏡子，斜著眼睛瞧她自己，摸著下巴，抬起一根指頭默默地畫著眉毛，用手掌擦去眼裏那一點一滴地流逝著的歲月，她都會不住地嘮叨，這比她說什麼更重要，因為貝爾納維覺得說話永遠是一種奇蹟，講話比動拳頭需要更多的勇氣，因為拳頭只是佔據了話語的位置而已。在學校裏跟那個大孩子打完架回來，他不知道媽媽是不是在自言自語，他不知道媽媽曉不曉得他就在那裡，就站在一道簾子後面。舅舅們在這所小房子裏拉了好幾道用毛毯做成的簾子，用於分割空間。他們每個禮拜天都來，給這個房子作整修，把硬紙板換成土坯，把土坯換成磚頭塊，直到房子具有了某種體面人家的氣息。這種體面人家的氣息，他們是擁有過的，在他們的父親給比森特·韋爾加拉將軍、傳說中著名的睪丸將軍當副官的時候，那時候，每到墨西哥革命紀念日，

十一月末的寒冷早晨，將軍常會邀請他們共進早餐。現在沒有了；安帕麗朵說的對，老人們都死掉了，年輕人都是愁眉不展的樣子。安德烈斯・阿巴里希奧可不是這樣子的，他總是面帶笑容，這樣看上去就不顯老。風流倜儻人所皆知。只有一次，他的笑容消失了。這一帶住著的人裏有個人跟他說了些很難聽的話，你爸爸沒多想就把他殺死了，貝爾納維。我們就再也沒見過他。哎呀孩子怎麼把你搞成這樣啦？堂娜安帕蘿終於說了，我的孩子小可憐。哎呀！你在哪兒打架了，她就不再照鏡子了。小東西！我的寶貝兒子！哎呀，你怎麼挨了打的呢？鏡子這一回就掉落在鋪著新磚的地上給摔碎了。貝爾納維望著她，對她很少表現出來的疼愛，並不感到吃驚。她望著他，好像已經明白，他知道不該對自己應得的東西感到吃驚，知道堂娜安帕蘿的柔情就像這個失落的街區一樣轉瞬即逝，十一年來，他們一直住在這裡，沒有一個人過來宣佈驅逐令，而舅舅們樂此不疲地把硬紙板換成土坯，把土坯換成磚頭塊。貝爾納維問他的父親是不是已經死了。她跟他說，她從沒夢見過他死掉。她回答他的問題的時候，用詞很準確，她要讓她兒子明白，她冷靜與嚴謹的一面，並沒有為她表現出來的柔情所覆蓋。只要她還沒有夢見她丈夫死掉，她就不認為他已經死了，她對他說。這就是區別，她說，她要表現得又精幹又多情，來吧，抱緊我貝爾納維，我愛你我的小可愛，聽我說。千萬不要因為挨了打就去殺人。不要稀里糊塗地殺人。要為你的理性、為你的激情去殺人。你會變得正直、強大。我的兒子啊，即便是殺人，也要為你自己的生命贏得一點東西。

舅舅們

　　他媽媽叫他們「小伙子們」，雖然這三個人最小的三十八，最大的已經有五十歲了。羅森多舅舅是老大，在一家銀行裏工作，就是整天點舊鈔票，好讓政府收回去銷毀。羅曼諾和最小的李奇是

一座加油站的職工，他們看上去比羅森多更老，因為他幾乎整天站著，而他們儘管得走來走去應付顧客，上潤滑油，擦拭擋風玻璃，卻可以成天圍著一個裝滿汽水的冰箱轉，肚子就慢慢脹起來了。加油站坐落在伊塔帕拉帕區一處路邊上，路的盡頭籠罩在一片灰雲之中。在這裡，什麼也看不清楚，不管是人還是房子，只能看到灰頭土臉的汽車和伸出來付錢的手。在加油站死氣沉沉的空閒時刻，羅曼諾就邊喝百事可樂邊看體育報紙，李奇會吹起長笛，奏出悅耳、歡快的樂聲，時不時也喝口可樂涼快一下。他們只在星期天才喝啤酒。星期天他們會帶著手槍去街區的破房子後面的荒野裏打兔子和蛤蟆，他們出發前喝一次，回來後再喝一次。他們的星期天就是這麼過的。貝爾納維會爬到自家屋後的一個碎瓦片堆上，從那裏看他們。他們笑得很開心，好像在流著口水，不時地抬起袖子擦著嘴唇上方狂飲過後留著啤酒沫的鬍子，互相用胳膊肘撞著對方，每打死一隻大小破了當日紀錄的兔子，就會發出叢林狼一般的嚎叫。然後他就看到他們擁抱，拍打對方的後背，然後提著血淋淋的兔子的耳朵回家，李奇的兩隻手裏各帶隻死蛤蟆。安帕蘿在遍佈火炭的廚房裏搧著風，給他們端上撒了辣椒末的嫩玉米棒子和番茄炒飯，這時候他們就吵起嘴來，因為李奇說他快四十歲了，他不想挺著大肚子跟個傻屄似的，對不起安帕麗朵，就這樣悶死在一個加油站裡。那個加油站還是小丁・韋爾加拉律師先生的，他還是在老將軍的命令下幫他們這個忙的，而聖胡安德雷特蘭大街上的一個夜總會要讓他去試音，看看能不能加入熱帶樂團當長笛手。羅森多就忿忿地伸出兩手抓起一根玉米棒子，貝爾納維就看到了他因為老是點髒鈔票而長了斑點的病指。他說吹笛子才是二尾子對不起安帕麗朵所幹的事情，李奇說他要真是個男人為什麼至今還沒有娶老婆，羅曼諾又親又氣地往李奇頭上敲了一記，因為在加油站裏他是他唯一的陪伴，現在他要走了，可他說，因為他們三個一起頂著這個家，養著他們的姐姐安帕蘿，養著小貝爾納維，所以他們至今還沒有成家，三兄

弟掙的錢只能養五張嘴，要是李奇跟著一個雜耍樂隊跑了，那就只剩倆兄弟了。他們激烈地爭執起來，李奇説，在樂團裏他能掙更多的錢，羅曼諾説，他的錢會統統花在女人們身上，好向那些什麼人呢向那些吸大麻的人炫耀，羅森多説，不管怎麼樣，安帕麗朵請原諒，安德烈斯·阿巴里希奧的撫恤金會有點用的，如果最終能確認他死亡了的話，安帕蘿就哭了，説沒錯這是她的錯，她要謝罪。大家都上前去安慰她，唯獨李奇走到門口，沉默下來，望著平原上棕褐色的夕景，並不理會作為家裏的老大又開始講起話來的羅森多。這不是你的錯安帕麗朵，但你丈夫本可以告知我們，他是死了還是沒死的。我們都做我們能做的工作，你看我的手，安帕麗朵，你以為這讓我很開心嗎？可只有你的丈夫才想入非非（都是我的錯，貝爾納維的媽媽説），因為一個掃大街的或是一個看電梯的都比一個公務員掙得多，可你丈夫為了得到撫恤金想要往上爬（都是我的錯，貝爾納維的媽媽説），而要拿撫恤金就得死掉，於是你丈夫就消失了，安帕麗朵。外面一大片灰暗灰暗的，李奇在門口説，接著安帕麗朵説，她的丈夫像一個騎士一樣戰鬥，為的是讓我們大家不會沉入最底層。這工作在哪個底層呢？李奇激憤地説完就出去了，貝爾納維跟在他後面，來到那寂靜的、沉睡之中的荒原。晚霞之下的荒原上散發著濃烈的乾糞和玉米餅的味道，他們想像著這塊土地上綠草如茵的樣子。李奇舅舅哼起阿古斯丁·拉臘[1]的波萊羅舞曲：「銀一樣的長髮／雪一樣的長髮／温柔的髮鬟翹起來」，就在這當兒，幾架飛機從低空中飛過，滑向國際機場，只有遠方一條機場跑道亮著燈。但願樂團能收我，李奇望著遠方黃色的霧，對貝爾納維説，九月份國慶日他們會去亞卡普爾科演出，你可以跟我一道去，貝爾納維。我們不要還沒見過大海就早早死掉了，貝爾納維。

---

1 阿古斯丁·拉臘（AgustÍn Lara，1900-1970），墨西哥作曲家。

失落的城市

387

貝爾納維

十二歲起，他就偷偷地翹課了。他去舅舅們工作的加油站，他們准許他拿上一塊破抹布，未經車主同意就把擋風玻璃擦一擦，這也是服務的一部分：雖然只能掙一丁點兒，不過總比沒有的好。在學校裡，沒有人注意到他曠課，他們也無所謂。教室常常是給一百來個男孩兒女孩兒擠滿了的，少一個人就意味著大家能舒服一點，儘管誰也不知道少了一個人。李奇總還是進不了熱帶樂團，他對貝爾納維說，過來賺幾毛錢吧，別浪費時間了，不然你就跟你那沒用的老爸一樣的下場。他不再吹長笛了，他在貝爾納維的作業本上簽老師的名字好讓安帕蘿相信他還在上學，就這樣，兩人之間確立起一種同謀犯似的關係，這是貝爾納維人生中與別人結成的的第一個秘密關係，因為在學校裡，他所看到的和他在家裏所聽到的實在差距太大了。在家裡，他媽媽成天說什麼規矩說什麼好的出身說什麼世風不正好像就有另外的一群人並不是壞人，而當他在學校裏想說這些的時候，別人望著他的目光是無神的，冰冷的。有個女老師發現了這一點，就跟他說，在這裡，誰也不會可憐別人，誰也不需要被別人可憐，因為那就有點類似於鄙視。在這裡，誰也不抱怨這抱怨那，誰也不比別人高一等。貝爾納維聽不懂，但這個老師讓他很來氣，因為她總擺出一副比他自己還要更理解他的樣子。李奇是理解他的，來吧貝爾納維掙你的錢吧，瞧瞧你要是有了錢你能得到什麼，瞧那輛正開進來的捷豹，嚯嚯，來這裏的盡是老爺車，啊這是我們的老闆小丁律師先生哪，他正在處理生意呢，看這本雜誌貝爾納維，喜歡這女人不，歸你享用好不好，像這樣的就是小丁律師先生的那些女人，你看，多大的奶子喲貝爾納維，想想看，把她的裙子掀起來，迷失在她的兩條大腿之間，那兩條腿暖暖的就像溫牛奶一樣貝爾納維，我喜歡這個，瞧這張亞卡普爾科的廣告，我們真他媽賤哪貝爾納維，你看這些開著愛快‧羅密歐的富家公子貝爾納維，想想他們小時候過的是什麼樣的日子，現在長大了，然後老

了，又會過什麼樣的日子，飯來張口，可你呢？貝爾納維，你我一生下來就得受苦受窮，我們跟他們一樣的歲數啊，可不是嗎？他嫉妒他的舅舅李奇有一副好口才，因為對於他來說講話是一件很費勁的事，他也知道，要是沒有話，就動拳頭，所以他離開學校，來和這座城市動拳頭，這座城市至少和他一樣的沉默寡言，那個多嘴的大孩子的話比他的拳頭更傷人，是不是啊，貝爾納維？如果城市也能打人，起碼它不說話。你為什麼不找本書讀一讀呢貝爾納維？那個讓他來氣的女老師問他，你覺得自己比你的同學們要低一等嗎？他不能跟她說，他讀書的時候感覺到某種很討厭的東西，因為那些書就和他媽媽說話是一個腔調。他不理解何為理性，過了這麼久還不明白，他都傷心了。而城市不一樣，城市由著人去看，去愛，去渴望，他在交通最擁擠的時刻跑過改革大道，穿過起義者大街，經過革命大街和學府街，擦著車窗，勇敢地面對疾馳而來的汽車，像鬥牛士一般避開它們，和一群流浪兒一起在平地上踢著用報紙團成的足球，就像兒時一樣，身上蒸發著汽油的味道，撒出的尿在地上變成渾濁的泥流，在這個街角偷來幾瓶汽水，在那個街角摸走幾串烤肉，偷偷混進電影院裏免費看大片，這樣他就遠離了他的舅舅們和他母親，他變得更加獨立，更加狡猾，更強烈地想得到那些讓他眼界初開的東西，他開始說話，又是那混蛋的話，沒辦法擺脫它們，得說購買我的服務吧，信賴我吧，每一塊窗都需要我，這個女人從車窗裏伸出手來給他兩毛錢對他快速、專業的擦洗工作一個謝字也不說，那個富家公子瞧也不瞧他一眼地說別碰我的車窗髒東西，從街上他可以看到電視節目，但聽不到聲音，因為電視機都放在商店櫥窗裡，隔著玻璃，沒有聲音，把欲望像毒素一樣注射給他，他慢慢地長大，他想到十五歲了他賺的錢並不比十二歲的時候更多，因為他還只能拿著塊破抹布在交通擁擠的時刻奔波在改革大道、起義者大街、革命大街和學府街之間擦車窗玻璃，歌兒裏唱的，廣告裏吹的東西還是離他那麼遙遠，他自覺無能，而且這無能

的終結是遙遙無期的，就像他的李奇舅舅幻想著在熱帶樂團吹長
笛，九月份的時候去亞卡普爾科，吊在橙色的滑翔傘上飛過五彩斑
斕的海灣，掠過童話一般的希爾頓、馬里奧特、亞卡普爾科公主這
些大酒店。他媽媽知道此事後，就忍氣吞聲，沒有罵他什麼，可她
也服老了。她的那些為數不多的又老又做作的朋友，死了老婆的藥
劑師，不穿鞋子的卡門教派信徒，前總統魯伊斯‧科蒂內斯的未受
眷顧的表妹，他們都從她的眼睛裏看到了一種寧靜，好像剛接受了
一場教訓，話說得非常好。她也只有這些能耐了。她一連幾個鐘頭
待在原地，看著延伸至天邊的空曠的原野。

「我聽到風的聲音，整個世界都在窸窣作響。」

「說得真好哇，堂娜安帕麗朵。」

棚子

他對李奇舅舅心生怨恨，因為離開學校去大街上擦車窗並沒
讓他致富，也沒有給他其他人所擁有的一切，只讓他比過去更卑微
了。所以，到了貝爾納維滿十六歲的時候，羅森多和羅曼諾舅舅打
算送他一個非常特別的禮物。你猜我們這些年打著光棍是怎麼過來
的？他們問他，一邊舔著嘴唇上方的小鬍子。你以為我們打完兔子
跟你媽和你在家裏吃完飯以後都去哪兒了？貝爾納維說：你們去找
妓女了，舅舅們就哈哈大笑，說向一個女人付錢是傻瓜才幹的事
兒。他們沿著通往阿斯卡波薩爾科區的那條死氣沉沉的幽靜的路，
把他帶到一個廢棄的工廠裡，他的身上還散發著刺鼻的變質汽油的
味道，門口的守夜人向他們先收了一披索，便放他們進去了，羅森
多和羅曼諾舅舅把他推進一間幽暗的小房間裏後就把門關上走了。
貝爾納維只看見一道深色皮膚的閃光，然後就開始摸索。撞見了誰
就是誰。他和那個女子站直身子，然後她把後背靠在牆上，他就挨
到她身上，貝爾納維感到很絕望，他試圖明白，他不敢講話，因為
這不需要話語，他確定這絕望的快感就叫做生命，他張開兩手摸

她，從羊毛衫硬硬的、粗糙的毛摸到柔軟的雙肩然後是光滑的乳頭，從僵硬的細棉布裙子摸到兩腿間那濕漉漉的小蜘蛛，從她厚厚的穿了好多小孔的絲襪摸到她棉花般柔軟的膝窩。舅舅們在外面怪叫著讓他不能專注，他幹得好快好失敗，而他曉得只有不過於專注才能持續更久，他終於說出話來了，他都為自己感到吃驚，他把陽具插進這像融化了的奶油般柔滑的女孩的身體裡，她把手臂盤在他後頸上，把兩腿纏在他腰間，就這樣掛在他身上有兩次。我叫貝爾納維，你叫什麼名字？愛我吧，她對他說，幹漂亮一點，小東西，就像他媽媽在跟他溫柔的時候一樣，哦唷好小子你看你給我插的這辣椒哦！然後他倆坐到地面上，此時舅舅們開始吹口哨了，就像在加油站裏一樣，像趕馬一樣，我們走啦孩子，喂喂，別再插啦，給下個禮拜天留點內容嘛，別讓這些女妖怪把你的蛋蛋給吸走啦，啊哈對啊我的女妖精們拜拜他現在肯定爽死啦。他從姑娘的頸上一把扯下那小牌子來，她大喊起來，舅甥三人飛快地逃離了棚子。

瑪丁希塔

接下來的那個星期天，他很早起就靠在工廠門口等她。女孩子們一個個來了，都偽裝得很好，有的戴著面紗，扛著筐子，真是欲蓋彌彰，另外的一些更自然一點，穿著高領羊毛衫，格子紋的褲子，就像現在的女僕一樣。她來了，還是穿著細棉布的裙子，毛茸茸的羊毛衫，不住地揉著給阿斯卡波薩爾科的煉油廠排放出來的黃霧熏得癢癢的眼睛。他知道那是她，因為他不住地玩弄著那塊印有聖母像的金牌，讓它隨著自己的手腕的運動搖盪著，讓它轉著圈子，太陽光直射在聖母的眼睛上，她給照到了，她不得不停下腳步，看哪看，故意把手放到頸子上，讓他明白，她就是她。她長得不好看。就是長得醜。可貝爾納維不能退縮。金牌還在他手裏轉，她走過來，把它抓在手裡，一句話也沒講。她看上去令人噁心，頂著一頭燙得很失敗的焦枯頭髮，長著一口歪歪扭扭的金牙，把光芒

全讓給了瓜達盧佩聖母，生著一張歐多米人[1]的扁平臉。貝爾納維跟她說最好他們能去散散步，不過他還是沒有問她，你真的不是為了錢才做這事的嗎？她說，她叫瑪丁娜，不過所有人都叫她瑪丁希塔。貝爾納維挽住她的胳膊，兩個人沿著街道一直走到西班牙人公墓，裏面有大大的花圈，白色大理石的天使像，這是這條路上唯一一個算得上好看的地方。這墓地可真美呵，瑪丁希塔說，貝爾納維就想像著兩個人在一個這樣的埋葬著富人的小聖殿裏做愛的場景。他們找了塊刻著金字的石板坐了下來，她從一個花盆裏抽出一朵花來，聞了聞，在她的扁鼻子頭上沾滿橙色的花粉，她笑了，然後拿著這白花搔首弄姿，把花搗進她的鼻子裡，又搗進貝爾納維的鼻子裡，他連打噴嚏。她露出金光閃閃的牙齒笑了，她對他說，既然他一言不發，她就把所有的事情一古腦兒全講給他聽，她們去工廠都是自個兒樂意的，什麼人都有，有像瑪丁娜這樣從農村來的，也有在首都已經待了好長時間的，這不要緊，重要的是大家去工廠都是自個兒樂意的，這是她們唯一可以感覺自己擺脫了可惡的老闆、擺脫了自己的小孩兒、擺脫了街區裏愛佔便宜的花心男人的地方，然後我見了你，我不記得了，所以才有這麼多沒有爸爸的小孩子，在這裡，黑燈瞎火的，誰也不認識誰，沒有任何問題，每個禮拜來這麼一個激情時刻多美呵，不是嗎？事實上，她們都覺得在黑暗裏做愛，誰也看不清誰的臉，誰也不知道發生了什麼，誰不知道跟誰在做愛，這實在是美妙的事，可她可以肯定，對於來這裏的男人們來說，他們感興趣的倒不是這個，而是可以幹最弱的女子的那種感覺。在她的村子裡，神父們的女人就是這樣的。她們謊稱自己是神父的姪女或是佣人，任何一個男人都可以找她們做愛，跟她們說你要是不來的話我就把你和神父一起告發了臭娘們兒。據說從前修女們也是這樣，莊園主們摸進修道院裏跟嬤嬤們做愛，那裏誰會

---

1 歐多米人（otomí），墨西哥土著居民。

抗拒呢？沒有人會抗拒。十六歲的這個晚上，貝爾納維沒睡著，心裏面老想著一件事：瑪丁希塔說話真好聽，她從來不會找不到話說，而且她做愛的功夫多棒哪，她唯獨缺的就是美麗，只可惜她長得很醜。他們約好以後就在西班牙人公墓碰頭，每個禮拜天在一個很有名的工業家的家族的哥德式陵堂裏做愛，她跟他說，他總是很特別，很幼稚，似乎從他的家裡，他得到了某種與他的貧窮和笨舌頭並不相稱的東西，誰知道呢，她不懂，她還住在村子裏的時候就知道只有富人家的子女才有權利顯得幼稚然後成長長大，像瑪丁希塔和貝爾納維他們這樣的人應該生來就成熟，貝爾納維你和我一生下來就受苦受窮，可是你不一樣，好像你想讓自己顯得與眾不同，我不知道。一開始，他們所做的就像所有窮人家的年輕情侶一樣。他們觀賞免費的演出，比如星期天在查普爾特佩克堡的騎兵方陣，在他們戀愛的最初幾個月裡，這樣的隊列表演接下去還有好幾個，先是九月份獨立日的國慶閱兵，李奇舅舅就想在這時候帶著他的長笛去亞卡普爾科，然後是革命日的會操表演，到了十二月有耶誕節燈會，以及在貝爾納維老家的客店節，在瓜地馬拉共和國大街，他臥病在床的朋友路易西多還住在那裡。他們和他的老鄰居們都沒怎麼打招呼，因為這是貝爾納維第一次帶著瑪丁希塔去認識他的熟人，這些人也認識他媽媽堂娜安帕麗朵，而路易西多的媽媽堂娜蘿德斯和羅莎‧瑪麗雅都沒有招呼他們，那個癱在床上的孩子睜著一雙看不見的眼睛望著他們。然後瑪丁希塔說，她想認識貝爾納維其他的朋友。路易西多讓她感到害怕，因為他和她村子裏的一個老頭一模一樣，而他是永遠不會變老的。他們找來和貝爾納維一起踢過足球，擦過車窗玻璃，在學府街、起義者大街、改革大道和革命大街賣過口香糖、紙巾甚至是攙了毒粉的香菸的小夥伴們，不過，在大街上跑來跑去開著玩笑、搶著生意，然後再把剩餘的能量在一個紙球和一個球門間發洩掉，這是一回事，而帶著女孩出來，找一家小吃店，對著幾碟沉默不語的肉餅和幾杯果汁，像大人一樣地交

談，那就是另外一回事了。貝爾納維在小吃店裏看著他們，他們嫉妒瑪丁希塔，因為她是真的會做愛，不是在濕漉漉的夢裡，不是在純粹的吹牛皮中，但是他們並不嫉妒他擁有瑪丁希塔，因為她長得很醜。說不清是出於報復的目的還是想炫耀還是只想也來講講自己的好運氣，男孩兒們跟他們說，有一個每天都經過憲法大街去松樹大街辦公的政客，有一天裝模做樣地向他們中的兩個贈送足球賽門票，為的是向旁邊一個正在看著這番情景的總統侍衛表現一下。其他人就湊足了錢準備星期天去看，他們邀請他同去，但不帶她，因為錢不夠，貝爾納維就說我不去了，我不能星期天撇下她一個人。他們和男孩子們一起走到阿茲特克體育場入口，瑪丁希塔跟他說，他們可以去西班牙人公墓，可貝爾納維只是搖搖頭，然後給瑪丁希塔買了瓶汽水，然後就像一頭困在籠子裏的美洲豹一樣在體育場門口轉來轉去，每聽到球場裏傳來喊叫聲，他就抬起腿來狠狠地踢在霓虹燈柱子上，每有一聲「好球！」的狂吼，貝爾納維就會狠踢燈柱，他終於說出話來了，這狗日的日子，我在哪裏才能找到出路，在哪裡？

說語

瑪丁娜問他，接下來他倆怎麼辦，她很直爽，她說，她不能任由自己為他懷上孩子，不能害了他，可那又怎樣呢，如果他們不能預先說好接下來他們真正幹什麼的話。她跟他說一些暗示性的話，就像他向她提議去帕布拉玩一樣，他們搭順風車去那裏看五月五日的隊列表演，爬上一輛載貨卡車，來到像頂針兒一樣閃閃發光的聖法蘭西斯科·阿卡特佩克教堂，再從那裏步行到貼滿瓷磚、堆滿糖果的城市，他們還夢想著一起去探險，去看清幽的松樹林，去看冰冷的火山，這些對於貝爾納維來說都是新鮮事物。她來自伊達爾戈州的印第安人的平原，見過貧瘠的原野，她說，可那原野又是乾乾淨淨的，不像汙糟糟的城市，在看紀念沙瓦人和薩卡波阿特拉

人──就是拿破崙的軍隊和堂貝尼托・華雷斯律師先生的軍隊的交戰而進行的隊列表演時，她對他說，她很想看他穿著軍裝、掛著綬帶、佩上那所有的行頭大步前進的樣子。馬上就要輪到貝爾納維去參加徵兵的抽籤式了，大家都知道，瑪丁娜彷彿對這很瞭解地說，參軍能給兵丁們所缺乏的教育，對於像他這樣連一張裹屍草蓆都沒有的小青年來說，當兵不是壞事。貝爾納維的話像一口玉米炒麵一樣堵在嗓子眼兒裡，只在此時，他才感到他比不上瑪丁希塔，不過她沒有覺察到，然後他一邊望著一家甜品店裏的火腿、糖果盒和黑糖，一邊望著櫥窗上映出來的倒影，將自己和她作著對比，他覺得自己更好看，更苗條，甚至是更白皙一點，眼睛裏似是閃著翡翠的光芒，不像他女朋友的眼睛，黑黑的穿不透，飄忽不定。他不知道跟她說什麼好，於是就帶她去見他媽媽了。瑪丁希塔對此態度很認真，很激動，差不多把這個當成是一個正式的邀請了。而貝爾納維只想讓她看清楚，他們是不一樣的。也許，這樣的日子堂娜安帕蘿已經等了很久，這是一次讓她重新找回青春活力的機會。她把自己最好的行頭拿了出來，一件寬肩正裝，珍藏多年的尼龍絲襪，鋥亮的尖頭皮鞋，還從一個紙板箱裏小心翼翼地取出幾張老照片，這些發黃的相片證明著她的祖先的存在，他們不是無名之輩的後代，不是昨天剛剛冒出來的，小姐，您想得可美呵，看看您想嫁入什麼樣的家庭吧，在一張相片上，卡列斯總統居於正中，左邊是韋爾加拉將軍，後面是將軍的副官，那就是安帕麗朵、羅曼諾、羅森多和李奇的爸爸。可瑪丁希塔剛一出現，堂娜安帕蘿就啞巴了。貝爾納維的媽媽知道怎樣和其他像她這樣的女人比高下，她們對自己在這個世界上的位置都猶疑不決，可瑪丁希塔沒有表現出任何的猶疑不決。她就是個農家女，她從來不企圖變成另外什麼東西。堂娜安帕蘿沮喪地望著擺了茶和摩卡咖啡小蛋糕的桌子，蛋糕還是她讓李奇去一個很遠的糕點店買來的。現在她不知道怎樣給這個小女僕倒茶，小女僕不算，她還長得醜，醜醜醜，長得對不起基督哦上帝啊

她可真醜，如果是個漂亮的女僕，她倒還可以與之一爭高下，可是這麼一個怪物，跟她說什麼話才合適呢？難道跟她說小姐請坐，小姐招待不周請多包涵？教養是內在的，也表現在舉止當中，下一回我們可以把我們的家庭相冊拿來比較，如果您覺得妥當的話，現在您喝一口茶，加檸檬的或是加奶油的，嚐一塊摩卡咖啡小蛋糕，小姐，貝爾納維最喜歡吃法國蛋糕了，他可是個很有品味的男孩子，您懂不懂？她沒有朝她伸出手去。她沒有站起身。她沒有跟她說話。貝爾納維暗暗地求著說點兒什麼呀媽媽，你是知道該說什麼話的，這一點上你和瑪丁希塔很像，你們倆都是會講話的人，我就是說不出話來的人。我們走吧貝爾納維，五分鐘的僵局過後，瑪丁娜硬氣十足地說。你留下來陪我喝茶，我知道你有多喜歡她，堂娜安帕蘿說，姑娘祝您下午愉快。瑪丁娜等了幾秒鐘，然後便穿上她的羊毛衫，匆匆地走了。他們又見面了，又是一個屬於他們的星期日，他們總在一起，偎依在一塊兒，瑪丁希塔總是說著甜蜜的情話，可現在她的話裏帶著冷冷的刺：

「我從小就知道，我不可以做小孩子。而你可以，貝爾納維，我總算知道你可以。」

分離

貝爾納維又努力了一次，這回是跟他的舅舅們，瑪丁娜發「re」音的時候，露出她的一排金牙來，這樣有多少次喲，羅森多、羅曼諾和李奇在一個星期天的上午打完兔子和蛤蟆，在長滿綠色淺草的平地上坐下來，把槍放在兩腿之間，割著那些灰色的植物。李奇說，灰草的葉子對治療胃痙攣和受驚很有用，然後他用胳膊肘碰碰羅森多，望望拉著他外甥貝爾納維的手笑容燦爛的瑪丁希塔，羅曼諾對貝爾納維說，他正需要一杯灰草茶來治癒受驚。三個男的猥瑣地笑起來，這一回，瑪丁希塔終於用兩手掩住臉，飛快地跑開了，貝爾納維在後面緊追，等等我瑪丁娜，你怎麼啦？舅舅們

像叢林狼一樣嚎叫起來，舔著嘴唇上方的小鬍子，擁抱著，互相拍著背，笑得快斷氣了，哦貝爾納維，你從哪兒撿來這個小孤女的，她還是去給大獅子做夫人好了，我們的外甥怎麼找了這麼一朵發育不良的花兒，你別再折磨她啦，讓我們來給你找個更好的吧，你從哪兒把她找出來的呢，別告訴我們是從星期天去的那個棚子裡，啊哈，外甥你可真是個呆瓜，難怪你媽咪這麼傷心了真可憐。可是貝爾納維找不到話來告訴他們，她能對他說很甜蜜的話，另外她很溫柔，她除了美貌什麼都有，他想告訴他們，可他做不到，我會想死她的，他看到她在荒原上飛奔，忽然停下來，往後看，最後一次地等待他，下定決心吧貝爾納維，我沒給你帶來痛苦，沒驚擾了你的夢，我對你說甜蜜的悄悄話，我撫摸你，我讓你嚐到蜜糖的味道貝爾納維，下定決心吧我親愛的貝爾納維。外甥哪，小傻瓜；每個星期天趴到一個小女僕身上噴射牛奶是一回事，把誰帶出來見人帶著她滿世界跑又是另外一回事啦，要辦到這個你就得有錢，貝爾納維，過來呀，別傻了，讓她走吧，誰也不跟自己睡過的第一個女人結婚的，更不會跟像你的瑪丁希塔這樣的，多難看的臉，長得多嚇人，你看你真白癡貝爾納維，現在是你成為男人的時候了，賺你的大錢，好把女人弄來跟你招搖過市，我們沒有子女，我們把什麼都給你了，我們靠你啦，貝爾納維，你缺什麼？汽車？鈔票？衣裳？你穿什麼呢？你跟那些女人說什麼呢外甥？你怎麼接近她們？驕傲的鬥牛士，貝爾納維，她們是一群小母牛，去挑逗她們，灑脫一把，瀟灑一把，就像歌兒裏唱的那樣，來吧貝爾納維，把手槍給玩會嘍，是時候啦，跟你的老舅們一起幹吧，我們為你為你媽咪犧牲自己，你沒理由那麼幹，忘了她吧貝爾納維，算是為我們做的，現在輪到你向前衝啦小伙子，跟這隻母貓在一起你只會倒退，別告訴我們說我們的犧牲是徒勞的，你看我蛻皮的手，跟斑點狗似的，看看你羅曼諾舅舅的大肚子，他腦袋裏還塞滿了機油和廢氣，他還能有什麼出息呢，看看你李奇舅舅的死人眼睛，他從沒去成亞卡普爾

科，夢想就像積在睫毛上的眼屎一樣堆在那裡。你想成為這樣嗎小兔崽子？走吧，向上爬吧貝爾納維，我已經老了，我告訴你，雖然你不情願，一切都把我們分離開，現在你跟你的女朋友分開，將來同樣你要和你媽分開，和我們分開，多少是帶著點兒痛苦的，人是什麼都適應得了的，然後你就會對離別習以為常，這就是生活，就是離別連著離別，不是團聚，而是分離，這就是生活，你會懂的貝爾納維。這天下午，十個月來他是頭一次離開了瑪丁娜一個人過的，他在玫瑰區隨意遊蕩，看汽車，看華服，看餐館的門口，看進去的人穿的鞋子，看出來的人打的領帶，目光從這樣東西甩到那樣東西上，並不在任何東西、任何人身上逗留太久，他生怕從自己的睪丸裏腸子裏會生出一股膽汁一股苦澀的怒火來，驅使他往那些出入「漢堡」、「日內瓦」和「尼斯」這樣的酒吧和酒店的衣冠楚楚的公子哥兒們和扭著屁股的小姐們身上狠狠踹上幾腳，就像他狠踢體育場外的路燈柱子一樣。這個星期天，他轉遍了整條起義者大街，街上擠滿了從庫埃納瓦卡返回的汽車，相互碰撞著，賣氣球的人，玉米餅店裏也擠滿了人，他想像著自己可以狠踢整座城市，踢得它支離破碎，一地的碎片像霓虹燈一樣閃爍，然後再把它們磨碎，吞到肚子裏去。在起義者大街的天橋上，自從嘲笑瑪丁希塔以前就讓他憤怒的李奇舅舅坐在一個海鮮大排檔裏打著誇張的手勢對他說：「我成啦，外甥。他們收了我讓我去吹長笛啦，我就要和樂團一起去亞卡普爾科了。為了讓你明白我說話算話，我邀請你同去。事實上我想我應該感謝你。我的老闆想認識你。」

金髮佬

他沒跟李奇舅舅去成亞卡普爾科，因為老闆給他工作，還要再等等，再等等。貝爾納維沒有很快就認識他，他只聽到他又粗又高的聲音，就像坐在辦公室的玻璃門後面的電臺播音員發出的聲音。讓小伙子們照顧他吧。在更衣室裡，他們上上下下打量他，還有的

人把手指放到鼻子上朝他做猥褻的手勢，還有的人根本不把他放在眼裡，朝他打個手勢然後就繼續穿衣，把內褲仔細籠好，讓睪丸處在舒服的位置。有個皮膚黝黑、高個長臉、睫毛挺直的傢伙朝他作驢叫，貝爾納維差點就要撲上去揍他了，另外一個算得上是金髮白膚的小伙子攔住他，跟他說，他還想怎樣，老大為新來的人特意添置了一個大衣櫃，另外不要理會「驢子」，那傢伙學驢叫是為了標明他的身分，不是為了羞辱任何人。貝爾納維想起在帕布拉，瑪丁娜跟他說過的建議，參軍吧貝爾納維，他們會先教育你，讓你學會服從命令，然後就會讓你晉升，如果他們把你一腳踢走，你就買把槍，自己幹，她開玩笑說。他對金髮佬說，這套制服很好，他不知道怎麼穿，制服倒是很好。金髮佬說，看來他得照管他了，然後給他拿了件皮裝外套，幾條剛出廠的還硬梆梆的牛仔褲，以及兩件格子紋襯衫。他跟他許諾說，等他有了女朋友，就送他一套出門穿的正裝，現在他姑且就穿這些，五項全能練習的時候就穿白汗衫，睪丸要小心保護好，安安穩穩的，因為有時候要經受很劇烈的打擊。他給安置在一個當兵營用卻從哪一面看上去都不像兵營的地方，外面總是停著很多灰色的卡車，有時候會有穿著平民服裝的人進來，往手臂上綁一塊白手帕，出去時就摘下。他們在行軍床上睡覺，很早就在一個體育館裏訓練，體育館裏散發著從破窗戶透進來的桉樹的味道。先練吊環和雙槓，單槓和鞍馬，鉛球和跳馬。然後是臂力棒、爬網牆、獨木橋和射擊訓練，訓練的最後才是大頭棒、橡膠管和鐵護手。他在更衣室裏的穿衣鏡前望著自己，他一絲不掛，像是用鐵筆尖勾勒出來的身形，自然鬈曲的頭髮，並不像可憐的瑪丁希塔那樣的乾枯燙髮，他那印歐混血人的五官是瘦削的，稜角分明的，有線條的，並不像瑪丁希塔那樣的像被人一拳打扁了的臉，他的臉線條優美，他的腿和肚子同樣線條優美，眼睛裏閃著綠色的充滿自豪的光，以前這是沒有的。「驢子」一聲聲叫著笑著從他身旁走過，他那話兒比他的更長，這些都讓貝爾納維心生忿恨。金髮佬

再一次把他攔住了，跟他說，「驢子」只會這個樣子笑，他的驢叫就是他的標誌，就像他，金髮佬，他的標誌就是他的收音機，總是音樂在前，哪裏聽到音樂聲，我金髮佬就在哪裡。有一天，貝爾納維感到他網球鞋下的大地變了。再不是查普爾特佩克鋪滿松針、含有細沙的柔軟土地了。現在，所有的訓練都在一堵巨大的牆體邊進行，訓練狠命奔跑、猛烈搏擊、伏在地面上疾速移動。貝爾納維決定瞄準「驢子」來獲得勇氣，他嫺熟地翻轉身體，猛擊敵人的後頸。他抬膝狠踢那個瘦瘦高高、睫毛挺直的惹人討厭的男孩，「驢子」過了十分鐘才緩過勁來，不過沒過多久他就驢叫幾聲，重新投入訓練了，好像什麼事也沒發生過一樣。貝爾納維覺得，是時候了。金髮佬卻跟他說，不，他表現得很好，非常好，應准予休假獎勵。他把他推上一輛紅色的「雷鳥」，跟他說，放上卡帶自己玩吧，隨你挑什麼音樂，你要是悶了，就打開迷你電視機，就放在那裡，我們去亞卡普爾科，貝爾納維，我來讓你體驗一下什麼是生活，「我生在銀色月光下，/我生來是海盜，/我生來愛跳倫巴舞，/我是韋拉克魯斯人」，隨你挑。並非如此，他後來說，我什麼也沒挑，他們給我挑，那個金髮女郎坐在床頭等著我，床墊閃閃發光，穿得像猴子的服務生時刻準備好給我搬行李，另外一個也是這個模樣的服務生把早餐送到我的房間裏來，往冰箱裏塞滿東西，只有太陽和大海不是贈送的，我就在那裡。他在賓館的鏡子裏看自己，不過他不知道別人是不是在盯著他看。他不知道除了瑪丁希塔，他能不能讓女人們喜歡上。金髮佬對他說，他要能自己買單的話，就得賺好多好多錢，那就不會有白吃白喝的感覺了；你看這輛紅雷鳥，貝爾納維，可能是個二手車，但現在它是我的，我花自己的錢買來的，他笑了笑，對他說，以後他們見面就不多了，現在輪到烏雷尼塔來照管他了，就是烏雷尼塔博士，這是個難纏的傢伙，長著張老光棍的苦臉，一副便秘的表情，不像金髮佬這樣會享受，嗨，再見啦，他往兩手上吐了口唾沫，在閃著銀幣光澤的前額上抹

了抹，發動了「雷鳥」。

烏雷尼塔

「閣下讀到幾年級？」

「我想我都不記得了。」

「別犯傻。二年級？三年級？」

「您說吧，烏雷尼亞先生。」

「我當然猜得出來，貝爾納維。我在這裏就是幹這個的。像你這樣的空腦殼是一批一批來這裏的。沒辦法。這就是原材料。看我們怎麼深加工吧，看我們怎麼把原材料做成出口產品。」

「正如您所說，烏雷尼亞先生。」

「可以拿出來現的產品，我的意思是。辯證法。我們的朋友們認為我們沒有過去，沒有想法，因為他們看到的就是像你這樣的蠢驢，他們就笑話我們。這樣反而好。讓他們這麼以為吧。這樣我們就能佔有他們丟下的空空的歷史了。你懂我的意思嗎？」

「不明白，老師。」

「他們把祖國的歷史用謊言填滿，讓它衰弱無力，讓它變得像口香糖一樣，然後這個人扯一塊，那個人再扯一塊，一開始誰也不注意。可有一天你一覺醒來，你發現你夢裏面的偉大、自由、團結的祖國沒有了，貝爾納維。」

「我嗎？」

「對，包括你，儘管你不知不覺。你認為你為什麼在這裏跟我待在一起？」

「金髮佬讓我來的。我什麼都不知道。」

「那麼我會讓你懂的，小蠢驢。你是為一個新世界的誕生來出力的。而一個新世界只能脫胎於混亂、憎恨、恐怖之中。你懂我的意思嗎？暴力是歷史的助產士。」

「您說的對，烏雷尼塔先生。」

「不要叫我的小名。小名有損形象。誰教你稱呼我烏雷尼塔的？」

「沒有人教我，我發誓。」

「小呆瓜。我可以兩腳把你踢成兩半。他們就這麼吩咐我們的。都是約翰・杜威[1]和莫伊塞斯・薩恩斯[2]的過錯。告訴我貝爾納維，你怕不怕窮困潦倒？」

「我現在就是這樣，烏雷尼亞先生。」

「你錯了。還有比你更慘的。想想你媽媽趴在地上擦地板的樣子，或者更慘的，想像一下她殘廢了的樣子。」

「您也是，教授。」

「別侮辱我，小蠢驢。我知道我是什麼人，知道我的價值。我瞭解你們這些人，混蛋的流氓無產階級。你以為我不瞭解你們？我念書的時候就去過工廠，試圖把工人組織起來，喚醒他們的階級意識。你以為他們理會我了嗎？」

「也許吧。」

「他們讓我碰了一鼻子灰。他們不聽我講的話。他們不想看清現實。就是這樣的人。現實懲罰了他們，報復了他們，報復你們所有這些惡鬼。他們不想認清現實，就是這樣，他們本想用幻想來懲罰現實，他們做了革命階級，結果失敗了。在這裏我來教育你貝爾納維。我好好提醒你；我不會輕易退縮的。好吧，現在該說的話我都說了。他們散佈了這些關於我的謠言。」

「他們？」

「我們的敵人。不過我想做你的朋友。把一切都告訴我吧。你從哪兒來的？」

1　約翰・杜威（John Dewey，1859-1952），美國實用主義哲學的重要代表人物之一，也是教育家。

2　莫伊塞斯・薩恩斯（Moisés Sáenz，1888-1941），墨西哥政治家，為維護墨西哥土著居民權益的活動作出重大貢獻。

「那兒，就從那兒來的。」

「你有家庭嗎？」

「再說吧。」

「朝我敞開心扉吧。我想幫你。」

「我知道，教授。」

「你有女朋友嗎？」

「算有吧。」

「你想怎樣呢，貝爾納維？你要相信我。我是信任你的，是不是？」

「再說吧。」

「有可能兵營裏的氣氛太壓抑了。你想不想換個地方跟我聊？」

「隨便。」

「我們可以一起去電影院，怎麼樣？」

「好啊。」

「你要明白一點。我可以幫你修理那些侮辱過你的人。」

「我覺得挺好啊。」

「我家裏有好多書。哦不，不光是理論方面的書，還有沒那麼無聊的，各種給男孩子看的書都有。」

「很好啊。」

「那麼你來啦，小兔崽子？」

「握手，烏雷尼塔先生。」

馬里亞諾律師

　　他咬了烏雷尼亞的手之後，就給帶去見他。據說老大笑破了肚皮，倒想認識認識貝爾納維。他在一間擺著皮椅、鋪著聖櫟木地板、放著顏色和大小差不多的書、掛著表現火山爆發的油畫的辦公室裏接見了他。他說，他可以叫他「律師」，馬里亞諾・卡雷翁律

師，要像在兵營裏那樣叫「老大」，聽上去太高高在上了，是不是？是的，老大，貝爾納維說。這個律師在他看來就和學校裏的清潔工長一個模樣，是個戴著眼鏡的清潔工，梳得光溜溜的腦袋跟橄欖似的，眼鏡片子像啤酒瓶底，長著副老鼠鬍子。他告訴他說，他很喜歡他回應烏雷尼亞那個討厭鬼的做法，他是個老赤黨，現在為他們服務，因為這場運動中的其他頭目都說，有一套華麗的思想學說是很重要的。

他不這麼認為，現在他要見他了。他叫烏雷尼亞進來，理論家就垂著腦袋進來了，給貝爾納維啃過的手上還纏著繃帶。他讓他從書架上拿一本書下來，隨便哪本，他最喜歡哪本就拿哪本，然後高聲朗讀。是，先生，遵命，先生，烏雷尼亞就用顫抖的聲音讀起來：「我不能愛每個人身上背負著小小秋天的綠樹」，你還能明白點兒什麼貝爾納維，不能，貝爾納維說，烏雷尼塔繼續朗讀，聽您吩咐先生，「在最後的受辱的房屋，沒有燈，沒有火，沒有麵包，沒有石頭，沒有沉寂，我一個人哀傷自己的死亡，」繼續讀，烏雷尼塔，別洩氣，我要讓這孩子知道這所謂的什麼文化是什麼鬼東西，「石頭上的石頭，人，在哪裡？空氣中的空氣，人，在哪裡？時間裏的時間，」烏雷尼亞咳嗽了幾聲，連連致歉，「你亦是未完成的人的碎片？」到此為止吧烏雷尼塔，你還能明白點兒什麼小男孩兒？貝爾納維搖了搖頭。老大讓烏雷尼亞把書放在一個特拉克巴克出產的玻璃煙灰缸上，那煙灰缸就跟律師的眼鏡差不多，就放在那兒，讓他劃根火柴燒了那本書，好，跑步過來，烏雷尼塔，卡雷翁律師嚴肅生硬地笑了笑，這些書頁讓我頭疼，我今天的位置，不是靠讀這些東西得來的，誰不承認呢，這些對於我是多餘的，烏雷尼塔，這個小兔崽子為什麼需要你呢？他說他有理由咬您，如果您問我擺這個大書櫃是做什麼用的，我會告訴您說是用來時時刻刻提醒我自己，還有好多書等著焚燒掉。你瞧，小男孩兒，他透過那八層厚的冷冰冰的鏡片，放出所有的光芒，望著貝爾納維說，任何一

個傻蛋都可以用一顆子彈打穿世界上最聰明的腦瓜，你別忘了這一點。他說，儘管揍他，他喜歡他，他讓他想起自己當年的樣子，他讓他重新振奮，他真的很喜歡他，他邀請他陪他上了一輛靈車似的黑色「銀河」，車窗都是黑色的，可以從裏面看外面但不能從外面看裏面，他說四十年前有個人撫養他，就是像他這樣的人，阿爾馬桑將軍的選舉被破壞掉了，辛那其黨[1]收養了像他這樣的人，他們現在在做同樣的事情，不要擔心，一旦擁有了我們，你和你父母的生活就大不一樣了。會更好。可現在你已經擁有我們了，小貝爾納維。他讓司機大概五點鐘的時候回來接他們，讓貝爾納維陪他去吃飯，他們進了玫瑰區的一家餐館。在某個星期天，滿懷憤怒的貝爾納維只能在這些餐館的外面往裏面看。眾主管、服務員都朝他們欠身致意，就像彌撒儀式上的輔祭似的，律師先生，您的包廂已經準備好了，這邊請，遵命，先生，聽您吩咐，赫蘇斯·弗羅倫西奧，小機靈鬼，我就把律師先生交給你啦。貝爾納維發現，老大喜歡跟人講述自己的人生，他是怎樣從城市的底部爬了上來，堅持不懈，不靠書本，帶著偉大祖國的信念，坐到今天的位子的。他們吃著裹了麵包屑烤出來的海鮮，喝著啤酒，然後金髮佬打斷了他們，說有消息通報，老大聽了說，把這個婊子養的帶過來吧，又對貝爾納維說，繼續慢慢吃。老大繼續平靜地講述他的人生故事，然後金髮佬帶著一個儀表整潔、穿著考究的先生回來了，老大只是簡短地說，下午好，法官先生，現在金髮佬會把您需要知道的講給您聽。然後老大不慌不忙地開始弄他的法國龍蝦，金髮佬一把揪住法官的領帶結，朝他吐了一連串髒話，學著跟卡雷翁律師先生打交道吧，別在通往總統先生的路上設置障礙，這些事情首先要通過卡雷翁律師先生，因為法官先生您的工作是他給的，懂不懂？老大既沒有看金髮

---

[1] 墨西哥辛那其全國聯盟建於一九三七年，主張恢復墨西哥的天主教傳統，反對自由主義和共產主義。一九四一年，辛那其主義宣稱共有一百萬信徒，後影響逐漸減弱。

佬，也沒有看法官，他一直盯著貝爾納維，此時，貝爾納維從他的目光裏讀出了他必須懂得的東西，這是老大希望他讀出來的，你也可以成為這個樣子，你可以就這樣對待這些人，法律管不了的，貝爾納維。老大讓人把龍蝦殼子撤走，服務生赫蘇斯‧弗羅倫西奧飛快地俯下身來，看看法官先生，然後又看看卡雷翁律師先生的臉，便打算不向法官先生打招呼了，只顧著把髒碟子撤走。貝爾納維不能和誰對目而視，他和赫蘇斯‧弗羅倫西奧的目光便撞到了一起。貝爾納維對這個服務生印象不錯。他覺得可以跟他說話，因為他們分享著一個秘密。雖然他和所有人一樣得靠拍馬屁過日子，可他掙自己的錢，過自己的日子。他知道這個，他們約好下回見，赫蘇斯‧弗羅倫西奧對貝爾納維心生好感，跟他說，照顧好自己，你什麼時候想來這裏當服務生，我會幫你的，政治是搞不清楚的，法官讓你看見自己給律師羞辱的樣子，他不會饒過你的，哪天律師被人羞辱了，他也不會饒過你，因為你親眼看見過他羞辱別人了。

「不管怎麼說，我祝賀你。我想你拿到一張好票了，小伙子。」

「你真這麼認為嗎，兄弟？」

「你要罩我哦。」赫蘇斯‧弗羅倫西奧笑笑說。

佩德雷嘉爾

貝爾納維在那裏感受到的是，這的確是一個有名字的地方。老大把他帶到他位於佩德雷嘉爾區的家中，跟他說，盡情享受吧，要知道我把你收養了，你想轉到哪裏就儘管去，跟做飯、管家務的小伙子們混混熟。他在這房子裏轉了一圈。衛生間建在平地的高度上，向下經過幾個紅色水泥坡，然後是圍成火山口似的一圈臥室，最後是幾個敞開大門的大廳，中間是一個位於房子的中心位置的在地下開挖的游泳池，池底的燈光把泳池照亮，泳池上方的天藍色鉛皮頂是整個豪宅的遮陽帽。卡雷翁律師的妻子是個頂著黑色卷髮的

胖女人，長著厚厚的下巴，胸前和手腕上都戴著聖牌，看見他，就問他是什麼人，是恐怖分子還是保鏢，是來搶劫他們的還是來保護他們的，都一樣，都是些粗人。這個玩笑讓夫人自己大笑不已。打老遠就能聽到她過來，就像聽到軍樂隊演奏一樣，正如金髮佬和他的收音機，「驢子」和他的叫喚聲。來到這裏最初的兩三天，貝爾納維經常能聽到她的聲音。他像個傻子一樣在房子裏四處轉悠，一邊等待著老大叫他去給他活兒幹，一邊摸著房子裏的陶瓷製品、玻璃櫥和大花瓶，時不時能碰到笑咪咪的夫人，傳說中他爸爸安德烈斯‧阿巴里希奧也是這樣子笑的。有一天下午，他聽到了音樂聲，憂傷的波萊羅舞曲，在午睡時分奏響，他感覺自己昏沉沉的，又覺得自己很帥，就像在亞卡普爾科的賓館裏對著那幾張鏡子時一樣，他被輕柔哀傷的音樂吸引了過去，可上到二樓時，他迷路了，他穿過一間盥洗室，來到一個更衣室裡，那裏放著好幾打和服和沙灘拖鞋，門半開著。

床和亞卡普爾科賓館裏的床一般大小，上面鋪著老虎皮，他看見床頭邊放著個托架，擺著小燈和照片，下面是放磁卡的機器，就像金髮佬的二手「雷鳥」上的那個一樣，虎皮上躺著卡雷翁太太，渾身一絲不掛，只有那幾塊聖牌，特別是其中一塊貝殼形狀的，上面是瓜達盧佩聖母的金像，她把這塊聖牌放在私處之上，此時馬里亞諾湊上前去，用舌頭把牌子掀開，夫人便像少女一樣嬌媚地尖聲大笑起來，說，不要嘛，我的大王，你要尊敬你的聖母，他也一絲不掛，四肢撐在床上，睾丸凍得發紫，一個勁的要湊到那貝殼形狀的聖牌上去，哦我的小肥妹，哦我的小賤人，我的香水美人，我的女神，螺鈿般的髮鬈，讓你的爸爸去聖母面前給你祝福吧，我的愛，錄音機裏的波萊羅一直在唱「我知道我永遠吻不到你的嘴，/那團燃燒著的血，/我知道我永遠走不到你生命的瘋狂激情之源」。那些做飯、管家務的小伙子告訴他說，看來老大對你印象很好啊孩子，不要錯過機會，他會處處保護你的。你要能從縱隊裏

跳出來就跳出來吧，這可是個危險的差事，你會明白的。在這裡，做做飯，管管家務，不管怎麼說我們還能過日子。金髮佬在總務房裏忙著接電話，他請貝爾納維坐上卡雷翁夫婦的千金的「捷豹」跑車兜一圈，她在一所學校裏跟加拿大來的修女學習禮儀，車子得時不時出來跑跑，以免壞掉。他說，那些小管家說的沒錯，老大是看上你什麼了，才把你帶過來撫養的。好好把握吧，貝爾納維。你進了保鏢隊，一輩子不用愁吃愁穿啦，金髮佬說，他像賽車手一樣駕駛著小姐的捷豹，我的話不會錯的。關鍵是你能知道所有的流言都是怎麼回事，然後他們就沒法兒整你了，他們給你抓住了一半的把柄，就沒法兒整你了，除非他們讓你永遠保持沉默。可你要是會把你的牌打好，那麼，你就什麼都有了，鈔票，女人，汽車，甚至能吃的和他們一樣。可是馬里亞諾老大是唸了書的啊，貝爾納維說，他先拿了學位，然後才發達的。金髮佬聽了狂笑不已，說，老大只唸過小學，「律師」這個稱呼是別人給他安上去的，因為在墨西哥對所有重要人物都是這麼稱呼，哪怕他連一本法律書的封面都沒翻過，別犯傻啦貝爾納維。你得明白，每天都會降生一個百萬富翁，他需要你在某一天能保護他的生命、他的小孩、他的錢、他的珠寶。你知道為什麼嗎？貝爾納維？因為每天也會降生一千個像你這樣的混蛋，準備著將來把和你同一天出生的富人幹掉的。一個人對抗一千個人，貝爾納維。別跟我說什麼沒法選擇自己的出身。我們要是留在自己生出來的地方，我們就完了。還不如跟那些給我們罪受的人過日子，對不對？老大把他叫到泳池邊的酒櫃旁，讓貝爾納維陪他去看掛在牆上的他女兒米拉維雅的彩色照片。她美不美？當然啦，絕對的，因為她是用愛、用情感、用激情造出來的，因為沒有這些就沒有生命，是不是呀貝爾納維？他告訴他說，他注意到他，什麼也沒有，什麼保護也沒有，可前方的一切都等待著他去征服。他嫉妒他這一點，他說，他的眼鏡片子被蒸汽模糊了，因為不久之後你就擁有了一切，然後你就恨自己，因為你已經爬上來了，

你厭倦了，你萎靡了，是不是？一方面你害怕自己掉回原地，另一方面你又得為到達頂峰奮力拚搏。他問他想不想哪天跟一個像米拉維雅這樣的女孩子結婚，他沒女朋友嗎？貝爾納維就把這張經過精心加工的照片裏的那個浮在玫瑰色雲朵之中的女孩和那樣不幸的瑪丁希塔作對比，但他不知道跟馬里亞諾律師先生說什麼好，因為跟他說想或說不想都會一樣地惹惱他，不過老大並不在聽貝爾納維說什麼，他只聽自己講，以為自己也在聽貝爾納維講。

「一個受過苦的人有權利讓別人也遭受他遭受過的痛苦，孩子。我向你保證這絕對是真理。」

縱隊

他們會在阿爾瓦拉多大街集合，然後從羅薩雷斯區下來，朝卡洛斯四世像進發。我們上灰色卡車，北邊走英雄街和米納街，南邊從蓬西亞諾·亞利阿加機場和巴西里奧·巴迪略學校包抄，這樣不管從哪一面我們都可以切斷他們的退路了。所有人都戴上白袖章，胸前掛上白色棉布結，準備好醋手巾，等警察來了可以防瓦斯氣。等到遊行隊伍離卡洛斯四世像有那麼兩百米遠的時候，在英雄街蹲點的人就從羅薩雷斯區下來，從後面襲擊他們。你們就大喊「切·格瓦拉萬歲」，一遍遍的叫，別想著你們在捍衛什麼東西。把那些遊行的人當成法西斯分子。我再說一遍：法——西——斯。你們要弄明白，製造一個絕對的混亂，就像人們常說的「阿莫索克的祈禱式」[1]，然後就狠狠地打，別手下留情，用大頭棒，用鐵護手，隨你們怎麼叫罵，放開手腳吧孩子們，要開心，從南邊來的人會喊「毛萬歲」，你們就給他們一頓暴揍，別理他們，把這個當成是節日，盡情享受吧，你們是雄鷹縱隊，現在就到地面上來一展身手

---

1 根據墨西哥民間傳說，在西班牙殖民統治時期，在帕布拉州的一個叫阿莫索克的地方，兩個手工業行會的人曾在教堂裏發生激烈的衝突，死傷慘重，後人們就用「阿莫索克的祈禱式」來形容後果很糟糕的事。

吧，孩子們，到街上去，到馬路上去，砸那些燈柱子那些鐵窗簾，
往店鋪裏面扔石塊兒，能砸多少家就砸多少家，這會讓人們仇恨那
些學生的，不過重要的是他們要給抓住了他們就會給嚇得魂飛魄散
了，不要留情面，狠狠地踢，朝他們的蛋蛋來一下，你，還有你，
你們兩個拿著破冰鎬，不管是誰經過就上，要是把一個小赤黨的眼
睛挖出來，別管他，讓他自己後悔去，這裏有我罩著你們，你們知
道的，往他腦殼上狠狠地敲，混蛋，這裏有我罩著你們，去履行上
帝的旨意吧，幹漂亮點，這條街就是你們的，你在哪個區出生的？
你呢？阿斯卡波薩爾科？巴爾烏埃納？索奇米爾科？北渠？阿特蘭
帕？特蘭西多？塔庫巴亞？潘特翁內斯？今天你們就上吧，我的雄
鷹們，你們就想，這讓你們吃盡苦頭的大街，今天是你們的了，你
們可以隨便找誰給他罪受，不會有懲罰，這就像殖民者征服墨西哥
一樣，勝者為王，今天你們給我衝到街上去，雄鷹們，報復所有曾
讓你們覺得自己毫無價值的人，你們曾經活得那麼慘，吃了那麼多
白眼，你們受了那麼多辱罵，都不能還嘴，你們吃不到晚飯，睡不
了女人，上吧，揍那抬高房租的房東，揍那把你們趕出家門的惡
棍，揍那個要沒有五千個子兒先送上就不給你媽媽動手術的庸醫，
狠狠地揍那些剝削過你們的人的子女，看見了嗎？那些學生就是上
流社會的小孩兒，他們將來也會成為房東、白領、醫生，就和他們
的爸爸一樣，你們就要報復他們，痛苦的債要用痛苦來還，我的雄
鷹縱隊，你們知道了，在灰色卡車裏保持靜默，然後像野獸一樣埋
伏起來，然後就去鬧吧，狠狠地打，隨心所欲地打，想想自己被污
辱了的妹妹，想想自己跪在地上擦地板的媽媽，想想自己整天掏乾
糞掏得雙手變形身子垮掉的爸爸，今天輪到你們來報仇了，雄鷹
們，就在今天，不要錯過，不要擔心，警察會認出你們的棉布結和
袖章，他們大不了就打你們，陪他們玩玩吧，他們大不了就把你們
一個個塞進警車，這是騙騙人的，不過是向記者們炫耀一下，重要
的是明天報紙上就會說左翼學生之間發生衝突，首都中心地帶發生

騷亂，共產主義陰謀抬頭了，要趕緊剷除！要把共和國從無政府混亂狀態中解救出來，你們，我的雄鷹們，你們就想，別人在受鎮壓，你們不會，不會的，我向你們保證，現在你們聽馬路上的奔跑聲，這條街是你們的，把它給拿下，大步開進，進到煙霧裏去，別怕，整座城市都迷失在煙霧裏啦。沒救啦。

不明白

他的媽媽堂娜安帕蘿不願接受這樁醜事，是羅森多和羅曼諾兩個舅舅告訴她的，她不願承認她自己的兒子坐了牢；李奇最終安頓下來，掛靠在亞卡普爾科樂團名下，時不時給貝爾納維的老媽寄來一百披索。而她因為羞愧和不知情而痛苦不已，羅曼諾跟她說，不管怎麼說，她的丈夫安德烈斯·阿巴里希奧是殺死過一個人的。對，她說，可他從沒有進過監獄啊，這就是差別，貝爾納維是我們家第一個坐牢的人。你知道噢，老姐。舅舅們是以另外一種方式看貝爾納維的，他們也覺得自己不認識他了；他已經不是那個在他們去灰茫茫的原野上打野兔和蛤蟆時坐在屋頂上看他們的笨小孩了。貝爾納維殺掉了一個男孩兒，在阿爾瓦拉多大街的衝突中，他揮舞著一把破冰鎬撲到那男孩兒身上，把鐵器深深插進他的胸中，感覺到那個男孩兒的內臟要比他手中冰冷的鐵器更堅硬，但破冰鎬還是戰勝了內臟，內臟只是把它往裏吸了進去，就像情人之間一個「吸」另一個那樣。男孩兒的笑和驢叫同時停止了，只挺著那硬梆梆的睫毛望著霓虹燈的光圈。金髮佬跑過來跟他說，別放心上，他得表現表現，他明白，沒過幾天，他們就在試著讓他出來了，事情也給一樁樁擺平，正義被證明是存在的。可金髮佬也認不得他了，他第一次跟他說話結結巴巴，他的眼裏竟然含滿了淚水，你為什麼要殺人呢，貝爾納維，而且殺的還是我們的人？你本該更小心一點的。再說你也知道「驢子」這個人的，可憐的「驢子」，他是夠白癡的，可他本質上是個好人吶。為什麼呢貝爾納維？而餐館服務生

赫蘇斯・弗羅倫西奧也作為朋友來看他，跟他説，出去後他應該來餐館跟他們一起幹，他可以幫他和老闆打招呼，他會告訴他為什麼的。市中心發生騷亂的那一天，馬里亞諾・卡雷翁律師在那家餐館喝得酩酊大醉，他很興奮，興致勃勃地跟他的朋友們講，有一個男孩兒讓他想起很多東西，首先是堂馬里亞諾自己少年時的樣子，然後是他二十年前認識的一個人，在格雷羅州的一個合作社裡，一個從未屈服的工程師，他大概是要把公正帶到這個州來，卻吃盡苦頭。馬里亞諾律師談起他是怎樣發動所有人反抗工程師阿巴里希奧的，他遊説村裏不論貧富所有的家庭一起反對那個愛管閒事的外地佬。外省人的地方主義是很容易給利用起來的。堂馬里亞諾・卡雷翁説，重要的是讓酋長制得到鞏固，因為在沒有法律的地方，就是由酋長來維持秩序，要是沒有秩序，資產、財富很快就會消失，先生們，他對他的朋友們説。這個工程師懷有一種聖人才具有的憤怒，抱有一種十字軍的信念，這讓卡雷翁律師先生感到震撼。在後來的十年裡，他試著收買他，給他這個那個，升遷，房子，金錢，旅遊和女人，全都不受法律制裁。都沒用。阿巴里希奧成了他的一個心病，既然收買不了他，他就打算損他，給他製造麻煩，讓他的升遷遙遙無期，以至把他趕出在瓜地馬拉共和國大街的住所，趕到貧困帶那些失落的城市裏頭去。可馬里亞諾律師還是念著他，竟把安德烈斯・阿巴里希奧和他的家人以及其他「空降部隊」家庭要去安家的地塊全買了下來，這樣誰也不會趕他們走了，他説，不，讓他們留在那裡，老人們自然會死掉，誰也不靠榮譽生活，尊嚴不能帶來肉湯，養這麼一群憤怒的小孩兒是個好主意，等到他們長大了，我來把他們引上正軌，這是我的鷹巢。他説，每天他都會開心地想，那個沒有讓自己給收買了的工程師和他的女人、兒子還有舅子們這麼一幫懶人住在馬里亞諾律師名下的土地上，是他寬宏大量，才讓他們住在那裏的。不過，要讓這個想法真正博得他的開心，還得讓工程師知道這個事實。於是，律師就派了他的一個打手

把一切都告訴了你的爸爸，貝爾納維，你是一直靠我的老大的施捨生活的，臭叫花子，做了十年的乞丐，你好純潔，我的爸爸是從來不會停止微笑的，這樣做是為了不讓自己看上去顯老，可這回他把卡雷翁律師的保鏢一把抓住，毫不猶豫地殺掉了他，然後就永遠消失，因為他只剩下最後的一點尊嚴，那就是讓別人以為他已經死了，而不是爛死在監獄裡，你倒要在監獄裏坐幾天，貝爾納維。這件事你還是知道的好，赫蘇斯·弗羅倫西奧說，現在你也看到了，他們給你的並不像他們所說的那樣牢靠。

有一天，你遇上了一個貴人，你有了一把保護傘，不受法律制裁。這樣很慘，時時刻刻受著保護，帶著恐懼，對自己說要是老大不罩著我我就啥也不是。貝爾納維在小床上睡著了，他拉起單薄的毛毯罩住自己，一直罩到頭頂，他在夢裏對老大這個膽小鬼說，你不敢跟我爸爸面對面，你不得不派一個殺手去，他卻把你的殺手殺掉了，膽小鬼。然後他又做了一個夢，在夢裏他靜靜地翻滾，死去，就像一個人的碎片，什麼？什麼人？說不清是夢，還是一個又模糊又強烈的願望：一切存在都向著土地而去，向著一切的聯合而去，水，空氣，花園，石頭，時間。

「人，在哪裡？」

老大

出監獄的時候，他恨著他，恨他對他父親所做的一切，恨他對他自己所做的一切。金髮佬在黑宮監獄的出口接他，把他帶上那輛紅色「雷鳥」。「又把心交出來，／甜蜜地說拜拜」，有金髮佬的地方就有音樂和他的味道。他告訴貝爾納維，老大就在佩德雷嘉爾等他，他什麼時候想去見他都行。他為貝爾納維在萊孔貝里[1]給關了十天感到很難過。老大的情況越來越壞。貝爾納維並不知道，他

---

1 萊孔貝里，即「黑宮」監獄。

是連報紙都不看的，好像是説他挑動騷亂，反對他的聲音一浪高過一浪，他面臨被發配到猶加敦州做州長的威脅，去那裏做州長，就好比去月球打工，不過他説他會讓他的政敵們好看的，他需要你。在縱隊裡，你最是條漢子，他説。雖然你殺掉了可憐的「驢子」，老大卻説他理解你的激情，他也一樣。貝爾納維像一個小孩子似的大叫起來，一切在他看來都是那麼的可惡，金髮佬嚇得趕忙關了音樂，然後便不知怎麼辦好了，貝爾納維求他把他擱在阿斯卡波薩爾科路，順著去西班牙人公墓的方向，但金髮佬不放心，便開著車慢慢跟著他，貝爾納維走在滿是灰塵的人行道上，經過紮著梔子花圈的賣花人，經過在石板上刻上每一個男人和每一個女人的名字、生日和死期的石匠，他們都在哪裡？

貝爾納維一遍遍地自語著，想著卡雷翁律師下令燒掉的那本書。金髮佬決定耐心等待，一個鐘頭過後，他才翻過墓園的鐵欄出來，金髮佬打趣道，今天你可從鐵欄後面出來兩次啦，小心點兒，孩子，貝爾納維進到佩德雷嘉爾區的房子裏時，還在恨著老大，可一見到他，倒心生憐憫了。他還是那張戴著眼鏡的清潔工的臉，抓著一個斟著威士忌的小杯，就像抓著一個救生圈一樣。他想起他光著身子撐著四肢帶著冰凍的睪丸取悦他妻子的情景，感到心痛。無論如何，米拉維雅就是有權利進一座禮儀學校，而不是住在失落的城市裏的一間用金屬板和硬紙板搭起來的破屋裡。他進了佩德雷嘉爾的大房子，他看到老大頹廢的樣子，感到心痛，同時又感到安全，在這裏他不會遇到麻煩，在這裏誰也不會拋棄他，在這裏老大不會給他罪受讓他擦車窗，因為老大不會把公正帶到格雷羅州，不會為了得到自己如一塊聖餅般純潔的感覺而選擇餓死，老大不像他老爸那樣傻，他的老大馬里亞諾·卡雷翁，他的老爸安德烈斯·阿巴里希奧，哦哦，老大老爸，不要拋棄我。律師讓金髮佬給這表現得如此英勇的孩子也倒一杯威士忌，讓他不要擔心，政治不過是一種漫長的耐心等待，在這點上它和宗教類似，總有一天他會收拾那

些一直在搞陰謀害他、要把他流放到猶加敦半島去的人的。他希望貝爾納維既然在騷亂的時候跟他在一起，也能在他復仇的時候和他在一起。縱隊會改名字，它已經變得太有名了，有一天它會捲土重來，向滲透進政府裏的共產主義分子開戰，它會變得很白，讓復仇的太陽抹上一層白色，不過只要六年時間，沒有第二次選舉了，這開了個好頭，然後赤黨們就會上街，然後就像鐘擺一樣，你們會看到的，他們會回來的，因為他們會像博物館裏的石像那樣等啊等，等好久，嗯？到時候沒有人能攔得住我們的。他摟住貝爾納維的脖子，跟他說，沒有哪種命運是不會被蔑視超越的，又對金髮佬說，明天米拉維雅小姐就要從加拿大回來了，只要她在，他就不想見到他們，無論是他還是貝爾納維還是任何一個年輕保鏢。他們去了兵營，金髮佬遞給貝爾納維一把手槍讓他自衛，對他說，不要擔心，老大說的對，他們一旦開始運轉，就沒辦法控制他們了，「看這塊石頭永遠不會停下來」，媽的，金髮佬說，他的目光變得很狡黠，貝爾納維從沒見過他這樣，他們甚至可以從老大的手掌裏溜掉，如果他們願意，難道他還不知道他應該知道的一切嗎？怎樣統籌安排，怎樣接近一個街區，怎樣把孩子們集中起來，怎樣在必要的時候先使用彈弓，然後是鐵鏈，然後是破冰鎬，就像他用來殺死「驢子」的那個。這簡單得要命，就是製造一個看不見的但所有人都能感覺得到的恐怖，我們的恐懼來自於整天受保護，他們的恐懼來自於沒有保護。自己挑吧，孩子。不過貝爾納維已不再聽他講了，他沒有搭話。他正在回想著那個上午，他去公墓，那些星期天他和瑪丁希塔在一個正派人家的墳墓上做愛，有個老頭躲在一棵柏樹後面漫不經心地撒尿，他謝了頂，臉上掛著笑，像一個傻子似的，一直在笑，然後敞著褲襠、頭頂烈日慢慢走開了，阿斯卡波薩爾科中午的太陽就像是一隻黃色的大辣椒。貝爾納維覺得羞愧。別回去了。一個模糊的記憶就夠了，不用知道。當他擁有了一套新西裝、一輛二手的福特野馬的時候，他去看他媽媽，對她說，明年他會給她一

幢又明亮、又乾淨的房子，在一個住著體面人家的城區。她想跟他說在他小的時候跟他說的同樣的話，小寶貝，你是體面人家的孩子，不像其他孩子那樣粗野，她想說以前說起他父親時的那些話，「我從來沒有夢見到你死掉」，不過在貝爾納維聽來，母親的聲音既不溫柔也不嚴厲，只不過表達著和她所說的相反的意思。而他感謝她把他爸爸最漂亮的背帶送給了他，背帶上面有紅色的條紋，鍍金的扣子，它曾經是安德烈斯·阿巴里希奧的驕傲。

《燃燒的水》

邊境

女工瑪琳辛

她的名字叫瑪麗娜，因為她的父母親很想看到大海[1]。給她取名字的時候，他們說，看吧，看看這一個能不能趕上看海的好事兒。在北方沙漠的茅草屋村落裡，年輕人和老人住在一塊兒，老人們常說，他們年輕的時候，他們的老爹老娘就跟他們說，大海是啥樣兒的？我們誰也沒見過大海。

一月的冰封的太陽升起來了，瑪麗娜只見到格蘭德河瘦弱的水流，太陽覺得一切都是那樣的冷，都想鑽回它升起的地方、那棕色的沙毯裏去了。

現在是早上五點，她得在七點之前趕到工廠。她已經晚了。因為昨晚她和羅蘭多卿卿我我，跟他從河的另一邊去到德克薩斯的埃爾帕索，很晚才回來，打著冷顫，孤零零地走在國際橋上，回到她在華雷斯城貝亞維斯塔區的帶有簡陋廁所的小平房裡。

羅蘭多還躺在床上，一隻手枕在腦後，另一隻手抓著手機，

1　在西班牙語裏瑪麗娜（Marina）含有海（mar）的意思。

貼在耳邊，滿意又疲憊地盯著瑪麗娜看，她沒讓他送她回去，在她眼裡，他這樣的舒服，這樣的像個小孩子，這樣的蜷縮成一團，卻又是這樣的奔放，這樣的濕潤，這樣的性慾旺盛。在她眼裡，他尤其是這樣的幹勁十足，打這麼早就開始拿著手機打電話，上帝總是幫助早起的人，對於在邊境兩側跑生意的墨西哥男人來說，更是如此。

臨走前她在鏡子裏看看自己。她可是個睡美人兒啊。她的睫毛還是那般的厚實，跟小女孩兒似的。她套上鵝毛製的藍色外套，這衣服和她的超短裙很不配，因為外套一直垂到她的膝裡，而超短裙只及大腿。她工作時穿的網球鞋給她收在一個背囊裡，掛在肩上。她上班時總穿尖頭高跟鞋，儘管時不時鞋子會陷到爛泥裏，或是踩在石頭上斷裂開來，這跟那些金髮女郎正相反，她們是穿著冠軍牌帆布鞋上班，到了辦公室就換上高跟鞋。瑪麗娜犧牲她這雙漂亮鞋子不為別的，誰也不能看著她趿拉著雙破鞋像一個印第安阿帕契族女人似的嘛。

她在卡米奧街趕上了頭一班公車，然後就朝那些土塊壘成的街區、那些像是從地裏冒出來的破房子的那一邊極力望過去，每天早上都是如此。每一天，她都會朝著巨大的地平線極力望過去，天空和太陽在她看來就像是她的保護神，是世間的大美，天空和太陽是屬於所有人的，並且無須花費一分錢，常人、凡人怎樣才能造出這麼漂亮的東西哇！太陽，天空……還有他們常說的，大海！要是拿來比一比，其餘的一切都不得不是醜陋的。

最後她總是朝那些坡地望去。坡地往河邊漸至塌陷，她的目光也因重力定律被吸了過去，好像直至靈魂深處的所有東西都總在塌陷下去。從這個時候開始，華雷斯城的這些坡地就像是一個個蟻窩了。在最破落的社區，活動很早就開始了，漸漸地和蜂群融在了一起，從破房子和坡地往那條狹窄的河的岸邊漫溢過去，試圖從那裏越到河的另一邊。這會兒她就會轉過臉去，不知道她所看到的是不

是讓她不舒服，讓她感到害羞，讓她感到同情，讓她生出追隨這些去往另一邊的人的渴望。

她還是把目光停留在一棵孤零零的柏樹上，直到望它不見。

柏樹給甩在了後頭，瑪麗娜只能看見混凝土，牆和更多的混凝土牆了，混凝土之間鋪著一條漫長的大街。公車停了一塊平地上，穿著短褲的男孩兒們正在踢足球暖身子，她打著冷顫，穿過平地，走到下一個公車站。

她緊挨著她的朋友狄諾拉坐了下來。狄諾拉穿著紅色的毛線衫，藍色牛仔褲，平底運動鞋。瑪麗娜抱緊她的背囊，卻蹺起腿來，好讓狄諾拉和其他乘客看到她繫著緊踝鞋帶的精緻高跟鞋。她們說的總是老一套，小孩兒怎麼樣啦，你把他托給誰代管啦。以前，瑪麗娜的問題總能把狄諾拉惹惱，她就裝聽不懂，手忙腳亂地從包裹掏出一塊口香糖，或是來回地摸自己打著短髮卷的橘黃色頭髮。然後她發現，她每天早上都要跟瑪麗娜在公車上撞見，於是就迅速地回答說，鄰居會把她小孩兒送到托兒所去。

「少得很啊。」瑪麗娜說著。

「什麼？」

「我是說托兒所。」

「這裏什麼也跟不上哪，小丫頭。」

她不會跟狄諾拉說，快結婚吧，因為她唯一一次這麼說的時候，她不大友好地回她說，你倒是先結婚哪，給我做個榜樣啊，小美人兒。她不必跟她強調，她倆都是單身，不過瑪麗娜沒有孩子，她還有個孩子，這就是她倆的不同之處，小孩兒不需要一個父親嗎？

「作什麼用呢？在這裏男人都不幹活的。你想讓我不再養一個倒要養兩個嗎？」

瑪麗娜說，有個男人在家裡，總可以更好地防著廠裏的那些色狼吧。他們老是找狄諾拉麻煩，因為在他們看來她缺乏保護，誰也

不來保護她。這話讓狄諾拉惱得很，她跟瑪麗娜説，既然上帝把她們安排在同一輛車上，她是真的想和她處得好好兒的，但她要是再跟她提些沒有必要的建議，她立刻就不會再跟她搭話了，她讓她可別再裝慈悲了。

「我有羅蘭多。」瑪麗娜説，狄諾拉一聽，笑得快斷氣了，所有的女人都擁有羅蘭多，羅蘭多擁有所有的女人，你當你是什麼東西，蠢婆娘？然後瑪麗娜就不能自己地啼哭起來，她的眼淚並不順著臉頰滑落，而是全部積聚在睫毛上，狄諾拉就感到難過了，就從包裹抽出張紙巾來，抱住瑪麗娜，給她擦乾淨眼睛。

「你就別為我操心啦，美女，」狄諾拉説，「我知道怎樣讓自己不受廠裏那些色狼欺負。要是有人要我跟他睡一覺，好往上爬一級，我還是換個工廠做的好，這裏啊，誰也爬不上去，我們就是左挪挪右挪挪而已，跟螃蟹似的。」

瑪麗娜問狄諾拉她是不是換過好多家工廠了，這是她第一份工，她老聽人説，姑娘們在一個職位上很快就會厭倦，然後就跑去另一家幹。狄諾拉告訴她説，一樣的事情幹九個月，你就開始覺得腰疼，你的脊椎也會壞掉的。

她們得下車換乘下一班了。

「你也來晚了啊。」

「我想我的理由和你是一樣的吧。」狄諾拉笑起來，兩個人就搭著腰一起大笑。

廣場上已經擺開了遮陽篷和各式各樣的小鋪子，熱鬧的很。所有人都在哈著冬日的熱氣，商販們陳列出他們的貨物，掛出他們的廣告，「快來吃阿維利諾的嫩玉米棒子」，她們就停下來，買了兩根抹了辣椒、還在滴著熱水和黃油的香得不得了的嫩玉米。她們看到一則廣告，大笑起來：「請服壯陽精，適用於性器官乏力之男士」，狄諾拉就問瑪麗娜，她有沒有見識過這樣的男人。瑪麗娜説沒有，不過這不是關鍵，關鍵的是找到自己心愛的男人。心愛的男

人？哦，就是說覺得喜歡的。狄諾拉說，那東西不行的男人，差不多總是那些最好逗能的男人，就是工廠裏那些整日猛盯著她們，想占她們便宜的男人。

「羅蘭多可不這樣。他很猛的。」

「這個你跟我講過啦。他還有什麼呢？」

「還有支手機。」

「噢。」狄諾拉譏諷地眨眨眼睛，卻不再說話了，因為車子停下來上人，接著就是開往工廠的最後一段路了。一個很瘦很瘦卻挺好看的女孩子一路跑了上來，她的瘦削之美在這裏是很少見的，她穿著卡門教派的大袍子，趿著拖鞋。她在她們面前坐下。瑪麗娜就問狄諾拉，她就這樣不穿襪子，那小腳上啥也沒有，這大冬天的冷不冷呀。她擤了擤鼻涕，說，這是她對神許下的一個誓願，只在天寒地凍的日子裏有效，夏天就不行了。

「你們認識嗎？」狄諾拉問。

「有點面熟。」瑪麗娜說。

「她叫羅莎・露佩。她要惦記著聖事，你就認不出她來了。我向你發誓，正常情況下，她是跟大家很不一樣的一個人。你是為什麼許誓願的？」

「為我的居家公[1]。」

她跟她們說，她在廠裏做了四年了，她丈夫──她的居家公還是沒什麼出息。藉口是孩子，誰照顧他們呢？羅莎望著狄諾拉，並無惡意，「居家公留在家裏看孩子，看來是一直要等到他們長大了。」

「你養他嗎？」狄諾拉這麼說，是要報復一下羅莎・露佩跟她提這事。

「你去廠裏問問看。我們做工的人裏面有一半都是要養家的。

---

1 即「家庭主夫」。

我們就是所謂的當家婆。可我有居家公啊。我起碼不是單身母親。」

　　眼見這兩個女人要吵嘴，瑪麗娜就說現在車子開進好看的地帶了，三個女人就往路兩邊整齊排列的柏樹望去，不再講話；只等著那最美的景色出現，雖已成習慣，每天卻仍為此驚異不已，彩色電視機組裝廠，玻璃和閃亮鋼鐵的海市蜃樓，就像是用清澈空氣吹出的一個大泡泡，在裏面幹活兒，就好像置身在一派純淨、一派光明、差不多是一派夢幻裏一樣，多乾淨、多現代化的工廠呵，經理們管這叫工業園區，這些客戶加工工廠，金髮佬們用來組裝紡織品、玩具、發動機、家具、電腦和電視機，零件在美國生產，卻在墨西哥組裝，因為這裏的勞動力比那裏要便宜十倍，然後再返銷到國境線另一側的美國市場，只需交個增值稅就行了：這些事情，她們是不甚了了的，華雷斯城只是個招工的地方，這樣的工作，沙漠和大山裏的破舊村落裏沒有，在瓦哈卡、在恰帕斯就連在墨西哥城也找不到，在這裏卻唾手可得，儘管工資是美國的十分之一，卻是墨西哥其他地方的十倍不止：這一點，「毒魚草」都跟她們說倦了，這是個上了三十歲的女人，與其說她胖，不如說她長得很方，身體的四面是均等的比例，還是老式樣的農家婦女的穿著，儘管要知道她從哪地方來不是容易事，因為這個意志堅定、嚴肅認真卻笑口常開的「毒魚草」身上什麼都用一點，紮著惠喬爾人的線頭打成鞦韆式的辮子，猶加敦人的無袖衫，特萬特佩克人的裙子，佐齊爾人的腰帶，腳上是用固特異牌輪胎作底子、在所有的市場都能找到的皮涼鞋，因為是反政府的工會領袖的情人，他說的東西，她知道一點，竟沒能被所有的工廠徹底趕走，這簡直是奇蹟，「毒魚草」每戰必勝，她是跳槽女王，每六個月就換個地方做，每次這樣的時候她的老闆就會長舒一口氣，因為這個不安分的女人終於走了，因為對於廠主們來說，跳槽就等於說是缺乏或者根本不具備政治意識，「毒魚草」來不及發動任何一個人造反，她就搖晃著她那可笑的辮子，繼續東奔西跑地播種思想，每六個月換一個地方：她三十

歲了，在這些工廠裏幹了有十五年，她不想讓身體垮掉，她曾在一家塗料廠幹過，因為接觸溶劑害了病——你看你看，裝九個月的塗料罐子，最後自己身體裏也給抹上了塗料，當時她這麼說——就在那會兒她認識了貝納爾・埃雷拉，一個成熟男人，就因為他成熟，「毒魚草」才喜歡上了他，雖說成熟，卻生著雙溫柔的眼睛，兩手活力十足，皮膚黝黑，長有白頭髮，留著小鬍子，架著眼鏡，貝納爾就說，「毒魚草」啊，鬥雞是不給餵水喝的，你想得到什麼東西就得拚著命去苦幹得來，這裏的人隨心所欲地開價給錢，這裏沒有工傷保險，沒有醫療補助，沒有養老金，沒有婚嫁、生育或死亡補償，他們幫了我們的大忙，這就是全部，他們給我們提供工作，非常感謝，然後就閉嘴，你呀，我親愛的「毒魚草」，你就時不時說三個詞兒，three little words，就像「小獵犬」說的，聯合罷工，聯合罷工，聯合罷工，就跟連禱似的說三下，我的小甜心，你就能看到他們臉色死白，給你許諾加工錢，給你醫保合同，尊重你的意見，鼓勵你換工廠：就這麼去做吧，我親愛的，你知道，我更想看著你跑來跑去，這總比你給悶死了的好⋯⋯

「這地方可真美啊，」瑪麗娜歎了口氣說，小心翼翼地不讓自己的尖頭皮鞋踩著碧綠的草坪，草坪上插著塊雙語警示牌：請勿踩踏草坪／KEEP OFF THE GRASS。

「弄得跟迪士尼樂園似的。」狄諾拉半認真半開玩笑地說。

「是呀，可裏面到處是怪獸，專門吃你們這樣的天真小公主。」「毒魚草」譏諷地笑笑跟她們說，她知道她的嘲謔不會惹這些呆腦瓜生氣的。可無論如何，她還是愛她們的。

她們按規定穿上藍大褂，在電視機的骨架子前各就各位，準備就緒，開始先後有序的工作，「毒魚草」負責底板，狄諾拉負責接縫，瑪麗娜補縫，她剛開始做這個，羅莎・露佩專門檢查有無漏洞，哪些線頭鬆了，哪些墊圈壞了，一面不緊不慢地跟「毒魚草」說，喂，您覺得把我們當蠢婆娘看很開心是不？你別擺出副聖女的

模樣，老是給我們上課，老是看不起我們。你說我嗎？「毒魚草」眨巴著大眼睛說，喂狄諾拉，你說說看，這裏有沒有比我「毒魚草」心腸更好的人了，我肩負責任，我從茅草屋的村子裏出來，拖兒帶女來到這裡，然後把兄弟姐妹也帶過來，然後把我爸爸也帶過來，這算精明嗎？你覺得我容易嗎？

「你的領袖不給你錢花嗎，毒魚草？」

「毒魚草」就給狄諾拉來了下電擊，這小把戲她是曉得的，狄諾拉就尖叫起來，罵那胖女人是混蛋，「毒魚草」就笑笑，然後說，每個人都有她自己的電視連續劇故事，還是和和氣氣地相處的好，為什麼不呢？為了一起度過這一個個鐘頭，不讓自己煩悶死，為什麼不呢？

「你帶你爸爸來作什麼呢？」

「想他嘛。」「毒魚草」說。

「老人是個累贅啊。」狄諾拉幽幽地說。

她們所有人都來自另一邊。所以她們都樂於互相嗑叨些趣事，關於她們的家鄉，關於這家和那家的親戚關係，那些讓她們各具特色的東西，有時候，她們也會驚訝於她們在這麼多事情上是相似的，家庭，家鄉，親戚關係。可是在內心裡，她們卻是不一致的：是拋下這一切、抹去記憶、下定決心在這邊境地帶開始一段新生活好呢，還是應該用思念來澆灌內心，哼起何塞・阿爾弗雷多・西梅內斯[1]的歌，感受時光已逝的悲傷，相信絕情絕義就是靈魂的死亡？有時候，她們只是互相看看，並不說話，這所有的朋友，所有的同志，「毒魚草」是在廠裏待了最久的，羅莎・露佩和狄諾拉是同時進廠的，瑪麗娜是新手，她們都明白，要說這些，沒必要講出來，大家需要的是愛而不是思念，可是把思念和柔情截然分開又是

---

1 何塞・阿爾弗雷多・西梅內斯（José Alfredo Jiménez，1926-1973），墨西哥著名歌手、作曲家，創作有大量膾炙人口的民歌。

不可能的，就這麼複雜。把各人的歷史記得最好的是「毒魚草」，她的結論是，大家都從另一個地方來，沒有一個人是出生在邊境的，她喜歡問她們都是從哪兒過來的，她們是不情願提起這個的，只跟「毒魚草」是例外，她們似乎都信任她，她們試著把愛和記憶聯結到一起，「毒魚草」就想讓這種結合保持新鮮，她感到，不要讓自己去吃遺忘的苦，也不要去吃絕情絕義、靈魂死亡的苦，這是很重要的，她又開始哼起歌兒來，唱的是難忘的何塞·阿爾弗雷多，就如廣播節目裏說的那樣。

「從貝努斯蒂亞諾·卡朗薩村莊來的。」

「內地，從奇瓦瓦來的。」

「不，我不是從鄉下來的，我是城裏人，我的城市比華雷斯還要小一點。」

「噢，從薩卡特卡斯來。」

「噢，從拉古納來的。」

「我爸爸負責整個的活動。」身材瘦削、穿著卡門教派衣服的羅莎·露佩說，「他說村莊已經不行了。每回一大堆兄弟分地，田就越來越小，越來越乾。我總是很活躍的，非常活躍。在村莊裡，我負責打掃道路，刷白牆壁，我喜歡給節慶活動準備剪紙，把樂手帶過來，組織兒童合唱。我爸爸說，我太聰明了，不能在鄉下待下去了。他就親自把我帶來邊境，那時我才十五歲。我媽就留在村莊，跟小弟小妹們一起過。我爸爸沒有捨本求末。他跟我說，在這裏幹一個月，我就能掙比全家人在村莊裏還要多十倍的錢。我可活躍了。我不會抱怨的。他待在那裡，我埋頭苦幹。他就像是我的生命在村子裏的延續。我不跟他說，我想念家鄉，想念我媽，想念我的弟妹們，想念宗教節日，聖燭節的時候，給聖嬰穿戴一新，聖十位節，那煙火放得好開心也好嚇人，聖灰星期三，全村人都在額頭上用煤炭畫一個十字，聖週，長著白鬍子大鼻子、穿著黑大衣的『猶太人』就跑出來，捉弄那些『基督徒』，所有一切，客店節，

三聖節，我想念這一切。在這裡，我在日曆上找這些日子，我得記著它們，在那裏就不用，在那裏節日沒必要記，就這麼來了，你們懂我的意思嗎？可是我爸爸把我安在這裡，在華雷斯，讓我住在貝亞維斯塔區的一個小平房裡，然後跟我說：『好好幹，找個男人。你可是家裏最聰明的。』然後就走了。」

「我不知道哪個更好。」「毒魚草」接過話頭說，「我跟你們說過了，我是肩負著責任生活的。我剛來邊境，就把我的孩子們帶過來了。然後來的是我的兄弟姐妹。最後我的父母也心動了。我就這麼點工資，好重的負擔呵。狄諾拉你這壞東西，小心開我的玩笑。我們的男人給我們的，是我們應得的。我父親給我的呢，算是額外補貼，就是思念。只要我父親在家一天，我就忘不了。能想念些什麼，這是多美好的事情噢。」

「那可未必，」狄諾拉說，「思念只能讓人痛苦。」

「可這是美好的痛苦。」「毒魚草」說。

「我只知道醜惡的痛苦。」狄諾拉說。

「這是因為你沒有什麼拿來做比較，你不給自己機會，把你對過去的美好回憶儲藏起來。」

「儲蓄罐就是做成豬的模樣的！」狄諾拉咬牙切齒地說。

羅莎·露佩正要說什麼，女監工來了。這是個四十多歲的女人，個子很高，長著雙彈珠似的眼睛，嫩豆莢似的嘴唇。她一來就開始數落美麗苗條的、穿著卡門教派大袍子的羅莎·露佩，說她違反了規定，說她穿著跟聖女似的來上班以為自己是誰，不知道按照規定、出於安全、出於衛生的需要必須穿藍大褂嗎？

「我許了一個誓願，工頭兒。」羅莎·露佩很莊重地說。

「這裏除了我的卵巢，沒有誓願。」女監工說，「快快，把這大衣脫下來，穿上藍大褂。」

「好吧。我這就去洗手間。」

「不行，夫人，您不能因為您的迷信中斷工作。您就在這裏給

我把衣服換上。」

「可我下面啥也沒穿。」

「是嗎，」女監工說，她一把抓住羅莎・露佩的肩膀，扯住她的大袍子，猛地拉至腰際，讓羅莎・露佩那對豐滿的大奶子噴了出來，這長著彈珠眼的女人便不能自已地閉上眼睛，把她的豆莢嘴湊到這美人兒高高翹起的暗紅色乳頭上去，羅莎・露佩驚得不知所措，直到「毒魚草」奮力抓住女監工的一頭燙髮，臭罵著她，把她拉開，狄諾拉再往這母豬的屁股上狠踢一腳，瑪麗娜趕緊上前伸出手來掩住羅莎・露佩，她激動地感覺到她朋友的心跳得如此厲害，那一對乳頭不由自主地抽動著。

此時一個男監工跑來勸架，維持秩序，笑話著他的女同事，艾絲梅拉達你可別把我的女朋友都趕跑囉，他對那一頭亂髮、氣出一臉番茄醬顏色的女監工說，把這些美人兒留給我吧，你去找個男的嘛。

「你別取笑我了，埃米尼奧，你會付出代價的。」氣急敗壞的艾絲梅拉達一手貼在額頭上，一手放在肚子上走開了，「你別到我的地盤上來管閒事。」

「你要打我的報告？」

「不會的，我只會操你的蛋。」

「嗨姑娘們，」長著個滑溜溜像塊大黑糖似的腦袋的監工埃米尼奧說，「今天我提前讓大家休息，你們去喝杯汽水吧，想著我的好噢。」

「你會討要這個人情債嗎？」狄諾拉說。

「你們自個兒只管去吧。」埃米尼奧淫笑著說。

她們各自買了瓶百事可樂，在廠區的漂亮草坪──KEEP OFF THE GRASS前小坐了一會兒，等著羅莎・露佩。她和埃米尼奧一起出來了，監工看上去很爽的樣子。她已經穿上了藍大褂。

「那模樣，就像剛吃掉老鼠的貓。」埃米尼奧走開後，「毒魚

草」說道。

「我准許他看我換衣服。我情願大家都知道。我是出於感激才這麼做的。我情願自己是管人的人。他許諾我不再騷擾我們任何人，還要保護我們不受艾絲梅拉達那個混蛋欺負。」

「呵，你穿得可真⋯⋯」狄諾拉剛嚷嚷起來，「毒魚草」用眼神示意她閉嘴，其他人也都低垂下目光，卻想不到，就在高高的瞭望塔式的經理辦公室裡，隔著可以從裏面看外面卻不可以從外面看到裏面的濾色玻璃，公司的墨西哥老闆堂雷昂納多・巴羅索打量著這群女工，跟一群美國投資人不斷地講著所謂婦女的福音，因為這些工廠每招一個男工就同時要招八個女工，這就把她們從茅草房子、從賣淫業甚至是從大男人主義之中解救了出來，堂雷昂納多笑容可掬地說，這樣女工就迅速地成為家裏的頂樑柱，做了家庭的主人，獲得了尊嚴和力量，讓婦女得到解放、獨立和現代化，這也是民主呀，德克薩斯的朋友們，你們說是不是呀？另外，堂雷昂納多對這種定期進行的安撫美國佬的情緒、給他們打氣的演說已經習以為常，這些女工，就像現在諸位能看到的、坐在草地邊上喝汽水的這些女工，她們融入了一個飛速的經濟成長進程之中，而不再在發展停滯的墨西哥農村裏垂頭喪氣地過日子了。一九六五年，迪亞斯・奧爾達斯[1]當總統的時候，邊境上的工廠數目是零，完全是零，七二年埃切維利亞[2]當政的時候，是一萬家，八二年洛佩茲・波蒂略[3]當總統的時候是三萬五千家，到了八八年德拉馬德里[4]在位的時候上升到十二萬家，現在到了九四年，薩利納斯[5]總統治下，達到十三萬五千家，還創造了二十萬個連帶崗位。

1　迪亞斯・奧爾達斯（Gustavo Diaz Ordaz），任期 1964-1970 年。

2　埃切維利亞（Luis Echeverria），任期 1970-1976 年。

3　洛佩茲・波蒂略（José López Portillo），任期 1976-1982 年。

4　德拉馬德里（Miguel de la Madrid Hurtado），任期 1982-1988 年。

5　薩利納斯（Carlos Salinas de Gortari），任期 1988-1994 年。

「國家的進步，可以通過這些客戶加工工廠的發展體現出來。」巴羅索先生志得意滿地說。

「問題還是有的，」一個比黃玉米粒兒還要乾癟的美國佬說，「問題總是存在的，巴羅索先生。」

「您就叫我雷恩吧，穆欽森先生。」

「我呢，吉姆。」

「是勞工問題嗎？工會是沒有得到批准的。」

「是缺乏忠誠度的問題，雷恩。我幹了這麼多年，員工一直對我是忠心耿耿的。這裏呢，我知道女工就幹六、七個月，然後就跳到另一家公司去了。」

「當然啦，她們都想跑到歐洲人那兒去幹，因為歐洲人待她們要更好些，濫用職權的工頭要麼被開除，要麼遭處分，她們能享受高檔下午茶，我就知道這些，再比如他們甚至把她們送出去度假，去荷蘭看鬱金香……吉姆，你這樣試試看，利潤就會縮水了。」

「要這樣的話，我們在密西根是沒法幹的。工人們都遠走高飛，水、住房、佣工的費用都在上漲。也許荷蘭人是對的。」

「我們都在跳來跳去。」巴羅索樂呵呵地說，「你們也一樣，要是我們在墨西哥給你們來個環保法，你們就走了。如果我們嚴格執行聯邦勞工法，你們就走了。要是軍火工業突然形勢大好，你們就走了。您跟我談跳槽嗎？這是勞工法允許的。要是歐洲人把生活品質看得高於利潤，那就隨他們去吧。讓歐盟給他們發補貼嘛。」

「你還沒有回答我的問題呢，雷恩。忠誠度的問題，你怎麼看？」

「誰想保持一支忠心耿耿的工人隊伍，那就得像我這麼幹。我們給他發抵用券，讓他們不走人。可是人的需求是巨大的，女孩子們會厭倦，她們不能得到升遷，就在一條水平線上挪來挪去，她們幻想著挪一挪就能有改善。這會耗損一些費用，吉姆，你說得對，可也給我們免去了其他費用。沒一件事情是十全十美的。但我

們的工廠不是一賺一賠，而是你賺我也賺。我們都能得到好處。」

他們哈哈笑了一會兒，然後一個花白頭髮、留著長長的馬尾辮的男子進來給他們上咖啡。

「我的不要放糖，比亞雷阿爾。」堂雷昂納多對侍者說。

「好，吉姆，」巴羅索接著說，「在這個領域你是新人，但你在美國的合夥人肯定已經告訴過你，這筆生意實際上是怎麼一回事。」

「由一個本國公司只向一個固定的買家供貨，我覺得不壞。這個，在美國我們是沒有的。」

巴羅索讓穆欽森朝外面看，越過那群喝著可樂的女工，往天邊看，跟他說，美國的企業家一直是目光遠大的人，不像墨西哥外省的那些小氣鬼，從這裏能看到多麼廣闊的地平線呵！不是嗎？德克薩斯的面積相當於一個法國，墨西哥靠在美國旁邊顯得那樣的渺小，卻是西班牙的六倍，多大的空間、多廣的天地、多麼激發靈感——巴羅索說得差點兒上氣不接下氣。

「吉姆，真正的生意，不是這些工廠。是投資地皮。建工廠。高級住宅區。工業園區。你看過我在坎帕薩斯的房子嗎？他們都笑話我。他們管它叫迪士尼樂園。笑到最後的是我。這些地皮，我是花每平方公尺五分錢的價收購來的。現在它們一平方公尺值一千美元。這就是生意。我跟你說，你要聽好。」

「我洗耳恭聽，雷恩。」

「女孩子們到這裏得花一個多鐘頭，還要轉一趟車。我們可以做的是在這座工廠的正西面再設一個點。我們可以做的是買下貝亞維斯塔區的地皮。那犄角旯旮兒，淨是些破房子。不出五年，這些地皮就能增值一千倍。」

吉姆·穆欽森同意給雷昂納多·巴羅索投資，因為墨西哥憲法禁止外國人在邊境地區購置不動產。他們談著信貸，談著股票，談著百分比，比亞雷阿爾端上一杯又一杯咖啡，咖啡是加了很多水

的，美國佬就喜歡這麼喝。

「我的居家公要我別在廠裏幹，跟他一起做生意，這樣我們就能多見面，輪流照看孩子。這是他跟我提過的唯一一件勇敢的事情，可我也明白，內心裏他是和我一樣懦弱的。在廠裏做，穩定，可只要我在這裏幹，他就不出家門了。」

羅莎‧露佩說了這麼一番話。她的話裏有些東西讓狄諾拉感到巨大的不安，她從頭到腳都焦躁起來，就打報告去上廁所。女監工艾絲梅拉達不想再有新的衝突，便沒有拒絕。姑娘們打報告上廁所，有時候她會罵些很嚇人的粗話。

「這女人怎麼啦？」「毒魚草」說，說完她就後悔了。她們之間有一個不成文的守則，就是不要去問別人心裏究竟有什麼問題。表現在外面的東西，一看便知，可以拿來說說，而且可以帶著開玩笑的心態去說。可是內心呢，那些歌兒裏所說的「內心」……

「毒魚草」輕輕哼唱起來，瑪麗娜和羅莎‧露佩加入進來。

「愛上你／糊裏糊塗／你自私又孤獨／卻是平庸的我／夜裏的寶物……」

就在她們歡笑著又感傷著的當兒，瑪麗娜想到羅蘭多，他奔波在華雷斯和埃爾帕索的大街上，忙著什麼呢？這個男人一隻腳踩在這邊，一隻腳踩在那邊，憑藉他的手機與華雷斯和埃爾帕索緊密聯繫在一起。

「別在我晚上在家的時候給我打電話，最好就趁著我在車裏的時候，打我的手機。」他一開始就跟瑪麗娜這麼說，可有一次她向羅蘭多要號碼，他就藉故推辭。

「我的手機是有記錄的，」他解釋說，「要是有你的電話打進來，可能會給你帶來麻煩。」

「那麼我們怎麼見面呢？」

「你知道的，每個星期四晚上，在那一邊的房子裡……」

那麼星期一，星期二，星期三呢？我們都在打拚，羅蘭多說，

生活是艱苦的，我們要掙錢換一口飯吃，換一個晚上的激情，你懂嗎？有的人連這些都沒有……星期六、星期天呢？家庭，羅蘭多說，週末是用來陪家人的。

「我沒有家庭，羅蘭多。我就一個人。」

「星期五呢？」羅蘭多飛快地說，他是反應很迅速的人，誰都趕不上他，他知道一提星期五，瑪麗娜就犯難了。

「不行。星期五我和女孩子們一起玩。這是我們的女友日。」

羅蘭多無需再多說，瑪麗娜就一週週急切地等待星期四的到來，穿過國際橋，出示自己的證件，坐上公車，在離汽車旅館三個街區遠的地方下，到那個咖啡館裏喝杯加了櫻桃的麥芽巧克力汁，這飲料只有在美國這邊才有人會做，然後她一身是勁、心醉神迷地撲進羅蘭多、她的羅蘭多的懷抱裡……

「你的羅蘭多？是你的？還是大家的？」

女伴們的嘲笑在她的耳朵裏迴響，她正在纏繞一根根黑色、藍色、黃色、紅色的電線，這些電線組成一面內置的旗幟，宣示著每一台電視機的國籍，assembled in Mexico [1]，多麼驕傲，什麼時候能打上「瑪麗娜製造」呢，瑪麗娜‧阿爾瓦‧馬丁內斯，女工瑪麗娜。可這種為自己的工作而體會到的自豪，那種短暫的覺得自己在做一件值得去做的事情而不是無用之事的感覺，並不能在她的心頭抹去為羅蘭多泛起的醋意，羅蘭多和他在情場上的戰績，所有的女人都暗示這個，有時候就明明白白講出來，羅蘭多是所有女人的男人，如果真是這樣的話，那挺好，她遇到了一個大情聖，大帥哥，穿著考究、飛機顏色的西服，在夜裏都能閃閃發光，他的頭髮剪得真好，不是嬉皮士造型，不留鬢角，和他精緻齊整的小鬍子一般黑，他的臉是均勻的橄欖油色，一雙夢幻般的眼睛，還有他緊貼耳邊的手機，所有人都看到過，在高級餐館裡，在大商場門前，在那

1　墨西哥組裝。

座橋上，他總是把手機緊貼在耳朵上，處理著比斯內斯[1]，聯繫，談判，征服世界，羅蘭多，打著愛馬仕牌領帶，穿著飛機顏色的西服，料理著整個世界，對瑪麗娜這個新來的、最單純、最卑微的女孩，他能給予的還能比一週一晚上更多嗎？他，這麼吃香的男人，最能幹的男人？

「來，」他說，他們第三次在汽車旅館裏相會的時候，她哭了，跟他發醋勁兒。「來，對著這面鏡子坐下來。」

她只見到眼淚聚集在自己厚厚的、還像個小女孩般的睫毛上。

「你在鏡子裏看到了什麼？」羅蘭多問道。他站到她身後，俯下身來，貼著她的臉，用他那雙柔軟的、咖啡色的、戴滿戒指的手撫摸著她裸露的雙肩。

「我自己。我看到的是自己，羅蘭多。怎麼了？」

「對呀。你看著自己啊，瑪麗娜。你看這個漂亮極了的女孩，密密的睫毛，櫻桃一樣的眼睛，看這個美人兒啊，這嘴唇，這完美的鼻子，這醉人的酒窩，看這一切，瑪麗娜，看這個寶貝兒，然後你看我，看我，我就問自己了，這麼好看的一個女孩子，怎麼會吃醋呢？怎麼會相信羅蘭多喜歡另外一個女人呢？難道她沒有在鏡子裏看過自己，難道她沒有發現自己有多美嗎？我怎麼會背叛這個女孩呢？瑪麗娜對自己好沒信心啊！羅蘭多·羅薩斯應該好好教育她才是。」

然後她的眼淚就滾落下來，但卻是內疚、幸福的眼淚，然後她摟住羅蘭多的脖子，求他原諒。

今天是星期五，卻是個不同尋常的星期五。出廠門的時候，比亞雷阿爾，經理的侍從，跟「毒魚草」說了些什麼，她依舊是很平靜的樣子。這工廠讓她興奮，也讓她疲憊。羅莎·露佩，不管她裝得有多鎮定，她的內心裏還是亂亂的，被羞辱了她的艾絲梅拉達

---

1 即英文 business，生意。

和保護了她的埃米尼奧攪得心煩，她出廠的時候，一個勁兒要想清楚這兩個人裏面誰更可惡，是那個老畜生，還是那個小淫魔，狄諾拉的心裏也藏著些東西，瑪麗娜試著回憶這一天所有的談話，想弄明白是什麼搞得狄諾拉如此不安，她是個好女人，她的虛偽只是她的面具而已，她抵抗著一種在她看來不公平的、沒有意義的生活，她常說這個，現在她暗示這個……在瑪麗娜眼裡，她們是如此的悲傷，如此的沉默，她都想做些不同尋常的事情，違反規定的事情，讓大夥兒覺得開心一些，新奇一些，自由一些，誰知道呢……

她脫下了自己閃亮的、繫著鞋帶的尖頭高跟皮鞋，扔得遠遠的，然後赤著腳在草坪上飛跑起來，歡笑著，翩翩起舞，毫不理睬那寫著「請勿踩踏草坪—KEEP OFF THE GRASS」的警示牌，感覺從外到內的愉悅，那毛毛的草兒是這麼的新鮮，這麼的濕潤，修剪得這樣的齊整，她的腳底給蹭得癢癢的，在這草坪上赤著腳奔跑，就好比在電影中常出現的那種在魔幻森林裏洗澡，在那森林裡，純潔的少女撞見了一身戎裝的王子，一切都是亮閃閃的，水是亮閃閃的，森林、寶劍也是亮閃閃的：赤裸的雙腳，自由的身體，自由的另一個，就像歌裏面唱的，自由的心靈，自由之身，自由之心……

KEEP OFF THE GRASS.

她們都笑起來，打著趣，歡呼著，也勸她，別發神經，瑪麗娜，你快出來吧，要罰款的，要把你開除的……

不會的，堂雷昂納多·巴羅索站在他的濾色玻璃落地窗後笑著說，你看吧吉姆，他對這位乾癟得跟顆玉米粒兒似的美國佬說，你看這些女孩子，多開心，多自由，完成了任務是多愉快呵，你說呢？但穆欽森只是看看他，眼睛裏閃耀著一絲懷疑的神色，好像在跟他說：

「How many times have you staged this little act?」[1]

　　到了迪斯可舞廳，這四個女人，狄諾拉和羅莎・露佩，瑪麗娜和「毒魚草」在她們常坐的桌邊雙雙坐下，緊靠著舞池。舞廳的人已經認識她們了，每週五都給她們留位子。全仗著「毒魚草」的面子。她們都曉得。在「美宜堡」，星期五是極難找到空位子的，這是偉大的自由之日，是一週勞動的終結，希望的復活，與女伴共度的開心時光。

　　「美宜堡？美女堡！」穿著藍色煙裝、花襯衫，領帶閃閃發光的舞廳司儀對著蜂擁而至的女孩子們一遍遍地吼著，她們把環繞舞池的位子全部坐滿了，一千多名女工擁擠在這裡，狄諾拉這個愛掃大夥兒興的傢伙一直在說，燈光，是燈光，沒有燈光這裏就像個牛圈，而燈光讓一切都變得好看了，瑪麗娜感覺自己好像來到了海灘上，一個夜色籠罩下的海灘，美麗至極，藍色、橙色、粉色的燈光，像太陽的光線一樣撫摸著她，特別是那白光，銀白色的光，好像是月亮輕觸著她，讓她的皮膚變換顏色，讓她從頭到腳都變成銀白色，讓她成為一個月光美人，而不是人人豔羨的陽光美人（可她什麼時候才能真正去一趟海灘呢？）。

　　誰也不管心頭苦楚的狄諾拉，大家都下到舞池裏去跳舞，沒有男人，自己跳，隨著搖滾樂起舞，誰也不必抱住另一個的腰肢，誰也不必跳雙人舞，每個人跳自己的，搖滾樂也是聖潔的，就和去教堂一樣，星期天去聽彌撒，星期五去迪斯可舞廳，在這兩個聖殿裏洗滌身心，她們彼此之間是多麼的有好感，她們能想起多美妙的東西，手臂往這裏伸伸，腿腳往那裏擺擺，彎一彎膝蓋，長髮和乳房上下跳動著，自由地扭擺著腰臀，臉上表情豐富，陶醉，嘲諷，引誘，驚詫，威脅，醋意，溫柔，熱烈，冷漠，炫耀，扮小丑，模仿明星，在美宜堡的舞池裡，一切都是允許的，一切遺失了的情感，

1　英語：這小把戲你已經安排過多少回了？

明令禁止的動作，被遺忘的感覺，一切在這裏都有發揮的空間，都有存在的理由，都有歡樂，特別是歡樂，還有更好的東西。

她們大汗淋漓地回到各自的座位上——「毒魚草」仍穿著她的多民族服飾，瑪麗娜穿著她的超短裙，綴著金屬片的襯衫和跟如尖刀的皮鞋，狄諾拉穿著件漂亮的紅色緞質開領長裙，暴露著自己的肌膚，羅莎‧露佩總還穿著卡門教派的長衣，執行著她的誓願，而在這裡，魔幻是得到允許的，看到這樣的一個人，渾身咖啡色，戴著披肩，是令人得到安慰的。這時候，一群脫衣舞男來到了臺上，這群金髮仔來自德克薩斯，繫著白鴿子一樣的小領帶，光著上身，穿著至腳踝部分閃閃發亮的靴子，嵌在屁股裏的丁字褲，把那話兒勉強托住，他們展示著自己的肌體，向姑娘們發出挑戰，用你的眼神惹我興奮吧；他們模樣相似，卻各有特色，每個人都帶著他的小金包，「毒魚草」笑著說，這個把陰毛刮得乾乾淨淨的，那個在肚臍眼上放顆鑽石，這邊有個傢伙在肩上刺著兩國國旗的圖案，星條旗和鷹蛇旗交叉擺放著，那邊有個男孩穿著帶尖刺的短靴，跳動的節奏漂亮、性感、刺激，姑娘們一個個往他們的內褲裏塞上鈔票，羅莎‧露佩，他們都長著金髮，卻是皮膚黝黑，為了增加光澤渾身抹著油，臉上都化過妝，都是美國佬，人見人愛的小美國佬，我也喜歡，你也喜歡，姑娘們互相碰著胳膊肘，在我床上，你想想看哪，在你床上，讓他帶我走吧，我準備好啦，讓他來把我劫走吧，我喜歡被綁架的感覺。有個舞男一貓腰，猛地抽掉了羅莎‧露佩的懺悔衣上的細繩，姑娘們都笑起來了，男孩兒開始玩起這根帶子，羅莎‧露佩一個勁地說著今天我真倒楣，有三次有人試圖要扒掉我的衣服，要把我的衣服拿走，她自己也笑了，可那個皮膚黝黑、渾身抹油、化著濃妝、腋下無毛的舞男玩著這根帶子，就好像這根帶子是一條蛇，他是個魔法師，他讓帶子抬起頭來，挺直身子，其他的女孩用胳膊肘碰著羅莎‧露佩，問她是不是跟這個帥哥早就串通好要演出這場好戲的，她笑得眼淚都流出來了，發誓說絕對沒有，

這才好看，充滿驚喜嘛，女孩子們叫起來，要那個男孩兒把帶子拋向她們，帶子，帶子，他就把帶子穿過兩腿之間，在他肚臍眼上的鑽石下面固定住它，好像臍帶一樣，這讓姑娘們都發了瘋，喊著把帶子給她們，他就是這樣跟她們聯繫在一起的，他通過這根帶子做了一些人的兒子，他憑藉這根帶子做了另外一些人的情人，一些人的奴隸，另外一些人的主人，她們被拴在他身上，他被拴在她們身上，最後舞男讓帶子的一頭掉落在狄諾拉的懷裡，她就坐在舞臺旁邊。狄諾拉先是奮力把帶子抓住，用力之猛，差點兒把那男孩兒拽趴在地上，他大叫一聲「嘿！」，然後她長吼一聲，摔下帶子，在眾人的驚愕、議論之中甩著膀子撥開人群衝出去了……

女孩子們面面相覷，吃驚不小，卻不想顯露出來，因為她們對狄諾拉還是抱有同情感的。脫衣舞男們在掌聲中離去了，內褲裏塞滿了鈔票，一個接一個地收起了他們系列化生產的笑容，一個接一個地走下舞臺，回到現實生活的面龐，回到有差異的序列中來，這個一臉膩煩，那個陰沉著臉，這個志得意滿好像他所做的一切都值得讚賞，足夠讓他拿奧斯卡獎，那個眼露凶光望著這個擠滿墨西哥母牛的牛圈，也許在懷念著另一個牛圈，養著墨西哥公牛的牛圈：被挫敗的野心，搶劫，勞累，冷漠，殘酷：壞蛋的臉，瑪麗娜不由自主地在心裏念叨著，這些男孩子，是不懂得愛我的，他們可比不上我的羅蘭多，儘管他有那些缺點……可是，最精彩的部分開始了……孟德爾頌的〈婚禮進行曲〉奏響了，第一個模特兒出現在臺上，她的臉上罩著薄紗，兩手捧著一束勿忘我，頭戴檸檬花冠，身著長裙，像女王，像雲朵一樣。姑娘們齊聲喝彩，這陣喝彩更是一聲歎息，誰也不會對這籠著輕紗的臉產生懷疑，這是她們中的一個，她也是深色皮膚的，她也是墨西哥女孩，如果是一個金髮妞穿著新娘裝出場，她們會被激怒的，男孩兒應該是金髮仔，而新娘得是墨西哥女孩……有一次他們安排一個藍眼睛的金髮妞扮新娘，就穿成這樣，結果差點把全場的人都惹火了。現在他們就知道了。新

娘裝的展示全由墨西哥女孩來，就是給墨西哥女孩看的，五個新娘，次第出場，都是姿態得體，相貌純潔，然後出來的是一個穿著塔夫綢的超短裙、扮相滑稽的新娘，最後是一個裸體新娘，只在臉上戴著面紗，手裏捧著花，腳上穿著高跟鞋，好像就要躺倒在床、就要獻身的樣子，大家都狂笑不已，大聲叫喚著，最後出來一個穿戴成神父模樣的矮個兒男人，他為所有人祈福，讓她們滿懷激情，滿懷感恩，滿懷下個禮拜五再度光臨的渴望，看看有多少應許已經實現。

　　而在舞廳門口站著的，是堂雷昂納多‧巴羅索老闆的侍從比亞雷阿爾和「毒魚草」的情人、領袖貝爾特蘭‧埃雷拉，這個神色平靜、皮膚黝黑、頭髮花白的男人，他的眼神是溫柔的，現在因為戴了眼鏡的緣故，比任何時候都更加溫柔。他的小鬍子濕濕的。他一把抓住「毒魚草」的胳膊，貼著她耳邊說了些什麼，「毒魚草」就拿手捂住嘴，以免叫出來，或說是哭出來，但她是一個很堅定的老女人，很出色，聰明，頑強又謹慎，她只跟瑪麗娜和羅莎‧露佩說：

　　「出了點蠻嚇人的事情。」

　　「是誰？在哪裡？」

　　「狄諾拉。快，快回去看看吧。」

　　他們趕緊跳上領袖埃雷拉的車，比亞雷阿爾把他在堂雷昂納多‧巴羅索辦公室裏聽來的事情又講了一遍，他們要把貝亞維斯塔區鏟平建工廠，他們會花幾個子兒買下地皮然後再以千百萬的高價賣出，那麼他們能做什麼？他們手上有什麼呢？他們能抵抗這次洗劫嗎？他們可以分得一杯羹嗎？能要求他們也受益嗎？

　　「可那些房子不是我們的呀。」「毒魚草」說。

　　「我們可以以租戶的身分團結起來，阻撓賣地。」貝爾特蘭‧埃雷拉說。

　　「連土地也不是我們的啊，貝爾特蘭。」

「我們有權利。我們可以拒絕遷出，直到他們按照他們能拿到的利潤給我們補償。」

「他們會做的，是把我們所有人都開除出廠……」

「現在把我們趕走對他們有好處。」羅莎·露佩說，她並不很明白他們在說些什麼，她開口說話只是不想沉默，她要搞明白這個同樣在瑪麗娜的眼睛裏急切閃耀著的問題：狄諾拉怎麼啦？

「感謝你的忠誠！」埃雷拉拍了拍正在駕著車、馬尾辮給吹得飛起的比亞雷阿爾的肩膀說，「但願你不會有麻煩。」

「我可不是第一次給你報信啦，貝爾特蘭。」比亞雷阿爾說。

「可你的話才是最重要的。我們會來一場徹底的，說定了。」

「女孩子是不大頂事的……」比亞雷阿爾搖著頭說，「如果是男人，就不一樣了……」

「那我呢？」「毒魚草」抬高了聲音說，「你別這麼大男人，比亞雷阿爾。」

埃雷拉歎了口氣，抱了抱「毒魚草」。他望著車窗外的夜景，美國那邊，燈火通明，墨西哥這邊，缺乏公共照明：森林，棉花，礦產，他說，水果，一切都完了，就是為了這些客戶加工工廠，奇瓦瓦州的所有財富都被遺忘了。

「過去給我們的工作，連今天的五分之一都沒有。」他的「毒魚草」說，「你們可真短淺！」

「你真的覺得，女孩子能頂事？」

埃雷拉把他那長著花白頭髮的腦袋靠在「毒魚草」又黑又長的頭上。

「是的，」「毒魚草」垂下腦袋說，「這一回，她們會頂事的，到時候你們會明白的。」

「房子從來就沒乾淨過。」狄諾拉坐在她的土屋裏一張堅硬的石凳上說，「我沒有時間。睡覺的時間就一點點。」

鄰居們聚在屋外，有些人進去安慰狄諾拉，年紀最大的幾個

女人說著給小孩辦一個漂亮的守靈儀式，花，白箱子，就跟從前一樣，就像在茅草屋村落裏一樣：「毒魚草」帶了幾根蠟燭來，卻只找到兩個空可樂瓶，把它們插進去。

老人們也來了，這一帶的居民都聚在了一起，「毒魚草」的祖父站在門口，大聲地說著，她們來華雷斯打工，是不是對的，在這裡，一個女子不得不丟下她的小孩，把他當牲口一樣繫在一張桌子的桌腿上，讓他一個人待著，無辜的孩子，他怎麼不會出事，怎麼不會呢。所有的老人都說，這要在鄉下是不可能的，在那裡，家裏總有人照看孩子，沒必要把他們拴著，繩子是用來繫狗和豬的。

「從前我爹常跟我說，」「毒魚草」的祖父說，「我們要老老實實待在家裡，就在一個地方待著。他就像我這樣地站著，一半在外面，一半在裏面，說，『在這扇門外，世界就到頭了。』」

他說，他已經很老了，不想再見識什麼了。

瑪麗娜哭泣著，不知道怎樣安慰狄諾拉，她聽著「毒魚草」的祖父嗑叨，慶幸在自己的房子裏是沒有記憶的，她就一個人，這輩子還是繼續一個人過的好，別經受有子女的痛苦，像可憐的狄諾拉一樣受罪。狄諾拉頭髮凌亂，神情呆滯，紅色長裙的裙襬爬到了大腿上，皺皺巴巴的，兩個膝蓋併攏在一塊兒，她長了一雙彎曲的腿，她保養得很好，都有些楚楚動人。

瑪麗娜望著這死亡、哭泣、回憶交織在一起的可怕場景，心想，這不是真的，她並不孤單，她有羅蘭多呢，雖然他還有另外的女人，羅蘭多會如約帶她到海邊，來到某個地方，來到加利福尼亞州的聖地牙哥，或是德克薩斯州的哥巴斯基督，或是到索諾拉州的瓜伊馬斯[1]漫遊，他說過要帶她去的，她只求他這一件事，就是帶她去看海，她從沒看過海，完了以後他要嘛甩了她，要嘛虐待她，可她只要他滿足她這一小小的要求……

---

1 聖地牙哥、哥巴斯基督、瓜伊馬斯，三個城市皆靠海邊。

她從狄諾拉的破屋子出來時，老頭還在嘮叨，說要給這被繩子勒死的孩子辦一個儀式，為了給大家提提精神，他叫人帶了些酒來，說：「小口大肚瓶的好處是，就算是空的，看上去也像是滿的。」

　　瑪麗娜伸手在她的手提袋裏翻弄了半晌，找出了羅蘭多的手機的號碼。冒險試試看，有什麼要緊的。這是生死大事啊。他得明白，她依靠他，只為了一件事情，就是他能帶她去看海，就是不要像「毒魚草」的祖父說的，不想再見識什麼了。她撥了他的號碼，但聽到的卻是忙線中，接著是長時間的沉寂，這讓她以為他正在聽著電話，卻不答她的話，為的是不向她作承諾，要是她跟他說，帶我去海邊吧，親愛的，我不想像狄諾拉的小兒子那樣還沒看過海就死掉，答應我這個小小要求吧，哪怕之後你就見不著我了，哪怕我們就分開了，他一直聽她這麼說，會怎樣？可是，聽筒裏的沉默讓她失望，也讓她發狂，羅蘭多不該玩弄她，她正在冒險，為什麼他也不冒點險呢？她在給他臺階下，就一個週末，在海灘上，積聚起兩人之間所有的愛意，然後就再不相見，如果他不願意的話，可我不能再忍受的是，瑪麗娜對著某種她不知曉的東西，某種在沉默中悄悄發育成形、就如搖晃瓶子後升到瓶塞處的沉澱那樣的東西說，我不能再忍受的是再有個男人把我當成街上的棄物一樣撿起來，只是出於同情，我不能再忍受這個了，羅蘭多，你教會我生活，直到這一刻，我才明白了你教給我的一切，這一刻，狄諾拉的兒子死了，「毒魚草」的祖父還活著，乾瘦，老邁，根暴露在外，好像永遠都不會死掉，而我只想好好活過這個時辰，在這個時辰裡，我免於早夭的厄運，我不想變老，現在我求你把我抬升到你的高度，羅蘭多，我們兩個一起向上，我給你這個機會，親愛的，我心裏很清楚，你會和我一起向上，你會把我帶到高高的、美麗的地方，如果你願意，羅蘭多，如果你不這麼做，我們兩個都會完蛋，你會讓我們一起下墜，墜到我們都不知我們是誰的地步，我們會下墜到我們

自己對自己都無所謂的地步……

可是羅蘭多的手機並沒有回音。已是夜裏十一點了，瑪麗娜作了決定。

這一次，她沒有停下來在咖啡館裏喝一杯麥芽巧克力汁，她穿過橋，搭上公車，走過四個街區，來到那家汽車旅館。那裏的人認識她，但他們很驚異於她不是星期四而是星期五來了。

「那麼，我們就沒有改變一下的自由了嗎？」

「我想你説得對。」櫃台接待員的話裏摻雜著無奈和譏諷，他便給了瑪麗娜一把鑰匙。

空氣裏有一股消毒劑的味道，走廊，樓梯，就連冰櫃裏都有一種用來殺蟲、清潔廁所、給床墊消毒的東西的味道。她在每個星期四和羅蘭多共度良宵的房間門口站住了，猶豫著是抬起指節叩門好，還是塞進鑰匙直接進去的好。她可急壞了。她插進鑰匙，開門進去了，然後便聽到羅蘭多欲死欲仙的聲音，和那金髮妹女高音似的叫聲，瑪麗娜開了燈，然後便站在那裡，望著床上赤條條的這對男女。

「你看見啦。滾開吧！」帥哥説。

「請原諒。我一直打你的電話。發生了些事情……」

她看著床頭櫃上的手機，抬手指了一指。金髮妹看看他倆，失聲大笑起來。

「羅蘭多，你把這個可憐姑娘給騙了是不？」她一邊哈哈笑著，一邊拿起那手機，「至少跟你的小情人們你能説真話吧。你跑銀行，去公司，拿個手機在耳邊，或是在哪個飯店裏拿它打電話，跟大半個世界的人炫耀炫耀，這不壞，可你何苦要騙你的這些女朋友呢？你看看你自己造的麻煩吧，親愛的，」那金髮妹一邊説著，一邊站起身開始穿衣服。

「寶貝兒，別走哇……我們不是進行得好好的嘛……這小丫頭片子什麼也不是……」

「你一個機會也不想放過，不是嗎？」金髮妹套上她的長筒絲襪，「別擔心。我會回來的。還沒嚴重到我要跟你鬧分手的地步。」

那寶貝拿起手機，打開後蓋給瑪麗娜看。

「你瞧，沒安電池。從來就沒有電池。他就是拿它來炫耀的，就像一首歌兒裏唱的，『打我的手機，讓我覺得自己好偉大，雖然它沒裝電池，就是要唬兩下⋯⋯』」

她把手機扔到床上，狂笑著走了。

瑪麗娜穿過國際橋回華雷斯城。她走累了兩隻腳，便脫下尖頭高跟鞋。路面上仍留存著白天裏震顫不已的寒意。可腳上現在的感覺，跟在堂雷昂納多・巴羅索的工廠裏嚴禁踩踏的草坪上自由舞蹈的感覺已完全不是一回事了。

「這座城市就是一團糟，搭建在一派混亂之上。」巴羅索對他的兒媳米切莉娜說。此時他們與瑪麗娜擦肩而過，她回華雷斯，他們回他們在埃爾帕索的酒店。米切莉娜笑了，吻了吻大企業家的耳朵。

《玻璃邊境》

■ 黃昏

特拉特洛爾科，一九六八年

「任何人無權在此認屍。任何人無權把死者帶走。明天別在這座城裏冒出五百個送葬隊伍。把他們扔到公墓裏去吧。別讓人給認出來。」

讓他們消失吧。

一九六八年十月二日夜，蘿拉·迪亞斯用相機拍下了她的孫子聖地牙哥。她從「星光大道」一路走來，看到遊行隊伍開進三文化廣場。在這場學生運動中發生的一切，她都一路拍了下來，從最初的遊行，到警力的逐漸增多，到預科學校大門遭火箭筒轟擊，到軍隊佔領大學城，到實驗室、圖書館遭到大兵們的野蠻破壞，到校長哈威爾·巴羅斯·西艾拉率領全體師生進行抗議遊行，到在中心廣場上舉行集會的人群向總統古斯塔沃·迪亞斯·奧爾達斯[1]高呼「大嘴巴，到陽臺上來！」，到十萬市民一言不發在靜默中遊行。

蘿拉把她和聖地牙哥還有露黛斯以及十多個為時事激動不已

的青年男女進行熱烈討論的那些夜晚都記錄了下來。「聖地牙哥第四」，這個才兩歲大的男嬰，此時正在里約熱內盧廣場上的那間公寓、他曾祖母給他整理出來的房間裏酣睡。為了騰出這個房間來，她清出了那些舊檔，把那些已派不上用場的廢家具統統扔掉。這些廢家具，實際上可算作珍貴的記憶，但蘿拉對露黛斯說，如果活到七十歲她還沒能在腦子裏存起那些終究值得記憶的東西，她就會陷入雜亂無章的沉重過去的底下了。過去是多種多樣的。對蘿拉來說，過去就是一片紙的海洋。

照片究竟是什麼？照片不就是一個變成永恆的瞬間嗎？時間的流逝永不停歇，要想把它完完整整地留住，只能是癡人說夢而已。時間，在太陽和星星下發生著，不管我們在還是不在，都流逝不止，在荒無人煙的、月亮的世界中繼續。人類的時間，是犧牲時間的整體，給瞬間以特別的恩惠，讓瞬間享有永恆之榮耀。這一切，都為掛在公寓客廳裏的她的兒子小聖地牙哥的畫所訴說著：我們並沒有落下去，我們升騰而上了。

蘿拉戀戀不捨地把那些聯繫卡片翻來倒去，把她認為沒有用的東西扔進了垃圾堆裡，清空了房間讓她的曾孫入住。我們把房間塗成藍色的，還是粉色的呢？露黛斯笑了，蘿拉也跟著笑了；不管是男是女，小寶寶會睡在一個被膠片的氣味包圍著的搖籃裡，牆壁浸潤著潮濕的底片、顯影液和洗好的相片所特有的香味，相片給本來用在晾衣繩上的木頭夾子掛著，就像剛洗好的衣服一樣。

她看到她的孫子情緒越發激動，她很想勸勸他，你別讓自己給激情拖著走，在墨西哥，誰要抱有信仰、還把信仰帶到大街上去，是很快會遭到幻想破滅的打擊的。在學校裡，老師教給我們的，聖地牙哥跟他的同伴們，一群介於十七歲和二十五歲之間、膚色各異的年輕人一遍遍地說著：墨西哥，是一個彩虹般的國家；一個長髮垂至腰間、膚色很黑、生著雙綠眼睛的漂亮女孩說：一個跪著的、必須站起來的國家；一個膚色黝黑、個子高高、眼睛小小的男孩兒

說：一個民主的國家；一個白皮膚、矮個子、健壯又文靜、眼鏡老是順著鼻樑往下滑的男孩兒說：一個加入柏克萊、東京和巴黎的偉大風暴的國家，一個應該打破各種禁忌、讓想像力掌權的國家；一個留著大鬍子、目光炯炯有神、長著一頭金髮、很像西班牙人的男孩兒說：一個讓我們不忘記其他人的國家；又一個長著印第安人的模樣、神色很嚴肅、藏在兩片厚厚的鏡片後的男孩兒說：一個能讓我們所有人相愛的國家；露黛斯說：一個沒有了剝削者的國家。聖地牙哥說，我們把在學校裏老師教給我們的東西帶到大街上，僅此而已，我們是受那些叫做民主、公正、自由、革命的觀念的教育的；他們要我們相信所有這些，堂娜蘿拉，你想想啊，奶奶，會有哪個學生還是哪個老師為獨裁、鎮壓、不公、反動搖旗吶喊嗎？他們不知羞恥，讓我們看清了他們的嘴臉，那個皮膚黝黑的高個兒說，讓我們向他們請願吧，那個戴著厚眼鏡的印第安男孩兒說，哎，學校裏教給我們的那些東西在哪裏啊？哎，那個生著綠眼睛、黑皮膚的女孩說，他們認為他們是在騙誰？看看吧，那個留著大鬍子、目光炯炯有神的男孩兒說，你們有膽量倒是睜開眼睛看看，我們有千萬人，二十五歲以下的墨西哥人有三千萬哪，你們認為你們會繼續騙我們下去嗎？那個高個子、小眼睛、活躍好動的男孩兒跳起來了，民主在哪裡？在革命制度黨拿著事先塞好作弊票的票箱組織的虛假選舉裏嗎？公正在哪裡？聖地牙哥接著說，在一個六十個人比六千萬公民還要有錢的國家裏嗎？自由在哪裡？那個長髮及腰的女孩說，在被腐敗的頭頭捆住手腳的工會裡，在被政府收買的報紙上嗎？露黛斯補了一句說，在隱瞞真相的電視上嗎？革命在哪裡？最後那個白皮膚、矮個子、健壯又文靜的男孩兒說，在眾議院裏刻著的金字「維亞」和「薩帕塔」上嗎？聖地牙哥最後說，在那些落滿了發表革命制度黨的演說的好鳥兒們留下的糞便的雕像上嗎？

　　要勸住他，沒有用。他已經和他的父母決裂，他已經和他的祖

母站到了一起，她和他，蘿拉和聖地牙哥，曾有一天夜裏來到中心廣場，一起跪下去，一起把耳朵貼緊在地面上，一起聆聽同樣的聲音，那是這座城市、這個國家的隱秘的騷動，就快要爆發了⋯⋯

「墨西哥這座地獄，」聖地牙哥當時説，「犯罪、暴力、腐敗、貧窮，都是它命中註定的嗎？」

「孩子，別説話。聽著吧。我每回拍照之前，總要先聽聽看⋯⋯」她呢，想把一種光輝的自由觀念傳給她的後代。他們倆把臉從冰冷的石地上抬起來，滿懷深情地對視著，對問著。蘿拉當時已經知道，聖地牙哥會像現在這樣做，她不會跟他説你還有老婆呢，你還有孩子呢，你別攪和進去呀。她不是丹東，不是胡安·法蘭西斯科，她是豪爾赫·莫拉，她是哈拉馬前線的美國人吉姆，是在韋拉克魯斯被槍殺的青年「聖地牙哥第一」。她是那種會懷疑一切、卻不會為任何事情放棄行動的人。

她的孫子聖地牙哥在每一場遊行、每一次演講、每一回學生大會上都經歷著變化，她緊跟著他，用相機拍他，而聖地牙哥對自己被拍照的事實倒並無知覺，蘿拉懷著同志的熱情望著他：她用相機記錄下變化的每一個時刻，有時他變得猶豫不決，有時他變得肯定無疑，但最後所有的肯定——在行動上、話語上——都比疑問來得更不肯定。最不能肯定的就是「肯定」本身。

在學生運動的日日夜夜裡，不管是在太陽底下，還是在火把照亮之下，蘿拉都感覺到肯定要起變化了，正因為變化是不確定的。她回想起她一生中聽到過的那些大道理，都是立場相對的，久遠得像是史前的，一九一四年的戰爭中英法聯盟和中央政府各自的大道理，比達爾的共產主義信仰和巴西里奧的無政府主義信仰，莫拉的共和國信仰和皮拉爾的佛朗哥主義信仰，拉克爾的猶太基督教信仰和哈利的彷徨不定，胡安·法蘭西斯科的機會主義，丹東貪婪的犬儒主義和她的另一個兒子「聖地牙哥第二」的完滿内心。

這個新的「聖地牙哥」通過他的祖母蘿拉·迪亞斯，成為他們

所有人的繼承者，不管他知不知道。與蘿拉・迪亞斯共度的歲月，塑造了新聖地牙哥的每一天，他被喚作「新聖地牙哥」，好像他是那天夜裏在客西馬尼見證了耶穌顯靈的西庇太之子一長串同名名單中的又一個使徒。聖地牙哥們，「雷的兒子們」，全都死得慘烈。大聖地牙哥被希律王用劍刺死。小聖地牙哥被猶太人公會勒令用亂棍打死。

歷史上有兩個叫聖地牙哥的聖徒；她，蘿拉，已經有了四個聖地牙哥。名字，祖母心想，是我們最深層的本性的體現。蘿拉、露黛斯、聖地牙哥。

現在，蘿拉・迪亞斯度過的所有歲月中的朋友和情人的信仰，正是蘿拉・迪亞斯之孫的信仰。他和幾百個墨西哥青年男女一道，湧進了三文化廣場，這古代阿茲特克人的特拉特洛爾科儀典中心，僅有的照明是古老的阿納華克谷裏夕陽的微光，這裏一切都是古舊的，蘿拉・迪亞斯心想，印第安人的金字塔，聖地牙哥教堂，方濟會的修道院和學校，也有現代建築，外交部大樓，居民樓；也許最新的建築看上去是最舊的，因為它們最不牢固，開裂、掉色的牆面，破碎的玻璃，晾在外面的衣服，太多的悔恨的雨水的哭泣，淚水傾灑在牆上：廣場的燈一個接一個地亮起來了，接著是那些著名建築的聚光燈，接著是房子內部，廚房，陽臺，客廳和臥室都清晰可見；幾百個年輕人從廣場的一邊陸續進來，幾十名士兵從其他方向逐漸包圍了他們，在屋頂平臺上出現了搖來晃去的黑影，戴著白手套的拳頭舉了起來，而蘿拉拍下她的孫子聖地牙哥的身影，他的白襯衫，他那傻裏傻氣的白襯衫，好像他自己甘作靶心，他的聲音告訴祖母，未來容不得我們，我們需要一個給我們年輕人提供空間的未來，在我的父親創造的未來裏沒有我的容身之地，蘿拉跟他說，對，在孫子身邊，她也明白，在她整個一生中，墨西哥人都在夢想著一個不一樣的國家，一個更美好的國家，從德國移居到卡特馬科的外祖父腓力夢想過，從特內里費來到韋拉克魯斯的祖父迪亞

斯也夢想過，他們夢想著一個勤勞、正直的國家，正如「聖地牙哥第一」夢想著一個公正的國家，「聖地牙哥第二」夢想著一個安寧而富有創造力的國家，而「聖地牙哥第三」，與大批學生一起在一九六八年十月二日夜湧入特拉特洛爾科廣場的這位，繼續著他的同名者們的夢想，蘿拉看著他走進廣場，給他拍著照，她說，今天我愛的男人就是我的孫子。

她連按快門，相機就是她可以支配的武器，她只朝著她的孫子射擊，她意識到自己是不公平的，有幾百名青年男女湧進廣場，呼喚一個新的國家，一個更美好的國家，一個忠於自己的國家，而她，蘿拉，她的眼睛只盯著她自己的骨肉，只盯著她的後代中的主角，一個二十三歲的男孩，一頭亂髮，白襯衫，膚色黝黑，黃綠色的眼睛，像太陽一般閃耀的牙齒，如土地一般起伏的肌肉。

我是你的同伴，蘿拉隔得遠遠的對聖地牙哥說，我不再是曾經的那個女人了，現在我是你的女人，今天晚上，我瞭解了你，我瞭解了我的愛人豪爾赫·莫拉，瞭解了他熱愛的並且為之伸出舌頭去舔蘭薩洛特一個修道院的地板的上帝，我跟您說，我的上帝啊，把我身上的一切都奪走吧，給我疾病，給我死亡，給我高燒，潰瘍，癌症，癆病，讓我眼瞎耳聾，扯下我的舌頭來，割掉我的耳朵，我的上帝啊，如果必須如此才能讓我的孫子、我的國家得到拯救，那就讓我得百病而死吧，這樣我的祖國、我的兒女們就能享受健康了，謝謝你，聖地牙哥，謝謝你讓我們大家知道，在這個沉睡著的、志得意滿的、欺騙大眾的墨西哥，一九六八奧運年的墨西哥，還有需要為之奮鬥的東西，謝謝你，我的孩子，謝謝你讓我知道了生和死的區別，當時廣場上熱鬧非凡，好似那場把改革天使震倒的地震，蘿拉舉起照相機向星空望去，什麼也沒看到，當她顫巍巍地把鏡頭拉下來時，猛然看見了一個士兵的槍眼，像一塊疤一樣凝視著她，她按下快門，他們也扣下扳機，年輕人們的歌聲，口號聲，他們的話語聲隨之熄滅了，然後是駭人的沉寂，只能聽見受傷的、

垂死的年輕人的呻吟，蘿拉尋找著聖地牙哥的身影，卻只看到白手套恣意妄舞，漸漸地遮蔽了天空，「完成任務」，以及對剛剛發生的一切無力講述些許的星星。

他們用槍托把蘿拉趕出了廣場，他們趕她走，並不是因為她是蘿拉，是攝影家，是聖地牙哥的祖母，他們要趕走的是目擊證人，他們不想有目擊證人，蘿拉把膠捲藏進寬大的裙子底下，塞進內褲裡，緊貼著陰部，可是她沒法把這浸潤著年輕人鮮血的廣場上散發的死亡的味道也照下來，她沒法捕捉特拉特洛爾科之夜那失明了的星空，她沒法把這城中大墓園裏彌漫著的恐懼印出來，還有死亡的呻吟、叫喊、回音……城市黯淡了下來。

就連丹東‧洛佩茲-迪亞斯，無所不能的堂丹東，也無權把他兒子的屍體領走嗎？不，連他都不行。

那麼年輕的學生運動領袖聖地牙哥的年輕遺孀，還有他的祖母有權做什麼呢？如果她們願意，可以走一趟停屍房，辨認遺體。這算是對堂古斯塔沃‧迪亞斯‧奧爾達斯總統先生的私人朋友堂丹東先生的一個特許。她們可以來看，但不能把屍體帶走埋葬。這點上不會有特例。在墨西哥城，一九六八年十月三日那一天，不會出現五百個送葬隊伍。否則交通就癱瘓了，交通法規就全給破壞了。

蘿拉和露黛斯走進了冰冷的停屍間。一束如珍珠閃耀的奇光照亮了平躺在木板架上的一具具赤裸的屍體。

蘿拉擔心，這些為反對一個被虛榮、權力、恐懼和殘酷弄昏了頭腦的總統而犧牲的赤裸著的死者，會被死亡剝去了個性的外衣。那將會是這個總統最終的勝利。

「我沒有殺人。哪兒有死人？來啊，講點兒什麼啊。讓死人說話呀。還說是我殺了人！」

對總統來說，他們不是死人。他們是鬧事者，暴徒，共產黨，破壞分子，是總統綬帶所代表的「祖國」的敵人。特拉特洛爾科之夜，總統綬帶上的那隻鷹展翅離去，漸飛漸遠，那條蛇羞愧地蛻下

了一層皮，那棵仙人掌被蟲子蝕爛，湖水再一次燃燒起來。特拉特洛爾科湖，祭壇，一四七三年，阿茲特克人為鞏固他們的統治，將特拉蒂爾卡王扔下金字塔頂，西班牙為了鞏固他們的統治，又把一具具神像扔下金字塔頂，將特拉特洛爾科團團包圍的，是死亡，「叢潘特里」，骷髏之牆，連綿不斷、層層疊疊的骷髏疊放在一條巨大的死亡之鏈上，幾千個骷髏頭組成了墨西哥權力的防線和警示牌。墨西哥權力一次又一次地腳踩死亡站立起來。

而死者都是一個個的個體，沒有一模一樣的兩張臉，沒有一模一樣的兩個身體，沒有整齊劃一的姿勢。每一顆子彈，在慘遭殺害的年輕人的胸口、腦袋、大腿上都留下不同的圖案，每一個男性的陰莖都是一種不同的臥姿，每一個女性的陰部都是一個別樣的傷口，這樣的差別，是這些年輕人的勝利。他們作為犧牲，打敗了一種逍遙法外的暴力。這種暴力事先赦免了自己的罪行。可以作為證明的是，兩個星期過後，古斯塔沃·迪亞斯·奧爾達斯總統放飛和平鴿，帶著和他的血盆大口一樣寬廣的得意的笑容，宣佈奧運會開幕。在主席臺上，坐著聖地牙哥的父母，堂丹東和堂娜馬格達萊娜，帶著以祖國為榮的微笑。多虧總統先生的果斷有力，國家恢復了秩序。

當她們在臨時停屍房裏終於認出聖地牙哥遺體的時候，露黛斯哭喊著撲倒在她年輕丈夫赤裸的身體上，而蘿拉卻撫摸著孫兒的雙腳，在他的右腳上掛上了一個小牌子：

聖地牙哥第三
1944-1968
一個尚待建造的世界

老少二人緊緊相擁著，看了最後一眼聖地牙哥，懷著一種漫無邊際的、不可名狀的恐懼，出了停屍房。聖地牙哥死去的時候，滿

臉呈痛苦狀。蘿拉一直希望他的遺體能綻放笑容，求得他和她的寧靜。

「忘卻是一種罪，一種罪啊。」她一直在對露黛斯不停地說著，你不要害怕，可年輕的寡婦還是感到害怕，每當敲門聲響起的時候，她就問自己，會是他嗎？會是一個幽靈？一個殺手？一隻老鼠？一隻蟑螂？

「蘿拉，要是把一個人像蠍子似的關進籠子裡，讓他就在裏面待著，不吃不喝……」

「別想這個，孩子。他不該受這樣的罪。」

「你在想什麼，蘿拉？除了他，除了他以外？」

「我在想，有些人就是要受苦的，沒有人可以代替他們。」

「可是誰來承擔別人的苦痛呢？誰可以推掉這個責任呢？」

「誰也不可以，孩子，誰也不行。」

他們把這座城市交給了死神。

這座城市是野蠻人的宿營地。

響起了敲門聲。

《與蘿拉・迪亞斯共度的歲月》

■ 覺醒

恰帕斯，一九九四年

在恰帕斯，墨西哥最南端也是最窮的地方，在今天於此爆發的暴動之前，曾有過兩場大的起義。一七一二年，有個叫瑪麗雅・坎德拉麗雅（就叫這個名字）的小女孩說她看見了聖母現身。於是成千上萬的農民趕至聖母現身之處。教會拒絕承認這個奇蹟，還企圖搗毀瑪麗雅・坎德拉麗雅的聖壇。接著，塞巴斯蒂安・戈麥斯・德・拉格羅里亞發起暴動，在其麾下集齊六千名印第安人，暴動最終成為一場驅逐西班牙人的戰爭。

一八六八年，另一個女孩，叫阿古斯蒂娜・戈麥斯・切切奧，說恰帕斯的石頭用上帝的聲音跟她說話了。會說話的石頭引來為數眾多的朝觀者。隨後以此朝拜儀式為原點，一場全社會的抗議活動給組織起來了。阿古斯蒂娜遂被逮捕入獄，而伊格納西奧・費爾南德斯・加林多，這個並非印第安人的墨西哥城人，接過了這場運動的領導權，向印第安人保證，他會引領他們走進「黃金時代」，到時候土地會悉數回到他們手中。

無論是一七一二年特塞爾塔爾人的反叛，還是一八六八年恰

穆拉人的起義，聽上去都像是哪個老爺爺編出來的故事，這老爺爺
應該是胡安‧魯爾福和加夫列爾‧加西亞‧馬爾克斯共同的祖先。
這兩場起義都被扼殺了，前面一場是給西班牙總督的軍隊鎮壓的，
後面一場，則是共和國的軍隊鎮壓的，它們各自的首領也都遭到處
決。今天在恰帕斯爆發的這場起義，也許同樣會是短命的。

　　長命者，則是這樣的現狀，極端的貧困，不公，做農民的印
第安人和做印第安人的農民，也就是說，恰帕斯人口中的大多數從
十六世紀起就遭受的剝削和戕害。

　　「在恰帕斯，革命沒有成功」，在一封公開信上，這個州的
幾個重要作家這樣宣稱道。恰帕斯是盛產文學藝術人才的。始於
一九一〇年的革命運動，是很徹底地改變了墨西哥的經濟和社會
結構的（雖然在政治結構上要少得多），然而恰帕斯卻被拉在了後
面。在這裡，大寡頭們的活動不僅沒有把土地交還給農民，更是將
他們手中的土地一塊一塊地奪走，為的是牧場主、地主和山霸王們
的利益。這些人把恰帕斯當成殖民主義的一塊保留地橫加剝削。

　　那麼，政府當局呢？這就是問題所在了。一個對於其大多數的
百姓來說，擁有廣袤肥沃的土地，本可以變得繁榮昌盛的州，卻並
不繁榮昌盛，因為地方政府是跟那些經濟開發勢力串通一氣的，而
聯邦政府是對其採取默許態度，或者更糟，不聞不問的。可可、咖
啡、小麥、玉米、原始森林和眾多的牧場：只有一小部分人享用著
這些產出所帶來的收益。而這一小部分人，逍遙在這偏遠的省份，
沒有國家的名號或稱呼，為所欲為，因為地方政府允許他們這麼
做。而要是有人抗議，地方政府就以地方寡頭的名義行動，鎮壓，
囚禁，侵犯，殺戮，維持現狀不容改變。

　　一場社會危機即將爆發，我們無法想像出更具預見性的前提
了。奇怪的是之前一直沒有爆發。而恰帕斯的狀況是已經得到認識

的。有國家扶貧計畫為證。這個卡洛斯・薩利納斯[1]總統的傑作，在之前最近的那些年裏將規模可觀的資金投到恰帕斯州：超過五千萬美元。恰帕斯比起墨西哥其他任何一個州都更需要資金：它的百分之六十的人口仍在從事第一產業，而全國是百分之二十二；它的三分之一的住房沒有供電，百分之四十的住房缺乏可飲用水；文盲比重奇高，人均收入極低。

扶貧計畫的目的，在於減輕新自由主義醫療政策所造成的社會效應，並且鼓勵地方的積極性，增強尊嚴感。然而，恰帕斯的暴動終於證實了國人的一個疑慮：沒有政治上的改革，經濟改革就是脆弱的，甚至於是騙人的。如果在恰帕斯的扶貧資金能跟著一場政治上的革新一起走，那麼也許就不會有今天的暴力行動了。就像很多事情一樣，扶貧計畫的良好願望成了澆在沙地上的水：沙子將水吸得一乾二淨：像這樣的計畫，要有一個堅實的民主氛圍，才能真正奏效。

在恰帕斯搞民主？這算是什麼東西？要我說，得有人民的信任，才能有效，要從最小的村子開始，在那裡，居民們互相都認識，能推出最好的人選。所有的民主都是從地方基層開始的。革命制度黨施行獨裁和中央集權制度，個人不能在其所在的地區進行政治集會，選出最優秀的人。而幾乎一貫正確的中央總是把最差的人強行安插下來。自然：只有他們才能跟恰帕斯的寡頭階層合作愉快。墨西哥的政治經濟體制是反民主、不公正的，是它將恰帕斯引爆的。

這樣的體制，如果要對其自身進行改革，讓墨西哥人重新確信他們個人的投票是有效的，阻止新的恰帕斯出現，那麼就應該刻不容緩地開始改革。從上至下強令改革是不行的。應該從下至上學會遵守改革的規矩。聯邦制度，對總統制的限制，立法權以及尤其是

1　參見 P.428 註5。

司法權的鞏固，不僅乾淨而且可信的選舉。只有這些才能阻止恰帕斯的悲劇重演。

但還有更糟糕的。「我們成了兩個國家」，一八四五年，偉大的改革家、保守黨人班傑明・狄斯雷利這樣評價因為第一次工業革命造成的不公正而一分為二的英國。今天，世界在向二十一世紀的革命邁進，這場革命將是知識和科技的革命，而恰帕斯卻自己站了出來，把它的爛瘡暴露在我們眼前。這是一個前工業文明的，甚至屬於史前時代的現狀，野蠻而貧窮。不，墨西哥並不整個都是恰帕斯。

儘管還有不公的存在，無論是橫向上的還是縱向上的，墨西哥在六十年間已經從一個遍地文盲、多種文化湮沒其中的農業國變成了一個現代化國家，有自己的身分感，上下一體，是世界第十三大經濟體；無疑的，是一個有志於發展壯大和維護正義的國家。

然而，恰帕斯的悲劇將一個長長的、不祥的陰影投射到墨西哥前方的道路上。恰帕斯的石頭仍在呼喊，警示我們國家分裂的可能，分裂成一個相對富庶、現代、與世界經濟緊密相連的北方，與一個衣衫襤褸、遭受壓迫、停滯落後的南方。在墨西哥，沒有巴爾幹式的分裂，我們避免了這世紀末的災難。恰帕斯發生的這些事件，折射出貧窮和不公的現狀，這在墨西哥南方的其他地區，特別是格雷羅和瓦哈卡，都是類似的……正視恰帕斯的悲劇，允許政治民主在那裏得到表達，讓社會發展既不消散在經濟壓迫的沙子裡，也不為政治鎮壓的潮水捲走，就是向前邁進的重要一步，讓墨西哥能在某一天結束地理上、經濟上的分裂。

在恰帕斯正在進行一場戰爭。舉國上下都譴責使用暴力。首當其衝的，是游擊隊隊員採取的暴力行動。他們的失望情緒可以理解，他們採用的辦法則不然。有沒有別的辦法呢？他們說沒有。我們政府和公民應當向他們表明，辦法是有的。然而，如果軍隊頭腦發熱，把恰帕斯與越南混為一談，用高能炸彈讓恰帕斯雨林的樹葉

掉個精光，那麼政治問題的解決就會難上加難。可沒錯，他們就是這樣來嚇唬民眾的。某個印第安人村落的村民看到第一波火箭砸下來的時候，就像是他們的祖先看到第一批馬來到新大陸一樣。他們害怕了，屈服了，他們更想要安寧，情願繼續過苦日子。可是，把恐懼認作是妥協的原則，只能保證有新的暴動發生。而軍隊的形象，是為一九六八年十月的事件損害了的：為了擁有一個快樂的「奧運會」，維護墨西哥的「良好國際形象」，軍隊在特拉特洛爾科屠殺了幾百名無辜的學生。軍隊不能在恰帕斯濫用武力，進一步損害自己的形象了。

在恰帕斯，可以有也應當有對話，可以有也應當有政治問題的解決辦法，不管在一個融聚了種族主義、解放神學、新教教派、經濟剝削和古老的游擊戰觀念等等的大雜燴裡，解決政治問題會有多難。在恰帕斯，讓公民而不是石頭開口說話吧。

唯有一個經過革新，提倡調和和對話，同時也有志於維持正義和民主的地方政府，才能把恰帕斯的悲劇變成恰帕斯的頌歌：這是一場經濟、政治、文化上齊頭並進的改革的第一步。自一九九四年一月一日起生效的（北美）自由貿易協定[1]，像雀巢咖啡一樣地一冲即飲，從我們的北方邊境開始，要把我們帶入第一世界，而我們的南方邊境則身負沉默不語的石頭，要把我們拉入中美洲。這場改革不會把墨西哥置在虛幻的第一世界，也不會把墨西哥置於落後、動亂的中美洲。恰帕斯應該成為國家發展的一部分，而且從現在起是富有代表性的一部分，成為國家發展不可或缺的體溫計。

讓恰帕斯在墨西哥身上看到自己，也讓墨西哥在恰帕斯身上看到自己；讓經濟和政治不再分離，也讓發展和民主不再分離。恰帕斯的暴動，也許至少起到了喚醒墨西哥的積極作用，讓墨西哥從它向第一世界邁進的沾沾自喜和洋洋自得中覺醒過來，同時也將我們

---

1 由美國、加拿大及墨西哥共同簽訂的自由貿易協定。

從沉於第三世界的不幸和苦難中拯救出來。墨西哥在「國際形象」
上吃點苦頭，比起幾百萬上無片瓦、下無土地和自來水的墨西哥人
所受的苦來，就沒那麼重要了。恰帕斯的石頭，是戲劇性地代他們
說過話的。

《新的墨西哥時代》

■ 希望

在各位政要前的演講

　　我知道，這是共和國參議院在二十世紀最後一次頒發這一寶物，在緬懷它的最傑出的成員之一[1]的同時，也賦予我們全體墨西哥公民明確的責任，讓我們滿懷熱情地邁進新的世紀、新的千年。

　　貝里薩利奧‧多明戈斯，以他自己為榜樣，給墨西哥革命留下了光榮的印記。

　　墨西哥革命不僅僅是二十世紀的第一次社會大運動。

　　它是第一次在一個貧窮、不公、不滿的國家裏上演的社會運動：也正因為如此，它是一次爭取繁榮、公正和滿意的運動。

　　它也是這個世紀第一次出色地把個人權利和社會權利統一起來的運動：在克雷塔羅舉行的制憲會議，先於德國威瑪憲法，將勞動權利和土地權利抬升到崇高的地位，並向個人提供各種保障。

　　在如此明確的法律基礎上，也在同室操戈的苦痛背景之下，墨

1　指貝里薩利奧‧多明戈斯（Belisario Domínguez，1863-1913），墨西哥醫生、政治活動家，於一九一三年十月七日遭反動勢力暗殺。墨西哥參議院設有以他為名的勳章，表彰本國的傑出人士。一九九九年，卡洛斯‧富安蒂斯獲此殊榮。

西哥創建了自己的現代性。這不是對享有盛譽、卻與我們的現實難以相符的模式的超邏輯的模仿，而是墨西哥的過去、墨西哥的理想與墨西哥的可能的合理統一。

正是這場運動，緊密聯繫著一個民族認同的過程，勾畫出墨西哥的輪廓：墨西哥革命廢除了波菲利奧時代獨有的唯發展為重的模式。這種模式，從本質上說，是一種排除異己的模式。

而貝里薩利奧‧多明戈斯為之奮鬥的這場運動，則提出了一個兼容並蓄的模式，這種模式把我們全部的文化組成——印第安人的墨西哥、伊比利亞的墨西哥、印歐混血的墨西哥——都包容其中，為一個不容混淆的民族身分塑造出形象來。

文化，是這齣認識自己的大戲裏最有力的第一主演。

墨西哥文化很快就給了我們塑造自己的武器。

這是一個相容並包的文化，卻不是一個不容置疑的文化。

重新發現我們所有的過去，是一件有雙重意義的事。一方面，它向我們揭示了我們曾經是什麼。另一方面，也向我們揭示了我們想成為什麼，可以或者應該成為什麼。

迫於來自國際上的嚴酷壓力，貝里薩利奧‧多明戈斯的革命要求國民團結一致並且也做到了。但同時也要求許多政治需求的推遲實現。不過，這場革命還是給予了國民巨大的社會和經濟利益。在一九一〇年，國民還生活在愚昧和不公造成的悲慘命運之中。

國家上下的團結一致，在很大程度上促成了經濟、通訊、衛生方面的快速進步。但尤其可貴的是，革命制度興辦教育。從ABC開始教育一個在一九一〇年文盲率達百分之九十的國家的人民。挽救印第安文明、殖民地時代和獨立運動所留下的諸多傳統。革命教育教授了民主，教授了對別人的意見保持尊重，教授了多樣性，教授了多元化。換句話說，墨西哥教育在過去人民為奴為僕的地方創造了墨西哥公民。

創建一套制度是革命本身使然。所有的革命無一例外。

但並非所有的革命都創造了公民。我們的革命創造了公民。

因此，用穩定和發展來換取民主的默契，不得不被我在此指出過的一些因素的合力給打破。這些因素是：經濟發展、通訊、衛生，尤其還有學校。

公民對民主的訴求，既不是自上而下的妥協，也不是自下而上的盲目推進：它曾經是，也將還是在理智的人民與負責的管理者兩方的政治意願之間一致達成的協定。

一九六八年十月那場震撼了舉國上下的可怕悲劇表明，公民權已經漫出了政權的邊緣，我們墨西哥人已經很好地吸取了貝里薩利奧‧多明戈斯、法蘭西斯科‧I.‧馬德羅和埃米利亞諾‧薩帕塔的最深刻的教訓：發展，是的，但是還要有公正；公正和發展，是的，但是還要有民主；民主，是的，但是還要有發展和公正。

我們在跨進新世紀的時候堅信，為我們的國家提供力量和保護的三棵大樹──發展、民主和公正，是不可分隔開的：它們生根於同一種渴望，它們受同一種漿液的滋養。

而今天，我們仍能感受到在國家的民主上的迅速進步、它的經濟上的嚴重滯後和它不能容忍的不公正之間所存在的巨大隔閡。我們因之感到如此痛苦。

革命促進了墨西哥的經濟發展，是因為這個國家沉睡著的力量得到了解放，就是它的勞動者的力量、它的企業家的力量和一個能保證兩者之間平衡的國家政府的力量。

我們並不總能在這三者之間維持適當的平衡。

然而不可否認的是，今天在各種模式壽終正寢、各種走不通的歧路終被人們認識到之後，大眾階級的組織、具有生產能力的企業和起調控作用的國家政府重振旗鼓，成為維持平衡的三要素。這種平衡保證了有自由和公正相伴的發展，但不再是從一致性出發，而是從我們國家今天特有的多元化出發了。

二○○○年的問題不是一九○○年的問題了。

一九○○年的問題，是廣大群眾身陷在落後的深淵，在政治、社會和文化上遭邊緣化的問題。

今天的問題，則是難以接受的各種不足，以及人民的迫切需要的問題。人民的需要告訴我們：我們已經取得了很大成功，但重要的是不僅要知道這一點，更要努力完成尚待解決的好多事情。我們完成了拿著武器進行的革命，又拿起了政治的武器。

國家本身的偉大，它在本世紀經濟、政治和文化上的成就，這些現實要求我們對今天的問題給出更多、更好的解答。今天的很多問題源自發展本身，而另外的問題則是由舊有的不公正、不平等的繼續存在所造成的。

我們可以在這裡，就在這個閃耀榮光的地方，用怨言堆起一座金字塔。用印第安人的怨言，農民的怨言，工人的怨言，離鄉去國者的怨言，呼吸著遭受污染的空氣、被搶劫、綁架或謀殺的市民的怨言，上不了學的小孩的怨言，沒有糧食的母親的怨言，沒有工作的父親的怨言。

可一旦站在金字塔的頂端，當我們抬起頭仰望過理想的天空之後，除了垂下頭去看金字塔底，看它的塔基，讓民眾提出的難題體現在不可或缺的、健康的批評裡，我們還能做什麼？

展示財政責任和社會責任的合理共存。對於我們的二十一世紀來說，還有比這更緊迫、更可行的建議嗎？

我們知道我們是誰。我們知道我們在哪裏嗎？

我們生活在一個全球化的世界裡。

這不是一個公正的世界。

但可以是一個更好的世界。

我們不能接受一個只會把貧困佈滿全球的全球化。

這可能會發生——它正在發生——要是我們看看這個現象的負面資料的話。

我們正面臨著一個危險，那就是在全世界範圍內造出一個持續

存在的次階級，這個階級是享受不到一個達爾文主義的全球化系統的好處的。這個系統只對最合適者有益，卻把在競爭中落在後頭的人，也就是說，日益增多的被邊緣化的民眾拋在路邊，讓他們得不到保障。

而在這個世界上，已經有二十億的窮人。

光在我們拉丁美洲，每五個居民中就有一個在挨著餓，一半的人口──兩億拉美人──靠著每月不到九十美元在生活，或者說，生存。

在北半球，百分之二十的人佔有全世界總收入的百分之八十，而在南半球，三分之一的人居住在極度貧困的環境之中。

怎樣才能解決這樣的現狀呢？與其依靠外援，不如依靠自己的力量。

有一個公認的道理是，教育是從根本上讓國家擺脫這種現狀的最可靠的途徑。

可是，世界總收入的分配不公，也體現在全球對本可以用於教育的資源的浪費上。

聯合國教科文組織主席菲德里克·馬約爾和世界銀行總裁詹姆斯·沃爾豐森等人說：「這個世界每年在軍備上投入近八千億美元，卻拿不出錢──每年也就約六十億美元──來讓所有的兒童有學可上。這樣的事實是無法令人接受的。」

世界軍費開支只要下降一個百分點，就足以讓全球所有的孩子都能坐在黑板前。

現在沒有，將來也沒有比教育之路更可靠的辦法，能縮短第一世界高速發展的科技水準和我們第三世界落後的科技水準之間的差距了。

今天在這裡，在從國家元首的手中接過共和國參議院頒發的這光榮勳章的時候，我為這一事業吶喊，這只是對這一事業最堅決的呼籲：給全球性的問題找到地區性的解決辦法。

希望

465

全球化現象的負面資料和解決它們的辦法，有可能一次又一次地被提及。

投機的邏輯應該讓位於生產的邏輯。

物的流動的自由不應凌駕於勞動者的流動的自由之上。

物是自由的。

勞動者是受奴役的。

但赴外勞工對於全球化時代發達國家的經濟來說是不可或缺的。

赴外勞工不應成為發達世界的諸多問題和固有缺陷的贖罪羊。

通訊的迅速和廣泛是全球化的優點之一。可是，我們真的像我們所認為的那樣廣聞天下了嗎？資訊的極大豐富，就意味著被傳播的東西是重要的嗎？還是我們正一步步地屈服於一種庸俗資訊、奇聞異景的文化？

我們有責任對資訊傳媒做出批評，支持其優點，批評其缺陷。

而全球化資訊最積極的一面，是得以讓人權的概念傳遍全球，讓侵犯人權的行為不被封殺，得以廣示天下。

剛才說的這些，只是這一現象的三個方面，它們讓我們明白，一個像墨西哥這樣的國家的社會群體所擔負的任務，在於重新喚起勞動、衛生、教育、儲蓄、社會批評和民主經驗的價值。

讓我們從國家的角度、人類的角度來審視全球化這一已成為事實、不會跟我們說再見的現象。

讓我們恢復人才的中心地位。

我們主張在南北關係中真正的更大的公正。

但是，善行是從家裏做起的，我們墨西哥人首先要自問的一個問題是，我們依靠什麼資源，才能為發展打下基礎，讓我們成為通向二十一世紀的快速發展中的活躍因數？

我認為，我們同樣會遵循一個日漸明晰的真理：如果局部不能發揮作用，整體就沒有用。

換句話說：不從健康的地區管理出發，就談不上健康地參與全球化。

而地區管理需要強大、全新的公共領域和私人領域。

國家政府是必需的，國家政府並非多餘：今天，沒有哪種發達經濟是不擁有一個強大而非巨大、充當調控者而非佔有者的國家政府的。

而市場是工具，不是規則。

投資、生產和獲取利潤，是私人動機理所當然的所為，也是其興趣所在。

但是在今天的世界，它也有興趣瞭解，市場本身不是目的，而是用於獲得公共福利——以及日益增多的消費者的手段。

私人領域適於與國家政府在提高國內儲蓄、勞動者培訓、幫助職業轉換、擴大放貸許可、技術支援、貿易系統和小生產者分佈等諸多政策上展開合作。

國家和社會：

沒有國家的社會會生出新的封建主義。

而沒有社會的國家則會墮入新的極權主義。

今天，我們以貝里薩利奧・多明戈斯的名義，讚頌公民領域的美德，在這些公民領域裡，社會找到了能給它提供答案的制度，而制度則是社會監督的對象。

正是在這一點上，公民社會，即第三領域，履行著在公共領域和私人領域之間牽線搭橋、化解無用的爭端、確認集體利益的可相容性的基本角色。

回到起點上說，文化是全社會的作品，是社會創造了文化、保持了文化、傳遞了文化。

我們的國家，還缺少很多東西，這沒錯。

但文化不是其中之一。

我們的文明的長久性和財富誕生於印第安的黎明，如阿方索・

雷耶斯所説，在新西班牙的早晨延續；又如拉蒙・洛佩兹・韋拉爾德所説，在臉上畫上了印第安人、摩爾人和西班牙人的條紋，但也畫上了猶太人、古希臘人和古羅馬人的條紋；在獨立運動中，它趕上了啓蒙時代；在改革中，它獲得了一個民族國家的外形，在這個國家，先是興起流血的無政府主義，最後超越了「要進步不要自由」的錯誤觀念，在革命中彙集起多元文化的所有的血脈。這多元多樣的文化深扎在墨西哥，卻向全世界敞開懷抱。

我們是墨西哥身分的主人。

那麼現在，讓我們成為多元化墨西哥的擁有者。

我説的是「文化」，也是「知識」。

我説的是「知識」，也是「教育」。

我説的是「教育」，但我想到的並不僅僅是學校，我也想到車間，工廠，想到衛生中心，想到通訊。我想到的是家。

我説的是「教育」，我想到的是不僅數量眾多，而且生氣勃勃、頭腦靈活的人才，他們迫切需要基本的工具和生活條件，來爭取最高效的產出。

我説的是「教育」，我想到的是公民的積極性，想到的是城市生活，想到的是用獨具特色的辦法解決地方特有的問題。

我想到的是教育，想到的是財政、儲蓄、投資的政策、吸引生產資本、解放婦女、保護環境、鞏固私人企業、起調控作用的國家政府和公民社會的各個組織──包括工人組織和農民組織的實力。這三者共同為墨西哥窮苦大眾提供了有力的保障，促進他們的發展。

我想到的是用教育來消除不公、剝削、歧視、對同胞的缺乏尊重以及尤其是腐敗。腐敗是搶劫窮人的最粗暴的方式。

我想到的是教育，想到的是一種永遠告別了專橫野蠻的法制的文化。

我想到的是教育，想到的是寬容。

我想到的是教育，想到的是經驗。

但我想到經驗，又想到了命運。

行動的命運。

話語的命運。

堂貝里薩利奧‧多明戈斯把這兩種命運統一了起來：他說了，也做了。

他向我們證明，並不是說只有行動重要，話語就不重要的。

對他來說——這是他的偉大教訓——話語和行動手握手一起前進，無論是在陽光普照的白天，還是在渾濁一團的黑夜。

作為今天的墨西哥人，我不能忽略這樣的事實，就是堂貝里薩利奧‧多明戈斯是恰帕斯人。

無疑，他今天如能在世，一定不會無視今天在他家鄉發生的悲劇，在那個位於邊境的州，墨西哥的矛盾、貧窮和潛力都達到了頂峰。

我們，我們每個人也都不會無視這些現實。

不過，我也不敢把貝里薩利奧‧多明戈斯這個恰帕斯人假若在世並不會支持或者抨擊的話語或觀點歸入他的名下。

但是，請在座的諸位在自己的內心裏想一想，今天我們在這裏讚頌的這個傑出的恰帕斯人，他要是能活在今天，會對我們傳達些什麼樣的教誨，什麼樣的智慧，甚至什麼樣的憂慮。我想這總是可能的吧。

在此我只是引用他的一段話：

「恰帕斯人啊，你們要緊緊監督你們的官員在公開場合的一舉一動。他們做得好，就表揚他們；只要他們做得差勁，就批評他們。在你們做出評價時一定要保持不偏不倚，永遠說真話，明白、全力地堅守真理。」

在貝里薩利奧‧多明戈斯所希望看到的我們這個多元化的、戰鬥不歇、勤於思索的墨西哥，他的話召喚我們每一個人都去思考，

希望

469

並且明白沒有絕對的真理，因而既要捍衛自己的真理，也要尊重別人的真理。

墨西哥城，一九九九年十月七日

■ 尾聲

創造的臉龐

從空中看墨西哥，能看到創造的臉龐。

我們在平地上習以為常的視角升到空中，變成了能看到諸元素的視角：墨西哥原來是一幅水與火、風與地震、月亮與太陽的畫像。

或者說是太陽、墨西哥古代宇宙觀裏的五個太陽的畫像。水的太陽，誕生在世界被創造之時，消亡在預示著下面幾個太陽的暴風雨和洪水之中，第二個是土的太陽，然後是風的太陽，接著是火的太陽，最後是現在君臨我們的第五個太陽，等待著最後的劫難。

水的太陽

如長蛇般蜿蜒曲折的河流遍佈我們的國土，在沙漠中有養分奇佳的細流，在河海交界處有寬廣緩慢的河口，在熱帶地區有翻騰不歇的巨浪。帕帕羅阿潘，蝴蝶麇集之河；帕茲瓜羅，蜻蜓翩躚之湖。伊茲芭芭蘿特爾，阿茲特克人眾神中的星辰女神，似是在平靜流淌的河水之上盤旋飛舞。而她的名字正道出一切事物的雙面性：

其意為黑曜岩之蝶，她五彩斑斕的薄翼，是令人恐怖的屠刀。

這是創造的第一次預示，是由這奔逃不息的液體預示的。水並不總是安寧的。當它被困在火山口中，靜得像一面鏡子的時候，它的形象是不祥的：在它超自然的平靜裡，它預示著遲早會來臨的一場騷動。我們的歲月是什麼，當它們被刻畫在山石表現的千年歷史中的時候？誰會相信，在托盧卡和帕布拉的火山口為岩石包圍的水，總是這樣，也將永遠是這樣地如金屬般光滑，紋絲不動？

一切都再次運動。烏蘇馬辛塔河奔流向前，跟它澆灌著的雨林不分離，也跟在森林與河水上方聚起的雲團不分離，好像河水是在拖動著雲團前行。我們知道，天空、河流和雨林這三者藏匿著也保護著靜臥不動的文明，這些文明假裝已經死去，只在普蘭瓊河邊巨石上的神秘人像和波南巴的幽靈遊行中顯現出來。

水的靜謐終究是虛幻的。瀑布飛流而下，氣勢洶洶，挾帶著泥土，也挾帶著比它們先在的歷史。群山直插入海中。河口的沙洲將海擊碎。在哈利斯科，海浪拍岸，把土地描摹成一個長著棕褐色的爪子、被憤怒的大海包圍、擊倒的怪獸的模樣。大海畫出了土地的模樣。

可是只要我們站在這個視角的反面，低下頭去看，想像顛倒的情形，我們就能看到，這不正是一幅大海遭土地侵襲的畫像嗎？這饑餓、兇猛的土地，這充滿活力、野心勃勃、被困已久的土地，正在與大海這個地球的頭號主人爭奪它的王國。

不安、顫抖、永不滿足的土地，長期懦弱、處於守勢的土地，長著尖牙利爪的土地，墨西哥顫慄了片刻。土地要說話了。土地要做水的統領。第二個太陽，在驚懼和恐怖的混合中誕生了。

土的太陽

死火山——波波卡特佩特和伊塔克西華特以及托盧卡雪山在高空中宣稱，它們的寧靜不是永無災禍的保證，而是下一場大地震的

預告。帕里庫廷火山像個頑童一樣咧嘴笑了，警告我們說，總有一天，會有一股煙霧從一個米卻肯農民的地裏升起，從被犁敲碎的地裏盤旋而上，抬起頭來，噴吐出灰燼和火焰，在幾個小時之內，升騰到高空之中。

還有呢：奇瓊火山，這個活躍的黑色巨人，告訴我們，它停止震顫和冒煙的時候，就是宣示下一場大地震到來之時。在這塊永不休憩的土地上，創造還沒有完成它的任務。一座火山把接力棒交給後面一座。

水的太陽，土的太陽。從高空中，我們能看到土地和水的源頭。畫下它的頭部吧，東馬德雷山脈的起點，它高傲地拋下了平原和沙漠，向蒼穹高升，飛向它與西部山脈震顫著的連接處，「米斯特科之結」，然後兩條山脈緊緊抱在一起繼續延伸，直到大陸南端的終點處，在那裡，安第斯山如同散了串的凍葡萄掉落在智利和阿根廷。畫下孔喬斯河的源頭吧，看看母親水是怎樣噴湧而出的。看所有這些，就是參觀大自然降生的過程，別把它當成發生在那個時代、發生在眾神時代的事情，而要當成在我們的時代、在我們現在的眼睛裏日常發生的事情。

科利馬雪山可以擺出一副老者的模樣，梳著白頭髮，告訴我們在墨西哥，大自然有多古老。但是，不管是他，還是那些從高空中俯視著大地的安詳長者中的任何一個，都不能否定掉屬於我們的年代。今天，我們看著，摸著，聞著，嚐著，感覺著，以見證土的太陽永遠的再生儀式，就在這裡，就在今天。我們成了創造的見證者，因為群山在看著我們，雖然它們是有警告的：我們會持久存在，你們不會。我們給出的回答是罪孽深重的，如驕傲的君主，卻又是遵守道義的，如虔誠的信徒。我們把泥土捧在手裡，按著我們自己的樣子重塑它。

愛因斯坦說過，幾何並不是大自然所固有的。我們把我們的思想強加給現實了。在帕倫克，在亞奇蘭，從空中俯瞰下去，墨西哥

人的幾何式想像精彩地表現在建築和森林無與倫比的衝突中，在這些地方，似乎那原始的爭鬥早已發生，而且還在發生著。自然擁抱了建築；而人類的作品，卻因為想全身心投入這近乎母體的懷抱，害怕被她悶死而痛苦，同樣也害怕被趕出這潮濕的、孕育生命的、保護眾生的巨腹，暴露在外，等待毀滅的命運。

從這種緊張的關係裡，誕生了古代墨西哥的偉大藝術。我們在阿爾班山的古城、在特奧蒂瓦坎令人稱奇的建築裏所看到的燦爛文明，是統領自然但同時又與之保持和諧的瞬間的勝利。在這些地方，人找到了時間，並且與時間的形式達成了一致。

可是，他環視四周，看到了引力巨大的威脅：群山間深不可測的峭壁，雨林裏吞噬一切的灌木叢，火山如心跳一般的震動。於是，他輕柔地撫摸山坡，用一條條的土路裝飾它們；他撫摸平原，在上面種下小麥和玉米；他還建造城市，從此不再依靠大樹、山洞或是火山口，有了自己的棲身之所。

墨西哥，這個牆的國度，就和所有的民族一樣，築起牆來首先是抵禦惡劣天氣的摧殘、野獸的襲擊以及敵人的進攻。可是沒過多久，牆的起建就出於別的緣由了。首先，是把神聖與世俗分開。然後，是把征服者和被征服者隔開。最後，是讓富人遠離窮人。

儘管有這樣的分割，我們的城市還是跨越了其界限，同樣還是借作分隔之用的牆，創造了流通的可能，先是把我們聚集在廣場這個公共之地、中心之地之上，然後是庭院和大殿，禮拜堂和門廳，小院和花園，最終建立起一個溝通的網路，挑戰著隔離之牆，並且時有獲勝。

這是因為城市這個人類作品──「civilización（文明──譯者註）」一詞意思是住在城市裡──在伊比利亞美洲新世界帶上了一種自相矛盾的意義。城市既是意願的創造，也是偶然的結果。所有的城市也許都概莫能外。城市，文明的場所，共生的空間，也是城邦，政治的地盤，脣舌的競技場。文明，政治，同作為意願的計畫

被提出來，也一道接受成為需要和偶然的產物。

墨西哥的城市展現了這樣的真理。在它們身上所作的添加是富有傳統又強於創新的。傳統：新的西班牙式城市取代了印第安人的城市，奪走了它的儀典、政治和宗教的功用，但也承擔了這些任務。創新：西班牙語美洲的城市創造了方格狀的、規則整齊的新的城市，就好像棋盤一般，好像聖洛倫索在其上受炙烤而死的鐵絲網一般，像在文藝復興中由萊昂·巴蒂斯塔·阿爾貝蒂塑造的柏拉圖式的城市一般，這是吉耶莫·托瓦爾告訴我的。

在美洲的新土地上，可以把中世紀那高牆環繞、狹仄擁擠的城市撇得遠遠的了。可是，過去不是那麼容易就給埋葬了的。一方面，先有的傳統，印第安人的中心，一直奮力要從新城市的地底冒出來，就像剛剛在墨西哥城出土的馬約爾廟。另一方面，新的人種把印第安人的城市和歐洲人的城市一起變成了混血的城市。而經濟上的需要——採礦業，分佈在高低起伏的土地裏的黃金和白銀——再一次把文藝復興式的城市變成了遍佈小街窄巷、地道、水井和石階的亂哄哄的中世紀城市。

從空中俯瞰，帕布拉、瓦哈卡和莫雷里亞棋盤式的新城市閃閃發光，而混血式的二重性城市也不遜色，塔斯科、薩卡特卡斯和瓜納華托屈從了那些城市之蛇的意願。它們就像尋金者一樣，時而上升，時而下降，要嗅出金屬的味道，把土翻來翻去，待到找到金銀時，就把它們固定在教堂裏的祭壇上，為白銀新娘的婚禮鋪設道路，或是在一場豪賭、一次恣意、一回狂歡中永遠丟掉了金子。

懸崖眾多的國家，被從懸崖上拋下。就像美洲大陸上其他的斷崖那樣，特別是最壯觀的那一個，科羅拉多大峽谷，墨西哥的大深淵——銅谷向我們展示了大地的兩個極端。生與死。這一天若是創造的第一天，便也是最後一天。但這些地方所展現的戲劇性並不僅限於證明大地的起源和終結是同時的，呈圓環狀發展的。其最深刻的印象，是由我們運動著的視角一步步地定義的。在亞利桑那，在

奇瓦瓦，是我們的運動確定了這令人驚歎的自然場景的現實。只需跨一步，無論是向右向左，還是向前向後，這巨大的石崖就會發生根本的改變，認不出自己了。我們身體的運動，目光的移動，竟改變了那第一眼看上去像是不可改變的大自然紀念碑的東西。

這不就是巴洛克的定義嗎？巴洛克不正是一種移動的藝術嗎？它要求觀看者運動，才能被欣賞——更重要的是，也能自己欣賞到自己。巴洛克不是面對面的藝術，而是圓形的藝術。拜占庭的聖像是可以面對面地被看著的。而貝爾尼尼和和米開朗基羅則要觀看者採取呈圈狀的視角了。正如奧爾特加・伊加塞特[1]所見，在委拉斯開茲的〈宮女圖〉裡，繪畫從雕塑中解放了出來，採取了一個圓形的、雕塑式的視角，鑽進了畫裡，站在畫中的畫家的身後，看他又在畫什麼。

在墨西哥，在西班牙語和葡萄牙語美洲，巴洛克超越了歐洲的感官和智識理性，變成了高聲呼叫的、生命力蓬勃的一種需要、一種肯定。或者更確切地說：變成了一種需要的肯定。被毀壞的土地，被征服的土地，饑餓的土地，夢的土地：美洲巴洛克是缺乏的藝術；是一無所有的人的想像出來的豐富；是在懸崖上帶著穩穩當當降落在另一邊的希望的、不顧性命的縱身一躍。

墨西哥時常表現得野蠻、深沉的土地，在它粗魯的孤獨裡，是巴洛克的一個宣示。它召喚著起跳，召喚著希望，抓住渴望著的東西：另一岸，兄弟之手，愛人的身體。

土地的太陽，看上去是最牢靠、最長久的，卻以這樣的方式證明，它也是匆匆過客，而它的形象，在一個巴洛克式祭壇的彩繪上，則是浮雲密佈的天空。而遮蓋墨西哥的天空、自成一景的雲，比任何一個祭壇上的都要多。

1　奧爾特加・伊加塞特（Ortega y Gasset，1883-1955），西班牙哲學家。

風的太陽

雲的國家，被風捲著走的雲，靜靜的雲，光明的雲，下一個太陽、風的太陽的愛女。風的太陽侵蝕著海岸和高山，石雕和農田。

有時候，墨西哥厚厚的雲層就像是一塊裹屍布，滿懷慈悲地把一具僵硬的或是垂死的身體與我們的視線隔開。裹屍布似的雲，蓋住了拉坎東人的雨林和林中居民的憂傷，林子和人都逃脫不了滅絕的命運。而有時候，雲只是那些不願受到侵擾的文明的面紗。風的太陽，是最輕巧的盾牌，保護著在我們這個國家等待著另一個時代、一個更好的時代、到那時才會拋頭露面的一切文明。與此同時，雲掩蓋起一個神聖、魔幻的世界，讓它長存。這個世界，是奮進的、浮士德式的西方理性妄圖摧毀一空的。

另外，墨西哥的雲還孜孜不倦於另一個任務，這個任務更加無私，那便是不斷地讓萬物的堅硬輪廓變柔和。大海與大地，火山與空氣，廢墟和雨林，河流和沙漠，在墨西哥都迎面撞擊在一起，因為在這裡，各種元素都在爭奪時間的更替，要取得全部的佔領，來命名一個時代：水與火，土與風。

可是，如果說時間的更替總不能戰勝萬物的同時存在，這是因為雲總在柔撫著墨西哥霸氣十足的各元素的粗糙表面。事實上，它們中一個也未能凌駕於其他元素之上，只是因為風推動著雲，這空氣的精華溶解了最粗魯的峰巒，把海灘與海浪聯結在一起，混合了水的瀑布和花的瀑布；木槿，葉子花，萬壽菊。雲是擁抱一切的霧，是從溶解物和遠方幻景中生出的煙。最後是相遇：交合，有時是混淆，光的勝利，抹去了墨西哥藝術常引以為特色的鋒稜利角。里維拉和西凱羅斯的畫中最堅硬的線條，往往是和在我們的地理中能看到的一些強力的碰撞一樣地令人生畏的。鯊魚島的岬角——卻卡角，是一隻影子的翅膀，似乎受著顏色如匕首般的大海的威脅，好像島嶼要飛升，大海卻攔住了它，提醒它莫忘生活在大地與大海永遠的相對相撞中的命運。風的太陽，便是來溶解邊界、緩和衝

突、壓制喊聲的。風的太陽吹亂了沙的髮型，柔撫著水的臉龐，揭露出海底的紋理，把多孔岩和玄武岩、石灰岩和砂岩等各種類型的石頭化為粉末。

就這樣，風的太陽揭示出第三個墨西哥。埃俄羅斯和艾卡特爾，兩個如同孿生兄弟的風神，一個來自地中海，一個來自墨西哥，他們的名字聽上去就像兄弟。從他們口中吹出的氣，讓土地不再僵硬死板，也讓與之對立的大海不再靜默不動。但就像所有神的恩賜一樣，這樣的恩賜也是有兩面性的。首先，叫變形。然後，叫和諧。最後，叫死亡。

氣的太陽把風景變成了片斷。看上去恒久的事物成為可變的了。各種形式相交或分離，組合成新的形象。索納拉的皮那卡特火山口變成了一個精緻的乳頭；下加利福尼亞的一條河流出人意料地具有了蠍子的輪廓，像一隻粉色的蠍子躺在滿是黑土的河床上。淌過梅卡蒂特蘭的清水的那些乳牛是真實的嗎？還是湖面上的海市蜃樓而已？這些停泊在佩尼亞斯科港一個浮標周圍的漁船，實際上不就是一隻剛剛從海裏破繭而出的蝴蝶嗎？喬盧拉城的那些圓頂，是一朵朵蘑菇嗎？查普爾特佩克公園的虎籠，是用純淨空氣做成的穹廬嗎？

風的太陽，我的太陽。當我還是小孩子的時候，地理課本的封面把墨西哥畫成一個豐饒杯，從杯子的邊緣漫溢出數不盡的豐碩果實，那長長的麥穗，便是下加利福尼亞半島。這物產豐富的牛角懸停在空中。沒有哪隻手，沒有哪塊土地把它托舉在天上。它是一個財富無窮的星球。

我們真的要想想風神艾卡特爾的威力，想像一下這如豐饒杯般的墨西哥，翱翔在空中，傾倒它的果實，用飛揚的種子豐腴它留下的痕跡。

鑽進墨西哥的豐饒杯中，意味著同時發現它的長久和它的易逝。變化暫時停住了腳步，凝視著萬物間的和諧。在水壩下的水面

上歇腳的白鳥，讓水壩不再顯得機械、冷酷。牧場和麥田，以及久遭風雨侵蝕的塔樓，賓館，莊園，現代城市和海濱浴場；這些也是豐饒的名字。它們也代表著和諧嗎？也許這才是更謙虛、更可親的說法。有一次從空中看特拉克塔爾班，從韋拉克魯斯人把歡愉和謙遜結合在一起、融成生命的快感的獨特智慧裡，我找到了和諧。

豐饒也意味著前來覓食的火烈鳥的展翅飛翔，橙色的海中群鳥聚成的大塊粉色，雨林的綠影的輪廓……墨西哥多種色彩的眾聲喧嘩，大自然挪移一切的顏料，最後交匯在表現一個鄉間教堂的新畫裏或是瓦哈卡一個小村裏幾近停滯的水流中。這就是完美，這就是千呼萬喚的和諧，萬物的祥和。

火的太陽

不能長久。第四個太陽，火的太陽，要炙烤大地，如同火山口一樣。只因為心情有時候比需要本身更為必需，火山口偶爾會把離天很近的一塊玉米田團團圍住。從空中俯瞰，能看到一個足球場的輪廓，它那浮現在城市柏油馬路上的焦黑的線條，可以和納斯卡[1]的那些燃燒的圖案相提並論。那是天空在大地上的畫像，只能從空中看到。

在奇瓦瓦，有一個亂石灘，叫光亮岩石灘。其實火並不一定是能看見的火焰。有時候，火也是燃燒著的水——納華人稱之為「atltlachinolli」，或是我們所說的「內燃」，或自稱為死亡。就像在胡安・魯爾福的文章中所說，最平坦的原野，最挺拔的山峰，都有一個洞，從中散發出死亡和性愛的熱氣來。我們知道，伊洛斯和塔那托斯[2]都是通往不可見的地下世界的入口。古墨西哥人把這陰間世界稱作米科特蘭，人要戴了面具進去。我們需要給死亡找來另

1　納斯卡，秘魯古城，以大地上的神秘巨大線條聞名。

2　伊洛斯（Eros）和塔那托斯（Tánatos）分別為希臘神話中的愛神和死神。

一個臉龐，一個能讓我們被接收於另一個生命的面具，一張也許比我們生活在土地上、受著水的沐浴、風的刺激的臉更好的面龐。

從空中看帕倫克的碑銘神廟，就是看死亡。這座金字塔是巴卡爾王下令建造的，本是為永遠紀念自己的死亡，卻讓自己的死亡提前到來了。從上面望去，地上廣植萬壽菊，這鬼節的黃色花朵，是大自然向死者永久提供服務的廣告。明燈顏色的花，把死亡和一種裝扮成生命的不可見的火連接起來。因為宣示死亡的火的太陽，儘管讓死亡再次降臨，卻並不在死亡中耗盡自己的生命。墨西哥的生命預見了死亡，因為它知道，死是一切的開端。過去，先人們，就在現在的源頭上。內含湖泊的火山口，種著莊稼的火山口，曾在某天熊熊燃燒著的火山口。它們還能燃燒嗎？當然了，正如生命也會復生，正因為它的前面是死亡。

就這樣，火的太陽並不是萬劫不復的毀滅和災難的預告，而只是一個循環中的一環。在這個循環裡，火吞噬了氣，然後變成了水，然後又變成了土，又再次變成了氣，氣燃燒起來，開始新的循環……

又是水

於是，高空中的四個太陽是交相更迭又是相互重疊的。當目光下降時，便為創造的太陽中的每一個都賦予了具體的名字、具體的地方。水的名字可以是亞卡普爾科和卡雷耶斯，埃孔蒂多港和馬薩特蘭，韋拉克魯斯和坎昆。太平洋、加勒比海和墨西哥灣，三個海環繞著我們擁有超過九千公里的海岸線的土地。

而這些海，雖是我們的海，卻在每一朵浪花中都捎來世界的消息。

魁扎爾科亞特爾沿著墨西哥灣的海岸向東方遠去，他是許諾要回來的，要回來看看人們是否履行了和平和相愛的道義。

也還是這個肇始之岸，西班牙征服者於出現在預言中的那一天

來到這裡，利用了那個純屬巧合的預言：神回來了，向我們討賬來了……

從此，墨西哥灣成了地中海通往美洲的最後一級文化臺階。士兵和教士，抄寫員和商人，海盜和詩人，侵略者和流放者，在韋拉克魯斯把兩個世界的消息捎過來又帶過去；美洲和歐洲，墨西哥灣和地中海。從博斯普魯斯海峽路經基克拉澤斯群島、西西里島和安達盧西亞一路走來的海浪終得以休憩，古代歐洲的「Mare Nostrum[1]」在坦比哥、比利亞埃爾莫薩和康培且劃上了終點。

可是，墨西哥的海浪也向相反的方向送出它們的波濤，越過大西洋，直到地中海，其傳達的資訊是，歐洲垂涎欲得的新世界，並不是剛剛才被發現，並不是剛剛才被想像出來的，它要保護好人類最古老的神話，它最神秘的真理，關於在暴力、痛苦、希望和歡樂中創造人和世界的夢。

「亮起來吧！」〈波波爾·烏〉呼喊道，「讓曙光照亮天與地吧！人類生靈出現了，才會有光榮和偉大……」

在加勒比，墨西哥的第二個海，一個看不見的衛兵站在圖盧姆，等待著神的不可能的回歸。石頭與海水在這裏會合。等待是不分晝夜、綿綿無盡的。可是沒有哪個神會回來了，因為土地宣稱，讓它的兒女們建造它吧，現在就讓他們來做創造者吧。

而從太平洋傳來的消息則來自於一個比歐洲更加遙遠的世界。中國，居中的帝國。日本，朝日的帝國。還有我們輕盈的影子姐妹，菲律賓群島。這些島嶼、王國，給我們送來了就如貝納多·德·巴爾烏埃納在《偉大的墨西哥》中所提到的「日本的絲綢，南海的美麗珍珠，中國的螺鈿」，所以

它們縮略了的偉大到了你身上；

1　拉丁語，我們的海。指地中海。

你給它們黃金細銀；

它們給你更貴重的寶物。

水的太陽不把我們封閉起來。它給我們打開門路，給我們傳遞資訊，打破了阻隔：讓我們內外暢通。我們接收，我們給予，我們改變，我們為從水到土、從土到氣、從氣到火、從火到水……的每一步做準備。

墨西哥是循環的畫像，也是天空的畫像，是照耀墨西哥的墨西哥太陽的交接更替，是這個國家和他的國民從與物質的不停歇的聯繫中得出的政權。

這是墨西哥人的肖像與創造的肖像的合而為一。

所以，人的勝利，在墨西哥是最大的勝利。不管我們的現實會變得怎樣的極端，我們不會拒斥現實的任何一面，不會拒斥宇宙的任一種現實。我們要把所有的現實都整合在藝術、目光、品味、夢想、音樂、詞語當中。

站在墨西哥的天頂上，可以更清楚地看到這種存在的方式，就如同里維拉[1]塑造的那尊神像，你得站得遠遠的、高高的，才能望見它。

這是創造的畫像。創造永不停息，因為它尚未完成它的任務。

《新的墨西哥時代》

---

1 迪亞哥‧里維拉（Diego Rivera，1886-1957），墨西哥知名的畫家。

■ 譯後記

寫這篇譯後記的時候，一種源自墨西哥並遠播全球的新型流感病毒正在使這個國家成為媒體報導和街談巷議的熱點。在這個「全球化」的時代，任何一個國家發生的大事件，我們都無法也不應對之無動於衷，因為「我們」和「他們」的聯繫從未像今天這樣緊密，我們意識到我們終究擔負著相同的命運。

然而我們也該意識到，脫去商業文明和大眾文化的外殼，我們對「他們」的瞭解又深至何處呢？

這本書不單單是一部墨西哥歷史，也不單單是這位響滿全球的小說家諸部作品選段的一個合集。男人和女人，草根和精英，個人命運和國家命運……匯成了一闋宏大的交響曲。從這偉樂之中，我們大概可以感受到一些在墨西哥靈魂的深處湧動著的東西。

翻譯此書的過程雖艱辛不過挺快樂的。在此我不想訴苦，只想談談個人的一點收穫。卡洛斯·富安蒂斯最讓我五體投地的，不是他的西班牙語，也不是他的淵博學識，而是他的想像力。沒有這樣的想像力，這部著作就只是一本墨西哥各紀元大事記，或只是一本「戲說某某」或「某朝秘史」之類的爛小說而已。富安蒂斯寫歷史的本事告訴我們，正如王小波所說：「文學事業可以像科學事業那

樣，成為無邊界的領域，人在其中可以投入澎湃的想像力。」

藉著澎湃的想像力，墨西哥歷史上的這一個個人得以具象豐滿，不論是留名青史的英雄，還是命若鴻毛的草民。這幅長軸畫卷中究竟出現了多少個人物，我倒沒耐心去數。只是在完成譯稿後，最常在我腦中浮現的有兩個意象：一個是在馬車裏晃蕩著流亡於沙漠之中的華雷斯總統，一個是聖地牙哥的屍體右腳上掛著的那個小牌子。

此二者所代表的，對我來說，是某種壯美的、悲劇性的東西。有時候我們把這種東西叫做「理想」。

本書的翻譯，由谷佳維小姐承擔了〈兩岸〉、〈兩個馬丁〉和〈英雄歲月〉這三個章節，其餘部分均由本人完成。在翻譯過程中，我曾向哥倫比亞友人威廉·桑切斯先生和南京大學法語系研究生祖志小姐求教過一些詞句的意思。在此我向以上各位一併表示衷心的感謝。雖是第二次代「富公」發中國之言，譯文仍難免有欠妥之處，懇請各界讀者給予指教。

張偉劼
二〇〇九年五月於南京

〈附錄〉
從與富安蒂斯的一次相遇談起

　　如果問我對墨西哥作家富安蒂斯的記憶，我會立刻想起的，仍是五月上午天氣放晴後一抹糝在他臉上的陽光。

　　二〇一一年五月，受台灣《印刻文學生活誌》[1]的託付，我與好友、義大利文學評論家馬西莫·里贊泰（Massimo Rizzante）同往倫敦拜訪富安蒂斯夫婦。富氏夫婦位於海德公園附近的寓所是間寬敞的頂樓雙層公寓，第一層起居，第二層則是客廳、露臺與書房；書房不大，一張面壁的書桌就是作家寫作之處。

　　整齊的髭鬚，一頭向後梳攏的白髮，穿著深藍色牛仔褲和筆挺白襯衫的富安蒂斯比實際年齡來得年輕硬朗。他讓我們在他斜對面、背對落地窗的長沙發坐下，自己則閒適地坐在另一邊的短沙發上，從他身旁的立燈看來，這是作家平時閱讀的位置。多年來，富安蒂斯與第二任妻子席薇亞以倫敦為第二個家，每年在此居住四個月左右。原為記者、電視節目主持人的席薇亞是富安蒂斯許多女性角色的描摹對象，富安蒂斯這樣形容她：「一位嬌小的金髮女子，

1　參見《印刻文學生活誌》第98期，2011年10月號。

一雙性感的眼睛可以隨時間從藍色變成綠色、灰色。」不難看出，外型接近歐洲女性的席薇亞就是作家心中的女性典型。

以富安蒂斯國際文壇的地位與知名度而言，富氏夫婦的居所樸素大方，最大的奢華是明亮的光線與視野，從落地窗望去，寬闊的天空和樹木區隔開鬧市的喧囂。富安蒂斯說，墨西哥的應酬多，作家們清談創作的時間超過創作本身，基於這個原因，他在倫敦的生活是「工作上不得不的自我放逐」。他早上七點起身，然後從八點一直寫到中午，午後他會健身、看書或游泳，晚上沒事就跟太太去看戲；大隱於市的自由、豐富的表演節目、交通與生活機能的便利正是他選擇倫敦的原因。老作家說，不論在家、在飛機上或在旅館裡，他規定自己每天寫滿四張稿紙，這個紀律長年來已成生活的必然作息。在家寫作的時候，他希望一氣呵成、不受干擾，因此，他盡可能避免接電話與待客，一切交由太太處理。富安蒂斯笑說：「我體內殘留的德國血液反映在紀律之上！」

《印刻》的富安蒂斯訪談聚焦作家長達六十年的創作歷程，探究他的文學養成和文學觀。作家堅持以母語作答，故由西語流利的馬西莫提問，到後段才改以法語交談。訪談中富安蒂斯百科全書般的知識不斷滾動，我們的提問設定固然完整，但他不時拋出新的主題，與熟知現代文學的馬西莫碰撞出意想不到的火花。

那天上午因前日傍晚的一場雨而顯得黯淡，天氣在接近中午時放晴，一抹光線照亮作家的側面。他背後委內瑞拉畫家賈可布·波赫士（Jacobo Borges）的抽象畫前安放著獨子卡洛斯·富安蒂斯·萊慕斯（Carlos Fuentes Lemus）幼年時的照片，不論我如何改變視角，小卡洛斯總是微妙地出現在相機的景框之中。

十年間，富安蒂斯夫婦先後面對子女的過世。一九九九年，二十六歲的小卡洛斯因先天的血友病辭世。二〇〇五年，他們美麗、纖細的女兒娜塔莎又不幸猝逝，年僅二十九歲。

身為傑出畫家與攝影師的小卡洛斯一生與病痛搏鬥，畫風受梵

尉任之　攝

谷與席勒（Egon Schiele）影響，充滿不安的焦慮感。他以創作證明
自己的存在，過世前正籌拍一部電影。富安蒂斯在二○○二年出版
的散文集《我相信》（*En esto creo*，二魚）中，這樣描述兒子的病
痛與才華：

> 我的兒子是個青年藝術家。他的命運誰也摧毀不了，因為他的
> 命運就是藝術的命運，是在藝術家死後仍長存不朽的藝術作品
> 的命運……他畫裡扭曲的、性感的形象不是一個承諾，而是一
> 個總結。他們不是開始，而是意味結束……

　　兒女的早逝是富氏夫婦的至慟，家中的角落擺放著他們不同
時期的照片，訪談休息時，席薇亞送我兩本小卡洛斯的作品集，並
一一解說照片的年代與拍攝地點。我不願觸及兒女這個話題，只靜
靜諦聽席薇亞的述說。事實上，娜塔莎的死因眾說紛紜，富安蒂斯

也從未正面回答記者的提問，像面對澳大利亞年輕文化評論者納帕斯堤克（Ben Naparstek）超越分際的追問時（見《與大師對話》，允晨），也僅以「（哀慟是）克服不了的。我寫作時，就是懷著那哀慟在寫的。那哀慟一直都在」這幾句話簡短帶過。

一九二八年十一月十一日出生於巴拿馬的富安蒂斯是一位早慧的作家，他的家庭背景讓他比同屬「拉美小說潮」（Latin American Boom）的作家更具國際觀。作為一位優渥的外交官之子，富安蒂斯有一個世界性、四海為家的童年，先後住過蒙特維多、里約熱內盧、華盛頓、智利的聖地牙哥、奎多（Quito）、布宜諾斯艾利斯，只有假期在墨西哥度過。富安蒂斯最初接受的是美式基督教教育，但由於母親是天主教徒，他的家教則是天主教式的。富安蒂斯能夠直接用英語寫作、演講，法語也相當流暢。當時的墨西哥在總統拉薩洛·卡德納斯（Lazaro Cárdenas）統治下，意圖回歸墨西哥大革命時期反文盲鬥爭、農業改革、鐵路國有化、外國公司石油所有權國有化的理想。國有化政策牴觸了美國在墨西哥既得利益，美國境內產生一股「反墨」的敵視氣氛，小富安蒂斯首次意識到自己的墨西哥血緣。

富安蒂斯青少年期受墨西哥作家、哲學家、外交官阿豐索·雷耶斯（Alfonso Reyes）很大的啓發（富氏第一部長篇小說《最明淨的地區》的標題便出自雷耶斯著名論文《阿納霍艾克高地的視野》中的銘言：「旅人，你已來到空氣最明淨的區域」）。一九二〇年代，雷耶斯先後出使阿根廷，經由阿根廷《南方》雜誌（*SUR*）創辦人維多利亞·歐康波（Victoria Ocampo）的介紹，發掘了波赫士和小說《莫雷的發明》的作者卡薩雷斯（Adolfo Bioy Casares）。因為雷耶斯，富安蒂斯接觸到波赫士的作品。

一九四三年，阿根廷極端天主教團體和極右派在亞圖羅·饒森（Arturo Rawson）領導下發動軍事政變，隨父母遷居阿根廷的富安蒂斯在父親允諾下離開桎梏的教會學校。他在布宜諾斯艾利斯街頭

漫遊，在電影院、劇院和書店消磨時光，更在小酒館「雅典納斯」（Atenas）遇見當時尚未成名的波赫士和一批阿根廷文壇的闖將。在阿根廷，富安蒂斯開始認真閱讀文學作品。

青少年期的富安蒂斯不願循家族法政、外交的傳統成為律師，但在雷耶斯的建議下（雷耶斯告訴他：「學習法律條文是學習閱讀小說的最好方法」），他還是在墨西哥的法學院註冊，之後赴日內瓦攻讀博士學位（他回憶自己曾在日內瓦湖畔偶遇衰老的托瑪斯‧曼）。一九五○年，富安蒂斯取道巴黎回墨西哥，二戰的餘溫猶在，城市充斥低迷的氛圍，他不認識任何人，便決定以巴爾扎克為自我的響導，透過閱讀巴爾札克的小說找到自己在巴黎的座標。

一九五八年，富安蒂斯推出第一本長篇小説《最明淨的地區》。一九六三年再推出《阿爾特米奧‧克魯斯之死》，奠定自己在國際文壇的地位。

富安蒂斯浪漫熱情、積極介入國際與公眾事務（他甚至出過一本批判美國總統小布希的專書），政治立場左傾但不激進，並在小說創作、撰寫評論、演講與辦文學刊物外，為拉美文學發聲，為同儕與後進開拓能見度。他像槓桿的中心，藉由自己的地位和語言優勢，為拉美文學和世界找到一個平衡點，對同輩作家多諾索、馬奎斯、科塔薩毫不保留的鼓勵與支持。從拉美文學我們可以窺見二十世紀後半葉拉美作家面對的艱困政治經濟環境、他們突破前人與找尋自我定位的藝術企圖，以及他們對自己作為世界文學一部份的期許。「拉美小說潮」的作家將西語拉丁美洲視為一個「歷史經驗共同體」，雖然成名後他們的友誼已經變質，但回首他們年輕時那個艱困的時代，超越國界與血緣的情誼與義氣依然顯得珍貴。

富安蒂斯的創作脫胎自兩大歐洲文學傳統：以塞萬提斯為首的「拉曼查」（La Mancha）傳統，也就是「想像」的傳統，以及巴爾扎克的「滑鐵盧」（Waterloo）傳統，也就是「寫實」傳統。

富安蒂斯認為塞萬提斯集融合文學中的田園類型、流浪漢類

型、史詩類型、西方短篇小說和阿拉伯故事，開創了現代小說，小說與其他藝術的差別也就在於小說能夠容納歷史、哲學、論文、新聞學，甚至詩所不能說到的，小說都能說到。他說：

> 拉曼查的傳統藉另一個現實的創造來批評現實。塞萬提斯系統的小說則提供想像的可能性，且想像並不比「歷史」——大寫的歷史——來得不真實，也與寫實、嚴肅的滑鐵盧傳統區分開來，對後者來說，事實永遠勝過創造……

我個人以為，在整體創作上，富安蒂斯矢志做墨西哥的巴爾札克，為墨西哥歷史與社會留下真實紀錄（請注意，這裡說的是「歷史的真實」而不是「真實的歷史」。「歷史的真實」並不完全等同於「真實的歷史」，因為對文學家來說，真實的歷史並不存在）。富安蒂斯計劃性的創作，甚至多年前就已想好接下來要寫的作品，他的主題涵蓋了邊界、殖民、時間、愛情、墨西哥與美國的關係、現代文明的入侵與舊文明的傾毀，龐大的作品群儼然是墨西哥當代文學的「人間喜劇」。富安蒂斯的作品雖然建立在寫實（或應以「具象」稱之）的語法與敘述之上，但他並不拘泥寫實主義，作品反而像一個由具體元素構成的有機的想像體。作家用寫實的語法來引導讀者進入一個想像世界，如一九六二年的中篇小說〈奧拉〉和《戴面具的日子》中的〈查克莫〉與〈佛蘭德斯的特拉托卡欽〉（請參考《墨西哥的五個太陽》〈永劫回歸〉、〈影子皇冠〉兩章）。寫實的筆法加上綿密的內心獨白（意識流），將不同時空共冶一爐，與繁複又兼容並蓄的巴洛克藝術——尤其是印第安文化與前哥倫布文明結合之後的歐洲巴洛克藝術——相呼應。正如西班牙小說家、文學評論家戈提梭羅（Juan Goytisolo）在短文〈塞萬提斯的國籍〉中所說：

富安蒂斯的小說是一套名副其實的人類百科，在這一點上並可以和巴爾扎克的小說相比。於近期發表的作品內同樣做的臨時分類，在我看來並沒有意識到因建構其骨幹時的反對勢力所產生的動力；兩極之間的緊張，就像史考特·費茲杰羅（Scott Fitzgerald）說的，沒讓作者的智慧失去了運作的能力：第一個極點是墨西哥，在所有塞萬提斯語言的遼闊地域裡最多樣、複雜與迷人的國家；第二個極點是他對長時間以來流動的以及忽略邊界和年紀的現代性之渴望。也因為如此，在作家行列裡這個最墨西哥的作家也同時是最能夠體現無國籍人士和外國人的治外法權。他的筆遊走在一個不計時間的範圍中，作品脫離了時間束縛，被記錄在缺乏時間因素的意識流裡。

富安蒂斯各類的作品至今累積已近四十種，質量都很可觀。由於豐富的知識背景，代表作如厚達八百頁的長篇小說《我們的土地》，不免帶有「廣納宇宙」的企圖心，類似文化人類學的特性也比較明顯，讀者不只要有起碼的史地常識，閱讀過程中也需要不斷前後辯證，不像他同輩拉美作家馬奎斯和尤薩的作品那樣散發出直接的文學魅力。華文世界中，富安蒂斯的名作《最明淨的地區》（1958）、《阿爾特米奧·克魯斯之死》（1962）、《新皮》（1967），甚至是九〇年代可喜的短篇小說集《柑橘樹》、《玻璃邊境》都遲遲沒有正式的譯本出現。正因為如此，《墨西哥的五個太陽》的出版更顯得重要。這本在千禧年推出、依墨西哥歷史的編年做有機整理的選集，對台灣的讀者而言，不但可以對富安蒂斯龐大作品群有一個初步而完整的理解，也是對墨西哥傳說、文化、歷史的再一次認識。

尉任之，二〇一二年春於台北木柵

國家圖書館出版品預行編目資料

墨西哥的五個太陽 / 卡洛斯.富安蒂斯(Carlos Fuentes)著；
張偉劼, 谷佳維譯. -- 初版. -- 臺北市：允晨文化, 2012.04
面；公分. -- (經典文學；17)
譯自：Los cinco soles de Mexico
ISBN 978-986-6274-63-3(平裝)

885.457   101000570

經典文學—017

墨西哥的五個太陽
千禧年的回憶錄

**(Los cinco soles de México
Memoria de un milenio)**

作者：卡洛斯・富安蒂斯(Carlos Fuentes)

譯者：張偉劼　谷佳維

發行人：廖志峰

責任編輯：楊家興　美術編輯：劉寶榮

法律顧問：邱賢德律師

出　版：允晨文化實業股份有限公司

地　址：台北市南京東路三段21號6樓

網　址：http://www.asianculture.com.tw

e - mail：asian.culture@msa.hinet.net

服務電話：(02)2507-2606　傳真專線：(02)2507-4260

劃撥帳號：0554566-1

登 記 證：行政院新聞局局版臺字第2523號

印　　刷：欣佑彩色製版印刷股份有限公司

裝　　訂：聿成裝訂股份有限公司

初版日期：2012年4月

版權所有・翻印必究

定價：新台幣**380**元

ISBN：978-986-6274-63-3

本書如有缺頁、破損、倒裝，請寄回更換